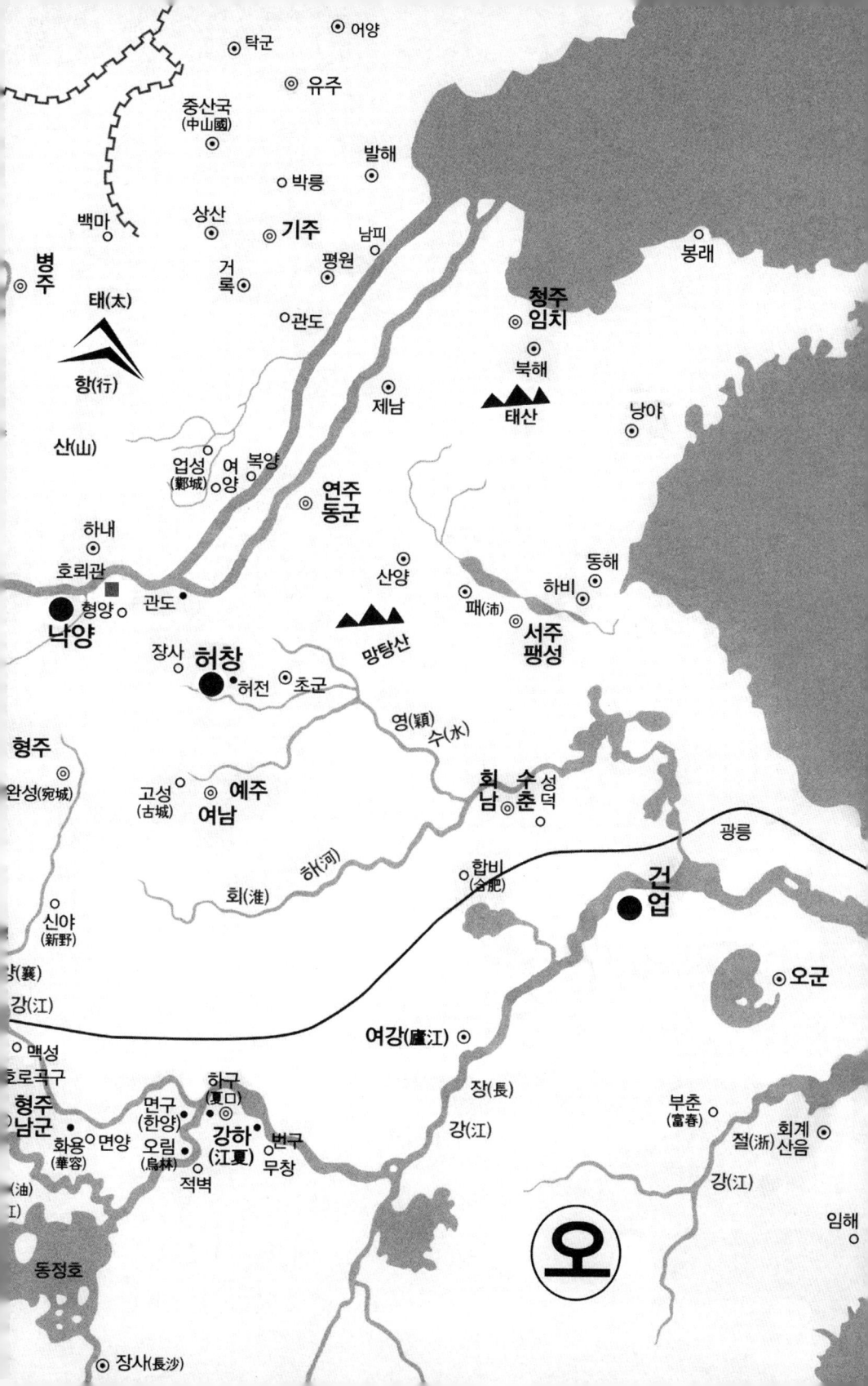

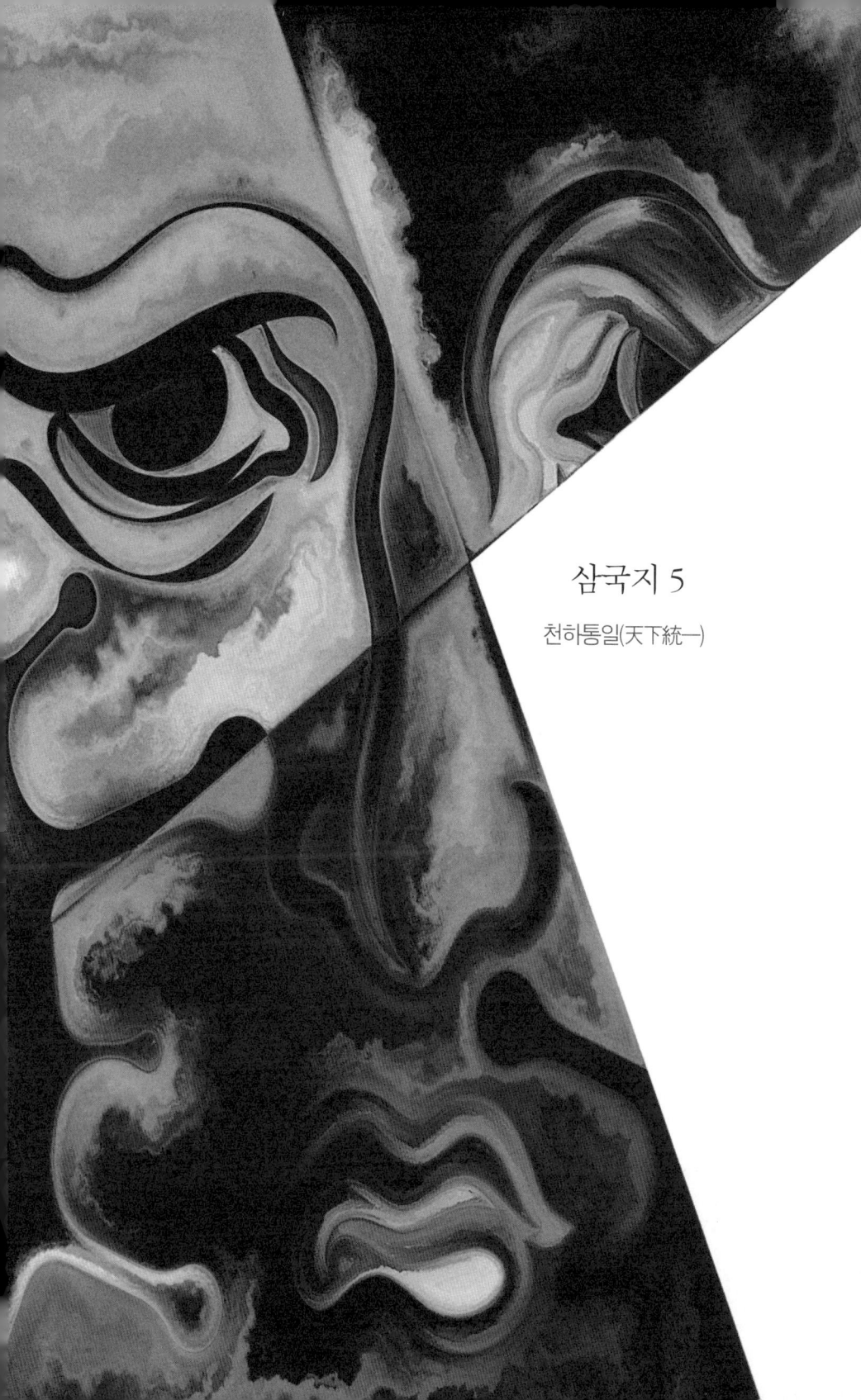

삼국지 5

천하통일(天下統一)

삼국지 5 : 천하통일(天下統一)
Copyright ⓒ 2021 Shin Bok-ryoung All rights reserved.
This Edition was published by Jipmoondang in 2021, Seoul, Korea.

이 책의 저작권은 저자에게 있습니다.
이 책의 출판권은 **(주)집문당**에 있습니다.
저작권법에 의하여 보호를 받는 저작물이므로 무단전재와 무단복제를 금합니다.

삼국지 5

천하통일(天下統一)

나관중 원작
신복룡 역주

집문당

삼국지 5 : 천하통일(天下統一)

2021년 2월 20일 1판 1쇄

저자　　| 나관중
역주자　| 신복룡
발행인　| 임동규
발행처　| **(주)집문당**
등록　　| 1971. 3. 23. 제2012-000069호
주소　　| 03134 서울시 종로구 돈화문로 82, 5층
전화　　| +82-1811-7567
이메일　| sale@jipmoon.com
홈페이지 | www.jipmoon.com

편 집　| 장이지
디자인　| 임용우

ISBN 978-89-303-1902-7　04820
　　　 978-89-303-1904-1(전5권)

가격 15,000원

차 례

제96회 눈물을 뿌리며 마속의 목을 베다 ················ 3
제97회 나의 충절은 죽은 뒤에나 멈춘다 ················ 23
제98회 사마의가 있기에 제갈량이 빛나도다 ············ 43
제99회 군주는 모름지기 입이 무거워야 합니다 ········ 63
제100회 하루를 쓰려 천 일 동안 병사를 기른다 ········ 85
제101회 안에 간신이 있는데 어찌 천하를 통일하랴 ·· 105
제102회 인생이 하루살이처럼 덧없구나 ·················· 127
제103회 성사(成事)는 하늘의 뜻이로다 ··················· 151
제104회 오장원의 슬픈 가을 ··································· 173
제105회 관(棺)을 만들어놓고 충언하는 신하들 ······· 191
제106회 긴요한 말은 본디 길지 않다 ····················· 213
제107회 의인은 생사로 마음을 바꾸지 않는다 ········ 233
제108회 신하의 위세가 왕에게 넘치면 죽는다 ········ 255
제109회 선대의 죗값이 삼대에 이어지도다 ············· 269
제110회 뱀을 그리면서 발을 그려 넣으니[蛇足] ······ 287
제111회 명장 등애(鄧艾) ·· 305
제112회 그대는 나의 자방(子房)이로다 ··················· 319
제113회 비밀은 베갯머리에서 샌다 ························ 337
제114회 자식은 어미를 닮는다 ······························· 357
제115회 아비를 욕되게 하는 유선 ·························· 375
제116회 망국의 대부는 삶을 바라지 않는다 ··········· 393

제117회 가는 길은 있어도 돌아올 수 없는 촉도(蜀道) · 411
제118회 촉한의 사직은 하루아침에 잿더미가 되고 ····· 431
제119회 의심받는 신하는 반드시 죽는다 ···················· 447
제120회 하늘의 운수는 아득하여 피할 길이 없어 ······ 471

제 5 권

천하통일(天下統一) 편

"인생이 흘러가는 것은 백마가 달려가는 것을
문틈으로 내다보는 것처럼 빠르도다."
（人生如白駒過隙）
-강유(姜維)

제 96 회

눈물을 뿌리며 마속의 목을 베다

> 제갈량은 눈물을 뿌리며 마속을 베고
> 주방은 머리칼을 잘라 조휴를 속이다.

그때 계책을 올린 사람은 상서(尚書) 손자(孫資)였다. 그 말을 들은 조예가 물었다.

"경에게는 어떤 계책이 있소?"

손자가 아뢰었다.

"지난날 태조 무황제(조조)께서 장로(張魯)를 무찌르실 적에 처음에는 불리했으나 뒤에는 이겼습니다. 그때 황제께서 여러 신들에게 말씀하시기를, '남정(南鄭)의 땅은 참으로 하늘이 내린 지옥[天獄]이라.' 하셨습니다. 그 가운데 야곡(斜谷)의 오백 리 길은 바위굴[石穴]이어서 군사적으로는 도무지 쓸 만한 곳이 아닙니다. 이제 폐하께서 천하의 병력을 일으켜 촉을 정벌하고자 하신다면 동쪽의 오나라가 반드시 쳐들어올 것입니다. 그러므로 지금의 병력으로 장수들에게 험준한 요로를 지키게 하고 병사들을 정예하게 훈련하며 예기를 기르느니만 못합니다. 그리하면 몇 년 지나지 않아 중원은 날로 번창하고 오와 촉 두 나라는 서로 다투어 상처를 입힐 것이니 그때 도모하면 어찌 이기지 않을 수 있겠습니까? 폐하께서는 깊이 살피소서."

조예가 사마의에게 의견을 물었다.

"이 말이 어떻습니까?"

사마의가 대답했다.

"손 상서의 말이 매우 합당합니다."

조예가 그들의 말에 따라 사마의에게 여러 장수를 뽑아 험준한 요로를 지키도록 하고 곽회와 장합에게 장안을 지키도록 한 다음 삼군에게 크게 상을 주고 낙양으로 돌아왔다.

그 무렵 한중으로 돌아온 제갈량이 병력을 점검해보니 조운과 등지가 보이지 않아 걱정스러워 관흥과 장포에게 병사들을 이끌고 나가 알아보도록 했다. 두 장수가 막 몸을 일으키려 하는데 문득 조운과 등지가 돌아왔다는 보고가 들어왔다. 그들을 만나보니 병사와 말과 군장과 무기에 어느 하나를 잃은 것이 없었다. 제갈량이 몹시 기뻐하며 몸소 장수들을 이끌고 마중을 나갔다. 조운이 황송히 여기며 말에서 내려 땅에 엎드려 말했다.

"패전 장군을 맞이하러 어찌 승상께서 이 먼 길을 나오셨습니까?"

제갈량이 서둘러 그의 몸을 붙잡아 일으키며 말했다.

"이번 일은 내가 지혜로운 사람과 어리석은 사람을 분별하지 못하여 이렇게 된 것입니다. 여러 곳의 병사들이 모두 피해를 보았는데 오로지 자룡만이 병사 한 명, 말 한 필도 잃지 않았으니 어찌 그럴 수가 있었습니까?"

그 말을 들은 등지가 아뢰었다.

"제가 병력을 이끌고 먼저 가고 자룡께서 홀로 남아 적장을 죽이고 전공을 세우니 적군이 놀라고 두려워하여 이토록 장비 하나도 잃지 않게 되었습니다.

제갈량이 말했다.

"자룡은 참으로 훌륭한 장수요."

말을 마친 제갈량은 황금 50근을 조운에게 내리고 비단 만 필을 그의 병사들에게 상으로 내리니 조운이 사양하며 말했다.

"삼군이 단 한 치의 공로도 세우지 못했고 저의 잘못이 큰데 오히려 저에게 상을 내리신다면 승상의 상벌이 공정하지 못한 것이 됩니다. 바라옵건대 잘 보관해두셨다가 이번 겨울에 장병들에게 주어도 늦지 않을 것입니다."

제갈량이 탄식하며 말했다.

"선제께서 살아계실 적에 늘 자룡의 덕망을 칭송하셨는데, 그 말씀이 과연 다름이 없구려."

그 뒤로 제갈량이 조운을 존경함이 더 두터워졌다.

그때 문득 마속과 왕평과 위연과 고상이 이르렀다는 보고가 들어왔다. 제갈량은 먼저 왕평을 장막 안으로 불러 꾸짖었다.

"내가 그대를 마속과 함께 가정으로 보내어 지키도록 했거늘 어찌하여 제대로 간언하지 않아 일을 이토록 망쳤는고?"

왕평이 대답했다.

"제가 두세 번 길 위에 토성을 쌓고 지키자고 권고했으나 참군께서 대로하며 따르지 않아 저는 그로 말미암아 홀로 오천 명의 병력을 이끌고 그 산에서 십 리 떨어진 곳에 영채를 세웠습니다. 위나라 병사들이 이르러 산을 사방으로 둘러싸자 저는 병력을 이끌고 여남은 번을 돌격하였으나 그들의 에움을 뚫을 수가 없었습니다. 그다음 날 흙이 무너지고 기와

가 깨지듯이 투항하는 무리들이 수없이 발생하였습니다. 저는 홀로 버티기 어려워 위문장(魏文長 : 위연의 자)에게 도움을 요청하러 갔는데 중도에서 위나라 병사들에게 둘러싸여 산중에 갇혔다가 죽음을 무릅쓰고 겨우 탈출했습니다.

돌아와보니 영채는 이미 위나라 병사들에게 넘어가 있었으므로 열류성으로 가다가 길에서 고상을 만났습니다. 우리는 병력을 세 길로 나누어 위나라의 영채를 습격하고 가정을 되찾고자 했습니다. 바라보니 가정으로 가는 길에 매복한 병사들이 없어 의심스러웠습니다. 높은 곳에 올라가 보니 위연과 고상이 위나라 병사들에게 포위되어 있기에 그 에움을 뚫고 들어가 두 장수를 구출한 다음 참군의 병력과 한곳에서 합쳤습니다. 저는 양평관을 잃을까 두려워 서둘러 돌아와 지켰습니다. 제가 참군에게 간언하지 않은 것이 아니오니 승상께서 의심스러우시면 부장들을 불러 물어보시기 바랍니다."

제갈량이 왕평을 꾸짖어 내보낸 다음 마속을 장막 안으로 부르니 그는 스스로 결박한 채 장막 앞에 무릎을 꿇었다. 제갈량이 낯빛을 바꾸며 말했다.

"그대는 어려서부터 수없이 많은 병서를 읽고 전법을 읽었도다. 가정은 우리 병력의 근본이라는 말을 내가 여러 차례 당부했고, 그대는 온 가족의 목숨을 걸고 이 직책을 맡았다. 그대가 왕평의 충고를 일찍이 들었더라면 어찌 이런 일이 일어났겠는가? 이제 전쟁에 지고 병사를 잃었으며 영토까지 빼앗겼으니 이 모든 것이 그대의 잘못이니라. 내가 만약 법을 엄정하게 집행하지 않는다면 어찌 무리를 복종시킬 수 있겠는가? 그대가 법을 어겼으니 나를 원망하지 말지어다. 그대가 죽은 뒤에 가족에게는 내가 달마다 녹미(祿米)를 보내줄 것이니 걱정하지 말도록 하라."

그리고서는 좌우를 꾸짖어 마속의 목을 베라 하니 그가 울며 말했다.

"승상께서는 저를 자식처럼 여기고 저는 승상을 부모처럼 여겼습니다. 저의 죽을죄는 피할 길이 없지만 바라옵건대 승상께서는 순(舜)임금이 곤(鯀)을 죽이고서도 그의 아들 우(禹)에게 임금의 자리를 물려주신 의리1)를 생각하신다면 저는 죽더라도 구천(九泉)에서 여한이 없을 것입니다."

마속은 말을 마치자 통곡했다. 제갈량이 눈물을 뿌리며 말했다.

"나와 그대의 의리는 형제와 같으니 그대의 자식들은 나의 자식과 한가지라, 더 부탁하지 않아도 되노라."

좌우의 무사들이 마속을 원문(轅門) 밖으로 끌고 나가 목을 베려 하는데 참군 장완(蔣琬)이 성도에서 오는 길에 그 장면을 보았다. 그는 크게 놀라 큰 소리로 집행을 멈추게 한 다음 장막으로 들어가 제갈량을 만나 아뢰었다.

"지난날 초(楚)나라가 성득신(成得臣)을 죽이자 진문공(晉文公)이 기뻐했습니다.2) 아직 천하가 평정되지 않았는데 지모를 갖춘 인사를 죽인

---

1) 『사기(史記)』「하본기(夏本紀)에 다음과 같은 이야기가 나온다. 요(堯)임금이 세상을 다스릴 때 홍수가 잦아 치수(治水)의 명인을 찾으니 대신들과 사악(四岳)이 곤(鯀)을 추천했다. 그러나 그 직책을 맡은 곤은 직무를 수행하지 못했다. 요임금이 순임금에게 제위를 물려준 뒤 다시 곤을 써 홍수를 다스리려 했으나 일을 감당하지 못했다. 신하와 백성들이 곤을 죽여야 한다고 아뢰었다. 이에 순임금은 곤을 우산(羽山)으로 추방하여 평생을 그곳에서 살도록 했다. 그러면서도 순임금은 곤의 아들을 높이 써 나중에는 황제의 자리까지 물려주었는데 그가 곧 우(禹)임금이었다. 다른 기록에 따르면, 순이 곤의 치수한 모습을 시찰하고 있었는데, 곤이 우산에서 죽어 있었다. 사람들은 순이 곤을 죽인 것은 아닌가 의심했으므로 순은 곤의 아들인 우에게 곤의 사업을 계승하게 했다. 또 다른 전설에 따르면, 곤은 우산에서 처형된 뒤 노란 곰이 되었다고 한다. 마속은 순이 곤을 죽였다고 알고 있었다.
2) 성득신(成得臣)은 초(楚)나라의 현신(賢臣) 투곡오도(鬪穀於菟)의 종제(從弟)이자 초나라의 삼대 유력 가문인 성씨(成氏)의 개조로서 자(字)는 자옥(子玉)이다. 성득신은

다면 어찌 애처로운 일이 아니겠습니까?"

제갈량이 눈물을 흘리며 말했다.

"지난날 손자(孫子)가 능히 천하를 제압할 수 있었던 것은 법의 집행을 분명히 했기 때문이오. 이제 사방에서 분쟁이 일어나고 전쟁이 막 시작되었는데 법을 지키지 않는다면 어찌 역적을 무찌를 수 있겠소? 그의 목을 베는 것이 합당하오."

조금 시간이 지나자 무사들이 마속의 목을 섬돌 아래 바쳤다. 제갈량이 통곡하지 장완이 물었다.

"유상(幼常)이 죄를 지어 군법을 시행했을 따름인데 승상께서는 어찌 그리 통곡하십니까?"

제갈량이 대답했다.

"내가 마속의 죽음이 슬퍼 우는 것이 아니라오. 지난날 선제께서 백제성에서 위험에 빠졌을 적에 나에게 이르시기를, '마속은 말이 앞서고 실속이 없는 사람이니 높은 자리를 주지 말라.' 하신 말씀이 생각나서 우는 것이라오. 이제 선제께서 하신 말씀대로 되었으니 내가 명석하지 못했음이 한탄스러울 뿐이오. 선제의 밝으심을 생각하니 더욱 서럽소이다."

높고 낮은 장수들이 모두 눈물을 흘렸다. 그때 마속의 나이 서른한 살, 건흥 6년(서기 228) 여름 오월이었다.

뒷날 한 시인이 이런 시를 남겼다.[3]

투곡오도의 뒤를 이어 영윤(令尹)을 역임하면서 초나라의 군사 대권을 장악하였다. 그는 용맹과 지략을 겸비해 홍양(泓陽)의 전투에서 송나라를 격파하는 큰 공을 세웠으나 조급한 성미로 말미암아 진(晉)·제(齊)·진(秦) 등의 외교전에 말려 성복(城濮)의 전투에서 대패하고 군사의 대부분을 잃은 뒤 초나라 왕의 강요로 자살했다. 그가 죽자 숙적이었던 진문공(晉文公)이 몹시 기뻐했다. 자세한 이야기는 『열국지』에 기록되어 있다.

가정을 잃은 죄가 가볍지 않은데
　　마속은 병법을 얘기하니 한탄스럽도다.
　　원문에 목을 베어 군법은 섰다지만
　　선제의 밝으심에 눈물만 흐르네.
　　失守街亭罪不輕 堪嗟馬謖枉談兵
　　轅門斬首嚴軍法 拭淚猶思先帝明

　제갈량은 마속의 목을 베어 각 영문에 돌려 보인 뒤 머리를 몸에 붙여 입관하여 장사를 지내면서 몸소 제문을 지어 제사를 지내고 가족들을 위로하며 다달이 녹미를 보냈다.
　이어서 제갈량은 스스로 상소문을 지어 장완을 시켜 후주에게 바치도록 하여 승상의 직위를 깎아 내리도록 했다. 장완이 성도로 돌아가 궁중에 들어 후주를 뵙고 제갈량의 상소문을 바쳤다. 후주가 글을 열어보니 그 내용은 이러했다.

　신은 본디 용렬한 몸으로 앉아서는 안 될 자리에 앉아 병권[旄鉞][4]을 잡아 삼군을 거느렸습니다. 그럼에도 능히 법을 밝히지 못했고, 일을 처리함에 지모를 쓰면서도 가정에서 끝내 명령을 지키지 못하는 잘못이 있었고 기곡에서는 경계하지 못하는 실수를 저질렀습니다. 이런 허물은 모두 신이 총명하지 못하여 사람을 알아보지 못하고 일을 처리함에

---

3) 이 대목이 곧 사람들의 입에 회자(膾炙)하는 "눈물을 뿌리며 마속의 목을 베다."[孔明揮淚斬馬謖]라는 고사성어의 출전이다. 한국에서 흔히 읍참마속(泣斬馬謖)이라 하는 것은 본문과 뜻이 미묘하게 다르다.
4) 병권[旄鉞] : 모(旄)는 짐승의 꼬리로 만든 깃발이니 지휘권을 뜻하며 월(鉞)은 도끼이니 형사집행권을 뜻한다.

어리석음이 많았기 때문이었습니다. 『춘추』(春秋)는 사태에 대비하지 못한 사람을 나무랐으니[春秋責備]5) 신이 어찌 죄를 회피할 길이 있겠습니까? 그러므로 스스로 벼슬을 삼 등급 내려 그 허물을 다스리고자 하나이다. 신은 부끄러움을 견디지 못한 채 엎드려 우러러보며 명령을 기다릴 뿐입니다.

상소 읽기를 마친 후주가 말했다.

"승부는 병가에서 늘 있는 일인데[勝負兵家常事] 승상께서는 어찌하여 이런 말씀을 하신다는 말이오?"

시중(侍中) 비의(費褘)가 아뢰었다.

"신이 듣건대, '나라를 다스리는 데에는 법을 지키는 것을 무겁게 여긴다.'[治國者 必以奉法爲重] 합니다. 법을 지키지 않는다면 어찌 백성들을 복종하도록 할 수 있겠습니까? 승상이 여러 차례 전쟁에 지고 스스로 벼슬을 내리고자 하는 것은 매우 바른 일입니다."

후주가 그의 말에 따라 제갈량을 우장군으로 강등하여 승상의 일을 맡도록 하되 옛 법에 비추어 군사를 감독하게 했다. 비의가 조칙을 들고 한중으로 갔다. 제갈량이 조서를 받고 벼슬을 낮추자 비의는 그가 부끄럽게 여기지나 않을까 걱정스러워 위로의 말을 했다.

"촉의 백성들은 승상께서 처음에 네 군을 함락하신 소식을 듣고 몹시 기뻐했습니다."

그 말을 들은 제갈량은 낯빛을 바꾸면서 말했다.

---

5) 춘추책비(春秋責備) : 이 말은 본디 삼국시대보다 뒤인 『신당서』(新唐書) 「태종본기찬」(太宗本紀贊)에 나오는 것으로서, "춘추의 법은 사태에 대비하지 못한 것을 현자에게 나무랐다."[春秋之法 常責備于賢者]라는 말에서 유래한 것인데, 나관중이 시대를 앞당겨 쓴 말임.

"그게 무슨 말씀이오? 얻었다가 빼앗겼으니 애당초 얻지 못했던 것이나 다름이 없소. 공은 나를 위로하려 그런 말을 하는가 본데 오히려 나를 부끄럽게 만드는구려."

비의가 다시 말했다.

"요즘 듣자니 승상께서 강유를 얻으셨다 하여 폐하께서 몹시 기뻐하고 계십니다."

제갈량이 노여워하며 말했다.

"전쟁에서 지고 돌아와 한 치의 땅도 얻지 못했으니 이는 나의 큰 죄일 뿐이라오. 강유 하나를 얻었다 해서 위나라에 무슨 손해가 되겠소?"

비의가 다시 말했다.

"승상께서는 지금 십만 명의 병사를 거느리고 계시니 다시 위나라를 정벌할 수 있지 않겠습니까?"

"지난날 대군이 기산과 기곡에 주둔하고 있었을 적에 우리의 병력이 적군보다 많았으나 적군을 깨트리기는커녕 무너지고 말았소. 그러니 병사의 많고 적음에 근심이 있는 것이 아니라 장수가 걱정스러운 것이라오[病不在兵之多寡 在主將耳]. 지금 나는 병력을 줄이고 장수들을 살피며, 형벌을 바로 하고 지난 실수를 돌아보며 장차 어찌할까를 변통할 길을 견주어보려 하오. 그렇지 못하다면 비록 병력이 많다 한들 어디에 쓸모가 있겠소? 이제부터 여러분들은 멀리 국가를 걱정하며 나의 잘못이 있으면 근실하게 나무라고 나의 허물을 꾸짖어야 대사를 이루어 역적을 토벌하고 발꿈치를 들어 공업을 기다릴 수 있을 것이오."

비의를 비롯한 여러 장수가 제갈량의 말에 감복했다. 비의가 성도로 돌아가자 제갈량은 한중에 머물면서 병사들을 위로하고 백성들을 어루만지는 한편 병졸들을 훈련하고 병법을 강론하면서 공성기(攻城機)와 도강 장비를 건조하고 군량미와 말먹이를 준비하고 뗏목을 만들며 뒷날을 도모했다.

첩자가 이를 알아 낙양에 보고했다. 위나라의 조예가 그 말을 듣고 사마의를 불러 서천을 정복할 일을 물으니 그가 이렇게 대답했다.

"지금으로서는 촉을 칠 수가 없습니다. 지금은 더위로 말미암아 촉병들은 반드시 나와 싸우지 않을 것입니다. 만약 우리 병력이 그곳 깊이 들어갔을 적에 저들이 험준한 요새를 지키면 우리로서는 빠른 시일 안에 함락시킬 수가 없습니다."

"만약 저들이 쳐들어오면 어찌해야 하오?"

"신이 이미 생각해둔 바가 있사온데, 이번에 저들이 쳐들어온다면 반드시 한신(韓信)이 은밀하게 진창(陳倉)으로 빠져나오던 계책6)을 쓸 것입니다. 신이 한 사람을 천거하여 진창의 어구로 보내어 성을 쌓고 지키도록 하면 만에 하나라도 잃을 일이 없을 것입니다. 그 사람은 신장이 아홉 자요 원숭이처럼 생긴 팔을 가지고 있으며 활을 잘 쏠 뿐만 아니라 계략이 빼어납니다. 만약 제갈량이 쳐들어온다면 그 사람이 능히 대적할 수 있을 것입니다."

조예가 기뻐하며 물었다.

"그 사람이 누구요?"

"그는 태원(太原) 사람으로 이름은 학소(郝昭)요, 자는 백도(伯道)라 하는데 지금은 잡패장군(雜霸將軍)으로 하서(河西)를 지키고 있습니다."

---

6) 한(漢)나라 원년 8월. 한고조 유방이 군사를 일으켜 삼진(三秦)을 평정할 때 한신은 동쪽으로 진창(陳倉)으로 출격하여 적군을 무찌른 적이 있다. 『사기(史記)』「회음후열전」(淮陰侯列傳)에 나오는 일화임.

조예는 사마의의 천거에 따라 학소에게 진서장군을 내려 진창의 어귀를 지키도록 했다. 칙사가 조서를 들고 달려갔다.

그때 문득 양주(揚州)의 사마대도독(司馬大都督) 조휴(曹休)가 상소문을 올렸는데 그 내용은 이러했다.

"동오의 심양(瀋陽)태수 주방(周魴)이 자신이 다스리는 군(郡)을 바쳐 항복하겠다며 밀서를 보내어 일곱 가지 계책을 말하면서 동오를 깨트릴 수 있다 하오니 서둘러 군사를 내어 그의 동오를 치시기 바랍니다."

조예가 밀서를 탁상 위에 올려놓고 사마의와 함께 읽었다. 글을 본 사마의가 말했다.

"이 글이 매우 이치에 맞아 오나라를 무찌를 수 있습니다. 제가 한 부대를 이끌고 가 조휴를 돕고자 합니다."

그때 반열에서 한 사람이 나오며 아뢰었다.

"오나라 사람들은 늘 말을 바꾸어 믿을 바가 못 됩니다. 주방은 지모가 뛰어난 사람이니 본심으로 투항하는 것이 아닐 것입니다. 이번 계책은 음모로써 우리를 유인하는 것입니다."

무리들이 바라보니 건위장군(建威將軍) 가규(賈逵)였다. 그 말을 들은 사마의가 말했다.

"그대의 말을 듣지 않아서도 안 되지만 이 기회 또한 놓칠 수가 없소이다."

두 사람의 말을 들은 조예가 말했다.

"그렇다면 중달과 가규가 함께 가서 조휴를 돕도록 하시오."

두 사람이 조칙을 받들어 떠났다. 그때 조휴는 대군을 이끌고 환성(皖城)을 치러 갔으며, 가규는 전장군(前將軍) 만총(滿寵)과 동환(東皖)태수 호질(胡質)을 데리고 양성(陽城)을 거쳐 곧장 동관으로 떠났다. 사마의는 본부 병력을 이끌고 강릉(江陵)을 향하여 떠났다.

그 무렵 오나라 손권은 무창의 동관에 머물면서 여러 신하를 모아놓고 대책을 상의하며 말했다.

"이번에 파양태수 주방이 은밀히 상소문을 올려 위나라 양주도독 조휴가 우리를 침략하리라는 의사를 전해 왔다고 알려 왔소이다. 이번 계책대로라면, 주방은 위나라 병사들을 우리 땅 깊숙이 유인하여 매복한 우리 병사들의 손으로 그를 사로잡을 수 있습니다. 지금 위나라 병사들이 세 길로 나누어 쳐들어오고 있는데 대신들의 의견은 어떠시오?"

고옹이 나서서 말했다.

"이번 일은 육백언(陸伯言 : 육손의 자)이 아니면 감당하기가 어렵습니다."

손권이 몹시 기뻐하며 육손을 불러 보국대장군(輔國大將軍) 겸 평북도원수(平北都元帥)로 봉하여 어림군을 맡겨 이번 출정을 총괄하게 하면서 깃발[白旄]과 도끼[黃鉞]를 내리니 문무백관들이 모두 그의 명령을 따르기로 약속했다. 손권은 몸소 육손의 손에 채찍을 들려주었다. 명령을 받은 육손이 아뢰었다.

"두 사람을 좌우 도독으로 삼아 세 길로 군사를 나누어 적군을 막고자 합니다."

"그 두 사람이 누구요?"

"분위장군(奮威將軍) 주환(朱桓)과 타남장군(妥南將軍) 전종(全琮)이 저를 보좌할 수 있습니다."

손권은 그의 말에 따라 주환을 좌도독으로 삼고 전종을 우도독으로 삼았다. 이로써 육손은 강남 여든한 개 고을과 형주 병력 칠십만 명 남짓한 병사를 거느리고 주환을 좌도독으로 삼고 전종을 우도독으로 삼고 자신은 중군을 맡아 세 길로 진군하였다. 주원이 계책을 아뢰었다.

"조휴는 왕실의 종친이어서 쓰임을 받은 것이지 지혜와 용맹을 갖춘 장수는 아닙니다. 이제 그가 주방의 꾐에 빠져 우리의 영역 깊숙이 들어오면 원수께서 그를 반드시 쳐 무찌를 수 있습니다. 그가 전투에 지면 반드시 두 길로 달아날 터인데 왼쪽은 협석(夾石)이요, 오른쪽은 계차(桂車)입니다. 그 두 길이 모두 좁고 외지며 무척 험준합니다. 제가 전자황(全子璜 : 전종의 자)과 함께 각기 한 부대를 거느리고 험준한 산에 매복해 있다가 먼저 나무와 돌로 길을 막은 다음 조휴를 사로잡겠습니다. 조휴를 사로잡은 뒤에 곧장 진격하면 손뼉 한 번 쳐서 수춘성을 함락하고 이어 허도와 낙양을 엿볼 수 있으니 이야말로 만대의 위업을 한꺼번에 이루는 것입니다."

육손이 말했다.

"그것은 좋은 계책이 아니오. 나에게 오묘한 계책이 있소이다."

주원이 즐겁지 않은 표정으로 물러갔다. 육손은 제갈근에게 강릉을 지켜 사마의를 막게 하는 한편 다른 장수들에게도 여러 길로 일을 맡겨 적군을 막도록 했다.

그 무렵에 조휴가 병력을 이끌고 환성에 이르자 주방이 나와 맞으며 조휴의 장막으로 들어왔다. 그를 본 조휴가 물었다.

"요즘 그대가 올린 일곱 가지 계책이 참으로 이치에 맞아 내가 천자께 아뢰고 이렇게 대군을 이끌고 세 길로 내려왔소. 강동의 땅을 차지할 수만 있다면 그대의 공로가 적지 않소이다. 세상 사람들은 그대가 꾀 많은 사람이라 하니 그대의 말이 진실하지 않을까 걱정이오. 나는 그대가 나를 속이는 것이 아니기를 바라오."

그 말을 들은 주방이 통곡하며 곁에 있는 부하의 칼을 빼어 스스로 목을 찌르려 하자 조휴가 서둘러 말렸다. 주방이 칼을 짚고 말했다.

"내가 올린 계책 다섯 가지를 설명하면서 심장과 간을 보여 증명할 수 없음이 한탄스러울 뿐입니다. 이제 오히려 나를 의심하시니 이는 반드시 오나라 사람들이 우리를 이간질하고 있음이 틀림없습니다. 그들의 말을 들으면 내가 반드시 죽을 것이니 나의 충심은 오직 하늘만이 알 것입니다."

말을 마치자 주방은 다시 칼을 빼어 목을 찌르려 했다. 조휴가 몹시 놀라며 주방을 껴안으며 말했다.

"내가 농담으로 한 말인데 그대는 어찌 그리하시오?"

주방이 칼을 들어 머리칼을 베어 땅에 던지며 말했다.

"나는 충심으로 장군을 상대했는데 공은 나를 농담으로 상대하시니 나는 부모가 주신 머리칼을 베어 내 마음을 보이고자 할 뿐입니다."[7]

조휴가 주방을 깊이 믿으며 크게 잔치를 베풀었다. 잔치가 끝나자 주방이 사례하며 물러갔다.

그때 문득 건위장군 가규가 와서 뵙고자 한다는 보고가 올라왔다. 조휴가 그를 들라 하여 물었다.

"무슨 일로 오셨소?"

가규가 말했다.

"제가 헤아려보건대 오나라 병력은 반드시 환성에 주둔해 있을 것입니다. 도독께서는 가볍게 나가지 마시고 저와 함께 양쪽에서 공격하면 역적의 무리를 쉽게 깨트릴 수 있을 것입니다."

그 말을 들은 조휴가 대로하며 말했다.

---

[7] 『효경(孝經)』「개종명의(開宗明義)」편에 "몸과 머리칼과 피부는 부모에게서 받은 것이니 훼손하지 않는 것이 효도의 시작이다."[身体髮膚 受之父母 不敢毁傷 孝之始也]라는 고사를 인용한 것임.

"그대는 나의 공로를 가로채려 하는가?"

"제가 듣건대 주방은 머리칼을 베어 맹세하였다는데 이는 속임수입니다. 지난날 요리(要離)는 팔을 베어 경기(慶忌)를 속여 죽인 일[8]도 있으니 머리칼을 자른 것을 깊이 믿지 마시기 바랍니다."

조휴가 대로하며 말했다.

"내가 바야흐로 병력을 일으키려 하는데 너는 어찌하여 그따위 말로 군심을 흐트러트리려 하느냐?"

이어서 그는 좌우에 소리쳐 가규의 목을 베라 일렀다. 여러 장수가 말리며 말했다.

"아직 병력이 출진하지도 않았는데 장수를 먼저 죽이는 것은 싸움에 이롭지 않습니다. 잠시 죽임을 미루시지요."

조휴가 그들의 말에 따라 가규를 영채에 가두어 명령을 받게 하고 몸소 병력을 이끌고 동관을 치러 진군했다. 그때 주방은 가규가 병권을 빼앗겼다는 말을 듣자 속으로 기뻐하며 말했다.

"만약 조휴가 가규의 말을 들었더라면 오나라는 졌을 것이다. 이제 하늘이 나를 돕는구나."

그는 곧 사람을 환성으로 보내어 육손에게 사실을 보고했다. 육손은 여러 장수를 불러 명령을 시달했다.

"앞에 석정이라는 곳이 있는데 비록 산길이라 하지만 병사들을 매복시

---

8) 오(吳)나라 합려(闔閭)는 자신의 손에 죽은 요왕(僚王)의 아들 경기(慶忌)가 살아 있는 것이 두려웠다. 이에 합려는 오자서(伍子胥)의 추천을 받아 몸이 허약한 요리(要離)를 시켜 경기를 죽이도록 했다. 요리는 경기가 의심하지 않도록 합려에게 자신의 오른팔을 자르고 처자식을 불태워 죽이도록 한 다음 경기에게 접근하여 창으로 그의 등을 찔러 죽였다. 『사기』「노중련추양열전」(魯仲連鄒陽列傳)에 나오는 고사임.

킬 수 있소. 그러므로 먼저 석정의 너른 터를 차지하여 진세를 편 다음 위나라 병력을 기다리도록 하시오."

육손의 명령에 따라 서성이 선봉이 되어 먼저 병력을 이끌고 떠났다.

그 무렵 조휴는 주방에게 병력을 이끌고 전진하도록 했다. 길을 가면서 조휴가 물었다.

"앞에 나타난 곳이 어디요?"

주방이 대답했다.

"앞은 석정이라 하는데 병력을 주둔할 만한 곳입니다."

조휴가 주방의 말에 따라 대군과 수레와 무기들을 모두 석정에 풀고 진영을 치도록 지시했다. 다음 날 척후가 들어와 보고했다.

"앞에 오나라 병력이 수없이 나타나 산 어귀에 주둔하고 있습니다."

조휴가 크게 놀라 물었다.

"주방의 말에 따르면 오나라 병력이 없다던데 어찌 저들이 준비하고 있다는 말인가?"

조휴가 서둘러 주방을 찾으니 곁에 사람이 보고했다.

"주방은 몇십 명의 부하들을 이끌고 이미 어디로 갔는지 알 수 없습니다."

조휴가 크게 후회하며 말했다.

"내가 적군의 계책에 빠졌구나. 그렇다 한들 두려울 것이 무엇이랴?"

조휴는 장보(張普)를 선봉으로 삼아 몇천 명을 이끌고 나가 오나라 병력과 교전에 들어갔다. 양쪽 진영이 둥글게 둘러서자 장보가 말을 타고 나가 욕설을 퍼부었다.

"적장은 어서 항복하라."

서성이 말을 타고 나와 장보를 상대했다. 몇 번 겨루지도 않았는데 장보가 견디지 못하고 말을 돌려 병사들을 이끌고 돌아와 조휴에게 말했다.

"저로서는 서성의 용맹함을 감당할 수가 없습니다."

"그렇다면 내가 기습병으로 적군을 무찌르리라."

말을 마치자 조휴는 장보에게 이만 명의 복병을 이끌고 석정 남쪽에 매복하도록 하고 이어 설교(薛喬)에게 이만 명을 이끌고 석정 북쪽에 매복하도록 한 다음 말했다.

"내일 내가 병력 천 명을 이끌고 나가 싸움을 걸다가 거짓 지는 체하며 북쪽으로 달아날 것이다. 그때 대포 소리를 신호로 삼아 삼면에서 공격하면 반드시 크게 이길 수 있을 것이다."

장보와 설교가 각기 이만 병력을 이끌고 느지막이 매복하러 길을 떠났다.

그 무렵에 육손은 주환과 전종을 불러 지시했다.

"그대 두 사람은 각기 삼만 명 병력을 이끌고 석정 산길을 따라 조휴의 영채 뒤로 돌아가 불길을 올려 신호하도록 하오. 내가 대군을 이끌고 중로로 진격하면 조휴를 쉽게 사로잡을 수 있을 것이오."

그날 해가 저물자 주환과 전종이 병력을 이끌고 나갔다. 이경(二更, 오후 9~11시)에 이르자 주환의 병력이 정확하게 위나라 영채의 뒤로 나아가 장보의 복병을 만났다. 장보는 오나라의 병력이 이른 것도 모르고 다가와 누구냐고 묻자 주환이 단칼에 그를 베어 말 아래 떨어트렸다.

위나라 병력이 달아나자 주환은 후군에게 불을 질러 신호를 올리도록 했다. 신호를 본 전종이 한 무리를 이끌고 위나라 영채의 뒤로 돌아가 설교의 영채 가운데로 짓쳐 들어가며 많은 적군을 죽였다. 설교는 달아나고 위나라 병력은 크게 무너져 본채로 돌아왔다. 뒤에 있던 주환과 전종이 두 길로 쳐들어가자 조휴의 진영이 큰 혼란에 빠져 서로 부딪혀 죽었다.

조휴가 황망하게 말에 올라 협석을 바라보며 달아나자 서성이 대군을 이끌고 추격하니 위나라 병사로 죽은 무리를 헤아릴 수 없었다. 살아남은 무리는 갑옷을 버리고 달아났다. 조휴가 크게 놀라 협서의 길로 죽을 힘을 다하여 달아나는데 문득 한 무리의 병력이 작은 길을 따라 나타났다. 바라보니 앞장선 대장은 가규였다. 조휴는 조금은 마음이 놓이면서도 부끄러워하며 말했다.

"내가 그대의 말을 듣지 않아 이런 패전을 겪는구려."

가규가 말했다.

"도독께서는 서둘러 이 길을 벗어나셔야 합니다. 만약 오나라 병력이 나무와 돌로 길을 막으면 우리는 모두 위험에 빠지게 됩니다."

이에 조휴는 말을 몰아 도망하고 가규는 적군의 추격을 끊었다. 가규는 어느 무성한 숲에 이르자 험준한 길목에 깃발을 세워 병력이 많은 듯이 꾸몄다. 서성의 추격병이 이르러 보니 언덕 아래에서 문득 깃발이 나타나고 나팔소리가 들려 감히 앞으로 나아가지 못하고 병력을 거두어 돌아가자 그제야 조휴는 겨우 목숨을 건졌다. 조휴가 패배했다는 소식을 들은 사마의도 또한 병력을 이끌고 돌아갔다.

그 무렵 육손이 승전보를 들은 바로 뒤에 서성과 주환과 전종이 이르렀는데 노획한 수레와 소와 말과 노새와 군장비와 무기가 헤아릴 수 없이 많았고 포로가 몇만 명이었다. 육손은 몹시 기뻐하며 태수 주방과 여러 장수를 거느리고 오나라로 돌아왔다.

오나라 손권은 문무 관원들을 거느리고 무창성을 나와 일행을 영접하면서 육손과는 함께 일산을 쓰고 성안으로 돌아왔다. 모든 장수가 승급과 함께 무거운 상을 받았다. 손권은 주방의 머리칼이 없는 것을 보며 말했다.

"그대가 머리칼을 자르며 대사를 이루었으니 그대의 공명이 역사[竹帛]

에 기록될 것이오."

손권은 주방을 관내후(關內侯)에 봉하고 크게 잔치를 열어 장병들의 노고를 축하했다. 그러자 육손이 손권에게 아뢰었다.

"이제 조휴가 크게 무너지고 위나라 병사들의 간담이 서늘하게 되었습니다. 이럴 때 국서를 지어 촉으로 보내어 제갈량에게 위나라를 공격하도록 하시지요."

손권이 그의 말에 따라 사신에게 국서를 들려 서천으로 들어가게 했다. 이를 두고 뒷날 어느 시인이 이런 시를 남겼다.

동오도 능히 계책을 이루니
서천에게 다시 병력을 움직이라 이르네.
只因東國能施計 致令西川又動兵

제갈량이 다시 위나라를 정벌하러 가면 승패는 어찌 되려나?

제 97 회

나의 충절은 죽은 뒤에나 멈춘다

제갈량은 위나라를 정벌하고자
다시 [휘]출사표를 올리고
강유는 위나라를 깨트리려
거짓 글을 바치다.

촉한 건흥 6년(서기 228) 가을 9월, 위나라 도독 조휴는 석정에서 동오의 육손에게 크게 무너지고 수레와 말과 군수품과 무기를 모두 잃자 두렵고 황송한 마음에 병을 얻어 낙양에 이르러 등창이 돋아 죽었다. 위나라 왕 조예가 칙령을 내려 정중하게 그의 제사를 지내도록 했다. 사마의도 병력을 이끌고 돌아왔다. 여러 장수가 그를 맞이하며 물었다.

"조휴 도독께서 진 것은 원수(元帥)와도 관계가 있는 일인데 어찌 이토록 서둘러 돌아오셨습니까?"

사마의가 대답했다.

"내가 생각건대, 제갈량은 병법에 밝은 사람인지라, 이번의 승리를 틈타 반드시 장안을 공격할 것이오. 만약 농서가 위급해지면 누가 그곳을 구출하겠소?"

여러 장수는 그의 말이 무서워 말은 못 하면서도 속으로 웃으며 물러갔다.

그 무렵에 동오는 사신에게 편지를 들려 촉으로 보내어 어서 병사를 일으켜 위나라를 공격할 것을 요청하면서 자기들이 조휴를 대파한 사실을 알렸는데 이는 한편으로는 자신들의 위세를 떨치고자 함이요, 다른 한편으로는 서로 화친을 맺고자 함이었다. 국서를 받은 후주가 몹시 기뻐하며 사람에게 편지를 들려 한중으로 보내어 제갈량에게 알리도록 했다.

이때 제갈량은 병마가 강성하고 군량미와 말먹이가 넉넉하며 모든 군수품이 갖춰져 있어 군사를 일으키려던 참이었는데 그러한 편지를 받자 크게 잔치를 열어 장수를 불러놓고 군사를 일으킬 일을 상의했다. 그때 한바탕 광풍이 동북쪽에서 불어오더니 뜰 앞의 소나무를 부러트렸다. 사람들이 놀라자 제갈량이 점을 쳐보며 말했다.

"이 바람으로 미루어보건대 장수 한 명을 잃겠구나."

모든 장수가 믿지 못하며 막 술을 마시려는데 문득 진남장군(鎭南將軍) 조운(趙雲)의 맏아들 조통(趙統)과 둘째 아들 조광(趙廣)이 뵙고자 한다는 보고가 올라왔다. 제갈량이 몹시 놀라 잔을 던지며 말했다.

"자룡이 세상을 떠났구나!"

그때 조운의 두 아들이 들어와 울며 엎드려 말했다.

"지난밤 삼경에 아버님께서 병이 위중하여 세상을 뜨셨습니다."

제갈량은 발을 구르고 통곡하며 말했다.

"자룡이 세상을 떠났다니 이 나라는 대들보를 잃은 것이오, 나는 한 팔을 잃었도다."

장수들도 모두 눈물을 흘렸다. 제갈량은 두 아들에게 성도로 들어가 황제에게 아뢰도록 했다. 후주는 자룡이 죽었다는 말을 듣고 목 놓아 울며 말했다.

"짐이 지난날 어렸을 적에 자룡이 아니었더라면 어지러운 전쟁 중에 죽었을 것이오."

후주는 곧 조운에게 대장군을 추증하고 순평후(順平侯)라 시호를 내려 성도의 금병산(錦屛山) 동쪽에 묻도록 한 다음 사당을 세우고 사철마다 제사를 올리도록 했다.

뒷날 시인이 조운을 추모하여 이런 시를 남겼다.

    상산에 호랑이 같은 장수가 있어
    지혜와 용기는 관우와 장비에 견주었더라.
    한수에서 공을 세우고
    장판파에서 이름을 떨쳐
    두 번이나 어린 주군을 도와
    오로지 선제의 은혜에 보답했다네.
    역사가 그 충렬을 기록하니
    그 이름이 마땅히 백 대를 이으리라.
    常山有虎將 智勇匹關張
    漢水功勳在 當陽姓字彰
    兩番扶幼主 一念答先皇
    淸史書忠烈 應流百世芳

후주는 조운이 이룬 지난날의 전공을 생각하여 정중하게 장례를 치러 주었으며, 조통에게는 호분중랑장(虎賁中郞將)의 벼슬을 내리고 조광에게는 아문장(牙門將)을 시켜 아버지의 무덤을 지키게 하니 두 아들이 인사하고 물러갔다.

그때 문득 가까운 신하가 후주에게 아뢰었다.

"제갈 승상께서 장차 병사를 일으켜 곧 위나라를 정벌하러 출진한다 하옵니다."

후주가 조회를 열어 여러 신하에게 물으니 그들이 모두 아뢰었다.

"지금은 경솔하게 움직일 때가 아닙니다."

후주가 마음을 결정하지 못하고 있는데 문득 제갈량이 양의(楊儀)를 시켜 [후]출사표를 올렸다는 보고가 올라왔다. 후주가 들라 하니 그가 출사표를 올렸다. 후주가 책상 위에 출사표를 펴보니 그 내용은 이러했다.

선제께서는 한나라와 역적이 함께 살 수 없고 왕업이 편안하지 못함을 걱정하시어 신에게 역적을 무찌르라 부탁하셨습니다. 선제께서는 밝으신 지혜로 신의 재주를 헤아리시어 신이 역적을 토벌함에 재주가 부족하고 적군은 강성함을 아셨습니다. 그러하오나 역적을 무찌르지 않으면 왕업 또한 무너질 수밖에 없었습니다. 앉아서 기다리다가는 나라가 멸망할 것이니 누구와 더불어 역적을 무찌를까 생각하시다가 선제께서는 신을 의심하지 않으시고 그 일을 맡기셨던 것입니다.

신은 역적을 토벌하라는 조칙을 받은 뒤 잠자리가 편안하지 않았고 음식을 먹어도 그 맛을 알 수 없었습니다. 오로지 북벌만을 생각하면서도 먼저 남만으로 들어가 오월에 노수(瀘水)를 건너 불모지에 깊이 들어가 이틀에 하루치의 식사를 했으나 이는 신이 스스로를 아끼지 않았기 때문이 아니었습니다.

돌아보건대 왕업은 이 촉의 땅에서 외로이 남아서는 이룰 수 없기에 만난을 무릅쓰고 선제의 유업을 이루려 하였으나 어떤 사람은 이를 두고 좋은 계책이 아니라고 말했습니다. 이제 역적들은 서쪽에서 피로에 젖어 있고 동쪽에서 일을 꾸미고 있으니 병법에 이르기를, '적군이 피로

한 때 치라.'[兵法乘勢] 하였으니 지금이야말로 나아갈 때입니다. 그러므로 신은 이제 아래의 몇 가지를 아뢰나이다.

한고조께서는 그 영명하심이 일월과 같고 지략 있는 신하들의 생각이 연못처럼 깊었으나 그 창업의 때에는 험난했고 창에 찔리면서도, 나중에 가서야 평안했습니다. 이제 폐하께서는 한고조의 능력에 미치지 못하시고, 신은 장량(張良)과 진평(陳平)에 미치지 못하면서도 다만 긴 계책을 써 승리하여 앉아서 천하를 평정하려 하니 이 점이야말로 신이 이해할 수 없는 첫 번째 부분입니다.

유요(劉繇)와 왕랑(王朗)은 각기 고을을 다스리며 다만 신하로서 편안한 계책만 논의하고 성인의 말씀이나 읊조리며 가슴속에는 의심이 가득하고 무리들이 어려움에 빠지면 가슴이 오그라들어 올해에도 싸우지 않고 내년에도 출전하지 않아 그사이에 손권은 대권을 장악하여 강동을 차지했으니 이 점이야말로 신이 이해할 수 없는 두 번째 부분입니다.

조조는 지모와 계책이 남들보다 빼어나고 그 용병술은 손자와 오자에 견줄 만하지만 남양(南陽)에서 어려움을 겪었고, 오소(烏巢)에서 위험에 빠졌으며, 기연(祁連)에서 위험을 겪었고, 여양(黎陽)에서 핍박을 받았으며, 북산(北山)의 전투에서 지고, 동관(潼關)에서 거의 죽을 지경에 이른 뒤에야 겨우 한때 자리를 잡았습니다. 그러나 신은 재주가 빼어나지도 못한데 위험을 겪지 않으면서 천하를 평정하려 하니 이 점이야말로 신이 이해할 수 없는 세 번째 부분입니다.

조조는 다섯 번이나 창패(昌霸)를 공격했으나 평정하지 못했고, 네 번이나 소호(巢湖)를 건넜으나 성공하지 못했고, 이복(李服)을 썼으나 오히려 그의 공격을 받았고, 하후연(夏侯淵)에게 일을 맡겼으나 오히려 그가 패배하였습니다. 선제께서는 늘 조조가 유능한 인물이라 칭송하였으나 그에게도 이런 실수가 있었는데 하물며 저처럼 미련한 신하가 어찌 반드시 이긴다 할 수 있겠습니까? 이 점이야말로 제가 이해할 수 없는 네 번째 부분입니다.

　신이 한중에 들어온 지 이제 한 해가 지났습니다. 그동안에 저는 조운과 양군(陽群)과 마옥(馬玉)과 염지(閻芝)와 정립(丁立)과 백수(白壽)와 유합(劉郃)과 등동(鄧銅)의 무리를 잃었고, 일흔 명이 넘는 곡장(曲長)과 둔장(屯將)을 잃었으며, 돌장(突將)과 무전(無前)[1]과 종족(賨族)과 수족(叟族)과 청강(青羌)[2]과 산기(散騎)와 무기(武騎)[3]의 무리 천 명 남짓을 잃었습니다. 이들은 모두가 몇십 년에 걸쳐 사방에서 모은 정예 병력으로 한 고을에서 얻은 무리들이 아닙니다. 앞으로 몇 년 동안에 장수 셋 가운데 둘을 잃는다면 어찌 적국을 감당할 수 있겠습니까? 이 점이야말로 제가 이해할 수 없는 다섯 번째 부분입니다.

　이제 백성은 가난하고 병사들은 피곤하지만 지금의 사태는 여기에서 멈출 수가 없습니다. 사태가 여기에서 멈출 수 없다면 이대로 주저 물러앉든가 진격해야 하는데 그 수고로움과 경비는 같습니다. 이런 상황에서 일찌거니 도모하지 않고 작은 고을에서 적과 더불어 오래 살아남을 궁리만 하니 이 점이야말로 제가 이해할 수 없는 여섯 번째 부분입니다.

　무릇 평정하기 어려운 것은 나랏일입니다.[夫難平者事也] 지난날 선제께서 초(楚)에서 지셨을 적에 조조는 손뼉을 치며 이제 천하는 평정되었다고 말했습니다. 그러나 그 뒤로 선제께서는 오월(吳越)과 손을 잡으시고 서쪽으로는 파촉을 차지하시고, 병력을 일으켜 북쪽을 정복

---

1) 곡장(曲長)과 둔장(屯將)은 하급 무사들이며, 돌장(突將)은 돌격대장이며, 무전(無前)은 앞을 가로막을 수 없는 용맹한 장수라는 뜻임.
2) 종(賨)과 수(叟)는 남쪽의 소수 민족이며, 청강(青羌)은 서량의 한 종족임.
3) 산기(散騎)와 무기(武騎)는 기병대를 뜻함.

하시어 하후연의 목을 베었습니다. 이는 조조가 계책을 잘못 쓴 것이요, 한나라가 장차 대사를 이루려는 것이었습니다. 그러나 그 뒤로 다시 오나라는 동맹을 어겨 관우가 죽고 자귀(秭歸)에서 차질을 일으켜 조비가 황제라 일컬었습니다.

무릇 나랏일이란 이토록 예측하기 어렵습니다. 신은 몸을 굽혀 정성을 다 바치다 몸이 쇠약해져 죽은 뒤에나 이를 멈추려 하오나[鞠躬盡瘁 死而後已] 이 일이 성공하거나 실패할지, 이 일이 이로운 것일지 해로운 것일지는 신의 머리로서는 능히 예측할 수가 없습니다.

先帝慮漢賊不兩立 王業不偏安 故託臣以討賊也 以先帝之明 量臣之才 故知臣伐賊 才弱敵强也 然不伐賊 王業亦亡 惟坐而待亡 孰與伐之 是以託臣而弗疑也 臣受命之日 寢不安席 食不甘味 思惟北征 宜先入南 故五月渡瀘 深入不毛 並日而食 臣非不自惜也 顧王業不可偏安於蜀都 故冒危難以奉先帝之遺意 而議者謂爲非計 今賊適疲於西 又務於東 兵法乘勞 此進趨之時也 謹陳其事如左

高帝明並日月 謀臣淵深 然涉險被創 危然後安 今陛下未及高帝 謀臣不如良·平 而欲以長策取勝 坐定天下 此臣之未解一也

劉繇·王朗各據州郡 論安言計 動引聖人 群疑滿腹 眾難塞胸 今歲不戰 明年不征 使孫權坐大 遂幷江東 此臣之未解二也

曹操智計 殊絕於人 其用兵也 彷彿孫吳 然困於南陽 險於烏巢 危於祁連 逼於黎陽 幾敗北山 殆死潼關 然後僞定一時耳 況臣才弱 而欲以不危而定之 此臣之未解三也

曹操五攻昌霸不下 四越巢湖不成 任用李服 而李服圖之 委任夏侯 而夏侯敗亡 先帝每稱操爲能 猶有此失 況臣駑下 何能必勝 此臣之未解四也

自臣到漢中 中間期年耳 然喪趙雲·陽群·馬玉·閻芝·丁立·白壽·劉郃·鄧銅等 及曲長屯將七十餘人 突將無前 賨叟青羌 散騎武騎一千餘

人 此皆數十年之內 所糾合四方之精銳 非一州之所有 若復數年 則損三分之二也 當何以圖敵 此臣之未解五也

今民窮兵疲 而事不可息 事不可息 則住與行 勞費正等 而不及早圖之 欲以一州之地 與賊持久 此臣之未解六也

夫難平者 事也 昔先帝敗軍於楚 當此之時 曹操拊手 謂天下已定 然後 先帝東連吳越 西取巴蜀 舉兵北征 夏侯授首 此操之失計 而漢事將成也 然後吳更違盟 關羽毀敗 秭歸蹉跌 曹丕稱帝 凡事如是 難可逆料 臣鞠躬盡瘁 死而後已 至於成敗利鈍 非臣之明所能逆竟覩

후주는 출사표를 읽고 나서 몹시 기뻐하며 제갈량에게 칙령을 보내어 곧 출병하도록 했다. 제갈량은 칙명을 받아 삼십만 대군을 일으켜 위연을 선봉으로 삼아 진창(陳倉)의 길로 진격했다.

첩자가 나는 듯이 이를 낙양에 보고했다. 사마의가 조예에게 이를 아뢰니 조예가 문무 관료들을 모아놓고 상의하자 대장군 조진이 반열에서 나와 아뢰었다.

"지난번에 신이 농서를 지키면서 전공을 이룬 것 없이 죄만 지었기에 송구함을 견딜 수가 없습니다. 이번에는 대군을 이끌고 나가 제갈량을 사로잡고자 합니다. 신이 요즘 한 장수를 얻었는데 육십 근짜리 칼을 쓰고 천리마를 타며, 두 섬[石]의 무게를 드는 힘이라야 당길 수 있는 활을 쓰며 세 개의 유성추(流星鎚)를 몰래 던져 백발백중하니 만 명의 사나이로서도 감당할 수 없는 용맹을 지녔습니다. 그는 농서의 적도(狄道) 사람으로 이름은 왕쌍(王雙)이요 자를 자전(子全)이라 하는데 신이 보증하여 그를 선봉으로 삼고자 합니다."

조예가 몹시 기뻐하며 왕쌍을 전각 위로 불러 바라보니 키는 9척이요,

얼굴은 검고 눈은 푸르며, 허리는 곰 같고 등은 호랑이 같았다. 조예가 웃으며 말했다.

"짐이 이런 대장을 얻었으니 무엇을 근심하랴!"

조진은 그에게 비단 전포와 황금 갑옷을 내리고 호위장군(虎威將軍) 전부대선봉(前部大先鋒)을 삼았다. 조진은 대도독이 되어 은혜에 감사하며 조정을 물러갔다. 그는 십오만 명의 정예 병력을 거느리고 곽회와 장합을 만나 길을 나누어 요새를 지켰다.

그 무렵에 촉의 병사들 가운데 선발대가 진창에 이르러 제갈량에게 보고를 올렸다.

"진창의 어귀에는 이미 성을 쌓았는데 학소(郝昭)라는 장수가 지키고 있습니다. 해자(垓字)가 깊고 보루가 높으며 녹각을 쌓아두어 방비가 매우 튼튼합니다. 이럴 바에는 차라리 이 성을 버리고 태백령(太白嶺)의 샛길을 따라 기산(祁山)으로 빠지는 것이 더욱 안전합니다."

그 말을 들은 제갈량이 대답했다.

"진창의 바로 북쪽이 바로 가정이오. 반드시 진창을 빼앗아야 진군할 수 있소."

제갈량은 위연을 시켜 성 밑에 이르러 사면으로 공격하도록 했다. 위연이 연거푸 공격했으나 성을 깨트리지 못하자 제갈량을 찾아가 성을 깨트리기가 쉽지 않다고 보고했다. 제갈량이 대로하여 위연의 목을 치려 하자 장막 아래에서 한 장수가 나와 아뢰었다.

"제가 비록 재주는 없사오나 여러 해 승상을 따라다니면서도 은혜를 갚지 못했습니다. 바라건대 제가 진창성으로 찾아가 학소에게 항복하도록 권고하면 화살 하나 쏘지 않고서도 성을 얻을 수 있을 것입니다."

무리들이 바라보니 부곡(部曲)4) 은상(鄞祥)이었다. 제갈량이 물었다.

"그대는 무슨 말로 그를 설득하려 하는고?"

"학소가 본디 저와 고향이 같은 농서 사람이어서 어려서부터 가깝게 지냈습니다. 제가 이제 그를 찾아가 이해를 따져 설득하면 그가 반드시 항복할 것입니다."

제갈량이 그에게 가도록 허락했다. 은상이 말을 타고 진창성 아래 이르러 소리쳤다.

"학백도(郝伯道)의 옛 친구 은상이 왔노라."

성 위의 수비병이 이를 학소에게 아뢰니 학소가 그를 들어오도록 했다. 성 위에 올라 서로 인사를 마치자 학소가 물었다.

"옛 친구가 어찌하여 나를 찾아왔는가?"

은상이 대답했다.

"나는 지금 서촉의 공명 장막에서 참찬군기(參贊軍機)를 맡아 일하고 있는데 나를 높이 써주고 있다네. 그가 나를 특별히 그대에게 보내었으니 내가 그대에게 할 말이 있네."

학소가 낯빛을 바꾸며 말했다.

"제갈량은 우리나라의 원수라네. 나는 위나라를 섬기고 그대는 촉나라를 섬기니 각기 다른 주인을 섬기는 것일세. 우리가 지난날에는 형제처럼 지냈다고는 하지만 지금은 원수가 아닌가? 그대는 다시 그런 말을 하지 말고 이 성을 떠나게."

---

4) 부곡(部曲)은 하급 무사로서 사병(私兵)인 경우가 많았다. 중국 후한 말기에, 지방의 치안이 문란해질 것에 대비하여 장군이나 지방의 호족이 거느리도록 인정받은 군부대, 또는 그들의 집단을 가리킨다. 본디 군대라는 뜻이었으나, 남북조시대에는 노예를 사병으로 동원한 결과 부곡은 신분이 낮아져 천민이나 그들이 사는 마을을 뜻하는 것으로 바뀌었다. 로버츠(Moss Roberts)는 이를 'unit commander'라고 번역했다.

은상이 다시 무슨 말을 하고자 했으나 학소는 이미 성루로 올라가버렸다. 위나라 병사들이 은상에게 어서 말을 타고 성을 떠나도록 재촉했다. 은상이 돌아보니 학소가 성 위의 호심목(護心木) 난간에 기대서 있었다. 은상이 말을 멈추고 채찍을 들어 말했다.

"아우는 어찌하여 이토록 야박한가?"

학소가 대답했다.

"위나라의 법도를 형도 잘 알지 않는가? 나는 이 나라에서 은혜를 입었으니 이 나라를 위해 오직 죽을 뿐이라네. 형은 더 이상 말하지 말고 돌아가 제갈량에게 어서 쳐들어오라 이르게. 내가 결코 두려워하지 않을 것일세."

은상이 돌아와 제갈량에게 아뢰었다.

"학소는 제가 말을 꺼내기도 전에 먼저 입을 막아버렸습니다."

제갈량이 말했다.

"그대는 다시 한번 더 가서 이해로써 설득해보도록 하시오."

은상이 성 밑에 이르러 학소를 보고자 하였다. 학소가 성루에 나타나자 은상이 말고삐를 당기며 말했다.

"백도 아우는 나의 충고를 듣게나. 그대는 이 외로운 성을 지키면서 어찌 십만 대군을 막으려 하는가? 지금 항복하지 않으면 후회해도 소용없다네. 한나라를 따르지 않고 간악한 위나라를 섬기니 어찌 천명을 모르고 맑고 흐림을 모르는가? 백도는 깊이 생각해보게."

학소가 대로하여 화살을 먹여 겨누면서 은상에게 소리쳤다.

"내 말은 이미 다 했으니 그대는 여러 소리 할 것 없다. 서둘러 돌아가지 않으면 내가 어찌 그대를 쏘지 않을 수 있겠나?"

은상이 돌아와 제갈량을 뵙고 그동안에 있었던 일을 아뢰니 제갈량이 대로하며 말했다.

"필부의 무례함이 너무 지나치도다. 그가 어찌 나에게 성을 공격할 무기가 없다고 무시하는가?"

그러고서는 그곳 백성들을 불러 물어보았다.

"진창성 안에는 얼마의 인마가 있는고?"

백성들이 대답했다.

"그 숫자를 자세히는 알 수 없으나 거의 삼천 명은 될 것입니다."

제갈량이 웃으며 말했다.

"그토록 작은 성으로 나를 막을 수 있다고 생각했다더냐? 구원병이 오기에 앞서 서둘러 공격하라."

제갈량은 군중(軍中)에 구름다리 몇백 개를 세우고 각 다리 위에 몇십 명이 올라가도록 한 다음 목판을 둘러 적군의 공격을 막았다. 군사들은 짧은 사다리와 부드러운 밧줄을 들고 북소리와 함께 한꺼번에 성으로 올라갔다. 학소가 성 위에 올라 바라보니 촉의 병사들이 구름다리를 일으켜 세워 사방에서 몰려오는지라, 곧 삼천 명의 병사들에게 사방에서 불화살을 준비하고 있다가 구름다리가 성에 가까이 이르면 한꺼번에 쏘도록 했다.

다음 날 사방에서 북소리와 고함 소리가 들리면서 촉군이 쳐들어왔다. 학소가 서둘러 한꺼번에 불화살을 쏘도록 했다. 제갈량은 성안에 장비가 없는 줄로만 알고 구름다리를 크게 만들어 삼군에게 북 치고 고함지르며 달려가게 했다. 그러자 성 위에서 한꺼번에 불화살이 날아와 구름다리에 불이 붙자 병사들이 수없이 타죽었다. 더욱이 성 위에서 돌과 화살이 비 오듯 날아오자 촉군이 모두 물러섰다. 제갈량이 몹시 분노하여 말했다.

"너희들이 나의 구름다리를 태워버리면 이제 나는 충차(衝車)의 법을 쓰리라."

그리하여 제갈량은 밤을 새워 충차를 만들도록 했다.

이튿날 촉병들이 사방에서 북 치고 소리 지르며 달려 나갔다. 학소는 서둘러 큰 돌에 구멍을 뚫고 칡 끈에 매달아 좌우로 흔들게 하니 충차가 모두 부서졌다. 제갈량은 다시 병사들에게 흙을 날라 오도록 하여 해자를 메우고 삼천 명에게 삽과 괭이를 주어 밤새도록 성 밑을 파고 몰래 들어가도록 했다. 그러자 학소는 성안에 다시 해자를 가로질러 파 적군을 막았다. 이렇게 밤낮으로 스무날을 싸웠으나 성을 깨트리지 못했다. 제갈량이 마음속으로 울적해 있는데 문득 보고가 들어왔다.

"동쪽에서 구원병이 이르렀는데 깃발에는 위 선봉대장 왕쌍(魏先鋒大將王雙)이라 크게 쓰여 있습니다."

제갈량이 물었다.

"누가 나가서 그를 막을꼬?"

위연이 나서며 말했다.

"제가 나가 싸우고자 합니다."

그 말을 들은 제갈량이 말했다.

"그대는 선봉대장이니 가볍게 나가서는 안 되오."

그러고서 다시 물었다.

"누가 능히 나가서 싸울꼬?"

비장(裨將) 사웅(謝雄)이 소리치며 나왔다. 제갈량은 그에게 삼천 명의 병력을 주어 나가게 하면서 다시 물었다.

"누가 능히 또 나가겠는고?"

비장 공기(龔起)가 소리치며 달려 나와 가고자 했다. 제갈량이 그에게도 삼천 명의 병력을 주어 나가게 했다. 제갈량은 학소가 병력을 이끌고 성에서 나와 공격하지나 않을까 걱정스러워 병마를 이십 리 밖으로 물려 영채를 세웠다.

그때 사웅이 병력을 이끌고 진군하다가 왕쌍을 곧바로 만났다. 그러나 세 번을 겨루지도 않았는데 소웅은 왕쌍의 단칼에 목숨을 잃었다. 촉군이 달아나자 왕쌍이 그 뒤를 추격했다. 공기가 그를 맞아 싸웠으나 단 세 번을 겨룬 끝에 왕쌍의 칼을 맞고 죽었다.

패잔병이 돌아와 보고하자 제갈량은 몹시 놀라 서둘러 요화(廖化)와 왕평(王平)과 장억(張嶷) 세 장수를 보내어 적군을 막게 했다. 두 진영이 둘러서자 장억이 말을 몰고 나가며 왕평과 요화를 양쪽으로 진영을 세우게 했다. 왕쌍이 말을 몰고 나오니 장억이 나가 여러 차례 겨루었으나 승부가 나지 않았다. 왕쌍이 짐짓 져 달아나는 척하자 장억이 추격했다. 왕평은 장억이 계교에 빠진 것을 알고 황망히 소리쳤다.

"적장을 추격하지 마시오."

장억이 말을 돌리자 왕쌍의 유성추가 어느덧 장억의 등을 쳤다. 장억이 안장에 엎드려 달아나자 왕쌍이 말을 돌려 추격했다. 이를 본 왕평과 요화가 달려 나가 장억을 구출하여 돌아왔다. 왕쌍이 병력을 몰아 촉의 진영을 들이치니 촉병들이 많이 죽었다. 장억은 피를 토하며 제갈량에게 아뢰었다.

"왕쌍은 영웅으로 적수가 없습니다. 그는 지금 2만 명을 진창성 밖에 주둔시키고 사면으로 목책과 성을 쌓고 해자와 참호를 깊이 파 물샐 틈 없이 지키고 있습니다."

제갈량은 두 장수를 잃은 데다가 장억마저 다치게 되자 강유를 불러 물었다.

"진창의 어귀를 빠져나갈 수가 없으니 어찌하면 좋겠소?"

강유가 대답했다.

"진창의 성이 견고하고 해자가 깊으며 학소의 수세가 정밀합니다. 더욱이 왕쌍이 돕고 있으니 공략이 쉽지 않습니다. 대장 한 명을 뽑아 산과 강에 의지하여 영채를 짓게 하여 적군을 막으면서 또 다른 훌륭한 장수에게 요로를 지키게 하여 가정으로부터 오는 적군을 막아야 합니다. 그런 다음 승상께서는 대군을 거느리고 기산을 습격하시고 저는 이만저만한 계책을 쓰면 조진을 사로잡을 수 있습니다."

제갈량이 그의 계책에 따라 왕평과 이회(李恢)에게 이천 명의 병력을 이끌고 가정으로 가는 샛길을 지키게 하고, 위연에게 한 무리를 주어 진창의 어귀를 지키게 했다. 마대가 선봉이 되고 관흥과 장포가 전후구응사(前後救應使)를 맡았다. 그들은 샛길로 야곡을 빠져나와 기산을 바라보며 출진했다.

그 무렵에 조진은 지난날 사마의에게 공로를 빼앗긴 것을 분하게 여기면서 낙양에 이르러 곽회와 손례에게 동쪽과 서쪽을 지키게 하고, 진창이 위급하다는 소식을 듣자 왕쌍을 보내어 구원하도록 했다. 그러는 가운데 왕쌍이 적장을 죽이고 대공을 세웠다 하자 조진은 몹시 기뻐하며 중호군대장(中護軍大將) 비요(費耀)를 전부총독(前部總督)으로 삼고 그 밖의 여러 장수에게 요로를 지키게 했다.

그때 문득 산골짜기에서 적군의 첩자를 잡았다는 보고가 들어왔다. 조진이 그를 불러들여 장막 아래 무릎을 꿇게 하니 그가 사실을 고백했다.

"저는 첩자가 아니옵고 도독에게 전달해드릴 기밀이 있어 찾아오던 길에 매복한 군사들로부터 첩자로 오인되어 잡혀왔을 뿐이오니 좌우를 물리쳐주시기 바랍니다."

조진이 그의 결박을 풀고 좌우의 사람들을 물러가게 하자 그가 말했다.

"저는 강백약(姜伯約 : 강유의 자)의 심복으로서 그분의 밀서를 가지고 왔습니다."

조진이 물었다.

"그 편지는 어디에 있는고?"

그가 속옷 깊숙이 살갗에 붙여 가져온 편지를 내보였다. 조진이 읽어보니 그 내용은 이러했다.

"죄지은 장수 강유는 백 번 절하며 대도독 조진 휘하에 글을 올리나이다. 생각해 보면 저는 대대로 위나라의 봉록을 받고 변경을 지키면서 두터운 은혜를 입었으나 갚을 길이 없었습니다. 지난날에는 제갈량의 속임수에 빠져 낭떠러지기에 빠졌으나 옛나라에 은혜를 갚으려는 생각을 어찌 잊었겠습니까? 이제 다행히도 촉군이 서쪽에서 나오는데 제갈량은 크게 저를 의심하지 않고 있습니다. 마침 도독께서 몸소 대병을 이끌고 오신다니, 바라건대 적군을 만나면 거짓 진 체 달아나십시오. 그때 저는 촉군의 배후에 있다가 봉화로 신호를 보내어 먼저 촉군의 양곡과 말먹이를 태울 것이니 그때 도독께서는 대군을 되돌려 쳐들어오신다면 제갈량을 쉽게 사로잡을 수 있습니다. 제가 이런 말씀을 드리는 것은 나라를 위해 전공을 세우고자 함이 아니오라 지난날의 잘못을 속죄하려 함이오니 깊이 살피시어 명령을 보내주시기 바라나이다."

편지를 읽은 조진이 몹시 기뻐하며 말했다.

"이는 하늘이 나의 성공을 도우심이라."

조진은 밀사에게 무거운 상을 내리고 답장을 보내면서 날을 잡아 만나자고 말했다. 조진은 비요를 불러 상의하면서 말했다.

"이번에 강유가 나에게 은밀히 밀서를 보내어 이러저러하게 해달라고 계책을 알려왔소."

그 말을 들은 비요가 말했다.

"제갈량은 지모가 뛰어나고 강유도 또한 지혜로운 장수입니다. 만에 하나라도 제갈량이 시켜 일을 꾸민 것이나 아닌가 걱정스럽습니다."

"강유는 본디 위나라 장수였는데 어쩔 수 없이 촉에 항복한 장수이니 무얼 의심하겠소?"

"그러하오나 도독께서는 가볍게 움직이지 마시고 영채를 잘 지키시기 바랍니다. 제가 한 무리를 이끌고 나가 강유를 맞겠습니다. 이번 일이 성공하면 그 공로는 도독에게 돌아갈 것이고, 간교한 계략이라면 제가 알아서 감당하겠습니다."

조진이 크게 기뻐하며 비요에게 오만 명의 병력을 주어 야곡으로 나아가게 했다. 비요는 두세 정(程)5)을 진군하여 진영을 치고 척후를 보내어 정세를 살펴보도록 했다. 그날 신시(申時, 오후 3~5시)가 되자 척후가 돌아와 보고했다.

"야곡의 길로 촉병이 달려오고 있습니다."

비요는 서둘러 진군했다. 촉병들은 전투가 벌어지기도 전에 도망하자 비요가 추격했다. 촉병들은 쳐들어오다가 비요가 진세를 펴고 싸우려 하면 다시 물러갔다. 그렇게 하기를 서너 번 반복했다. 이렇게 다음 날 신시까지 진퇴를 거듭하자 위나라 병사들은 하루 밤낮을 쉬지 못한지라 촉병이 쳐들어올까 두려웠다. 위나라 병사들이 바야흐로 진영을 치고 아침밥을 지으려 하는데 문득 사방에서 함성이 크게 일어나고 북과 나팔소리가 들리며 촉병들이 산과 들을 뒤덮으며 쳐들어왔다.

그때 촉병의 진문이 열리며 문득 수레 한 대가 나타나는데 그 위에 제

---

5) 1정(程)은 삼십 리임. 제1권 제14회 각주 14 참조.

갈량이 단정히 앉아 위나라 장수와 대화를 나누고 싶다고 말했다. 비요가 말을 타고 나아가 멀리 제갈량을 바라보더니 속으로 기뻐하며 좌우의 부하들에게 말했다.

"촉군이 몰려오면 뒤로 물러서 도망하도록 하라. 그러다가 산 뒤에서 불길이 일어나면 몸을 돌려 공격하도록 하라. 그러면 호응하는 군사가 있을 것이다."

지시를 마친 비요가 말을 몰고 나아가 소리쳤다.

"지난번에 진 장수가 어찌하여 다시 왔는가?"

제갈량이 말했다.

"너는 돌아가 조진이 나와 대답하라고 일러라."

그 말을 들은 비요가 욕설을 퍼부으며 말했다.

"조 도독은 황실의 귀하신 몸인데 어찌 너 같은 반역자를 상대하겠는가?"

제갈량이 대로하며 부채를 들어 가리키니 왼쪽에서는 마대가 나가고 오른쪽에서는 장억이 두 길로 달려 나갔다. 위나라 병사들이 물러서 삼십 리를 달아난 뒤 바라보니 촉병의 뒤에서 불길이 일어나고 함성이 그치지 않는데 왼쪽에서는 관흥이 짓쳐나오고 오른쪽에서는 장포가 짓쳐나왔다. 산 위에서는 화살과 돌멩이가 비 오듯 아래로 쏟아지니 위나라 병사들이 크게 무너졌다.

비요는 자신이 적군의 계략에 빠진 것을 알자 군사를 물려 산골짜기로 도망쳐 들어갔다. 사람과 말은 모두 지쳤는데 뒤에서는 관흥이 기운찬 병력을 이끌고 추격해 왔다. 위나라 병사들은 서로 밟히거나 강물에 빠져 죽는 무리가 수없이 많았다. 비요가 가까스로 목숨을 건져 도망하는데 산 어귀에서 한 부대가 달려 나오기에 바라보니 강유였다. 비요가 그에게 욕설을 퍼부었다.

"의리 없는 역적아!"

강유가 웃으면서 말했다.

"내가 조진을 잡으려다가 잘못하여 너를 잡게 되었구나. 어서 말에서 내려 항복하거라."

비요는 말을 몰아 길을 찾아 산골짜기를 바라보며 도망했다. 그때 문득 불빛이 일어나며 뒤에서 추격병이 가까이 이르자 비요는 스스로 목을 베어 자살하고 군사들은 모두 항복했다.

제갈량은 밤낮을 이어 진군하여 기산 앞에 이르자 영채를 세우고 군마를 주둔하게 한 다음 강유에게 무거운 상을 내렸다. 상을 받으며 강유가 말했다.

"조진을 잡지 못한 것이 한탄스럽습니다."

그 말을 들은 제갈량이 말했다.

"큰 계책을 너무 적게 썼구려."

그 무렵 조진은 비요가 죽었다는 말을 들었으나 후회해도 소용이 없었다. 그는 곽회와 군사를 물릴 계책을 상의했다. 그에 따라 손례와 신비가 밤을 새워 위나라 황제에게 올리는 글을 지어, 촉병이 기산으로 나오고 있으며 조진은 장수를 잃어 사태가 위급함을 알렸다. 조예가 크게 놀라며 사마의를 내전으로 불러 말했다.

"조진이 장수를 잃고 촉병이 기산으로 나온다 하니 경은 어떤 계책으로 적군을 물리치려 하오?"

사마의가 아뢰었다.

"신이 이미 제갈량을 물리칠 계책을 세워두었으니 우리 병사들이 무예를 떨치지 않고서도 촉병은 스스로 물러날 것입니다."

이를 두고 뒷날 한 시인이 이렇게 읊었다.

이미 조진으로서는 이길 수 없음을 알았으니
사마의의 계책에 모든 것을 거는구나.
已見子丹無勝術 全憑仲達有良謀

사마의의 계책은 어찌 되려나?

제98회

사마의가 있기에 제갈량이 빛나도다

왕쌍은 촉군을 추격하다 목숨을 잃고
제갈량은 진창을 습격하여 차지하다.

사마의가 나서서 아뢰었다.
"신이 일찍이 말씀드린 바와 같이 제갈량은 반드시 진창으로 나올 것이기 때문에 이미 학소에게 지키도록 해두었는데 예상했던 것과 같이 그는 진창으로 쳐들어오고 있습니다. 그가 만약 진창의 길로 쳐들어오면 양곡 운반이 몹시 편리할 것입니다. 그러나 지금 다행히도 학소와 왕쌍이 그곳을 지키고 있으니 그곳으로 나오지는 않을 것이나 샛길로 쳐들어오는 데에는 어려움이 많을 것입니다. 신이 생각하건대 촉군의 양곡은 한 달치가 넘지 않기 때문에 전투를 서두를 것입니다. 이럴 경우에 우리는 모름지기 오래 끌며 지켜야 합니다. 그러므로 폐하께서는 조진에게 칙서를 내리시어 여러 요충을 잘 지키되 나가 싸우지 말라 하십시오. 그렇게 되면 촉군은 한 달을 넘기지 못하고 스스로 물러갈 것입니다. 이때 그들의 허점을 공격하면 제갈량을 쉽게 사로잡을 수 있을 것입니다."
조예가 기뻐하며 말했다.

"경이 이미 그렇게까지 멀리 내다보고 있었다면 어찌하여 스스로 한 부대를 이끌고 저들을 공격하지 않으십니까?"

"신이 몸을 아끼고 목숨을 소중히 여겨서가 아니오라 사실인즉 이곳에 병력을 남겨 두어 동쪽으로 오나라의 육손을 막고자 함입니다. 손권은 머지않아 스스로 황제에 오를 것이며, 그렇게 되면 폐하께서 자신을 정벌하리라 걱정하여 먼저 우리를 공격할 것이니 신은 그때를 대비하여 기다릴 뿐입니다."

그런 이야기를 나누고 있는데 곁의 신하가 아뢰었다.

"조진 도독께서 군사 정세를 보고하는 글을 올렸습니다."

그 말을 들은 사마의가 말했다.

"폐하께서는 사람을 보내어 조진에게 경계하시되, 그가 촉군을 추격할 일이 있더라도 모름지기 그 허실을 살피며 깊이 들어가서는 안 된다는 말씀을 하셔야 합니다."

조예는 곧 조서를 지어 태상경(太常卿) 한기(韓曁)에게 절(節)을 들려 내려가 조진에게 경계하도록 했다.

"도독은 절대로 싸워서는 안 되며 오로지 성실히 지키다가 촉병이 물러갈 때 추격하도록 하라."

사마의가 한기를 성 밖까지 배웅하며 말했다.

"나는 이번의 공로를 조진 도독에게 양보하려 하오. 공은 조 도독을 만나서 이번의 계책이 내 뜻이라는 말을 하지 말고 오로지 천자의 뜻이라 말씀하시고, 지키는 것만이 상책이라고 말하시오. 적군을 추격할 때는 더욱 조심하되, 서둘러 따라가는 일이 없도록 하시오."

한기가 사례하고 떠났다.

그 무렵 조진이 장막에서 군사를 논의하는데 문득 천자께서 태상경 한기에게 절을 보내어 이르렀다는 보고가 들어왔다. 조진이 영채를 나가 조칙을 받아들고 곽회와 손례를 불러 상의하니 곽회가 웃으며 말했다.

"이는 사마중달의 생각입니다."

조진이 물었다.

"그렇다면 이 의견이 어떠시오?"

"이는 그가 제갈량을 깊이 알고 한 말입니다. 세월이 흘러 촉군을 막아 낼 사람은 반드시 중달일 것입니다."

"촉병이 물러나지 않으면 장차 어찌해야 하오?"

"사람을 은밀히 왕쌍에게 보내어 샛길을 지키도록 하여 촉군이 감히 양곡을 운반하지 못하도록 막으시지요. 저들은 양곡이 떨어지면 물러날 것이니 그때를 이용하여 추격하면 크게 이길 수 있습니다."

그 말이 끝나자 손례가 말했다.

"제가 기산으로 가서 거짓으로 식량 운반 수레를 꾸며 불쏘시개와 유황과 염초를 싣고 마치 농서로 식량을 운반하는 것처럼 하겠습니다. 만약 촉군에게 군량미가 떨어졌다면 그들이 반드시 우리를 습격할 것입니다. 그들이 우리에게 가까이 오기를 기다렸다가 수레에 불을 지르고 복병이 달려 나오면 쉽게 이길 수 있을 것입니다."

조진이 기뻐하며 말했다.

"그 계책이 참으로 기묘하군."

조진은 곧 손례에게 병력을 이끌고 계획대로 움직이도록 하였다. 그는 또한 왕쌍에게 사람을 보내어 샛길을 지키도록 하고 곽회에게 병력을 주어 기곡과 가정을 돌아보면서 요로를 지키도록 했다. 조진은 또한 장료(張遼)의 아들 장호(張虎)를 선봉으로 삼고 악진(樂進)의 아들 악침(樂綝)을 부선봉으로 삼아 함께 전방 진영[前營]을 지키되 나가 싸우지 말도록 했다.

그 무렵 제갈량은 기산의 영채에 머물며 날마다 전투를 독려하였으나 위나라 병사들이 지키기만 할 뿐 나와 싸우려 하지 않았다. 제갈량이 강유를 불러 상의했다.

"위나라 병사들이 지키기만 할 뿐 나와 싸우려 하지 않으니 이는 우리의 양곡이 부족함을 저들이 알고 있기 때문일 것이오. 이제 진창으로 양곡의 운송이 어렵고 그 밖의 샛길은 더욱 어렵소. 우리의 양곡은 한 달 치가 못 되는데 어찌하면 좋을꼬?"

그런 이야기를 나누고 있는데 문득 농서의 위나라 병사들이 수레 몇천 대에 양곡을 싣고 기산의 서쪽으로 이동하는데 운송을 담당하는 장수는 손례라는 보고가 올라왔다. 제갈량이 물었다.

"손례는 어떤 사람인고?"

위나라 사람이 아뢰었다.

"그 사람이 일찍이 위나라 왕을 모시고 대석산(大石山)에 사냥을 나갔는데 문득 호랑이가 달려들었습니다. 그때 손례가 말에서 내려 칼을 뽑아들어 호랑이를 죽인 일이 있었는데 그 공로로 상장군에 올라 조진의 심복이 되었습니다."

제갈량이 웃으며 말했다.

"이는 우리에게 양곡이 떨어졌음을 저들이 알고 꾸민 계책이오. 수레에 실린 것은 양곡이 아니라 반드시 불쏘시개와 화약일 것이오. 내가 평생 써온 전략이 화공(火攻)인데 저들이 어찌 화공으로 나를 유인할 수 있겠는가? 저들은 우리가 자기들의 양곡 수레를 겁탈하리라 생각하고 반드시 우리의 본채를 습격할 것이니 우리가 그를 거꾸로 이용할 수 있소."

말을 마치자 제갈량은 마대를 불러 지시했다.

"그대는 삼천 명의 병력을 이끌고 위나라의 군량미 저장소로 진격하되 영채 안으로 들어가지는 말고 다만 바람의 방향으로 불을 놓으시오. 만약 수레에 불이 붙으면 위나라 병사들은 반드시 우리 영채를 에워싸러 올 것이오."

이어서 마충과 장억에게 지시했다.

"그대들은 각기 오천 명의 병력을 이끌고 가 밖에서 기다리다가 안팎으로 공격하도록 하시오."

세 장수가 물러가자 관흥과 장포를 불러 지시했다.

"위나라 병사들의 앞선 영채는 사방으로 길이 열려 있다. 오늘 밤에 서산에서 불길이 일어나면 위나라 병사들은 반드시 우리 영채를 습격하러 올 것이다. 그대 두 사람은 각기 위나라 영채의 좌우에 매복하여 있다가 저들이 떠나기를 기다려 영채를 습격하도록 하라."

제갈량은 다시 오반(吳班)과 오의(吳懿)를 불러 지시했다.

"그대 두 사람은 각기 천 명의 병력을 이끌고 영채 밖에 매복해 있다가 저들이 도착하면 돌아갈 길을 끊도록 하라."

병력의 배치를 마친 제갈량은 기산의 높은 곳에 올라 앉아 기다렸다. 위나라 병사들은 촉군이 식량을 겁탈하러 오는 것으로 알고 서둘러 손례에게 보고하니 손례가 다시 나는 듯이 조진에게 보고했다. 조진은 선봉 진영의 장호와 악침에게 사람을 보내어 지시했다.

"오늘 밤 서쪽에서 불길이 일어나면 촉병이 반드시 구원하러 올 것이다. 그때는 병력을 보내는데 이러저러하게 처리하도록 하라."

두 사람이 작전을 듣고 사람을 시켜 누각에 올라가 불길이 일어나는지를 살피게 했다. 손례는 군사를 거느리고 산 서쪽에 매복하여 촉병이 오기만을 기다리고 있었다.

이경이 되자 마대가 삼천 명의 병력을 이끌고 오는데 병사들은 소리가 나지 않도록 하무[枚]를 물고 말에는 입마개를 씌웠다. 그가 산의 서쪽에 이르니 수많은 수레가 겹겹이 쌓여 있어 마치 영채를 이루고 있는 듯하였으며 수레에는 속임수로 깃발이 꽂혀 있었다. 그때 서남풍이 불어오자 마대는 병사들에게 영채로 달려가 불을 지르도록 하니 수레에 불이 붙어 하늘로 치솟았다.

촉병들이 이르자 손례는 위나라 병사들이 신호를 올리는 것인 줄로만 알고 서둘러 병력을 이끌고 쳐들어갔다. 그때 등 뒤에서 북과 나팔소리가 하늘을 울리며 두 길로 적군이 달려드는데 바라보니 마충과 장억이 위나라 병사들을 철통같이 에워싸고 있었다. 손례가 몹시 놀라 어쩔 줄 모르는데 이번에는 위나라 군진에서 함성이 일어나고 한 부대가 불길 속에서 튀어나오는데 앞선 장수는 마대였다. 두 부대가 앞뒤로 공격하니 위나라 병사들은 크게 무너졌다. 바람을 타고 불길이 더욱 거세지자 사람과 말이 서로 달아나느라 수없이 밟혀 죽었다. 손례는 부상병을 이끌고 불길을 뚫으며 달아났.

그 무렵 위나라의 영채에서 기다리고 있던 장호는 멀리서 불길이 일어나는 것을 보자 영채의 문을 열고 악침과 함께 병마를 이끌고 촉군의 영채로 짓쳐들어가 보니 한 사람도 보이지 않았다. 그들이 서둘러 병력을 물리려 하자 오반과 오의가 두 길로 쳐들어오며 돌아갈 길을 막았다.

장호와 악침이 좌우로 부딪치며 포위를 뚫고 본채로 돌아와보니 성 위에서 화살이 메뚜기처럼 날아왔다. 이미 그곳은 관흥과 장포의 손에 넘어가 있었다. 위나라 병사들이 크게 무너져 조진의 영채로 달아나 막 영문에 들어서려는데 또 다른 패잔병의 무리가 도망해 들어오고 있기에 바라보니 손례의 부대였다. 그들은 함께 영채로 들어가 조진을 만나 자기들이 계략에 빠졌음을 보고했다.

보고를 들은 조진은 오로지 지키기만 할 뿐 다시는 나와 싸우려 하지 않았다. 승리한 촉나라 군사들이 제갈량을 찾아가 뵈오니 그가 다시 은밀히 사람을 위연에게 보내어 모두 영채를 허물고 떠나도록 했다. 그 말을 들은 참군 양의(楊儀)가 물었다.

"이번에 우리가 크게 이겨 위나라 병사들의 예봉을 꺾었는데 어찌하여 병력을 물리라 하십니까?"

그 말을 들은 제갈량이 대답했다.

"우리는 지금 군량미가 부족하여 서둘러 싸워야 유리한데 이제 저들이 지키기만 하니 우리가 불리할 수밖에 없소. 저들이 지금은 잠시 졌다고는 하지만 반드시 중원에서 지원군을 보낼 것이오. 만약 그들이 우리의 양곡 운반의 길을 끊으면 그때 우리는 돌아가고 싶어도 돌아갈 수 없게 된다오. 지금 위나라 병사들이 전투에서 지고 감히 우리를 바로 쳐다보지 못하고 있는 때를 틈타 저들이 생각지도 못하게 물러나야 하오. 다만 걱정스러운 것은 진창의 어귀에서 위연의 군대가 왕쌍의 저항을 받아 서둘러 몸을 뺄 수 없다는 점이오. 그러나 내가 이미 사람을 보내어 왕쌍을 죽일 계책을 위연에게 주었으니 위나라 병사들이 감히 우리를 추격하지는 못할 것이오. 이럴 때를 틈타 후비부대부터 먼저 떠나도록 하시오."

그날 밤 제갈량은 징과 북을 치는 병사[金鼓]들에게 영채에 남아 시간에 맞추어 북을 치도록 하고 하룻밤 사이에 모두 물러가니 영채가 텅텅 비었다.

그 무렵에 조진이 울적한 마음으로 영채에 머물고 있는데 문득 좌장군 장합이 왔다는 보고가 들어왔다. 장합이 말에서 내려 영채로 들어오면서 조진에게 말했다.

"제가 천자의 특명을 받들어 장군을 도우러 왔소이다."

조진이 물었다.

"떠나올 때 중달을 만났던가요?"

"중달이 각별히 분부하기를, 우리가 이기면 촉군은 물러서지 않을 것이며 우리가 지면 촉나라 군사들이 물러날 것이라 했습니다. 지금 우리가 진 다음 도독께서는 척후를 보내어 촉나라 군사들의 정세를 알아보셨던가요?"

"알아보지 못했습니다."

조진이 서둘러 척후를 보내어 알아보니 촉군의 영채는 이미 비어 있고 팔방으로 깃발을 세워둔 채 이틀 전에 모두 달아났다고 했다. 조진이 그 사실을 알았을 때는 후회해도 소용이 없었다.

위연은 제갈량으로부터 비밀리에 계책을 받자 그날 밤 이경에 영채를 헐고 서둘러 한중으로 돌아갔다. 첩자가 재빨리 이를 왕쌍에게 알리니 그가 병마를 이끌고, 있는 힘을 다하여 추격했다. 이십 리 남짓 추격하여 바라보니 앞에 위연의 깃발이 나부끼는지라 왕쌍이 크게 소리쳤다.

"위연은 달아나지 말라."

촉군은 머리도 돌리지 않고 달아났다. 왕쌍이 말을 몰아 달려가는데 뒤에서 위나라 병사들이 크게 외치는 소리가 들렸다.

"성 밖 영채에 불이 났습니다. 적군의 간계에 빠진 것이나 아닌지 걱정스럽습니다."

왕쌍이 서둘러 말고삐를 당겨 돌아서려는데 불길이 하늘을 찌를 듯이 타오르자 서둘러 병력을 뒤로 물렸다. 그가 산언덕 왼쪽에 이르렀을 때 문득 한 장수가 말을 타고 숲속에서 뛰어나오며 소리쳤다.

"위연이 여기에 있느니라."

왕쌍이 몹시 놀라 손도 쓸 새 없이 위연이 휘두른 칼을 맞고 말 아래로 떨어졌다. 위나라 병사들은 혹시 복병이라도 있을까 두려워 사방으로 달아났다. 위연은 겨우 삼십 명의 기병을 거느리고 한중을 바라보며 천천히 나아갔다. 뒷날 한 시인이 그 장면을 이렇게 시로 읊었다.

공명의 귀신같은 전략은 손빈(孫臏)과 방연(龐涓)6)보다 빼어나
긴 별이 한 모퉁이를 비춰는 것 같도다.
나가고 물러섬을 귀신도 모르게 하여
진창 어귀에서 왕쌍을 베었구나.
孔明妙算勝孫龐 耿若長星照一方
進退行兵神莫測 陳倉道口斬王雙

본디 위연은 제갈량의 밀계를 받아 먼저 기병 서른 명을 왕쌍의 영채 근처에 매복시켜두었다가 왕쌍이 추격해 오기를 기다려 그의 영채로 쳐들어가 불을 지른 다음 그가 불을 보고 놀라 되돌아오자 예상치 못하게 달려들어 그를 죽인 것이었다. 위연이 왕쌍의 목을 베고 한중으로 돌아와 제갈량을 뵙고 병마를 인계했다. 제갈량은 크게 잔치를 열어 그를 치

---

6) 손빈(孫臏)은 중국 전국(戰國)시대 제(齊)나라의 병법가로 손무(孫武, 孫子)의 후손이라고 한다. 본명과 생년은 알 수 없고 정강이뼈를 잘린 형벌을 받았으므로 빈(臏 : 종지뼈 빈)으로 불렸다. 지난날 그는 위(魏)나라 장군 방연(龐涓)과 동문수학했는데 그의 재예를 시기하고 두려워한 방연이 그를 위나라 안읍(安邑)으로 초청하여 첩자의 혐의를 씌워 두 다리를 자르고 묵형(墨刑)에 처했다. 손빈은 방연의 마수를 피하려고 제나라 사신을 따라 도망했다. 제나라 장군 전기(田忌)가 그의 기재를 알아보고 빈객으로 대우했다. 전기는 그의 유능함을 높이 사 왕에게 추천했고 왕이 그와 병법을 문답해보고는 곧 군사(軍師)에 임명했다. 손빈은 뒤에 마릉에서 방연을 죽여 복수했을 뿐만 아니라 이 일로 명성을 떨쳤다. 『사기』(史記) 「손자 · 오기열전」(孫子 · 吳起列傳)에 나옴.

하했다.

그때 장합은 촉군을 추격하지 못하고 영채로 돌아왔는데 문득 진창성의 학소가 사람을 보내어 왕쌍의 죽음을 알렸다. 그 소식을 들은 조진은 너무 마음이 아파 병을 얻어 낙양으로 돌아가면서 곽회와 손례와 장합에게 장안의 여러 길목을 지키게 했다.

그 무렵 오나라 손권이 조회를 열자 척후가 들어와 보고를 올렸다.
"촉나라의 제갈 승상이 두 번 출병하여 위나라 조진의 병력을 깨트리고 장수를 죽였다 합니다."

그 말을 들은 오나라의 여러 신하가 오왕에게 군사를 일으켜 위나라를 정벌하고 중원을 도모하도록 권고했다. 손권이 결심을 하지 못하자 장소가 아뢰었다.

"요즘 듣자니 무창의 동산에 봉황이 날아오르고 장강에 황룡이 여러 차례 나타났다고 합니다. 주공께서 이루신 덕망은 요순(堯舜)에 견줄 만하고 문무에 밝으시니 황제에 오르신 다음에 군사를 일으키심이 옳습니다."

여러 군사가 그 말에 따라 함께 아뢰었다.
"자포(子布)의 말이 옳습니다."

그리하여 그들은 황무(黃武) 8년(서기 229) 여름 4월 병인(丙寅) 날에 무창 남쪽에 누대를 세우고 여러 신하가 손권에게 황제에 오르기를 요청하여 연호를 황룡(黃龍) 원년으로 바꾸었다. 아버지 손견(孫堅)에게 무열황제(武烈皇帝)라는 시호를 올리고 어머니 오 씨(吳氏)에게 무열황후(武烈皇后)의 시호를 올렸으며, 형 손책(孫策)을 장사환왕(長沙桓王)으로 올리고 아들 손등(孫登)을 황태자로 삼았다. 이어 제갈근(諸葛瑾)의 맏아들 제갈각(諸葛恪)을 태자좌보(太子左輔)로 삼고 장소의 둘째 아들 장휴(張休)를 태자우필(太子右弼)로 삼았다.

　제갈각의 자는 원손(元遜)으로, 키가 7척이며, 총명하고 어려운 질문에 훌륭하게 대답하는 재능을 타고나 손권이 몹시 사랑했다. 제갈각이 일곱 살 적에 동오에 큰 잔치가 벌어졌는데 제갈각이 아버지를 따라 그 자리에 간 적이 있었다. 손권은 제갈근의 얼굴이 긴 것을 놀리려 나귀 한 마리를 끌고 오게 하여 얼굴에 "제갈자유"(諸葛子瑜)라 쓰여 붙이게 했다. 이를 본 여러 신하가 큰 소리로 웃자 제갈각이 앞으로 나오더니 그 글귀에 두 자를 더 써넣어 "제갈자유의 노새[諸葛子瑜之驢]"라고 하니 놀라지 않는 사람이 없었다. 손권이 몹시 기뻐하며 그 나귀를 그에게 선물로 주었다.

　언제인가는 손권이 크게 잔치를 열고 제갈각을 시켜 여러 관료에게 술을 권하도록 했다. 그가 장소의 앞에 이르자 장소가 술을 받지 않으며 말했다.

　"이는 노인을 모시는 예의가 아니니라."

　이를 본 손권이 제갈각에게 말했다.

　"네가 자포 어른께 술을 마시도록 할 수 있느냐?"

　그 말에 따라 제갈각이 술잔을 들고 장소 앞으로 나아가 말했다.

　"옛날에 강태공[姜尚父]께서는 연세가 아흔이신 데도 지휘봉[旄]과 도끼[鉞]를 손에 잡으시고서도 스스로를 늙었다 말하지 않았습니다. 이제 전쟁을 만나서는 선생께서 뒤에 앉으시고[7) 술을 마실 때는 선생께서 앞으로 나오시도록 하는 것이온데 어찌 노인을 대접하지 않는다고 말씀하십니까?"

　장소가 대답을 하지 못하고 억지로 술을 마셨다. 이런 일이 있은 뒤로

---

7) 이는 전쟁이 일어날 때면 장소가 화평을 강조한 것을 빗대어 말한 것이다.

손권이 더욱 그를 사랑하여 태자를 보좌하도록 했다. 장소가 왕을 곁에서 보좌하여 삼공보다 높은 자리에 앉게 되자 그 아들 장휴(張休)를 태자우필(太子右弼)로 삼았다. 이어서 고옹을 승상으로 삼고, 육손을 상장군으로 삼아 태자를 보위하여 무창을 지키도록 했다.

손권이 권업으로 돌아와 여러 신하를 모아놓고 위나라를 정벌할 계책을 논의하자 장소가 나서서 말했다.

"폐하께서 보위에 오르신 지 며칠 지나지 않은 터에 가볍게 병력을 움직이는 것은 옳지 않습니다. 지금으로서는 문예를 일으키고 무예를 닦으며 학교를 증설하여 민심을 평안이 한 다음 천천히 도모해야 합니다."

손권이 그의 말에 따라 곧 사신을 뽑아 밤낮으로 서천으로 달려가 후주를 뵙게 하였다. 인사를 마치자 사신이 사정을 자세히 아뢰니 후주가 듣고 여러 신하를 불러 상의했다. 대부분의 신하는 손권이 분수에 넘게 황제를 자칭하였으니 마땅히 동맹과 우호를 끊어야 한다고 말했다. 그 말을 들은 장완이 말했다.

"사람을 보내어 제갈 승상의 뜻이 어떤지 물어보심이 옳을 듯합니다."

후주가 곧 사람을 한중으로 보내어 제갈량의 뜻을 물으니 그가 답서를 보내왔는데 그 글은 이러했다.

"사신에게 예물을 갖추어 보내어 오나라의 일을 축하하시고 육손에게 군사를 일으켜 위나라를 치도록 권고하시기 바랍니다. 그렇게 되면 위나라는 반드시 사마의를 시켜 오나라를 막게 할 것이니 사마의가 남쪽으로 오나라를 막으러 출병하면 우리가 기산으로 나아가 장안을 쉽게 함락할 수 있습니다."

후주가 그 말에 따라 태위 진진(陳震)에게 명마와 옥대(玉帶)와 금은보화를 들려 오나라로 들어가 손권의 즉위를 축하하도록 했다. 진진이 동오에 이르러 손권을 만나 국서를 올리자 손권이 몹시 기뻐하며 크게 잔치를 열어 진진을 대접한 다음 서촉으로 돌려보냈다. 손권이 육손을 불러 서촉이 함께 위나라를 정벌하고자 하는 뜻을 보내왔음을 말하자 육손이 아뢰었다.

"이번 일은 공명이 사마의를 두려워하여 꾸민 일입니다. 그러나 이미 그리하도록 일을 꾸미셨다니 따르지 않을 수 없습니다. 지금으로서는 허세로 병사를 일으켜 멀리서 촉군의 움직임에 호응하다가 공명이 위나라를 위험에 빠트리면 제가 그 틈을 타 중원을 차지하고자 합니다."

손권은 곧 형주와 양양에 사람을 보내어 여러 곳에서 병마를 훈련토록 하고 날을 잡아 출병하기로 했다.

그 무렵에 진진이 동오에서 한중으로 돌아와 제갈량을 뵙고 사정을 설명했다. 제갈량은 아직도 진창으로 쉽게 나가지 못할까 걱정스러워 먼저 사람을 보내어 정탐하도록 했더니 척후가 돌아와 보고했다.

"진창성 안의 학소가 병이 깊다 하옵니다."

그 말을 들은 제갈량이 말했다.

"대사를 이룰 수 있겠구나."

그는 위연과 강유를 불러 지시했다.

"그대 두 사람은 각기 병력 오백 명을 이끌고 밤낮으로 진창성으로 달려가 불길이 일어나는 것을 신호로 함께 성을 공격하도록 하오."

두 사람이 미덥지 않아 다시 돌아와 물었다.

"언제 떠나야 합니까?"

"사흘 안에 모든 준비를 마쳐야 하오. 나에게 인사를 할 것도 없이 곧 떠나도록 하오."

위연과 강유가 계책을 받고 떠났다. 제갈량은 다시 관흥과 장포를 불러 귓속말로 이리저리 하라 지시하니 두 사람도 밀계를 받고 떠났다.

그 무렵 곽회는 학소의 병이 깊다는 말을 듣고 장합과 더불어 상의하며 말했다.

"학소의 병이 깊다 하니 장군께서 서둘러 가셔서 그 자리를 맡으셔야 되겠소이다. 나는 조정에 주청한 다음 따로 계책을 마련하리다."

장합이 학소의 임무를 맡으러 삼천 명의 병력을 이끌고 서둘러 떠났다. 그날 밤에 학소는 병이 깊어 신음하고 있는데 문득 촉군이 쳐들어오고 있다는 보고가 올라왔다. 그는 서둘러 병력을 성 위로 올려 보내 지키도록 했다. 그때 각 성문에서 불길이 일어나며 성안이 큰 혼란에 빠졌다. 그 말을 들은 학소는 놀라 숨을 거두고, 촉군이 한꺼번에 성으로 몰려들어갔다.

위연과 강유가 병력을 이끌고 진창성 밑에 이르러 바라보니 깃발이 하나도 보이지 않고 시간을 타종하는 병사도 보이지 않았다. 두 장수는 의아하게 생각하며 감히 성을 공격하지 못했다. 그때 문득 대포 소리가 들리더니 사방에서 깃발이 솟아올랐다. 바라보니 윤건을 쓰고 검은 깃을 댄 흰 도포를 입은 사람이 나타나 큰 소리로 외쳤다.

"그대들은 어찌하여 이리 더디 오는고?"

두 장수가 바라보니 그는 제갈량이었다. 두 사람이 황망하게 말에서 내려 땅에 엎드려 절하며 말했다.

"승상의 계책은 참으로 신과 같으십니다."

제갈량이 성문을 열어 두 사람을 들어오도록 하자 제갈량이 그들에게 말했다.

"내가 학소의 병이 깊다는 말을 듣고 그대들에게 사흘 안에 병력을 이끌고 성을 함락하라 지시한 것은 병사들의 마음을 누그러트리지 않고자 함이었소. 나는 관흥과 장포에게 병력을 점검하여 은밀히 한중을 떠나게 하면서 그들 틈에 숨어 밤낮으로 발길을 재촉하여 성 밑에 이르러 저들이 미처 병력을 정비하지 못하도록 했다오. 나는 먼저 첩자를 성안으로 들여보내어 불을 지르게 하고 아울러 함성을 지르게 하여 위나라 병사들을 놀래 불안하게 만들었다오. 군사에는 주장(主將)이 없으면 스스로 혼란에 빠지는 법[兵無主將 必自亂矣]이오. 그런 탓에 내가 이 성을 차지하기란 손바닥을 뒤집는 것처럼 쉬웠다오. 『손자병법』에 이르기를, '적군이 뜻하지 않은 곳으로 나아가고 적군이 대비하지 않은 곳을 공격한다.'[出其不意 攻其無備] 하였음은 바로 이를 두고 한 말이오."

위연과 강유가 엎드려 절하며 치하했다. 제갈량은 학소의 죽음을 애석하게 여겨 그 처자식에게 영구를 위나라로 모시고 돌아가 그 충성을 주군에게 보여주도록 했다. 제갈량이 위연과 강유에게 말했다.

"그대 두 사람은 갑옷을 벗지 말고 병력을 이끌고 산관(散關)으로 가도록 하시오. 성을 지키는 무리들은 그대들이 이른 것을 보자마자 놀라 도망할 것이오. 만약 그곳에 더디게 도착하면 위나라의 구원병이 먼저 이를 것이니 그렇게 되면 성을 공격하기가 어려워질 것이오."

명령을 받은 위연과 강유가 병력을 이끌고 산관에 이르니 수비병들은 예상했던 대로 모두 달아났다. 두 사람이 성루에 올라 갑옷을 벗으려는데 멀리 바라보니 성 밖에서 먼지가 크게 일어나며 위나라 병사들이 짓쳐 달려오고 있었다. 두 사람이 서로 바라보며 말했다.

"승상의 계책은 귀신같아 누구도 따를 수가 없구려."

그들이 서둘러 문루에 올라가 바라보니 위나라 장수는 장합이었다. 두 사람은 병력을 나누어 요로를 지키게 했다. 장합이 바라보니 촉군이 요로를 지키고 있는지라 병력을 뒤로 물렸다. 위연이 그 뒤를 추격하여 일진을 무너트리자 죽은 사람이 수없이 많았고, 장합은 크게 무너져 달아났다.

 영채로 돌아온 위연이 사람을 보내어 제갈량에게 승전을 알리자 제갈량은 먼저 몸소 병력을 이끌고 진창의 야곡으로 나아가 건위성을 함락했다. 뒤에서는 촉병들이 연이어 따라왔다. 후주는 대장군 진식(陳式)을 보내어 돕도록 했다. 제갈량은 대군을 이끌고 다시 기산으로 나아갔다. 영채를 세운 뒤에 제갈량이 여러 장수에게 말했다.

 "우리가 두 번이나 기산으로 진출하였으나 이롭지 못했소. 이번에도 다시 이곳에 나왔으나 내가 생각해보니 위나라 병력은 반드시 옛날의 전투 지역으로 나와 우리와 싸우려 할 것이오. 저들은 내가 반드시 옹성(雍城)과 미성(郿城) 두 곳을 공격하리라 의심하고 그곳을 굳게 지킬 것이오. 그러나 내가 보건대 무도(武都)와 음평(陰平)은 한중으로 이어지는 곳이어서 만약 우리가 이곳을 차지할 수 있다면 위나라 병력의 힘을 분산시킬 수가 있소. 그런즉 누가 그곳을 능히 먼저 함락하겠소?"

 강유가 나서서 말했다.

 "제가 가오리다."

 그러자 왕평이 나서서 말했다.

 "저도 가고자 하나이다."

 제갈량이 몹시 기뻐하며 강유에게 만 명의 병력을 주어 무도를 공격하게 하고, 왕평에게 만 명의 병력을 주어 음평을 공격하도록 했다. 두 장수가 계책을 받고 물러갔다.

 장안으로 돌아온 장합은 곽회와 손례를 불러 말했다.

 "이미 진창을 잃고 학소가 죽었으며 산관 또한 촉군에게 넘어갔소이다. 이제 공명이 다시 기산으로 나와 길을 나누어 쳐들어오고 있소."

 곽회가 몹시 놀라며 말했다.

"그렇게 되면 저들은 반드시 옹성과 미성을 공격할 것이오."

이어서 그는 장합에게 장안을 지키게 하고 손례에게 옹성을 지키게 했다. 손례는 몸소 병력을 이끌고 밤을 이어 미성으로 달려가 지키는 한편 낙양에 표문을 올려 사태의 심각함을 알렸다.

그 무렵에 위나라의 조예가 조회를 여니 가까운 신하가 아뢰었다.

"이미 진창을 잃고 학소가 죽었으며 제갈량이 기산으로 나와 산관 또한 촉병의 손에 넘어갔다 하옵니다."

조예가 몹시 놀랐다. 그때 문득 만총이 글을 올려 아뢰었다.

"동오의 손권이 외람되게 스스로 황제라 부르면서 촉과 동맹을 맺고 육손을 무창으로 보내어 병마를 조련하며 작전을 기다리고 있습니다. 이제 머지않아 반드시 저들이 쳐들어올 것입니다."

두 성이 위급하다는 보고를 들은 조예는 어찌할 바를 몰라 몹시 당황했다. 그때는 아직 조진의 병이 완쾌되지 않은지라 조예는 사마의를 불러 의견을 물으니 그가 이렇게 대답했다.

"신의 어리석은 판단으로는 동오가 반드시 움직이지 않을 것입니다."

조예가 물었다.

"경은 어찌 그것을 알고 있소?"

"공명은 아직도 효정(猇亭)에서 겪은 일[8]을 복수하고자 할 뿐 오나라를 병탄할 뜻이 없습니다. 다만 그는 중원이 자신들의 허술함을 틈타 쳐들어가지나 않을까 걱정스러워 잠시 동오와 동맹을 맺었을 뿐입니다. 육손도 또한 제갈량의 그와 같은 속셈을 잘 알고 있으므로 짐짓 군사를 일

---

8) 유비가 두 아우인 관우와 장비의 죽음의 원한을 갚고자 오나라에 쳐들어갔다가 육손에게 지고 목숨을 잃은 사건을 뜻함.

으켜 저들의 뜻을 따르는 것처럼 하고 있으나 내심으로는 앉아서 어느 쪽이 이기나 지켜보고 있을 뿐입니다. 그러므로 폐하께서는 오나라를 막으실 일이 아니라 모름지기 촉을 막으셔야 합니다."

그 말을 들은 조예가 말했다.

"경의 의견이 참으로 훌륭하오."

이어서 조예는 사마의를 대도독으로 삼아 농서 여러 군마를 총괄하게 하고 조진에게 사람을 보내어 사령관의 도장을 가져오도록 했다. 그 말을 들은 사마의가 말했다.

"신이 몸소 가서 가져오겠습니다."

사마의는 조예에게 인사를 드리고 조정을 물러나와 조진의 장막에 이르러 먼저 사람을 보내어 자신이 왔음을 알리도록 한 다음 들어가 조진을 만났다. 문병을 마치자 사마의가 물었다.

"동오와 서촉이 동맹을 맺어 쳐들어오는데 공명이 이미 기산까지 왔다는 말을 공은 들으셨는지요?"

조진이 놀라며 물었다.

"우리 가족이 내 병이 깊은 것을 알고 나에게 알려주지 않은 것이로군요. 나라가 이토록 어려운데 어찌하여 중달이 도독의 직분을 맡아 촉군을 물리치려 하지 않소이까?"

"제가 재주가 부족하고 지혜가 부족한데 어찌 그 직분을 맡을 수 있겠습니까?"

조진이 곁의 사람들에게 말했다.

"장군의 도장을 중달에게 드리도록 하라."

사마의가 말했다.

"도독은 걱정하지 마소서. 제가 부족한 힘이나마 돕고자 하오나 이 도장을 감히 받을 수는 없습니다."

그 말을 들은 조진이 병석에서 일어나며 말했다.

"중달이 이 직분을 맡지 않겠다면 중원이 위태롭습니다. 내가 마땅히 이 병든 몸을 이끌고 천자를 찾아가 그대를 보증하겠소."

그제야 사마의가 말했다.

"천자께서 이미 칙명을 내리셨으나 다만 제가 감히 받아들일 수가 없었습니다."

조진이 기뻐하며 말했다.

"중달이 이 직책을 맡았으니 촉군을 물리칠 수 있을 것이오."

사마의가 거듭 도장을 사양하다가 끝내 받고, 조예를 찾아가 사례를 드린 다음 병력을 이끌고 장안으로 달려가 제갈량과 결전을 벌이게 되었다. 뒷날 어느 시인이 이를 두고 다음과 같이 읊었다.

옛 장수의 도장을 새 장수가 맡으니
두 장수가 한길로 마주보며 달려오누나.
舊帥印爲新帥取 兩路兵惟一路來

이 전쟁의 승패는 어찌 되려나?

제 99 회

군주는 모름지기 입이 무거워야 합니다

> 제갈량은 위나라를 크게 무찌르고
> 사마의는 서촉으로 쳐들어가다.

촉한 건흥 7년(서기 229) 여름 4월, 제갈량은 기산으로 나가 영채를 셋으로 나누어 세우고 위나라 병사들이 오기만을 기다리고 있었다.

그 무렵 사마의는 병력을 이끌고 장안에 이르니 장합이 그동안에 있었던 일을 자세히 말했다. 사마의는 장합을 선봉으로 삼고 대릉(戴陵)을 부장(副將)으로 삼아 십만 명의 병력을 이끌고 기산에 이르자 위수 남쪽에 영채를 세웠다. 곽회와 손례가 영채로 들어와 인사를 드리니 사마의가 물었다.

"그대들은 촉나라 병사들과 맞서본 일이 있는고?"

두 사람이 대답했다.

"없습니다."

"촉나라 병사들은 천리 길을 달려왔으니 저들로서는 빨리 싸우는 것이 유리함에도 이번에는 전투를 하지 않으려 하니 이는 반드시 음모가 있는 것이리라. 농서의 여러 길에 관하여 무슨 소식은 없는고?"

곽회가 대답했다.

"이미 첩자들을 깊이 들여보내어 여러 군에서 충분히 알아보았더니 모두 밤낮으로 방비하므로 별다른 일이 없다고 합니다. 다만 무도와 음평 두 곳에서는 아직 소식이 없습니다."

사마의가 말했다.

"내가 사람을 보내어 제갈량과 싸울 것이니 그대 두 사람은 서둘러 샛길로 가 두 군을 구원하도록 하시오. 촉병의 배후를 엄습하면 저들이 반드시 혼란에 빠질 것이오."

명령을 받은 곽회와 손례는 오천 명의 병력을 이끌고 농서의 샛길을 따라 무도와 음평을 구원하러 촉병의 배후로 돌아갔다. 길을 가던 곽회가 손례에게 물었다.

"중달을 공명에게 견주면 누가 더 훌륭할까요?"

손례가 대답했다.

"공명이 중달을 이기겠지요."

"공명이 더 우수하다고는 하지만 이번의 계책을 보면 중달이 여느 사람보다 훨씬 뛰어났음을 보여주고 있소. 촉나라 병사들이 앞에서 두 군을 공격할 때 우리가 그들의 배후를 공격하면 저들이 어찌 스스로 혼란에 빠지지 않을 수 있겠소?"

그런 이야기를 나누고 있는데 문득 척후가 달려와 보고를 올렸다.

"음평은 이미 왕평에게 함락되었고, 무도도 이미 강유에게 함락되었다 합니다. 앞에 그리 멀지 않은 곳에 촉나라 군사들이 있습니다."

그 말을 들은 손례가 말했다.

"촉병이 이미 성을 차지했다면 성 밖에 병사들을 늘어세운들 무슨 소용이 있겠소? 여기에는 분명히 속임수가 있을 것이니 서둘러 물러가느니만 못할 것이요."

곽회가 그의 말에 따라 바야흐로 병력을 뒤로 물리도록 명령을 내리려 하는데 문득 대포 소리가 들리더니 산 뒤에서 번개처럼 한 군마가 나타났다. 그들이 든 깃발에는 "한 승상 제갈량"이라 쓰여 있고 중앙의 사륜거에는 제갈량이 앉아 있는데 왼쪽에는 관흥이 서 있고 오른쪽에는 장포가 서 있었다. 그를 본 손례와 곽회가 크게 놀라니 제갈량이 말했다.

"곽회와 손례는 달아나지 말거라. 사마의의 계책이 어찌 나를 속일 수 있겠느냐? 그가 날마다 병사들을 앞세워 전투를 벌이면서 나의 배후를 습격하려 했느니라. 무도와 음평이 이미 함락되었는데 너희 두 사람은 어서 항복하지 않으니 병력을 몰아 나와 결전을 하고자 함인가?"

그 말을 들은 곽회와 손례가 크게 놀라 어쩔 줄 모르는데 문득 등 뒤에서 함성이 하늘을 찌를 듯이 일어나며 왕평과 강유가 병력을 이끌고 달려 나오고, 이어서 관흥과 장포도 병력을 이끌고 앞에서 달려 나왔다. 앞뒤로 공격을 받은 위나라 병사들이 크게 무너졌다. 곽회와 손례는 말을 버리고 기어서 산으로 도주했다. 그들을 본 장포가 말을 몰아 추격하다가 말과 사람이 균형을 잃고 골짜기로 떨어졌다. 후군이 서둘러 달려와 구출했으나 그는 이미 머리를 많이 다쳤다. 제갈량은 그를 성도로 보내어 치료를 받도록 했다.

곽회와 손례는 겨우 달아나 사마의를 뵙고 말했다.

"무도와 음평을 이미 잃었습니다. 공명이 요로에 병력을 매복시켜놓고 앞뒤로 공격한 탓에 크게 지고 말을 버린 채 걸어서 이렇게 도망해 왔습니다."

그 말을 들은 사마의가 말했다.

"그대들의 죄가 아니오. 공명이 나보다 지혜로웠기 때문이오. 다시 병력을 이끌고 옹성과 미성으로 달려가 지키되 결코 나가서 싸워서는 안 되오. 나에게 적군을 물리칠 계책이 있소."

곽회와 손례가 인사를 드리고 물러가자 사마의는 장합과 대릉을 불러 지시했다.

"이번에 공명이 무도와 음평을 함락하였으니 반드시 백성들을 어루만져 안심시키고자 그리로 가 지금은 영채에 남아 있지 않을 것이오. 그대 두 사람은 각기 정예 병력 만 명씩을 이끌고 오늘 밤 떠나 촉나라 군사의 배후로 돌아가 일제히 용기를 뽐내어 쳐들어가도록 하시오. 나는 병력을 이끌고 저들의 앞쪽으로 진격하였다가 저들이 어지러워지기를 기다려 대군의 병마를 이끌고 쳐들어갈 것이오. 그렇게 앞뒤로 공격하면 쉽게 촉군의 영채를 빼앗을 수 있을 것이오. 이곳의 산세를 이용하면 적군을 무찌르는 것이 어찌 어렵기만 하겠소?"

두 사람이 계책을 받고 물러갔다. 대릉은 왼쪽으로 쳐들어가고 장합은 오른쪽으로 쳐들어가며 각기 샛길로 나아가 촉병의 배후에 이르렀다. 삼경이 되자 좌우로 나누어 진군하던 두 부대가 만나 한곳에서 합쳐 촉나라 군사의 배후로 쳐들어갔다. 그들이 삼십 리를 미처 진군하지 않았는데 선봉대가 앞으로 나아가지 않았다. 장합과 대릉이 말을 몰아 달려가 바라보니 섶을 실은 몇백 채의 수레가 길을 막고 있었다. 이를 본 장합이 말했다.

"이는 반드시 저들의 준비가 되어 있음을 뜻함이오. 서둘러 길을 찾아 돌아갑시다."

이어서 병력의 후퇴를 명령하는데 산에서 한꺼번에 불길이 일어나고 북소리가 크게 들리며 사방에서 복병이 나타나 장합과 대릉을 에워쌌다. 그때 제갈량이 기산의 위에서 크게 소리쳤다.

"대릉과 장합은 내 말을 듣거라. 사마의는 내가 백성을 어루만지러 무도와 음평으로 가 영채에 없으리라 생각하고 너희 두 사람을 시켜 나의 영채를 습격하도록 했지만 이제 너희들은 나의 계책에 빠졌느니라. 너희 같은 이름 없는 졸개들을 죽이고 싶지 않으니 어서 말에서 내려 항복하도록 하라."

장합이 대로하여 제갈량에게 욕설을 퍼부었다.

"너 같은 시골뜨기가 우리 대국의 영토를 침범하고서도 어찌 감히 그런 말을 한단 말이냐? 내가 너를 사로잡으면 몸을 만 갈래로 찢어 죽이리라."

말을 마치자 장합이 말을 몰아 산으로 올라가고자 하였으나 위에서 돌과 화살이 빗발치듯 쏟아졌다. 장합은 산으로 올라가지 못하자 말을 박차고 창을 휘두르며 에움을 뚫고 나가니 누구도 감히 그를 감당하지 못했다.

촉병들이 대릉을 에워쌌다. 장합이 탈출하려다 보니 대릉이 보이지 않자 다시 몸을 돌려 에움을 뚫고 들어가 대릉을 구출하여 돌아갔다. 제갈량은 산 위에서 장합이 수많은 병사에게 포위되면서도 좌우로 치달으며 용맹을 더욱 뽐내는 모습을 보며 주위 사람들에게 말했다.

"내가 지난날에 듣건대 장익덕이 장합과 크게 싸우는 것을 보고 모두 놀랐다더니, 오늘에서야 그가 참으로 용맹스러움을 알겠구나. 이 사람을 그대로 두었다가는 반드시 촉에게 위험을 줄 것이니 내가 마땅히 그를 죽이리라."

말을 마치자 제갈량은 병력을 거두어 영채로 돌아갔다.

그 무렵 사마의는 병력을 이끌고 진세를 편 다음 촉나라 군사들이 혼란스러워질 때를 기다려 일제히 공격하고자 했다. 그때 문득 장합과 대릉이 크게 무너지고 도망해 와 말했다.

"공명이 우리의 계략을 먼저 알고 방비를 해두었던 탓에 저희들이 대패하고 이렇게 돌아왔습니다."

그 말을 들은 사마의가 놀라며 말했다.

"공명은 참으로 신인이로구나. 차라리 물러나느니만 못하리라."

그러고서 사마의는 곧 대군을 영채로 물러서게 한 다음 오로지 지키기만 할 뿐 나와 싸우려 하지 않았다.

그 무렵에 제갈량은 대승을 거두고 점검해보니 노획한 무기와 말이 헤아릴 수 없이 많았다. 영채로 돌아온 제갈량은 날마다 위연을 보내어 위나라 병사들에게 싸움을 걸었으나 그들은 나오지 않았다. 그렇게 보름이 지나도록 전투는 벌어지지 않았다.

제갈량이 장막에서 군무를 논의하는데 문득 천자께서 시중(侍中) 비의(費禕)를 시켜 조칙을 가져왔다는 보고가 들어왔다. 제갈량이 그를 맞이하여 영채로 들어오게 하여 향불을 피우고 예의를 마친 다음 조칙을 열어 보니 그 내용은 이러했다.

"가정을 잃은 것은 마속의 허물임에도 그대는 스스로 책임을 지고 벼슬을 물러났소. 짐은 그대의 뜻을 거스를까 걱정하여 듣고 받아들였던 것이오. 그러나 그대는 지난해에 군사를 일으켜 왕쌍을 베었고 이번의 원정에서는 곽회를 무찌르고 저족(氐族)[1]과 강족(羌族)을 굴복시키고 두 군을 되찾아 그 흉포한 무리에게 위세를 떨쳤으니 그 공훈이 빛나더이다. 이제 세상이 소란스럽고 본디 포악한 무리의 목을 베지 못했는데 그대는 대임을 맡아 나라의 큰일을 처리하면서도 오랫동안 스스로 낮은 지

---

1) 저족(氐族)은 지금의 감숙(甘肅)·섬서(陝西)·사천(四川) 일대에 흩어져 살던 소수민족임.

위에 머무르니 이는 위대한 공로를 드높이는 일이 아니오. 이에 그대에게 승상의 자리를 되돌려주노니 사양하지 마시오."

조칙을 읽은 제갈량이 비의에게 말했다.

"나라의 큰일을 아직 처리하지 못했는데 내가 어찌 승상의 직위를 다시 맡을 수 있겠소?"

그러고서는 굳이 사양하며 받지 않았다. 그 말을 들은 비의가 말했다.

"승상의 직위를 끝내 받지 않으시면 그 또한 천자의 뜻을 거스르는 것일 뿐만 아니라 장수와 병졸들의 마음을 헤아리지 않는 것이니 마땅히 그 자리를 받으셔야 합니다."

제갈량은 그제야 절하고 조칙을 받았다. 비의가 사례하고 돌아갔다.

제갈량은 사마의가 싸우러 나오지 않음을 보자 한 가지 계책을 생각하고 모든 병사에게 영채를 헐고 물러나라고 명령했다. 첩자가 이를 알아 사마의에게 보고했다.

"공명이 병력을 뒤로 물리고 있습니다."

그 말을 들은 사마의가 말했다.

"공명은 계략이 깊은 사람이니 가볍게 움직여서는 안 된다."

장합이 말했다.

"이것은 양곡이 떨어져 달아나는 것이 분명한데 어찌 추격하지 않으십니까?"

"내가 알기로, 서촉에는 작년에 대풍이 들어 보리가 익고 말먹이가 넉넉하다 하오. 비록 운송이 어렵다고는 하지만 반년은 견딜 만한데 어찌 달아나겠소? 저들은 우리가 전투를 하지 않으려 하자 이런 방법으로 우리를 유인하려는 것이오. 사람을 멀리 보내어 정탐하도록 하시오."

척후가 알아보고 와 보고했다.

"제갈량이 삼십 리를 물러가 영채를 세웠습니다."

그 말을 들은 사마의가 말했다.

"내가 생각건대 공명은 달아나지 않았소. 영채를 굳게 지키되 가볍게 진격해서는 안 되오."

그렇게 열흘이 지나도록 소식은 없고 촉군이 싸움을 걸어오는 모습도 보이지 않았다. 사마의가 다시 척후를 보내어 알아보도록 했더니 그가 돌아와 보고했다.

"촉병이 이미 영채를 거두어 떠났습니다."

사마의는 미심쩍어 옷을 바꿔 입고 병사들 속에 섞여 몸소 나가 살펴보니 생각했던 대로 촉병은 다시 삼십 리를 물러나 영채를 세우고 있었다. 영채로 돌아온 사마의가 장합에게 말했다.

"이것은 공명의 계책이니 추격해서는 안 되오."

그렇게 다시 열흘이 지나자 다시 척후를 보내어 알아보도록 했더니 그들이 돌아와 보고했다.

"촉병이 다시 삼십 리를 물러나 영채를 세웠습니다."

그 말을 들은 장합이 말했다.

"공명이 천천히 물러나는 계책[緩兵計]을 쓰면서 조금씩 한중으로 물러나고 있는데 도독께서는 무엇이 더 의심스러워 서둘러 추격하지 않으십니까? 제가 나가 일전을 벌이고자 합니다."

"공명의 계책은 매우 속임수가 많아 만약 우리가 실수라도 하면 병사들의 예기가 꺾일 것이니 가볍게 나가서는 안 되오."

"제가 나아가 만약 진다면 마땅히 군령을 받겠습니다."

"그대가 이미 그토록 가고자 한다면 병력을 두 대로 나누되 그대가 한 부대를 이끌고 먼저 나아가 목숨을 걸고 싸우도록 하시오. 내가 그대의 뒤를 도우며 매복한 적군을 막겠소. 그대는 내일 먼저 떠나 중도에서 쉬도록 하여 다음 날 싸움에 피곤함이 없도록 하시오."

병력을 나누자 장합과 대릉은 이튿날 부장(副將) 몇십 명과 정예 병력 삼만 명을 이끌고 씩씩하게 나아가 중도에서 영채를 세웠다. 사마의는 많은 군마를 남겨두어 영채를 지키도록 하고 몸소 오천 명의 정예 병력을 이끌고 뒤따라갔다.

그 무렵 제갈량이 몰래 척후를 보내어 정세를 알아보도록 했더니 위나라 병사들은 중도에서 쉬고 있다는 보고가 들어왔다. 그날 밤 제갈량은 여러 장수를 불러 상의하며 말했다.

"지금 위나라 병사들이 쳐들어오고 있는데 반드시 죽음을 무릅쓰고 싸우려 할 것이오. 여러분들은 한 사람이 열 명의 적군을 감당하도록 싸우면 내가 복병으로 그 뒤를 끊겠소. 지혜로운 장수가 아니면 이 일을 맡을 수가 없을 것이오."

제갈량이 말을 마치고 위연을 바라보니 고개를 떨구고 말이 없다. 그때 왕평이 나서며 말했다.

"제가 그 일을 감당하오리다."

제갈량이 물었다.

"실수하면 어찌하겠는고?"

"마땅히 군령을 받으오리다."

제갈량이 탄식하며 말했다.

"왕평은 몸을 던져 스스로 화살과 돌멩이를 맞으려 하니 참으로 충신이로다. 비록 그렇다 하나 위나라 병사들은 두 길로 나누어 앞뒤로 쳐들어오며 나의 복병을 에워쌀 것이니 왕평이 비록 용맹스럽다 하나 한 몸으로 어찌 양쪽을 막을 수 있겠는가? 마땅히 다른 한 장수를 얻어 함께 가는 것이 묘책이오. 그러나 어찌 우리 병력에는 목숨을 걸고 앞장설 장수가 없다는 말인가?"

제갈량이 말을 마치지도 않았는데 한 장수가 앞으로 나오며 말했다.

"제가 가고자 하나이다."

제갈량이 바라보니 장익이었다. 제갈량이 그에게 말했다.

"장합은 위나라의 명장으로 만 명의 병사도 그를 막을 수 없으니 그대는 장합의 적수가 아니오."

그 말을 들은 장익이 말했다.

"만약 실수가 있다면 이 머리를 장막 아래 바치겠나이다."

"그대가 이미 그토록 가고자 결심했다면 왕평과 더불어 각기 만 명의 정병을 거느리고 가 산골짜기에 매복하도록 하오. 위나라 병사들이 추격하면 그들이 지나가도록 한 다음에 그대들은 복병을 이끌고 적군의 배후를 공격하도록 하오. 만약 사마의가 뒤따라오면 병력을 둘로 나누어 장익은 한 부대로써 후비병을 맡고 왕평은 한 부대를 이끌고 선두가 돌아가지 못하도록 길을 끊으시오. 두 부대가 죽음을 무릅쓰고 싸우면 나에게 따로 도울 계책이 있소."

왕평과 장익이 계책을 받고 물러가자 제갈량은 강유와 요화를 불러 지시했다.

"그대 두 사람에게 각기 비단 주머니 하나씩을 줄 것이니 삼천 명의 정예 병력을 이끌고 가 깃발을 눕히고 북소리를 죽인 다음 앞산 위에 매복하여 있도록 하오. 위나라 병사들이 왕평과 장익을 에워싸 매우 위급하게 되면 구원하러 달려가지 말고 이 비단 주머니를 열어보면 위험을 벗어날 계책이 들어 있을 것이오."

강유와 요화가 계책을 받고 물러가자 제갈량은 다시 오반과 오의와 마충과 장억 네 장수를 불러 귓속말로 지시했다.

"내일 위나라 병사들이 이르면 그 예기가 드높을 터인즉 맞서 싸우지 말고 싸우다가 도망하기를 계속하도록 하오. 그러다가 관흥이 병력을 이끌고 적진으로 짓쳐들어가면 그대들도 발길을 돌려 공격하도록 하오. 내가 병력을 이끌고 도울 것이오."

네 장수가 계책을 받고 물러가자 제갈량은 다시 관흥을 불러 지시했다.

"그대는 오천 명의 정예 병력을 이끌고 산골짜기에 숨어 있다가 산 위에서 붉은 깃발이 움직이면 병력을 이끌고 공격하도록 하라."

관흥이 계책을 받고 물러갔다.

그 무렵 장합과 대릉은 병력을 이끌고 비바람이 몰아치듯이 달려왔다. 촉나라 군진에서 마충과 장억과 오의와 오반 네 장수가 말을 타고 나와 겨루었다. 장합이 대로하여 병력을 이끌고 추격했다. 촉병들은 싸우는 듯하다가 도주했다. 위나라 병사들이 이십 리 넘게 추격했는데 때는 6월 염천이라 날씨가 너무 더워 사람과 말이 비 오듯 땀을 흘리며 오십 리를 쫓아 가다가 모두 지쳐 숨을 몰아쉬었다.

그때 제갈량이 산 위에서 붉은 깃발을 휘두르자 관흥이 군사를 몰아 달려 나갔다. 마충의 무리 네 장수도 모두 되돌아서서 공격에 가담했다. 장합과 대릉은 죽기를 무릅쓰고 싸우며 물러서지 않았다. 그때 함성이 크게 일어나며 양쪽에서 병사들이 짓쳐 나오는데 왕평과 장익이었다. 그들은 힘을 뽐내어 추격하면서 적군의 후비대를 끊었다. 장합이 장수들에게 소리쳤다.

"그대들이 여기까지 이르렀는데 죽기로 싸우지 않고 어느 때를 기다리는가?"

위나라 병사들이 있는 힘을 다하여 싸웠으나 몸을 뺄 수가 없었다. 그때 문득 북소리와 나팔소리가 하늘을 찌를 듯이 울리더니 사마의가 몸소 정예 병력을 이끌고 달려오고 있었다. 사마의가 여러 장수를 지휘하여 왕평과 장익을 에워쌌다. 이를 본 장익이 소리쳤다.

"승상은 참으로 신인이로다. 일이 이럴 줄 알고 있었으니 반드시 좋은 계책이 있었을 것이다. 우리는 마땅히 죽음을 무릅쓰고 싸우리라."

그들은 곧 병력을 둘로 나누어 왕평의 부대는 장합과 대릉을 막고 장익은 한 부대를 이끌고 사마의의 부대를 막았다. 두 무리가 죽음을 걸고 싸우니 비명이 하늘에 울려 퍼졌다. 강유와 요화가 산 위에서 바라보니 위나라 병사들의 위세가 대단하여 촉군이 위험에 빠져 적군을 감당하지 못했다. 이를 본 강유가 요화에게 말했다.

"이렇게 위급한 때에 어찌 비단 주머니를 열어보지 않을 수 있는가?"

두 사람이 주머니를 열어보니 거기에는 이렇게 적혀 있었다.

"만약 사마의가 달려와 왕평과 장익을 에워싸 위험하게 되면 그대들 두 사람은 병력을 둘로 나누어 사마의의 본채를 공격하도록 하라. 그러면 사마의가 반드시 서둘러 병력을 뒤로 물릴 것이니 그때 그들의 어지러움을 틈타 공격하라. 비록 그들의 영채를 빼앗을 수는 없지만 적군을 크게 무찌를 수 있을 것이다."

강유와 요화는 몹시 기뻐하며 병력을 둘로 나누어 두 길로 사마의의 본채를 쳐들어갔다. 본디 사마의는 혹시라도 제갈량의 계책에 빠지지나 않을까 걱정스러워 중간마다 사람을 두어 연락하도록 했다. 사마의가 막 전투를 독려하려는데 문득 척후가 유성처럼 말을 타고 달려와 촉군이 두 길로 본채를 공격한다고 보고했다.

사마의는 너무 놀라 낯빛을 바꾸며 여러 장수에게 말했다.

"나는 공명의 계책을 미리 알았으나 그대들은 내 말을 믿지 않고 억지로 추격하려다 일을 이렇게 그르치게 되었도다."

사마의는 곧 병력을 뒤로 물리도록 명령하자 병사들은 당황하여 어지러이 달아났다. 장익이 그 뒤를 추격하여 죽이니 위나라 병사들이 크게 무너졌다. 장합과 대릉은 전세가 외롭게 된 것을 알고 산의 샛길을 찾아 도주하니 촉병이 크게 승리를 거두었다. 관흥이 병사들을 이끌고 여러 길로 지원했다.

사마의가 일진을 크게 잃고 영채로 돌아가자 촉병들도 돌아갔다. 사마의는 패잔병들을 모아놓고 여러 장수를 몹시 꾸짖었다.

"그대들은 병법도 모른 채 다만 혈기에 찬 용맹만을 내세워 억지로 추격하다가 이토록 대패하게 되었소. 앞으로는 그와 같이 경솔한 일을 절대로 용서하지 않을 것이며, 다시 법을 지키지 않는 무리는 군법에 따라 처리할 것이오."

여러 장수가 부끄러워하며 물러갔다. 일진의 사망자가 헤아릴 수 없이 많았고 위나라 장수들이 버리고 간 말과 무기가 무척 많았다. 제갈량은 승리한 병마를 이끌고 영채로 돌아오자마자 다시 병사를 이끌고 진격하려 했다.

그때 문득 성도에서 칙사가 와 장포의 죽음을 알렸다. 그 말을 들은 제갈량은 목 놓아 울다가 입으로 피를 쏟으며 정신을 잃고 쓰러졌다. 여러 장수가 구원하여 정신을 차렸으나 그는 이때 병을 얻어 병상에서 일어나지 못했다. 여러 장수 가운데 슬퍼하지 않는 사람이 없었다. 뒷날 어느 시인이 그를 탄식하며 이런 시를 남겼다.

용맹한 장포가 공업을 이루려 했으나
슬프다, 하늘이 영웅을 돕지 않는구나.

제갈량이 서풍에 눈물을 뿌리는 것은
몸을 굽혀 도와줄 사람이 없음이로다.
悍勇張苞欲建功 可憐天不助英雄
武侯淚向西風洒 爲念無人佐鞠躬

열흘이 지나자 제갈량은 동궐(董厥)과 번건(樊建)을 장막 안으로 불러 분부했다.

"내가 정신이 흐릿해져 정무를 볼 수가 없구려. 이럴 바에는 한중으로 돌아가 병을 다스린 다음 다시 도모하느니만 못할 것 같소. 그대들은 이 말을 절대로 누설해서는 안 되오. 사마의가 이를 알면 반드시 공격해 올 것이오."

제갈량은 전령을 내려 모두 은밀히 영채를 헐고 한중으로 돌아가도록 했다. 제갈량이 물러간 지 닷새가 지나서야 이 사실을 알게 된 사마의는 길게 탄식하며 말했다.

"공명의 신출귀몰한 작전을 나로서는 따를 수가 없구나."

이에 사마의는 여러 장수를 영채에 불러 각기 요로를 나누어 지키도록 지시한 다음 자신도 병력을 이끌고 돌아갔다.

그 무렵에 제갈량은 대군이 한중에 머무는 동안 성도로 돌아가 병을 치료하러 떠났다. 문무 관료들이 성 밖에까지 나와 마중하여 승상부로 들어왔다. 후주는 몸소 어가를 몰고 찾아와 문병하며 어의를 불러 치료하라 이르니 제갈량의 병세가 날로 좋아졌다.

건흥 8년(서기 230) 가을 7월, 위나라의 도독 조진은 병이 낫자 황제에게 글을 올려 아뢰었다.

"촉군이 여러 차례 국경을 침범하였고 중원에까지 쳐들어 왔으니 이들을 토벌하지 않으면 반드시 뒷날 근심이 될 것입니다. 이제 때는 가을이어 날씨도 선선하고 사람과 말이 많이 쉬었으니 마땅히 적군을 토벌해야 합니다. 바라옵건대 신이 사마의와 함께 대군을 이끌고 한중으로 들어가 간악한 무리들을 섬멸하고 변경을 평화롭게 만들고자 하나이다."

위나라 황제가 몹시 기뻐하며 시중 유엽(劉曄)에게 물었다.

"자단(子丹 : 조진의 자)이 짐에게 촉을 정벌하라 권고하는데 경의 생각은 어떠시오?"

유엽이 아뢰었다.

"대장군의 말씀이 맞습니다. 만약 지금 저들을 토벌하지 않으면 뒷날 반드시 근심거리가 될 것이니 폐하께서는 그의 말을 따르소서."

조예가 머리를 끄덕였다. 유엽이 대궐을 나와 집으로 돌아오자 대신들이 그를 찾아와 물었다.

"듣자니 천자께서 공과 더불어 촉을 정벌하는 문제를 상의하였다는데 어찌 된 일이오?"

그 말을 들은 유엽이 대답했다.

"그런 일은 없소이다. 촉은 산과 강이 험준하여 쉽게 도모할 수가 없습니다. 공연히 비용만 들고 병마를 피로하게 할 뿐 나라에 이익됨이 없을 것이오"

여러 대신이 말없이 물러갔다. 그때 양기(楊暨)가 내전에 들어가 조예에게 아뢰었다.

"듣자오니 유엽이 폐하께 촉을 정벌하도록 권고했다기에 오늘 여러 대신이 그를 찾아가 물어보았더니 그런 말을 한 적이 없다 합니다. 이는 폐하를 업신여기는 일인데 폐하께서는 어찌하여 그를 불러 나무라지 않으십니까?"

조예가 곧 유엽을 불러 물었다.

"경은 나에게 촉을 정벌하라 말하고서는 뒤에 가서 그런 말을 한 적이 없다 하니 어찌 된 일이오?"

"신이 깊이 생각해보니 촉을 정벌할 수가 없습니다."

조예가 크게 웃었다. 시간이 지나 양기가 물러가자 유엽이 아뢰었다.

"신이 어제 폐하께 촉을 정벌하라 말씀드린 것은 국가의 중요한 기밀인데 어찌 가볍게 세상 사람들에게 흘리셨습니까? 무릇 병법은 속임수입니다[夫兵者 詭道也]. 그러므로 일을 시작하기에 앞서서 마땅히 비밀을 지켜야 합니다."

조예가 크게 느끼는 바 있어 말했다.

"경의 말이 맞소이다."

이런 일이 있은 뒤로 조예는 유엽을 더욱 공경했다.

그 뒤 열흘이 지나지 않아 사마의가 조정으로 들어오자 조예는 조진이 올린 상소문을 이야기했다. 그 말을 들은 사마의가 말했다.

"신이 생각건대 동오는 감히 움직이지 않을 것이니 이제 그 틈을 타 촉을 정벌하심이 옳습니다."

조예는 곧 조진을 대사마 정서대도독(大司馬征西大都督)으로 삼고, 사마의를 대장군 정서부도독(大將軍征西副都督)으로 삼고, 유엽을 군사(軍師)로 삼았다. 세 사람이 조예에게 사례를 드리고 물러났다. 그들은 사십만 대군을 이끌고 장안으로 나아가 검각(劍閣)을 거쳐 한중을 공략했다. 그 밖에 곽회와 손례도 각기 길을 찾아 떠났다.

한중에 있는 무리들이 이를 성도에 알렸다. 그 무렵 제갈량은 병도 고친 뒤라 날마다 병마를 조련하고 팔진법을 가르치니 모두가 열성을 가지고 훈련하며 중원을 공략하고자 했다. 소식을 들은 제갈량은 장억과 왕평을 불러 지시했다.

"그대 두 사람은 천 명의 병력을 이끌고 진창의 옛길로 가 위나라 병력을 막도록 하오. 내가 대군을 이끌고 나가 도우리라."

두 장수가 물었다.

"사람들의 말을 듣자니 위나라의 병력이 사십 만이라 하고 누구는 보태어 팔십 만이라 하여 그 위세가 대단한데 어찌 천 명의 병력을 이끌고 가 요로를 막으라 하십니까? 위나라의 대군이 몰려오면 저희들이 어찌 막을 수 있겠습니까?"

"나도 많은 병력을 주고 싶으나 그것이 오히려 병사들을 고생시키는 일이 되지나 않을까 걱정이라오."

장억과 왕평이 서로 얼굴을 바라보며 감히 떠나지 못하자 제갈량이 말했다.

"만약 실수가 있더라도 그대들의 죄가 아니오. 여러 말 하지 말고 어서 떠나도록 하시오."

두 장수가 울며 아뢰었다.

"승상께서 저희 두 사람을 죽이고자 하신다면 여기에서 죽이시지요. 저희들은 감히 떠날 수가 없습니다."

그 말을 들은 제갈량이 웃으며 말했다.

"그대들은 어찌 그리 어리석은고? 내가 그대들에게 떠나라 할 적에는 나름대로 생각한 바가 있기 때문이라오. 내가 어제 천문을 보니 필성(畢星)[2]이 태음(太陰)에 걸려 있었는데 이는 이달 안에 큰비가 내린다는 전

---

[2] 동양의 천문학에서는 하늘을 28수(宿)로 본다. 그 가운데 서방의 일곱 자리, 곧 28수

조(前兆)라오. 위나라 병력이 비록 사십 만이라 하나 그 장마에 어찌 이 험준한 땅을 쳐들어올 수 있겠소? 따라서 우리가 대군을 움직이지 않더라도 큰 피해를 입는 일은 없을 것이오. 내가 장차 대군을 이끌고 한 달 동안 한중에 머물면서 위나라 병사들이 물러가기를 기다렸다가 그때 질풍처럼 저들을 추격할 것이오. 우리는 쉬었다가 피로한 적군을 치는 일[以逸待勞]이니 우리의 십만 명의 병력으로 위나라 사십만 명의 병력을 쉽게 물리칠 수가 있다오."

왕평과 장억은 듣기를 마치자 몹시 기뻐하며 절하고 물러갔다. 제갈량은 대군을 이끌고 한중으로 나아가면서 각 요로에 전령을 보내어, 말먹이와 양곡 한 달 치를 준비하여 병마에 쓰며 가을장마에 대비하도록 하고, 병사들에게는 한 달 동안 쉬면서 옷과 양식을 준비하여 출정에 대비하도록 했다.

그 무렵에 조진과 사마의가 대군을 이끌고 진창성 안에 이르러 보니 집이 한 채도 보이지 않았다. 사마의가 이상히 여겨 그곳 백성에게 물어보니 그들이 대답했다.

"공명이 물러가면서 모두 불태워 남은 것이 없습니다."

조진이 샛길을 따라 진창으로 나가려 하자 사마의가 말했다.

"가볍게 나가서는 안 됩니다. 제가 어제 천문을 보니 필성이 태음에 걸려 있는 것으로 보아 이달 안에 반드시 장마가 질 것입니다. 이럴 때 깊이 들어가 이기면 다행이지만 실수라도 하면 말과 사람이 함께 고생할 것이며 되돌아오기도 어려울 것입니다. 그러므로 성안에 움막을 짓고 머물면

가운데 추분 초저녁 동쪽 지평선 위로 떠오르는 규(奎)・루(婁)・위(胃)・묘(昴)・필(畢)・자(觜)・삼(參) 등 일곱 개의 수가 차지하는 성수들이 있는데 그 가운데 필은 비[雨]의 자리이다.

서 가을비에 대비하는 것이 좋습니다."

조진이 사마의의 말에 따랐다. 보름이 지나지 않아 큰 장마가 지며 온 진영이 질척거렸다. 진창성 밖에는 평지에도 물이 석 자나 고여 무기가 모두 젖고 사람들은 잠을 이룰 수 없어 밤낮으로 불안했다. 장마가 한 달이나 이어지자 말먹이가 떨어지고 죽는 사람이 수없이 많아 병사들의 원망이 그치지 않았다. 이 소식이 낙양에 들어가자 조예가 제단을 쌓고 비가 멈추기를 기도했으나 날은 맑아지지 않았다. 이를 본 황문시랑(黃門侍郞) 왕숙(王肅)이 글을 올려 아뢰었다.

"옛말에 이르기를, '천리 길에 양곡을 나르며, 병사들에게 주린 기색이 돌고, 풀을 베어 밥을 지으면, 병사들이 배부르게 잠자리에 들 수 없다.' [千里饋糧 士有飢色 樵蘇後爨 師不宿飽]3) 하였습니다. 이는 평지에서 한 말인데 하물며 험준한 땅에 깊이 들어가 끊어진 길을 만들며 가야 하니 그 고통이 백 배는 더할 것입니다. 더욱이 장마까지 다가와 산길이 미끄러워 병사들은 앞으로 나아갈 수 없고 양곡은 끊어졌으니 이는 참으로 행군을 하면서 가장 꺼리는 일입니다. 듣자니 조진이 진군한 지 한 달이 넘었으나 이제 절반도 가지 못했다 하오며, 길을 닦는 일이 어려워 병사들이 모두 여기에 매달리고 있다 하니 이는 병법에, '적군은 쉬면서 우리가 지치기를 기다린다.'는 말과 같은 것으로서 병가에서 가장 꺼리는 일입니다. 지난 일을 말씀드리면 주(周)나라 무왕(武王)은 주(紂)를 토벌하러 성을 나갔다가 바로 돌아온 일이 있고, 가까운 예로서는 무왕[조조]과 문왕[조비]께서 손권을 정벌하러 나갔다가 강을 건너지 않은 적이 있사온데, 이것이 어찌 천시를 알고 변화에 따름이 아니었겠습니까? 바라옵건

---

3) 한신(韓信)이 한 말로서, 『사기』(史記) 「회음후열전」(淮陰侯列傳)에 나옴.

대 폐하께서는 장마에 고생하는 병사들의 어려움을 살피시어 병사들을 쉬게 하셨다가 뒷날 적군에 틈이 생길 적에 그때를 이용하소서. 이를 두고, '백성들은 어려움을 겪으면서도 기쁜 마음으로 죽음을 잊는다.'[悅以犯難 民忘其死者也]4)고 하는 옛말이 있습니다."

조예가 왕숙의 글을 읽고 결심을 못 하고 있는데 양부(楊阜)와 화흠(華歆)도 또한 같은 상소를 올렸다. 이에 조예는 곧 조서를 내려 조진과 사마의를 불러들였다. 조진이 사마의를 만나 상의하며 말했다.

"지금 한 달이나 이어 비가 쏟아져 병사들은 싸울 뜻이 없이 다만 고향으로 돌아갈 생각만 하고 있으니 어찌하면 좋겠소?"

그 말을 들은 사마의가 대답했다.

"돌아가느니만 못할 것 같습니다."

"만약 공명이 추격이라도 한다면 어찌 물리칠 수 있겠소?"

"먼저 양쪽으로 군사를 매복시킨 다음 물러가면 됩니다."

그런 이야기를 나누고 있는데 문득 칙사가 물러서라는 조칙을 들고 찾아왔다. 이에 두 장수는 선봉을 뒤에 세우고 후비병을 앞장세워 천천히 물러갔다.

그 무렵에 제갈량은 가을비가 한 달째 내리며 날씨가 쉽게 개지 않으리라 판단하고 일부 병력을 성고(城固)에 주둔시키는 한편 나머지 모든 병력은 적파(赤坡)로 모이도록 전령을 내렸다. 제갈량은 장막에 올라 여러 장수에게 말했다.

"내가 판단하건대 위나라 병력은 반드시 물러갈 것이며, 조예가 조칙을 내려 조진과 사마의를 불러들일 것이오. 그렇다고 우리가 추격하면 반드

---

4) 『주역』(周易) 「태괘(兌卦) 단사(彖辞)」에 나오는 말임.

시 저들이 대비한 바가 있을 것이니 물러가도록 내버려두었다가 달리 도모하는 것이 좋겠소."

그때 문득 왕평이 파발을 보내어 위나라 병력이 이미 물러갔다고 보고했다. 제갈량은 파발을 불러 지시했다.

"왕평에게 추격하지 말라고 알리도록 하라. 나에게 적군을 깨트릴 계책이 있느니라."

뒷날 어느 시인이 이를 두고 다음과 같이 시를 읊었다.

위나라 병사들은 복병으로 대비했는데
제갈량은 본디 추격을 하지 않는구나.
魏兵縱使能埋伏 漢相原來不肯追

제갈량은 어떤 계책으로 위나라 군사를 무찌르려는가?

제100회

하루를 쓰려 천 일 동안 병사를 기른다

서촉의 병사들은 조진의 영채를 깨트리고
제갈량은 진법으로 사마의를 욕보이도다.

그 무렵 서촉의 장수들은 제갈량이 위나라 병사들을 추격하지 않는다는 말을 듣고 함께 장막으로 들어와 물었다.

"위나라 병사들은 비로 말미암아 더 머물지 못하여 물러나고 있습니다. 바로 이때를 이용해야 하는데 승상께서는 어찌 저들을 추격하지 않으십니까?"

그 말을 들은 제갈량이 대답했다.

"사마의는 용병에 뛰어난 인물이오. 이번에 병력을 뒤로 물리면서 그는 반드시 병력을 매복해두었을 것이오 만약 우리가 추격하다가는 그들의 계책에 빠질 것이오. 그러므로 그들을 풀어주어 멀리 가도록 한 다음 우리는 병력을 나누어 야곡(斜谷)으로 나아가 기산을 함락하여 위나라가 방비할 수 없도록 해야 하오."

여러 장수가 말했다.

"장안을 함락하려면 달리 길이 없는데 승상께서는 기산(祁)을 함락하려 하시니 무슨 까닭입니까?"

"기산은 장안의 머리와 같은 곳이오. 농서의 여러 고을에서 병력이 오려면 반드시 이곳을 거쳐야 하오. 그뿐만 아니라 앞에는 위수의 강변이 있고 뒤에는 야곡이 있어 좌우로 출입이 가능하여 병력을 매복시킬 수 있으니 참으로 군사의 요충지라 할 수 있소. 내가 이곳을 먼저 함락하려는 것은 그곳이 지리적으로 요충이기 때문이라오."

여러 장수가 그의 말에 승복하여 머리를 숙였다. 제갈량은 위연과 장억과 두경(杜瓊)과 진식(陳式)을 기곡(箕谷)으로 나가도록 하고, 마대와 왕평과 장익과 마충을 야곡으로 나가도록 하여 기산으로 모이게 했다. 병력의 배치가 끝나자 제갈량은 몸소 대군을 이끌고 관흥과 요화를 선봉으로 삼아 뒤를 이어 나아갔다.

그 무렵 조진과 사마의는 뒤에 처져 군마를 감독하면서 한 부대를 진창의 옛길로 보내어 적군의 동정을 알아보도록 했더니 촉군이 따라오지 않는다고 보고했다. 다시 열흘을 행군하다가 뒤에 남아 있던 복병들도 돌아와 촉군이 따라오는 기미가 전혀 없다고 보고했다. 그 말을 들은 조진이 말했다.

"며칠째 비가 오고 잔도(棧道)1)가 끊어졌는데 촉나라 병사들이 어찌 우리가 병력을 후퇴시키고 있다는 것을 알겠소?"

사마의가 말했다.

"촉군은 반드시 뒤따라올 것입니다."

"그것을 어떻게 아시오?"

---

1) 잔도(棧道) : 지세가 험난하여 길을 뚫을 수 없는 곳에 칡이나 사다리를 이어 길을 만든 것을 뜻함.

"날씨가 맑은데도 촉군이 우리를 추격하지 않는 것은 우리가 복병을 남겨둔 것을 알기 때문입니다. 저들은 우리의 병력이 멀리 떠나 모두 지나가기를 기다렸다가 기산을 점령하려 할 것입니다."

조진이 믿지 못하자 사마의가 다시 말했다.

"자단은 어찌 내 말을 믿지 않으시는지요? 내가 생각건대 공명은 반드시 두 길로 쳐들어올 것입니다. 자단과 내가 각기 한 계곡을 맡아 열흘 동안 지켜봅시다. 만약 촉군이 나타나지 않으면 내가 얼굴에 붉은 분을 바르고 여자의 옷을 입은 채로 진중에서 처벌을 요청하오리다."

조진이 말했다.

"만약 촉병이 쳐들어온다면 나는 천자께서 내리신 옥대(玉帶)와 천자가 타다가 나에게 주신 말을 그대에게 주겠소."

그들은 곧 병력을 둘로 나누어 조진은 기산의 서쪽 야곡 어귀에 영채를 차리고, 사마의는 기산의 동쪽 기곡 어귀에 영채를 차렸다. 두 사람이 영채를 차리자 사마의는 복병한 무리를 산골짜기에 배치하고 나머지 병마들은 요로에 영채를 차렸다. 사마의는 병사의 옷으로 갈아입고 무리들과 섞여 각 영채를 돌아보았다. 그가 어느 영채에 들렸더니 한 편장(偏將)이 하늘을 쳐다보며 원망했다.

"이렇게 비가 억수처럼 여러 날 쏟아지는데 어서 돌아가지 않고 이제 다시 여기에 영채를 차리고 서로 내기나 하고 있으니 병사들이 어찌 괴롭지 않겠나?"

그 말을 들은 사마의는 영채로 돌아와 장막에 올라 앉아 여러 장수를 들어오라 한 다음 그 편장을 불러내어 꾸짖으며 말했다.

"나라가 천일 동안 병사를 기르는 것은 하루에 쓰려는 것이다.[養軍千日 用在一時][2] 너는 어찌 감히 그런 원망의 말을 하여 병사들의 사기를 어지럽힌단 말이냐?"

그 편장이 그런 말을 한 적이 없다고 잡아뗴었다. 사마의는 그와 함께 있었던 동료들을 불러내어 대질시키니 그 편장이 더 이상 버티지 못했다. 사마의가 말했다.

"우리는 내기를 하는 것이 아니었다. 촉군을 무찌른 다음 너희 각자가 전공을 세워 조정으로 돌아가게 하려 함이었다. 너는 함부로 원망의 말을 했으니 스스로 죄를 지은 것이다."

말을 마치자 사마의는 그 편장의 목을 베라고 지시했다. 곧이어 그의 목이 장막 아래 이르자 여러 장수가 두려워했다. 사마의는 그들에게 말했다.

"그대 여러 장수는 힘을 다하여 촉군을 막아야 하오. 우리의 중군에서 대포 소리가 나면 사방에서 모두 진격하도록 하오."

장수들이 명령을 받고 물러갔다.

그 무렵 촉군에서는 위연·장억·진식·두경 네 장수가 이만 명의 병력을 이끌고 기곡을 공략하러 나아갔다. 그들이 행군하고 있는데 문득 참모 등지가 찾아왔다. 네 장수가 그 연유를 물으니 등지가 말했다.

"승상의 명령을 전달하러 왔소이다. 그대들이 기곡으로 나아갈 때 위나라 병사들이 매복하고 있을 것이니 가볍게 나가서는 안 되오."

그 말을 들은 진식이 말했다.

"승상은 병사들을 부리면서 어찌 그리 의심이 많소? 내가 생각건대, 위

---

2) 「남사」(南史) 「진훤전」(陳暄傳)에 나오는 말인데 원문은 "군대는 천 일을 두고 쓰지 않을 수는 있지만 그렇다고 해서 단 하루라도 소홀히 할 수 없다."[兵可千日而不用 不可一日而不備]라고 되어 있다. 「남사」는 「삼국지」보다 후대인 당(唐)나라 이연수(李延壽)가 지은 남조(南朝) 백칠십 년 동안의 사실을 적은 역사책인데 나관중이 시대를 앞당겨 쓴 것이다.

나라 병사들은 장마를 만나 갑옷이 모두 젖어 반드시 서둘러 돌아가고 있을 터인데 어찌 복병을 두겠소? 이제 우리가 더 빨리 진격하면 크게 이길 수 있을 터인데 어찌 진군을 막으시는가?"

등지가 말했다.

"승상의 계책이 틀린 적이 없고 이루지 못한 적이 없는데 그대는 어찌 감히 명령을 거역하는고?"

진식이 웃으며 말했다.

"승상의 지모가 그렇게 뛰어났다면 가정을 잃지 않았을 것이오."

위연도 또한 지난날 제갈량이 자기의 계책을 들어주지 않은 섭섭함이 있던 터라 웃으며 진식의 말을 거들었다.

"승상이 그때 내 말을 들었더라면 자오곡을 지나 지금쯤 장안은 더 말할 나위도 없고 낙양에 이르렀을 것이오. 이제 기산으로 나간들 무슨 이익됨이 있겠소? 이미 진격하라 했다가 이제는 다시 멈추라 하니 어찌 군명이 그리 분명하지 못하오?"

진식이 말했다.

"내가 먼저 오천 명의 병력을 거느리고 기곡으로 나아가 기산에 이르러 영채를 세워 승상이 부끄러워하는지 않는지를 봅시다."

등지가 거듭 말렸으나 진식이 듣지 않고 오천 명의 병력을 이끌고 기곡으로 나아갔다. 등지가 나는 듯이 이를 제갈량에게 알렸다.

그 무렵 진식이 병력을 이끌고 그리 멀리 가지 않았는데 대포 소리가 들리더니 사방에서 복병이 몰려나왔다. 진식이 서둘러 병력을 뒤로 물리려 했지만 위나라 병사들이 산골짜기에 가득히 철통처럼 에워쌌다. 진식이 좌우로 부딪치며 공격했으나 빠져나갈 수가 없었다. 그때 문득 함성이 크게 일어나며 한 무리의 군사가 달려오는데 바라보니 위연의 병사들이었다.

위연이 진식을 구출하여 산골짜기로 돌아오니 오천 명의 병력 가운데 오백 명만이 상처를 입고 살아 돌아왔다. 위나라 병사들이 추격해 오자 두경과 장억이 나가 도와주어 위나라 병사들을 물리쳤다. 진식과 위연은 그제야 제갈량의 전략이 귀신과 같음을 알았으나 후회해도 소용이 없었다.

등지가 돌아가 제갈량을 뵙고 위연과 진식이 그토록 무례했던 일을 이야기하자 제갈량이 웃으며 말했다.

"위연은 본디 역적의 관상을 타고난 사람이오. 나는 그가 늘 불평하고 있음을 잘 알고 있었지만, 그의 용맹을 쓸 곳이 있기에 아껴둔 것이라오. 그러나 뒷날 그는 반드시 근심거리가 될 것이오."

그런 이야기를 나누고 있는데 척후가 유성처럼 빠르게 돌아와 보고했다.

"진식이 사천 명의 병력을 잃고 겨우 사오백 명의 부상병을 이끌고 산골짜기에 주둔하고 있다 합니다."

제갈량은 등지를 불러 기곡으로 달려가 진식을 어루만져 반란을 일으키는 일이 없도록 하라고 이르는 한편 마대와 왕평을 불러 지시했다.

"만약 위나라 병사들이 야곡을 지키고 있다면 그대들은 본부 병력을 이끌고 고개를 넘어 밤에는 달리고 낮에는 숨어 있다가 기산의 왼쪽으로 나가 불을 올려 신호로 삼도록 하오."

제갈량은 다시 마충과 장익을 불러 지시했다.

"그대들은 산중의 샛길을 따라 진군하되 낮에는 숨어 있다가 밤에는 달려가 기산의 오른쪽으로 나가 불을 올려 신호로 삼도록 하오. 신호가 일어나면 마대·왕평과 힘을 합쳐 함께 조진의 영채를 공격하도록 하오. 나는 산골짜기에서 나와 삼면으로 적군을 공격하면 쉽게 저들을 깨트릴 수 있을 것이오."

명령을 받은 네 장수가 병력을 이끌고 나갔다. 공명은 다시 관흥과 요화를 불러 지시했다.

"그대들은 이리저리하라."

명령을 받은 두 장수가 병력을 이끌고 떠났다. 제갈량은 몸소 정예 병력을 이끌고 길을 재촉하여 떠났다. 떠나면서 그는 다시 오환과 오의를 불러 은밀하게 계책을 주어 먼저 병력을 이끌고 떠나도록 했다.

그 무렵 조진은 마음속으로 촉병이 나타나지 않으리라 생각하고 마음이 느슨해져 병사들을 쉬게 했다. 그는 이렇게 열흘이 지나면 사마의를 무안하게 만드는 일만 남았다고 생각했다. 그러는 사이에 이레가 지나갔는데 문득 산골짜기에 촉병이 나타났다는 보고가 들어왔다.

조진은 부장(副將) 진량(秦良)을 불러 오천 명의 병력을 이끌고 가 정탐하되 촉군이 경계를 넘지 못하도록 하라고 지시했다. 진량이 명령에 따라 서둘러 산골짜기에 이르니 촉나라 군사들이 물러가고 있었다. 진량은 서둘러 병력을 이끌고 추격하여 오십 리에 이르니 그들이 보이지 않자 별일이 없다고 여겨 병사들에게 말에서 내려 쉬도록 했다. 그때 문득 척후의 보고가 올라왔다.

"앞에 촉나라 군사들이 매복해 있습니다."

진량이 말 위에서 바라보니 산 중턱에서 흙먼지가 크게 일어나 서둘러 병사들에게 적군을 막도록 했다. 조금 시간이 지나자 사방에서 함성이 지진처럼 들려오는데 앞에서는 오반과 오의가 짓쳐나오고, 뒤에서는 관흥과 요화가 추격해 오고 있었다. 좌우는 산이어서 달아날 곳도 없었다. 산 위에서 촉나라 군사들이 소리쳤다.

"말에서 내려 항복하는 무리는 죽이지 않으리라."

위나라 병사들의 절반이 항복했다. 진량은 죽을힘을 다하여 싸웠으나 요화의 단칼을 맞고 말에서 떨어졌다. 제갈량은 항복한 위나라 병사들을 후군으로 데려가 갑옷을 벗겨 촉나라 군사들에게 입혀 거짓으로 위나라 병사로 꾸민 다음 관흥·요화·오반·오의에게 그들을 끌고 조진의 영채로 찾아가게 했다. 그들보다 앞선 부대가 조진을 찾아가 보고했다.

"몇 명 되지 않는 촉나라 병사들은 이미 모두 쫓겨 갔습니다."

조진이 몹시 기뻐했다. 그때 문득 사마의의 심복이 왔다는 보고가 올라왔다. 조진이 그를 불러 온 연유를 물으니 그가 말했다.

"지금 촉나라 군사들은 매복의 전술을 써 위나라 병력 4천 명을 죽였습니다. 사마 도독께서 장군께 말씀하시기를 지난번의 내기의 마음 쓰지 마시고 오로지 적군을 막는 데 힘쓰자고 하셨습니다."

조진이 말했다.

"이곳에는 촉나라 군사들이 하나도 없다."

조진이 그 파발을 돌려보내자 문득 진량이 부대를 이끌고 왔다는 보고가 올라왔다. 조진이 장막을 나가 그를 맞이하여 막 영채로 들어서려는데 좌우에서 불길이 치솟고 있다는 보고가 올라왔다. 조진이 서둘러 영채로 돌아와 뒤를 돌아보니 관흥·요화·오반·오의가 촉군을 이끌고 위나라 영채를 차지하러 달려오고 있고, 그 뒤에는 마대와 왕평이 달려오고 있으며, 마충과 장익도 또한 병력을 이끌고 달려오고 있었다.

위나라 병사들은 어찌할 바를 몰라 서로 제 목숨을 건지려 도주했다. 여러 장수가 조진을 보호하여 동쪽을 바라보고 도망하는데 뒤에서 촉나라 군사들이 추격하고 있었다. 조진이 바야흐로 달아나는데 문득 함성이 일어나며 한 부대가 달려오고 있었다. 조진은 간담이 서늘하여 놀라 바라보니 사마의였다. 사마의가 한바탕 공격하자 촉나라 군사들이 물러갔다. 조진은 겨우 적진을 탈출했으나 부끄러움을 견딜 수가 없었다. 이를 본 사마의가 말했다.

"제갈량이 기산의 지세를 장악했으니 우리는 이곳에 오래 머무를 수가 없습니다. 마땅히 위수의 강변으로 물러가 영채를 차리고 다시 좋은 방도를 찾아야 할까 봅니다."

조진이 물었다.

"중달은 내가 이토록 대패하리라는 것을 어찌 알았소?"

"제가 보냈던 파발이 와서 보고하기를 자단께서는 촉나라 병사들이 하나도 보이지 않는다고 말씀하였다기에 공명이 몰래 영채를 습격하리라는 것을 알고 이렇게 달려와 도운 것입니다. 이제 예상한 바대로 우리가 저들의 계교에 빠졌으니 지난번에 저와 내기를 한 것일랑 잊어버리고 함께 나라를 위해 일합시다."

조진은 너무도 황송하여 병을 얻어 다시 일어나지 못했다. 위수 강변에 주둔하고 있던 사마의는 병사들의 마음이 흔들릴까 걱정스러워 감히 조진에게 군사를 이끌고 가라는 말도 하지 못했다.

그때 제갈량이 대군을 이끌고 다시 기산으로 나아갔다. 병사들을 위로하고 나자 위연·진식·두경·장억 네 장수가 장막에 들어와 엎드려 죄를 자복하였다. 그들을 본 제갈량이 말했다.

"병력을 잃고 돌아온 자가 누구인고?"

위연이 대답했다.

"진식이 승상의 명령을 듣지 않고 산골짜기로 들어갔다가 이렇게 대패했습니다."

그 말을 듣자 진식이 대답했다.

"이번 일은 위연이 저에게 시켜 한 일입니다."

"위연이 그대를 구출해주었는데 그대는 도리어 그를 탓하는구나. 군법을 어겼으니 교묘한 말로 변명하지 말라."

제갈량은 곧 진식의 머리를 베라 지시했다. 조금 시간이 지나 진식의 머리를 장막 앞에 걸어 여러 장수에게 보여주었다. 이때 위연을 죽이지 않은 것은 살려두었다가 뒷날 쓸 일이 있기 때문이었다.

제갈량이 진식을 죽인 뒤 진격하고 있는데 문득 척후가 돌아와 보고하였다.

"조진이 몹시 아파 자리에서 일어나지 못한 채 영채 안에서 치료를 받고 있다 합니다."

제갈량이 몹시 기뻐하며 여러 장수에게 말했다.

"만약 조진의 병이 깊지 않다면 반드시 장안으로 돌아갔을 것이오. 그러나 이제 위나라 병사들이 물러나지 않는 것은 그가 병이 깊어 군중에 머물면서 병사들의 마음을 안정시키고자 함이라오. 내가 편지 한 통을 써 진량의 병사들 가운데 항복한 무리에게 들려 조진에게 보내면 그가 그 편지를 읽고 반드시 죽을 것이오."

제갈량은 항복한 위나라 병사를 장막으로 불러 물었다.

"너희들은 모두 위나라 병사들로서 부모와 처자식들이 중원에 있으니 서촉에 머물러야 할 이유가 없다. 내가 너희들을 집으로 돌려보내고자 하는데 너희들은 어찌 생각하느냐?"

위나라 병사들이 울며 절하고 사례했다. 제갈량이 그들에게 다시 말했다.

"조자단이 나와 약속한 바가 있다. 내가 이제 편지 한 통을 써줄 터이니 가져가 자단에게 올리면 반드시 무거운 상을 받게 될 것이다."

위나라 병사들이 편지를 받아들고 서둘러 영채로 돌아가 제갈량의 편지라 하며 조진에게 바쳤다. 조진이 병든 몸의 부축을 받으며 일어나 편지를 읽어보니 그 내용은 이러했다.

"한 승상 무향후 제갈량이 대사마 조자단 앞으로 보내노라.
그윽이 생각건대 무릇 장수라 함은 내어줄 줄도 알고 빼앗을 줄도 알며, 부드러울 줄도 알고 강인할 줄도 알며, 앞으로 나아갈 줄도 알고 뒤로 물러설 줄도 알며, 연약함을 보여줄 줄도 알고 강력할 줄도 알아야 하오. 움직이지 않을 때는 산과 같아야 하고, 알아보기는 음양처럼 어려워야 하고, 그 깊이는 천지와 같아야 하고, 든든함은 큰 창고와 같아야 하고, 넓고 아득하기는 바다와 같아야 하고, 찬란하기는 해와 달과 별과 같아야 하며, 천문을 보아 날이 가물지 장마가 올지 알아야 하며, 지리의 평안함을 남보다 먼저 알아야 하고, 어느 때 진영을 펴야 할지를 알아야 하고, 적군의 장점과 단점을 헤아릴 줄 알아야 하오.
그러나 슬프게도 배우지 못한 젊은이들은 위로는 하늘의 뜻을 거슬러 황제의 자리를 찬탈한 역적을 도와 낙양에서 스스로 황제라 부르더니 이제는 패잔병을 이끌고 야곡으로 달아나 진창에서 장마를 만났구려. 강과 육지에서 어려움에 빠져 말과 사람이 모두 미칠 것만 같아, 버린 창과 갑옷이 들판에 널려 있고 버린 칼과 무기가 땅 위에 가득하도다. 도독의 마음은 미어지고 간담은 찢어지는 듯하며 장군들은 쥐새끼들처럼 도망하니 관중으로 돌아가 부모를 뵐 면목이 없고 조정에 들어가 승상부를 찾아 뵐 낯이 없도다.
사관(史官)은 붓을 들어 이를 기록할 것이요, 백성들은 입만 열면 그 이야기를 할 것이며, 사마의는 촉군이 진영을 차렸다는 소문만 듣고서도 벌벌 떨며, 자단은 촉군만 나타나면 바람 따라 달아났도다. 우리 촉군은 병사들이 강인하고 말도 또한 씩씩하며 장수는 호랑이와 용처럼 날쌔도다. 그런즉 이제 우리가 서북의 땅[秦川]을 평야로 만들고 위나라를 소탕하여 폐허로 만들 것이니라."

편지를 읽은 조진은 원통함이 가슴을 짓눌러 그날 밤 진중에서 죽었다. 사마의는 그의 시신을 수레에 실어 낙양으로 보내어 묻도록 했다. 조예는 조진이 죽었다는 말을 듣자 곧 사마의에게 조서를 내려 나아가 적군을 막도록 했다. 사마의는 대군을 이끌고 제갈량의 군대를 맞아 다음날 일전을 겨루자고 편지를 보냈다. 이를 본 제갈량이 장수들에게 말했다.

"조진이 죽은 것이 분명하오."

그러고서는 편지를 보내어 내일 겨루자고 말했다. 사자가 편지를 들고 사마의를 찾아갔다. 그날 밤 제갈량은 강유를 불러 은밀히 이러저러하게 하라 일러준 다음 다시 관흥을 불러 이러저러하게 하라고 일러주었다.

다음 날 제갈량은 기산의 병력을 일으켜 위수의 강변에 이르렀다. 강변의 한쪽은 산이고 다른 한쪽은 물이고 그 가운데에 평평한 들판이 펼쳐져 있어 전투하기에 좋은 곳이었다. 양쪽의 병사들이 마주 나오자 화살이 닿지 않을 거리에 진영을 차렸다. 세 번 북소리가 울리고 위나라의 진영에서 깃발이 열리면서 사마의가 말을 타고 나타나자 여러 장수가 그 뒤를 따라 나왔다. 바라보니 제갈량이 사륜거에 단정히 앉아 부채를 흔들고 있었다. 그를 본 사마의가 입을 열었다.

"우리의 주상께서 위로 요임금이 순임금에게 왕위를 선양하신 법도를 본받은 이래 이미 두 대(代)가 지나 중원을 평정하고 오나라와 촉나라를 용납한 것은 우리의 황제께서 너그러우시고 백성들을 다치지 않게 하려 하심이었소. 그대는 남양의 일개 농부로서 하늘의 운수를 모르고 억지로 침범하였으니 섬멸해야 하는 것이 마땅한 이치일 것이오. 그대는 마음을 고쳐먹고 곧 물러나 서로 경계를 지키면서 솥의 세 발이 서듯[鼎足]이 세력을 안정시키면 백성들을 도탄에서 건지고 그대들 또한 목숨을 건질 것이라."

그 말을 들은 제갈량이 대답했다.

"내가 선제로부터 외로운 아들의 뒷일을 부탁받았으니 어찌 마음을 다하여 역적을 토벌하지 않을 수 있겠는고? 그대의 조 씨 왕조는 머지않아 사라질 것이오. 그대의 할아버지와 아버지는 모두 한나라의 신하로서 대대로 봉록을 받았으면서도 그 은혜를 갚을 생각은 하지 않고 오히려 역적을 돕고 있으니 어찌 부끄럽지도 않은고?"

사마의가 얼굴에 부끄러운 기색을 가득히 보이며 말했다.

"내가 그대와 더불어 자웅을 겨루어 그대를 이기지 못한다면 나는 맹세코 대장이 되지 않으리라. 그러나 그대가 져 서둘러 고향으로 돌아간다면 그대의 목숨을 해치지는 않겠노라."

제갈량이 물었다.

"그렇다면 그대는 장수로 겨루려 하는가, 병사로 겨루려 하는가, 아니면 진법으로 겨루려 하는가?"

사마의가 대답했다.

"먼저 진법으로 싸우리라."

제갈량이 말했다.

"그대가 먼저 진영을 쳐 내게 보이도록 하시오."

사마의가 장막으로 들어가 손에 누런 깃발을 들고 휘둘러 좌우의 병사들을 움직여 진영을 친 다음 말을 타고 나와 물었다.

"그대는 나의 진법을 알아보겠는고?"

제갈량이 웃으며 말했다.

"우리 진중의 졸병도 그런 정도의 진영을 칠 줄을 안다오. 그것은 혼원일기진(混元一氣陣)이라 하오."

그 말을 들은 사마의가 말했다.

"그렇다면 이번에는 그대가 진영을 쳐 나에게 보여주시오."

제갈량이 진중으로 들어가 부채를 흔들어 진영을 친 다음 밖으로 나와 물었다.

"그대는 나의 진법을 알아보겠는고?"

사마의가 대답했다.

"그것은 팔괘진(八卦陣)이라 하는데 내가 어찌 모르겠소?"

"이것이 팔괘진임을 알았다면 이를 깨트리는 법도 알겠소?"

"이미 그 진법을 알았는데 어찌 깨트리지 못하겠소?"

"그렇다면 그대가 먼저 공격해보도록 하시오."

사마의가 진중으로 들어가 대릉과 장호와 악침을 불러 지시했다.

"공명의 저 진법은 휴(休)·생(生)·상(傷)·두(杜)·경(景)·사(死)·경(驚)·개(開)의 여덟 개 문으로 이뤄진 진법이오. 그대 세 사람은 동쪽의 생문(生門)으로 쳐들어가 서남쪽의 휴문(休門)으로 빠져나왔다가 다시 북쪽의 개문(開門)으로 쳐들어가면 쉽게 이 진법을 깨트릴 수 있을 것이오. 그대들은 조심하여 공격하도록 하시오."

이에 대릉이 중군을 이끌고 장호가 선봉을 서고 악침이 후군을 이끌며 각기 기병 삼천 명을 이끌고 생문으로 쳐들어갔다. 양쪽 군사들이 고함을 쳐 사기를 돋우었다. 세 장수가 촉진으로 들어가 보니 진이 마치 성벽과 같아 빠져나갈 길이 없었다. 세 장수가 서둘러 기병을 이끌고 진영을 빠져나가려고 서남쪽으로 달려가는데 촉군의 화살이 비 오듯 쏟아져 앞으로 나갈 수가 없었다. 진은 겹겹이 둘러싸여 있고 사방에 문이 있지만 어느 쪽이 동서남북인지를 알 수가 없었다. 세 장수는 서로를 돌아보지 못하고 통 속에 갇힌 듯이 날뛰는데 구름만 서글프게 떠가고 안개만이 자욱했다. 그때 함성이 일어나더니 위나라 병사들을 하나씩 묶어 중군으로 끌고 갔다.

제갈량이 장막 안에 앉아 있는데 장호와 대릉과 악침을 비롯하여 아흔 명 남짓의 장졸들이 포승에 묶여 장막 아래로 끌려왔다. 제갈량이 그들을 보자 웃으며 말했다.

"내가 그대들을 잡은 것이 무슨 대단한 재주가 되겠는가? 내가 그대들을 풀어줄 것이니 돌아가 사마의를 만나거든 병서를 더 많이 읽고 전략을 공부한 다음에 다시 찾아와 승부를 가려도 늦지 않을 것이라 말하거라. 그대들의 목숨만은 살려주겠다마는 무기와 말은 두고 가도록 하라."

그러고서는 장병들을 시켜 위나라 병사들의 옷을 벗기고 얼굴에는 물감을 칠하여 걸어서 돌아가도록 했다. 이를 본 사마의가 대로하여 여러 장수를 돌아보며 말했다.

"이토록 참패하여 장병들이 예기가 꺾였으니 내가 무슨 낯으로 중원으로 돌아가 대신들을 보겠는가?"

사마의는 삼군을 거느리고 죽음을 무릅쓰며 달려 나갔다. 그는 손수 칼을 빼 들고 백 명 남짓의 맹장들과 함께 재촉하며 진격했다. 곧 양쪽 병력이 만났는데 문득 위나라 병력의 뒤에서 북과 나팔소리가 들리며 함성이 땅을 흔들었다. 바라보니 한 부대가 서남쪽에서 짓쳐들어오는데 앞선 장수는 관흥이었다. 사마의는 병력을 나누어 후군을 막게 하면서 병력을 재촉하여 앞으로 달려 나갔다.

그때 문득 위나라 병사들 사이에 커다란 혼란이 일어났다. 강유가 한 부대를 이끌고 조용히 달려오고 있었다. 촉군이 세 길로 나누어 공격하자 사마의가 크게 놀라 서둘러 병력을 뒤로 물렸다. 촉군이 사방에서 짓쳐들어오자 사마의는 삼군을 이끌고 남쪽을 바라보며 죽을힘을 다하여 달려갔다. 위나라 병사들 열 명 가운데 예닐곱 명이 다쳤다. 사마의는 위수 남쪽에 영채를 차리고 굳게 지키기만 할 뿐 나와 싸우려 하지 않았다.

제갈량이 승리한 병사들을 이끌고 기산으로 돌아왔을 때 영안성의 이엄(李嚴)이 도위(都尉) 구안(苟安)에게 양곡을 수송하여 군중에 전달하도록 했다. 그런데 구안은 술을 좋아하여 중도에서 태만한 탓에 열흘의 기한을 넘겼다. 제갈량이 몹시 분노하여 말했다.

"우리 군중에서는 군량미를 보급하는 일이 중요한 일인데 사흘이 늦으면 목을 쳐야 한다. 너는 열흘을 어겼으니 할 말이 있는가?"

말을 마치자 제갈량은 그의 목을 베라 지시했다. 이를 본 장사(長使) 양의(楊儀)가 아뢰었다.

"구안은 이엄이 부리는 사람이고 아울러 양곡의 대부분이 서천에서 보급되고 있습니다. 이 일로 구안을 죽인다며 뒷날 감히 이 일을 맡으려는 사람이 없을 것입니다."

제갈량은 무사들을 시켜 구안의 포승을 풀어준 다음 끌고 나가 장(杖) 여든 대를 치도록 했다. 처벌을 받은 구안은 원한을 품고 그날 밤 기병 대여섯 명을 데리고 서둘러 위나라 영채로 찾아가 투항했다. 사마의가 그를 부르니 구안이 그동안에 있었던 일을 말했다. 그 말을 들은 사마의가 말했다.

"일이 비록 그렇다 하나 공명은 지모가 뛰어난 사람이니 내가 너의 말을 믿기 어렵다. 만약 네가 한 번 큰 공로를 세운다면 내가 너를 천자께 추천하여 상장을 삼으리라."

"일을 맡겨주신다면 힘껏 노력하겠습니다."

"그렇다면 너는 지금 성도로 돌아가 헛소문을 퍼트리되, 공명이 황제에게 원한을 품어 머지않아 황제에 오를 것이라고 말하거라. 그리하여 너의 황제가 공명의 출병을 불러들이도록 한다면 이는 모두 너의 공로가 될 것이다."

구안이 그렇게 하기로 약속하고 성도로 돌아가 환관들을 만나 헛소문을 퍼트렸다.

"제갈량이 자신의 공로를 믿고 머지않아 황제의 자리를 찬탈할 것이오."

그 말을 들은 환관들이 놀라 대궐로 들어가 황제에게 자세한 전말을 아뢰었다. 후주가 크게 놀라 물었다.

"그렇다면 이 일을 어찌해야 좋소?"

환관들이 아뢰었다.

"제갈량을 성도로 부르시어 병권을 빼앗아 반역을 일으키지 못하도록 하소서."

그들의 말에 따라 후주는 조서를 내려 제갈량에게 어서 병력을 되돌려 돌아오라 알렸다. 이를 본 장완(蔣琬)이 나서 아뢰었다.

"승상께서 전쟁에 나간 이래 여러 차례 전공을 세웠는데 어찌하여 돌아오라 하십니까?"

후주가 대답했다.

"짐이 승상과 만나 상의해야 할 기밀이 있기 때문이라오."

말을 마치자 후주는 곧 조서를 지어 밤낮으로 달려가 제갈량에게 군사를 돌려 돌아오라 지시했다. 칙사가 기산의 영채에 이르러 제갈량을 만나 조서를 전달하니 이를 읽은 제갈량이 하늘을 쳐다보며 탄식했다.

"주군이 아직 어리니 반드시 간신들이 곁에서 모함했을 것이다. 내가 지금 바야흐로 전공을 세우려는데 어찌 돌아갈 수 있겠는가? 그렇다고 돌아가지 않으면 이는 주군을 속이는 일이요, 칙명을 받들어 돌아가면 뒷날 이런 기회를 어찌 잡을 수 있겠는가?"

강유가 물었다.

"만약 우리가 병력을 뒤로 물리면 사마의가 추격할 터인데 어찌 막으려 하십니까?"

"내가 이제 물러가면서 병력을 다섯 길로 나눌 것이오. 오늘 우리가 이 영채를 물러가면서 영채 안에 천 명이 있으면 아궁이 이천 개를 파고, 내일에는 삼천 개의 아궁이를 파고, 그다음 날에는 사천 개를 파 매일 물러가면서 아궁이를 늘리도록 하라."

양의가 물었다.

"옛날 손빈(孫臏)은 방연(龐涓)을 잡을 적에 병력이 늘수록 아궁이의 숫자를 줄였는데[3] 이제 승상께서는 어찌하여 아궁이를 늘리라 하십니까?"

그 말을 들은 제갈량이 대답했다.

"사마의는 용병에 뛰어난 인물이어서 우리가 병력을 뒤로 물리는 줄 알면 반드시 추격할 것이오. 그는 혹시 복병이라도 있을까 의심하여 반드시 아궁이의 숫자를 헤아릴 것인데 날마다 아궁이의 숫자가 늘어나면 병력이 물러가는지 주둔하는지를 알지 못한 채 의심만 늘어 추격하지 않을 것이오. 내가 천천히 물러가면 병력을 잃을 걱정이 없소."

그러고서는 병력을 후퇴하도록 명령했다.

그 무렵 사마의는 구안의 계책이 들어맞은 것을 알고 촉나라 군사들이 물러갈 때 일제히 추격하도록 했다. 그러면서도 잠시 멈칫거리고 있는데 문득 척후가 들어와 촉군의 영채가 비어 있고 병마가 모두 떠났다고 보고

---

3) 손빈(孫臏)과 방연(龐涓)의 일화에 대해서는, 제98회 각주 1 참조.

했다. 사마의는 제갈량의 지모를 잘 아는지라 감히 추격하지 못한 채 백여 명의 기병을 이끌고 영채로 들어가 아궁이의 숫자를 헤아려보도록 한 다음 영채로 돌아왔다. 이튿날에도 다시 병사들을 시켜 촉군의 영내로 들어가 아궁이를 헤아려보도록 했더니 병사가 들어와 보고했다.

"영채 안의 아궁이의 숫자가 두 배로 늘었습니다."

사마의가 여러 장수를 돌아보며 말했다.

"내가 생각건대, 제갈량은 지모가 뛰어난 사람이어서 지금 후퇴하면서도 병력이 늘어 아궁이의 숫자가 늘어나고 있는 것이라오. 우리가 저들을 추격하다가는 오히려 저들의 계책에 빠질 것이니 차라리 이번에 물러갔다가 다시 도모하는 것이 좋겠소."

그러고서 그는 추격하지 않고 되돌아갔다. 그리하여 제갈량은 한 명의 병사도 잃지 않고 성도를 바라보며 물러갔다. 뒷날 서천의 백성들이 사마의를 찾아와 말했다.

"공명이 후퇴할 때 병력은 늘지 않고 아궁이의 숫자만 늘리는 것을 저희들이 보았습니다."

사마의가 길게 탄식하며 말했다.

"공명은 우후(虞詡)의 전법4)으로 나를 속였구나. 나는 그의 전략을 따를 수가 없도다."

---

4) 『후한서』「우후열전」(虞詡列傳)에 다음과 같은 이야기가 나온다. 우후는 후한 진국(陳國) 무평(武平) 사람으로 자는 승경(升卿)이었다. 열두 살 때 『상서』(尚書)를 깨친 수재로, 벼슬이 낭중(郎中)에 올랐다. 안제(安帝) 영초(永初) 4년(서기 110)에 강족(羌族)이 변경을 침범하자 등즐(鄧騭)이 양주(涼州)를 포기하려는 것을 보고 반대하였다가 그의 미움을 받아 외직으로 쫓겨났다. 그가 무도태수(武都太守)로 있을 적에 작은 병력으로 복병을 써서 몇백 명의 적군을 죽여 강호(姜胡)를 소탕했다. 그때 그는 후퇴하면서 속도를 빠르게 했고, 날마다 아궁이의 숫자를 늘려 적군을 속여 추격에서 벗어났다. 이 고사를 우후증조(虞詡增竈)라 한다.

그러고서 사마의는 대군을 이끌고 낙양으로 돌아갔다. 뒷날 한 시인이 그때의 일을 이렇게 시로 읊었다.

바둑에서는 적수를 만나면 이기기 어렵고
장수는 명장을 만나면 자만할 수 없구나.
棋逢敵手難相勝 將遇良才不敢驕

성도로 돌아간 제갈량의 운명은 어찌 되려나?

제101회

안에 간신이 있는데 어찌 천하를 통일하랴

제갈량은 농상으로 나와
귀신으로 가장하고
검각으로 달려가던 장합은
계책에 걸리다.

그 무렵 제갈량은 병력을 줄이면서도 아궁이를 늘리며 병사들을 한중으로 후퇴시켰다. 사마의는 매복이 있을까 두려워 감히 추격하지 못하고 병력을 거두어 장안으로 돌아갔다. 그리하여 제갈량은 한 명의 병사도 잃지 않고 돌아왔다. 제갈량은 삼군에게 큰 상을 내린 다음 성도로 돌아와 후주를 뵙고 아뢰었다.

"이 늙은 신하가 기산으로 나가 장차 장안을 차지하려던 때에 폐하께서 조칙을 내리시어 불러들이시니 무슨 큰일이 있었기에 그러셨는지 알 수 없나이다."

후주는 할 말이 없어 한참 동안 말이 없다가 얼마 시간이 지나서야 입을 열었다.

"짐이 승상을 본 지 너무 오랜 시간이 지나 보고 싶은 마음에 조칙을 내려 돌아오라 한 것이지 다른 뜻은 없습니다."

"그것은 폐하의 진심이 아닙니다. 반드시 간신이 곁에서 참소하며 저에게 다른 뜻이 있다고 말씀드린 탓일 것입니다."

그 말을 들은 후주가 아무 말도 못 하자 제갈량이 말했다.

"이 늙은 신하는 돌아가신 폐하의 두터운 은혜를 입어 죽음으로써 갚기로 맹세했습니다. 그러나 이제 안으로 사악한 간신이 있다면 신이 어찌 역적을 토벌할 수 있겠습니까?"

그 말을 들은 후주가 말했다.

"짐이 환관의 말을 잘못 듣고 잠시 승상을 불러들였소이다. 이제 승상의 말을 듣고 보니 앞에 풀섶이 걷힌 것 같으나 후회스럽기 짝이 없습니다."

제갈량이 환관을 불러 문초한 결과 이 모든 것이 구안(苟安)의 거짓말로 말미암은 것을 알고 그를 잡아들이라 했으나 그는 이미 위나라로 달아난 뒤였다. 제갈량은 황제에게 거짓을 아뢴 환관들을 죽이고 그 나머지들을 대궐 밖으로 몰아냈으며 장완과 비의에게는 간사한 무리들의 말을 살펴 황제에게 바로 아뢰지 못한 죄를 물으니 두 사람이 모두 그 벌을 달게 받았다.

제갈량은 후주에게 인사를 드리고 한중으로 돌아갔다. 그는 한편으로 이엄에게 양곡과 말먹이를 준비하여 서둘러 영채로 보내도록 하면서 다시 출병을 논의했다. 이를 본 양의가 말했다.

"이제까지 여러 차례 군사를 일으켜 병력이 지쳤고 양곡을 댈 수가 없으니 이번에는 병력을 두 부대로 나누어 석 달마다 교대하도록 하시지요. 그러자면 이십만 대군 가운데 10만 명만을 기산으로 출병시켜 석 달 동안 주둔하게 한 다음 다시 십만 명을 교대하여 싸우게 하면 병사들이 덜 피로할 것입니다. 그런 다음에 천천히 진군하면 쉽게 중원을 도모할 수 있을 것입니다."

그 말을 들은 제갈량이 말했다.

"그 말이 나의 뜻과 같소. 내가 중원을 정벌하는 일은 하루아침에 이루어질 일이 아니니 길게 생각하는 것이 마땅하오."

말을 마치자 제갈량은 병력을 둘로 나누어 서로 백 일을 기한으로 하여 교대로 복무하도록 하되 그 기한을 어기는 사람은 법에 따라 다스리라고 지시했다.

건흥 9년(서기 231) 봄 2월, 제갈량은 다시 위나라를 정벌하는 길에 올랐다. 그때는 위나라 태화(太和) 5년이었다. 위나라의 조예는 제갈량이 다시 중원을 공략한다는 말을 듣자 서둘러 사마의를 불러 대책을 상의하니 사마의가 말했다.

"이제 자단(子丹 : 조진의 자)마저 죽었으니 신이 있는 힘을 다하여 적군을 무찔러 폐하의 은혜에 보답하고자 하나이다."

조예가 크게 기뻐하며 잔치를 열어 사마의를 대접했다.

다음 날 촉나라 군사들의 침략이 다급하다는 보고가 올라왔다. 조예는 곧 사마의에게 병력을 이끌고 나가 적군을 막도록 하라며 몸소 어가를 타고 성 밖까지 나가 배웅했다. 사마의는 조예에게 사례하고 길을 떠나 장안에 이르자 여러 곳의 인마를 소집하여 서촉을 깨트릴 계책을 논의했다. 그때 장합이 나와 말했다.

"제가 한 부대를 이끌고 옹성(雍城)과 미성(郿城)을 지키며 촉나라 군사들을 막아내고자 합니다."

그 말을 들은 사마의가 말했다.

"우리의 선봉이 홀로 공명의 부대를 감당할 수 없는데 더욱이 병력을 전후로 나누어 싸운다면 승산이 없소. 차라리 병력을 상규(上邽)에 남겨 지키게 하고 나머지 병력을 기산에 남겨두느니만 못한데, 장군이 선봉을 맡을 뜻이 없소이까?"

그 말을 들은 장합이 몹시 기뻐하며 말했다.

"제가 늘 충의의 뜻을 품고 마음을 다하여 나라의 은혜에 보답하고자 하였으나 나를 알아주는 사람이 없어 안타까웠습니다. 이제 도독께서 저에게 그토록 무거운 임무를 맡겨주시니 만 번 죽어도 사양하지 않겠습니다."

그리하여 사마의는 장합을 선봉으로 삼아 대군을 지휘하도록 하고 다시 곽회를 불러 농서의 여러 성을 지키도록 했다. 그 밖의 장수들에게도 각기 길을 맡겨 나가도록 하는데 선봉의 척후가 들어와 보고했다.

"공명이 대군을 이끌고 기산을 바라보며 출진했는데 선봉 왕평과 장억이 진창과 검각을 지나 산관(散關)을 넘어 야곡으로 달려오고 있습니다."

사마의가 장합에게 말했다.

"이제 공명이 대군을 이끌고 짓쳐오는 것은 반드시 농서의 보리를 거두어 군량미로 쓰고자 함이오. 장군은 기산에 이르기까지 영채를 세우고 나는 곽회와 더불어 천수(天水)의 여러 고을을 돌아보며 적군이 보리를 수확해 가지 못하도록 하겠소."

지시를 받은 장합이 사만 명의 병력을 이끌고 기산으로 나가고 사마의는 대군을 이끌고 농서를 바라보며 출진했다.

그 무렵 제갈량의 병력도 기산에 이르러 영채를 차리고 위수의 강변을 바라보니 이미 위나라 병사들이 전투를 준비하고 있었다. 이를 본 제갈량이 여러 장수에게 말했다.

"저기에 반드시 사마의가 있을 것이오. 지금 우리 영채에는 식량이 모자라 사람을 이엄에게 보내어 양곡을 보내라 했으나 아직 오지 않고 있소. 내가 짐작하건대 농상에는 이미 보리가 익었을 것이니 몰래 사람을 보내어 베어 와야겠소."

 제갈량은 왕평과 장억과 오반과 오의를 기산의 영채에 남겨 지키도록 하고 자신은 강유와 위연 등 여러 장수를 이끌고 먼저 노성(鹵城)으로 갔다. 노성태수는 평소부터 제갈량의 높은 이름을 잘 알고 있던 터라 서둘러 성문을 열고 나와 항복했다. 제갈량은 그를 어루만져 안심시킨 다음 물었다.

 "지금쯤 어느 곳에 보리가 잘 익었는고?"

 태수가 아뢰었다.

 "농상의 보리가 이미 익었습니다."

 제갈량은 장익과 마충을 노성에 남아 지키게 한 다음 몸소 여러 장수와 삼군을 이끌고 농상으로 갔다. 그때 척후의 보고가 올라왔다.

 "사마의가 병력을 이끌고 이곳에 와 있습니다."

 제갈량이 놀라며 말했다.

 "우리가 보리를 베러 올 것을 그 사람이 이미 알았구나."

 제갈량은 곧 목욕하고 옷을 갈아입은 다음 사륜거 세 대를 더 꺼내어 여러 가지 장식으로 꾸몄다. 이 수레들은 제갈량이 이미 서촉에서 올 때 마련해 가지고 온 것이었다. 제갈량은 강유에게 천 명의 병력을 주어 그 가운데 한 수레를 호위하게 하고 오백 명에게 북을 준 다음 상규의 뒷길에 매복하도록 했다.

 이어 제갈량은 마대를 왼쪽에 세우고 위연을 오른쪽에 세워 각기 천 명의 병력을 이끌고 다른 수레를 지키도록 하면서 오백 명의 병사에게 북을 주었다. 각 수레에는 스물네 명의 병사가 검은 옷을 입고 신발을 신지 않은 채 머리칼을 풀어헤치고 칼을 잡고서 북두칠성을 그린 검은 깃발을 들고 좌우에서 수레를 밀도록 했다.

명령을 받은 세 장수가 병사들을 이끌고 떠났다. 제갈량은 다시 삼만 명의 병사들에게 낫과 새끼줄을 들고 가 보리를 벨 준비를 하도록 했다. 그리고 뽑힌 스물네 명의 병사들은 각기 검은 옷을 입고 머리칼을 풀어헤친 채 칼을 빼어 들고 사륜거를 둘러싸고 밀며 나아갔다. 이어서 관흥은 천봉(天蓬)1)으로 꾸며 손에는 북두칠성을 그린 검은 깃발을 들고 수레 앞에 서서 걸어갔다. 제갈량은 수레에 단정히 앉아 위나라 영채를 바라보고 나아갔다.

위나라의 척후가 이를 보고 몹시 놀랐다. 이들이 사람인지 귀신인지를 알 수 없던 위나라 병사들은 나는 듯이 달려가 사마의에게 이를 알렸다. 사마의가 영채를 나와 바라보니 제갈량이 비녀를 꽂은 관을 쓰고 학처럼 흰 바탕에 검은 깃을 댄 도포를 입은 채 손에 깃으로 만든 부채를 들고 수레 위에 단정히 앉아 있는데 좌우에 스물네 명이 머리칼을 풀어헤치고 칼을 들고 수레를 밀고 있으며 앞장선 한 사람은 손에 검은 깃발을 들고 있었다. 은은히 비치는 그 모습이 마치 하늘에서 내려온 사람 같았다. 이를 본 사마의가 말했다.

"이는 공명이 또 요술을 부리는 것이로구나."

사마의는 이천 명의 병마를 뽑아 소리쳤다.

"너희들은 어서 달려가 수레와 사람을 모두 잡아오도록 하라."

명령을 받은 위나라 병사들이 일제히 추격했다. 위나라 병사들이 추격

---

1) 천봉(天蓬) : 본디 도교(道敎)에 등장하는 수호신으로서 북두칠성 가운데 하나였는데, 한대(漢代) 사람들은 이를 원수(元帥)라 부르며 군신으로 여겼다.

하는 것을 본 제갈량은 수레를 돌려 촉나라 군사들의 영채를 향하여 천천히 달아났다. 위나라 병사들이 모두 말을 몰아 추격하는데 음습한 바람이 불고 차가운 안개가 드리웠다. 위나라 병사들이 한 정(程)이나 추격했으나 따라잡지를 못했다. 위나라 병사들은 크게 놀라 모두 말을 멈추고 말했다.

"참으로 괴이하다. 우리가 삼십 리를 달려 추격했으나 앞에 보이는 적군을 따라잡을 수 없으니 어찌 된 일인가?"

위나라 병사들이 추격하지 않자 제갈량은 다시 수레를 밀고와 위나라 병사들이 보는 앞에서 쉬었다. 위나라 병사들이 오랫동안 머뭇거리다가 다시 말을 몰아 추격하니 제갈량은 수레를 돌려 천천히 달아났다. 위나라 병사들이 다시 이십 리를 추격했으나 앞에 보이는 적군을 따라잡을 수가 없어 모두 바보처럼 바라보기만 했다. 제갈량이 다시 수레를 돌려 위나라 병사들을 바라보며 수레를 밀고 왔다. 위나라 병사들이 다시 추격하려 하자 병력을 이끌고 뒤따라오던 사마의가 이르러 명령을 내렸다.

"공명이 팔문둔갑(八門遁甲)2)의 수법을 알고 육정육갑(六丁六甲)3)의

---

2) 팔문둔갑(八門遁甲) : 팔문둔갑은 천문과 지리의 변화 원리를 적절히 응용하여 신명을 부리는 술법으로서 기문둔갑(奇門遁甲)이라고도 한다. 휴문(休門)·생문(生門)·상문(傷門)·두문(杜門)·경문(景門)·사문(死門)·경문(驚門)·개문(開門)을 팔문(八門)이라 하며, 이 중에서 휴(休)·개(開)·생(生) 삼문(三門)은 길(吉)하고, 상(傷)·사(死)·경(驚) 삼문(三門)은 흉(凶)한 것으로 본다. 이 팔문의 변화를 기본으로 온갖 천문과 지리의 변화 원리를 적절히 배합하여 응용한 술법이 곧 팔문둔갑이다.

3) 육정육갑(六丁六甲) : 육정이라 함은 간지 가운데 정(丁)으로 시작되는 여섯 가지의 간지(干支) 곧 정묘(丁卯)·정사(丁巳)·정유(丁酉)·정해(丁亥)·정축(丁丑)·정미(丁未)를 뜻하며, 육갑이란 간지 가운데 갑(甲)으로 시작되는 여섯 가지의 간지 곧 갑자(甲子)·갑술(甲戌)·갑신(甲申)·갑오(甲午)·갑진(甲辰)·갑인(甲寅)을 뜻하는데, 육정은 음신(陰神)이며 육갑은 양신(陽神)으로서 천제(天帝)를 위해 일하는 신위(神位)이다. 도사의 경지에 이르면 이들을 불러 부릴 수 있다고 믿는다.

귀신을 부를 줄 안다. 이는 육갑천서(六甲天書) 안에 들어 있는 축지법(縮地法)을 쓰고 있는 것이니 병사들은 추격하지 말라."

위나라 병사들이 말고삐를 당겨 돌아서려는데 왼쪽에서 북소리가 크게 울리더니 한 부대가 달려오기에 사마의는 다급히 명령을 내려 그들을 막게 했다. 사마의가 바라보니 촉나라 군사들 스물네 명이 머리칼을 풀어헤치고 손에는 칼을 들었으며 검은 옷을 입고 맨발로 한 대의 사륜거를 몰고 나오는데 수레 위에는 비녀 낀 관을 쓰고 학의 깃처럼 흰 바탕에 검은 깃을 댄 옷을 입고 손에 부채를 든 제갈량이 단정히 앉아 있었다. 그를 본 사마의가 크게 놀라며 말했다.

"이제 저쪽에서 수레에 앉은 공명을 오십 리나 추격하고서도 붙잡지 못했는데, 이번에 여기에 또 공명이 나타나니 어찌 이런 괴이한 일이 있나?"

말을 마치지도 않았는데 오른쪽에서 북소리가 울리며 한 부대가 짓쳐 나오는데 사륜거 위에는 제갈량이 단정하게 앉아 있고 좌우로 스물네 명이 검은 옷을 입고 맨발에 머리칼을 풀어헤친 검은 옷을 입고 손에는 칼을 들고 사륜거를 몰고 나왔다. 사마의가 의심이 들어 여러 장수를 돌아보며 말했다.

"이는 하늘에서 내려온 군사들이다."

병사들이 커다란 혼란에 빠져 감히 싸울 생각도 못 하고 서로 달아났다. 그러는 사이에 문득 북소리가 땅을 뒤흔들며 다시 한 부대가 쳐들어오는데 앞에는 사륜거가 나오고 그 위에는 제갈량이 단정히 앉아 있으며 좌우의 무리들은 앞의 사륜거와 똑같았다.

위나라 병사들로서 놀라지 않는 사람이 없었다. 사마의는 저들이 사람인지 귀신인지도 알 수 없고 또 촉나라 군사들이 얼마나 되는지도 알 수 없어 그저 놀랍고 두려워 서둘러 병력을 이끌고 상규성으로 들어가 성문을 닫고 나오지 않았다.

그러는 사이에 제갈량은 서둘러 삼만 명의 정예병으로 보리를 베어 노성으로 날라 가 타작하여 말렸다. 사마의는 상규성에 들어앉아 사흘 동안 감히 나오지 못하다가 촉나라 군사들이 물러간 뒤에야 병사들을 보내어 살펴보도록 했다.

그러던 가운데 촉나라 군사 한 명이 잡혀 사마의 앞에 끌려왔다. 사마의가 그동안의 연유를 물으니 그가 대답했다.

"저는 보리를 베러 온 병사인데 말을 놓쳐 이렇게 잡혀왔습니다."

사마의가 그에게 물었다.

"그렇다면 그때 그 병사들은 하늘에서 내려온 무리들이냐?"

"세 길로 쳐들어왔던 무리 가운데 사륜거를 탄 사람은 공명이 아니라 강유와 마대와 위연이었습니다. 각 부대에는 수레를 보호하는 무리들이 천 명이었고, 오백 명이 북을 쳤습니다. 맨 앞에서 위나라 병사들을 유인했던 수레만이 제갈량의 것이었습니다."

사마의가 하늘을 쳐다보며 길게 탄식했다.

"공명은 참으로 신출귀몰하는 재주를 가졌구나."

그때 문득 부도독 곽회가 들어왔다. 사마의가 그를 맞아들여 인사를 마치자 곽회가 아뢰었다.

"제가 듣자니 촉나라 군사들의 숫자가 많지 않다고 합니다. 지금 노성에서 보리를 타작하고 있는데 이때 공격하심이 좋을 듯합니다."

사마의가 그동안에 있었던 일을 자세히 설명하자 곽회가 웃으면서 말했다.

"속임수란 한 번이나 써먹을 수 있는 짓입니다. 이제 우리가 그의 계책을 모두 알았으니 어찌 더 말할 나위가 있겠습니까? 제가 한 부대를 이끌고 저들의 뒤를 공격할 것이니 도독께서는 한 부대를 이끌고 저들의 앞선 부대를 공격하면 노성을 함락하고 공명을 사로잡을 수 있습니다."

사마의가 그 말에 따라 병력을 둘로 나누어 진격했다.

그 무렵 제갈량은 병력을 이끌고 노성으로 들어가 보리를 타작하여 말리다가 문득 여러 장수를 불러 지시했다.

"오늘 밤에 적군이 반드시 쳐들어올 것이오. 내가 살펴보니 노성의 동쪽과 서쪽에 보리밭이 있는데 병력을 매복시킬 만하오. 누가 그 임무를 맡아 가겠소?"

강유와 위연과 마대와 마충 네 장수가 나서서 말했다.

"제가 가겠습니다."

제갈량이 몹시 기뻐하며 강유와 위연에게 각기 이천 명의 병력을 주어 동남쪽과 서북쪽에 매복하도록 하고, 마대와 마충에게 각기 이천 명의 병력을 주어 서남쪽과 동북쪽에 매복하도록 한 다음 지시했다.

"대포 소리가 들리면 그를 신호로 한꺼번에 짓쳐나오도록 하시오."

지시를 받은 네 장수가 병력을 이끌고 물러갔다. 제갈량은 백 명 남짓의 병사들에게 화포를 들려 성문을 나서 보리밭에 매복하도록 했다.

그 무렵 사마의가 병력을 이끌고 노성에 이르니 벌써 날이 저물고 있었다. 그는 장수들에게 지시했다.

"대낮에 진군을 하면 성안에서 반드시 대비할 것이니 밤을 틈타 공격하도록 하겠소. 이곳은 성이 낮고 해자가 얕아 쉽게 깨트릴 수 있을 것이오."

말을 마치자 사마의는 성 밖에 병사들을 주둔하게 했다. 초경이 되자 곽회도 병력을 이끌고 이르렀다. 두 병력이 합쳐 북소리와 함께 사방에서 노성을 둘러싸니 마치 철통같았다. 그때 성 위에서 수만 발의 쇠뇌가 날아오고 화살과 돌멩이가 쏟아져 위나라 병사들은 감히 앞으로 나아가지 못했다. 문득 위나라 병사들 가운데에서 포성이 연거푸 들리자 삼군이 크게 놀라 어느 쪽의 병력이 쳐들어오는지도 알 수가 없었다.

곽회가 보리밭으로 척후를 보내어 살펴보도록 했더니 사방에서 불길이 하늘로 치솟으며 함성과 함께 촉나라 군사들이 네 길로 쳐들어오고 있었다. 그뿐만 아니라 노성의 문이 열리면서 성안에 있던 병력도 튀어나와 안팎으로 함께 공격하자 위나라 병사들의 죽은 숫자가 얼마인지 헤아릴 수 없었다.

사마의는 패잔병을 이끌고 죽을힘을 다하여 포위를 뚫고 산 위로 올라갔다. 곽회도 또한 패잔병을 이끌고 산 뒤로 돌아가 주둔했다. 제갈량은 성안으로 들어가 네 장수에게 네 모퉁이에 영채를 세우도록 했다.

곽회가 사마의를 찾아가 말했다.

"이제 촉나라 군사들이 오래 버틴다면 물리칠 길이 없습니다. 더욱이 우리는 일진이 무너지고 죽고 다친 병사가 삼천 명이 넘습니다. 이럴 때일수록 일찍 도모하지 않으면 뒷날에는 더욱 물리치기가 어려워집니다."

사마의가 물었다.

"그러니 어쩌면 좋겠소?"

"옹주와 양주에 격문을 보내어 함께 쳐들어오도록 하는 것이 좋겠습니다. 제가 병력을 이끌고 검각을 습격하여 그들이 돌아가지 못하도록 길을 끊고 양곡과 말먹이의 운송로를 막으면 적의 삼군이 큰 혼란에 빠질 터인데 그때를 타 공격하면 쉽게 적군을 무찌를 수 있습니다."

사마의가 그 말에 따라 격문을 써 옹주와 양주에 밤낮으로 달려가 전달하도록 하니 하루가 지나지 않아 대장 손례가 여러 고을의 병마를 이끌고 왔다. 사마의는 곧 손례에게 곽회와 함께 검각을 습격하도록 했다.

그 무렵 제갈량은 노성에서 여러 날 동안 머물고 있는데 위나라 병사들이 나타나 싸우려는 모습이 보이지 않자 마대와 강유를 성안으로 불러 지시했다.

"지금 위나라 병사들이 험준한 산을 지키면서 나와 싸우지 않는 것은 첫째로 우리의 군량미가 떨어지기를 기다리는 것이요, 둘째로는 병력을 검각으로 보내어 양곡의 호송로를 끊으려 함이오. 그런즉 그대 두 사람은 각기 만 명의 병력을 이끌고 가 요로를 지키도록 하오. 위나라 병사들은 우리가 대비하고 있는 것을 보면 스스로 물러갈 것이오."

두 사람이 명령을 받고 물러갔다. 그러자 장사 양의가 나서서 아뢰었다.

"지난날 승상께서 지시하시기를 병사들의 복무 기한을 백일로 잡아 교대하기로 했는데 이제 그 기한이 되어 한중의 병력이 이동하여 선봉의 공문이 이미 도착하여 교대를 기다리고 있다 합니다. 지금 병력이 팔만 명이니 사만 명을 교대해야 합니다."

그 말을 들은 제갈량이 대답했다.

"이미 그렇게 명령을 내린 바 있으니 서둘러 실행하도록 하시오."

그 말을 들은 병사들이 서로 떠날 준비를 했다.

그때 문득 손례가 옹주와 양주의 병마 이십만 명을 이끌고 전투를 도우며 검각을 공격하러 떠났으며 사마의가 병력을 이끌고 노성을 함락하러 온다는 보고가 올라왔다. 이에 촉나라 병사들로 놀라지 않는 사람이 없었다. 이를 본 양의가 들어와 아뢰었다.

"위나라 병사들의 공세가 매우 심각하니 승상께서는 교대하기로 한 병력을 잠시 그대로 두시어 적군을 물리친 다음에 신병이 도착하면 그때 교대를 하도록 하시지요."

그 말을 들은 공명이 말했다.

"그 말은 옳지 않소. 내가 병사를 쓰고 장수에게 명령을 내릴 적에는 신의를 바탕으로 삼고 있소. 이미 그렇게 하기로 명령을 내렸는데 어찌 믿음을 버릴 수 있겠소? 더욱이 촉나라 병사들로서 돌아가기로 예정된 무리들은 모두 귀향 준비를 마쳤고, 그 부모와 처자들은 사립문에 기대어 그들이 돌아오기를 기다리고 있소. 내가 지금 큰 어려움을 겪고는 있지만 그들을 붙잡아둘 수는 없소."

말을 마치자 그는 곧 군령을 내려 떠날 사람은 그날로 떠나도록 했다. 그 말을 들은 병사들이 모두 소리쳤다.

"승상께서 이토록 저희를 사랑하시니 저희들은 돌아가지 않고 목숨을 바쳐 위나라 병사들을 무찔러 승상의 은혜에 보답하고자 하나이다."

제갈량이 말했다.

"그대들은 마땅히 고향으로 돌아가야 하거늘 어찌 거듭 남으려 하는고?"

"저희들은 전투에 나가 싸울 뿐 돌아가기를 바라지 않나이다."

"그대들이 이미 나와 더불어 싸우고자 한다면 이제 성을 나가 영채를 차리고 위나라 병사들이 오기를 기다렸다가 그들에게 쉴 틈을 주지 않고 재빨리 공격하도록 하라. 이는 쉬던 몸으로 피곤한 적군을 치는 법[以逸待勞之法]이니라."

명령을 받은 병사들은 무기를 들고 기쁜 마음으로 성을 나가 진영을 차린 다음 적군이 오기를 기다렸다.

그 무렵에 서량의 병마들이 두 배의 빠른 속력으로 달려오느라고 사람과 말이 모두 지쳐 막 영채를 차려 쉬려는데 촉나라 병사들이 한꺼번에 뭉쳐 달려 나갔다. 촉나라 군사들은 저마다 용맹스럽고 장수들은 씩씩하여 옹주와 양주의 병력이 감당하지 못하고 되돌아 도주했다. 이에 촉나라 군사들이 힘을 뽐내며 추격하여 죽인 옹주와 양주 병사들의 시체가 들판을 덮고 흐르는 피가 도랑을 이루었다. 제갈량이 성을 나가 승전군을 맞아 성으로 들어와 상을 주고 위로했다.

그때 문득 영안의 이엄이 다급하게 문서를 보냈다. 제갈량이 놀라 뜯어 보니 그 내용은 이러했다.

"요즘 듣자니 동오가 사람을 낙양으로 보내어 서로 화약을 맺자 위나라 는 오나라에게 촉을 치라 명령했다 합니다. 다행히 아직 오나라가 병력 을 움직이지는 않고 있사오나 제가 소식을 탐지했기에 알려드리오니 승 상께서 서둘러 좋은 방도를 차리시기 바랍니다."

글을 읽은 제갈량은 몹시 놀라며 여러 장수에게 말했다.

"만약 동오가 군사를 일으켜 서촉을 친다면 내가 곧 돌아가지 않을 수 없소."

그는 곧 명령을 내려 기산의 영채에 있는 병마들을 서천으로 돌아가도 록 하면서 말했다.

"사마의는 내가 여기에 주둔하고 있는 줄을 알면 감히 추격하지 못할 것이오."

그리고 왕평·장억·오반·오의에게 병력을 두 길로 나누어 천천히 서 천으로 물러가도록 했다.

그때 장합은 촉나라 군사들이 물러간다는 말을 들었으나 무슨 계책이 있는 것이 아닌가 걱정스러워 감히 추격하지 못한 채 병력을 이끌고 사마 의에게 찾아와 말했다.

"이제 촉나라 군사들이 물러간다 하는데 무슨 뜻인지 알 수가 없습니다."

사마의가 대답했다.

"공명은 지략이 높은 사람이니 가볍게 움직여서는 안 되오. 우리가 튼 튼히 지키기만 하면 저들은 군량미가 떨어져 스스로 물러갈 것이오."

그러자 대장 위평(魏平)이 나서서 말했다.

"촉나라 군사들이 기산의 영채를 허물고 물러간다 하니 이를 틈타 공격해야 하거늘 도독께서는 병력을 움직이지 않고 마치 촉나라를 호랑이로 여기니 어찌 천하의 웃음거리가 아니겠습니까?"

그러나 사마의는 그 말을 따르지 않았다.

그 무렵에 제갈량은 기산의 병력이 이미 서천으로 돌아갔음을 알고 마충과 양의를 장막으로 불러 은밀히 계책을 주며 말했다.

"그대들은 먼저 궁노수 만 명을 이끌고 검각으로 가 목문도(木門道)의 양쪽에 매복해 있다가 위나라 병사들이 추격해 오면 대포 소리를 신호로 나무와 돌멩이를 쏟아 부어 그들의 퇴로를 막은 다음 양쪽에서 한꺼번에 활과 쇠뇌를 쏘도록 하시오."

두 사람이 물러가자 제갈량은 다시 위연과 관흥을 불러 지시했다.

"그대들은 뒤따라오는 추격병을 막도록 하고 성 위에는 사방에 깃발을 세우고 성 안에는 짐짓 땔감을 쌓아두어 연기를 피우도록 하시오."

명령을 마치자 제갈량은 대군을 이끌고 목문도를 바라보며 길을 떠났다. 이를 본 위나라의 척후가 사마의에게 보고했다.

"촉나라 군사들이 이미 물러났는데 다만 성안에 얼마의 병력이 남아 있는지 알 수 없습니다."

그 말을 들은 사마의가 성을 돌아보고 성 위에 있는 깃발과 성안의 연기를 보면서 웃으며 말했다.

"저 성은 비어 있다."

그리고서는 사람을 시켜 알아보도록 했더니 예상한 대로 성은 비어 있었다. 사마의가 몹시 기뻐하며 말했다.

"공명이 이미 퇴각했으니 누가 감히 추격하겠소?"

선봉 장합이 나섰다.

"제가 가겠습니다."

"장군은 성격이 급해서 안 됩니다."

"우리가 출전할 무렵에 도독께서는 저를 선봉으로 삼으시고 이제 와서 바야흐로 전공을 세우려는데 저를 쓰지 않으시겠다니 어인 까닭이신지요?"

"촉나라 군사들이 물러가면서 반드시 험준한 요처에 매복해두었을 것이니 더욱 조심하며 추격해야 하기 때문이라오."

"제가 이미 그것을 알았으니 걱정하지 마십시오."

"장군께서 스스로 가고자 하는 일이니 나중에 후회하지 마시구려."

"대장부가 목숨을 바쳐 나라의 은혜에 보답하는 일인데 만 번을 죽더라도 여한이 없을 것입니다."

"장군께서 이미 그토록 가고자 하신다면 먼저 오천 명의 병력을 이끌고 떠나시오. 위평이 이만 명의 병력을 이끌고 따라가면서 매복에 대비하도록 하리다. 나도 삼천 명의 병력을 이끌고 뒤따라가겠소."

명령을 받은 장합은 나는 듯이 촉나라 군사들을 추격했다. 그가 삼십 리 남짓 쫓아가는데 문득 등 뒤에서 땅을 흔들 듯이 함성이 일어나고 수풀 사이로 한 부대가 섬광처럼 나타나더니 앞선 대장이 말 위에서 칼을 비껴들고 소리쳤다.

"역적의 대장은 병력을 이끌고 어디로 가느냐?"

장합이 돌아보니 위연이었다. 장합이 대로하여 말머리를 돌려 싸움이 붙었다. 그러나 여남은 번도 겨루지 않았는데 위연이 짐짓 달아났다. 장합이 삼십 리 남짓 추격하여 말고삐를 잡고 돌아보니 복병이 없는지라 다시 말을 몰아 추격했다. 그가 바야흐로 산모롱이를 돌아서려는데 문득 함성이 크게 일어나며 한 장수가 병력을 이끌고 나타나는데 앞선 장수는 관흥이었다. 그는 말 위에서 칼을 비껴들고 소리쳤다.
"장합은 달아나지 말거라. 내가 여기 있노라"
장합은 말을 몰아 달려가 관흥과 어울려 싸웠다. 관흥은 여남은 번도 싸우지 않고 말을 몰아 달아났다. 장합이 그를 추격하다가 어느 숲속에 이르자 문득 의심이 들어 부하들을 시켜 사방을 돌아보도록 했으나 복병이 없는 것을 알고 다시 촉나라 군사들을 추격했다.
그때 뜻하지도 않게 위연이 다시 나타나 장합과 여남은 번을 겨루었다. 위연이 달아나자 장합이 대로하여 추격하니 이번에는 관흥이 앞에 나타나 길을 막아섰다. 장합이 대로하여 말을 몰고 나가 겨루었다. 여남은 번을 겨루지도 않았는데 촉나라 군사들이 모두 갑옷과 소지품을 버리고 달아나 길에 가득 찼다. 위나라 병사들은 말에서 내려 그것들을 줍느라고 정신이 없는 틈을 타 위연과 관흥이 돌아가며 공격해 왔다. 장합이 용기를 뽐내어 그들을 추격했다. 날이 저물어 목문도 어귀에 이르니 달아나던 위연이 말을 몰아 되돌아서서 큰 소리로 욕설을 퍼부었다.
"장합 역적아, 나는 너와 겨루지 않겠다. 나와 싸울 뜻이 있다면 쫓아오거라. 내가 목숨을 걸고 한바탕 겨루리라."
장합이 분노를 참지 못하고 창을 꼬나잡고 말을 몰아 위연을 공격했다. 위연도 칼을 뽑아들고 달려들었으나 여남은 번도 겨루지 못하고 위연이 크게 무너져 갑옷과 투구마저 벗어버리고 말 한 필에 의지하여 패잔병을 이끌고 목문도를 바라보며 달아났다.
장합은 오로지 적군을 죽이겠다는 생각만 하고 있는데 다시 위연이 크게 무너져 달아나자 말을 몰아 추격했다. 그때는 이미 날이 어두웠는데 대포 소리가 한 번 울리더니 산 위에서 불길이 일어나며 돌과 통나무가 쏟아져 길을 막았다. 장합이 크게 놀라며 말했다.

"내가 적군의 계책에 빠졌구나."

장합이 서둘러 말을 돌리려 했으나 등 뒤에는 이미 통나무와 돌멩이가 가득 쌓여 돌아갈 길을 막고 있었다. 다만 가운데에 작은 공터가 남아 있을 뿐 양쪽은 모두 절벽으로 둘러싸여 빠져나갈 길이 없었다. 그때 갑자기 딱따기 소리가 들리며 양쪽에서 궁노가 비 오듯이 쏟아져 장합과 백 명 남짓의 장수들이 모두 목문도 어귀에서 죽었다.

뒷날 어느 시인이 그 장면을 이렇게 시로 읊었다.

> 매복한 궁노가 별빛처럼 쏟아져
> 목문도 어귀에서 영웅들을 죽였구나.
> 지금도 검각을 지나는 나그네는
> 그 옛날 죽은 병사들의 이름을 이야기하네.
> 伏弩齊飛萬點星 木門道上射雄兵
> 至今劍閣行人過 猶說軍師舊日名

장합이 이미 죽은 뒤에 위나라의 후군이 이르러 보니 길은 막혀 있고 위나라 병사들은 계략에 빠져 갇혀 있었다. 그들은 말을 돌려 서둘러 도주했다. 그때 문득 산 위에서 외치는 소리가 들려왔다.

"제갈 승상이 여기에 있노라."

위나라 병사들이 바라보니 제갈량이 불빛 가운데 서서 병사들을 바라보며 말했다.

"내가 오늘 말[馬]을 잡으려다가 잘못하여 노루[獐]를 잡았구나.[4] 너희

---

[4] "말[馬]을 잡으려다가 잘못하여 노루[獐]를 잡았구나.": 여기에서 말[馬]이라 함은 사마의(司馬懿)를 뜻하며 노루[獐]라 함은 장합(張郃)을 뜻한다. 노루[獐]와 장(張)

들은 걱정하지 말고 돌아가 내가 머지않아 중달을 잡을 것이라고 그에게 전달하거라."

위나라 병사들이 돌아가 사마의에게 자세하게 이야기를 하니 사마의는 슬픔을 견디지 못하며 하늘을 바라보고 말했다.

"장준의(張雋義 : 장합의 자)가 죽은 것은 나의 잘못이로다."

그러고서 사마의는 병력을 거두어 낙양으로 돌아갔다. 장합의 죽음을 들은 조예는 눈물을 흘리며 탄식한 다음 그 시체를 거두어 정중하게 묻어 주었다.

그 무렵 한중으로 돌아온 제갈량은 성도로 돌아가 후주를 뵈려 하자 도호(都護) 이엄이 거짓으로 후주에게 아뢰었다.

"신이 이미 군량미를 마련하여 장차 승상에게 운송하려던 참이었는데 승상께서 무슨 연유로 이렇게 회군하셨는지 알 수 없나이다."

후주가 칙령을 내려 상서 비의에게 한중으로 들어가 제갈량을 만나 회군한 까닭을 물어보도록 했다. 비의가 한중에 이르러 제갈량을 만나 후주의 뜻을 전달하니 제갈량이 크게 놀라며 말했다.

"이엄이 다급하게 편지를 보내어 동오가 장차 군사를 일으켜 쳐들어온다 하기에 돌아왔소."

그 말을 들은 비의가 말했다.

"이엄이 천자께 아뢰어 군량은 이미 준비되었는데 승상께서 까닭 없이 회군하셨으니 저를 보내셔서 그 까닭을 물으시는 것입니다."

제갈량이 대로하여 사람을 보내어 알아보게 하였더니 그가 이렇게 대답했다.

은 발음이 같다.

"이엄은 군량미를 마련하지 못하자 승상의 문책이 두려워 글을 보내어 군사를 돌아오게 한 것이었을 뿐만 아니라 천자에게 거짓을 아뢰어 자신의 허물을 덮고자 한 것입니다."

"못난 놈이 저 하나를 위해 저지른 일이 나라의 큰일을 그르쳤도다."

제갈량은 이엄을 잡아들여 목을 치라 명령하자 비의가 아뢰었다.

"승상께서는 선제께서 돌아가시면서 그에게도 어린 아들의 장래를 부탁하셨던 일을 생각하시어 용서해주시기 바랍니다."

제갈량이 그의 말에 따랐다. 비의가 곧 표문을 지어 천자께 올렸다. 표문을 읽은 후주는 대로하며 무사들에게 이엄의 목을 베라 명령했다. 그때 참군 장완이 나서서 아뢰었다.

"이엄은 선제께서 세상을 떠나시면서 어린 아드님을 부탁하신 신하이오니 바라옵건대 너그러이 용서하소서."

후주는 그의 말에 따라 이엄을 서인(庶人)으로 만들어 재동군(梓潼郡)으로 유배를 보내어 외롭게 살게 했다.

제갈량은 성도로 돌아와 이엄의 아들 이풍(李豊)을 장사(長史)로 삼는 한편, 양곡과 말먹이를 준비하고 진법과 무예를 가르치며 군기를 가다듬고 장사들을 위로하면서 삼 년 뒤의 출전을 준비했다. 동천과 서천의 백성과 병사들이 모두 제갈량의 음덕에 감사했다.

세월은 덧없이 흘러[光陰荏苒]5) 어느덧 삼년이 지나갔다. 때는 건흥 12년(서기 234) 봄 2월, 제갈량이 조정에 들어가 황제께 아뢰었다.

---

5) 광음임염(光陰荏苒) : 이는 본디 "들깨가 우거졌다가 시든다."는 뜻에서 온 것으로 세월의 무상함을 표현하는 말로 바뀌게 되었다. 제2권 제37회 각주 13 참조.

"신이 병사를 기른 지 이미 삼년이 지나 양곡과 말먹이가 넉넉하고 무기가 완비되었으며 인마가 웅장하니 쉽게 위나라를 정벌할 수 있습니다. 이번에도 간악한 무리들을 무찌르고 중원을 회복하지 못한다면 맹세코 돌아와 폐하를 뵙지 않겠나이다."

그 말을 들은 후주가 말했다.

"이제 세상이 세 개의 솥발처럼 나뉘어 형세를 이루면서[鼎足之勢] 오나라와 위나라가 일찍이 쳐들어온 적이 없는데 상부께서는 어찌하여 평화를 누리려 하지 않으십니까?"

"선제께서 저를 알아보시고 써주신 은혜를 입은 뒤로 꿈속에서도 위나라를 정벌하리라는 꿈을 잊은 적이 없습니다. 저의 있는 힘을 다하여 폐하를 중원으로 모시고 가 한나라를 다시 일으키는 것이 신의 소원일 뿐입니다."

제갈량이 말을 마치지도 않았는데 반열에서 한 사람이 나오더니 말했다.

"승상께서 병사를 일으키는 일은 옳지 않습니다."

무리들이 바라보니 초주(譙周)였다. 뒷날 어느 시인이 그 장면을 이렇게 시로 읊었다.

제갈량이 오로지 걱정하는 것은 나라를 일으키는 일인데
태사는 이미 천기를 알고 하늘의 뜻을 말하누나.
武侯盡瘁惟憂國 太史知機又論天

초주는 무슨 생각으로 그런 말을 했을까?

제 102 회

인생이 하루살이처럼 덧없구나

사마의는 북원의 위교(渭橋)를 차지하고
제갈량은 나무로 만든 소[木牛]와
달리는 말[流馬]을 만들다.

그 무렵 태사(太史)의 벼슬에 오른 초주(譙周)는 천문에 밝았다. 그는 제갈량이 다시 출병한다는 말을 듣자 후주께 아뢰었다.

"신이 이제 사천대(司天臺)[1]의 직분을 맡고 있으니 길흉과 화복에 대하여 말씀을 드리지 않을 수 없습니다. 요즘에 몇만 마리의 새가 남쪽에서 날아와 한수에 빠져 죽었으니 이는 상서롭지 않은 징조입니다. 또한 신이 천문을 보니 규성(奎星)이 태백(太白)[2]에 접근하여 북쪽에 왕성한 기운이 몰려 있으니 위나라를 정벌하는 것은 우리에게 이롭지 않습니다. 그뿐만 아니라 잣나무가 밤중에 우는 소리를 성도의 백성들이 들었다 하

---

1) 사천대(司天臺) : 천문(天文)・역수(曆數)・측후(測候)・각루(刻漏)의 일을 맡아보던 관청인데 한국사에서는 서운관(書雲觀)이 이에 해당한다.
2) 규성(奎星)은 28수(宿)의 열다섯째 별. 서방(西方)에 위치하며 문운(文運)을 맡아보고, 이 별이 밝으면 천하가 태평하다고 함. 태백(太白)은 금성을 가리킴.

는데 이는 우리의 운수에 재앙이 끼었음을 뜻하는 것이니 승상께서는 지키는 것이 마땅하며 가볍게 움직이지 않으시길 바랍니다."

그 말을 들은 제갈량이 말했다.

"내가 선제로부터 외로운 아들의 장래를 부탁하시는 무거운 말씀을 들었으니 마땅히 힘을 다하여 역적을 무찔러야 하거늘 어찌 허망한 징조로 말미암아 나라의 큰일을 못할 수 있겠소?"

말을 마친 제갈량은 소열황제(昭烈皇帝)의 사당에 크게 제사[太牢]를 차리고 울며 절을 올린 다음 아뢰었다.

"신(臣) 량(亮)은 다섯 번 기산에 출병하였으나 단 한 치의 땅도 얻지 못했으니 그 죄가 가볍지 않습니다. 신이 이제 다시 군사를 이끌고 기산으로 나아가 힘과 마음을 다하여 한나라의 역적을 토벌하고 중원을 회복하고자 하오매 몸을 굽혀 충절을 바치는 일은 죽은 뒤에나 마칠 것[鞠躬盡瘁 死而後已]입니다."

제사를 마친 제갈량은 후주에게 절하여 작별하고 밤낮을 이어 한중에 이르자 여러 장수를 모아놓고 출전할 일을 논의했다.

그때 문득 관흥이 병으로 죽었다는 소식이 들어왔다. 제갈량은 목 놓아 울다가 정신을 잃고 쓰러지더니 반나절이 지나서야 깨어났다. 여러 장수가 거듭 마음을 풀도록 권고하자 제갈량은 탄식하며 말했다.

"슬프도다. 충의로운 사람에게 하늘은 수명을 주지 않는구나.[忠義之人 天不與以壽] 이번 출정에도 나는 다시 청년 대장을 잃었도다."

이를 두고 후세의 시인이 이런 시를 남겼다.

> 죽고 사는 것이 사람의 이치라 하지만
> 인생이 하루살이처럼 덧없구나.

충효와 절개를 가졌으면 되었지
굳이 노송(老松)처럼 살아야 할 이유가 있으랴.
生死人常理 蜉蝣一樣空
但存忠孝節 何必壽喬松

제갈량은 삼십사만 명의 병사를 이끌고 다섯 길로 나누어 출진하면서 강유와 위연을 선봉으로 삼아 한꺼번에 기산으로 나아가도록 하고 이회(李恢)에게 먼저 군량미와 말먹이를 싣고 야곡(斜谷) 어구로 가 기다리게 했다.

그 무렵 위나라에서는 지난해에 마파(摩坡)의 우물에서 청룡이 날아올랐다 하여 연호를 청룡(靑龍)으로 바꾸었다.

청룡 2년(서기 234) 봄 2월이 되자 가까운 신하들이 상소를 올려 변경에서 촉나라 군사 삼십여 만 명 남짓이 다섯 길로 나누어 기산으로 나오고 있다고 아뢰었다. 위나라 황제 조예가 크게 놀라 서둘러 사마의를 불러 말했다.

"촉나라 군사들이 지난 삼년 동안 침략하지 않더니 이번에 제갈량이 다시 기산으로 쳐들어온다 하는데 어찌하면 좋겠소?"

사마의가 아뢰었다.

"신이 밤에 천문을 보니 중원의 기운이 왕성하고 규성(奎星)이 태백으로 몰려가는 것으로 보아 이번 싸움은 서천에게 불리합니다. 이제 공명이 자기의 재주와 지혜만 믿고 하늘의 뜻을 거슬러 스스로 패망의 길을 걷게 될 것입니다. 신이 폐하의 넓으신 복락에 의지하여 마땅히 적군을 무찌르오리다. 다만 바라옵건대 네 사람이 저와 함께 가게 허락하소서."

"경은 누구를 두고 말함이오?"

"죽은 하후연(夏侯淵)에게 네 아들이 있사온데 맏아들의 이름은 패(霸)요 자(字)는 중권(仲權)이며, 둘째 아들의 이름은 위(威)요 자는 계권(季權)이며, 셋째 아들의 이름은 혜(惠)요 자는 치권(稚權)이며, 넷째 아들의 이름은 화(和)요 자는 의권(義權)입니다.3) 하후패와 하후위는 말을 잘 타고 활 솜씨가 빼어나며 하후혜와 하후화는 지략이 뛰어난데 그 네 사람은 늘 아버지의 원수를 갚고자 했습니다. 신은 이제 하후패와 하후위를 선봉으로 삼고 하후혜와 하후화를 행군사마를 삼아 함께 군사를 움직여 촉나라 군사들을 물리치고자 하나이다."

그 말을 들은 조예가 물었다.

"지난날 부마 하후무가 군사를 잘 다루지 못하여 수많은 병마를 잃고 부끄러워 지금까지 돌아오지 못하고 있소. 이번에 함께 가고자 하는 네 사람도 하후무와 같지 않겠소?"4)

"이 네 사람은 하후무와 비할 바가 아닙니다."

조예가 사마의의 뜻을 받아들여 그를 곧 대도독으로 삼은 다음 여러 장수에게는 각기 능력에 따라서 책임을 맡기고, 여러 곳의 병마들은 지시에 따라 조련하게 했다. 사마의는 조칙을 받고 인사한 다음 성을 나섰다. 조예가 다시 손수 조서를 내리며 말했다.

"경은 위수에 이르면 굳게 지키기만 할 뿐 나가서 싸우지 마시오. 촉나라 군사들은 뜻대로 되지 않으면 반드시 물러나는 체하며 유인할 것이니 경은 추격하지 마시오. 저들은 군량미가 떨어지면 반드시 스스로 물러갈

---

3) 아들의 자가 모두 권(權)으로 끝나는 것으로 보아 하후연과 그들이 쓴 야망을 엿볼 수 있다.
4) 조조는 본디 하후 씨의 후손이었기에 조예는 하후연의 후손들에 대한 정분이 각별했다.

것이니 그때 저들의 허술함을 틈타 공격하면 승리하기가 어렵지 않을 것이고 아울러 병마의 고단함도 덜 것이니 그보다 더 좋은 방책이 없을 것이오."

사마의가 머리 숙여 조서를 받은 다음 그날로 장안에 도착하여 여러 곳에서 병마 사십만 명을 모아 위수 강변에 영채를 세웠다. 그는 또한 병력 오만 명을 동원하여 위수에 부교(浮橋) 아홉 개를 세우도록 하고 선봉 하후패와 하후위에게 위수를 건너가 영채를 세우도록 하고 이어서 영채 뒤쪽의 동쪽에 성 하나를 쌓아 적군을 막도록 했다.

사마의가 바야흐로 여러 장수와 더불어 전략을 상의하는데 문득 곽회와 손례가 찾아왔다는 보고가 들어왔다. 사마의가 그들을 불러들여 인사를 마치자 곽회가 말했다.

"지금 촉나라 군사들이 기산에 주둔하고 있는데 만약 그들이 위수를 건너 산을 넘어 북산에 이르러 농서로 가는 길을 끊을까 몹시 걱정스럽습니다."

그 말을 들은 사마의가 말했다.

"그 말이 매우 옳소. 그대는 농서의 군마를 모두 이끌고 가 북원에 영채를 세우되 해자를 깊게 파고 성채를 높이 쌓아 병력을 움직이지 말고 저들의 군량미가 떨어지면 그때 공격하도록 하오."

곽회와 손례가 명령을 받고 병력을 이끌고 영채를 세우러 떠났.

그 무렵에 제갈량은 다시 기산으로 나아가 좌우와 중앙과 전후에 다섯 개의 영채를 세우고 야곡으로부터 검각에 이르기까지 열네 곳에 영채를 세우고 병마를 주둔시켜 오래 싸울 계획을 세우고 있었다. 그는 날마다 사람을 시켜 순찰하게 했는데, 문득 곽회와 손례가 농서의 병력을 북원으로 옮겨 영채를 세웠다는 보고가 올라왔다. 제갈량이 여러 장수를 불러 말했다.

"위나라 병사들이 북원에 영채를 세운 것은 우리가 농서의 양곡 운송로를 끊을까 두려워했기 때문이오. 내가 이제 짐짓 북원을 공격하는 체하면서 은밀하게 위수를 칠까 하오. 병사들을 시켜 뗏목 백여 척을 만들어 위에 섶을 싣고 능숙한 물꾼 오천 명을 태워 몰고 가게 할 것이오. 내가 밤중에 북원을 공격하면 사마의가 반드시 구원하러 올 것이오. 만약 저들이 이기지 못하면 나는 후군을 먼저 강 건너로 보내고, 선두 부대를 뗏목에 실어 내려보내면서 뭍에 오르지 않고 물길 따라 내려가면서 부교를 태워 끊어버리고 그 후방을 공격할 것이오. 나는 한 부대를 이끌고 앞쪽 영채의 영문을 공격하겠소. 만약 위수의 남쪽을 차지할 수만 있다면 진격하기에 어려움이 없을 것이오."

여러 장수가 명령을 받고 떠났다. 위나라의 척후가 시간을 늦추지 않고 이와 같은 사실을 사마의에게 보고했다. 사마의가 여러 장수를 불러놓고 말했다.

"제갈량이 뗏목을 만드는 데에는 계략이 담겨 있다오. 그가 북원을 공격하는 것은 말뿐이며 실제로는 물길을 따라 내려오면서 부교를 태운 다음 우리의 후방을 어지럽히면서 전방을 공격하고자 함이라오."

그러고서 곧 하후패와 하후위를 불러 지시했다.

"만약에 북원에서 함성이 일어나면 곧 병력을 이끌고 위수의 남쪽 산중으로 달려가 촉나라 군사들이 오기를 기다렸다가 무찌르도록 하오."

이어서 장호와 악침을 불러 지시했다.

"그대들은 이천 명의 궁노수를 이끌고 가 위수 부교의 북쪽에 매복해 있다가 촉나라 군사들이 뗏목을 타고 물길을 따라 내려오면 일제히 활과 쇠뇌를 쏴 저들이 가까이 오지 못하도록 하오."

사마의는 다시 곽회와 손례를 불러 지시했다.

"공명이 북원에서 나와 몰래 위수를 건너올 터인데, 그대들의 영채에는 병마가 많지 않으니 그 중간에 매복해 기다리도록 하오. 촉나라 군사들이 오후에 물을 건너면 날이 저물어 반드시 공격해 올 것이니 그때 그대들은 짐짓 지는 체하며 도주하도록 하오. 저들이 반드시 추격할 것이니 그때 그대들은 기다렸다가 활과 쇠뇌로써 저들을 공격하도록 하오. 나는 물과 육지로 함께 진격할 것이니 만약 촉의 대군이 쳐들어오면 그대들은 나의 지휘에 따라 저들을 무찌르도록 하오."

여러 부대가 지시를 받고 떠나자 사마의는 두 아들 사마사와 사마소를 불러 병력을 이끌고 가 영채의 앞문을 돕도록 하고 자신은 병력을 이끌고 북원을 구출하러 떠났다.

그 무렵 제갈량은 위연과 마대를 불러 병력을 이끌고 위수를 건너 북원을 공격하도록 하고, 오반과 오의에게는 뗏목을 타고 내려가면서 부교를 태우도록 했다. 이어서 제갈량은 왕평과 장억을 선봉으로 삼고 강유와 마충을 중군으로 삼고 요화와 장익을 후군으로 삼아 세 길로 병력을 나누어 위수 강변의 영채를 치도록 했다. 그날 오시(午時)가 되자 촉의 병마가 영채를 떠나 위수에 이르러 진세를 편 다음 천천히 나아갔다.

그 무렵에 위연과 마대가 북원에 이르자 벌써 날이 저물었다. 손례가 척후로 나왔다가 그들을 보자 영채를 버리고 달아났다. 위연은 위나라 병사들이 이미 준비하고 있음을 알고 서둘러 퇴각하려는데 사방에서 함성이 땅을 흔들며 사마의와 곽회가 좌우로 나누어 양쪽에서 달려 나왔다. 위연과 마대가 있는 힘을 다하여 에움을 벗어났으나 촉나라 군사들의 절반이 강물에 빠져 죽었으며 남은 무리에게는 달아날 길이 없었다. 그나마 다행으로 오의가 병력을 이끌고 달려와 패잔병을 구출하여 강을 건너가 항전했다.

오반은 병력을 절반으로 나누어 뗏목을 저으며 부교를 불태우러 내려가다가 장호와 악침의 부대를 만나 강변에서 날아오는 화살을 맞았다. 오반은 화살을 맞아 물에 빠져 죽고 남은 병력은 겨우 목숨을 건져 도망했으나 뗏목을 모두 위나라 병사들에게 빼앗겼다. 왕평과 장억은 북원으로 진격한 촉나라 군사들이 무너진 것도 모르고 바로 위나라 영채로 쳐들어가는데 날은 이미 저물고 사방에서 함성만 들려왔다. 이를 본 왕평이 장억에게 말했다.

"우리의 병마가 북원을 치러 갔으나 이겼는지 졌는지도 모르겠고, 위수 남쪽의 영채에는 지금 눈앞에 한 명의 위병도 보이지 않소. 행여 사마의가 우리의 계획을 미리 알고 먼저 대비한 것이 아니겠소? 우리는 부교에 불길이 일어나는 것을 본 다음에야 바야흐로 진격해야 할 것 같소."

말을 마치자 왕평과 장억이 말을 몰아 달려가는데 문득 등 뒤에서 기병 한 명이 달려오며 말했다.

"승상께서 서둘러 돌아오라는 지시를 내렸습니다. 북원으로 쳐들어간 병사와 부교를 태우러 간 병사들을 모두 잃었답니다."

왕평과 장억이 몹시 놀라 서둘러 병력을 뒤로 물리려다가 보니 이미 위나라 병사들이 등 뒤까지 다가오고 있었다. 그때 대포 소리가 한 번 울리더니 적군이 한꺼번에 달려들고 불빛이 하늘로 치솟았다. 왕평과 장억은 적군을 맞아 어지럽게 싸웠다. 두 장수가 힘을 다하여 에움을 뚫고 나왔으나 촉나라 군사들의 절반이 목숨을 잃었다. 제갈량이 기산의 영채로 돌아와 패잔병을 수습해보니 죽은 병사가 만 명이 넘어 마음이 괴로웠다.

그때 문득 성도로부터 비의(費禕)가 찾아와 승상을 뵙고자 한다는 보고가 올라왔다. 제갈량이 그를 불러들여 인사를 마치자 제갈량이 물었다.

"내가 글 한 편을 써서 그대를 동오로 보내고자 하는데 공이 그 번거로움을 받아들일지 모르겠소."

비의가 말했다.

"승상의 말씀을 어찌 감히 제가 사양하겠습니까?"

제갈량은 곧 편지 한 통을 써 비의를 시켜 동오로 보냈다. 비의는 편지를 가지고 건업에 이르러 오주 손권을 찾아가 제갈량의 편지를 올렸다. 손권이 편지를 읽어보니 그 내용은 대략 이러했다.

"한나라가 불행하여 왕실의 기강이 무너지자 역적 조 씨가 찬역하여 오늘에 이르렀습니다. 저는 소열황제로부터 어린 아들을 부탁하는 무거운 책임을 물려받은 사람으로 어찌 감히 몸과 마음을 다하여 힘쓰지 않을 수 있겠습니까? 이제 저의 대군이 기산에 모이니 미친 도적이 장차 위수에서 멸망하게 되었습니다. 바라옵건대 폐하께서는 지난날에 맺은 동맹의 의리를 생각하시어 장수들에게 북진을 명령하소서. 함께 중원을 평정한 다음 천하를 나누시기 바랍니다. 말로써 다 할 수 없어 폐하의 성스러운 판단만을 기다립니다."

편지를 읽은 손권이 크게 기뻐하며 비의에게 말했다.

"짐이 군사를 일으키고자 한 지 오래이나 아직 공명과 힘을 합치지 못했소. 이제 이미 이런 편지를 받았으니 오늘로 짐이 군사를 일으켜 거소(居巢)의 성문으로 들어가 위나라의 신성(新城)을 차지하겠소. 이제 다시 육손(陸遜)과 제갈근(諸葛瑾)에게 강하(江夏)의 면구(沔口)에 주둔케 하여 양양을 차지하고 손소(孫韶)와 장승(張承)을 광릉(廣陵)으로 보내어 회양(淮陽)의 땅을 차지할 것이오. 세 길로 한꺼번에 나아가는데 모두 삼십만 명의 병력으로 날짜를 정하여 군사를 일으키겠소."

비의가 사례하며 말했다.

"진실로 그럴 수만 있다면 머지않아 중원이 무너질 것입니다."

손권이 잔치를 열어 비의를 대접하는 자리에서 손권이 물었다.

"승상의 막하에서는 누구를 선봉으로 세워 적군을 막고 있습니까?"

그 말에 비의가 대답했다.

"위연이 수장(首將)입니다."

그러자 손권이 웃으며 말했다.

"그 사람이 용맹스럽기는 하나 마음이 바르지 않은 사람이오. 어느 날 하루아침에 공명이 사라지면 그 사람은 반드시 재앙을 일으킬 사람인데 공명은 그것을 알고 있는지 모르겠소."

"폐하의 말씀이 지극히 합당합니다. 신이 돌아가면 반드시 그 말씀을 공명께 아뢰겠습니다."

비의는 손권에게 작별의 인사를 드리고 기산으로 돌아왔다. 그는 제갈량을 뵙고 아뢰었다.

"오왕 손권이 삼십만 대군을 일으켜 몸소 세 길로 나누어 진군하리라 하였습니다."

"오왕이 달리 하는 말은 없었소?"

"위연은 믿을 사람이 아니라는 말을 했습니다."

그 말을 들은 제갈량이 탄식하며 말했다.

"그 사람은 참으로 총명한 군주로다. 나도 위연의 사람 됨됨이를 모르는 바는 아니나 그 용맹스러움이 아까워 그저 쓰고 있을 따름이라오."

"승상께서 미리 손을 써두심이 옳을 듯합니다."

"나도 생각해둔 바가 있다오."

비의가 제갈량에게 작별의 인사를 드리고 성도로 돌아가자 제갈량이 여러 장수와 더불어 위나라를 정벌할 일을 논의하는데 문득 위나라의 한 장수가 항복하러 왔다는 보고가 들어왔다. 제갈량이 그를 불러 연유를 물어보니 그가 대답했다.

"저는 위나라의 편장(偏將) 정문(鄭文)이라 하옵니다. 이번에 진랑(秦朗)과 더불어 병사를 이끌고 와 사마의의 지시를 받고 있는데 뜻밖에도 사마의는 사사로운 정리에 얽매여 진랑에게는 선봉의 지위를 주고 저를 지푸라기처럼 여기기에 그것이 불만스러워 이렇게 승상께 항복을 드리오니 거두어주시기 바랍니다."

정문의 말이 끝나지도 않았는데 영채 밖에 진랑이 쳐들어와 정문과 무예를 겨루고자 한다는 보고가 들어왔다. 제갈량이 정문에게 물었다.

"이 사람의 무예가 그대와 견주어 어떠한고?"

"제가 마땅히 그의 목을 베어 오겠습니다."

"만약 그대가 진랑의 목을 베어 온다면 내가 그대의 항복을 의심하지 않으리라."

정문이 선뜻 응낙하고 영채를 나가 진랑과 겨루었다. 제갈량이 영문을 나가 살펴보니 진랑이 창을 비껴들고 나와 큰 소리로 욕설을 퍼부었다.

"역적아, 내 말을 훔쳐 이리로 왔으니 어서 내 말을 내놓거라."

말을 마치자 바로 정문에게 덤벼들었다. 정문이 말을 몰아 칼을 춤추며 박차고 나가 단 한 번을 겨루더니 진랑을 베어 말 아래 떨어트렸다. 위나라 병사들이 도망하자 정문이 그의 목을 들고 돌아왔다. 제갈량은 장막 안으로 돌아와 자리에 앉더니 정문이 들어오자 버럭 화를 내며 소리쳤다.

"저놈을 당장 끌어내어 목을 치거라."

정문이 말했다.

"저는 죄가 없습니다."

"내가 예로부터 진랑을 잘 알고 있는데 이번에 네가 죽인 병사는 진랑이 아니다. 네가 어찌 나를 속이려 하느냐?"

정문이 엎드려 사실을 고백했다.

"실은 제가 죽인 장수는 진랑의 아우 진명(秦明)입니다."

"사마의가 너를 보내어 거짓으로 항복하게 하고 나를 속이려 했다만 네가 어찌 나를 속일 수 있겠느냐? 사실대로 말하지 않으면 네 목을 치리라."

정문이 거짓으로 항복하러 온 것을 사실대로 아뢰며 목숨을 구걸하자 제갈량이 말했다.

"그렇다면 내가 너의 목숨을 살려주마. 그러나 네가 편지 한 통을 써서 사마의에게 스스로 이 성을 겁탈하러 오도록 해라. 그때는 내가 너의 목숨을 살려주마. 그로써 사마의를 사로잡을 수 있다면 이는 너의 공로이니 마땅히 무거운 상을 내릴 것이니라."

제갈량의 말에 따라 정문이 편지 한 통을 써서 그에게 바쳤다. 제갈량이 정문을 감옥에 가두자 번건(樊建)이 물었다.

"승상께서는 그가 거짓으로 항복한 것을 어찌 아셨습니까?"

"사마의는 가볍게 사람을 쓰지 않는다오. 그가 진랑을 선봉장으로 썼는데, 정문과의 무예에서 단칼에 죽은 것으로 보아 그는 반드시 진랑이 아니었을 것이니 그로써 그가 속임수임을 알았다오."

여러 장수가 탄복하였다.

제갈량은 말을 잘하는 한 장수를 뽑아 귓속말로 이리저리 하라 일렀다. 명령을 받은 장수가 편지를 들고 위나라 영채를 찾아가 사마의를 만나고자 했다. 사마의가 그 장수를 불러들여 편지를 읽어본 다음 물었다.

"너는 누구이냐?"

"저는 본디 중원 사람이었으나 어쩌다가 서촉을 떠돌다가 고향 사람인 정문을 만났습니다. 이번에 공명은 정문이 공로를 세웠다 하여 선봉으로 삼았습니다. 정문이 특별히 저에게 부탁하여 도독에게 글을 올려 내일 해거름에 불빛이 오르는 것을 신호로 삼아 도독께서 몸소 대군을 거느리시고 촉나라 군사들의 영채로 쳐들어오시면 그가 안에서 호응하리라고 말했습니다."

사마의가 이리저리 말을 돌려 물어보고 편지를 가져온 장수의 글을 자세히 살펴보았으나 모두 앞뒤가 맞았다. 사마의는 그에게 술과 고기를 주며 말했다.

"오늘 밤 이경을 기약하여 내가 저들의 본채를 습격할 것이니라. 대사를 이루게 되면 너에게 높은 벼슬을 주리라."

그 장수가 절하고 물러나 촉나라 군사들의 영채로 돌아와 제갈량에게 사실을 자세히 아뢰었다. 제갈량이 칼에 의지하여 북두칠성에게 빌기[仗劍步罡]5)를 마치자 왕평과 장억을 불러 이러저러하게 하라고 지시한 다음 다시 마충과 마대를 불러 이러저러하게 하라 이르고, 다시 위연을 불러 이러저러하게 하라고 지시를 내렸다. 제갈량은 여남은 명을 이끌고 높은 산에 올라가 앉아 병사들을 지휘했다.

그 무렵에 사마의는 정문의 편지를 읽고 나자 두 아들과 함께 대군을 이끌고 촉나라 군사들의 영채를 치러 떠났다. 이를 본 맏아들 사마사가 아뢰었다.

"아버지께서는 어찌하여 편지 한 장을 믿으시고 그리 깊이 들어가시려 하십니까? 만에 하나 실수라도 있으면 어찌하시렵니까? 달리 장수를 뽑아 먼저 들어가도록 하시고 아버지께서는 뒤따라가심이 옳을 듯합니다."

---

5) 칼에 의지하여 북두칠성에게 빌기[仗劍步罡] : 장검보강이라 함은 칼에 의지하여 북두칠성의 모양에 따라 걸으면서 천지신명에게 기도함을 뜻함.

사마의가 그 말에 따라 진랑에게 만 명의 병력을 주어 앞서 촉나라 군사들의 영채로 쳐들어가도록 하고 자신은 병력을 이끌고 뒤를 따랐다. 때는 초경이어서 바람은 잔잔하고 달은 밝았다. 그러다가 이경이 되자 문득 음습한 구름이 사방에 끼고 검은 기운이 하늘에 가득하여 서로 얼굴을 알아볼 수가 없게 되었다. 이를 본 사마의가 기뻐하며 말했다.

"하늘이 나의 성공을 돕는구나."

말을 마치자 사마의는 사람들의 입에는 하무를 물리고 말에게는 입마개를 씌운 다음 당당하게 앞으로 나아갔다. 진랑이 만 명의 병력을 이끌고 곧바로 촉나라 군사들의 영채로 들어가 보니 아무도 보이지 않았다. 진랑은 자신이 계책에 걸린 것을 알자 서둘러 병사를 물리는데 사방에서 불길이 일어나며 함성이 땅을 뒤흔들더니 왼쪽에서는 왕평과 장억이 달려 나오고 오른쪽에서는 마대와 마충이 두 길로 짓쳐나오고 있었다.

진랑이 죽을힘을 다하여 싸웠으나 에움을 뚫을 수가 없었다. 뒤에 남아 있던 사마의는 촉나라 군사들의 영채에서 불길이 하늘로 치솟고 함성이 끊어지지 않는데 도무지 위나라 병사들이 이겼는지 졌는지를 몰라 다만 불길이 솟아오르는 곳을 바라보며 병력을 재촉하여 달려 나갔다. 마침 문득 함성이 일어나고 포성이 땅을 울리며 북과 나팔소리가 하늘까지 치솟더니 왼쪽에서는 위연이 달려 나오고 오른쪽에서는 강유가 두 길로 달려 나오고 있었다.

위나라 병사들이 크게 무너져 열에 여덟아홉이 다쳐 사방으로 달아났다. 그때 진랑이 이끌던 만 명의 병력이 촉나라 군사들에 포위되었는데 화살이 메뚜기처럼 날아와 진랑은 어지러운 병사들 사이에서 죽었다. 사마의가 패잔병을 이끌고 서둘러 영채로 돌아오니 때는 삼경이 지나 날이 밝아 오고 있었다. 이는 제갈량이 육정육갑술(六丁六甲術)[6]로써 구름을 거두었기 때문이었다.

그때 전투에 이기고 영채로 돌아온 제갈량은 정문의 목을 베게 하고 다시 위수의 남쪽을 공략할 계책을 논의했다. 그는 날마다 병사들을 보내어 싸움을 걸었으나 위나라 병사들은 성문을 나오지 않았다.

제갈량이 작은 수레에 올라 기산의 앞쪽 위수 동서의 지세를 살펴보다가 마침 어느 한 계곡에 이르렀는데 그 형세가 마치 호로(葫蘆, 조롱박)처럼 생겨 그 안에 천 명 남짓의 병력을 숨길 수 있었다. 다시 살펴보니 양쪽 산으로 둘러싸인 곳에 한 골짜기가 있는데 사오백 명을 숨길 수 있고, 위에는 양쪽에 산으로 둘러싸여 있어 한 마리 말과 사람이 겨우 지나갈 수 있었다. 제갈량이 이를 보고 마음속으로 기뻐하며 길잡이에게 물었다.

"이곳의 이름이 무엇인고?"

"이곳의 이름은 본디 상방곡(上方谷)인데 호로곡(葫蘆谷)이라고도 부릅니다."

장막으로 돌아온 제갈량은 비장(裨將) 두예(杜叡)와 호충(胡忠) 두 사람을 불러 귓속말로 이러저러하게 하라고 지시했다. 이어서 그는 군사들 가운데 솜씨 좋은 병사 1천여 명을 모아 호로곡으로 들어가 나무로 만든 소[木牛]와 걸어 다니는 말[流馬]을 만들도록 하고 다시 마대를 불러 지시했다.

"목우와 유마를 만드는 장인(匠人)들이 밖으로 나가서도 안 되고 다른 사람들이 들어가서도 안 되오. 내가 때도 없이 찾아가 점검할 것이오. 사마의를 잡고 못 잡는 것은 이 계책에 달려 있소. 절대로 이를 누설해서는

---

6) 제101회의 각주 4 참조.

안 되오."

 마대가 명령을 받고 물러갔다. 두예와 호충은 호로곡으로 들어가 장인들을 감독하면서 도면에 따라 목우와 유마를 만들기 시작했다. 제갈량은 날마다 그곳을 찾아가 지시하며 감독했다.

 그러던 어느 날 문득 장사 장의가 찾아와 아뢰었다.

 "지금 군량미가 모두 검각에 있어 사람과 우마로는 운반하기가 어려운데 어찌하오리까?"

 제갈량이 웃으며 말했다.

 "내가 이미 그들을 운반할 방법을 생각해둔 지 오래라오. 지난날에 마련해둔 목재와 서천에서 사들인 큰 나무들을 가지고 사람들을 시켜 목우와 유마를 만들어 양곡을 운반하면 매우 편리할 것이오. 우마는 물을 마실 일도 없으니 밤낮으로 멈추지 않고 운반할 수 있을 것이오."

 여러 장수가 놀라며 물었다.

 "예로부터 지금에 이르기까지 목우와 유마가 있다는 말을 듣지 못했습니다. 승상께서는 무슨 묘책으로 그처럼 기이한 물건을 만들 수 있는지 알 수 없나이다."

 제갈량이 대답했다.

 "내가 이미 사람들을 시켜 도면에 따라 만들도록 했으나 아직 완수하지 못했을 뿐이오. 내가 목우와 유마를 만드는 방법과 칫수와 둥글고 모난 것과 길고 짧은 것과 넓고 좁은 것을 잘 그려두었으니 여러분들은 보시구려."

 여러 장수가 기뻐했다. 제갈량이 종이 한 장을 펴들어 여러 사람에게 보여주는데 그들이 자세히 살펴보니 먼저 목우의 제조 방법은 이러했다.

"배는 모가 지고 정강이는 굽었으며 다리 하나에 발이 네 개가 달렸다. 머리는 몸속으로 들어갔고 혀는 배에 붙어 있다. 많이 실으면 걸음이 느리나 혼자 걸으면 몇십 리를 갈 수 있고 여럿이 걸으면 삼십 리를 갈 수 있다. 굽은 것은 소의 머리이고 쌍을 이룬 것은 소의 다리이며, 가로로 뻗은 것은 소의 몸이고 구르게 된 것은 소의 다리이다. 엎어진 것은 소의 등이며, 모가 진 것은 소의 배이며, 늘어진 것은 소의 혀이며, 굽은 것은 소의 갈빗대이며, 새겨 넣은 것은 소의 이빨이고, 위로 솟은 것은 소의 뿔이고, 가느다란 것은 소의 가슴받이이며, 비끄러맨 것은 소의 고들개이다. 소에는 한 쌍의 끌채가 달려 있는데 사람이 여섯 자를 갈 때마다 소는 넉 자를 간다. 사람은 지나치게 고단하지 않으며 소는 먹거나 마시지 않는다."

유마를 만드는 방법은 이러했다.

"갈빗대의 길이는 석 자 다섯 치이며 넓이는 세 치이며 두께는 두 치 닷 푼인데 좌우가 같다. 앞 축의 구멍은 머리로부터 네 치 떨어져 있는데 지름은 두 치이다. 앞다리의 구멍은 머리로부터 네 치 닷 푼 떨어져 있고, 길이는 한 치 닷 푼이며 두께는 한 치이다. 앞에 달린 멜대의 구멍은 앞다리 구멍에서 세 치 일곱 푼 떨어져 있는데, 구멍의 깊이는 두 치이고 넓이는 한 치이다. 뒤에 달린 멜대의 구멍은 앞에 달린 멜대로부터 한 치 닷 푼 떨어져 있고, 크기는 앞의 것과 같다. 뒷다리의 구멍은 한 치 두 푼 떨어져 있고 뒤에 달린 멜 대는 세 치 닷 푼 떨어져 있는데 크기는 앞의 것과 같다. 뒤에 매달린 멜대는 뒷다리의 구멍으로부터 두 치 일곱 푼 떨어져 있고, 뒤의 짐받이는 뒤의 멜대로부터 네 치 닷 푼 떨어져 있다. 앞의 멜대는 길이가 한 자 여섯 치에 넓이는 두 치이며 두께는 한 치 닷 푼이다. 뒷 멜대도 같다.

 널빤지로 만든 모난 주머니 두 개는 두께가 여덟 푼이요 길이가 두 자 일곱 치에 높이가 한 자 여섯 치 닷 푼이며 넓이가 한 자 여섯 치이다. 주머니 하나에 쌀 두 섬 서 말이 들어간다. 위의 멜대에 뚫린 구멍에서 아래 갈빗대까지는 일곱 치 인데 앞뒤가 같다. 위의 멜대에 뚫린 구멍에서 아래에 뚫린 구멍까지는 한 자 세 치이며 구멍이 깊이는 한 자 닷 푼이고 넓이는 일곱 치인데 여덟 개의 구멍이 모두 같다. 앞뒤 네 발의 넓이는 두 치이며 두께는 한 치 닷 푼이다. 유마의 모양은 코끼리처럼 생겼는데 말린 가죽부대는 길이가 네 치이고 지름이 네 치 세 푼이다. 구멍의 가운데에 끼워 넣는 멜대의 길이는 두 자 한 치이며 넓이는 한 치 닷 푼이며 두께는 한 치 네 푼이다."

여러 장수가 목우와 유마를 돌아본 다음 엎드려 절하며 아뢰었다.
"승상은 참으로 하늘이 내신 분입니다."
며칠이 지나자 목우와 유마를 만드는 일이 끝났는데 마치 살아 있는 말이나 소와 같아 산과 고개를 오르고 내려감이 몹시 편리했다. 여러 병사 가운데 기뻐하지 않는 사람이 없었다. 제갈량은 우장군 고상(高翔)에게 천 명의 병력을 이끌고 목우와 유마를 몰아 검각에서 곧바로 기산의 영채로 가 양곡을 싣고 와 촉나라 군사들에게 먹이도록 했다. 뒷날 한 시인이 이를 두고 다음과 같은 시를 남겼다.

 험준한 검각으로 유마를 몰고
 굽이진 야곡에 목우를 부리도다.
 뒷날 누군가 이 방법을 쓸 수 있다면
 양곡을 운송함에 어찌 사람을 고생시키겠는가?

劍閣險峻驅流馬 斜谷崎嶇駕木牛
後世若能行此法 輸將安得使人愁

그 무렵 사마의가 이런저런 고민을 하고 있는데 문득 척후가 들어와 보고를 올렸다.
"촉나라 군사들이 목우와 유마로 양곡과 말먹이를 나른다고 하는데 사람들은 고생하지 않고 말과 소는 먹지도 않는다고 합니다."
사마의가 몹시 놀라며 말했다.
"내가 성을 지키고 나가 싸우지 않는 것은 적군이 양곡과 말먹이를 대지 못하여 스스로 무너지기를 기다림이었는데, 이제 저들이 그런 법을 쓴다는 것은 오래 견딜 생각이오. 저들이 물러날 생각을 하지 않으니 어찌하면 좋을꼬?"
사마의는 서둘러 장호와 악침을 불러 각기 지시했다.
"그대 두 사람은 각기 오백 명의 병력을 이끌고 야곡의 샛길로 나아가 촉나라 군사들이 지나가기를 기다렸다가 목우와 유마가 그곳에 이르면 한꺼번에 나가 공격하되 목우와 유마를 모두 잡아올 필요는 없고 다만 네댓 필만 잡아오도록 하시오."
명령을 받은 두 장수는 각기 오백 명의 병사들을 촉나라 군사들로 꾸며 밤중에 샛길을 지나 산중에 매복하였다. 그들이 예상했던 대로 고상이 목우와 유마를 이끌고 다가왔다. 그들이 막 산길을 지나갈 무렵 양쪽에서 장호와 악침이 북 치고 소리치며 달려들었다. 촉나라 군사들이 어찌 손을 쓸 겨를이 없어 목우와 유마 몇 필을 버리고 달아나자 장호와 악침이 기뻐하며 그들을 이끌고 영채로 돌아왔다. 사마의가 살펴보니 생각했던 대로 마치 살아서 움직이는 것 같은지라 몹시 기뻐하며 말했다.

"너희들이 이런 방법을 쓴다면 나라고 못 할 것이 없겠노라."

사마의는 곧 장인 백 명 남짓을 시켜 목우와 유마를 뜯어 그 길이의 길고 짧음과 두껍고 엷은 것을 재어 같은 모양으로 만들게 했다. 보름이 지나지 않아 목우와 유마 이천 마리를 만들었는데 제갈량이 만든 것과 똑같이 했더니 잘 달렸다. 사마의는 진원장군(鎮遠將軍) 잠위(岑威)에게 목우와 유마를 몰고 가 농서의 양곡과 말먹이를 운반하도록 하니 그 왕래가 길게 이어졌다. 위나라 장수들로 기뻐하지 않는 사람이 없었다.

그 무렵 고상은 제갈량을 찾아가 위나라 병사들이 목우와 유마 네댓 필을 빼앗아 갔노라고 말했다. 그 말을 들은 제갈량이 웃으며 말했다.

"그들을 빼앗긴 것은 내가 바라던 바라오. 나는 목우와 유마 몇 필을 빼앗겼지만 머지않아 많은 물자를 얻게 될 것이오."

여러 장수가 물었다.

"승상께서는 그것을 어찌 아시나요?"

"사마의는 나의 목우와 유마를 보고 반드시 그 방법에 따라 똑같은 것을 만들 것이오. 그렇게 되면 나에게 다른 계책이 또 있다오."

며칠이 지나자 위나라 병사들이 목우와 유마를 만들어 농서로 가 양곡과 말먹이를 운반한다는 보고가 들어왔다. 제갈량이 웃으며 말했다.

"나의 계책에 어긋남이 없구나."

그리고서는 왕평을 불러 지시했다.

"그대는 천 명의 병력을 이끌고 위나라 병사로 변장하여 밤에 북원을 지나가면서 식량을 운반하는 병력이라고 속이고 그들 틈에 들어가 저들 운량의 병사들을 모두 몰아내고 목우와 유마를 되돌려 북원으로 돌아오도록 하오. 그곳에서 위나라 병사들이 반드시 추격할 것이니 그때 그대는 목우와 유마의 입안에 들어 있는 혀를 비틀어 우마가 움직이지 못하도록 한 다음 그것들을 버리고 도망하도록 하오. 뒤에서 위나라 병사들이 추격해도 목우와 유마는 움직이지 않아 끌고 갈 수가 없을 것이오. 그때 내가 병사들을 보낼 것이니 그대는 다시 목우와 유마의 혀를 비틀어 몰고 오시오. 위나라 병사들은 반드시 의심하며 두려워할 것이오."

왕평이 계책을 받고 물러가자 제갈량은 다시 장억을 불러 지시했다.

"그대는 오백 명의 병력을 이끌고 육정육갑의 신병(神兵)으로 꾸미되 머리는 귀신처럼 차리고 몸은 짐승처럼 꾸며 온갖 색깔을 얼굴에 발라 괴이한 모습을 한 다음 한 손에는 수를 놓은 깃발[繡旗]을 들고 다른 한 손에는 보검을 든 채 몸에는 조롱박을 달고 안에서 연기가 뿜어 나오게 하면서 산모롱이에 매복하고 기다리시오. 그러다가 목우와 유마가 지나가면 불을 질러 연기를 일으키며 달려 나가 목우와 유마를 몰고 돌아오시오. 위나라 병사들이 그 모습을 보면 반드시 하늘에서 내려온 귀신인줄로만 알고 감히 추격하지 못할 것이오."

장억이 계책을 받고 물러가자 제갈량은 다시 강유와 위연을 불러 지시했다.

"그대들은 함께 만 명의 병력을 이끌고 북원의 영채 입구로 가서 목우와 유마를 맞아들이면서 싸움에 대비하도록 하오."

제갈량은 다시 요화와 장익을 불러 지시했다.

"그대 두 사람은 오천 명의 병력을 이끌고 가 사마의가 쳐들어오는 것을 막으시오."

이어서 마대와 마충을 불러 말했다.

"그대들 두 사람은 이천 명의 병력을 이끌고 위수 남쪽으로 가서 싸움을 걸도록 하오."

이야기가 다시 돌아가, 위나라 장수 잠위가 목우와 유마를 이끌고 가며 양곡과 말먹이를 운반하는데 바로 그때 문득 앞에서 양곡을 운반하는 부대를 순찰하는 병사들이 나타났다는 보고가 들어왔다. 잠위가 사람을 보내어 알아보게 했더니 생각했던 바 대로 위나라 병사들인지라 의심하지 않고 앞으로 나아갔다. 순찰병과 운반병이 한 곳에 이르자 문득 함성이 땅을 뒤흔들며 촉나라 군사들이 본부 병력 가운데에서 들고 일어나며 소리쳤다.

"촉나라 군사들의 대장 왕평이 여기에 있노라."

위나라 병사들이 어쩔 줄 모르는 사이에 촉나라 군사들의 공격을 받아 절반이 넘게 죽었다. 잠위가 패잔병을 이끌고 저항하다가 왕평의 단칼에 목숨을 잃자 남은 무리들은 모두 달아났다. 왕평이 병력을 지휘하여 목우와 유마를 모두 이끌고 돌아왔다. 패잔병들이 서둘러 사태를 북원의 영채에 보고했다. 자기들의 군량미가 겁탈되었다는 말을 들은 곽회가 서둘러 말을 몰아 구원하러 달려왔다.

왕평은 병사들에게 목우와 유마의 혀를 비틀게 한 다음 모두 길에 버리고 한편으로는 싸우며 달아났다. 곽회는 병사들에게 추격을 멈추도록 한 다음 목우와 유마를 되돌리도록 했다. 병사들이 한꺼번에 달려들어 소와 말을 몰려 하였으나 어찌 된 셈인지 움직이지 않았다. 곽회는 부쩍 의심이 들어 어찌할 바를 모르고 있는데 문득 북소리와 나팔소리가 하늘에 울려 퍼지고 사방에서 함성이 일어나며 두 길로 병사들이 달려드는데 바라보니 강유와 위연이었다.

달아나던 왕평도 되돌아와 공격했다. 적군이 세 방면에서 쳐들어오자 곽회는 크게 무너져 달아났다. 왕평은 병사들에게 목우와 유마의 혀를 되돌리게 하여 다시 몰고 나갔다. 곽회가 바라보다가 바야흐로 다시 추격하려는데 산 뒤에서 연기가 일어나며 한 부대가 귀신들처럼 나타나는데 각기 손에는 깃발과 칼을 들고 괴이한 모습을 한 채 목우와 유마를 몰고 바람처럼 사라졌다. 곽회가 몹시 놀라며 말했다.

"이는 반드시 하늘이 돕고 있는 것이로다."

바라보던 병사들로 놀라고 두렵지 않은 사람이 없어 감히 추격하지 못했다.

그 무렵에 사마의는 북원의 병사들이 무너졌다는 말을 듣자 서둘러 병력을 이끌고 구원하러 달려왔다. 그가 절반쯤 이르렀을 때 문득 대포 소리가 들리며 험준한 두 길로 병사들이 튀어나오며 함성이 땅을 뒤흔드는데 깃발에는 "한장(漢將) 장익(張翼)과 요화(廖化)"라 쓰여 있었다. 이를 본 사마의는 크게 놀라고 위나라 병사들은 당황하여 달아났다. 뒷날 한 시인이 그 모습을 이렇게 시로 써 남겼다.

    길에서는 하늘의 장수를 만나 양곡을 빼앗겼는데
    다시 기습병을 만나 목숨이 위태롭구나.
    路逢神將糧遭劫 身遇奇兵命又危

이들의 운명은 어찌 되려나?

제 103 회

성사(成事)는 하늘의 뜻이로다

사마의는 호로곡에서 고통을 겪고
제갈량은 오장원에서 별에 빌다.

그 무렵 사마의는 장익과 요화의 공격을 받아 크게 무너져 말 한 필에 창 한 자루만 들고 수풀 속으로 도망쳐 들어갔다. 장익은 군사를 뒤로 물리고 요화는 앞장서 추격했다. 요화가 사마의를 바라보고 추격하자 사마의는 당황하여 나무를 빙빙 돌며 공격을 피했다. 그때 요화가 단칼로 내려찍자 빗나가 나무에 꽂혔다.

요화가 박힌 칼을 빼내어 추격하였으나 사마의는 이미 수풀을 벗어나 달아나고 없었다. 요화가 뒤따라 달려갔으나 그가 어디로 갔는지 알 수 없는데 수풀의 동쪽 길에 황금 투구가 떨어져 있었다. 요화는 황금 투구를 말에 걸고 동쪽을 바라보며 추격했다. 그러나 사마의는 동쪽 길에 투구를 버리고 서쪽으로 달아난 것이었다.

요화가 한 정(程)을 추격하였으나 사마의의 종적이 보이지 않자 계곡을 벗어나 나오다가 강유를 만났다. 두 사람은 영채로 돌아가 제갈량을 뵈었다. 장억은 이미 목우와 유마를 몰고 영채에 이르러 있었다. 전리품을 헤아려보니 양곡이 만 섬이 넘었다. 요화가 사마의의 황금 투구를 바치자 으뜸가는 공로로 인정받았다. 위연은 마음이 기쁘지 않아 장막을 나오며 원망스러워했으나 제갈량은 듣고서도 모른 척했다.

그 무렵 사마의는 영채로 돌아와 마음이 괴롭고 답답했다. 그때 칙사가 이르러 동오가 세 길로 쳐들어오고 있으니 조정에서는 적군을 막을 계책을 논의한 끝에 사마의에게 굳게 지키되 나가 싸우지 말라고 결정했다는 칙령을 전달했다. 칙명을 받은 사마의는 해자를 깊이 파고 보루를 높이 쌓아 굳게 지킬 뿐 나가 싸우지 않았다.

손권이 병력을 세 길로 나누어 쳐들어오고 있다는 말을 들은 조예는 자신도 세 길로 군사를 일으켜 싸우러 나갔다. 조예는 유소(劉劭)에게 병력을 이끌고 나가 강하(江夏)를 구원하도록 하고, 전예(田豫)에게 병력을 이끌고 양양(襄陽)을 구원하도록 하고, 자신은 만총과 함께 대군을 이끌고 합비를 구원하러 떠났다. 만총은 먼저 한 부대를 이끌고 소호구(巢湖口)에 이르러 바라보니 동쪽 강변에 전함이 수없이 많고 깃발이 정연하게 휘날리고 있었다. 만총이 장막으로 들어가 조예를 뵙고 아뢰었다.

"오나라 병력은 반드시 먼 길을 달려온 우리를 가볍게 여겨 대비하지 않고 있을 것이오니 오늘 밤에 그 빈틈을 타 저들의 영채를 습격하면 반드시 크게 이길 수 있을 것입니다."

그 말을 들은 조예가 말했다.

"그 말이 짐의 뜻과 매우 같소."

조예는 곧 맹장 장구(張球)에게 오천 명의 병력을 이끌고 온갖 화공(火攻) 도구를 갖추어 소호구를 공격하도록 하고 만총은 오천 명의 병력을 이끌고 호수의 동쪽 언덕을 공격하도록 했다.

그날 밤 이경이 되자 장구와 만총은 각기 병력을 이끌고 호구로 출발하여 수군의 영채에 이르자 한꺼번에 함성을 지르며 쳐들어갔다. 오나라 병사들은 놀라 싸우지도 않고 도주했다. 위나라 병사들이 사방에서 불태운 전선과 빼앗은 식량과 무기가 헤아릴 수 없을 만큼 많았다. 제갈근은 패잔병을 이끌고 면구(沔口)로 도주했다. 위나라 병사들은 대승을 거두고 영채로 돌아왔다.

이튿날 척후가 육손에게 패전의 소식을 알렸다. 육손이 여러 장수를 모아놓고 상의하며 말했다.

"내가 황제에게 상소하여 신성의 에움을 풀고 그 병력으로 위나라 병사들이 돌아가는 길을 끊도록 하고 나는 그들의 선봉대를 공격하겠소. 그렇게 되면 적군은 머리와 꼬리가 이어지지 않아 북소리 한 번에 크게 무찌를 수 있을 것이오."

여러 장수가 육손의 계책에 탄복했다. 육손은 곧바로 손권에게 표문을 써 하급 무사를 시켜 은밀하게 신성으로 가 손권에게 전달하도록 했다. 그런데 명령을 받은 무사가 강나루를 건너가다가 매복한 위나라 병사들에게 붙잡혀 조예의 장막으로 끌려갔다. 조예가 그 병사를 수색하니 육손의 표문이 나왔다. 그 글을 읽은 조예가 감탄하며 말했다.

"동오의 육손은 참으로 빼어난 계책을 쓸 줄 아는 인물이로다."

조예는 오나라의 무사를 감옥에 가둔 다음 유소(劉劭)에게 명령을 내려 손권의 후비부대를 막도록 했다.

그 무렵 제갈근은 전투에서 크게 진 데다가 날씨마저 무더워 사람과 말이 모두 병에 걸렸다. 그는 편지 한 통을 써 육손에게 보내어 병사를 거두어 돌아가자고 건의했다. 편지를 읽은 육손은 심부름 온 병사에게 말했다.

"돌아가서 장군을 뵙거든 나에게 생각하는 바가 있다고 말씀드러라."

심부름 간 병사가 돌아와 제갈근을 찾아가자 그가 물었다.

"육 장군은 무슨 일을 하고 계시더냐?"

병사가 대답했다.

"장군께서는 여러 병사를 재촉하여 영채 밖으로 나가 콩을 심도록 하고 자신은 여러 장수와 함께 원문(轅門)에 나가 활쏘기로 날을 보내고 있습니다."

제갈근이 크게 놀라 몸소 육손의 영채를 찾아가 그에게 물었다.

"지금 조예가 몸소 병력을 이끌고 쳐들어와 그 위세가 대단한데 도독은 어찌하여 그를 막으려 하지 않습니까?"

그 말을 들은 육손이 대답했다.

"내가 주상께 올린 표문을 가지고 가던 병사가 생각지도 않게 적군에게 사로잡혀 기밀이 모두 드러났으니 저들은 반드시 대비할 바를 알고 있을 것이오. 그런즉 싸워도 소용이 없으니 물러나느니만 못할 것 같소이다. 내가 이미 주상에게 표문을 올려 천천히 병력을 보내기로 약속했소이다."

제갈근이 물었다.

"도독께서 이미 그렇게 뜻을 결정했다면 어찌하여 서둘러 물러나지 않고 시간을 늦추고 있습니까?"

"우리가 병력을 뒤로 물리려면 마땅히 천천히 물러나야 합니다. 이제 만약 우리가 병력을 물리면 위나라 병사들이 그 허점을 보고 반드시 추격할 것이니 그 길은 우리가 지는 길입니다. 그러므로 그대는 마땅히 먼저 짐짓 전선을 독려하여 싸울 뜻이 있음을 보여주어야 합니다. 나는 모든 병력을 거느리고 양양으로 나아갈 것이니 이는 적군이 의심하게 만드는 계책이라오. 그런 다음 천천히 강동으로 돌아가면 위나라 병사들이 감히 우리에게 가까이 오지 못할 것이오."

제갈근이 그 계책에 따라 육손에게 인사하고 영채로 돌아오자 전선을 정비하고 마치 출진할 것처럼 병마를 정돈했다. 육손도 대오를 갖추어 위세를 보이면서 양양을 바라보고 진군했다.

첩자가 이를 알아 위주 조예에게 보고했다.

"오나라 병사들이 이미 움직이고 있으니 마땅히 대비하소서."

위나라 장수들이 그 말을 듣자 어서 출전하려 했다. 육손의 계책을 잘 알고 있는 조예가 여러 장수에게 말했다.

"육손은 계책이 뛰어난 사람이니 우리를 유인하려고 꾸민 일일 것인즉 가볍게 병력을 움직여서는 안 되오."

그 말에 따라 위나라 장수들이 움직이지 않았다. 며칠이 지나 척후가 와서 보고했다.

"동오의 병력이 세 길로 나누어 모두 물러갔습니다."

조예가 믿지 못하여 다시 사람을 보내어 알아보도록 했더니 과연 모두 물러갔다고 보고가 올라왔다. 조예가 탄식하며 말했다.

"육손의 용병이 손자(孫子)나 오자(吳子)에 못지않으니 동남쪽을 평정하기가 어렵겠구나."

그러고서 조예는 여러 장수에게 요충지를 지키도록 하고 자신도 대군을 이끌고 합비로 가 영채를 차리고 사태의 변화를 살폈다.

그 무렵 제갈량은 기산에 머물면서 오래 머물 계책에 따라 촉나라 군사들에게 위나라 백성들과 섞여 농사를 짓게 하여 소출은 병사들에게 한몫을 주고 백성들에게 두 몫을 주었을 뿐만 아니라 성들을 수탈하는 일이 없도록 하니 위나라 백성들이 모두 안심하고 즐겁게 생업에 종사했다. 그런 사실을 들은 사마사가 아버지를 찾아가 아뢰었다.

"촉나라 군사들이 우리의 많은 양곡을 빼앗아 갔고, 이제는 그들이 우리 백성들과 함께 위수의 강변에서 농사를 지으며 오래 버틸 궁리를 하고 있으니 이는 참으로 나라의 큰 걱정거리가 아닐 수 없습니다. 아버지께서는 어찌하여 공명과 한바탕 싸움을 벌려 자웅을 가리려 하지 않으십니까?"

그 말을 들은 사마의가 말했다.

"나는 천자의 뜻을 받들어 굳게 지킬 뿐 가볍게 나가 싸울 수 없느니라."

그런 이야기를 나누고 있는데 문득 척후가 들어와 위연이 지난번에 빼앗아 간 사마의의 황금 투구를 들고 와 욕설을 퍼부으며 싸움을 돋우고 있다고 보고했다. 여러 장수가 격분하여 나가 싸우고자 하니 사마의가 웃으면서 말했다.

"성인께서 말씀하시기를, '작은 일을 참지 못하면 큰일을 도모할 수 없다.'[小不忍則亂大謀]7) 하셨소. 우리로서는 지금 지키는 것이 상책이오."

여러 장수가 그의 말에 따라 나가 싸우지 않았다. 위연이 한참 동안 욕설을 퍼 붓다가 돌아갔다.

사마의에게 싸울 뜻이 없음을 안 제갈량은 은밀히 마대를 불러 목책(木柵)을 만들고 영채 안에 참호를 판 다음 잘 타는 불쏘시개로 덮도록 하고, 둘레의 산 위에는 덤불로 움막을 지어 안팎에 지뢰를 묻어두도록 지시했다. 준비를 마치자 제갈량은 귓속말로 이렇게 지시했다.

"호로곡의 뒷길을 막고 골짜기에 복병을 배치하시오. 사마의가 쳐들어오면 그가 계곡에 이르렀을 때 지뢰를 터트리고 덤불에 불을 붙이도록 하시오."

이어서 제갈량은 병사들에게 별을 일곱 개 그려 넣은 띠를 만들어 계곡 입구에 걸어놓게 하고 밤이면 산 위에서 일곱 개의 등을 달아 암호로 삼

---

7) 『논어』(論語) 「위령공(衛靈公) 편에 나오는 말임.

도록 했다. 마대가 지시를 받고 물러가자 제갈량은 위연을 불러 지시했다.

"그대는 오십 명의 병사를 이끌고 위나라 영채로 가 싸움을 걸되 무슨 수를 쓰든지 나와 싸우도록 하시오. 싸울 때는 이기려 하지 말고 거짓 지는 체하며 달아나도록 하오. 그러면 사마의가 반드시 추격할 것이니 그대는 칠성기(七星旗)를 따라 들어오시오. 만약 밤이 되면 칠잔등(七盞燈)을 바라보고 달아나도록 하오. 가장 중요한 것은 사마의를 호로곡으로 끌어들이는 일이라오. 그런 다음에는 나에게 그를 사로잡을 계책이 있소."

지시를 받은 위연이 병력을 이끌고 물러가자 제갈량은 다시 고상을 불러 지시했다.

"그대는 목우와 유마 이삼십 마리를 한 무리로 하거나 아니면 사오십 마리를 한 무리로 하여 각기 쌀을 싣고 산길로 오락가락하시오. 위나라 병사들이 그것을 빼앗아 가도록 하면 그대가 공로를 이루는 것이라오."

지시를 받은 고상이 목우와 유마를 이끌고 떠났다. 제갈량은 기산의 병사들을 하나하나 내보내 영채에 딸린 밭을 가꾸도록 하면서 지시했다.

"다른 군사들이 와 싸움을 걸면 짐짓 지는 체하며 달아나도록 하라. 만약 사마의가 몸소 오면 힘써 위수의 남쪽을 공격하여 그가 돌아갈 길을 막아야 한다."

배치를 마친 제갈량은 몸소 한 부대를 이끌고 계곡 근처에 영채를 차렸다.

그 무렵에 하후혜와 하후화 두 장수가 영채로 들어가 사마의에게 말했다.

"이제 촉나라 군사들이 사방으로 나뉘어 영채를 세우고 여러 곳에서 농사를 짓는 둔전[屯田][8]으로 보아 오래 버틸 요량인 것 같습니다. 만약 지금 저들을 소탕하지 않고 여러 날 저토록 쉬게 만들다가 그 뿌리가 깊어지고 대궁이 굳어지면 흔들기 어려울 것입니다."(深根固蒂 難以搖動)

그 말을 들은 사마의가 말했다.

"이는 분명히 제갈량의 계책일 것이오."

"도독께서 그토록 의심하고 걱정하신다면 어느 세월에 도적을 무찌를 수 있겠습니까? 저희 두 형제가 마땅히 힘을 다하여 목숨을 걸고 싸워 나라의 은혜에 보답하고자 합니다."

"정히 그렇다면 그대들 둘이 나가 싸우도록 하라."

허락을 받은 하후혜와 하후화가 각기 오천 명의 병력을 이끌고 떠나자 사마의는 앉아서 소식이 오기를 기다렸다.

하후혜와 하후화가 병력을 두 길로 나누어 떠나려는데 문득 촉나라 군사들이 목우와 유마를 몰고 다가왔다. 두 장수가 한꺼번에 달려 나가자 촉나라 군사들이 달아났다. 위나라 병사들은 목우와 유마를 이끌고 사마의의 영채로 돌아갔다. 그다음 날에도 다시 위나라 병사들은 촉나라 군사들 백 명 남짓을 사로잡아 영채로 돌아왔다. 사마의가 잡혀 온 촉나라 군사들에게 그쪽의 허실을 물어보니 그들이 이렇게 대답했다.

"도독께서 굳게 지킬 뿐 나와 싸우려 하지 않는다고 생각한 공명은 저희를 사방으로 보내어 농사를 짓게 하여 오래 버틸 계책을 세우고 있다가 생각지도 않게 이렇게 잡혀왔습니다."

사마의는 곧 촉나라 군사들을 모두 풀어주어 돌아가게 했다. 이를 본 하후화가 물었다.

---

8) 둔전(屯田) : 전쟁이 없을 적에 병사들이 영채 근처의 농지에서 농사를 지어 양곡을 비치하던 제도임.

"어찌하여 저들을 죽이지 않으십니까?"

"저 졸병들을 죽여본들 소용이 없을 것이오. 그럴 바에는 돌려보내어 돌아가 위나라 장수가 너그럽고 인자하다는 소문을 퍼트리게 하여 싸울 마음을 풀어지게 하려는 것이니 이는 바로 지난날 여몽(呂蒙)이 형주를 차지할 때 쓴 계책이라오."

이어서 사마의는 앞으로 촉나라 군사들을 사로잡으면 모두 무사히 돌려보내는 자에게 무거운 상을 주리라고 전령을 내렸다. 모든 장수가 그 말을 듣고 물러갔다.

그 무렵 제갈량은 고상을 시켜 마치 양곡을 운반하는 체하며 목우와 유마를 몰고 호로곡 안으로 드나들게 했다. 하후혜의 무리들은 시도 때도 없이 촉나라 군사들을 공격했다. 그렇게 한 달 동안 위나라 병사들은 싸움마다 이겼다. 사마의는 촉나라 군사들이 번번이 무너지는 것을 보면서 속으로 기뻐했다. 어느 날에는 촉나라 군사들 몇십 명이 잡혀왔다. 사마의가 그들을 장막에 불러 물었다.

"요즘 공명은 어떻게 지내시느냐?"

병사들이 대답했다.

"제갈 승상은 기산에 계시지 않고 호로곡 서쪽 십 리 떨어진 곳에 영채를 세우고 그곳에 머물러 계십니다. 지금은 매일 군량미를 호로곡으로 나르고 계십니다."

사마의는 그들에게 자세히 물은 뒤 돌려보내고서 여러 장수를 불러 말했다.

"지금 공명은 기산에 없고 호로곡에 있소. 그대들은 내일 모두 힘을 합쳐 기산의 영채를 치도록 하시오. 나도 병력을 이끌고 도우리다."

여러 장수가 명령을 받고 떠났다. 이를 본 사마사가 말했다.

"아버지께서는 어찌하여 저들의 배후를 치려 하십니까?"

"기산은 서촉의 근거지여서 내가 그곳을 치는 줄을 알면 각 영채가 반드시 도우러 올 것이다. 나는 그때 호로곡으로 쳐들어가 군량미를 불태워 머리와 꼬리가 서로 돕지 못하게 하여 저들을 크게 무찌를 것이다."

사마사가 절하고 감복했다. 사마의는 곧 군사를 일으켜 장호와 악침에게 각기 오천 명의 병력을 주어 뒤에 남아 돕도록 했다.

그 무렵 제갈량은 기산에 머물면서 살펴보니 위나라 병사들이 어떤 때는 3~5천 명이 어울려 다니고 어떤 때는 일이천 명이 바삐 어울려 다니면서 앞뒤를 살피는데 기산의 영채를 공격하러 올 것으로 보였다. 그런 판단이 서자 제갈량은 은밀하게 여러 장수에게 전달했다.

"만약 사마의가 몸소 쳐들어오면 그대들은 위나라의 영채를 공격하여 위수의 남쪽을 차지하도록 하시오."

여러 장수가 각기 명령을 받고 물러갔다.

위나라 병사들이 모두 기산의 영채를 공격하니 촉나라 군사들이 사방에서 소리치고 뛰어다니면서 짐짓 영채를 지키려는 형세를 취했다. 사마의는 촉나라 군사들이 모두 기산의 영채를 구원하러 가는 모습을 보면서 두 아들과 함께 중군의 호위병들을 이끌고 호로곡으로 달려갔다. 위연이 어귀에서 기다리고 있는데 사마의가 달려오는 것이 보였다. 문득 위나라 병사들이 달려오는 것을 본 위연이 말을 몰아 앞으로 나아가 보니 달려오는 장수는 곧 사마의였다. 그를 본 위연이 소리쳤다.

"사마의는 달아나지 말라."

위연이 칼을 휘두르며 달려 나가자 사마의도 창을 겨누고 달려들었다. 두 사람이 서너 번도 겨루지 않았는데 위연이 말을 돌려 달아나자 사마의가 그 뒤를 추격했다. 위연은 칠성기만 바라보며 달아났다. 사마의가 바라보니 위연은 홀몸으로 따르는 병사들도 없는지라 마음 놓고 추격했다. 사마사는 왼쪽에서 달려오고 사마소는 오른쪽에서 달려오고 사마의는 가운데서 말을 몰며 일제히 달려오고 있었다.

위연은 오백 명의 병력을 이끌고 모두 호로곡으로 들어갔다. 계곡 어귀에 이른 사마의는 먼저 사람을 보내어 계곡으로 들어가 살펴보게 했더니 척후가 돌아와 계곡 안에 복병이 없고 산 위에 있는 것들은 모두 초막들뿐이라고 대답했다. 그 말을 들은 사마의가 말했다.

"그것들은 분명히 군량미일 것이다."

사마의는 말을 몰아 계곡 깊숙이 들어갔다. 그런데 사마의가 바라보니 초막 위에는 모두 검불뿐이고 앞서 가던 위연은 이미 보이지 않았다. 사마의는 문득 의심이 들어 두 아들에게 말했다.

"만약 적군이 계곡 어귀를 막으면 어쩌나?"

말을 마치지도 않았는데 함성이 땅을 흔들 듯이 들려오며 산 위에서 한꺼번에 횃불을 던져 계곡 어귀를 막아버렸다. 위나라 병사들이 달아나고자 했으나 길이 없었다. 산 위에서는 불붙은 화살이 날아오고 땅에서는 지뢰가 터지더니 초막의 덤불에 옮겨 붙었다. 불길은 요란한 소리를 내며 하늘을 찌를 듯이 솟아올랐다. 사마의는 너무 놀라 손발을 제대로 쓰지 못하면서 말에서 내려 두 아들을 부여잡고 통곡하며 말했다.

"우리 세 부자가 여기에서 모두 죽는구나."

그들이 통곡하고 있는데 문득 세찬 바람이 불고 검은 구름이 하늘을 뒤덮더니 벼락 치는 소리와 함께 소나기가 퍼붓듯이 쏟아졌다. 그 바람에 계곡에 가득하던 불길이 꺼지고 지뢰마저 터지지 않으니 화공(火攻)이 수포로 돌아갔다. 사마의가 몹시 기뻐하며 말했다.

"지금 탈출하지 않으면 언제 나갈 수 있겠느냐?"

그는 병력을 이끌고, 있는 힘을 다하여 에움을 뚫었다. 마침 그때 장호와 악침이 병력을 이끌고 달려와 도왔다. 마대는 병력이 부족하여 그들을 추격하지 못했다. 사마의 부자는 장호와 악침의 병력과 한곳에 모여 함께 위나라 남쪽의 영채로 돌아왔다.

그러나 생각지도 않게 영채는 이미 촉나라 군사들의 손에 넘어가고 곽회와 손례는 부교 위에서 촉나라 군사들과 붙어 싸우고 있었다. 사마의의 무리가 병력을 이끌고 달려가니 촉나라 군사들이 물러섰다.

사마의는 부교를 끊고 북쪽 강변으로 달아났다. 위나라 병사들이 기산에서 촉나라 군사들의 영채를 공격하다가 사마의가 크게 무너졌으며 위수 남쪽의 영채마저 빼앗겼다는 소식을 듣자 크게 상심하여 서둘러 물러나는데 사방에서 촉나라 군사들이 쳐들어와 위나라 병사들은 열에 여덟 아홉 명이 다치고 죽은 무리가 헤아릴 수 없이 많았다. 나머지 무리들은 위수 북쪽으로 달아나 겨우 목숨을 건졌다.

제갈량이 산 위에서 바라보니 위연이 사마의를 유인하여 계곡 안으로 들어오자 불길이 한꺼번에 크게 일어나는지라 마음속으로 크게 기뻐하며 이번에야말로 사마의가 죽는다고 생각했다. 그때 예상치도 않게 비가 억수같이 내려 불길이 꺼지더니 사마의가 달아났다는 보고가 올라왔다. 그 말을 들은 제갈량이 탄식하며 말했다.

"일을 꾸미는 것은 사람이지만, 되고 안 되는 것은 하늘의 뜻이라더니 억지로 되는 일이 없구나[謀事在人 成事在天 不可強也]."

뒷날 한 시인이 그 장면을 탄식하며 이런 시를 남겼다.

　　호로곡 어귀에 불길이 미친 듯이 치솟는데
　　어이하여 맑던 하늘에 장대비가 내리는가?

제갈량의 계책이 이뤄졌더라면
어찌 천하가 진(晉)나라로 돌아갈 수 있었으랴?
谷口風狂烈燄飄 何期驟雨降青霄
武侯妙計如能就 安得山河屬晉朝

그 무렵 위수의 북쪽 영채로 돌아온 사마의가 전령을 내렸다.

"위수 남쪽의 영채는 이미 잃어버렸으니 다시 출전하자고 하는 장수가 있으면 목을 치리라."

여러 장수가 명령을 듣고 물러가 지키기만 할 뿐 나와 싸우려 하지 않았다. 그때 곽회가 들어와 아뢰었다.

"요즘 공명이 병력을 이끌고 순찰하는 것으로 보아 땅을 잡아 영채를 세우려는 것으로 보입니다."

사마의가 대답했다.

"만약 공명이 무공산(武功山)으로 나가 그 동쪽에 자리 잡는다면 우리에게는 위험이 될 것이지만, 만약 그가 위수의 남쪽으로 나가 서쪽의 오장원(五丈原)에 영채를 세운다면 우리는 무사할 것이오."

그의 말에 따라 척후가 나가 알아보았더니 제갈량이 오장원에 영채를 차렸다고 보고했다. 사마의는 손을 이마에 얹고 말했다.

"위나라 황제에게는 큰 복이로다."

그러고서는 여러 장수에게 지시했다.

"우리가 굳게 지키되 나가지 않으면 저들은 반드시 스스로 무너질 것이오."

그 무렵에 제갈량은 병력을 이끌고 오장원으로 가 주둔한 다음 병사들을 보내어 싸움을 걸었지만 위나라 병사들이 나오지 않았다. 제갈량은 여인들이 쓰는 수건과 상복을 큼직한 함에 담아 편지 한 통과 함께 사람을 시켜 위나라 영채로 보냈다. 여러 장수가 감히 숨기지 못하고 아뢰니 사마의가 그 사신을 들어오라 하였다. 사마의가 함을 열어보니 여인의 수건과 상복이 들어 있고 편지도 함께 있었다. 사마의가 읽어보니 그 내용은 이러했다.

"중달은 장군의 몸으로서 중원의 무리들을 다스리더니 이제 갑옷을 걸치고 무기를 들고 나와 자웅을 가릴 생각을 하지 않고 아늑한 굴속에 들어앉아 둥지를 지키면서 겨우 칼과 활을 피하고 있으니 아낙과 무엇이 다르리오? 이제 내가 사람을 시켜 여인의 수건과 상복을 보내노니 싸우지 않으려거든 절하고 받으시고, 아직도 부끄러운 마음이 조금이라도 남아 있다면 남자답게 흉금을 털어놓고 답서를 보내어 결전할 날을 맞추기 바라오."

편지를 읽은 사마의는 속으로 분노를 가눌 수 없었지만 짐짓 웃으며 말했다.

"공명이 나를 아녀자로 보는가?"

편지를 받은 그는 사신을 푸짐하게 대접하여 보내면서 물었다.

"공명께서는 드시고 주무시는 것은 어떠하며 얼마나 바쁘게 사시더냐?"

사신이 대답했다.

"승상께서는 아침 일찍 일어나셔서 저녁 늦게 주무시는데 볼기를 스무 대 넘게 때리는 일까지 몸소 처리하십니다. 드시는 음식은 하루에 몇 홉에 지나지 않습니다."

그 말을 들은 사마의가 여러 장수를 돌아보며 말했다.

"공명이 먹는 것은 적고 일은 바쁘다니 어찌 오래 견디겠는가?"[食少事煩 安能久乎]

사신이 인사하고 물러나 오장원으로 돌아와 제갈량을 뵙고 사실대로 아뢰었다.

"사마의가 여자 수건과 상복을 받고 편지를 읽으면서도 전혀 분노하는 기색이 없이 승상께서 드시고 주무시는 일은 어떠하며 일은 얼마나 바쁘신가를 물었습니다. 군사에 대한 일은 전혀 묻지 않기에 제가 사실대로 말하니 그가 말하기를, '먹는 것이 적고 일은 바쁘다니 어찌 오래 견디겠는가?' 했습니다."

그 말을 들은 제갈량이 탄식하며 말했다.

"그가 나를 깊이 아는구나."

주부(主簿) 양옹(楊顒)이 아뢰었다.

"제가 보기에 승상께서 늘 몸소 서류를 챙기시니 제가 그윽이 생각건대 꼭 그러실 필요가 없을 것 같습니다. 무릇 다스림에는 틀이 있고, 아래위가 서로 섞여서는 안 됩니다. 견주어 말하자면 다스림의 도라는 것은 반드시 사내종을 시켜 밭 갈게 하고 여종을 시켜 밥을 짓게 해야 집안에 노는 이가 없이 얻고자 하는 바를 넉넉히 얻어 그 집안이 평안하고 스스로 편안하며 베개를 높이 베고 편하게 음식을 먹을 수 있습니다. 그러나 만약 주인이 모든 것을 몸소 처리하고자 하면 몸과 마음이 모두 지쳐 하나도 이루지 못할 것입니다. 이것이 어찌 그 주인이 노복만큼 알지 못하기 때문이겠습니까? 이것이야 말로 그 집안이 도리를 잃었기 때문입니다.

그러므로 옛사람들이 이르기를, 앉아서 도리를 다 하는 사람을 삼공(三公)이라 하고, 몸을 움직여 일하는 사람을 사대부라 하였습니다. 지난날 병길(丙吉)9)은 소가 헐떡거리는 것을 보고는 걱정하면서도 길에 사람

---

9) 병길(丙吉) : 자는 소경(少卿). 노(魯)나라 사람. 처음에는 옥리였으나, 뒤에 정위우

이 죽어 누운 것을 보고서는 연유를 묻지 않았으며, 한고조를 도운 진평(陳平)은 창고에 양식이 어느 정도 비축되어 있는지를 모르면서[陳平不知錢穀之數] '그것은 맡은 자가 따로 있다.'(自有主者) 하였습니다. 이제 승상께서는 사소한 일까지 모두 처리하시어 온종일 땀이 흐르니 어찌 피로하지 않으시겠습니까? 사마의의 말이 참으로 옳은 말입니다."

그 말을 들은 제갈량이 흐느끼며 말했다.

"내가 왜 그것을 모르겠소마는 다만 나는 선제께서 어린 아드님을 부탁하신 무거운 책임을 안고 있으니 다른 사람들이 게으른 나를 보고 진심을 다하지 않을까 걱정스러울 뿐이라오."

모든 관료가 눈물을 흘렸다. 이때로부터 제갈량도 스스로의 정신이 맑지 못함을 느꼈고, 여러 장수도 그로 말미암아 감히 진격하지 못했다.

그 무렵 위나라의 장수들은 모두 제갈량이 사마의에게 여자의 수건과 상복을 보낸 사실을 알고서도 사마의가 싸우려 하지 않는 것을 보고 분노하여 그의 장막을 찾아가 말했다.

"우리는 모두가 대국의 명장들인데 어찌 촉나라 군사들로부터 이런 모욕을 겪고서도 견딜 수 있겠습니까? 바라건대 우리가 나가 자웅을 가리려 하나이다."

그 말을 들은 사마의가 말했다.

감(廷尉右監)이 되었다. 기원전 91년 무고(巫蠱)의 옥사 때 크게 활약하여 여태자(戾太子)의 손자인 유순(劉詢)의 목숨을 건졌다. 유순이 제위[宣帝]에 오르자 태자태부(太子太傅)와 어사대부를 거쳐 승상이 되었다. 항상 대의예양(大義禮讓)을 소중히 여겨, "길에서 불량배들이 싸우는 것을 단속하는 일은 현장(縣長)의 직분이므로 재상이 관여할 바가 아니지만, 수레를 끄는 소가 숨을 헐떡이는 것은 계절의 탓일지도 모르므로 음양을 가리고 자연의 조화를 꾀하는 것은 재상의 직분"이라고 말했다. 『한서』 「병길열전」(丙吉列傳)에 나옴.

"나도 감히 나가지 않아 싸우지 않으면서 이런 수모를 겪고 있는 것이 아니라오. 다만 황제의 칙명에 따라 굳게 지키면서 움직이지 않을 뿐이오. 이제 만약 경솔히 움직이면 이는 칙명을 거스르는 것이오."

여러 장수가 분노하며 불평하자 사마의가 말했다.

"그대들이 그토록 나가 싸우기를 바라니 내가 황제에게 글을 올려 허락을 받은 뒤에 적군을 공격하는 것이 어떻겠소?"

여러 장수가 응낙하자 사마의는 곧 표문을 지어 사신 편에 합비로 보내어 조예에게 올리도록 했다. 조예가 표문을 펴보니 그 내용은 대략 이러했다.

"신은 재주가 없이 무거운 책임을 맡아 성지에 따라 다만 굳게 지키면서 촉나라 군사들이 스스로 지치기만을 기다리고 있었습니다. 그러나 이제 제갈량이 여자의 수건과 상복을 보내어 신을 마치 아녀자로 여기니 그 치욕을 견디기 어렵습니다. 이에 신은 먼저 폐하께 아뢰고 곧 나가 싸우다 죽어 조정의 은혜에 보답하고 삼군이 겪은 치욕을 씻으려 하나이다. 이제 떠나려 함에 신은 감격하고 간절한 마음을 이길 수 없나이다."

글을 읽은 조예가 여러 신하에게 말했다.

"사마의가 굳게 지키기만 하고 싸우려 하지 않더니 이제 와서 싸우겠다고 표문을 올린 이유가 무엇이오?"

위위(衛尉) 신비(辛毗)가 아뢰었다.

"사마의는 본디부터 싸울 뜻이 없었습니다. 그러나 제갈량으로부터 모욕을 겪은 뒤로 장군들이 분노하니까 특별히 표문을 올려 황제의 뜻이라는 핑계로 장군들의 마음을 억제하려는 것입니다."

조예가 그 말에 따라 신비에게 절(節)을 주어 위수 북쪽의 영채로 가 싸우지 말라는 황제의 뜻을 전달하도록 했다. 사마의가 장막 안으로 칙사를 맞아들이니 신비가 말했다.

"밖으로 나가 싸우고자 하는 장수가 다시 있다면 그는 황제의 뜻을 거스르는 것이오."

여러 장수가 칙명에 따랐다. 사마의가 신비에게 넌지시 말했다.

"그대야말로 나의 마음을 진실로 아는군요."

그에 따라 병영 안에 위주의 칙명을 받은 신비가 절을 들고 다니며 사마의는 결코 나가서 싸워서는 안 된다는 칙명을 알렸다. 촉의 장수가 그 사실을 듣고 곧 제갈량에게 알리자 제갈량이 웃으며 말했다.

"이는 사마의가 삼군의 뜻을 안정시키려는 계책이라오."

강유가 물었다.

"승상께서는 그것을 어찌 아셨습니까?"

"그는 싸움을 하겠노라고 위주에게 표문을 올림으로써 자기도 싸울 뜻이 있음을 보여주고자 했던 것이오. 병법에, '전쟁터에 나가 있는 장수는 군왕의 명령을 따르지 않는다.'[將在外 君命有所不受][10]는 말이 있지 않소? 하물며 천 리 밖에 있는 장수가 전투를 하겠노라고 표문을 올릴 수가 있겠소? 이는 장수들이 분격하니까 사마의가 조예의 뜻을 빙자하여 여러 장수의 전의를 제지하려는 뜻이었다오. 이번에 칙령을 퍼트려 군심을 다잡으려 했을 뿐이오."

그런 이야기를 나누고 있는데 문득 비의가 도착했다는 보고가 들어왔다. 제갈량이 그를 들라 하여 만나보니 그가 이렇게 말했다.

"동오가 세 길로 나누어 진격해 온다는 말을 들은 조예는 몸소 대군을 이끌고 합비로 진격하여 만총(滿寵)과 전예(田豫)와 유소(劉劭)에게 세

---

10) 이 말은 『사기』「사마양저열전」(司馬穰苴列傳)에 나온다.

길로 나아가 적군을 막으라 했답니다. 만총이 계책을 세워 동오의 식량과 말먹이와 병기를 모두 태워버리고, 오나라 병사들의 많은 숫자가 병든 데다가 육손은 손권에게 표문을 올려 앞뒤에서 공격하기로 약속했는데 뜻하지 않게 표문을 들고 가던 사람이 위나라 병사들에게 붙잡혀 계획이 누설되자 오나라 병력은 이룬 것도 없이 되돌아갔다 합니다."

그 말을 들은 제갈량은 크게 탄식하며 바닥에 쓰러져 기절했다. 여러 장수가 서둘러 구원하니 반나절이 지나 깨어난 그가 탄식하며 말했다.

"내 정신이 흐려지고 어지러운 병이 도졌으니 다시 살아나지 못할까 걱정이오."

그날 밤 제갈량이 병든 몸을 이끌고 장막을 나와 하늘을 우러러 천문을 보다가 몹시 놀라 장막 안으로 강유를 들어오라 하여 말했다.

"나의 남은 목숨이 조석에 달려 있구려."

강유가 물었다.

"승상께서는 어찌 그것을 아시나요?"

"내가 천문을 보니 삼태성 가운데 객성(客星)이 두 배로 밝고 주성(主星)의 빛이 어두운 채 곁에서 모시는 별들도 희미하구려. 하늘의 운세가 이러하니 나의 운명이 어찌 될지 알 수 있다오."

"천문이 비록 그렇다 하나 승상께서는 어찌하여 기양의 법[祈禳之法]11)으로 액운을 만회하려 하지 않으십니까?"

"내가 평소에 기양의 법을 알고는 있었지만 하늘의 뜻을 알 수가 없구려. 그대는 갑옷 입은 병사 마흔아홉 명에게 검은 깃발을 들리고 검은 옷을 입혀 장막 밖에 세워 두시오. 그러면 나는 장막 안에서 북두칠성에게

---

11) 기양의 법[祈禳之法] : 수명을 연장하고자 하늘에 비는 제사를 뜻함.

기양의 기도를 올리겠소. 만약 이레 안에 주등(主燈)이 꺼지지 않으면 나의 수명은 십이 년이 늘어날 것이고, 그 등이 꺼지면 나는 반드시 죽게 될 것이오. 관계없는 잡인들의 출입을 금지하고 기도에 필요한 모든 제물은 두 동자에게 들려 보내시오."

명령을 받은 강유가 준비를 하러 물러갔다.

그때는 8월 보름이어서 밤에 비치는 은하수는 더욱 밝고 구슬 같은 이슬이 풀잎에서 떨어졌다. 깃발은 움직이지 않고 야경을 알리는 바라[금斗] 소리도 들리지 않았다. 강유가 마흔아홉 명의 병사들을 이끌고 호위를 서는 동안 제갈량은 장막 안에서 향불을 피우고 제물을 차려놓았다. 땅에는 일곱 개의 큰 등을 켜고 장막 밖에는 마흔아홉 개의 작은 등을 켰으며, 장막 안에는 목숨을 비는 등[本命燈] 한 개를 켜놓은 다음 제갈량이 절하고 축문을 읽었다.

"량은 어지러운 세상에 태어나 맑은 물이 솟는 샘가에서 일생을 보내려 하였으나 소열황제께서 세 번 초막을 찾아주신 은혜와 어린 아들을 부탁하신 무거운 책임을 이어받아 감히 개와 말의 수고로움을 저버리지 못하여 나라의 역적을 무찌르기로 맹세하였나이다. 그러나 뜻하지 않게 장수의 별[將星]이 떨어져 장차 이승의 수명이 끊어지려 하기에 이토록 삼가 한 자[尺]의 글을 써 창천에 아뢰나이다. 엎드려 바라옵건대 하늘은 자비를 베푸시어 저의 소망에 귀 기울여 들으사 신의 수명을 늘려주시어 위로는 주군의 은혜에 보답하고 아래로는 백성의 목숨을 지키며, 옛 제도를 회복하여 영원히 한나라의 사직이 이어지게 하소서. 감히 망령되게 비는 것이 아니오라 참으로 간곡한 정을 아뢰나이다."

제갈량이 절하고 축문을 마치자 장막 안에 엎드려 날이 밝기를 기다렸다. 다음 날 병든 몸으로 정사를 살피는데 피를 토함이 멈추지 않았다.

그는 낮이면 이토록 정무를 보살피고 밤이면 북두칠성의 별자리를 밟으며 빌었다.

사마의가 영채 안에서 오로지 지키기만 하다가 문득 어느 날 밤 천문을 보더니 몹시 기뻐하며 하후패에게 말했다.

"장군의 별이 그 자리를 잃은 것으로 보아 반드시 제갈량이 깊은 병에 걸려 머지않아 죽을 것이오. 그대는 천 명의 군사를 이끌고 오장원으로 가 사정을 정탐하도록 하오. 만약 촉나라 군사들이 나와 싸우려 하지 않으면 공명이 아픈 것이 틀림없소. 그때를 틈타 내가 마땅히 공격할 것이오."

하후패가 군사를 이끌고 나갔다. 제갈량이 장막 안에서 제사를 드린 지 엿새가 되도록 주등의 불빛이 밝아 제갈량이 마음속으로 기뻐했다. 강유가 들어와 보니 제갈량은 머리를 풀어헤치고 칼을 짚은 채 북두칠성의 별자리를 밟으며 장성을 짓누르고 있었다.

그때 문득 영채 밖에서 함성이 들렸다. 사람을 내보내어 연유를 알아보게 하였더니 위연이 나는 듯이 달려 들어오며 아뢰었다.

"위나라 병사들이 쳐들어오고 있습니다."

그때 위연의 발걸음이 너무 다급하여 주등을 밟아 부숴버렸다. 제갈량이 칼을 버리고 탄식하며 말했다.

"죽고 사는 것은 이미 운명으로 정해졌으니 빈다고 될 일이 아니로구나."[死生有命 不可得而禳也]

위연이 황공하여 땅에 엎드려 죄를 빌었다.

강유가 분노하며 칼을 빼어 위연을 죽이려 했다.

뒷날 한 시인이 이 장면을 두고 이렇게 읊었다.

세상살이가 사람에게 달리지 않았으니
마음만으로는 목숨을 어쩔 수 없구나.
萬事不由人做主 一心難與命爭衡

위연의 목숨은 어찌 되려나?

제
104
회

오장원의 슬픈 가을

큰 별이 떨어지니
제갈량은 하늘로 돌아가고
사마의는 나무 인형을 보고
넋을 잃는다.

위연이 등불을 밟아 꺼트리자 분노한 강유가 칼을 빼어 그를 죽이려 했다. 이를 본 제갈량이 말리며 말했다.
"내 수명이 여기까지이니 문장의 잘못이 아니오."
그 말을 들은 강유가 칼을 거두었다. 제갈량은 몇 번 피를 토하더니 침상에 누어 위연을 불러 말했다.
"이는 사마의가 내 병을 알고 사람을 보내어 허실을 알아보고자 함이오. 그대는 서둘러 나가 그들을 막도록 하오."
명령을 받은 위연이 장막을 나가 말에 올라 병력을 이끌고 영채 밖으로 달려갔다. 하후패는 위연을 보자 허둥대며 달아났다. 위연이 이십 리 남짓 추격하다가 돌아왔다. 제갈량은 위연에게 영채로 돌아와 지키게 했다. 그때 강유가 들어와 곧바로 침상으로 다가가 문안을 드리니 제갈량이 말했다.

"내가 본디 충성을 다하여 중원을 회복하고 한나라를 일으키려 하였으나 하늘의 뜻이 이러하니 이제 내가 곧 죽을 것이오. 내가 평소에 배운 바를 스물네 권의 책[1]으로 썼는데 글자가 십만사천백열두 자요. 그 안에는 반드시 힘써야 할 여덟 가지[八務][2]와 계책을 세워야 할 일곱 가지[七計][3]와 두려워해야 할 여섯 가지[六恐]와 걱정해야 할 다섯 가지[五懼][4]를 적어두었소.[5] 내가 여러 장수를 눈여겨보았으나 그 책을 전해줄 사람이 없더니 오직 그대만이 내 책을 읽을 만하오. 아무쪼록 소홀하게 여기

---

1) 진수의 『삼국지』(5) 「촉서(5) 제갈량전」에 따르면, 여기에서 스물네 권이라 함은 (1) 중앙과 지방의 조직[開府作牧], (2) 권한[權制], (3) 남쪽을 다스리는 문제[南征], (4) 위나라를 정벌하는 문제[北出], (5) 계책[計算], (6) 군사훈련[訓厲], (7) 감찰[綜覈](上), (8) 감찰[綜覈](下), (9) 잡글[雜言](上), (10) 잡글[雜言](下), (11) 화친[貴和], (12) 병제[兵要], (13) 파발과 운송[傳運], (14) 손권에게 보낸 편지[與孫權書], (15) 제갈근에게 보낸 편지[與諸葛謹書], (16) 맹달에게 보낸 편지[與孟達書], (17) 이엄(李嚴)을 다스리는 일[廢李平], (18) 법제[法檢](上), (19) 법제[法檢](下), (20) 과거제도[科令](上), (21) 과거제도[科令](下), (22) 군법[軍令](上), (23) 군법[軍令](中), (24) 군법[軍令](下)이다.
2) 팔정(八政)을 뜻하는 것으로 보인다. 팔정이라 함은, (1) 먹고 사는 일[食], (2) 재산을 늘리는 일[貨], (3) 제사를 받드는 일[祀], (4) 토지 관리[司空], (5) 교육[司徒], (6) 형벌[司寇], (7) 사신을 맞이하는 일[賓], (8) 전쟁[師]의 여덟 가지를 뜻한다. 『상서』(尙書) 「홍범」(洪範)에 나오는 말임.
3) 일곱 가지 계책[七計]라 함은, (1) 어느 군주가 더 도덕적인가?[主孰有道], (2) 어느 장수가 더 유능한가?[將孰有能], (3) 누가 천시와 지리를 얻었는가?[天地孰得], (4) 누가 법령을 더 훌륭하게 집행하는가?[法令孰行], (5) 어느 쪽 병력이 더 강력한가?[兵衆孰强], (6) 어느 쪽 병사들이 더 훈련을 많이 했는가?[士卒孰練], (7) 어느 쪽의 상벌이 더 공정했는가?[賞罰孰明]이다. 『손자병법』「시계편(始計篇)」에 나옴.
4) 걱정해야 할 다섯 가지[五懼]라 함은, (1) 전력이 허약하고[弱], (2) 군기가 어지럽고[亂], (3) 병사들이 겁에 질려 있고[怯], (4) 전쟁 준비가 허술하고[不備], (5) 장차 이 전투에 질 것 같다는 생각[將敗]이다.
5) 위의 글 가운데 두려워 해야 할 여섯 가지[六恐]는 지금 전해 내려오지 않고 있다. 위의 네 가지 계책이 정사로서는 입증되지 않는 것으로 보아 소설의 분위기에서 모종강이 가필한 것으로도 보인다.

지 마오."

강유가 통곡하고 절하며 그 책을 받으니 제갈량이 다시 말했다.

"나에게 연노(連弩)6)를 만드는 비법이 있는데 아직 써보지는 못했다오. 그 길이는 여덟 치[寸]인데 한 번 쏘면 열 발이 나간다오. 내가 모두 그림을 그려놓았으니 그대가 그 법에 따라 만들어 쓰도록 하오."

강유가 절하며 받자 제갈량이 다시 말했다.

"서촉으로 들어오는 길을 모두 걱정할 것은 없지만 다만 음평(陰平)의 땅만은 신경을 쓰도록 하오. 이 땅이 비록 험악하다고는 하지만 머지않아 반드시 잃게 될 것이오."

제갈량은 다시 마대를 장막 안으로 불러 귀에 대고 낮은 목소리로 은밀히 계책을 주면서 말했다.

"내가 죽은 뒤에 그대는 내가 가르쳐준 대로 하시오."

마대가 명령을 받고 물러가자 오래지 않아 양의가 들어왔다. 제갈량은 그를 침상에 불러 작은 비단 주머니를 주며 은밀히 말했다.

"내가 죽으면 위연이 반드시 반역할 것이오. 그가 반란을 일으키면 그대는 진영을 친 다음 이 주머니를 열어보시오. 그러면 그때 위연의 목을 베는 장수가 있을 것이오."

제갈량이 일일이 지시를 마치더니 다시 정신을 잃고 쓰러졌다가 늦게야 겨우 일어나 밤을 새워 후주에게 표문을 올렸다. 표문을 받은 후주가 크게 놀라 서둘러 상서(尙書) 이복(李福)을 시켜 밤낮으로 달려가 문안토

---

6) 연노(連弩) : 넓은 의미로서의 활에는 활[弓]과 쇠뇌[弩]가 있다. 노는 당김줄을 이용하여 쏠 수 있는 기계식 발사대인데, 한 번에 열 발 정도를 쏠 수 있는 것을 연노라 했으나 사정거리가 길지 않아 성 밑에 다가오는 적군에게 독화살을 쏘는 도구로 사용했다.

록 하고 아울러 뒷일을 묻게 했다. 명령을 받은 이복이 길을 재촉하여 오장원으로 달려가 공명을 뵙고 후주의 뜻을 아뢰었다. 서로 인사를 마치자 제갈량이 눈물을 흘리며 말했다.

"불행하게도 내가 중도에 세상을 떠나 나라의 큰일을 그르치니 천하에 지은 죄가 크오. 내가 죽은 뒤에 공들은 마땅히 있는 힘을 다하여 나라를 돕기 바라오. 나라의 옛 법을 바꾸지 말고 내가 쓰던 사람들을 가볍게 버리지 마시오. 내가 병법을 모두 강유에게 넘겨주었으니 그가 나의 뜻을 알아 국가를 위해 힘을 쓸 것이오. 나의 수명이 이제 조석에 달렸으니 마땅히 천자께 글을 지어 올리리다."

이복이 그 말을 듣자 인사를 드리고 바삐 떠나갔다. 제갈량은 병든 몸을 억지로 이끌고 곁사람들의 부축을 받아 작은 수레에 올라 영채를 나와 이곳저곳을 돌아보는데 가을바람은 얼굴을 스치고 찬 기운이 뼛속 깊이 파고들었다. 그는 길게 탄식하며 말했다.

"이제 다시는 전쟁터에서 역적을 토벌할 수 없게 되었구나. 저 아득한 창천은 어찌 이토록 가혹한가[再不能臨陣討賊矣 悠悠蒼天 曷此其極]?"

제갈량이 길게 탄식한 뒤 장막으로 돌아오니 병이 더욱 깊어졌다. 그는 양의를 불러 다시 분부했다.

"마대·왕평·요화·장익·장억은 모두 충신으로 절의를 위해 죽을 사람으로 오랜 전쟁을 치르면서 수고로움이 많았으며 앞으로도 일을 맡겨 쓸 만하오. 내가 죽은 뒤에 모든 일을 옛 법에 따라 처리하고, 군사를 뒤로 물릴 때는 천천히 하되 서둘러서는 안 되오. 그대는 지모가 뛰어났으니 내가 할 말이 없소. 강백약[강유]은 지모와 용맹을 갖추었으니 뒤에서 추격해 오는 적군을 막을 수 있을 것이오."

양의가 울며 절한 다음 명령을 받았다. 제갈량은 문방사우[紙筆墨硯]

를 가져오게 하여 침상에 기댄 채로 천자에게 올리는 유표(遺表)를 올리니 그 글의 대략은 이러했다.

　　엎드려 듣자옵건대, 죽고 사는 일은 늘 있는 일이요, 하늘이 정한 운수를 회피할 수 없다 하나이다. 이제 죽음을 앞두고 어리석은 충성을 모두 바치려 하나이다.
　　신 량(亮)은 본디 성품이 우둔하고 옹졸하나 어려운 시절을 만나 병부(兵符)와 절월(節鉞)을 받았나이다. 국가의 대사를 맡아 병사를 일으켜 북방의 역적을 토벌하고자 했으나 성공하지 못하고 이제 병이 골수에 들어 남은 목숨이 조석에 달렸나이다. 이에 끝까지 폐하를 모시지 못하니 한스러움이 끝이 없나이다.
　　엎드려 바라옵건대 폐하께서는 마음을 맑게 하고 욕심을 적게 하며 스스로를 다스리시고 백성을 사랑하시며 돌아가신 황제에게 효도를 다하시고 어진 은혜를 천하에 펴소서. 숨어 사는 인재를 뽑아 쓰시고 어진 이를 높이시며, 간사한 무리를 물리치시고 풍속을 순후(淳厚)하게 하소서. 신의 집안에는 뽕나무 팔백 그루와 밭 오십경(頃)7)이 있어 자식들의 의식에는 부족함이 없습니다.
　　신은 밖에 나와 벼슬하면서 몸에 필요한 물건들은 모두 관직에서 받았으니 따로 남은 것이 없습니다. 신이 죽은 뒤에 안으로는 쓸 만한 비단을 마련해놓고 밖으로는 남은 재산을 남겨두었으니 폐하에게 짐을 지우는 일은 없을 것입니다.
　　伏聞 生死有常 難逃定數 死之將至 願盡愚忠

---

7) 로버츠(Moss Roberts)는 50경(頃)을 1천5백 무(畝)라고 번역한 것으로 보면 1경(頃)을 30무로 계산했다. 1무는 100평(坪)이므로 1경은 3천 평이 되며 50경이면 15만 평이 된다. 토지 척도는 시대마다 달랐으므로 이 수치를 정확히 알기는 어렵다.

臣亮賦性愚拙 遭時艱難 分符擁節 專掌鈞衡 興師北伐 未獲成功 何期病入膏肓 命垂旦夕 不及終事陛下 飮恨無窮 伏願陛下 淸心寡慾 約己愛民 達孝道於先皇 布仁恩於宇下 提拔幽隱 以進賢良 屛斥奸邪 以厚風俗
　　臣家有桑八百株 田五十頃 子孫衣祿[食] 自有餘饒 至於臣在外任 隨身所需 悉仰於官 不別治生産 臣死之日 不使內有餘帛 外有餘財 以負陛下也

　표문 쓰기를 마치자 이를 양의에게 부탁하며 말했다.
　"내가 죽은 뒤에 나의 죽음을 알리지 마시오. 그 대신 커다란 감실(龕室)을 만들어 나의 시신을 그 가운데 앉힌 다음 쌀 일곱 톨을 내 입에 넣고 발밑에 등잔 하나를 켜두시오. 병사들이 평소처럼 조용히 지내며 곡소리를 내지 않으면 나의 별이 떨어지지 않을 것이오. 더욱이 나의 음기(陰氣)가 일어나 장수의 별이 떨어지지 않도록 누를 것이오. 별이 떨어지지 않는 것을 본 사마의는 분명히 놀라고 의심할 터인데 그때 우리 군사들은 후군을 앞세운 뒤 각 영채를 천천히 뒤로 물리도록 하시오. 만약 사마의가 추격해 오면 그대는 진영을 펴고 깃발과 군사를 되돌려 북을 치시오. 그러다가 사마의가 다가오면 내가 지난날 만들어두었던 나무 인형을 수레에 싣고 높고 낮은 장수들을 좌우로 세워두면 이를 본 사마의가 반드시 놀라 도주할 것이오."
　양의가 분부를 일일이 받들었다. 그날 밤 제갈량이 사람들의 부축을 받고 밖으로 나가 북두칠성을 바라보며 그 가운데 한 별을 가리켜 말했다.
　"저 별이 나의 별이다."
　무리들이 바라보니 그 빛이 어두워지면서 흔들리다가 떨어질 것 같았다. 제갈량이 칼을 빼어 들고 그를 가리키며 입으로 주문을 외웠다. 주문을 마치고 장막으로 돌아온 그는 곧 정신을 잃었다. 여러 장수가 황망하게 여기고 있는데 상서 이복이 들어와 제갈량이 혼절한 것을 보고 말은 못 하고 다만 통곡하며 말했다.

"내가 나라의 대사를 그르쳤구나."

그때 잠시 제갈량의 정신이 돌아와 눈을 뜨고 주위를 돌아보니 이복이 침상 곁에 서 있었다. 제갈량이 그를 보고 말했다.

"그대가 다시 온 뜻을 내가 알겠소."

이복이 인사를 드리며 말했다.

"제가 천자의 뜻을 받들어 승상께서 세상을 떠난 뒤에는 누구에게 국사를 맡겨야 하는지를 묻고자 합니다. 다급한 마음에 여쭈어보지 못하고 가다가 생각나 다시 돌아왔습니다."

"내가 죽은 뒤에 대사를 맡길 사람으로서는 장공염(蔣公琰 : 장완의 자)이 마땅하오."

"공염 다음에는 누구에게 맡기는 것이 좋겠습니까?"

"비문위(費文偉 : 비의의 자)가 맡을 만하오."

"문위 다음에는 누가 맡을 만합니까?"

제갈량은 다시 대답이 없었다. 여러 장수가 살펴보니 그는 이미 세상을 떠났다. 때는 건흥 12년(서기 234) 가을 8월 23일이니 나이[壽]는 쉰네 살이었다. 뒷날 두공부(杜工部 : 두보)가 탄식하며 다음과 같은 시를 남겼다.

> 어젯밤 큰 별이 영채 앞에 떨어지더니
> 선생께서 이날 세상 뜨심을 알리네.
> 장막에는 이제 군호가 들리지 않으니
> 누가 인대(麟臺)[8]에 공훈을 다시 기록할 거나?

문하의 삼천 객은 허망하고
가슴에 품은 십만 병력은 갈 곳이 없도다.
저토록 좋은 녹음의 한낮에
다시는 노래마저 들을 수 없다네.
長星昨夜墜前營 訃報先生此日傾
虎帳不聞施號令 麟臺誰復著勳名
空餘門下三千客 辜負胸中十萬兵
好看綠陰淸晝裡 於今無復迓歌聲

백낙천(白樂天)도 또한 시를 남겼다.

공명은 산림에 숨어 누워 있는데
어진 주인이 세 번 찾아오도다.
물고기가 남양에서 물을 만나니
용이 하늘로 오르고 문득 비가 내리누나.
외로운 아들 부탁 받아 예의를 다하고
나라에 보답하여 충의를 다하였도다.
두 번 출사표를 남기매
읽는 사람마다 눈물이 옷깃을 적시네.
先生晦跡臥山林 三顧欣逢賢主尋
魚到南陽方得水 龍飛天外便爲霖
託孤旣盡慇懃禮 報國還傾忠義心
前後出師遺表在 令人一覽淚沾襟

---

8) 인대(麟臺) : 경적(經籍)과 축문(祝文)에 관한 일을 맡아보던 관아.

지난날 서촉의 장수(長水) 교위(校尉) 요립(廖立)은 스스로 자신의 재주가 제갈량에게 버금간다고 말하면서 아직 벼슬이 낮음을 섭섭히 여기며 불평하고 원망을 그치지 않았다. 이에 제갈량이 그의 벼슬을 빼앗고 서인(庶人)으로 만들어 문산(汶山)으로 귀양을 보냈다. 그는 제갈량이 죽었다는 말을 듣고 눈물을 흘리며 말했다.

"이제 내가 평생 옷깃을 왼쪽으로 여미고 살겠구나."9)

이엄도 또한 제갈량이 죽었다는 말을 듣자 크게 통곡하더니 병들어 죽었다. 이엄은 제갈량이 자기에게 명예를 회복할 기회를 주어 지난날의 잘못을 씻을 기회가 오기를 기다렸으나 이제 그가 죽자 다시는 자신을 써줄 사람이 없었기 때문이었다.

뒷날 원미지(元微之)10)가 제갈량을 한탄하며 다음과 같은 시를 남겼다.

　난세에 위기에 빠진 군왕을 보필하고

---

9) 『논어』(論語)「헌문」(憲問) 편에 다음과 같은 말이 나온다. 공자(孔子)께서 이렇게 말씀하셨다. "관중(管仲)이 환공(桓公)을 도와 제후를 제패하고 천하를 하나로 바로잡아놓자 백성들은 지금까지도 그의 은덕을 입고 있다. 만약에 관중이 아니었더라면 나는 머리를 풀어헤치고 옷깃을 왼쪽으로 여미는[被髮左衽] 오랑캐가 되었을 것이다."[子曰 管仲相桓公 覇諸侯 一匡天下 民到于今受其賜 微管仲 吾其被髮左衽矣] 따라서 "옷깃을 왼쪽으로 여민다."는 것은 오랑캐가 되었다는 뜻이다. 한국에서는 유곽의 여인들이 옷깃을 왼쪽으로 여미는 것에 그 유습이 남아 있다.

10) 원미지(元微之 : 779-831) : 본명은 원진(元稹)이다. 하남 사람으로 미지(微之)는 그의 자이다. 당나라 때 대신이자 시인이다. 부친은 원관(元寬)이며, 북위 선비족 척발부(拓跋部)의 후예로 정원(貞元) 9년(서기 793)의 진사시와 명경과에 급제했다. 벼슬은 교서랑(校書郎), 좌습유(左拾遺), 감찰어사, 중서사인(中書舍人), 한림원승지, 어사대부, 월주(越州)자사 겸 절동(浙東)관찰사, 상서좌승(尙書左丞), 무창군절도사(武昌軍節度使) 등을 역임했다. 죽은 뒤에 상서우복야(尙書右僕射)로 추증되었다. 백거이(白居易)와 더불어 신악부운동(新樂府運動)을 제창하여 "원백"(元白)으로 일컬었다. 그 서체는 원화체(元和體)로 불린다. 저서로 『원씨장경집』(元氏長慶集)과 『소집』(小集)이 있다.

외로이 남은 아들을 보살폈다네.

뛰어난 재주는 관중과 악의보다 빼어났고

기묘한 계책은 손자와 오자보다 위였더라.

늠름한 출사표와

당당한 팔진도를 보노라면

그대와 같은 큰 인물이

고금에 다시없음이 한스럽구나.

撥亂扶危主 慇懃受託孤

英才過管樂 妙策勝孫吳

凜凜出師表 堂堂八陣圖

如公存盛德 應歎古今無

그날 밤 하늘과 땅이 모두 슬픔에 잠기고 달마저 빛을 잃었는데 제갈량은 그렇게 세상을 떠났다. 강유와 양의는 제갈량의 유지에 따라 곡(哭)을 하지 않은 채 옛 법대로 염습하여 감실에 넣고 심복 장졸 삼백 명을 시켜 지키게 한 다음 은밀히 명령을 내려 위연에게 적군의 추격을 막게 하면서 각 영채를 하나씩 뒤로 물러가게 했다.

그 무렵 사마의가 천문을 보니 큰 별 하나가 붉은 색을 띠며 모가 나게 비치더니 동북쪽에서 서남쪽으로 흘러가 촉나라 군사들의 영채로 떨어지는데 세 번 떨어졌다가 두 번 솟아오르며 은은한 소리를 냈다. 사마의가 기뻐하며 말했다.

"공명이 죽었구나."

사마의는 곧 대군을 일으켜 추격하도록 했다. 그는 원문(轅門)을 나서면서 문득 의심이 들어 중얼거렸다.

"공명은 육정육갑(六丁六甲)의 법에 능통한 사람이다. 내가 오랫동안 출전하지 않으니까 거짓으로 죽은 체하여 나를 유인하는 것이니 지금 만약 내가 추격하다가는 반드시 그의 계교에 빠지리라."

그러고서는 다시 말을 돌려 영채로 돌아가 나오지 않으면서 하후패에게 몇십 명의 기병대를 이끌고 오장원의 산길로 들어가 사정을 알아보도록 했다.

그 무렵에 위연이 영채에서 밤에 꿈을 꾸었는데 머리에 뿔이 두 개 솟아 깨어나 생각해보니 그 뜻이 매우 궁금했다. 다음 날 행군사마(行軍司馬) 조직(趙直)이 찾아왔기에 위연이 그를 들라 하여 물었다.

"그대가 『주역』에 밝음을 안 지 오래이오. 내가 어젯밤에 꿈을 꾸었는데 머리에 뿔이 두 개 솟았다오. 이것이 길몽인지 흉몽인지 모르겠소. 그대가 나를 위해 해몽을 해 주시구려."

조직이 한참 생각하다가 말했다.

"이는 매우 좋은 꿈입니다. 기린도 머리에 두 개의 뿔이 있고, 푸른 용도 머리에 뿔이 있으니 이는 장군께서 변화하여 창공을 날아오를 징조입니다."

위연이 크게 기뻐하며 말했다.

"공의 말대로 이뤄진다면 내가 마땅히 크게 사례하리다."

조직이 사례하고 물러나와 멀리 가지 않았는데 길에서 상서 비의를 만났다. 비의가 물었다.

"어디를 다녀오시는고?"

"지금 문장의 영채에서 오는 길입니다. 그가 말하기를 머리에 두 개의 뿔이 솟았는데 그것이 길몽인지 흉몽인지 해석을 해달라고 하더군요. 이는 분명히 흉몽인데 곧바로 말하기가 두려워 기린과 푸른 용에도 모두 뿔이 있다고 둘러댔습니다."

"그대는 그것이 흉몽인 것을 어찌 알았는고?"

"뿔[角]이란 칼[刀] 밑에 쓸 용(用) 자를 쓴 것이니 머리에 뿔이 났다는 것은 매우 흉측한 꿈입니다."

"그대는 이 말이 밖으로 나가지 않도록 하시오"

조직과 헤어진 비의는 위연의 영채에 이르러 곁의 사람들을 물리치고 말했다.

"어젯밤 삼경에 승상께서 세상을 뜨셨소. 돌아가시면서 여러 차례 부탁하시기를 장군께서 사마의의 추격을 막으면서 천천히 물러서되 당신의 죽음을 세상에 알리지 말라 하셨소. 여기에 군령장이 있으니 곧 군사를 움직이도록 하시오."

위연이 물었다.

"승상이 돌아가셨으면 누가 그 자리를 맡습니까?"

"승상께서는 모든 대사를 양의에게 맡기셨고, 병사를 움직이는 문제는 모두 강유에게 은밀히 지시하셨습니다. 이 군령장은 양의가 보낸 것이오."

"승상께서 비록 돌아가셨다 하나 아직 내가 살아 있소. 양의는 한낱 장사(長史)에 지나지 않는데 어찌 그토록 중요한 임무를 맡을 수 있겠소? 그는 다만 승상을 운구하여 서천으로 돌아가 장례를 치를 뿐이오. 나는 병력을 이끌고 사마의를 공격하여 내 임무를 반드시 마치겠소. 어찌 승상 한 사람의 죽음으로 말미암아 나라의 큰일을 그르칠 수 있겠소?"

"승상의 유명에 따르면 잠시 물러서라 하셨으니 어김이 있어서는 안 됩니다."

위연이 대로하며 말했다.

"승상께서 살아 계실 적에 나의 계책을 따랐더라면 벌써 장안을 함락했을 것이오. 나는 지금 벼슬이 전장군 정서대장군 남정후(前將軍征西大將

軍南鄭侯)인데 어찌 장사의 뒤를 막아주는 일이나 하고 있겠소?"
비의가 말했다.
"장군의 말씀이 맞기는 하지만 가볍게 움직이는 것은 옳지 않습니다. 자칫 적군의 비웃음을 살까 두렵습니다. 내가 가서 양의를 만나 이해(利害)로 설명하여 장군께 병권을 물려주도록 설득할 것이니 기다려주시기 바랍니다."
위연이 그의 말에 따랐다. 비의가 위연에게 인사하고 영채를 나와 곧장 양의를 찾아가 그동안의 이야기를 자세히 했다. 그 말을 들은 양의가 말했다.
"승상께서 세상을 뜨시면서 나에게 은밀히 말씀하시기를 위연이 반드시 반역할 것이라고 하셨소. 내가 그에게 군령장을 보낸 것은 실은 그의 마음을 떠보고자 함이었소. 이제 보니 승상의 말씀이 맞았소. 내가 강유에게 사마의의 추격을 막도록 하는 것이 좋겠소."
말을 마치자 양의는 병사들에게 먼저 승상의 시신을 운구하도록 하고 강유에게 뒤를 끊게 한 다음 천천히 병력을 뒤로 물렸다. 위연은 영채에 머물면서 비의로부터 회답이 없자 의심이 들어 마대에게 기병 여남은 명을 거느리고 나가 사정을 알아보도록 했다. 얼마가 지나자 척후가 돌아와 보고했다.
"후군의 지휘는 강유가 맡고 전군은 이미 골짜기로 들어갔다 합니다."
위연이 대로하여 말했다.
"더벅머리 서생이 감히 나를 속였구나. 내가 반드시 그를 죽이리라."
이어서 마대에게 말했다.
"그대는 나를 도와줄 수 있겠소?"
마대가 대답했다.

제104회 오장원의 슬픈 가을 185

"저 또한 평소에 양의에 대한 원한이 깊습니다. 바라건대 장군을 돕고자 합니다."

위연이 크게 기뻐하며 곧 영채를 헌 다음 본부 병력을 이끌고 남쪽을 바라보며 떠났다.

그 무렵 하후패는 병력을 이끌고 오장원으로 달려가 살펴보니 아무도 보이지 않자 서둘러 사마의에게 파발을 보내어 보고했다.

"촉나라 군사들은 이미 모두 물러났습니다."

사마의가 땅을 구르며 말했다.

"공명이 정말로 죽었구나. 서둘러 추격하라."

그 말을 들은 하후패가 말했다.

"도독께서 가볍게 추격하시는 것은 옳지 않사오니 먼저 편장을 보내어 알아보시지요."

사마의가 말했다.

"아니오. 이번에는 내가 직접 가겠소."

말을 마치자 사마의는 두 아들과 함께 병력을 이끌고 한꺼번에 오장원으로 달려갔다. 그가 소리치며 깃발을 흔들고 촉나라 군사들의 영채로 들이치니 예상했던 대로 아무도 없었다. 사마의가 두 아들을 돌아보며 말했다.

"너희들은 서둘러 추격하라. 내가 앞장을 서 나아가리라."

그때 사마사와 사마소가 뒤에 남아 추격을 재촉하고 사마의는 병력을 이끌고 먼저 산 아래 이르러 바라보니 촉나라 군사들이 그리 멀지 않으므로 있는 힘을 다하여 추격했다. 그때 문득 산 뒤에서 대포 소리가 들리자 함성이 일어나며 촉나라 군사들이 깃발을 들고 되돌아서 북을 치고 나왔다. 나무 그늘 사이로 바람이 일어나며 큰 깃발이 나부끼는데 큰 글씨로

한승상 무향후 제갈량(漢丞相武鄕侯諸葛亮)이라 써 있었다.

사마의가 크게 놀라 낯빛이 변하며 눈을 크게 뜨고 바라보니 장수 여남은 명이 사륜거를 끌고 나오는데 그 위에 제갈량이 머리에 수건을 두르고 손에는 부채를 든 채 흰 바탕에 검은 깃을 댄 옷에 검은 띠를 두르고 단정히 앉아 있었다. 사마의가 크게 놀라며 소리쳤다.

"공명이 살아 있었구나. 내가 너무 깊이 들어와 그의 계책에 빠졌도다."

그는 서둘러 말을 돌려 달아났다. 뒤에서 강유가 크게 소리쳤다.

"적장은 달아나지 말라. 너는 승상의 계책에 빠졌느니라."

위나라 병사들은 혼이 빠져 갑옷과 투구와 무기를 버리고 각자 살길을 찾아 도망하다가 서로 밟혀 죽은 무리가 수없이 많았다. 사마의가 오십리를 도망하는데 뒤에서 위나라 장수 두 사람이 따라와 그의 말고삐를 잡고 소리쳤다.

"도독은 놀라지 마소서."

사마의가 자기 머리를 가리키며 물었다.

"내 머리는 아직 붙어 있느냐?"

두 장수가 대답했다.

"도독은 두려워 마소서. 촉나라 군사들은 멀리 달아났습니다."

사마의는 반나절이나 숨을 몰아쉬다가 정신을 차리고 바라보니 그들은 하후패와 하후혜였다. 그는 천천히 고삐를 당겨 두 장수와 함께 작은 길로 들어서서 영채로 돌아온 다음 여러 장수를 풀어 사방을 살피도록 했다. 이틀이 지나자 그곳 백성들이 찾아와 아뢰었다.

"촉나라 군사들이 계곡으로 들어갈 때 곡소리가 땅을 뒤흔들었고 군중에는 흰 깃발이 나부낀 것으로 보아 공명이 죽은 것이 분명하고, 오직 강유만이 남아 천 명의 병력을 이끌고 추격을 막았습니다. 지난번에 수레에 타고 있던 공명은 살아 있는 공명이 아니라 나무 인형이었습니다."

사마의가 탄식하며 말했다.

"나는 그의 살아 있음을 알았으나 죽음을 알지는 못했구나."

이때로부터 서촉에는 이런 속담이 나돌았다.

"죽은 제갈량이 살아 있는 중달을 물리쳤다네."[死諸葛能走生仲達]

뒷날 한 시인이 이렇게 탄식하는 시를 남겼다.

장성이 한밤중에 떨어졌지만
달아나던 중달은 그의 죽음을 의심했다네.
성 밖의 사람들은 지금도 비웃나니
내 머리가 아직 붙어 있느냐고 물었다고.
長星半夜落天樞 奔走還疑亮未殂
關外至今人冷笑 頭顱猶問有和無

사마의는 제갈량이 확실히 죽은 것을 알자 다시 병력을 이끌고 추격했다. 적안파(赤岸坡)에 이르러 보니 촉나라 군사들은 이미 멀리 가버린 뒤였다. 사마의는 병력을 이끌고 돌아오면서 여러 장수에게 말했다.

"공명이 이미 죽었으니 우리는 이제 베개를 높이 베고 근심 없이 자겠네."[高枕無憂]11)

사마의가 돌아오는 길에 제갈량이 세운 영채를 돌아보니 전후좌우가 정연하여 법도에 어긋남이 없었다. 이를 본 사마의가 탄식하며 말했다.

"공명은 참으로 하늘이 낸 인물이로구나."

---

11) 『사기』 「이사열전」(李斯列傳)에서 진(秦)나라 간신 조고(趙高)가 2세 황제에게 연좌제 등의 폭정을 권고하면서 한 말.

장안으로 돌아온 사마의는 여러 장수를 배치하여 요로를 지키도록 하고 자신은 황제를 뵈러 낙양으로 돌아갔다.

그 무렵에 양의와 강유는 진세를 갖추어 천천히 물러서 잔각도(棧閣道)12) 어귀에 이르러서야 갑옷을 상복으로 갈아입고 곡을 하며 깃발을 세운 다음 장례의 절차를 밟았다. 촉나라 군사들은 발을 구르며 통곡하더니 죽는 사람도 있었다. 촉나라 군사들의 전군이 잔각도에 이르렀는데 문득 앞에서 불빛이 하늘로 치솟고 함성이 일어나며 한 부대가 나서서 길을 막았다. 여러 장수가 몹시 놀라며 서둘러 양의에게 알렸다.

뒷날 시인이 그 모습을 이렇게 시로 읊었다.

위나라 병사들은 모두 물러갔는데
서촉에 이런 병사들이 어찌 나타났을까?
已見魏營諸將去 不知蜀地甚兵來

이렇게 달려온 병사들은 과연 누구란 말인가?

---

12) 잔각도(棧閣道) : 산이 너무 험준하여 길을 낼 수 없을 때 절벽에 기둥을 박고 칡이나 사다리로 이어 건너던 허공 다리를 뜻함.

제 105 회

관(棺)을 만들어놓고 충언하는 신하들

> 제갈량은 비단 주머니에
> 미리 계책을 남기고
> 조예는 승로반(承露盤)을 떼어 갔도다.

그 무렵 양의는 어느 병력이 앞길을 막는다는 말을 듣고 척후를 보내어 알아보도록 했더니 그가 돌아와 말했다.

"위연이 잔도(棧道)를 불태워 끊고 병력을 이끌고 와 길을 막고 있습니다."

양의가 몹시 놀라며 말했다.

"지난날 승상께서 살아 계실 적에 이 사람이 언제인가 반란을 일으키리라 여기시더니 오늘 그런 일이 일어날 줄이야 누가 알았으랴? 이제 돌아갈 길이 끊겼으니 어찌할꼬?"

비의가 말했다.

"위연은 반드시 먼저 천자께 글을 올려 우리가 모반했다고 아뢰고 잔도를 태워 우리가 돌아갈 길을 끊을 것입니다. 그러니 우리도 또한 천자께 글을 올려 위연이 모반한 것을 아뢴 다음 뒷일을 생각해봅시다."

강유가 말했다.

"이곳에 작은 샛길이 있는데 이름을 사산(槎山)이라 합니다. 비록 가파르고 험준하지만 쉽게 잔도의 뒷길로 빠져나갈 수 있습니다. 먼저 천자께 글을 올려 사정을 알리시고 다음에 장병과 말을 몰아 사산으로 나가시지요."

그 무렵에 후주는 성도에 머물면서 침식이 불안하고 수족이 떨렸다. 어느 날 꿈을 꾸었더니 성도의 금병산(錦屏山)이 무너져 놀라 깨어 일어나 아침까지 잠을 이루지 못했다. 아침이 되어 문무 관원들을 모아놓고 꿈의 길흉을 물어보니 초주(譙周)가 나서서 아뢰었다.

"신이 어젯밤에 천문을 보니 한 별이 붉게 변하더니 모가 나게 빛을 내며 동북쪽에서 서남쪽으로 떨어진 것으로 보아 승상에게 불길한 일이 일어났음을 알 수 있습니다. 이번에 폐하의 꿈에 산이 무너진 것은 바로 그 징조입니다."

후주가 더욱 두려워하고 있을 때 이복이 왔다는 보고가 들어왔다. 후주가 서둘러 그를 불러 물어보니 그가 머리를 숙이고 흐느끼며 승상이 이미 세상을 떠난 일과 임종할 때 남긴 말을 자세히 아뢰었다. 후주가 그 말을 듣고 통곡하며 말했다.

"하늘이 나를 망하게 하는구나."

후주는 통곡하다가 침상에 쓰러졌다. 모시던 신하들이 그를 부축하여 후궁으로 들어갔다. 오태후가 소식을 듣고 그도 또한 대성통곡했다. 관료로서 애통하지 않는 사람이 없고 백성들로서 눈물을 흘리지 않는 사람이 없었다. 후주는 매일 슬픔에 잠겨 조회에도 나오지 않았다.

그때 문득 위연이 글을 올려 양의가 반란을 일으켰다고 아뢰니 여러 신하가 크게 놀라 후궁으로 들어가 천자에게 알렸다. 그때 오태후도 또한 궁중에 있었다. 후주는 위연의 글을 받고 몹시 놀라 가까운 신하에게 글을 읽도록 하니 그 내용은 대략 이러했다.

"정서대장군 남정후 신(臣) 위연은 황공한 마음으로 머리를 조아려 아뢰나이다. 양의는 스스로 병권을 잡아 병졸들을 모아 반란을 일으키더니 승상의 영구를 빼앗아 적군과 함께 국경으로 들어오고 있습니다. 그러기에 신은 먼저 병력을 동원하여 지키면서 삼가 이에 아뢰나이다."

표문을 들은 후주가 말했다.

"위연은 맹장으로 능히 양의의 무리를 막을 수 있는데 어찌하여 잔도를 태웠단 말이오?"

그 말을 들은 오태후가 말했다.

"평소에 선제께서 말씀하시기를, 공명은 위연의 뒷머리에 반골(反骨)이 있음을 알고 그를 죽이려 하였으나 그의 용맹스러움을 아껴 살려두었다고 합니다. 이번 양의가 모반했다는 그의 글은 믿을 바가 못 되오. 양의는 문관으로 승상께서는 그에게 장사를 맡길 만하기에 지금까지 그 자리를 맡긴 것이오. 오늘 한쪽 말만 듣고 양의를 의심하면 양의는 반드시 위나라로 넘어갈 것이오. 이번 일은 마땅히 깊이 생각하되 함부로 처리하지 마시오."

여러 관료가 이 문제를 놓고 상의하는데 문득 장사 양의가 긴급하게 표문을 올렸다는 보고가 올라왔다. 가까운 신하가 표문을 펴 읽으니 그 내용은 이러했다.

"장사(長史) 수군장군(綏軍將軍) 신(臣) 양의는 황공한 마음으로 머리를 조아려 글을 올리나이다. 승상께서 세상을 떠나시며 대사를 신에게 맡기시면서 옛 법에 비추어 제도를 바꾸지 말라 하시고 위연에게 뒤를 끊으라 하시며 강유에게 그다음 일을 맡기셨습니다. 이제 위연이 승상의 유지를 받들지 않고 본부의 병마를 이끌고 먼저 한중으로 들어가 잔도를 불태운 다음 승상의 영구를 빼앗은 뒤 모반을 꾀하고 있습니다. 일이 다급하게 일어났기에 먼저 글로써 아뢰나이다."

태후가 표문을 듣고 물었다.

"경들의 생각은 어떠하오?"

장완이 아뢰었다.

"신의 어리석은 생각으로는, 양의가 비록 성급하고 남을 껴안지 못하는 사람이기는 하지만 양곡과 말먹이를 장만하고 병사를 부리는 일에서는 승상을 여러 차례 도우며 모신 적이 있습니다. 이제 승상께서 돌아가실 때 그에게 대사를 맡긴 것은 그가 반역할 인물이 아니기 때문이었습니다. 위연은 평소에 자신의 공로를 자랑하여 사람들이 모두 굽실거렸습니다. 양의는 속내를 숨기는 일이 없어 위연이 속으로 원한을 품고 있었는데 이번에 양의가 병권을 잡으니 위연은 마음으로 승복하지 않고 잔도를 태워 돌아갈 길을 끊고 더욱이 거짓으로 모함하려 하고 있습니다. 신은 집안의 식구와 하인들을 보증으로 삼아 양의가 반역할 사람이 아님을 보증하겠지만 감히 위연을 보증할 수는 없습니다."

동윤이 또한 나서서 아뢰었다.

"위연은 스스로 공로를 믿고 평소에 불평이 많고 원망하는 말을 많이 했습니다. 그러면서도 지난날 반란을 일으키지 않은 것은 승상이 두려웠기 때문이었습니다. 이제 승상께서 세상을 떠나자 세상이 어지러운 틈을 타 반란을 일으키는 것은 당연한 일입니다. 양의는 재주가 많고 민첩하여 승상께서 쓰셨을 것이니 반드시 배반하지 않을 것입니다."

후주가 말했다.

"만약 위연이 반란을 일으킨 것이 사실이라면 어찌 이를 막을 수 있겠소?"

장완이 아뢰었다.

"승상께서 평소에 위연을 의심하여 반드시 양의에게 계책을 남겨두었을 것입니다. 만약 양의에게 생각하는 바가 없었다면 어찌 계곡으로 들어갔겠습니까? 위연은 반드시 그 계책에 걸려들 것이니 폐하께서는 걱정하지 마소서."

오래지 않아 위연의 표문이 또 도착하여 양의가 반란을 일으켰음을 아뢰었다. 위연의 표문을 읽는 사이에 다시 양의의 표문이 도착하여 위연이 반란을 일으켰음을 아뢰었다. 두 사람이 각기 표문을 올리는데 그 내용이 아주 달랐다. 그때 문득 비의가 도착했다는 보고가 올라왔다. 후주가 그를 불러 물어보니 위연이 반란을 일으킨 사실을 소상하게 아뢰었다. 그 말을 들은 후주가 말했다.

"일이 이렇게 되었으니 동윤에게 거짓 절월(節鉞)을 주어 위연에게 보내어 좋은 말로 위로하도록 하시오."

동윤이 조칙을 받들고 떠났다.

그 무렵에 위연은 잔도를 태우고 남곡(南谷)에 주둔해 있으면서 스스로 훌륭한 계책을 꾸몄다고 생각했으나 양의와 강유가 밤을 이어 병력을 이끌고 남곡의 뒷길로 나타날 줄은 미처 몰랐다. 양의는 한중을 잃을까 걱정스러워 선봉 하평(何平)에게 삼천 명의 병력을 주어 먼저 떠나게 하고 자신은 강유와 함께 병력을 이끌고 영구를 모시고 한중으로 떠났다.

그때 하평이 병력을 이끌고 남곡의 배후에 이르러 북을 치고 함성을 지르니 척후가 이를 위연에게 보고했다.

"양의가 선봉 하평을 시켜 병력을 이끌고 사산에서 샛길로 빠져나와 싸움을 걸고 있습니다."

위연이 대로하여 말 위에 올라 칼을 빼 들고 병사들과 함께 적군을 맞이하러 나갔다. 양쪽 진영이 둘러서자 하평이 말을 몰고 나와 욕설을 퍼부었다.

"역적 위연은 어디에 있는고?"

위연도 지지 않고 욕설을 퍼부었다.

"너는 양의를 도와 반란을 일으킨 몸으로 어찌 감히 나를 욕하는가?"

그 말을 들은 하평이 꾸짖었다.

"이제 승상께서 돌아가시어 아직 체온이 남았는데 너는 어찌 반란을 일으킨다는 말인가?"

그리고 채찍을 들어 서천의 병사들에게 소리쳤다.

"너희 병사들은 모두 서천의 백성으로 아직 그곳에 부모와 아내와 자식과 형제와 친구들이 살고 있다. 승상께서 살아 계실 적에 일찍이 너희들을 박대한 일이 없으니 이제 반역에 참여하는 것은 옳지 않도다. 어서 고향으로 돌아가 상금이 내리기를 기다리도록 하라."

여러 장병이 그 말을 들으며 함성을 지르더니 절반은 달아났다. 위연이 대로하여 말을 몰아 칼을 휘두르며 하평과 겨루었다. 하평도 창을 꼬나들고 달려 나왔다. 몇 번 겨루지도 않았는데 하평이 짐짓 달아나자 위연이 추격했다. 촉나라 군사들의 병사들이 궁노를 쏘자 위연은 말을 돌려 돌아갔다. 위연의 병사들이 뿔뿔이 흩어지자 위연은 대로하여 말을 몰아 달려가며 칼로 쳐 죽였다. 그러나 그들을 말리지 못하고 마대가 거느린 삼백 명의 병졸만이 따르고 있었다. 위연이 마대를 바라보며 말했다.

"그대만이 진실로 나를 도와주니 일을 이룬 뒤에 결코 그 공로를 잊지 않겠소."

그러고서는 마대와 함께 하평을 추격했다. 하평이 부하들을 이끌고 나는 듯이 달아났다. 위연은 남은 무리들을 모아놓고 마대와 상의했다.

"우리가 위나라에 항복하는 것이 어떻겠소?"

그 말을 들은 마대가 대답했다.

"장군의 그 말씀은 지혜롭지 않습니다. 대장부가 어찌 스스로 패업을 도모하지 않고 가볍게 남에게 무릎을 꿇으려 하십니까? 내가 보기에 장군께서는 서천의 용사인데 누가 감히 대적하겠습니까? 제가 맹세하건대, 장군과 함께 먼저 한중을 차지하고 이어서 서천을 차지할까 합니다."

위연이 몹시 기뻐하며 마대와 더불어 병력을 이끌고 남정(男鄭)을 공격하러 떠났다. 강유가 남정의 성 위에서 바라보니 위연과 마대가 위엄을 떨치며 바람처럼 달려왔다. 강유는 서둘러 적교(吊橋)를 들어올렸다. 위연과 마대가 소리쳤다.

"어서 항복하라"

강유가 양의를 초대하여 앞일을 상의하며 말했다.

"위연은 용맹하며 마대까지 돕고 있으니 비록 병력은 적다 하나 어찌하면 저들을 물리칠 수 있겠습니까?"

양의가 말했다.

"승상께서 세상을 떠나실 적에 나에게 비단 주머니를 주시면서, '만약 위연이 반란을 일으키면 성에서 적군을 맞이하여 이 주머니를 열어보시오. 위연의 목을 벨 계책이 여기에 담겨 있을 것이오.'라고 말씀하셨으니 지금이 바로 주머니를 열어볼 시간이구려."

이어서 양의가 주머니를 열어보니 겉봉에는 이렇게 쓰여 있었다.

"위연과 대적할 때 열어보라."

강유가 몹시 기뻐하며 말했다.

"이미 승상께서 계책을 마련해두셨으니 장사께서는 거두어 넣으시지요. 내가 먼저 병력을 이끌고 성을 나가 진세를 펼 것이니 그때 공은 달려

나오시오."

 강유가 말에 올라 왼손에 창을 잡고 삼천 명의 병력을 이끌고 성문을 열고 나가 한꺼번에 내달으니 북소리가 진동하며 진세를 갖추었다. 강유가 창을 잡고 말에 올라 깃발 아래 서서 높은 소리로 욕설을 퍼부었다.

 "역적 위연은 듣거라. 승상께서 일찍이 너를 박대하지 않았거늘 어찌하여 오늘 이토록 배반을 하는고?"

 위연이 칼을 비껴잡고 말을 몰고 나와 말했다.

 "이는 백약이 간섭할 일이 아니니라. 어서 양의에게 나오라 일러라."

 양의가 깃발 아래 그늘에서 비단 주머니를 열어보니 이러저러하게 처리하라는 말이 적혀 있었다. 양의가 크게 기뻐하며 경기병(輕騎兵)을 이끌고 말을 몰고 나가 진영 앞에 서서 손으로 위연을 가리키며 웃음을 띤 채 말했다.

 "승상께서 살아계실 적에 네가 뒷날 반역하리라는 것을 알고 나에게 대비하라 말씀하셨는데 이제 과연 그렇게 되었구나. 네가 말 위에서 감히 '누가 나를 죽일 수 있겠느냐?'라고 세 번만 소리칠 수 있다면 내가 너를 대장부로 알고 한중 땅을 너에게 넘겨주리라."

 위연이 크게 웃으면서 말했다.

 "필부 양의는 듣거라. 만약 지금 공명이 살아 있다 하더라도 서 푼어치쯤 두려워하겠는데, 그가 죽은 지금 이 세상에서 누가 감히 나를 대적할 수 있겠느냐? 세 번 소리치기는커녕 삼만 번을 소리친들 어려울 것이 있겠느냐?"

 위연은 칼을 안장에 꽂고 말 위에서 크게 소리쳤다.

 "누가 감히 나를 죽이겠느냐?"

 그 말이 마치지도 않았는데 그의 뒤에서 어떤 장수가 소리쳐 말했다.

"내가 너를 죽이리라."

그가 손을 들어 칼로 내려치니 위연의 목이 말 아래 떨어졌다. 여러 장수가 놀라 바라보니 위연을 벤 장수는 마대였다.

본디 제갈량은 세상을 떠나면서 마대에게 은밀히 계책을 주어 위연이 소리치기를 기다렸다가 생각지도 못하게 그를 죽인 것이다. 그날 양의는 비단 주머니를 열어 계책을 읽어보고 마대가 짐짓 저쪽 편에 들어 있음을 알고 계책에 따라 위연을 죽인 것이다.

뒷날 어느 시인이 그 모습을 이렇게 시로 남겼다.

제갈 선생은 미리 위연의 됨됨이를 보아
뒷날 서천에 반역할 것을 알았도다.
비단 주머니의 계책을 남들은 몰랐지만
이제 보니 일을 꾸민 무리는 말 앞에 있었구나.
諸葛先機識魏延 已知日後反西川
錦囊遺計人難料 卻見成功在馬前

그 무렵 동윤이 아직 남정에 이르지도 않았는데 마대가 이미 위연을 죽이고 강유와 병력을 합쳐 한곳에 모여 있었다. 양의는 밤낮을 이어 표문을 지어 위연의 죄를 후주에게 알리니 표문을 읽은 후주가 성지(聖旨)를 내렸다.

"이미 그 죄가 밝혀졌으니 지난날의 공로를 생각하여 관에 담아 장례를 치러주시오."

양의의 무리가 제갈량의 시신을 운구하여 성도로 돌아오니 후주는 상복을 입은 문무 관료를 거느리고 성 밖 이십 리까지 나와 운구를 맞이했다. 후주가 대성통곡하니 위로는 공경대부로부터 아래로는 농사짓는 백성에 이르기까지 남녀노소가 통곡하지 않는 사람이 없어 곡성이 땅을 울렸다. 후주는 영구를 성안에 모시도록 하여 승상부에 빈소를 차리고 아들 제갈첨(諸葛瞻)에게 상례를 치르도록 했다.

후주가 조정으로 돌아오니 양의가 스스로를 포승으로 묶고 벌을 청하였다. 후주가 가까운 신하들을 시켜 포승을 풀어주게 하고 말했다.

"경이 만약 승상의 유지대로 하지 않았더라면 영구가 어느 세월에 돌아오고 어찌 위연을 토벌할 수 있었겠소? 대사를 이렇게 치를 수 있었던 것은 모두 경의 덕분이오"

이어서 양의에게 중군사(中軍師)의 벼슬을 내리고 마대에게는 역적을 토벌한 공로로 위연의 작위를 받도록 했다. 양의가 제갈량의 유서를 올리니 후주가 통곡하며 좋은 터를 찾아 안장하도록 했다. 그때 비의가 나서서 말했다.

"승상께서 임종하실 때 정군산(定軍山)에 묻어달라 하시면서 담장을 쌓지 말고 벽돌을 쓰지 말며 어떤 제물도 쓰지 말라 하셨습니다."

후주가 그의 말에 따라 그해 10월 길일을 잡아 스스로 정군산까지 영구를 따라가 안장했다. 후주는 조서를 내려 제사를 지내도록 하면서 시호(諡號)를 충무후(忠武侯)라 하고 면양(沔陽)에 사당을 지어 사철마다 제사를 드리도록 했다.

뒷날 두보(杜甫, 杜工部)가 그곳을 지나며 이런 시를 남겼다.

>   승상의 사당이 어디인가 찾아보았더니
>   금관성 밖 잣나무가 울창한 곳이더라.
>   섬돌을 덮은 푸른 풀은 스스로 봄빛을 자랑하는데

잎새 뒤에 숨은 꾀꼬리 소리가 속절없이 곱구나.

세 번 찾아가 천하를 건질 계책을 묻기에

두 황제를 모시며 늙은 신하의 마음을 바쳤더라.

전쟁에 나가 이기지 못하고 몸이 먼저 죽으니

길이 영웅들에게 눈물로 옷깃을 적시게 하네.

丞相祠堂何處尋 錦官城外柏森森

映階碧草自春色 隔葉黃鸝空好音

三顧頻煩天下計 兩朝開濟老臣心

出師未捷身先死 長使英雄淚滿襟

두보는 또한 이런 시도 남겼다.

제갈량의 큰 이름이 세상에 드리우니

종실 신하들의 초상이 그를 높이 우러르네.

천하를 셋으로 나눈 계책은

만고의 구름 가운데 한 조각에 지나지 않아

그 높낮음은 이윤(伊尹)과 강태공(姜太公)의 모습을 보여주며

군사를 지휘하는 모습에 소하(蕭何)[1]와 조참(曹參)[2]이 빛을 잃도다.

천운이 떠난 한나라를 다시 세우기 어려워

뜻은 굳었으나 몸은 지쳐 전장(戰場)에 묻혔더라.

諸葛大名垂宇宙 宗臣遺像肅淸高

---

1) 소하(蕭何) : 한나라의 창업에는 세 공신이 있었는데 유후(留侯) 장량(張良)은 전략을 맡고, 회음후(淮陰侯) 한신(韓信)은 전투를 맡고, 찬후(酇侯) 소하(蕭何)는 병참을 맡아 공을 이루었다.

2) 조참(曹參) : 한고조 유방(劉邦)을 도운 창업 공신으로 소하가 죽은 뒤로 그 뜻을 이어받아 명재상으로 칭송을 받았다. 조조는 그의 후손이다.

三分割據紆籌策 萬古雲霄一羽毛
　　伯仲之間見伊呂 指揮若定失蕭曹
　　運移漢祚終難復 志決身殲軍務勞

그때 후주가 성도로 돌아오니 문득 가까운 신하가 아뢰었다.
"변방에서 올라온 보고에 따르면, 동오가 전종(全綜)을 시켜 군사 몇만 명을 이끌고 파구(巴丘)의 경계 입구에 주둔하였다는데 그 뜻을 알 수 없나이다."
후주가 놀라며 물었다.
"승상이 이제 막 돌아가셨는데 동오가 동맹을 깨고 영토를 침범한다니 어쩌면 좋겠소?"
장완이 나서서 아뢰었다.
"신이 감히 말씀을 드리건대, 왕평과 장억에게 병력 몇만 명을 주어 영안(永安)에 주둔하도록 하여 예측할 수 없는 사태에 대비하도록 하시기 바랍니다. 그뿐만 아니라 폐하께서는 동오로 사신을 보내어 제갈량의 죽음을 알리고 그 동정을 살피도록 하시지요."
그 말을 듣고 후주가 말했다.
"마땅히 언변이 뛰어난 인물을 사신으로 보내야겠군요."
그때 한 사람이 앞으로 나와 아뢰었다.
"부족한 이 사람이 가고자 하나이다."
여러 사람이 바라보니 남양(南陽) 안중(安衆) 사람 종예(宗預)로서 자는 덕염(德豔)이요 참군우중랑장(參軍右中郞將)의 벼슬에 있는 사람이었다. 후주가 몹시 기뻐하며 종예에게 동오로 가 제갈량의 죽음을 알리고 허실을 알아보도록 했다.

종예가 칙명에 따라 금릉에 이르러 오나라 손권을 만났다. 인사를 마치고 좌우에 서 있는 사람들은 바라보니 모두 상복을 입고 있었다. 손권이 엄숙하게 말했다.

"오나라와 촉나라는 이미 한 가문인데 그대의 군주는 어찌하여 백제성(白帝城)에 병력을 증파했단 말이오?"

종예가 말했다.

"신이 생각하기에, 동쪽으로 파구의 수비병을 늘리고 서쪽으로 병력을 증원한 것은 모두 그럴 만한 사연이 있사온데 서로 따질 일이 아닌 듯합니다."

그 말을 들은 손권이 웃으며 말했다.

"그대는 등지(鄧芝)에 못지않은 인물이로군요."[3]

이어서 손권이 종예에게 말했다.

"짐은 제갈 승상께서 세상을 뜨셨다는 말을 듣고 매일 눈물을 흘리며 모든 관료에게 상례를 차리도록 했다오. 짐은 제갈 승상이 세상을 뜨신 틈을 타 서촉을 공격할까 두려워 파구에 수비병 몇만 명을 보내어 서촉을 돕도록 한 것이지 다른 뜻은 없었다오."

종예가 머리를 조아리며 사례하자 손권이 말했다.

"짐이 이미 서촉과 동맹을 맺었는데 어찌 의리를 저버릴 수 있겠소?"

종예가 다시 아뢰었다.

"승상이 돌아가시자 천자께서 저를 특별히 보내어 돌아가심을 알리라

---

[3] 『논어』(論語) 「자로」(子路) 편에 공자께서 "신하는 주군을 욕되게 하지 않는다."는 말을 한 적이 있는데, 지난날 유비의 사신이 되어 손권을 만난 등지(鄧芝)가 훌륭하게 임무를 마치자 손권이 그를 칭찬하며 인용한 말이다. 제4권 제82회 각주 2 및 제85회와 제86회 참조.

고 하셨습니다."

손권은 금으로 촉을 만든 화살을 가져오게 하여 부러트리며 맹세했다.

"짐이 만약 지난날의 동맹을 저버리는 일이 있다면 나의 자손이 끊어질 것이오."

그러고서는 사신에게 제물을 갖추어 서촉으로 들어가 제사를 드리도록 했다. 종예가 손권에게 작별의 인사를 드리고 오나라 사신과 함께 성도로 돌아와 후주를 뵙고 아뢰었다.

"오나라 황제께서는 승상께서 세상을 뜨셨다는 말을 듣고 눈물을 흘리시며 신하들에게 상복을 입도록 했습니다. 파구에 병력을 증원한 것은 승상의 죽음을 틈타 위나라가 쳐들어올까 걱정하여 내린 조치이지 다른 뜻은 없다 하시면서 화살을 부러트리고 동맹을 저버리는 일이 없으리라고 말씀하셨습니다."

후주가 몹시 기뻐 종예에게 무거운 상을 내리고 오나라 사신을 정중하게 대접하여 보냈다. 후주는 제갈량의 유언에 따라 장완을 승상 겸 대장군으로 삼고, 상서의 일을 맡게 하였으며, 비의를 상서령으로 삼아 승상의 일을 맡게 하고, 오의(吳懿)를 거기장군(車騎將軍)으로 삼아 절월(節鉞)을 내려 한중을 다스리게 하고, 강유를 보한장군(輔漢將軍) 평양후(平襄侯)로 삼아 병마를 통솔할 권한을 주어 오의와 함께 한중에 주둔하여 위나라를 막도록 하고, 그 밖의 여러 장수에게도 옛 직분을 잇게 했다.

양의는 본디 장완보다 먼저 벼슬길에 올랐으나 장완보다 벼슬이 낮았다. 그는 늘 자신의 공로가 높다 여겼지만 무거운 상을 받지 못하자 원망스러워하면서 비의에게 말했다.

"지난번 승상께서 돌아가셨을 적에 내가 만약 모든 병력을 끌고 위나라에 항복했더라면 내가 지금처럼 초라한 신세가 되었겠소?"

이 말을 들은 비의는 그 내용을 자세히 적어 후주에게 알렸다. 후주가 대로하여 장차 양의를 하옥시켜 죽이려 하자 장완이 아뢰었다.

"양의의 죄가 크다 하나 지난날 승상을 따라다니며 이룬 공로가 크니 목을 베심이 옳지 않고 서인(庶人)으로 내치심이 마땅합니다."

후주가 그 말에 따라 양의를 한중 가군(嘉郡)으로 내쳐 평민으로 삼으니 양의가 부끄러워 스스로 목을 찔러 죽었다.

촉한의 건흥 13년, 위나라 조예의 청룡 3년, 오나라 손권 가화(嘉禾) 4년(서기 235), 세 나라 사이에 전쟁이 일어나지 않았다. 조예는 사마의를 태위로 봉하고 병마를 총괄하게 하여 변방을 지켰다. 사마의가 인사를 드리고 낙양으로 떠났다.

조예는 허창에 남아 토목공사를 크게 벌여 대궐을 지었다. 낙양에는 조양전(朝陽殿)과 태극전(太極殿)을 짓고 총장관(總章觀)을 쌓았는데 그 높이가 열 길이 되었다. 숭화전(崇華殿)과 청소각(青霄閣)과 봉황루(鳳凰樓)를 짓고 구룡지(九龍池)를 파면서 박사 마균(馬鈞)에게 감독하도록 했는데 화려함이 이루 말할 수 없었다. 대들보에는 그림을 그리고 푸른 기와와 금빛 벽돌이 햇빛을 받아 눈부시게 빛났다. 천하의 목수 삼만 명 남짓과 삼십만 명이 넘는 백성을 동원하여 밤낮을 가리지 않고 지으니 백성들의 삶이 곤고(困苦)하고 원망하는 소리가 그치지 않았다.

조예는 또한 조칙을 내려 방림원(芳林園)에 토목공사를 일으키는데, 공경대부들까지 흙과 나무를 지고 그 가운데에서 일했다, 이를 본 사도(司徒) 동심(董尋)이 글을 올려 공사를 말리며 간언했다.

"건안(建安, 헌제 : 서기 196-220) 이래 들판에서 싸우다가 죽은 사람이 많고 어떤 집안에는 식구가 모두 죽었으며, 혹시 살아남았다 하더라도 어리고 병든 노인들뿐입니다. 만약 이제 궁궐이 좁아 넓히고자 하신다면 모름지기 시절을 가려 농사에 방해되는 일이 없어야 하는데 하물며 중요하지도 않은 일에야 더 말할 나위가 있겠습니까? 폐하께서 여러 신하를 높이시어 관(冠)을 쓰게 하시고 수놓은 비단옷을 입게 하시고 화려한 가마를 타게 하심은 백성들과 달리 보이게 하심인데 이제 대부들에게 나무를 메고 흙을 지게 하여 온몸이 흙투성이라, 나라의 얼굴이 되는 저들을 아무 소용없는 일에 쓰시니 더 말할 나위가 있겠습니까? 공자(孔子)께서 말씀하시기를, '임금은 예의를 갖춰 신하를 부리고, 신하는 충성으로 임금을 섬긴다.'[君使臣以禮 臣事君以忠]4) 하였는데 신하에게 충성이 없고 임금에게 예의가 없다면 어찌 나라를 지탱할 수 있겠습니까? 신은 이런 말씀을 드림으로써 이곳을 나가자 목숨이 달아날 것을 알지만 황소 등의 털 한 오라기만 한 이 목숨이 살아서 도움이 될 바 없다면 죽은들 또한 무슨 잃음이 있겠습니까? 붓을 잡고 눈물을 흘리며 마음은 세상과 이미 떠나고 있습니다. 신에게 아들 여덟 명이 있사온데 신이 죽은 뒤에 폐하께 누를 끼치게 되었습니다. 몸의 떨림을 견디지 못하며 폐하의 하명을 기다리나이다."

伏自建安以來 野戰死亡 或門殫戶盡 雖有存者 遺孤老弱 若今宮室狹小 欲廣大之 猶宜隨時 不妨農務 況作無益之物乎 陛下旣尊群臣 顯以冠冕 被以文繡 載以華輿 所以異於小人也 今又使負木擔土 沾體塗足 毁國之光 以崇無益 甚無謂也 孔子云 君使臣以禮 臣事君以忠 無忠無禮 國何以立 臣知言出必死 而自比於牛之一毛 生旣無益 死亦無損 秉筆流涕 心

---

4) 『논어』(論語) 「팔일」(八佾) 편에 다음과 같은 말이 나온다. 정공(定公)이 공자에게 물었다. "임금이 신하를 부리고, 신하가 임금을 섬기는 데에는 서로 어떻게 해야 합니까?" 공자가 이렇게 대답하였다. "임금이 신하를 부리되 예로써 하고, 신하는 임금을 섬기되 충성으로써 해야 합니다."[定公問 君使臣 臣事君 如之何 孔子對曰 君使臣以禮 臣事君以忠]

與世辭 臣有八子 臣死之後 累陛下矣 不勝戰慄待命之至

조예는 동심의 글을 읽고 나서 분노에 찬 목소리로 외쳤다.

"동심은 죽음이 두렵지 않은 게로구나."

좌우의 사람들도 동심의 목을 베라 아뢰자 조예가 대답했다.

"이 사람은 평소에 충성스러웠으니 이제 서인으로 내치되 다시 쓸데없는 말을 하면 목을 베리라."

그 무렵에 태자사인(太子舍人)으로 이름은 장무(張茂)요, 자는 언재(彦材)라 하는 인물이 있었는데 조예에게 간언하는 글을 올렸다가 목이 달아났다. 조예는 그날로 마균을 불러 말했다.

"나는 높은 전각을 지어 신선과 왕래하며 오래 살며 늙지 않는 비방을 얻고자 하노라."

마균이 아뢰었다.

"한나라의 스물세 황제께서 오직 무제(武帝)만이 나라를 오래 다스리시며 사셨는데 이는 황제께서 하늘에 있는 해와 달의 정기를 받으셨기 때문이었습니다. 그분은 장안에 백량대(柏梁臺)를 세우시고 그 위에 한 동상을 세워 손에 쟁반을 들고 있게 했는데 그 이름이 승로반(承露盤)[5]이었습니다. 삼경이 되면 북두칠성에서 내려오는 이슬을 받아 승로반에 모았는데 그 이름을 천장(天漿)이라고도 하고 감로(甘露)라고도 불렀습니다. 이 물에 옥의 가루를 섞어 마시면 늙음이 멈추고 젊음으로 돌아갈 수 있었습니다."

조예가 기뻐하며 말했다.

---

5) 승로반(承露盤) : 하늘의 이슬을 받는 쟁반.

"너는 지금 사람들을 이끌고 밤낮으로 장안으로 달려가 그 동상을 떼어 와 방림원에 설치하도록 하라."

칙명을 받은 마균은 병사 만 명을 이끌고 장안으로 가 탑 주위에 나무 걸개를 만들고 위에 걸린 잣나무 들보로 올려보냈다. 오래지 않아 오천 명의 인부가 밧줄을 타고 빙글빙글 돌며 올라갔다. 잣나무 들보의 높이는 스무 길이었고 구리 기둥의 둘레는 열 아름이었다. 마균은 먼저 동상을 잘라내도록 했다.

여러 무리들이 힘을 합쳐 동상을 끌어내리는데 동상의 눈에서 눈물이 흘러 많은 사람이 크게 놀랐다. 그때 문득 탑 주변에 한바탕 바람이 거칠게 불더니 모래와 돌멩이가 날고 비가 올 듯하며 마치 하늘이 무너지고 땅이 꺼질 듯한 폭음이 들렸다. 탑이 무너지면서 천 명이 넘게 깔려 죽었다. 마균은 동상과 승로반을 가지고 낙양으로 돌아와 황제에게 바치니 위주가 물었다.

"동상의 기둥은 어쨌느냐?"

마균이 아뢰었다.

"기둥의 무게가 백만 근이어서 가져올 수가 없었습니다."

조예는 그 기둥을 부숴서 낙양으로 가져오게 하여 두 달에 걸쳐 동상 두 개를 만들었는데 그 이름을 옹중(翁仲)[6]이라 하여 사마문(司馬門) 밖에 세웠다. 또한 구리로 용과 봉황 두 개를 만들었는데 용의 높이는 네 길이었고, 봉황의 높이는 세 길로서 각기 하나씩 대궐 앞에 세웠다. 또한 상

---

6) 옹중(翁仲) : 본디 성은 완(阮) 씨였다. 진시황 시대의 장수로 키가 남보다 석 자나 더 컸다. 진시황이 그를 시켜 흉노를 막게 하니 침략하지 않았다. 이때로부터 국경에 옹중의 동상을 세워 겁을 준 것이 관례가 되어 장수들의 동상을 세웠다. 지금의 문무석은 그 잔존 형태이다.

림원 안에는 온갖 기화요초를 심고 진귀하고 이상한 짐승을 길렀다. 이를 본 소전(少傅) 양부(楊阜)가 간언을 올렸다.

"신이 듣건대, 요(堯)임금은 띠[茅]를 이어 지은 집에 살았어도 만백성이 평안하였고, 우(禹)임금은 누추한 궁궐에 살았으나 천하가 생업을 즐겼습니다. 은(殷)나라와 주(周)나라에 이르러서는 집을 지었으나 터의 높이가 석 자를 넘지 않았고 넓이는 돗자리 아홉 장을 넘지 않았습니다.

옛날의 성스럽고 밝은 군주는 궁실을 높고 화려하게 지어 백성의 삶을 곤궁하게 하는 일을 하지 않았습니다. 걸(桀)은 방을 옥으로 꾸미고 복도를 상아로 꾸몄으며 주(紂)는 경궁(傾宮)7)과 녹대(鹿臺)8)를 지어 사직을 무너트렸고, 초(楚)나라 영왕(靈王)은 장화대(章華臺)를 화려하게 지어 일신을 망쳤습니다. 진시황(秦始皇)은 아방궁(阿房宮)을 지어 그 재앙이 아들에게 미쳐 2대(代)만에 멸망하였습니다.

무릇 백성의 능력을 생각하지 않고 이목의 즐거움만 따르다가 멸망하지 않은 군주가 없습니다. 폐하께서는 모름지기 요임금과 순임금과 우임금과 탕왕과 주문왕(周文王)과 주무왕(周武王)을 본받으시고 걸과 주와 진시황과 초나라 영왕을 가슴에 새겨야 하거늘 스스로의 즐거움과 편안함에 빠져 오로지 궁실을 치장하니 반드시 나라의 위태로움을 겪게 될 것입니다.

---

7) 경궁(傾宮) : 이에 대해서는 판본마다 해석이 다르다. 로버츠(Moss Roberts)는 "기울 정도로 높은 누각"이라 번역했고, 김구용은 1경(傾 : 만 평의 넓이)의 땅에 지은 대궐이라 번역했다.
8) 녹대(鹿臺) : 남선대(南單臺)라고도 부르는데 폭군 주(紂)가 세운 누각으로 높이가 네 길 아홉 척이었다. 주왕이 달기(妲己)와 함께 즐기던 곳이다. 주는 결국 이곳에서 타 죽었다. 『사기』(史記) 「은본기」(殷本紀)에 나옴.

임금은 나라의 으뜸이요, 백성은 팔다리[股肱]와 같아서 죽고 삶을 함께하고 얻고 잃음을 함께합니다. 신이 비록 부족하고 겁이 많사오나 어찌 감히 임금께 간언하는 충성을 잊을 수 있겠습니까? 말이 간절하지 않으면 폐하를 감동하게 하기에 부족할 것입니다. 신은 삼가 제가 들어갈 관(棺)을 끌어안고 목욕한 몸으로 엎드려 죽음을 기다리나이다."

臣聞堯尙茅茨 而萬國安居 禹卑宮室 而天下樂業 及至殷周 或堂崇三尺 度以九筵耳 古之聖帝明王 未有以宮室高麗 以凋敝百姓之財力者也 桀作璇室象廊 紂爲傾宮鹿臺 致喪社稷 楚靈以築章華而身受其禍 秦始皇作阿房宮而殃及其子 天下背叛 二世而滅 夫不度萬民之力 以從耳目之欲 未有不亡者也 陛下當以堯舜禹湯文武爲法 以桀紂秦楚爲誡 而乃自暇自逸 惟宮室是飾 必有危亡之禍矣 君作元首 臣爲股肱 存亡一體 得失同之 臣雖駑怯 敢忘諍臣之義 言不切至 不足以感陛下 謹叩棺沐浴 伏候重誅

양부의 표문을 받은 조예는 반성하기는커녕 오히려 마균을 독촉하여 높은 누대를 짓고 그 위에 동상과 승로반을 세우도록 했다. 그뿐만 아니라 널리 세상의 미녀들을 뽑아 방림원에 살게 했다. 여러 관원이 이리저리 표문을 올려 말렸으나 조예는 듣지 않았다.

그 무렵 조예의 황후는 모(毛) 씨였는데 하내(河內) 사람이었다. 조예가 평원왕(平原王) 시절에 만나 몹시 사랑을 받다가 황제에 즉위하자 황후가 되었다. 세월이 흘러 조예가 곽(郭) 부인을 사랑하면서 모황후는 버림을 받았다. 곽 부인은 아름다운 데다가 영리하여 조예의 사랑을 받아 매일 즐기면서 한 달이 넘도록 내당에서 나오지 않았다. 그때는 춘삼월이었는데 방림원에서 온갖 꽃이 만발하자 조예는 곽 부인과 함께 꽃을 보며 술을 마셨다. 그때 곽 부인이 말했다.

"어찌하여 황후를 부르시어 함께 즐기지 않으십니까?"

조예가 대답했다.

"그 여인이 있으면 짐은 물 한 방울도 목으로 넘기지 못한다오."

그리하여 궁녀들에게 오늘의 일을 모황후가 알지 못하게 입단속을 했다. 모황후는 한 달이 넘도록 조예가 내당에 들어오지 않던 터에 그날따라 궁녀 여남은 명을 거느리고 취화루에 올라 산책을 즐기는데 어디에서인가 풍악이 요란하게 울리자 궁녀에게 물었다.

"어디에서 나는 풍악이냐?"

그러자 한 궁녀가 아뢰었다.

"폐하께서 곽 부인과 함께 어화원(御花園)에서 꽃을 즐기며 술을 마시고 계십니다."

그 말을 들은 모황후는 편치 않은 마음으로 내당으로 들어와 쉬었다. 이튿날 모황후가 작은 수레를 타고 산책을 하러 궁궐 밖으로 나가다가 마침 회랑에서 조예를 만나자 웃으며 말했다.

"폐하께서 어제 북원에서 노셨다던데 즐거움이 적지 않으셨겠습니다."

조예가 대로하며 어제 시중을 든 모든 사람을 불러들여 꾸짖으며 말했다.

"어제 북원에서 놀 때 짐은 모황후가 알지 못하도록 하라고 너희들에게 말하였거늘 어찌하여 그 이야기가 새어나갔다는 말이냐?"

그러고서는 그날 시중을 든 내관과 궁녀들을 모두 목 베어 죽였다. 모황후가 몹시 놀라 수레를 돌려 대궐로 돌아오니 조예는 곧 조칙을 내려 모황후를 죽이고 곽 부인을 황후로 삼았다. 이를 보고 어느 대신도 간언하지 못했다.

그러던 어느 날 유주자사 관구검(毌丘儉)이 표문을 올려 아뢰었다.

"요동(遼東)태수 공손연(公孫淵)이 모반하여 스스로를 연왕(燕王)이라 하고 연호를 소한(紹漢) 원년으로 고쳤습니다. 그뿐 아니라 궁궐을 세우고 관직을 임명하여 병사를 이끌고 쳐들어오는지라 북방이 소란스럽습니다."

조예가 몹시 놀라 문무 관료를 불러 군사를 일으켜 공손연을 무찌를 계책을 논의했다.

한 시인이 그 모습을 이렇게 시로 읊었다.

바야흐로 토목공사를 일으켜 온 나라가 고단한데
국경에서 또다시 병란이 일어나누나.
纔將土木勞中國 又見干戈起方外

조예는 이를 어찌 막으려나?

제106회

긴요한 말은 본디 길지 않다

> 공손연은 전투에 져 양평에서 죽고
> 사마의는 병이라는 핑계로
> 조상(曹爽)을 속이다.

공손연(公孫淵)은 요동태수 공손도(公孫度)의 후손으로서 공손강(公孫康)의 아들이었다. 오래전인 건안 12년(서기 207)에 조조가 원소의 아들 원상(袁尙)을 추격할 때 조조가 요동에 도착하기에 앞서 공손강이 원상의 목을 베어 조조에게 바치자 공손강을 양평후에 책봉했다. 공손강이 죽자 맏아들 황(晃)과 둘째 아들 연(淵)이 모두 어려 공손강의 동생 공손공(公孫恭)이 태수의 직분을 이어받았다.

그 무렵에 손권이 장미(張彌)와 허연(許宴)에게 금은보화를 주어 요동으로 보내어 공손연을 연왕(燕王)으로 책봉하였다. 공손연은 이를 받고 조예가 분노할까 두려워 장미와 허안을 죽여 그 목을 조예에게 보냈다. 이에 조예는 공손연을 대사마 낙랑공으로 책봉하였으나 공손연은 내심으로 즐겁지 않아 여러 부하와 상의하여 스스로 연왕(燕王)에 올라 연호를 소한(紹漢) 원년으로 삼았다. 이를 본 부장(副將) 가범(賈范)이 아뢰었다.

"중원에서 이미 주공에게 상공의 작위를 주었으니 이는 낮은 자리라 할 수 없습니다. 이제 위왕의 뜻을 저버리면 이는 순리가 아닙니다. 그뿐만 아니라 사마의는 용병에 빼어나 서촉의 제갈량도 이기지 못했으니 하물며 주공이 어찌 맞설 수 있겠습니까?"

그 말을 들은 공손연이 대로하여 좌우를 시켜 가범을 끌어내어 목을 베라 하였다. 이를 본 참군 윤직(倫直)이 말리며 말했다.

"가범의 말이 맞습니다. 성인께서 말씀하시기를, '국가가 장차 멸망하려면 반드시 요망한 일이 일어난다.'[國家將亡 必有妖孼]1) 하셨습니다. 이제 중국에서는 여러 차례 괴이한 일이 나타나고 요즘에는 개가 관을 쓰고 지붕 위를 걸어 다녔다 하며, 성의 남쪽에서는 어느 백성이 밥을 짓는데 솥에 삶은 아이의 시체가 나왔다 합니다. 양평(襄平)의 북쪽 거리에서는 땅이 갑자기 꺼지고 구멍이 생기더니 고깃덩어리가 솟아오르는데 둘레가 여러 자[尺]요, 얼굴에는 이목구비가 뚜렷하면서도 손발은 달리지 않았는데 칼로 찌르고 활로 쏘아도 망가지지 않아 어떤 물건인지 알 수 없었다 합니다. 그를 보고 점쟁이가 말하기를, '모양은 갖추었으나 완전하지 않고 입은 있으나 목소리를 내지 못하니 장차 나라가 멸망하려는 모습이 저렇게 나타난 것이오'라고 했습니다. 이 세 가지 일이 모두 상서롭지 못하오니 주공께서는 모름지기 흉조를 피하시고 길조를 취하시어 가볍게 움직이지 마소서."

그 말을 들은 공손연이 발끈 화를 내며 좌우에 지시하여 윤직과 가범의

---

1) 『예기』(24) 「중용」 「소」(疏)에 "나라가 일어나려면 반드시 상서로운 일이 생기고, 나라가 멸망하려면 반드시 나라에 요망한 일이 생긴다."[國家將興 必有禎祥 國家將亡 必有妖孼] 하였다.

머리를 잘라 저자에 내걸게 했다. 그는 이어 대장군 비연(卑衍)을 원수(元帥)로 삼고, 양조(楊祚)를 선봉으로 삼아 요동군 십오만 명을 일으켜 중원으로 진격했다.

변경에서 조예에게 다급히 보고했다. 조예가 크게 놀라 사마의를 불러 상의하니 그가 아뢰었다.

"저의 부하 기병과 보군 사만 명으로 충분히 막을 수 있습니다."

조예가 말했다.

"경은 어떤 계략으로 공손연을 무찌르려 하오?"

사마의가 아뢰었다.

"공손연이 성을 버리고 달아나면 가장 바람직한 일이고, 요동을 지키면서 대군으로 저항하면 중책(中策)이라 할 수 있고, 그가 양평을 지키는 것은 하책이라 할 수 있어 신에게 반드시 사로잡힐 것입니다."

조예가 다시 물었다.

"오고 가는 데 며칠이나 걸리겠소?"

"사천 리 길이온데 가는 데 열흘이요, 성을 함락하는 데 백 일이요, 돌아오는 데 백 일이요, 휴식을 취하는 데 두 달이 걸릴 것이니 거의 일 년은 넉넉히 걸릴 것이옵니다."

"만약 그동안에 오나라와 서촉이 쳐들어오면 어찌해야 하오?"

"신이 이미 그들을 막아낼 방법을 마련해두었으니 염려하지 마소서."

조예가 몹시 기뻐하며 사마의에게 병권을 주어 공손연을 토벌하도록 했다. 사마의가 인사를 드리고 성문을 나섰다. 그는 호준(胡遵)을 선봉으로 삼아 전방 부대를 이끌고 먼저 요동으로 가 영채를 세우도록 했다.

척후가 나는 듯이 이를 공손연에게 보고했다. 공손연은 비연과 양조에게 각기 8만 명의 병력을 주어 요동에 영채를 세우고 둘레가 이십리를 넘는 거리에 녹각을 둘러막으니 그 모습이 몹시 엄정했다. 호준이 사마의에게 사람을 보내어 사실을 알리자 사마의가 웃으며 말했다.

"적군이 나와 더불어 싸우려 하지 않는 것은 우리 병사들이 지치기를 기다림이니라. 내가 알기로, 적군의 태반이 북쪽에 있으면 그 본진은 비어 있을 것이니 우리로서는 이곳을 버리고 양평으로 달려가는 것이 좋으리라. 그렇게 되면 적군은 반드시 양평을 구출하러 올 것이니 그 중간에서 그들을 공격하면 반드시 우리가 큰 공을 세울 것이다."

그리하여 사마의는 샛길을 따라 양평을 바라보며 길을 떠났다.

그 무렵에 비연과 양조가 대책을 상의하며 말했다.

"만약 위나라 병사들이 이르면 싸우지 맙시다. 저들은 천리 길을 달려와 양곡과 말먹이가 떨어져 오래 버티지 못할 것이요, 양곡이 떨어지면 반드시 물러갈 것이니 그들이 달아날 때 중도에서 공격하면 반드시 우리가 사마의를 사로잡을 수 있을 것이오. 지난날에도 사마의는 촉병과 싸우며 거리를 두고 위수의 남쪽을 굳게 지키니 공명이 끝내 견디지 못하고 군중에서 죽었소. 오늘의 상황이 그때와 같소이다."

비연과 양조가 상의를 하고 있는데 문득 보고가 올라왔다.

"위나라 병사들이 남쪽으로 내려갔습니다."

비연이 크게 놀라며 물었다.

"저들은 양평에 우리 병사들이 적음을 알고 본채를 습격하러 간 것이오. 만약 양평을 잃으면 우리가 이곳을 지킨들 무슨 소용이 있겠소?"

말을 마치자 두 장수는 영채를 헐고 그들의 뒤를 쫓아갔다. 척후가 나는 듯이 이를 사마의에게 보고하니 그가 웃으며 말했다.

"저들이 나의 계책에 빠졌도다."

이어서 사마의는 하후패와 하후위에게 각각 군사를 주어 요수(遼水)

강변에 매복하도록 한 다음 이렇게 지시했다.

"요동의 병사들이 도착하거든 그대들은 한꺼번에 나가 공격하도록 하오."

두 사람이 계책을 받고 물러갔다. 오래지 않아 비연과 양조가 병력을 이끌고 나타났다. 그때 대포소리가 들리더니 양쪽에서 북소리가 들리고 깃발을 휘두르면서 왼쪽에서는 하후패가 달려 나오고 오른쪽에서는 하후위가 한꺼번에 달려 나왔다. 비연과 양조는 더 싸울 마음이 없어 길을 찾아 달아나다가 수산(首山)에서 공손연의 병사들을 만났다. 그들은 병력을 합쳐 말을 돌려 위나라 병사들과 싸움을 벌였다. 비연이 말을 몰고 나오며 욕설을 퍼부었다.

"도적의 무리들은 잔꾀를 부리지 말고, 누가 감히 나와 겨루겠는가?"

하후패가 칼을 휘두르며 말을 몰고 나갔다. 몇 번 겨루지도 않았는데 비연은 하후패의 칼을 맞아 말에서 떨어지니 요동 병사들이 몹시 혼란에 빠졌다. 이어 하후패가 짓쳐들어가자 공손연은 패잔병을 이끌고 양평성 안으로 들어가 성문을 굳게 닫고 지키기만 할 뿐 나와 싸우려 하지 않았다. 위나라 병사들이 성의 사방을 둘러쌌다.

때는 가을인데 비가 한 달을 멈추지 않아 평지에도 물이 석 자나 고여 양곡수송선이 요하에서 곧바로 양평성 밑에까지 들어왔다. 위나라 병사들은 모두 비에 젖어 앉아 있기도 불안했다. 그러자 좌도독 배경(裴景)이 장막으로 들어와 사마의에게 아뢰었다.

"비가 멈추지 않아 영채 안이 수렁처럼 되어 병사들이 머물 수가 없으니 바라옵건대 병력을 앞산으로 옮기시지요."

그 말을 들은 사마의가 대로하며 말했다.

"공손연을 사로잡는 일이 눈앞에 닥쳤는데 어찌 영채를 옮긴다는 말인가? 다시 그런 말을 하면 목을 베리라."

배경이 굽실거리며 물러갔다. 조금 시간이 지나자 우도독 구연(仇連)이 다시 찾아와 아뢰었다.

"병사들이 비에 젖어 고생하고 있사오니 바라옵건대 태위께서는 영채를 높은 곳으로 옮기시지요."

사마의가 대로하며 말했다.

"내가 이미 그런 말을 하지 못하도록 군령을 내렸거늘 네가 어찌 감히 군법을 어긴다는 말인가?"

사마의는 곧 구연의 목을 베어 성문 밖에 내걸게 하니 병사들이 두려워했다. 그는 두 영채의 병사들을 잠시 이십 리쯤 뒤로 물렸다. 그러자 성 안의 병사와 백성들에게 땔감도 모으고 소에게도 풀을 뜯게 했다. 이를 본 사마(司馬) 진군(陳群)이 물었다.

"지난날 태위께서 상용(上庸)을 치실 적에는 병사들을 여덟 길로 나누어 여드레 동안 성을 공격하여 맹달(孟達)을 잡는 대공을 세우셨습니다. 지금 우리는 무장한 병력이 4만 명이나 되는데 몇천 리를 달려와 성을 공격하지는 않고 오히려 진흙탕에 머물게 하고 있습니다. 더욱이 적군에게 소를 먹이게 하시니 태위의 뜻을 알 수가 없습니다."

그 말을 들은 사마의가 웃으며 말했다.

"그대는 병법을 모르시오? 지난날의 맹달은 양식은 많았으나 병사는 적었고, 지금 나는 양식은 적으나 병사는 많으니 빨리 싸우지 않을 수 없소. 저들이 예상하지 못한 때에 느닷없이 공격해야 바야흐로 승리할 수 있다오. 지금 요동의 병력은 많고 우리는 적으며, 적군은 많으니 저들은 배고프고 우리는 배부른데 어찌 지금 공격할 필요가 있겠소? 저들이 스스로 도망하도록 두었다가 기회를 보아 공격해야 하오. 내가 지금 한쪽 성문을 열어두고 저들에게 땔감을 얻고 소를 먹이게 하는 것은 저들이 스스로 그 길로 도망하게 하려는 것이라오."

진군이 탄복하며 물러갔다.

그 무렵 사마의는 낙양으로 파발을 보내어 어서 양곡을 보내도록 재촉했다. 위왕 조예가 아침 회의를 여니 여러 신하가 함께 아뢰었다.

"요즘 가을비가 이어 쏟아져 한 달이 지나도록 멎지 않아 병사와 말이 피곤하오니 사마의를 불러들이시고 아울러 군사를 푸시지요."

그 말을 들은 조예가 대답했다.

"태위 사마의는 용병에 뛰어나 위기를 만나도 잘 변신하고 계책이 깊은지라, 이제 공손연을 잡아올 날만 기다리면 되는데 경들은 어찌 이를 걱정하시오?"

그러고서는 여러 신하의 말을 듣지 않고 병사를 시켜 사마의의 영채에 군량미를 보내주었다.

사마의가 영채에서 며칠을 보내니 비가 멎고 날이 맑아졌다. 그날 밤 사마의가 장막을 나와 하늘의 운세를 바라보는데 문득 말[斗]만큼 큰 별이 몇 길의 꼬리를 이으며 동북쪽에서 나타나 양평 동남쪽으로 떨어졌다. 병사들이 놀라자 사마의는 크게 기뻐하며 여러 장수에게 말했다.

"닷새가 지나면 저 별이 떨어진 곳에서 공손연의 목을 벨 수 있을 것이다. 내일 힘을 모아 성을 공격하라."

명령을 받은 여러 장수는 이튿날 날이 밝자 병력을 이끌고 성의 사방을 에워싸고 토산을 쌓고 땅굴을 파고, 포대(砲臺)를 설치하고 구름다리를 만들어 밤낮 쉬지 않고 공격하니 화살이 빗발치듯 성안으로 날아들었다. 공손연은 성안에 머물면서 양식이 떨어지자 소와 말까지 잡아먹었다. 병사마다 원망하는 소리가 높고 싸울 마음이 없어 공손연의 목을 베어 성을 바치고 항복하려 했다. 그 말을 들은 공손연은 너무 두려워 상국(相國) 왕건(王建)과 어사대부(御史大夫) 유보(柳甫)를 급히 불러 위나라 영채로 보내어 항복을 받아달라고 요청했다. 두 사람은 줄을 타고 성을 내려가 사마의를 만나 아뢰었다.

"바라옵건대 태위께서 이십 리를 뒤로 물리시면 저희 왕과 신하가 와서 항복하겠나이다."

그 말을 들은 사마의가 대로하며 말했다.

"어찌하여 공손연이 스스로 오지 않았는고? 이는 사리에 맞지 않는 일이로다."

사마의는 좌우에 지시하여 왕건과 유보의 목을 베어 따라온 사람들에게 주어 되돌려보냈다.

병사들이 돌아와 사실대로 보고하자 공손연은 몹시 놀라며 다시 시중(侍中) 위연(衛演)을 위나라의 영채로 보냈다. 사마의가 장막에 오르자 여러 장수가 좌우로 늘어섰다. 위연이 앞으로 나아가 장막 아래 무릎을 꿇고 말했다.

"바라옵건대 태위께서는 벽력같은 분노를 푸시옵소서. 날을 잡아 세자 공손수(公孫修)를 보내어 볼모로 삼은 다음에 임금과 신하가 함께 스스로 결박을 하고 와서 항복을 드리겠나이다."

그 말을 듣자 사마의가 말했다.

"군대를 유지하는 데에는 크게 다섯 가지의 요령이 있는데, 첫째로 싸울 만하면 마땅히 싸우고[能戰當戰], 둘째로 싸울 수 없으면 마땅히 지키고[不能戰當守], 셋째로 지킬 수 없으면 마땅히 달아나고[不能守當走], 넷째로 달아날 수 없으면 마땅히 항복하고[不能走當降], 다섯째로 항복할 수도 없으면 마땅히 죽는 것이다[不能降當死耳]. 그런데 그 어느 것도 아니고 어찌하여 자식을 볼모로 보낸다 하느냐?"

사마의는 위연을 꾸짖어 공손연에게 돌아가 말을 전달하라 일렀다. 위연은 쥐새끼처럼 머리를 감싸고 돌아가 사실대로 공손연에게 아뢰었다. 공손연은 몹시 놀라 아들 공손수와 더불어 은밀히 대책을 상의한 다음 천 명의 기병을 이끌고 그날 밤 이경에 남문을 열고 동남쪽으로 달아났다. 공손연이 바라보니 아무도 없는지라 속으로 기뻐하며 십 리를 미쳐 가지 못했는데 문득 산 위에서 대포 소리가 들리고 북과 나팔 소리가 들리더니 한 부대가 달려오는데 중앙에는 사마의요, 왼쪽에는 사마사요, 오른쪽에는 사마소가 달려 나오며 크게 소리쳤다.

"반역자는 달아나지 말라."

공손연이 몹시 놀라 서둘러 말을 몰아 길을 찾아 도주했다. 오래지 않아 호준의 병력이 이르렀는데 왼쪽에는 하후패와 하후위요, 오른쪽에는 장호와 악침이 철통 같이 둘러싸고 있었다. 공손연 부자는 끝내 말에서 내려 항복했다. 사마의가 말 위에 앉아 여러 장수에게 말했다.

"내가 지난밤 병인일(丙寅日)에 큰 별이 이곳에 떨어지는 것을 보았더니 오늘 밤 임신일(壬申日)에 그대로 이루어졌도다."

이를 들은 여러 장수가 치하하며 말했다.

"태위께서는 참으로 귀신처럼 헤아리십니다."

사마의가 공손연 부자의 목을 베라 하니 그들은 얼굴을 마주하고 죽임을 당하였다. 사마의는 병력을 재촉하여 양평으로 달려갔다. 그가 성 밑에 이르지도 않았는데 호준이 먼저 병력을 이끌고 성안으로 들어갔다. 백성들이 향을 피우고 절하며 맞이했다. 위나라 병사들이 모두 성안으로 들어가자 사마의는 정청(政廳)에 앉아 공손연의 가족과 공모한 관료들을 모두 죽이니 그 머리가 일흔 명이 넘었다. 방문(榜文)을 내걸어 백성들을 위로하자 어느 사람이 사마의에게 말했다.

"가범과 윤직은 공손연에게 반역하지 말도록 간언하다가 모두 죽임을 겪었습니다."

사마의는 그들의 묘에 봉분을 돋우고 그 자손들에게 봉직을 주었다. 이어서 사마의는 창고의 재물들을 꺼내어 삼군에게 상을 내린 다음 낙양으로 회군했다.

그 무렵 위왕 조예가 궁중에 있었는데 삼경에 이르자 문득 한바탕 모진 바람이 불더니 등불이 모두 꺼졌다. 조예가 바라보니 모(毛) 황후가 궁녀 여남은 명과 함께 조예의 앞에 앉아 목숨을 내놓으라고 호소했다. 조예는 이로 말미암아 놀래어 병을 얻었다.

조예의 병이 깊어지자 시중광록대부(侍中光祿大夫)[2] 유방(劉放)과 손자(孫資)가 추밀원의 사무를 모두 맡아보았다. 한편으로는 문제(文帝, 조비)의 아들 연왕(燕王) 조우(曹宇)를 대장군으로 삼아 태자 조방(曹芳)을 섭정하도록 했다. 조우는 사람됨이 공손하고 검소하며 온화하여 제왕의 자리를 맡을 수 없다면서 굳이 사양하였다. 조예는 창업공신 유방과 손자를 불러 물었다.

"종실 가운데 어떤 사람이 쓸 만하오?"

두 사람은 모두 조진(曹眞)의 은혜를 입은 바가 있는지라 함께 아뢰었다.

"다만 조자단(曹子丹 : 조진의 자)의 아들 조상(曹爽)이 쓸 만합니다."

조예가 그들의 말을 따랐다. 그러자 두 사람이 다시 아뢰었다.

"조상을 쓰고자 하신다면 마땅히 연왕 조우를 봉지(封地)로 내려보내

---

[2] 광록대부(光祿大夫) : 왕의 처사에서 선악을 가려 말하는 간언직(諫言職). 로버츠는 이를 'Director of Palace Bureaus'라고 번역했다.

야 합니다."

조예가 그의 말도 또한 따랐다. 두 사람이 조예에게 조서(詔書)를 청하여 들고 연왕을 찾아가 아뢰었다.

"여기에 천자의 조서를 가져왔습니다. 연왕께서는 봉지로 돌아가시되 오늘 바로 떠나셔야 합니다. 천자의 부르심이 없으면 조정에 들어오셔도 안 됩니다."

연왕은 울며 떠났다. 조예는 조상을 대장군으로 삼아 정사를 도맡게 했다. 조예의 병이 깊어지자 조정에서는 서둘러 사신에게 절(節)을 주어 사마의에게 조정으로 돌아오라고 소식을 전달했다. 조서를 받은 사마의가 허창에 이르러 조예를 뵙자 조예가 말했다.

"짐은 경을 만나지 못하고 떠나는 줄 알았는데 오늘 이렇게 만나게 되니 죽어도 여한이 없소이다."

사마의가 머리를 조아리며 아뢰었다.

"신은 중도에서 폐하의 옥체가 미령(靡寧)하시다는 말을 듣고 날개가 없어 더 빨리 달려오지 못한 것이 한스럽습니다. 이제 용안을 뵈오니 신으로서는 다행스럽습니다."

조예는 태자 조방과 대장군 조상과 시중 유방과 손자의 무리들을 침상 가까이 불렀다. 조예가 사마의의 손을 잡고 말했다.

"지난날 유현덕이 백제성에서 병이 깊었을 적에 어린 아들 유선을 제갈공명에게 부탁하니 공명이 충성을 다하기를 죽을 때까지 멈추지 않았다 하오. 변방에서도 그러했거늘 하물며 대국에서야 더 말할 나위가 있겠소? 짐의 어린 아들 방의 나이가 이제 겨우 여덟 살이니 사직을 감당할 수 없을 것이오. 다행히도 태위와 종실의 형님과 원훈 대신들은 진심으로 그를 도와 짐의 마음을 저버리지 마시오."

그러고서는 조방을 불러 말했다.

"중달은 짐과 한 몸이니 마땅히 공경하며 모시도록 하라."

이어서 조예가 사마의에게 조방의 손을 잡고 가까이 오라 하니 조방은 사마의의 목을 껴안고 놓지 않았다. 이를 본 조예가 사마의에게 말했다.

"태위는 나의 어린 아들이 보여준 정리를 잊지 마시오."

말을 마치자 조예는 눈물을 흘렸다. 사마의도 머리를 조아리며 눈물을 흘렸다. 위왕은 정신이 흐려져 말을 못 하고 손으로 태자를 가리키더니 곧 숨을 거두었다. 그때 재위가 십삼 년이요, 나이가 서른여섯 살이었다. 때는 위나라 경초(景初) 3년(서기 239) 봄 정월 하순이었다.

사마의와 조상은 태자 조방을 황제로 모시었다. 조방의 자는 난경(蘭卿)으로 조예의 양자였으나 남몰래 궁중에 데려와 길렀기 때문에 그 연유를 아는 사람이 없었다. 조방은 조예에게 명제(明帝)라는 시호를 올리고 고평릉(高平陵)에 장례를 모셨으며, 곽황후(郭皇后)를 황태후(皇太后)로 올리고 연호를 정시(正始) 원년(元年, 서기 240)으로 삼았다. 사마의와 조상이 정무를 살피는데 조상이 사마의를 섬김이 깍듯하여 큰일이 있으면 먼저 아뢰어 상의했다.

조상의 자는 소백(昭伯)으로서 어릴 적부터 궁중에 드나들었는데 명제가 그의 겸손함과 근신함을 몹시 사랑했다. 조상의 집안에는 문객 오백 명이 드나들었는데 그 가운데 여섯 사람은 겉만 번드레하여[浮華] 서로 존경하는 체하였다. 그 가운데 하나는 하안(何晏)으로 자를 평숙(平叔)이라 하고, 다른 하나는 등양(鄧颺)으로 자를 현무(玄茂)라 하는데 등우(鄧羽)의 후손이었고, 다른 하나는 이승(李勝)으로 자는 공소(公昭)이며, 다른 하나는 정밀(丁謐)인데 자를 언정(彦靜)이라 하였고, 다른 하나는 필궤(畢軌)라 하는데 자는 소선(昭先)이며, 다른 하나는 대사농(大司農)

환범(桓範)으로 자를 원칙(元則)이라 하는데 지모가 뛰어나 세상 사람들이 그를 "꾀보"[智囊]라고 불렀다. 이 몇 사람들은 조상의 각별한 신임을 받았다.

어느 날 하안이 조상에게 아뢰었다.

"주공께서 대권을 잡으셨으니 다른 사람에게 권력을 나누어 주어서는 안 됩니다. 그렇게 되면 뒷날 근심이 있을 것입니다."

"사마 공이 나와 더불어 선제로부터 어린 태자를 보살피라는 부탁을 받았으니 그가 어찌 배신할 리가 있겠소?"

하안이 다시 아뢰었다.

"지난날 선황(先皇)께서 서촉을 깨트리실 적에 여러 차례 사마의로부터 수모를 겪으시다가 세상을 떠나셨는데 주공께서는 어찌 이를 살피지 않으십니까?"

조상은 깊이 깨달은 바가 있어 여러 관료와 상의하다가 대궐로 들어가 황제 조방에게 아뢰었다.

"사마의는 전공이 높고 덕망이 깊사오니 태부(太傅)를 삼으소서."

조방이 그들의 말에 따랐다. 이때로부터 사마의는 태위에서 물러나니 병권이 모두 조상에게로 돌아갔다. 조상은 동생 조희(曹羲)를 중령군(中領軍)으로 삼고, 조훈(曹訓)을 무위장군(武衛將軍)으로 삼고, 조언(曹彦)을 산기상시(散騎常侍)로 삼아 각기 삼천 명의 어림군을 거느리게 하여 자유롭게 궁중에 드나들게 했다. 그 밖에도 하안과 등양과 정밀을 상서로 삼고, 필궤를 사예교위(司隸校尉)로 삼고, 이승을 하남의 윤(尹)으로 삼으니 조상은 밤낮으로 이들과 정사를 논의했다. 그 무렵에 조상의 집에는 문객들이 날로 늘어났다.

사마의는 몸이 아프다는 이유로 바깥출입을 하지 않았으며, 두 아들도 또한 벼슬에서 물러나 조용히 살고 있었다. 조상은 날마다 하안의 무리들과 술과 노래로 세월을 보내며 입고 쓰는 물건들은 황제의 것과 다름이 없었다. 각 지방에서 기이하고 진귀한 방물이 올라오면 조상은 먼저 좋은 것들을 빼돌리고 나머지를 궁중에 들여보냈다. 아름다운 여인들이 집 안에 가득했다.

환관인 장당(張當)이 조상에게 아첨하고자 선왕을 모시던 궁녀 예닐곱 명을 뽑아 관아로 들여보냈다. 조상은 또한 노래와 춤에 빼어난 양갓집 여자 삼사십 명을 뽑아 집에서 노래를 부르게 했다. 그는 또한 높고 단청한 누각을 지으면서 뛰어난 장인들에게 밤낮을 이어 금은으로 그릇을 만들게 했다.

그 무렵 하안은 평원 땅에 관로(管輅)[3]라는 유명한 명리학자가 있다는 소문을 듣고, 그를 초청하여 역리(易理)를 논의해보고자 했다. 관로가 이르자 먼저 등양이 관로에게 물었다.

"그대는 스스로 역리에 밝다고 하던데 『주역』에 대하여 아무 말도 하지 않는 것은 무슨 까닭이오?"

관로가 대답했다.

"무릇 역리를 잘 아는 사람은 역리에 대하여 말하지 않습니다."

그 말을 들은 하안이 웃으면서 칭찬의 말을 했다.

"긴요한 말이란 본디 길지 않은 법이라오."

그러면서 다시 관로에게 물었다.

"그대가 나의 점괘를 보기에 삼공에는 이르겠소?"

이어서 다시 물었다.

---

3) 관로(管輅)의 행적에 대해서는 제4권 제69회에 자세히 기록되어 있다.

"며칠 째 푸른 파리 몇십 마리가 내 코에 몰려드는데 그것은 무슨 징조요?"

관로가 대답했다.

"팔원(八元)과 팔개(八愷)⁴⁾가 순(舜)임금을 보좌하고 주공(周公)이 주(周)나라의 성왕(成王)을 보좌할 때 화목하고 베풀며 겸손하고 공경하였기에 많은 복을 누렸습니다. 이제 군후께서는 지위가 높고 권세가 크심에도 덕망이 높다고 생각하는 사람이 적고 오히려 두려워하는 사람이 많으니 이는 조심스러워해야 하며 복을 얻는 길이 아닙니다. 또한 코는 산에 해당하는 것인데 높아야 위험하지 않고 오래도록 복락을 누릴 수 있습니다. 이제 푸른 파리들이 악취를 맡고 달려드니 벼슬이 넘어질 터이라 어찌 두렵지 않겠소? 바라건대 군후께서는 많은 것을 줄이시고 부족한 것을 늘리시며, 예의에 맞지 않은 것을 따르지 않으시면 그때야 삼공에 이르러 푸른 파리들이 물러갈 것입니다."

등양이 대로하며 말했다.

"이런 말은 늙은이들이 늘 하는 소리니라."

그 말에 관로가 대답했다.

---

4) 팔원(八元)과 팔개(八愷) : 옛날 고양씨(高陽氏) 전욱(顓頊)은 중국 고대의 제왕 황제(黃帝)의 손자로, 그에 이어 20세에 임금 자리에 올라 처음 고양에 나라를 일으켰으므로 고양씨라 불렀다. 그는 제구(帝邱)에 도읍하여 선정을 베풀었다. 그에게는 여덟 명의 재주 많은 사람이 있었는데 세상 사람들이 그들에게 많은 은혜를 입었으므로 태평성세를 이룩한 여덟 사람이라는 뜻으로 팔개(八愷)라 불렀다. 그들은 창서(蒼舒) · 퇴애(隤敳) · 도인(檮戭) · 대림(大臨) · 방강(尨降) · 정견(庭堅) · 중용(仲容) · 숙달(叔達) 등이다. 뿐만 아니라 고신씨(高辛氏) 제곡(帝嚳)에게도 여덟 명의 재주 많은 사람이 있었는데 세상 사람들은 그들을 팔원(八元)이라 불렀다. 이들은 백분(伯奮) · 중감(仲堪) · 숙헌(叔獻) · 계중(季仲) · 백호(伯虎) · 중웅(仲熊) · 숙표(叔豹) · 계리(季狸)이다. 이 열여섯 사람은 중국의 역사에서 덕망을 남긴 인물로 기록되어 있다.「사기」「오제본기(五帝本紀)에 나옴.

"늙은이는 보이지 않는 것을 보고, 속된 말을 하는 사람은 하지 않는 말을 알아듣습니다."[老生者見不生 常談者見不談][5]

말을 마치자 관로는 소매를 떨치고 떠났다. 하안과 등양은 크게 웃으며 말했다.

"참으로 미친놈이로구나."

관로가 집으로 돌아와 그 일을 이야기하니 삼촌이 놀라며 말했다.

"하안과 등양은 권세가 높은데 너는 어쩌려고 그런 말을 했느냐?"

그 말을 들은 관로가 대답했다.

"저는 죽은 사람들과 이야기를 했는데 무엇이 두렵겠습니까?"

"그게 무슨 뜻이냐?"

"등양은 걸으면서 힘줄이 뼈를 지탱하지 못하고 맥(脈)은 살을 지탱하지 못하여 일어서도 몸이 기울어 손발이 없는 것과 같았습니다. 이를 '귀조(鬼躁)의 관상'[鬼躁之相][6]이라 합니다. 하안은 앞을 보는데 혼백이 몸을 지키지 못하고 얼굴에는 핏기가 없어 연기가 떠돌 듯하고, 얼굴은 마른 나뭇가지 같으니 이를 '귀유(鬼幽)의 관상'[鬼幽之相][7]이라 합니다. 두 사람이 머지않아 반드시 죽음의 재앙을 겪을 터인데 무엇을 두려워하겠습니까?"

관로의 삼촌도 그를 미친 녀석이라고 몹시 욕설을 퍼부으며 돌아갔다.

그 무렵에 조상은 하안과 등양을 데리고 사냥을 다녔다. 그가 사냥 나가는 것을 본 동생 조희(曹羲)가 말리며 말했다.

---

[5] 노생자견불생(老生者見不生) 상담자견불담(常談者見不談) : 이 말의 뜻이 어려워 해석이 구구하다. 이 글은 로버츠(Moss Roberts)의 번역을 참고하였다.
[6] '귀조(鬼躁)의 관상'[鬼躁之相] : 귀신이 비틀거리는 형상이라는 뜻임.
[7] '귀유(鬼幽)의 관상'[鬼幽之相] : 귀신에 씐 관상이라는 뜻임.

"형님의 권세가 높으신데 사냥을 좋아하시는 것을 아는 어떤 사람이 다른 뜻이라도 품는다면 후회해도 소용이 없을 것입니다."

그 말을 들은 조상이 꾸짖으며 말했다.

"병권이 나의 손안에 있는데 두려울 사람이 어디 있다더냐?"

사농 환범이 또한 같은 말로 아리었으나 조상은 듣지 않았다.

그 무렵(서기 249) 위왕 조방은 연호를 정시(正始) 10년에서 가평(嘉平) 원년으로 고쳤다. 조상은 대권의 행사에 빠져 사마의가 어찌 지내는지 알지 못했다. 그때 위왕은 이승에게 형주자사의 벼슬을 주어 보내면서 사마의를 찾아보고 소식을 알아보도록 했다. 이승이 태부의 정청에 이르니 문지기가 서둘러 알렸다. 그 말을 들은 사마의가 두 아들을 불러 말했다.

"이는 조상이 사람을 보내어 내 병이 얼마나 깊은지를 알아보고자 함이니라."

말을 마치자 사마의는 관을 벗고 머리를 풀어헤친 다음 침상으로 올라가 두 하녀에게 부축하도록 한 다음 이승을 들어오라 하였다. 이승이 사마의의 앞에 이르러 절하고 아뢰었다.

"한동안 태부를 뵙지 못했는데 이토록 병환이 깊은 줄을 누가 알았겠습니까? 이번에 천자께서 저를 청주(青州, Jingzhou)자사로 임명하시어 부임하는 길에 특별히 찾아뵙고 인사를 드리러 왔습니다."

사마의가 잘못 들은 체 말했다.

"병주(幷州, Bingzhou)는 변경에서 가까우니 잘 지켜야 하오,"

이승이 말했다.

"청주자사로 가는 것이지 병주자사로 가는 것이 아닙니다."

그 말을 듣자 사마의가 웃으며 말했다.

"아, 병주에서 오는 길이로구먼."
"아닙니다. 산동의 청주올시다."
사마의가 다시 웃으며 말했다.
"아, 청주에서 오는 길이구먼."
그 말을 듣자 이승이 말했다.
"태부의 병환이 어찌 이 지경이 되었소?"
곁에 있던 사람들이 말했다.
"태부께서는 귀가 어두우십니다."
이승이 말했다.
"그렇다면 종이와 붓을 가져오도록 하오."
곁에 있던 사람들이 종이와 붓을 가져와 이승에게 주니 이승이 글로써 아뢰었다. 글을 읽은 사마의가 웃으며 말했다.
"나는 병이 깊어 잘 듣지를 못한다오. 이번에 가시거든 몸조심하시구려."
말을 마치자 손가락으로 입을 가리키니 하녀들이 탕약을 올렸다. 사마의가 약을 마시는데 옆으로 흘러 옷이 흥건히 젖었다. 그는 쉰 목소리로 말했다.
"내가 이제 병이 깊어 아침에 죽을지 저녁에 죽을지 모른다오. 나에게 어리석은 두 아들이 있는데 그대가 잘 가르쳐주기 바라오. 그대들이 대장군 조상을 뵙거든 내가 두 아들을 천만 번 잘 부탁하더라고 전해주오."
말을 마치자 사마의는 침상에 드러누워 흐느끼며 숨을 몰아쉬었다. 이승이 사마의와 작별하고 돌아와 조상에게 사정을 자세히 보고했다. 조상이 몹시 기뻐하며 말했다.
"이 늙은이마저 죽으면 나에게는 근심할 바가 없도다."
이승이 돌아가자 사마의는 침상에서 일어나 두 아들에게 말했다.

"이번에 이승이 돌아가 소식을 알리면 조상은 반드시 나를 걱정하지 않을 것이다. 그가 성 밖에 사냥을 나간 때를 이용하여 그를 죽여야 한다."

하루가 지나지도 않았는데 조상은 위왕 조방에게 고평릉(高平陵)으로 가 선대의 황제들에게 제사를 올리자고 아뢰었다. 높고 낮은 관료들이 모두 어가를 따라 나섰다. 조상이 세 형제와 심복인 하안의 무리들과 함께 어림군으로 어가를 호위하며 나가려는데 사농 환범(桓範)이 말 앞에서 머리를 조아리며 아뢰었다.

"주공께서 어림군을 거느리고 형제분들과 함께 모두 밖으로 나가심은 옳지 않습니다. 만약 성안에서 변란이라도 일어난다면 어찌하시렵니까?"

그 말을 들은 조상이 채찍으로 환범을 가리키며 꾸짖었다.

"누가 감히 변란을 일으킨다더냐? 다시는 그런 말을 함부로 하지 말라."

그날 사마의는 조상이 성 밖으로 나가는 것을 보자 마음속으로 기뻐하며 곧 지난날 자기 밑에 있으면서 함께 적군을 무찔렀던 무리들과 집안의 무사들과 두 아들을 거느리고 말에 올라 조상을 죽이러 나섰다.

뒷날 시인이 이를 두고 다음과 같은 시를 남겼다.

> 문을 닫아걸자 안색이 살아나더니
> 병력을 몰아 이토록 영웅의 풍모를 보이누나.
> 閉戶必然有起色 驅兵自此逞雄風

조상의 운명은 어찌 되려나?

제 107 회

의인은 생사로 마음을 바꾸지 않는다

위나라 정권은 사마 씨에게로 돌아가고
강유는 우두산 전투에서 지다.

그 무렵에 사마의가 들자니, 조상은 아우들인 조희·조훈·조언과 함께 심복 하안·등양·정밀·필범·이승 그리고 어림군을 거느리고 위왕 조방을 모시고 성을 나가 명제(明帝)의 능에 인사를 드리고 사냥을 떠났다고 한다. 사마의는 몹시 기뻐하며 사도 고유(高柔)에게 거짓으로 절(節)과 월(鉞)을 주어 대장군의 직분을 행사하도록 한 다음 조상의 영채를 점령하도록 했다. 이어서 사마의는 태복(太僕) 왕관(王觀)에게 중령군(中領軍)의 직분을 주어 조희의 영채를 점령하도록 했다. 사마의는 원로대신들을 이끌고 후궁으로 들어가 곽태후를 뵙고 아뢰었다.

"조상이 선제께서 어린 아들을 부탁하신 은혜를 저버리고 간사하게 나라를 어지럽히니 그 죄로 보아 마땅히 그의 벼슬을 파직해야 합니다."

곽태후가 몹시 놀라며 물었다.

"천자께서 밖에 계시는데 어찌하시려구요?"

사마의가 대답했다.

"저에게 천자께 표문을 올려 간신을 죽일 계책이 있사오니 태후께서는 걱정하지 마옵소서."

태후는 두려워하면서도 그의 말에 따랐다. 사마의는 태위 장제(蔣濟)와 상서령 사마부(司馬孚)에게 표문을 짓게 하여 환관에게 들려 성문을 나가 천자에게 올리도록 했다. 사마의 자신은 대군을 이끌고 무기고를 점령했다.

어떤 사람이 재빨리 이 사실을 조상의 집에 알렸다. 그의 아내 유 씨가 서둘러 정청에 나와 관아를 지키는 사람에게 물었다.

"지금 주공께서 밖에 계신데 중달이 군사를 일으켰다니 어찌 된 일이요?"

수문장 반거(潘擧)가 말했다.

"부인께서는 놀라지 마십시오. 제가 가서 알아보고 오겠습니다."

반거가 궁노수 몇십 명을 데리고 성루에 올라 바라보니 바로 사마의가 병력을 이끌고 관아 앞을 지나고 있었다. 반거가 병사들에게 지시하여 어지러이 활을 쏘게 하니 사마의가 그곳을 지나가지 못했다. 편장 손겸(孫謙)이 반거의 뒤에서 말했다.

"태부께서는 나라의 큰일을 하시는 분이시니 활을 쏘지 마십시오."

거푸 세 번을 말하니 반거가 활을 쏘지 않았다. 사마소는 아버지를 보호하며 그곳을 벗어나 병력을 이끌고 성을 나와 낙하(洛河)에 주둔한 다음 부교(浮橋)를 지켰다.

그 무렵에 조상의 부하인 사마 노지(魯芝)는 성안에서 변란이 일어난 것을 보고 참군 신창(辛敞)을 찾아가 상의하며 말했다.

"이제 중달이 변란을 일으켰으니 앞으로 어찌해야하겠소?"

신창이 대답했다.

"본부의 병력을 이끌고 성을 나가 천자를 뵈시지요."

노지가 그의 말을 따랐다. 신창이 서둘러 후당으로 들어가니 누이 신헌영(辛憲英)이 물었다.

"너는 어찌하여 그리 허둥대느냐?"

"천자께서 밖에 계신데 태부가 성문을 걸어 잠갔으니 역모를 꾸미고 있는 것이 분명합니다."

"사마 공은 역모를 꾸미고 있는 것이 아니라 조 장군을 죽이려 하는 것이니라."

신창이 놀라 물었다.

"이 일을 어찌해야 할지 모르겠습니다."

"조 장군은 사마공의 적수가 아니니 반드시 죽을 것이다."

"지금 사마 공께서 나에게 함께 가자 하시는데 가야 할지 가지 않아야 할지 모르겠습니다."

"직분을 지키는 것이 사람의 도리니라. 보통 사람이 어려움에 빠지더라도 가엽게 여기는 법인데, 하물며 천자의 말고삐를 잡던 몸이 그 직분을 버리는 것은 상서롭지 못하기 이를 데 없는 것이다."

신창이 누이의 말에 따라 노지와 함께 기병 몇십 명을 데리고 성문을 부수고 나갔다. 척후가 이를 사마의에게 알렸다. 사마의는 환범(桓範) 또한 달아날까 두려워 그를 서둘러 불렀다. 환범이 그 아들과 함께 앞일을 상의하니 그 아들이 말했다.

"황제께서 밖에 계시니 남쪽으로 나가는 것이 좋겠습니다."

환범이 그의 말에 따라 말을 타고 평창문(平昌門)에 이르니 성문이 이미 닫혀 있었다. 수문장은 환범과 함께 일한 바 있는 사번(司蕃)이었다. 환범이 소매에서 죽간[竹板]을 내보이며 말했다.

"태후의 조칙이니 어서 성문을 여시오."

그 말을 들은 사번이 말했다.

"조칙을 보여주시기 바랍니다."

환범이 꾸짖으며 말했다.

"그대는 나의 옛 부하인데 어찌 감히 이럴 수가 있느냐?"

사번이 어쩔 수 없이 성문을 열어주니 환범이 성 밖에 이르러 사번을 불러 말했다.

"태부가 반란을 일으켰으니 그대도 서둘러 나를 따르시오."

사번이 몹시 놀라 따라갔지만 잡지 못했다. 이 사실을 사마의에게 보고하니 그가 크게 놀라 말했다.

"꾀보가 빠져나갔으니 어쩌면 좋단 말이냐?"

장제가 말했다.

"미련한 말은 마구간의 콩만 좋아하는 법이니[駑馬戀棧豆], 조상이 그를 중요하게 쓰지 않을 것입니다."

사마의가 허윤(許允)과 진태(陳泰)를 불러 말했다.

"그대들은 조상을 찾아가 나로서는 다른 뜻이 있는 것이 아니라 형제들에게서 병권을 빼앗는 것이라고 말하게."

허윤과 진태가 물러갔다. 사마의는 다시 전중교위(殿中校尉) 윤대목(尹大目)을 불러 글을 써 조상을 찾아가라고 지시하면서 말했다.

"그대는 조상과 가까운 사이여서 이 임무를 맡기는 것이니, 조상을 만나거든 내가 장재와 더불어 낙수(洛水)를 두고 맹세하건대 병권을 내놓으라는 일밖에는 다른 뜻이 없다고 전하도록 하오."

윤대목이 명령을 받고 떠났다.

그 무렵 조상은 매를 날리고 개를 풀어 사냥을 하고 있는데 문득 성안에서 변란이 일어났다는 소식과 함께 사마의가 천자에게 표문을 올렸다는 전갈이 왔다. 조상은 너무 놀라 말에서 떨어질 뻔했다. 환관이 무릎을 꿇고 표문을 받아 천자에게 올리니 조상이 그것을 받아 가까운 신하에게 읽도록 했는데 그 내용은 대략 이러했다.

"정서대도독 태부 신(臣) 사마의는 황공한 마음으로 엎드려 표문을 올리나이다. 신이 지난날 요동에서 돌아오자 선제께서 폐하와 진왕(秦王)과 신하들을 침상에 부르시어 신의 손을 잡고 뒷일을 깊이 생각하시며 부탁하셨습니다. 이제 대장군 조상은 선제께서 부탁하신 바를 배신하고 나라의 법을 어지럽혀 안으로는 외람되게 천자의 법도를 흉내 내고 밖으로는 위세를 부렸을 뿐만 아니라, 환관의 우두머리 장당(張當)을 도감(都監)으로 삼아 내통하면서 지존하신 폐하를 감시하고 보위를 넘보았으며, 골육을 다치게 하고 폐하와 태후의 사이를 갈라놓으니 아래로는 민심이 흉흉하고 사람마다 두려움을 느끼고 있습니다. 이는 선제께서 폐하와 신하들에게 부탁하신 바가 아닙니다.

이제 신은 비록 병들고 우매하오나 어찌 감히 지난날 선제의 말씀을 잊을 수 있겠습니까? 태위인 신(臣) 장제와 신 상서 사마부(司馬浮)는 함께 조상이 불충한 생각을 하고 있다고 여겨, 그 형제들은 마땅히 병권을 내놓아야 하겠기에 이제 영녕궁(永寧宮)의 황태후께 아뢴 다음 신에게 이렇게 조치하도록 하셨습니다. 이에 신은 역적의 주모자와 환관과 조상·조희·조훈 형제의 병권을 빼앗았습니다. 만약 저들이 그곳에 머물며 어가를 감히 모신다며 자리를 지키려 한다면 신은 군법에 따라 그들을 다스리고자 병력을 힘써 휘몰아 낙수에 부교를 설치하고 사태를 살펴보고 있나이다. 이에 표문을 올려 폐하의 뜻을 묻사오니 엎드려 비답(批答)을 기다리나이다."

위왕 조방은 듣기를 마치자 조상을 불러 말했다.

"사마의의 뜻이 이러하니 경은 어찌하면 좋겠소?"

조상은 손발을 떨며 두 형제에게 물었다.

"어찌면 좋겠느냐?"

조희가 대답했다.

"부족한 이 아우가 일찍이 형님께 말씀을 드렸으나 듣지 않으시더니 오늘의 지경에 이르렀습니다. 사마의는 지모가 빼어나 제갈공명도 그를 이기지 못했는데 하물며 우리 형제야 더 말할 것이 있겠습니까? 우리 스스로 몸을 묶고 그를 찾아가 목숨이라도 건지느니만 못할 것입니다."

그의 말이 끝나지도 않았는데 참군 신창과 사마 노지가 이르자 조상이 물었다.

"어찌하면 좋을꼬?"

두 사람이 대답했다.

"지금 성안은 철통처럼 지키고 있습니다. 사마의는 낙수의 부교에 주둔하고 있는데 대세는 이미 기울었습니다. 마땅히 서둘러 계책을 마련해야 합니다."

그런 이야기를 나누고 있는데 사농 환범이 말을 몰고 달려와 조상에게 말했다.

"사마의가 이미 변란을 일으켰는데 장군께서는 어찌하여 천자께 허도로 돌아가 다른 병사들을 모아 사마의를 토벌하려 하지 않으십니까?"

조상이 말했다.

"우리의 식솔들이 모두 성안에 있는데 어떻게 다른 곳 병사들의 도움을 요청할 수 있을꼬?"

환범이 말했다.

"필부도 어려움에 빠지면 살길을 찾습니다.[匹夫臨難 尙欲望活] 이제 주공께서는 천자를 모시고 천하를 호령하시는데 누가 감히 따르지 않겠습니까? 어찌하여 스스로 죽음의 길로 들어가려 하십니까?"

그 말을 들은 조상은 결정을 하지 못하고 눈물만 흘렸다. 환범이 다시 말했다.

"여기에서 허도로 떠나면 오늘 밤 안에 이를 수 있습니다. 성안에는 양식과 말먹이가 많아 몇 년을 버틸 수 있습니다. 지금 주공 휘하의 다른 영채에 있는 병사들이 가까운 대궐 남쪽에 있어 부르기만 하시면 곧 달려올 것입니다. 대사마(大司馬)의 도장은 제가 가지고 있습니다. 주공께서는 어서 떠나시지요. 늦으면 일을 그르칩니다."

그 말을 듣자 조상이 말했다.

"다른 사람들은 나를 너무 재촉하지 마시오. 내가 깊이 생각해보겠소."

조금 시간이 지나자 시중 허윤과 상서 진태가 이르러 말했다.

"사마의는 다만 장군께서 너무 강력한 병권을 잡고 있으니 그 병권을 빼앗는 것 말고는 다른 뜻이 없다고 합니다. 장군께서는 어서 성으로 들어가시지요."

조상이 아무 말도 하지 않았다. 그때 전중교위(殿中校尉) 윤대목이 이르러 말했다.

"사마의는 낙수를 가리키며 맹세하기를 다른 뜻은 없다 하옵니다. 장(蔣) 태위의 글이 여기에 있습니다. 장군께서는 병권을 내놓으시고 서둘러 승상부로 돌아가심이 좋을 것입니다."

조상이 그렇게 하는 것이 좋겠다고 생각하고 있는데 환범이 다시 말했다.

"사정이 다급합니다. 다른 사람의 말을 듣고 죽을 곳으로 들어가지 마십시오."

그날 밤 조상이 결심하지 못하고 칼을 잡은 채 고민하면서 저녁부터 눈물을 흘렸는데 새벽이 이르도록 끝내 결심하지 못했다. 그때 환범이 들어와 다시 재촉했다.

"주공께서는 하룻밤을 생각하시고도 아직 결심을 하지 못하셨습니까?"

조상이 칼을 던지며 탄식했다.

"나는 군사를 일으키지 않겠노라. 벼슬을 버리고 돈 많은 늙은이로 사는 것으로 만족할 뿐이다."

환범이 통곡하며 말했다.

"조자단(조진의 자로서 조상의 아버지임)은 지모가 빼어나다고 자랑하더니 그 아들 삼형제는 소나 돼지만도 못하구나."

그러면서 통곡을 멈추지 않았다. 허윤과 진태는 도장과 도장끈을 사마의에게 바치라고 지시했다. 조상이 도장을 보내려는데 주부 양종(楊綜)이 길을 막고 통곡하며 말했다.

"주공께서 오늘 병권을 버리시고 스스로 결박한 채 사마의에게 투항하신다면 동쪽저자에서 죽음을 겪을 것입니다."

그 말을 들은 조상이 말했다.

"사마 태부는 나에게 거짓말을 하지 않을 것이다."

조상은 곧 도장과 도장끈을 허윤과 진태에게 주어 사마의에게 바치도록 했다. 장수에게서 도장이 사라지자 모든 장졸이 사방으로 흩어졌다. 조상의 밑에는 몇 명의 관리가 말을 타고 있었다. 일행이 부교에 이르자 사마의는 조상 삼 형제를 집으로 돌려보내고 나머지는 모두 감옥에 가두어 황제의 칙령을 기다리도록 했다. 조상이 성안으로 들어가는데 단 한 사람의 시종도 따르지 않았다. 환범이 부교 근처에 이르니 사마의가 말

위에서 채찍으로 가리키며 말했다.

"환범은 어찌하여 그런 짓을 하였는고?"

환범이 아무 말도 못 하고 고개를 숙인 채 성안으로 들어갔다.

그 무렵 사마의는 영채를 허문 다음 어가를 모시고 낙양으로 들어갔다. 조상의 삼 형제가 집으로 돌아가자 사마의는 그들의 대문을 잠그도록 하고 백성 팔백 명을 시켜 집을 둘러싸도록 했다. 조상이 몹시 근심스러워 하는데 조희가 형에게 말했다.

"지금 집 안에 양식이 떨어졌는데 형님께서 사마 태부에게 글을 보내시어 식량을 보내달라고 부탁해보시지요. 만약 양식을 보내주면 우리를 죽일 뜻이 없는 것입니다."

조상이 편지를 써 사마의에게 보냈다. 편지를 읽은 사마의는 운송관을 보내어 양식 백 말[斛]을 조상의 관아로 보내주었다. 이를 본 조상이 기뻐하며 말했다.

"사마 공이 본디부터 나를 죽일 마음이 없었구나."

그러면서 더 이상 걱정하지 않았다.

사마의는 먼저 환관 장당을 잡아들여 문초하니 장당이 말했다.

"이번 일은 저 혼자 꾸민 일이 아니옵고 하안·등양·이승·필궤·정밀 등 다섯 사람이 일을 꾸며 황제를 찬탈하려 했던 것입니다."

장당의 자백을 들은 사마의가 다시 하안의 무리들을 잡아들여 문초하니 모두가 삼월에 찬역하기로 했음을 자백했다. 사마의는 그들에게 큰칼을 씌워 감옥에 집어넣었다. 그때 수문장이 들어와 보고했다.

"환범이 거짓으로 칙서를 작성하여 성을 빠져나가 태부께서 모반을 일으켰다고 떠들고 다닙니다."

그 말을 들은 사마의가 말했다.

"남을 무고한 사람은 그 무고한 내용과 같은 죄를 받아야 하느니라.[誣人反情 抵罪反坐]"[1]

그리하여 사마의는 환범의 무리를 감옥에 가둔 다음 조상 삼 형제와 천 명의 범인들을 모두 저자에 끌고 가 삼족과 함께 죽인 다음 그들의 재산을 국고에 집어넣었다.

그 무렵 조상의 사촌 동생 문숙(文叔)의 아내는 하후령(夏侯令)의 딸이었는데 일찍이 남편을 잃고 자식도 없었다. 그의 아버지가 그를 개가(改嫁)시키려 하였으나 그는 귀를 잘라버리며 수절할 것을 다짐했다. 조상이 죽자 그 아버지가 다시 그를 개가시키려 했더니 이번에는 코를 잘라버렸다. 집안사람들이 놀라 말했다.

"인생이란 가벼운 티끌이 여린 풀잎에 얹혀 있는 것과 같은데[人生世間 如輕塵棲弱草] 어찌하여 너는 그토록 스스로 괴롭히는가? 더욱이 남편의 가족들은 모두 사마의의 손에 죽었는데 이제 무엇을 더 지키려 하느냐?"

그러자 그 여인이 울면서 대답했다.

"제가 들은 바에 따르면, '어진 사람은 잘살고 못사는 것에 따라 절개를 바꾸지 않고, 의로운 사람은 죽고 사는 일로 마음을 바꾸지 않는다'[仁者不以盛衰改節 義者不以存亡易心]고 합니다. 조 씨 가문이 번성할 때도 오히려 끝까지 정절을 지키려 했는데 하물며 멸문(滅門)한 가문에서 차마 절개를 버리겠습니까? 그것은 들짐승들이나 하는 짓이니 제가 어찌 그렇게 살 수야 있겠습니까?"

---

[1] 이 형률은 본디 원률(元律) 대원통제(大元通制) 소송(訴訟) 편에 나오는 말인데 나관중이 시대를 앞당겨 쓴 것으로 보인다.

사마의가 그 여인의 현숙함을 듣고 양자를 들여 조 씨의 가문을 잇게 했다.

뒷날 어느 시인이 그를 두고 이런 시를 남겼다.

인생이란 풀잎에 앉은 먼지라 하니 달관한 말이라,
하후 씨 집안 여인의 절개가 태산 같구나.
대장부도 치마 입은 여인만 못하여
수염 달린 얼굴이 부끄러워 땀이 흐르네.
弱草微塵盡達觀 夏侯有女義如山
丈夫不及裙釵節 自顧鬚眉亦汗顏

그 무렵 사마의가 조상의 목을 베자 태위 장제가 들어와 말했다.

"노지와 신창은 성문을 부수고 달아났고, 양종은 대장의 도장을 돌려주지 않으니 이들을 그대로 둘 수는 없습니다."

그 말을 들은 사마의가 말했다.

"그들도 각기 그 주군을 섬기는 일이니 그 또한 의로운 일이니라."

그리고서는 그들에게 각기 지난날의 벼슬을 돌려주었다. 신창이 탄식하며 말했다.

"내가 누이의 말을 듣지 않았더라면 대의를 잃을 뻔했구나."

뒷날 한 시인이 신헌영을 칭송하며 이런 시를 남겼다.

신하가 된 몸으로 국록을 먹으면 마땅히 은혜를 알아야 하고
주인을 섬기되 위험에 빠지면 충성을 다함이 마땅한 일이니
신헌영은 일찍이 동생을 바른길로 가르쳐

천년의 세월을 두고 그 높은 뜻을 칭송받는구나.
爲臣食祿當思報 事主臨危合盡忠
辛氏憲英曾勸弟 故令千載頌高風

사마의는 신창의 무리들을 용서한다는 방문을 내걸고 조상의 부하로 있던 사람들에게는 모두 사형을 면하여 옛날의 벼슬로 복직시켜주었다. 백성과 병사들이 모두 맡은바 직업에 충실하니 나라의 안팎이 안정되었다. 하안과 등양 두 사람은 비명에 죽어 과연 관로(管輅)의 예언대로 되었다.

이를 두고 뒷날의 한 시인이 관로를 칭송하는 시를 남겼다.

성현의 미묘한 비결을 이어받았으니
평원의 관로는 하늘의 뜻을 알았도다.
하안과 등양이 귀신처럼 보였으니
죽기에 앞서 이미 그들의 죽음을 알았구나.
傳得聖賢眞妙訣 平原管輅相通神
鬼幽鬼躁分何鄧 未喪先知是死人

그런 일이 있은 뒤에 위왕 조방은 사마의에게 구석(九錫)2)을 더하니 사마의가 굳이 사양하며 받지 않았다. 그러나 조방이 허락하지 않고 세 부자에게 국사를 맡겼다. 그러던 터에 사마의에게 문득 의심이 들었다.

"조상의 가족들은 모두 죽였다지만 하후현(夏侯玄)이 옹주(雍州)를 지

---

2) 큰 공을 세운 대신에게 내리는 아홉 가지의 특권을 뜻함. 제3권 제61회 각주 4 참조.

키고 있으니 조상의 친척들이 반란을 일으킨다면 어찌 막을 수 있을까? 마땅히 대비를 해야겠구나."

생각이 거기에 이른 사마의는 곧 칙사를 옹주로 보내어 정서장군(征西將軍) 하후현을 낙양으로 불러들이는 문제를 상의했다. 하후현의 숙부 하후패(夏侯霸)는 그 소식을 듣고 크게 놀라 본부 병력 삼천 명을 이끌고 반란을 일으켰다. 옹주를 지키고 있던 자사 곽회(郭淮)는 하후패가 반란을 일으켰다는 말을 듣자 곧 본부 병력을 이끌고 하후패를 만나 전투를 시작했다. 곽회가 말을 몰고 나오며 큰 소리로 욕설을 퍼부었다.

"너는 대위(大魏)의 황족[3]으로서 천자께서 일찍이 너를 섭섭하게 여기지 않았거늘 어찌하여 반란을 일으켰는가?"

하후패 또한 욕설을 퍼부으며 말했다.

"나의 조상들[4]께서 이 나라에 많은 공로를 세우셨거늘, 필부 사마의는 나의 형 조상의 가족을 죽이더니 이제는 나마저 불러들여 죽이려 하니 머지않아 반드시 찬역하려는 것이로구나. 나는 다만 의리를 좇아 역적을 토벌하려는 것이지 어찌 반역할 뜻이 있겠느냐?"

곽회가 대로하여 창을 비껴잡고 말을 몰아 하후패와 겨루려 하였다. 하후패가 칼을 휘두르며 말을 몰고 나가 곽회를 맞았다. 여남은 번을 겨루더니 곽회가 견디지 못하고 달아나자 하후패가 그 뒤를 추격했다. 그때 하후패의 후군에서 함성이 일기에 말을 돌려 바라보니 진태가 병력을 이끌고 달려오고 있고, 달아나던 곽회마저 되돌아서 양쪽에서 짓쳐들어왔다. 하후패는 크게 무너져 달아나면서 병력의 절반을 잃었다.

---

3) 조 씨 가문은 본디 하후 씨로서 입양한 집안이기 때문에 혈족이었다. 그뿐만 아니라 하후패의 어머니가 조상의 고모였다.
4) 하후패는 하후연의 아들이었다.

아무리 생각해도 계책이 떠오르지 않자 하후패는 끝내 서촉으로 들어가 후주에게 항복했다. 하후패가 항복하러 왔다는 사실을 척후가 강유에게 보고하자 강유가 미덥지 않아 사람을 시켜 허실을 알아보게 한 다음 성안으로 들어오게 했다. 하후패가 인사를 마치더니 통곡하며 지난 일을 말했다. 그 말을 들은 강유가 말했다.

"지난날 미자(微子)는 주(周)나라로 가 역사에 길이 이름을 남겼는데[5] 공은 능히 한나라 왕실을 일으킨다면 옛사람에게 부끄러움이 없을 것이오."

그러고서 강유는 잔치를 열어 하후패를 대접하며 물었다.

"이제 사마의 부자가 대권을 잡았으니 우리나라를 엿보려는 뜻을 품은 것이 아니겠소?"

하후패가 대답했다.

"그 늙은 역적은 황제의 자리를 찬탈하려는 데 정신이 팔려 나라 밖을 돌볼 겨를이 없습니다. 다만 위나라에는 새로이 떠오르는 두 인물이 있는데 젊은 나이에 그들이 병마를 거느리게 된다면 참으로 오나라와 서촉의 근심이 될 것입니다."

"그 두 인물이 누구요?"

"한 사람은 비서랑(秘書郎)으로 영천(潁川) 장사(長社) 사람 종회(鐘會)인데 자(字)를 사계(士季)라 하며, 태부(太傅) 종요(鐘繇)[6]의 아들입니다. 어려서부터 담대했습니다. 언제인가 그 아버지 종요가 두 아들을

---

5) 미자는 중국 상(商)의 마지막 임금인 폭군 주왕(紂王)의 이복형이었는데 상이 멸망하자 주(周) 성왕(成王)을 찾아가 송(宋)의 제후로 책봉되었다. 비간(比干)과 기자(箕子)와 함께 상 말기의 세 명의 어진 사람[三仁]으로 꼽힌다.
6) 종요(鐘繇)는 조조의 충복으로 제3권 제56회에 등장함. 당대의 명필이었음.

데리고 문제(文帝, 조비)를 뵈러 갔는데 그때 종회의 나이는 일곱 살이었고, 형 종육(鍾毓)의 나이는 여덟 살이었습니다. 종육은 황제를 뵈자 얼굴에 땀이 흥건히 흘렀습니다. 이를 본 문제가 물었습니다. '너는 어찌하여 그리 땀을 흘리는고?' 그 말에 종육이 이렇게 대답했습니다. '떨리고 황송하여 땀이 물처럼 흐릅니다.'[戰戰惶惶 汗出如漿]

문제가 다시 종회에게 물었습니다. '너는 어찌하여 땀을 흘리지 않는가?' 그 말에 종회는 이렇게 대답했답니다. '떨리고 두려워 감히 땀이 나지 않습니다.'[戰戰慄栗 汗不敢出] 그 말을 듣고 문제께서 더욱 그를 기특하게 여겼습니다. 종회는 나이가 들자 병서를 즐겨 읽고『육도삼략』(六韜三略)을 깊이 깨달아 사마의와 장제가 모두 그의 재주를 칭송했습니다."

강유가 다시 물었다.

"또 다른 한 사람이란 누구요?"

하후패가 다시 말을 이었다.

"다른 한 사람은 연리(掾吏)7)로서 의양(義陽) 사람인데 이름은 등애(鄧艾)라 하고 자(字)를 사재(士載)라 합니다. 어려서 부모를 잃었으나 평소에 뜻이 크고 높았는데, 높은 산이나 큰 호수를 보면 문득 살펴보고 손가락으로 가리키며 여기는 영채를 차리기에 좋고 여기는 양곡을 비축하기에 좋고 여기는 매복하기에 좋은 곳이라고 말했습니다. 사람들이 그를 비웃었지만 사마의만은 그의 재주를 기특하게 여겨 참찬군기(參贊軍機)로 삼았습니다. 등애는 말을 더듬어 황제에게 말씀을 드릴 때면 늘 "애, 애" 하는 버릇이 있어 사마의가 놀리느라고 물었답니다. '그대는 말끝마다 애, 애 하는데 애가 몇인가?'8) 이에 등애가 이렇게 대답했습니다.

---

7) 연리(掾吏) : 주와 현의 하급 무사임.

제107회 의인은 생사로 마음을 바꾸지 않는다 247

'봉황이여, 봉황이여, 하지만 봉황은 하나뿐입니다.'9) 등애의 민첩한 재치가 이러했습니다. 이 두 사람은 참으로 두려운 존재들입니다."

그 말을 들은 강유가 웃으며 말했다.

"듣자니 아직 애들 같은데 어찌 더 말할 나위가 있겠소?"

그 무렵에 강유는 하후패를 데리고 성도에 이르러 후주를 뵈었다. 강유가 아뢰었다.

"사마의가 조상을 모략으로 죽이고 이제 다시 하후패를 미워하니 그가 우리에게 투항하였습니다. 이제 사마의 부자가 모든 권력을 잡고 또한 조방은 나약하니 위나라가 장차 위험할 것입니다. 신이 한중에 머물 적에 병사들은 정예하고 양곡은 넉넉했습니다. 신은 바라옵건대 군사를 일으켜 하후패를 길잡이로 삼아 중원을 다시 찾아 한나라 왕실을 일으켜 폐하의 은혜를 갚고 승상의 뜻을 이루고자 합니다."

그 말을 들은 상서령(尙書令) 비의(費禕)가 말리며 아뢰었다.

"요즘에 이르러 장완(蔣琬)과 동윤(董允)이 모두 죽고 나라 안을 다스릴 사람이 없습니다. 강백약은 모름지기 때를 기다려야 하며 가볍게 움직여서는 안 됩니다."

그 말을 들은 강유가 말했다.

---

8) 중국어로 애(艾)라 할 때는 나이의 뜻이 있다.
9) 『논어』「미자」(微子) 편에 다음과 같은 일화가 나온다. 초나라의 미치광이 접여(接輿)가 공자의 수레를 지나면서 이렇게 노래를 불렀다. "봉(鳳)이여, 봉이여! 어찌 덕이 그리도 쇠하였는가? 지나간 일은 간(諫)할 수 없으나 다가오는 것은 그나마 좇을 수 있는 것. 그만두어라, 그만두어라! 지금에 정치한다는 무리는 위태로울 뿐이로다!" 공자가 수레에서 내려 그와 말을 나누어보고자 하였지만 그는 내달아 피해버려 더불어 말을 해볼 수가 없었다.[楚狂接輿歌而過孔子曰 鳳兮鳳兮 何德之衰 往者不可諫 來者猶可追 已而 已而 今之從政者殆而 孔子下 欲與之言 趨而辟之 不得與之言]

"인생이란 백마가 달려가는 것을 문틈으로 내다보는 것처럼 빠르게 흘러갑니다.[人生如白駒過隙]10) 그러하온데 세월만 기다리다가 어느 때 중원을 되찾을 수 있겠소?"

비의가 다시 아뢰었다.

"손자(孫子)가 말하기를, '적을 알고 자신을 알면 백 번 싸워 백 번 이긴다.'[知彼知己 百戰百勝] 하였습니다. 저희의 능력이 제갈 승상만 못하고 승상도 중원을 회복하지 못했는데 하물며 어찌 우리가 그 일을 감당할 수 있겠소?"

강유가 말했다.

"내가 농서에 오래 머물러서 강인(羌人)들의 마음을 잘 알고 있습니다. 만약 이제 강인들과 동맹을 맺어 도움을 받는다면 비록 중원을 회복할 수 없을지라도 농서 서쪽 땅만이라도 차지할 수 있소."

그 말을 들은 후주가 말했다.

"경이 이미 위나라를 정벌하고자 결심했다면 충성을 다하고 힘을 쏟아 우리 병사들의 예기가 꺾여 짐의 명령을 저버리는 일이 없도록 하시오."

강유는 칙명을 받고 조정을 물러나와 하후패와 함께 한중에 이르러 군사를 일으키는 일을 논의하며 말했다.

"먼저 사신을 강인들에게 보내어 동맹을 맺은 다음 서평(西平)으로 나아가 옹주로 쳐들어가는 것이 좋겠소. 그리고 국산(麴山) 아래에 두 개의 성을 쌓아 병사들에게 지키게 하여 사슴을 잡는 자세[掎角之勢]11)를 취

---

10) 본디 이 경구는 다소 글자가 다르게 『예기』(8) 「삼년문(三年問)」에 나오는 말인데, 『장자』의 「지북유(知北遊)」 장과 『사기』 「위표/팽월열전(魏豹/彭越列傳)에 인용되었고, 『삼국지』의 이 장면에서 인용되어 유명해졌다.
11) 사슴 사냥의 진세[掎角之勢] : 제1권 제11회 각주 4 참조.

하는 것이 좋겠소. 나는 양곡을 모두 서천의 어구로 보내어 지난날 제갈 승상이 쓰던 방법에 따라 진격할 것이오."

그해(서기 249) 가을 팔월, 강유는 먼저 서촉의 장수 구안(句安)과 이흠(李歆)에게 만오천 명의 병력을 주어 국산 앞에 두 개의 성을 쌓게 하고 구안에게는 동쪽 성을 지키고 이흠에게는 서쪽 성을 지키도록 하였다.

첩자가 곧 옹주자사 곽회에게 이를 보고했다. 곽회는 한편으로는 낙양에 알리고 다른 한편으로는 부장(副將) 진태에게 오만 명의 병력을 주어 서촉의 병력을 맞아 싸우도록 했다.

구안과 이흠은 각기 한 부대씩을 이끌고 나가 싸웠으나 병력이 적은 탓으로 대적하지 못하고 성으로 쫓겨 돌아왔다. 위나라의 진태는 사만 명의 병력으로 성을 둘러싸고 공격하도록 하는 한편 한중에서 오는 군량미를 끊도록 했다. 성안에 있던 구안과 이흠은 양식이 떨어졌다. 그 무렵에 곽회가 병력을 이끌고 이르러 지형을 살펴본 다음 몹시 기뻐하며 영채로 돌아와 진태와 더불어 계책을 논의하면서 말했다.

"이 성은 산세가 높아 반드시 물이 부족하여 물을 얻으려고 병사들이 밖으로 나올 것이오. 만약 우리가 상류의 물길을 막으면 촉군은 모두 목이 타 죽을 것이오."

이어서 곽회는 병사들을 시켜 상류의 물길을 끊게 하니 생각했던 바대로 성안에 물이 말랐다. 이흠은 병력을 이끌고 물을 얻으러 성 밖으로 나왔으나 옹주 병사들에게 포위되어 몹시 위태롭게 되자 죽을힘을 다하여 싸우다가 견디지 못하고 성으로 쫓겨 들어왔다. 구안도 성안에 물이 떨어지자 이흠과 함께 병력을 이끌고 성을 나가 한곳에서 한참 싸웠으나 견디지 못하고 성안으로 돌아왔다. 병사들의 목이 타들어가자 구안과 이흠이 말했다.

"강 도독의 병력이 아직도 오지 않으니 무슨 까닭인지 모르겠소."

이흠이 대답했다.

"내가 목숨을 걸고 성을 나가 구원을 요청하겠소."

그러고서는 기병 몇십 명을 거느리고 성문을 나가 달려 나갔다. 옹주의 병사들이 사방으로 둘러싸고 달려들자 이흠은 죽기로 싸워 겨우 에움을 벗어났으나 자기 혼자뿐이요 몸은 상처투성이인데 나머지 병사들은 어지럽게 싸우다가 모두 죽었다. 그날 밤 마침 북풍이 몹시 불어 하늘이 어둡더니 큰 눈이 내려 성안의 병사들은 눈을 녹여 밥을 지어 먹었다.

그 무렵 이흠은 에움을 뚫고 서산의 샛길로 이틀을 달려가다가 마침 강유의 병력을 만났다. 이흠이 말에서 내려 엎드려 말했다.

"곡산의 두 성은 모두 위나라 병사들에게 포위되었고 물마저 끊어졌는데, 다행스럽게도 많은 눈이 내려 눈을 녹여 날을 보내고 있을 정도로 매우 위급합니다."

그 말을 들은 강유가 말했다.

"내가 일부러 늦은 것이 아니라 강병들의 도착이 늦어 이런 실수를 하게 되었다오."

강유는 사람을 시켜 이흠을 서천으로 보내어 요양하도록 했다. 강유가 하후패에게 물었다.

"강병들이 아직도 오지 않는 것은 위나라 병사들이 곡산을 엄중히 포위하고 있기 때문인데 장군에게 좋은 생각이 없소?"

하후패가 대답했다.

"만약 강병이 오기를 기다리기만 하다가는 국산의 두 성이 모두 함락될 것입니다. 내가 생각건대 옹주의 병력들이 모두 국산을 공격하러 갔으니 옹주성은 반드시 비어 있을 것입니다. 그러니 장군께서 병력을 이끌고 우두산을 거쳐 옹주의 배후를 공격하면 곽회와 진태가 반드시 옹주를 구원하러 올 것이니 그렇게 되면 국산의 포위는 자연히 풀리게 될 것입니다."

강유가 몹시 기뻐하며 말했다.

"그 계책이 참으로 훌륭하오."

그러고서 강유는 병력을 이끌고 우두산을 바라보며 떠났다.

그 무렵 진태는 이흠이 죽을힘을 다하여 성을 빠져나가는 것을 보자 곽회에게 말했다.

"이흠이 서둘러 강유를 찾아가 그들의 위급함을 알리면 강유는 우리의 병력이 모두 국산에 모인 것을 알고 반드시 우두산을 거쳐 우리의 배후를 습격할 것이오. 그러니 장군은 병력을 이끌고 조수(洮水)로 가 물길을 끊고 촉군의 군량미 운송을 끊으시오. 나는 절반의 병력을 이끌고 우두산으로 가 공격하겠소. 만약 강유가 양곡이 끊어졌음을 알게 되면 스스로 도망할 것이오."

곽회가 그 말을 따라 한 부대를 이끌고 몰래 조수로 숨어들어가고 진태는 남은 병력을 이끌고 우두산으로 갔다.

그 무렵에 강유가 우두산에 이르니 문득 전방에서 함성이 일어나더니 위나라 병사들이 길을 막고 있다는 보고가 들어왔다. 강유가 놀라 전방에 이르러 바라보니 진태가 크게 소리쳤다.

"너는 나의 옹주를 치러 오고 있다만 내가 이미 너를 기다리고 있은 지 오래로다."

강유가 대로하여 창을 비껴잡고 말을 몰고 나가 바로 진태에게 달려갔다. 진태도 칼을 휘두르며 마주 나왔다. 두서너 번을 겨루다가 진태가 달아나자 강유가 추격했다. 옹주 병사들은 달아나며 산 위를 차지했다. 강유는 병사를 거두어 우두산에 영채를 세웠다. 강유는 매일 병력을 내보내어 싸움을 걸었으나 승패가 나지 않았다. 이를 본 하후패가 강유에게 말했다.

"이곳은 오래 머물 곳이 못됩니다. 매일 싸우면서도 승패가 나지 않는 것을 보니 우리 병력을 유인하려는 다른 음모가 있음이 분명합니다. 그러니 잠시 물러나 좋은 방도를 찾느니만 못합니다."

그런 이야기를 나누고 있는데 문득 곽회가 병력을 이끌고 조수를 차지하였으며 양곡의 운송로를 끊었다는 보고가 올라왔다. 강유가 크게 놀라 하후패에게 먼저 물러가도록 하고 자신은 뒤를 막았다. 진태가 병력을 다섯으로 나누어 추격해 왔다. 강유는 홀로 다섯 길이 만나는 입구에서 위나라 병사와 싸웠다. 진태가 병력을 이끌고 산으로 올라가 돌과 화살을 비 오듯이 퍼부었다.

강유가 서둘러 조수에 이르렀을 무렵 곽회가 병력을 이끌고 쳐들어왔다. 강유가 병력을 이끌고 마주 싸웠다. 위나라 병사들이 길을 막고 있는데 그 조밀함이 철통같았다. 강유는 죽을힘으로 싸워 병력의 절반을 잃은 채 나는 듯이 양평관에 이르렀다. 그때 다시 앞에서 한 장수가 말 위에 올라 칼을 비껴잡고 나타났다. 그 사람의 얼굴은 둥글고 귀는 크고 입은 모가 나고 입술은 두터운데 왼쪽 눈 아래 검은 점이 있고 점 위에는 여남은 개의 검은 털이 솟아 있었다. 이 사람이 곧 사마의의 맏아들 표기장군(驃騎將軍) 사마사였다. 강유가 대로하여 소리쳤다.

"어찌 어린놈이 감히 나의 돌아가는 길을 막느냐?"

그는 말을 박차고 창을 휘두르며 곧 사마사를 향하여 달려가니 사마사도 칼을 휘두르며 마주 나왔다. 단 서너 번 겨루고 사마사를 물리친 강유는 몸을 빼어 서둘러 양평관에 이르렀다. 성 위의 수비대가 성문을 열어 강유를 맞이했다.

사마사가 성을 빼앗으러 달려가자 양쪽에서 복병들이 한꺼번에 쇠뇌[弩]를 쏘아대는데 한 번에 열 발의 화살이 날아갔다. 이것이 곧 제갈량이 죽으면서 유언으로 남긴 연노법(連弩法)이었다.

이를 두고 뒷날 한 시인이 이런 시를 남겼다.

어렵게도 이날 삼군이 무너졌는데
오로지 믿느니 쇠뇌의 열 발 화살이로구나.
難支此日三軍敗 獨賴當年十矢傳

사마사의 목숨은 어찌 되려나?

제 108 회

신하의 위세가 왕에게 넘치면 죽는다

> 정봉은 눈밭에서 홀로 싸우고
> 손준은 잔치를 차려 음모를 꾸미다.

그 무렵에 강유가 한참 달려가는데 사마사가 병력을 이끌고 길을 막았다. 본디 강유가 옹주를 칠 적에 곽회가 나는 듯이 이를 알리자 위왕은 사마의와 상의하였다. 사마의는 맏아들 사마사에게 오만 병력을 주어 옹주로 가는 길이었는데 곽회가 이미 서촉의 병력을 물리쳤다는 말을 듣고 저들의 병력이 약하다고 여겨 중간에서 막은 것이었다.

사마사는 곧 양평관에 이르렀으나 강유가 제갈량으로부터 배워둔 연노법으로 두 길로 매복하여 사마사를 공격한 것이었다. 연노는 한 발에 열 발씩 나가게 되어 있는데 모두 살촉에 독약이 묻어 있어 앞장서서 달려가던 부대의 병마가 수없이 죽었다. 사마사는 그 어지러운 싸움에서 겨우 빠져나와 목숨을 건져 도망했다.

그 무렵에 국산성을 지키고 있던 촉나라 장수 구안은 구원병이 오지 않자 성문을 열고 위나라 병사들에게 항복했다. 강유는 병사의 절반을 잃고 군사를 돌려 돌아와 한중에 영채를 차렸다. 사마사도 스스로 낙양으로 돌아갔다.

　가평 3년(嘉平, 서기 251) 가을 팔월에 이르러 사마의는 몸이 아프기 시작하더니 날이 갈수록 병이 깊어졌다. 그는 두 아들을 침상 가까이 불러 유언을 했다.

　"내가 위나라를 섬긴 지 오랜 세월이 흘러 벼슬이 태부에 이르렀으니 신하 된 몸으로 더 오를 곳이 없게 되었다. 세상 사람들은 내가 혹시라도 반역의 뜻을 품지나 않을까 모두 의심하였기에 나는 늘 그것을 두렵게 생각했다. 내가 죽은 뒤에 너희 두 사람은 국정을 잘 처리하되 삼가고 거듭 삼가야 하느니라."

　유언을 마치자 사마의는 세상을 떠났다. 맏아들 사마사와 둘째 아들 사마소가 함께 대궐로 들어가 위주 조방에게 알리니 조방은 정중하게 장례를 치러주고 재산과 시호를 내렸으며, 사마사를 대장군으로 삼아 국가의 기밀과 대사를 처리하게 하고 사마소를 표기상장군(驃騎上將軍)으로 삼았다.

　한편 오나라 왕 손권은 태자 손등(孫登)을 낳았는데 서(徐) 씨 부인의 소생이었다. 손등이 오나라 적오(赤烏) 4년(서기 241)에 죽자 둘째 아들 손화(孫和)를 태자로 삼았는데 그는 낭야왕(琅琊王) 부인의 소생이었다. 손화는 손권의 딸 전(全) 공주와 화목하지 못하였다. 손권은 공주의 참소를 듣고 그를 태자에서 폐위하니 그가 홧병을 얻어 죽었다. 손권은 다시 셋째 아들 손량(孫亮)을 태자로 세웠는데 반(潘) 부인의 소생이었다. 그 무렵에는 이미 육손(陸遜)과 제갈근(諸葛瑾)이 모두 죽어 크고 작은 정사가 모두 제갈근의 아들 제갈각(諸葛恪)에로 돌아갔다.

　태원(太元) 원년(서기 251) 가을 8월 초하루에 큰 바람이 일고 강과 바다의 물이 넘쳐 평지에도 수심이 여덟 자가 되었다. 손권 선조의 능에 심었던 소나무가 뽑혀 바람에 날려 건업의 성문 밖까지 날아가 길거리에 거꾸로 서 있었다. 손권은 그로 말미암아 병을 얻었다.

이듬해인 태원 2년 4월에 손권은 병세가 깊어지자 태부(太傅) 제갈각과 대사마 여대(呂岱)를 침소에 불러 뒷일을 부탁하고 곧 숨을 거두었다. 그의 재위는 24년이었고, 나이는 일흔한 살이었으니 촉한의 연희(延熙) 15년(서기 252)이었다.

뒷날 시인이 그를 두고 이런 시를 남겼다,

    자주색 수염에 붉은 눈의 영웅이라 불리며
    능히 신료들의 지극한 충성을 받았도다.
    이십사 년 대업을 이루어
    용과 호랑이 같은 기업을 강동에 이루었다네.
    紫髥碧眼號英雄 能使臣僚肯盡忠
    二十四年興大業 龍盤虎踞在江東

손권이 죽자 제갈각은 손량을 제위에 올리고 대사면을 내린 다음 연호를 건흥(建興) 원년이라 하고 손권에게 대황제의 시호를 올리고 장릉(蔣陵)에 모시었다.[1] 첩자가 이 사실을 알고 바로 낙양에 보고했다. 손권이 죽었다는 말을 들은 사마사는 곧 오나라를 정벌하는 일을 상의했다. 상서 부하(傅嘏)가 말했다.

"오나라는 장강의 험준함을 방벽으로 삼아 선제께서도 여러 차례 정벌

---

[1] 촉과 오가 모두 건흥(建興)이라는 연호를 써 혼란스럽다. 촉의 건흥 원년은 서기 223년이고, 오의 건흥 원년은 252년이다.

을 도모하셨으나 뜻을 이루지 못하였사오니 변방을 튼튼히 지키는 것이 상책입니다."

그 말을 들은 사마사가 말했다.

"하늘의 이치도 삼십 년이면 바뀌는 법[天道三十年一變]인데 언제까지 이렇게 천하가 셋으로 나뉘어[鼎足] 있도록 하겠소? 나는 오나라를 정벌하려 하오."

그 말을 들은 사마소가 말했다.

"이제 손권이 죽고 손량은 아직 나이가 어리니 그 틈을 타는 것이 옳습니다."

그리하여 정남대장군 왕창(王昶)에게 십만 대군을 이끌고 남군을 치도록 하고, 정동장군 호준(胡遵)에게 십만 대군을 이끌고 동흥(東興)을 치도록 하고, 진남도독 관구검(毌丘儉)에게 십만 대군을 이끌고 무창을 치도록 하여 세 길로 진격하도록 했다. 또한 사마소를 대도독으로 삼아 세 길의 병마를 통솔하도록 했다.

그해 겨울 섣달에 동오의 변방에 이르자 사마소는 병마의 영채를 세우고 왕창과 호준과 관구검을 장막으로 불러 적군을 깨칠 논의를 하면서 이렇게 말했다.

"동오에서 가장 중요한 곳은 동흥이라오. 이번에 그곳에 큰 제방을 쌓고 좌우에 성을 쌓아 소호의 뒤쪽을 공격하지 못하도록 해놓았으니 여러분들은 각별히 조심해야 하오."

사마소는 왕창과 관구검에게 각기 만 명의 병력을 주어 좌우로 나누되 출발을 멈추게 하고 동흥을 차지한 다음에 한꺼번에 진격하도록 했다. 왕창과 관구검 두 사람이 명령을 받고 떠났다. 사마소는 또한 호준을 선봉으로 삼아 세 길의 병사들을 먼저 떠나게 하여 부교를 세우도록 하면서 말했다.

"만약 좌우의 두 성을 빼앗을 수만 있다면 그것이 으뜸가는 공로가 될 것이오."

호준이 명령에 따라 병력을 거느리고 부교를 만들러 갔다.

그 무렵 오나라의 태부 제갈각은 위나라 병력이 세 길로 쳐들어온다는 보고를 받자 여러 관료를 모아 전략을 상의하는데 먼저 북장군(北將軍) 정봉(丁奉)이 입을 열었다.

"동흥은 오나라의 요지인데 만약 이곳을 잃는다면 남군과 무창마저 위험하게 됩니다."

그 말을 들은 제갈각이 말했다.

"그 말은 나의 뜻과 맞소이다. 장군은 삼천 명의 수군을 이끌고 강을 따라 올라가시오. 나는 여거(呂據)·당자(唐咨)·유찬(留贊)과 더불어 각기 보병 만 명을 이끌고 세 길로 나누어 뒤를 돕겠소. 그때 포성이 연거푸 들리면 한꺼번에 진격하시오. 나는 대군을 이끌고 뒤따라가리다."

정봉이 명령에 따라 삼십 척의 배에 삼천 명의 수병을 나누어 태우고 동흥을 바라보고 떠났다.

그 무렵 호준은 부교를 건너 제방 위에 영채를 세우고 환가(桓嘉)와 한종(韓綜)에게 두 성을 공격하도록 했다. 왼쪽 성은 오나라 장수 전단(全端)이 지키고 오른쪽 성은 유략(留略)이 지키고 있었다. 이 두 성은 높고 튼튼하여 쉽게 공격할 수가 없었다. 전단과 유략은 위나라 명사들의 위세에 눌려 감히 나가지 못하고 성을 지키기만 했다.

호준은 서당(徐塘)에 영채를 세웠다. 때는 추운 겨울이어서 눈이 몹시 내리자 호준은 여러 장수와 더불어 잔치를 열고 있는데 문득 강 위로 삼십 척의 전선이 올라오고 있다는 보고가 들어왔다. 호준이 나가서 바라보니 배가 곧 강변에 닿을 듯한데 배 위에는 각기 백 명 남짓한 수군이 타고 있었다. 호준은 장막 안으로 들어와 여러 장수에게 말했다.

"삼천 명도 되지 않는데 어찌 두려울 것이 있겠소?"

그는 부하들에게 적정을 살펴보도록 하고 여전히 술을 마셨다. 정봉은 한 줄로 배를 세우도록 하고 장수들에게 말했다.

"대장부가 공명을 세우고 부귀를 얻는 일이 바로 오늘에 달렸도다."

그는 장병들에게 갑옷과 긴 창[長戟]과 투구를 벗게 하고 그 대신에 오직 단검만을 지니도록 했다. 위나라 병사들이 그를 보고 웃으며 대비하지 않았다. 그때 문득 대포 소리가 들리자 정봉이 단검을 들고 단숨에 강변으로 올라가니 다른 수병들도 강변으로 올라가 위나라 영채로 쳐들어갔다. 위나라 병사들은 어찌 손쓸 겨를도 없었다.

한종이 서둘러 장막 앞에 있던 긴 창을 빼들고 겨루려 하였으나 먼저 정봉의 칼이 그의 품을 찌르고 들어가 땅에 꼬꾸라지게 만들었다. 환가가 왼쪽에서 달려 나와 엉겁결에 창으로 정봉을 찌르려다가 정봉이 창을 낚아채어 옆구리에 끼니 환가가 창을 버리고 달아났다. 그때 정봉이 칼을 날려 왼쪽 어깨를 찌르자 그가 뒤로 나자빠지니 정봉이 다가가 찔러 죽였다. 삼천 명의 오나라 병사들이 위나라 영채를 좌우로 돌격했다.

호준은 서둘러 말을 타고 달아났다. 위나라 병사들이 한꺼번에 달아나며 부교에 오르려는데 부교는 이미 끊어져 있어 절반이 물에 빠져 죽었고 눈밭에 꼬꾸라져 죽은 병사가 얼마인지 알 수 없었다. 오나라 병사들이 수레와 말과 무기를 모두 빼앗았다. 사마소와 왕창과 관구검은 동흥의 부대가 무너졌다는 소식을 듣자 그들도 또한 병력을 뒤로 물렸다.

그 무렵에 제갈각은 병력을 이끌고 동흥에 이르러 병사들에게 상을 주고 위로한 다음 여러 장수를 모아놓고 말했다.

"사마소가 전투에 지고 북쪽으로 돌아갔으니 이 틈에 중원을 정벌하기가 좋소."

제갈각은 한편으로는 사람을 서촉에 보내어 강유에게 북벌을 권고하면서 승리한 다음에는 영토를 절반씩 나누기로 하고 이십만 대군을 일으켜 중원으로 진격했다. 그가 막 떠나려는데 한 가닥 흰 기운이 땅에서 일어나 삼군의 진로를 막아 서로 얼굴을 알아볼 수가 없었다. 이를 본 장연(蔣延)이 말했다.

"이 기운은 햇무리[白虹]라 하옵는데 장군께서 병사들을 잃을 징조입니다. 태부께서는 조정으로 돌아가시는 것이 옳사오며 위나라를 정벌하는 일은 합당하지 않습니다."

그 말을 들은 제갈각이 대로하며 말했다.

"너는 어찌 감히 출전하는 지금에 그런 불리한 말을 하여 병사들의 사기를 꺾으려 하느냐?"

제갈각이 무사들을 호령하여 장연의 목을 베라 하였으나 여러 관료가 말려 그를 서인으로 내친 다음 진격했다. 그때 정봉이 말했다.

"위나라는 신성을 요충으로 삼았으니 만약 우리가 이 성을 차지하면 사마소의 간담이 찢어질 것입니다."

제갈각이 몹시 기뻐하며 곧 병력을 신성으로 파견했다. 성을 지키던 아문장군(牙門將軍) 장특(張特)은 오나라의 대군이 이르자 각 성문을 굳게 닫고 지키기만 하니 제갈각이 사방을 둘러싸게 했다. 척후가 나는 듯이 빠르게 이를 낙양에 알렸다. 주부 우송(虞松)이 사마사에게 아뢰었다.

"이제 제갈각이 신성을 둘러싸고 있으나 싸워서는 안 됩니다. 오나라 병사들은 사람이 많고 양곡은 적어 먹을 것이 없으면 곧 달아날 것입니다. 때를 기다렸다가 그들이 도주할 때 추격하면 반드시 대승을 거둘 것입니다. 다만 두렵건대 이 틈을 타 서촉이 쳐들어올까 하오니 방비하지 않으면 안 될 것입니다."

사마사가 그 말을 옳게 여겨 사마소에게 군대를 주어 곽회를 도와 강유를 막게 했다. 관구검과 호준은 오나라 병사들을 막게 했다.

그 무렵 제갈각은 몇 달 동안 신성을 공격하였으나 함락할 수 없게 되자 여러 장수를 모아놓고 공격을 게을리하는 무리는 목을 베도록 하였다. 그러는 사이에 여러 장수가 공격하여 신성의 동북문을 함락하였다. 이에 장특은 한 가지 계책을 마련했다. 그는 말 잘하는 세객(說客)에게 백성들에 관한 온갖 서류를 들려 오나라 제갈각의 영채를 찾아가 아뢰도록 했다. 세객이 제갈각을 만나 이렇게 말했다.

"우리나라의 법에 따르면 적군이 쳐들어와 성을 포위했을 적에 장수가 백일을 버티었는데도 구원병이 오지 않으면 성문을 나가 항복하더라도 가족들은 벌을 받지 않습니다. 이제 장군께서 우리 성을 에워싼 지 구십일이 지났으니 바라옵건대 며칠만 더 기다려주시면 제가 주장이 되어 군사들을 이끌고 나가 항복하고자 하오며 이에 먼저 백성들의 서류를 바칩니다."

제갈각이 군사를 물리고 공격을 멈추었다. 본디 장특이 구원병 이야기로 변명한 것은 오나라 병력을 속이고자 함이었다. 그는 성안의 집을 헐어 성을 완전히 보수한 뒤 성 위에 올라가 욕설을 퍼부었다.

"우리 성에는 아직 양곡이 반년 치나 남아 있는데 어찌 오나라의 개들에게 항복하겠는가? 다시 한번 싸워보자."

제갈각이 대로하여 병사들에게 공격을 재촉하자 성에서 어지러이 활을 쏘았다. 제갈각은 이마에 화살을 맞고 몸이 뒤집히며 말에서 떨어졌다. 부하들이 서둘러 구원하여 영채로 돌아와 상처에 쓰는 약을 발라주었으나 상처가 심각했다. 병사들의 사기가 떨어지고 날씨마저 찌는 듯하여 환자가 많이 생겼다. 제갈각은 상처가 조금 좋아지자 다시 공격을 명령했다. 그 말을 들은 병사가 말했다.

"병사마다 병에 걸려 싸울 수가 없습니다."

제갈각이 대로하여 말했다.

"병자 이야기를 다시 하는 무리는 목을 베리라."

병사들이 그 말을 듣고 두려워 도망하는 무리가 수없이 많았다. 그때 문득 도독 채림(蔡林)이 병사들을 이끌고 위나라로 도망했다는 보고가 들어왔다. 제갈각이 몹시 놀라 몸소 말을 타고 돌아보니 생각했던 대로 병사들의 얼굴에 누런 종기가 나고 병색이 완연한지라 제갈각은 병사들을 이끌고 오나라로 돌아갔다.

척후가 나는 듯이 이를 관구검에게 보고하자 그는 대군을 이끌고 오나라 군사를 엄습했다. 오나라 병사들이 크게 무너져 돌아갔다. 제갈각은 너무도 부끄러워 아프다는 핑계로 조회에 나가지 않았다. 오나라 왕 손량은 제갈각의 집을 몸소 찾아가 문병했다. 그러자 문무 관료들도 모두 찾아와 인사를 드렸다.

제갈각은 세상 사람들이 수군거릴까 두려워 먼저 실수한 장수들을 찾아내어 그 가볍고 무거운 바에 따라 변방으로 보내거나 중죄일 경우에는 목을 베어 백성들에게 보여주었다. 내외의 관료들 가운데 그를 두려워하지 않는 사람이 없었다. 그러고서 심복인 장약(張約)과 주은(朱恩)에게 어림군을 맡겨 발톱과 이빨[爪牙]처럼 부렸다.

그 무렵에 손준(孫峻)이라는 사람이 있었는데 자는 자원(子遠)이요, 손견의 아우인 손정(孫靜)의 증손자이자 손공(孫恭)의 아들이었다. 손권이 살아 있을 적에 그를 몹시 사랑하여 어림군을 맡겼었다. 이제 제갈각이 장약과 주은에게 어림군을 맡기고 권세를 부린다는 말을 들은 그는 몹시 분노했다. 태상경(太常卿) 등윤(滕胤)은 평소에 제갈각과 사이가 좋지 않았는데 그 틈을 이용하여 손준에게 말했다.

"제갈각이 권력을 함부로 휘두르고 공경대부들을 죽이며 더 이상 신하의 노릇을 하지 않으려고 합니다. 공은 황실의 집안으로서 어찌 그를 일찌감치 처단하려 하지 않으십니까?"

그 말을 들은 손준이 말했다.

"나도 그런 마음을 품은 지 오래되오. 이제 바로 천자께 글을 올려 그를 죽이도록 주청하겠소."

이에 손준과 등윤이 오나라 왕 손량을 찾아뵙고 은밀히 사실을 아뢰었다. 그 말을 들은 손량이 말했다.

"짐도 그 사람을 볼 때면 몹시 두려워 늘 없애고자 하였으나 기회를 얻지 못했다오. 이제 경들이 과연 충의를 품었으니 은밀히 그를 죽일 수 있겠소."

등윤이 아뢰었다.

"폐하께서 잔치 자리를 마련하시고 제갈각을 부르소서. 그때 술잔을 던지는 것을 신호로 벽의 휘장 뒤에 숨어 있던 무사들이 그를 죽여 뒷날의 걱정거리를 끊으소서."

손량이 그들의 계책을 따르기로 했다.

그 무렵에 제갈각은 전투에 지고 조정으로 돌아와 아프다는 핑계로 집에 머물고 있는데 심란했다. 어느 날 대청으로 나갔더니 문득 한 사람이 삼베옷으로 상복을 만들어 입고 들어왔다. 제갈각이 누구냐고 묻자 그는 몹시 놀라며 어쩔 줄을 몰랐다. 제갈각이 무사들을 시켜 그를 고문하라 하니 그가 말했다.

"저는 며칠 전에 아버지를 여의고 성안으로 들어와 스님께 염불을 부탁하고자 하는 중입니다. 처음에는 이곳이 절인 줄 알았는데 태부께서 계신 줄을 몰랐습니다. 어찌하여 제가 이곳에 와 있습니까?"

제갈각이 몹시 화를 내며 수문장을 불러 물어보니 그가 대답했다.

"저희 몇십 명이 모두 창을 들고 문을 지키면서 잠시도 자리를 뜬 적이 없는데 단 한 사람도 들어오는 것을 보지 못했습니다."

제갈각이 대로하며 여러 사람을 모두 죽였다. 그날 밤 제갈각이 잠을 자려 하였으나 마음이 몹시 불안했다. 그때 문득 내당에서 벼락 치는 소리가 들렸다. 그가 놀라 가보니 대들보가 두 동강으로 부러져 있었다. 제갈각이 놀라 침실로 들어오니 문득 음습한 바람이 한 번 불면서 죽은 상주와 수문장 몇십 명이 모두 잘린 목을 내밀며 목숨을 살려달라고 소리쳤다. 제갈각은 놀라 쓰러졌다가 한참 만에야 깨어났다.

이튿날 아침에 얼굴을 씻으려니 물에서 피비린내가 몹시 났다. 제갈각은 소리쳐 여종을 불러 물을 바꿔 오도록 여러 차례 했으나 냄새는 바뀌지 않았다. 제갈각이 놀라 어쩔 줄 모르는데 문득 천자께서 보낸 사람이 와 제갈각을 잔치에 초대한다고 말했다. 제갈각이 수레를 타고 곧 정청을 나서려는데 누런 개가 옷을 물어 당기며 멍멍거리는데 마치 곡을 하는 것 같았다. 제갈각이 소리쳤다.

"개가 나를 놀리느냐?"

그는 좌우의 사람들을 시켜 개를 쫓아낸 다음 수레를 타고 정청을 나섰다. 그가 몇 발자국을 가는데 문득 수레 앞에 흰 무지개가 일어나며 땅이 솟아오르는데 마치 흰 비단이 하늘로 올라가는 것 같았다. 제갈각이 몹시 놀라며 괴이하게 여기자 심복 장약이 수레 앞으로 오더니 은밀히 아뢰었다.

"오늘 궁중에서 연다는 잔치가 아무래도 좋은 일은 아닌 것 같으니 주공께서는 경솔하게 들어가지 마시지요."

제갈각이 듣기를 마치자 수레를 돌려 여남은 발자국을 가니 손준과 등윤이 말을 타고 수레 앞에 와 말했다.

"태부께서는 어찌하여 되돌아가십니까?"

제갈각이 대답했다.

"내가 갑자기 배가 아파 천자를 뵐 수가 없구려."

등윤이 말했다.

"조정에서는 태부께서 전쟁에서 돌아오신 뒤 얼굴을 보지 못하여 특별히 잔치를 열어 서로 만나 아울러 나랏일을 상의하고자 하십니다. 태부께서 비록 몸이 좋지 않으시더라도 마땅히 서둘러 가셔야 합니다."

제갈각이 그들의 말에 따라 손준·등윤과 함께 대궐로 들어갔다. 장약 또한 따라 들어갔다. 제갈각은 오왕 손량을 뵙자 인사를 마친 뒤 자리에 앉았다. 손량이 술을 권하니 제갈각은 의심이 들어 마시지 않으며 말했다.

"몸이 아파 술을 이길 수가 없습니다."

그 말을 듣자 손준이 말했다.

"태부의 정청에 늘 드시는 술이 있다던데 그 술이면 드시겠습니까?"

"그렇소."

이어 사람을 시켜 제갈각의 정청에 가 술을 가져오게 하니 그는 의심하지 않고 마셨다. 술이 몇 순배 돌자 손량은 다른 일을 핑계로 먼저 일어났다. 손준은 대전을 나와 관복을 벗고 짧은 옷 안에 갑옷을 감춰 입은 다음 손에 칼을 들고 대전에 들어오며 소리쳤다.

"천자의 조칙으로 역적을 죽이노라."

제갈각이 몹시 놀라며 잔을 던지고 칼을 빼어 들며 맞으려 했으나 머리가 이미 바닥에 떨어졌다. 장약은 손준이 제갈각을 죽이는 것을 보자 칼을 빼 들고 달려들었다. 손준이 재빨리 칼을 피했으나 왼손가락을 다쳤다. 손준은 몸을 돌려 단칼에 장약의 오른쪽 어깨를 베어버렸다. 장막 뒤의 무사들이 한꺼번에 뛰어나와 장약을 난자하여 고깃덩어리로 만들었다.

손준은 한편으로는 무사들을 보내어 제갈각의 가솔들을 잡아들이는 한편 또한 장수들을 보내어 장약과 제갈각의 시체를 거적에 싸 작은 수레에 실어 성 남문 밖 석자강(石子崗)의 아무 데나 묻어버렸다.

그 무렵 제갈각의 아내는 방에 있었는데 심란하고 움직임이 편치 못했다. 그때 문득 한 여종이 방으로 들어오자 제갈각의 아내가 물었다.

"네 몸에서 어찌하여 피비린내가 나느냐?"

그러자 여종은 갑자기 눈을 부릅뜨고 이를 갈면서 몸을 날뛰는데 머리가 대들보에까지 닿으면서 소리쳤다.

"내가 바로 제갈각이다. 간사스러운 역적 손준의 손에 내가 죽었느니라."

제갈각의 남녀노소들이 놀라 울부짖었다. 머지않아 병마가 이르러 정청을 둘러싸고 제갈각의 늙고 젊은 가솔들을 모두 끌어내 저자로 나가 목을 베었다. 그때가 건흥 2년(서기 253) 겨울 10월이었다. 지난날 제갈근이 살아 있을 적에 아들이 총명함을 늘 밖으로 내보이는 것을 보면서 탄식하며 말했다.

"이 아이는 우리 가문을 지키지 못할 것이다."

언제인가 위나라 광록대부 장집(張緝)이 사마사에게 이런 말을 했다.

"제갈각은 머지않아 곧 죽을 것입니다."

"어찌하여 그렇소?"

사마사가 그 까닭을 묻자 장집이 이렇게 대답했다.

"신하의 위세가 주군을 넘치는데 어찌 살아남겠습니까?"

이때 이르러서야 장집의 예언이 들어맞았다.

그 무렵 손준이 제갈각을 죽이자 오나라 왕 손량은 손준을 승상 대장군(丞相大將軍) 부춘후(富春侯)로 삼고 안팎의 군사를 총괄하도록 했다. 이때로부터 정권이 모두 손준에게로 돌아갔다.

그 무렵 강유는 성도에 머물면서 제갈각의 편지를 받자 함께 도와 위나라를 정벌하고자 조정으로 돌아가 후주의 재가를 받아 다시 대군을 일으켜 중원을 북벌하러 떠났다.

뒷날 한 시인이 이를 두고 이렇게 읊었다.

　　한 번 군대를 일으켜 이기지 못하였으니
　　두 번째 토벌에는 성공을 비누나.
　　一度興師未奏績 兩番討賊欲成功

이 승패는 어찌 되려나?

제109회

선대의 죗값이 삼대에 이어지도다

사마 씨가 곤경에 빠지자
한나라 강유가 계책을 부리고
조방을 폐위하더니 그 업보를 받는구나.

촉한 연희(延熙) 16년[서기 253] 가을, 장군 강유가 이십만 대군을 일으켜 요화와 장익을 좌우 선봉으로 삼고, 하후패를 참모로 삼고, 장억을 운송관으로 삼아 위나라를 정벌하러 양평관으로 나아갔다. 강유가 하후패에게 물었다.

"지난번에도 옹주를 공격했다가 돌아왔소. 이번에도 우리가 거듭 공격하면 저들도 반드시 대비했을 터인데 공은 어떤 좋은 방책을 가지고 있소?"

그 말에 하후패가 대답했다.

"농상(隴上)의 여러 군 가운데 오직 남안(南安)에 군자금과 군량미가 가장 많으니 만약 이곳을 먼저 차지할 수만 있다면 준비는 넉넉합니다. 지난번에 출정하였다가 이기지 못한 것은 모두가 강병(羌兵)들이 늦게 온 탓이었습니다. 그러니 이번에는 먼저 농우(隴右)에 사람을 보내어 알린 다음 석영(石營)으로 나아가 동정(董亭)을 따라 남쪽 강변을 바로 공격해야 합니다."

강유가 그 말을 듣고 몹시 기뻐하며 말했다.

"장군의 말씀이 참으로 절묘합니다."

강유는 극정(郤正)을 사신으로 삼아 금은보화와 서촉의 비단을 주어 강(羌)으로 먼저 들어가 강의 왕과 동맹을 맺었다. 강의 왕 미당(迷當)은 예물을 받자 오만 명의 병력을 뽑아 장수 아하소과(俄何燒戈)를 선봉으로 삼아 남안으로 쳐들어갔다.

위나라 좌장군 곽회는 소식을 듣자 낙양에 보고했다. 사마사가 여러 장수를 모아놓고 물었다.

"누가 감히 촉나라 병사들을 물리치겠소?"

그 말을 들은 보국장군(輔國將軍) 서질(徐質)이 말했다.

"제가 가겠습니다."

사마사는 평소에 서질의 빼어난 용맹을 아는 터라 마음속으로 기뻐하며 곧 그를 선봉으로 삼고 사마소를 대도독으로 삼아 농서로 진군하도록 했다. 병력이 동정에 이르자 강유가 마주 나와 두 병력이 진영을 갖추었다. 서질이 산이라도 쪼갤 듯한 도끼를 들고 말을 몰아 나오자 촉나라 병사들 가운데에서 요화가 나갔다.

두 장수가 몇 번 겨루지도 않았는데 요화가 칼을 끌며 도망하여 돌아왔다. 이번에는 장익이 말을 몰고 창을 겨누며 나갔으나 몇 번 겨루지도 못하고 져 진영으로 돌아왔다. 서질이 병력을 몰아 추격하니 촉나라 병사들이 크게 무너져 삼십 리를 물러났다. 사마소도 또한 병력을 이끌고 돌아가 각기 영채를 세웠다.

강유가 하후패와 더불어 상의하며 말했다.

"서질이 참으로 용맹스러운데 어찌하면 사로잡을 수 있겠소?"

하후패가 대답했다.

"내일 전투에서 제가 거짓으로 지는 체하며 도망할 때 병사들을 매복했다가 잡을 수 있습니다."

"사마소는 사마의의 아들인데 어찌 그 병법을 모르겠소? 만약 지형이 의심스러우면 반드시 추격을 멈출 것이오. 내가 생각하기에 위나라 병사들은 여러 차례 우리의 수송로를 끊었는데 이번에는 우리가 그 방법으로 저들을 유인하여 들이면 서질을 죽일 수 있을 것입니다."

강유가 요화를 불러 이러저러하게 하라 이르고 다시 장익을 불러 이러저러하게 하라 이르니 두 사람이 명령을 받고 떠났다. 한편으로 강유는 병사들을 시켜 길 위에 쇠꼬챙이를 뿌리고 영채 밖에는 녹각을 벌려놓아 오래 버틸 듯한 태도를 보였다. 서질이 날마다 나와 싸움을 걸었으나 촉나라 병사들은 대꾸도 하지 않았다. 그때 척후가 사마소에게 아뢰었다.

"촉나라 병사들이 철롱산(鐵籠山) 뒤에서 나무로 만든 소[木牛]와 달리는 말[流馬]로 양곡과 말먹이를 운반하고 있는데 오래 버티면서 강병들을 기다리는 계책을 쓰는 듯합니다."

사마소가 서질을 불러 물었다.

"지난날 우리가 촉나라 병사들을 이길 수 있었던 것은 양곡 수송을 끊었기 때문이었소. 이번에도 촉나라 병사들이 철롱산 뒤로 양곡을 운반하고 있는데 오늘 밤 오천 명의 병력을 이끌고 수송로를 끊으면 촉나라 병사들이 스스로 물러갈 것이오."

서질이 명령을 받고 초경에 병력을 이끌고 철롱산에 이르니 생각했던 대로 촉나라의 이백 명 남짓한 병사들이 백 마리가 넘는 나무로 만든 소와 달리는 말에 양곡과 말먹이를 실어 나르고 있었다. 위나라 병사들이 한꺼번에 소리를 지르며 내달리고 서질이 앞장서 쳐들어가니 촉나라 병사들이 양곡과 말먹이를 버리고 달아났다. 서질은 병력을 둘로 나누어 한 부대는 양곡과 말먹이를 영채로 옮기고 자신은 병력의 절반을 이끌고 촉나라 병사들을 추격했다.

추격한 지 십 리가 못 되어 앞에서 수레가 가로놓여 길을 막았다. 서질이 병사들을 시켜 말에서 내려 수레를 치우도록 하는데 문득 양쪽에서 불길이 일어났다. 서질이 서둘러 말을 돌려 달아나려니 뒷산은 골짜기가 좁은데 거기에도 수레가 놓여 길을 막고 불길이 일어나고 있었다.

서질은 연기와 불길을 뚫고 말을 몰아 달아났다. 그때 대포소리가 들리더니 양쪽에서 병력이 내달려 나오면서, 왼쪽은 요화가 오른쪽은 장익이 위나라 병사들을 죽이니 크게 무너졌다. 서질은 죽을힘을 다하여 달아나자 사람과 말이 모두 지쳤다.

서질이 한참 달아나는데 앞에 한 병력이 나타나기에 바라보니 강유였다. 서질이 너무 놀라 어쩔 줄을 모르다가 강유의 창을 맞고 말 아래로 떨어졌다. 그가 말에서 떨어지자 병사들이 달려들어 난도질을 했다. 서질의 명령을 받고 양곡을 나르던 병사들도 하후패에게 잡혀 모두 항복했다. 하후패는 위나라 병사들의 갑옷과 말을 빼앗아 촉나라 병사들에게 입힌 다음 위나라 군기를 들고 작은 길로 달려 위나라 영채로 달려갔다. 위나라 병사들은 본부 병력이 돌아온 줄로 알고 성문을 여니 촉나라 병사들이 쳐들어가 위나라 병사들을 죽였다.

사마소가 몹시 놀라 서둘러 말에 올라 달아나자 앞에서는 요화가 달려오고 있었다. 사마소가 앞으로 나아가지 못하고 서둘러 달아나려니 이번에는 강유가 병력을 이끌고 샛길을 따라 달려오고 있었다. 사마소가 사방을 돌아보아도 달아날 길이 없자 병사들을 이끌고 철롱산으로 올라가 지켰다.

본디 철롱산에는 올라가는 길이 하나밖에 없고 사방이 험준하여 아무도 올라갈 수 없을 뿐만 아니라 위에는 오직 샘이 하나만 있어 백 명이 마시기에도 부족했다. 이때 강유가 그 물길마저 끊은 탓에 사마소의 병력 육천 명은 산 위에서 물을 얻을 수 없어 사람과 말이 모두 목이 말랐다. 사마소가 하늘을 우러러 길게 탄식하며 말했다.

"내가 오늘 여기에서 죽는구나."

뒷날 어느 시인이 그 장면을 이렇게 시로 남겼다.

강유의 묘한 계책에 빈틈이 없어
위나라 사마사가 철롱산에 갇혔도다.
방연(龐涓)1)이 처음 마릉도(馬陵道)에 들어가고
항우(項羽)2)가 처음 구리산(九里山)에 갇히듯이.
妙算姜維不等閒 魏師受困鐵籠間
龐涓始入馬陵道 項羽初圍九里山

그때 주부 왕도(王韜)가 아뢰었다.

"지난날 경공(耿恭)3)이 어려움을 겪을 적에 우물에 절을 올리니 맑은 물이 솟아났다고 하는데 장군께서는 어찌하여 그 방법을 본받지 않으십

---

1) 위(魏)나라 장군 방연(龐涓)은 손빈(孫臏)과 동문수학했는데 그의 재주를 시기하여 모함했다가 도리어 죽임을 당함. 제98회 각주 1 참조.
2) 유방과 항우가 쟁패할 무렵 팽성(彭城)에 웅거하고 있던 항우가 한신이 보낸 첩자 이좌거(李左車)의 말에 속아 구리산(九里山)으로 들어갔다가 크게 무너져 끝내 패망하게 된다.
3) 경공(耿恭) : 자(字) 백종(伯宗). 섬서(陝西) 출신으로서 동한(東漢) 개국 명장 경엄(耿嚴)의 조카였다. 영평(永平) 18년(서기 75)에 흉노를 무찔렀으나 다시 포위되어 말안장을 삶아 먹으며 항전했다. 드디어 샘마저 마르자 하늘에 제사를 드리니 샘물이 솟았다. 그 뒤 모함을 받아 투옥되었다가 곧 죽었다.

니까?"

그의 말에 따라 사마소가 산 위로 올라가 샘 가에서 두 번 절을 올리고 빌었다.

"사마소가 천자의 뜻을 받들어 촉나라 병사들을 무찌르러 왔습니다. 만약 제가 이곳에서 죽어 마땅하다 여기시면 샘물을 마르게 하시어 제가 이곳에서 목을 베어 죽은 다음 부하들은 모두 항복하도록 하겠습니다. 그러나 아직 저에게 봉록과 수명이 끝나지 않았다면 바라옵건대 하늘은 어서 저에게 맑은 물을 주시어 여러 생명을 건지게 하소서."

빌기를 마치자 샘에서 물이 솟아나와 갈증을 풀어주니 이로써 사람과 말이 죽지 않았다.

그 무렵 강유는 산 밑에서 위나라 병사들을 에워싸고 여러 장수에게 말했다.

"지난날 제갈 승상께서는 상방곡[호로곡]에서 사마의를 사로잡지 못하여 내가 몹시 원통하게 여겼는데 이번에는 사마소가 반드시 붙잡힐 것이오."

그 무렵에 곽회는 사마소가 철롱산 위에 포위되어 있다는 말을 듣고 병사를 몰아 구원하러 가고자 하니 진태가 말리며 말했다.

"강유는 강병을 만나면 남안을 먼저 공략하려 할 것이며, 강병이 이미 도착했는데 장군이 만약 사마 도독을 구출하러 병력을 물리면 강병이 반드시 그 빈틈을 타 우리의 후방을 공격할 것입니다. 그러므로 먼저 강인들에게 거짓 항복 사절을 보내어 일을 꾸며야 합니다. 강병들을 먼저 물리쳐야 바야흐로 철롱의 에움을 풀 수 있습니다."

곽회는 그의 말에 따라 진태에게 오천 병력을 이끌고 강왕의 영채를 찾아가도록 했다. 강왕의 영채에 이른 진태는 갑옷을 벗고 들어가 울며 절한 다음 이렇게 말했다.

"곽회는 사람됨이 교만하여 늘 저를 죽이려 하기에 이렇게 왕을 찾아뵙고 항복을 드리는 바입니다. 곽회의 진중의 허실을 제가 잘 알고 있습니다. 오늘 밤이라도 한 부대를 이끌고 달려가 영채를 습격하시면 쉽게 승리할 수 있습니다. 왕의 병력이 위나라 영채에 이르면 성안에서도 스스로 호응하는 자가 있을 것입니다."

강왕 미당은 몹시 기뻐하며 아하소과에게 진태와 함께 위나라 영채를 습격하도록 했다. 아하소과는 진태가 이끌고 항복해 온 부하들을 후미에 배치하고 진태에게 강병을 이끌고 앞장서게 하였다.

그날 밤 이경에 진태가 위나라 영채에 이르러보니 영문이 활짝 열려 있었다. 진태가 먼저 필마로 쳐들어가자 아하소과도 창을 비껴잡고 말을 몰아 달려 들어갔다. 그때 비명이 들리더니 아하소과와 말이 함정에 빠졌다. 진태의 병력이 뒤에서 공격하고 곽회가 왼쪽으로 쳐들어오니 강병들이 큰 혼란에 빠져 서로 밟혀 죽은 무리를 헤아릴 수 없었고, 살아남은 무리는 모두 항복했다. 아하소과는 그 자리에서 스스로 목을 찔러 죽었다.

곽회와 진태는 병력을 이끌고 곧바로 강병의 영채로 쳐들어가니 미당 대왕이 서둘러 장막을 나와 말을 타려다가 위나라 병사들에게 사로잡혀 곽회 앞에 끌려왔다. 곽회가 황망하게 말에서 내려 몸소 미당의 포승을 풀어주고 좋은 말로 위로하며 말했다.

"조정에서는 평소에 공을 충의로운 인사로 여겼는데 이번에는 어찌하여 서촉 사람들을 도울 생각을 하셨습니까?"

미당이 부끄러워하며 엎드려 잘못을 빌었다. 곽회가 미당을 설득하며 말했다.

"공이 이번에 선봉이 되어 철롱산의 에움을 풀고 촉나라 병사들을 물리칠 수 있다면 내가 천자에게 아뢰어 무거운 상을 내리도록 하겠소."

미당이 그의 말에 따라 강병을 이끌고 앞장서고 뒤에 위나라 병사들을 따라오게 하면서 서둘러 철롱산으로 달려갔다. 그때가 삼경이었는데 미당은 먼저 사람을 보내어 이 사실을 알리니 강유는 그가 마음을 바꿔먹은 줄도 모르고 몹시 기뻐하며 불러들여 만났다. 강병들 사이에는 위나라 병사들이 절반 넘게 섞여 있었다. 그들이 촉나라 병사들의 영채에 이르자 강유는 그 많은 군사를 영채 밖에서 머물도록 했다.

미당이 백 명이 넘는 병력을 이끌고 중군 앞에 이르자 강유와 하후패가 나가 맞이하려는데 위나라 장수들은 미당이 무슨 말을 꺼내기에 앞서 배후로부터 촉나라 병사들을 죽이며 달려들었다. 강유가 크게 놀라 서둘러 말에 올라 달아났다. 강병과 위나라 병사들이 한꺼번에 죽이며 달려드니 촉나라 병사들은 사방으로 흩어지며 서로 살길을 찾아 달아났다.

강유에게는 아무런 무기가 없고 다만 허리에 화살 통이 걸려 있는데 허둥대며 달아나다 보니 화살이 모두 떨어지고 빈 통이었다. 강유가 산을 바라보고 달아나는데 뒤에서는 곽회가 병력을 이끌고 추격해 오고 있었다. 곽회가 바라보니 강유에게는 아무런 무기도 없는지라 말에 박차를 가하며 창을 비껴들고 추격했다. 곽회가 가까이 오자 강유는 화살도 없는 시위를 여남은 번 당겼다.

곽회는 여러 차례 몸을 굽혀 화살을 피하려 하였으나 화살은 날아오지 않았다. 그제야 곽회는 강유에게 화살이 없음을 알고 창을 안장에 건 다음 화살을 먹여 쏘았다. 강유가 시위 소리를 듣고 번개처럼 몸을 피하면서 그 화살을 잡았다. 화살을 활에 먹인 강유는 곽회가 다가오기를 기다렸다가 이마를 향하여 힘껏 당기니 곽회가 화살을 맞고 말에서 떨어졌다.

달아나던 강유는 말 머리를 돌려 곽회를 죽이려 하였으나 위나라 병사들이 달려들어 손을 쓰지는 못하고 곽회의 창만을 빼앗아 달아났다. 위나라 병사들은 감히 추격하지 못하고 곽회를 구출하여 영채로 돌아와 이마에서 화살을 빼냈으나 피가 멈추지 않아 곧 죽었다. 사마소가 산에서 내려오며 병사들을 이끌고 추격하다가 반쯤 오더니 되돌아갔다.

하후패도 뒤이어 도망하다가 강유를 만나 함께 서둘러 달아났다. 강유는 수많은 병사와 말을 잃었다. 그는 길에서 멈추지 않고 한달음에 한중으로 돌아갔다. 그는 비록 병사들을 잃고 싸움에 졌으나 곽회와 서질을 죽여 위나라의 위세를 꺾음으로써 패전의 책임을 모면할 수 있었다.

한편 사마소는 강병들에게 배불리 먹여 위로하고 자기 나라로 돌아가도록 한 다음 낙양으로 돌아갔다. 이때부터 그는 사마사와 더불어 조정의 권력을 휘두르니 여러 신하 가운데 누구도 감히 거역하는 사람이 없었다. 위나라 황제 조방은 사마사가 조정에 들어올 때마다 온몸이 떨리고 바늘로 등을 찌르는 것만 같았다.

어느 날 조방이 조회를 열었더니 사마사가 칼을 차고 정전(正殿)에 오르는 것을 보자 황급히 어좌에서 내려가 그를 맞이했다. 이를 본 사마사가 웃으며 말했다.

"황제께서 어찌 신하를 맞이하는 법이 있겠습니까? 바라옵건대 폐하께서는 마음을 편히 하십시오."

조정 회의에서 여러 신하가 의견을 말하였으나 사마사가 혼자 결정하면서 조방에게는 묻지도 않았다. 조금 시간이 지나 사마사가 조정에서 나오며 턱을 치켜들고[昂然][4] 대전을 내려와 수레를 타고 궁전을 나갔

---

4) 앙연(昂然) : 본디는 "하늘을 쳐다보며"라는 뜻이지만 변용하여 "턱을 치켜들고"라는 뜻이 되었는데, 동양문화권에서는 이를 대면 관계에서 가장 무례한 태도로 여긴다.

다. 앞에서는 길을 막고 뒤에서는 옹위하는 인마가 몇천 명을 넘었다.

조방이 후당으로 돌아와 살펴보니 좌우에 남은 신하는 태상(太常)5) 하후현(夏侯玄)과 중서령(中書令)6) 이풍(李豐)과 광록대부 장집(張緝)뿐이었다. 장집은 황후의 친정아버지이니 조방의 장인이었다. 조방이 좌우의 사람을 물리친 다음 세 사람과 함께 밀실로 들어가 앞날을 상의했다. 조방이 장집의 손을 잡고 통곡하며 말했다.

"사마사가 짐을 어린아이 여기듯 하고 여러 대신을 지푸라기처럼 여기니 사직이 머지않아 반드시 사마사에게 넘어갈 것이오."

조방은 말을 마치자 다시 통곡했다. 이를 본 이풍이 아뢰었다.

"폐하는 걱정하지 마옵소서. 신이 비록 재주는 없사오나 바라옵건대 폐하의 조서(詔書)를 받들어 사방의 영웅호걸들을 모아 저 역적을 토벌하오리다."

하후현이 다시 아뢰었다.

"신의 형 하후패가 서촉에 항복한 것은 사마 형제의 음모가 두려웠기 때문이었습니다. 이번에 저 역적들을 소탕할 수만 있다면 신의 형도 돌아올 것입니다. 신은 이 나라의 오랜 척신으로 어찌 감히 간사한 역적들이 나라를 어지럽히는 것을 보고만 있겠습니까? 바라옵건대 조서를 내리소서."

그 말을 들은 조방이 말했다.

"일을 이루지 못할까 두렵소."

세 사람이 통곡하며 아뢰었다.

---

5) 태상(太常) : 구경(九卿)의 하나로 예의와 제사를 맡았다. 로버츠(Moss Roberts)는 이를 'Master of Ceremony'로 번역했다.
6) 중서령(中書令) : 조서(詔書)의 초안을 잡는 비서직.

"신들은 마땅히 마음을 함께하여 역적을 무찔러 폐하의 은혜에 보답하오리다."

조방은 용봉(龍鳳)으로 수를 놓은 속적삼을 벗어 손가락을 깨물어 그 위에 피로 조서를 써 장집에게 주며 말했다.

"짐의 할아버지 무황제(武皇帝, 조조)께서 동승(董承)을 죽이신 것은 모두가 저들이 비밀을 지키지 못했기 때문이었소. 경들은 모름지기 조심하여 이 일이 밖으로 새어나가지 않도록 하시오."

그 말을 들은 이풍이 아뢰었다.

"폐하께서는 어찌 그리 상서롭지 못한 말씀을 하십니까? 신들은 동승의 무리와 다르며 사마사를 어찌 무황제에게 견줄 수 있겠습니까? 폐하께서는 의심하지 마시옵소서."

세 사람이 황제를 하직하고 동화문(東華門) 왼쪽에 이르니 바로 앞에 사마사가 칼을 차고 다가오고 있고 부하 몇백 명이 모두 무기를 들고 있었다. 세 사람이 길섶으로 물러서니 사마사가 물었다.

"그대 세 사람은 어찌하여 조정에서 물러남이 이토록 늦소?"

이풍이 대답했다.

"폐하께서 내당에서 책을 읽으시기에 저희 세 사람이 글 읽으시는 자리에 함께 모시고 있었기 때문입니다."

사마사가 물었다.

"무슨 책을 읽으시던가요?"

이풍이 대답했다.

"하(夏)와 상(商)과 주(周) 삼대의 글을 읽고 계셨습니다."

"그 책에서 어떤 대목을 물으시던가요?"

"폐하께서 물으시기를, 이윤(伊尹)은 상나라를 일으켰고, 주공(周公)이 조카 성왕(成王)을 보필한 대목을 물으시기에 저희들이 아뢰기를, '지금 사마 대장군께서 일하심이 곧 이윤이나 주공과 같사옵니다.'라고 말씀드렸습니다."

그 말을 들은 사마사가 비웃으며 말했다.

"너희들이 어찌 나를 주공이나 이윤에 견주어 말했겠느냐? 사실인즉 나를 왕망(王莽)과 동탁(董卓)에 견주었으리라."

세 사람이 함께 말했다.

"저희 세 사람은 모두 장군 문하의 사람들이온데 어찌 감히 그런 말을 했겠습니까?"

사마사가 대로하며 말했다.

"너희들이야말로 아첨하는 무리들이로다. 너희들이 천자와 함께 밀실에 있을 적에 통곡 소리가 들렸는데 이는 어찌 된 일이더냐?"

세 사람이 대답했다.

"그런 일이 없습니다."

그 말을 들은 사마사가 꾸짖으며 말했다.

"너희 세 사람의 눈에 눈물이 남았고 아직도 붉은데 어찌 속이려 하느냐?"

하후현은 이미 사실이 발각되었음을 알고 소리 높여 사마사를 꾸짖으며 말했다.

"우리가 통곡한 것은 네가 주군을 억누르고 장차 황제의 자리에 앉으려 하기 때문이다."

사마사가 대로하며 무사들에게 하후현을 체포하라고 호령했다. 하후현이 소매를 걷어붙이고 맨주먹으로 사마사를 공격하려다가 무사들에게 사로잡혔다. 사마사가 장수들에게 세 사람의 몸을 수색하라 명령하니 장집의 몸에서 용봉의 무늬가 있는 속적삼이 나오는데 거기에 혈서가 쓰여 있었다. 무사들이 그를 사마사에게 바쳤다. 사마사가 읽어보니 천자의 밀지(密旨)로 그 내용은 이러했다.

"사마사 형제가 대권을 잡고 장차 황제의 자리를 빼앗으려 한다. 이제까지의 조칙들은 모두 짐의 뜻이 아니었노라. 각 부의 관료와 장병들은 모두 충의에 따라 역적을 토벌하고 사직을 바로 세울지어다. 이 일에 성공하는 날, 무거운 상과 봉작을 내리리로다."

밀지를 읽기를 마친 사마사는 버럭 화를 내며 말했다.

"본디부터 너희들은 우리 형제를 죽이려 일을 꾸미고 있었구나. 정리로 보더라도 이를 용서할 수 없다."

사마사는 장병들을 시켜 저자에서 세 사람의 허리를 잘라 죽이고[腰斬] 그들의 삼족도 또한 죽이도록 했다. 세 사람은 쉬지 않고 사마사를 꾸짖었다. 이들이 동쪽 저자에 이르니 이빨은 모두 빠졌는데도 모두가 알아들을 수 없는 말로 사마사를 꾸짖다가 죽었다.

사마사는 곧바로 후궁으로 들어갔다. 마침 조방은 장황후와 함께 이번 일을 상의하고 있었다. 황후가 말했다.

"대궐 안에 보고 듣는 이가 많은데 만약 이번 일이 탄로 나면 반드시 저에게 화가 미칠 것입니다."

이런 이야기를 나누고 있는데 문득 사마사가 들어오니 황후가 기절할 듯이 놀랐다. 사마사가 칼을 쓰다듬으며 조방에게 말했다.

"신의 아버지께서 폐하를 황제에 오르게 하시었으니 그 공덕이 주공에 못지않고 신이 폐하를 모심이 이윤과 어떤 차이가 있었겠습니까? 그럼에도 이제 폐하께서는 은혜를 원수로 갚고 공덕을 과실로 여겨 두세 명의 못난 신하들과 함께 저희 형제들을 죽이려 하시니 어인 까닭이옵니까?"

조방이 대답했다.

"짐에게는 그럴 뜻이 없었다오."

그 말을 들은 사마사가 소매에서 속적삼에 쓴 밀지를 땅바닥에 내던지며 말했다.

"그렇다면 이것은 누가 한 짓입니까?"

조방은 얼이 나가 부들부들 떨며 대답했다.

"이는 모두가 남들이 짐을 핍박하여 일어난 일이외다. 짐이 어찌 감히 이런 마음을 품었겠소?"

사마의가 물었다.

"대신이 모반했다고 모함한 무리들을 어떤 죄로 다스려야 하겠습니까?"

조방이 무릎을 꿇고 말했다.

"모두가 나의 죄이니 대장군께서는 저들을 용서하여 주시오."

사마사가 말했다.

"폐하께서는 일어나십시오. 그러나 국법을 지키지 않을 수는 없습니다."

이어서 사마사는 황후를 가리키며 말했다.

"이 여인은 장집의 딸이니 없애는 것이 마땅하오."

조방이 통곡하며 살려달라고 빌었으나 사마사는 듣지 않고 좌우의 장수들에게 장황후를 끌어내어 동화문(東華門) 안에 이르러 목을 졸라 죽이라고 지시했다.

뒷날 어느 시인이 이런 시를 남겼다.

> 지난날 복(伏)황후가 대궐에서 쫓겨날 적에
> 맨발로 애걸하며 황제와 이별하더니
> 이제는 사마가 그 선례를 따르매

하늘은 손자에게 그 죄를 묻는구나.
當年伏后出宮門 跣足哀號別至尊
司馬今朝依此例 天敎還報在兒孫

다음 날 사마사가 여러 신하를 모아놓고 말했다.
"지금의 주상은 황음무도하고 창기와 광대를 가까이할 뿐만 아니라 참소하는 말을 들어 어진 사람의 길을 막으니 그 죄가 한나라의 창읍(昌邑)7)보다 더하기에 천하의 황제가 될 수 없소. 내가 이윤과 곽광(霍光)8)의 법을 살펴보아 새로운 군주를 세워 천하를 편안케 하고자 하는데 여러분들의 생각은 어떠시오?"
여러 관료들이 대답했다.
"대장군께서 이윤과 곽광의 법도를 실행하시니 이는 이른바 하늘과 백성의 뜻에 따르는 일인데 누가 감히 따르지 않을 수 있겠습니까?"
사마사가 여러 관료들과 함께 영녕궁(永寧宮)으로 찾아가 태후에게 폐위의 뜻을 아뢰었다. 그 말을 들은 태후가 물었다.
"그렇다면 대장군께서는 누구를 황제로 모시려 하오?"

---

7) 창읍왕(昌邑王) : 한나라 시절에 건도(建都) 창읍에 있던 왕실. 한무제의 다섯째 아들 창읍애왕(昌邑哀王)에게는 다섯 살 된 아들이 있었는데 그가 습작(襲爵)하여 창읍왕이 되었다. 너무 어린 탓에 실정이 많았다.
8) 곽광(霍光) : 자는 자맹(子孟). 하동 평양(河東 平陽) 출생. 무제(武帝)를 측근에서 섬기다가, 무제가 죽을 무렵에 대사마대장군(大司馬大將軍) 박륙후(博陸侯)로 후사(後事)를 위탁받았다. 무제가 죽자 8세로 즉위한 소제(昭帝)를 보필하여 정사를 집행하면서 실권을 장악하였다. 소제가 죽은 뒤에는 그를 계승한 창읍왕(昌邑王)의 제위를 박탈하고, 선제(宣帝)를 즉위시켜 작위가 더욱 올랐다. 그는 황후 허씨(許氏)를 독살하고 자신의 딸을 황후로 만들어 일족의 권세를 강화하였다. 그러나 선제는 곽광이 죽은 뒤에 그의 일족을 반역죄로 몰아 모두 죽였다. 곽광의 말로로 볼 때 사마사가 자신을 곽광에 견준 것은 사마사 자신이나 나관중의 실수로 보인다. 제1권 제3회 각주 2 참조.

사마의가 대답했다.

"신이 보기에 팽성왕(彭城王) 조거(曹據)가 총명하고 어질고 효성스러우니 마땅히 천하의 주인이 될 만합니다."

그 말을 들은 태후가 말했다.

"팽성왕은 이 늙은이의 숙부이신데 이제 그가 황제에 오르면 내가 어찌 감당할 수 있겠소? 지금으로서는 고귀향공(高貴鄕公) 조모(曹髦)가 문황제(文皇帝, 조비)의 손자로서 사람됨이 온순하고 남을 공경하며 자신을 다스릴 줄 알고 겸손하니 황제에 오를 만 하오. 경들은 길게 생각하여 결정하시기 바라오."

그때 한 사람이 나서서 말했다.

"태후의 말씀이 옳습니다. 조모를 세웁시다."

무리들이 바라보니 그는 사마사의 숙부인 사마부(司馬孚)였다. 사마사는 원성(元城)에 사람을 보내어 고귀향공을 모셔오게 한 다음 태후를 태극전으로 올라가게 하고 조방을 불러 꾸짖으며 말했다.

"그대는 황음무도하여 외설스럽게도 창기와 광대만을 좋아하여 천하를 이을 수 없도다. 마땅히 옥새와 옥새 끈을 내놓고 지난날의 제왕(齊王)으로 돌아가되 오늘 당장 떠날 것이며 조정에서 부르지 않는 한 다시는 돌아오지 말지어다."

조방이 태후에게 울며 절을 올린 다음 옥새를 내놓고 왕의 수레를 타고 통곡하며 떠나갔다. 다만 충의로운 신하 몇 사람만이 눈물을 삼키며 배웅했다.

뒷날 어느 시인이 그를 두고 이런 시를 남겼다.

　　지난날 조조가 한나라의 승상일 적에

과부와 고아인 황제를 업신여기더니
누가 알았으랴, 사십 년 뒤에는
과부와 고아가 그렇게 설움을 받을 줄을.
昔日曹瞞相漢時 欺他寡婦與孤兒
誰知四十餘年後 寡婦孤兒亦被欺

고귀향공 조모는 자를 언사(彦士)라 하고 문제의 손자로서 동해정왕(東海定王) 조림(曹霖)의 아들이었다. 그날 사마사가 태후의 이름으로 그를 부르니 문무 관료들이 어가(御駕)를 준비하여 서액문(西掖門) 밖에 나가 절하며 그를 맞이했다. 조모가 황망하게 답례를 하니 태위 왕숙(王肅)이 아뢰었다.

"주상께서는 답례를 하는 것이 옳지 않습니다."

그 말을 들은 조모가 말했다.

"나 또한 신하의 몸인데 어찌 답례하지 않을 수 있겠소?"

문무 관료들이 조모를 어가에 태워 궁중으로 들어가려니 조모가 말했다.

"태후께서 부르시기에 왔으나 그 까닭을 모르는데 내가 어찌 감히 어가를 탈 수 있겠소?"

그리고서는 끝내 걸어서 태극동당(太極東堂)에 이르렀다. 사마사가 마중을 나오자 조모가 먼저 인사를 드리자 사마사가 서둘러 그를 부축하여 일으켰다. 서로 인사를 마치자 대전으로 올라가 태후를 뵈오니 태후가 말했다.

"내가 어렸을 적의 그대를 만났을 때 황제의 모습을 보았노라. 이제 그대는 이 나라의 황제가 되었으니 모름지기 공순하고 검소하며 물자를 아끼고 덕망을 베풀어 어질게 다스려 앞서가신 황제들에게 욕스러움이 없도록 하라."

조모가 거듭 사양하였으나 사마사는 문무 관료들에게 조모를 모시고 태극전에 나가 그날로 황제의 자리에 오르게 하고 가평(嘉平) 6년(서기 254)을 정원(正元) 원년으로 바꾸었으며 천하에 사면령을 내렸다. 황제는 또한 대장군 사마사에게 황금 도끼[黃鉞]를 주어 걸을 때 발걸음을 재촉하지 아니하고, 황제에게 말씀을 드릴 때 이름을 부르지 않으며, 칼을 차고 대전에 오르도록 했다. 문무 관료들에게도 각기 봉작을 내렸다.

정원 2년 봄 정월에 척후가 아뢰었다.

"진동장군(鎭東將軍) 관구검(毋丘儉)과 양주자사(揚州刺史) 문흠(文欽)이 황제를 폐위했다는 이유로 병사를 일으켜 내려오고 있습니다."

사마사가 크게 놀라니, 뒷날 시인이 이를 두고 시를 남겼다.

    한나라 신하가 일찍이 왕의 뜻을 받들려 하였더니
    위나라 장수가 도리어 역적을 토벌하러 군사를 일으키도다.
    漢臣曾有勤王志 魏將還興討賊師

사마사는 어떻게 이 적군을 막으려나?

제110회

뱀을 그리면서 발을 그려 넣으니[蛇足]

문앙(文鴦)은 홀로 강적을 물리치고
강유는 강을 등지고 적군을 깨트리도다.

위나라 정원(正元) 2년(서기 255) 정월, 양주자사(揚州刺史) 진동장군(鎭東將軍)으로 회남의 군마를 거느리고 있던 관구검(毌丘儉)이 반란을 일으켰다. 그는 자를 중문(仲聞)이라 하는데 하남의 문희(聞喜) 출신이었다. 그는 사마사가 권세를 휘둘러 황제를 폐위시켰다는 말을 듣자 마음속으로 분노를 참을 수 없었다. 이를 본 맏아들 관구전(毌丘甸)이 말했다.

"사마사가 권력을 휘둘러 황제를 폐위시킴으로써 나라는 마치 달걀을 쌓아놓은 듯 위험한데[累卵之危][1] 아버지께서는 한 지방의 자사로 어찌 편안하게 자신만을 지키려 하십니까?"

그 말을 들은 관구검이 말했다.

"내 아들의 말이 옳구나."

관구검은 곧 양주자사 문흠(文欽)을 초청하여 상의했다. 문흠은 본디

---

[1] 제1권 제8회 각주 4 참조.

조상(曹爽)의 문객이었는데 그날 관구검의 초청을 받자 곧 달려와 관구검에게 인사를 드렸다. 관구검은 그를 안채로 이끌고 들어가 인사를 마치고 이야기를 나누려는데 눈물이 그치지 않았다. 문흠이 그 까닭을 물으니 관구검이 이렇게 대답했다.

"사마사가 마음대로 권력을 휘둘러 황제를 폐위시켜 하늘과 땅이 뒤집혔는데 어찌 마음 아프지 않겠소?"

문흠이 말했다.

"도독께서는 한 지방을 다스리는 분으로서 만약 의리를 좇아 역적을 토벌할 뜻이 있다면 제가 목숨을 던져 도우리다. 저의 작은아들 숙(淑)은 어렸을 적의 이름이 아앙(阿鴦)[2]인데 만 명의 병사로도 꺾지 못할 용맹을 타고 났습니다. 그는 늘 사마사의 형제를 죽여 조상의 원수를 갚고자 하니 이번 정벌에 선봉으로 삼을 만합니다."

관구검이 몹시 기뻐 술을 땅에 부어 맹세했다. 두 사람은 태후의 밀지를 받은 듯이 거짓말로 회남(淮南)의 높고 낮은 장병들을 수춘성에 모이도록 한 다음 서쪽에 한 제단을 세우고 백마를 죽여 맹세하면서 이렇게 선언했다.

"사마사는 대역무도한 인물인지라 이제 우리가 태후의 밀지를 받아 회남 군마를 모두 일으켜 의리에 따라 역적을 토벌하려 하노라."

많은 무리들이 기쁜 마음으로 그 말에 따랐다. 관구검은 육만 명의 병력을 거느리고 항성(項城)에 영채를 세웠다. 문흠은 이만 명의 병력으로 유격병[遊兵]을 조직하여 오고가며 사태에 대응했다. 관구검은 또한 여

---

[2] 여기에서는 그의 이름이 아앙(阿鴦)인데 뒤에는 앙(鴦)으로 나온다. 이는 중국인들이 아명을 지을 때 앞에 "아"(阿)를 넣기 때문이다.

러 고을에 격문을 돌려 군사를 일으켜 돕도록 했다.

그 무렵에 사마사는 왼쪽 눈이 부어오르더니 때도 없이 아프고 가려워 의원을 불러 째고 약을 발라 봉합한 다음 며칠째 관사에서 요양하다가 회남의 사태가 급박하다는 보고를 받았다. 그는 태위 왕숙(王肅)을 불러 상의하니 그가 이렇게 대답했다.

"지난날 관운장(關雲長)이 화하(華夏)에서 위세를 떨칠 때 손권(孫權)은 여몽(呂夢)을 시켜 형주를 차지하고서도 장수와 그 가족들을 어루만짐으로써 관우의 위세를 무너트렸습니다. 지금 회남의 장병들 가족이 모두 중원에 있는데 서둘러 그들을 어루만지고 이어 병사들이 돌아갈 길을 끊는다면 그들은 반드시 흙더미처럼 무너질 것입니다."

그 말을 들은 사마사가 말했다.

"공의 말이 참으로 합당하오. 그러나 지금 나는 눈이 아파 움직일 수가 없는 터에 다른 사람을 보내면 군심이 많이 흔들릴 것이오."

그때 중서시랑(中書侍郎) 종회(鍾會)가 왼쪽에서 나오더니 말했다.

"지금 회남의 병력은 강성하고 사기도 또한 높습니다. 그러므로 만약 우리의 병력이 후퇴한다면 여러 가지로 어려움에 빠지게 됩니다. 이제 우리가 어설프게 대처하다가는 대사를 그르치게 될 것입니다."

그 말을 들은 사마사가 벌떡 일어서며 말했다.

"내가 몸소 가지 않고서는 역적을 무찌를 수 없도다."

그는 동생 사마소에게 낙양을 지키면서 조정을 통솔하게 하고 편안한 가마를 탄 채 병든 몸을 이끌고 동쪽으로 진군했다. 그는 진동장군(鎭東將軍) 제갈탄(諸葛誕)에게 예주의 여러 병마를 지휘하게 하고 안풍진(安風津)을 거쳐 수춘성을 공격하도록 했으며, 또한 정동장군(征東將軍) 호준(胡遵)을 시켜 청주의 여러 병마를 거느리고 초군(譙郡)과 송(宋)의 땅으로 진격하여 적군의 퇴로를 끊도록 했다. 그는 또한 예주자사 감군 왕기(王基)에게 선봉을 이끌고 먼저 진남(鎭南)의 땅을 차지하도록 했다. 이때 광록훈(光祿勳) 정무(鄭袤)가 나서서 말했다.

"관구검은 지모를 갖추었으나 결단력이 부족하고, 문흠은 용맹스러우나 지혜가 부족합니다. 지금 대군을 이끌고 저들이 예상하지 못한 틈을 타 공격한다 하더라도 강남과 회남의 병사들이 사기가 드높고 강성하니 가볍게 움직여서는 안 됩니다. 지금으로서는 마땅히 해자를 깊이 파고 성채를 높이 쌓아 그들의 예기를 꺾어야 하니 이는 곧 주아부(周亞夫)3)가 멀리 본 계책입니다."

이어서 감군 왕기가 아뢰었다.

"정무의 말은 옳지 않습니다. 회남의 반란은 병사나 백성들의 생각이 아니라 모두가 관구검의 핍박을 견디지 못하여 어쩔 수 없이 따라서 일어난 것입니다. 따라서 대군이 한번 나타나기만 해도 저들은 반드시 무너질 것입니다."

그 말을 들은 사마사가 말했다.

"그 말이 참으로 묘책이오."

이어서 사마사는 병력을 이끌고 은수(濦水)에 이르자 중군을 은수교

---

3) 주아부(周亞夫) : 전한 패현(沛縣) 사람. 한나라 개국공신 강후(絳侯) 주발(周勃)의 아들이다. 문제(文帝) 때 하내태수로 있다가 아버지를 이어 조후(條侯)에 봉해졌다. 흉노가 침범하자 장군이 되어 세류(細柳)를 방어했다. 황제가 그의 군대를 위로하고자 출진했는데 황제의 병사들이 예법을 지키지 않자, 주아부는 황제의 병사들을 법대로 다스렸다. 이에 황제는 사신에게 지절(持節)을 들고 주아부에게 보내 예를 갖춘 뒤 떠나면서 군대의 기강이 엄명(嚴明)하다고 칭송하면서 중위(中尉)에 임명했다. 경제(景帝) 때 오초(吳楚)가 반란을 일으키자 태위로서 칠국(七國)의 난을 평정하고 오왕(吳王)을 죽인 뒤 승상이 되었다. 그 뒤에 아들이 부패 혐의로 고발당하자 그는 음식을 끊고 굶어 죽었다. 「사기」 「강후주발세가」(絳侯周勃世家)에 나온다.

(濦水橋)에 주둔하게 했다. 왕기가 다시 아뢰었다.

"남돈(南頓)은 병력을 주둔시키기에 참으로 좋은 곳이니 군사를 이끌고 밤낮으로 진군하여 차지하는 것이 좋습니다. 만약 지체하면 관구검이 반드시 먼저 차지할 것입니다."

그 말에 따라 사마사는 왕기를 선봉대로 삼아 남돈으로 가 영채를 차리도록 했다.

그 무렵 관구검은 항성(項城)에 머물고 있으면서 사마사가 몸소 쳐들어온다는 말을 듣자 회의를 소집하여 대책을 상의하였다. 선봉 갈옹(葛雍)이 나서서 말했다.

"남돈의 지세는 산을 뒤로 하고 강을 끼고 있어 병력을 주둔하기에 매우 좋은 곳입니다. 만약 위나라 병력이 이곳을 먼저 차지한다면 다시 몰아내기 어려울 터이니 우리가 먼저 서둘러 차지해야 합니다."

관구검이 그의 말에 따라 병력을 이끌고 남돈으로 진군했다. 그가 행군하고 있는데 앞서가던 척후가 유성처럼 달려와 남돈에 이미 어떤 무리들이 영채를 차렸다고 보고했다. 관구검이 그 말을 믿지 못하여 몸소 그곳에 이르러 바라보니 과연 깃발이 들판에 가득하고 영채가 가지런히 정돈되어 있었다. 관구검은 돌아서며 생각하니 어찌할지 대책이 떠오르지 않았다. 그때 문득 척후병이 달려와 아뢰었다.

"동오의 손준(孫峻)이 병력을 이끌고 강을 건너 수춘성으로 달려오고 있습니다."

관구검이 크게 놀라며 말했다.

"수춘성을 잃으면 앞으로 내가 갈 곳이 어디란 말이냐?"

그러고서는 그날 밤 항성으로 병력을 물렸다.

사마사는 관구검이 병력을 물리는 것을 보자 여러 관료를 모아 상의하니 상서 부하(傅嘏)가 먼저 입을 열었다.

"이제 관구검이 병력을 물린 것은 오나라가 수춘성을 공격할까 걱정스러웠기 때문이니 반드시 항성으로 돌아가 병력을 나누어 지키려 할 것입니다. 장군께서는 한 부대로 낙가성을 공격하시고 다른 한 부대로 항성을 공격하시고 또 다른 한 부대로 수춘성을 공격하시면 회남의 병력은 반드시 스스로 물러날 것입니다. 연주(兗州)자사 등애(鄧艾)는 지모가 빼어난 사람이니 그에게 낙가성을 치게 하시고 또 중무장병으로 뒤를 도와주시면 적군을 깨트리기란 어렵지 않을 것입니다."

사마사는 그의 의견에 따라 서둘러 격문을 든 사자를 등애에게 보내어 연주의 병력으로 낙가성을 치도록 하고 자신은 후비병을 이끌고 약속한 곳으로 갔다.

그 무렵에 관구검은 항성에 머물면서 사람을 자주 낙가성으로 보내어 사태를 알아보도록 하면서 사마사의 병력이 오지나 않을까 걱정스러워하며 문흠을 영채로 불러 대책을 논의했다. 이에 문흠이 대답했다.

"도독께서는 걱정하지 마십시오. 저의 아들 문앙에게 다만 오천 명의 병력을 주시면 감히 낙가성을 지키게 할 수 있습니다."

관구검이 크게 기뻐하며 허락하자 문흠 부자가 오천 명의 병력을 이끌고 낙가성으로 갔다. 그때 전방에서 보고가 올라왔다.

"낙가성 서쪽에는 온통 위나라 병사들인데 거의 만 명은 되는 듯합니다. 멀리 중군을 바라보니 흰 쇠꼬리 깃발[白旄]에 황금색 도끼[黃鉞]와 검은 덮개[皂蓋], 붉은 깃발[朱旛]이 호랑이 가죽으로 만든 장막에 서 있고 그 가운데 비단으로 수를 놓은 '수'(帥) 자 깃발이 서 있는 것으로 보아 사마사가 온 것이 틀림없습니다. 그들이 지금 영채를 세우고 있는데 완성된 것 같지는 않습니다."

그때 문앙이 철편(鐵鞭)을 차고 아버지의 곁에서 그 말을 듣자 나서서 아버지께 아뢰었다.

"저들이 아직 영채를 완전히 세우지 못했다면 병력을 둘로 나누어 좌우로 공격하면 크게 이길 수 있습니다."

그 말을 들은 문흠이 물었다.

"어느 시각에 가는 것이 좋겠느냐?"

"오늘 밤 해질 녘에 아버지께서는 이천오백 명의 병력을 이끌고 성 남쪽을 따라 공격하시지요. 저는 나머지 이천오백 명의 병력을 이끌고 성의 북쪽을 따라 공격하겠습니다. 삼경에 위나라 영채 앞에서 만나도록 하시지요."

문흠이 그의 말에 따라 느지막하게 병력을 둘로 나누었다. 그때 문앙의 나이는 열여덟 살이요, 키는 육척 장신인데 온몸을 갑옷으로 두르고 허리에 철편을 차고 창을 비껴잡은 채 말 위에 올라 위나라 영채 앞에서 만나기로 한 곳을 바라보며 떠났다.

그날 밤 사마사는 병력을 이끌고 낙가성에 이르러 영채를 세우는데 등애가 아직 오지 않았다. 사마사는 눈 아래 곪은 상처를 새로 수술하였으나 통증이 너무 심하여 장막에 누워 있으면서 몇백 명의 무장병들에게 호위하도록 했다.

삼경에 이르자 문득 영채 안에서 함성이 크게 일어나고 사람과 말이 몹시 혼란스러웠다. 사마사가 서둘러 까닭을 물으니 병사가 대답했다.

"한 부대가 북쪽 영채를 따라 수비병을 죽이고 곧바로 짓쳐들어오는데 앞선 장수의 용맹을 감당할 수가 없습니다."

사마사는 크게 놀라 마음이 불길 솟듯 하여 눈 밑의 수술 부위가 터지고 눈알이 튀어나오면서 흐르는 피가 바닥에 가득하니 아픔을 견딜 수가 없었다. 그러나 군사들의 마음이 동요될까 걱정스러워 이불을 악물고 고통을 참는데 이불이 모두 찢어졌다.

　문앙이 약속 장소에 먼저 도착하여 무리를 이루어 진격하면서 영채의 좌우를 짓밟으니 이르는 곳마다 감히 그를 감당하는 장수가 없었고, 창으로 찌르고 철편으로 치니 달아나지 않는 병사가 없었다. 문앙은 아버지가 달려와 밖에서 호응해주기를 기다렸으나 아버지가 보이지 않았다. 몇 번이나 중군으로 쳐들어갔으나 적의 화살과 쇠뇌를 견디지 못하고 돌아왔다. 문앙이 먼동이 틀 무렵까지 싸우는데 문득 북쪽에서 북과 나팔소리가 하늘을 찌르기에 문앙이 부하에게 물었다.

　"아버지께서 남쪽으로부터 쳐들어 와 돕기로 했는데 북쪽에 이르렀다니 무슨 까닭이냐?"

　문앙이 말을 몰아 가보니 한 부대가 질풍처럼 달려오는데 앞선 장수는 등애였다.

　등애는 말을 몰고 칼을 비껴잡고 크게 소리쳤다.

　"역적은 도망하지 말라."

　문앙이 대로하여 창을 잡고 달려 나가 등애를 맞았으나 쉰 번을 겨루었는데도 승부가 나지 않았다. 그들이 한창 싸우고 있는데 위나라 병사들이 크게 몰려오며 앞뒤로 공격하니 문앙의 부하들이 서로 살길을 찾아 도망했다.

　문앙은 혼자서 말을 타고 위병들을 무찌르며 남쪽을 바라보고 달려갔다. 뒤에서는 몇백 명의 장수들이 정신을 바짝 차리고 말을 몰아 추격해 오고 있었다.

　문앙이 낙가교 부근에 이르러 적군이 거의 다가올 무렵 문득 말 머리를 돌려 크게 외치며 곧바로 위나라 장수들의 진중으로 쳐들어가며 철편을 휘두르니 적군이 어지러이 말에서 떨어지며 물러갔다. 문앙이 다시 말을 몰아 천천히 나아가다가 위나라 장수들이 모여 있는 곳에 이르렀다. 그들은 놀라며 소리쳤다.

"저놈이 아직도 감히 우리를 물리치려 하는가? 우리가 힘을 합쳐 추격하자."

그러면서 위나라 장수 백 명이 다시 추격해 왔다. 문앙이 발끈 대로하며 소리쳤다.

"이 쥐새끼 같은 무리들은 어찌 목숨이 아까운 줄도 모르느냐?"

문앙이 철편을 휘두르며 말을 몰아 위나라 장수들에게로 달려드니 철편에 맞아 죽은 장수가 여럿이며 다른 무리들은 천천히 달아났다. 위나라 장수들이 네댓 번을 추격하였으나 그때마다 문앙 한 사람을 이기지 못하고 죽었다.

뒷날 한 시인이 그 장면을 두고 이런 시를 남겼다.

지난날 장판파에서는 홀로 조조를 물리쳐
조자룡이 그때로부터 영웅으로 추앙을 받더니
낙가성 안에서 무예를 다투는데
문앙의 기개가 높음을 여기에서 다시 보누나.
長坂當年獨拒曹 子龍從此顯英豪
樂嘉城內爭鋒處 又見文鴦膽氣高

본디 문흠은 산길로 접어들었는데 너무 험준하여 산골짜기로 잘못 들어갔다가 한밤중에 길을 찾아 겨우 빠져나왔으나 날은 이미 밝아 아들 문앙의 인마가 어디로 간 줄을 알 수 없었다. 더욱이 위나라 병사들이 크게 승리하는 것을 본 그는 싸우지 않고 뒤로 물러섰다. 위나라 병사들이 승세를 타고 추격해 오자 문흠은 병사들을 이끌고 수춘성을 바라보며 도망하였다.

그 무렵 위나라의 전중교위(殿中校尉) 윤대목(尹大目)은 조상(曹爽)의 심복이었는데 조상이 사마의의 모함으로 죽자 어쩔 수 없이 사마의를 섬기면서도 늘 사마사를 죽여 조상의 원수를 갚고자 했다. 그는 평소에 문흠과도 가까운 사이였는데 이번에 사마사가 눈동자가 튀어나와 움직이지도 못하게 되자 장막으로 그를 찾아가 말했다.

"문흠은 본디 반역할 생각이 없었는데 관구검의 핍박을 견디지 못하여 일이 여기까지 이르게 되었습니다. 그러므로 제가 가서 설득하면 문흠은 반드시 항복해 올 것입니다."

사마사가 허락하자 윤대목은 투구를 쓰고 갑옷을 입은 다음 말을 타고 문흠을 따라가 가까이 이르자 큰 소리로 외쳤다.

"문 자사는 윤대목을 모르시오?"

문흠이 머리를 돌려 바라보니 윤대목이 투구를 벗어 안장에 걸고 채찍으로 가리키며 말했다.

"문 자사는 어찌하여 다만 며칠을 기다리지 못한다는 말이오?"

이는 윤대목이 사마사의 죽음이 임박한 것을 알고 문흠을 잡아두고자 한 말이었다. 그러나 문흠은 그 말을 못 알아듣고 욕설을 퍼부으며 화살을 먹여 쏘려 하였다. 윤대목은 통곡하며 돌아갔다.

문흠이 병사들을 모아 수춘성에 이르니 이미 제갈탄이 먼저 와 차지하고 있었다. 문흠은 다시 항성으로 돌아가고자 하였으나 호준과 왕기와 등애가 세 길로 나누어 모두 도착해 있었다. 문흠은 사태가 위급함을 알고 동오의 손준(孫峻)을 찾아갔다.

그 무렵 항성에 머물고 있던 관구검은 이미 수춘성을 빼앗겼고 문흠이 패전하였으며 성 밖에는 세 길로 위나라 병사들이 쳐들어온 것을 알자 성 안에 있는 모든 병력을 성 밖으로 몰고 나가 적군을 맞이했다. 곧바로 등애를 만나자 관구검은 갈옹(葛雍)에게 나가 싸우라 하였더니 단 한 번도 겨루지 못하고 등애의 칼을 맞아 죽었다. 등애는 병력을 이끌고 관구검의 진영을 짓쳐들어왔다.

관구검은 죽을힘을 다하여 싸웠으나 회남의 병력은 이미 크게 어지러워지고 있었다. 호준과 왕기가 병력을 이끌고 사방에서 공격해 오자 관구검은 더 이상 견디지 못하고 여남은 명의 기병만 이끌고 길을 뚫어 달아났다.

관구검이 신현(愼縣)의 성 앞에 이르니 현령 송백(宋白)이 성문을 열어 맞아들인 다음 음식을 대접했다. 관구검이 몹시 술에 취하자 송백은 그의 목을 베어 위나라 병사들에게 바치니 이로써 회남은 평정되었다.

사마사는 끝내 병에서 일어날 수 없게 되자 제갈탄을 불러 대장군의 도장과 끈을 주어 정동대장군(征東大將軍)을 삼아 양주(揚州)의 병마를 지휘하도록 한 다음 자신은 병사들을 이끌고 허창으로 돌아갔다. 사마사의 눈에 난 상처는 고통이 멈추지 않았다. 그의 손에 죽은 이풍(李豊)과 장집(張緝)과 하후현(夏侯玄) 세 사람의 혼령이 밤새도록 침상 곁에서 지켜서 있었다.

사마사는 정신이 어지럽고 자신의 삶이 더 이어지지 않음을 스스로 알자 낙양으로 사람을 보내어 사마소를 불러오도록 했다. 사마소가 침상 아래 엎드려 통곡하니 사마사가 유언을 남겼다.

"지금 나의 권한이 너무도 무거워 내려놓고자 해도 내려놓을 수 없다. 네가 나의 자리를 맡되 결코 쉽게 남을 믿어 가문이 멸족되는 일이 없도록 하라."

유언을 마치자 도장과 도장끈을 사마소에게 주는데 눈물이 얼굴에 가득했다. 사마소가 뭔가를 묻고자 했으나 사마사가 크게 비명을 지르고 눈으로 피를 쏟으며 죽었다. 그때는 정원(正元) 2년(서기 255) 2월이었다. 사마소는 사마사의 죽음을 알리고 위나라 군주 조모에게도 아뢰었다. 조모는 사신에게 조서를 들려 허창으로 보내어 얼마 동안 사마소가 허창에 머물면서 동오를 지키도록 했다. 사마소가 결심을 하지 못하자 종회가 나서서 아뢰었다.

"대장군께서 이제 세상을 떠나시고 인심이 가라앉지 않았는데 만약 장군께서 이곳에 머물러 계시다가 조정에서 변고라도 일어나면 후회한들 어쩌시겠습니까?"

사마소가 그의 말에 따라 병력을 이끌고 낙수(洛水) 남쪽에 주둔했다. 그 말을 들은 조모가 매우 놀라자 태위 왕숙이 아뢰었다.

"사마소가 이미 형의 대권을 이어받았으니 폐하께서는 그에게 봉작을 내리시어 안심시키는 것이 옳습니다."

조모는 왕숙에게 조서를 들려 사마소에게 보내어 그를 대장군으로 봉하고 상서(尙書)의 직분을 맡도록 했다. 사마소가 조정에 들어가 황제의 은혜에 대한 사례를 마치자 이때로부터 나라의 크고 작은 일은 모두 사마소의 손에 넘어갔다.

이 무렵 서촉의 첩자가 이런 사실을 알고 성도에 보고했다. 강유가 후주에게 아뢰었다.

"사마사가 이제 죽고 사마소가 대권을 잡았으니 감히 낙양을 떠나지 못할 것이 분명합니다. 신은 이 기회에 위나라를 정벌하고 중원을 다시 찾고자 하나이다."

후주가 이를 허락하며 강유에게 군사를 일으켜 위나라를 정벌하라고 지시했다. 강유는 한중에 이르러 병마를 정비했다. 이를 본 정서대장군(征西大將軍) 장익(張翼)이 말했다.

"서촉은 땅이 좁고 돈과 식량도 부족하여 멀리 정벌을 나가는 것은 옳지 않습니다. 차라리 험준한 지세를 이용하여 방비에 힘쓰고 병사와 백성들을 아끼는 것이 나라를 지키는 계책일 것입니다."

그 말을 들은 강유가 말했다.

"그렇지 않소. 지난날 승상께서 초려에서 나오기에 앞서 이미 천하가 셋으로 나뉠 것을 알았으나 여섯 번 기산(祁山)으로 나아가 중원을 공략하였음에도 불행하게 중도에 세상을 떠나시어 공업을 이루지 못하였소. 이제 우리는 이미 승상으로부터 유명(遺命)을 들었으니 마땅히 충성을 다하여 나라에 보답하여 그 뜻을 이을 수 있다면 설령 죽는다 해도 여한이 없을 것이오. 이제 위나라가 틈새를 보이니 이때 저들을 정벌하지 않는다면 언제 다시 기회가 오기를 기다리겠소?"

하후패가 나서서 말했다.

"강 장군의 말씀이 옳소이다. 먼저 가볍게 차린 기병(騎兵)을 보내어 포한(枹罕)으로 진격하는 것이 좋습니다. 조서(洮西)와 남안(南安)을 함락하면 나머지 여러 고을은 저절로 평정될 것입니다."

장익이 다시 나서서 말했다.

"지난날 전투에서 우리가 이기지 못하고 돌아온 것은 병력의 진격이 너무 더디었기 때문입니다. 병법에 말하기를 '적군이 준비하지 않았을 때 공격하고, 그들이 예상하지 못했을 때 진격하라.'[攻其無備 出其不意] 하였습니다. 이제 우리가 불길이 퍼지듯이 재빨리 진격한다면 위나라 병사들이 미처 방비를 못 하여 반드시 크게 이길 것입니다."

전략이 결정되자 강유는 오만 명의 병력을 이끌고 포한으로 진격했다. 서촉의 병사가 조수에 이르자 변경을 지키던 병사가 옹주(雍州)자사 왕경(王經)과 부장군(副將軍) 진태(陳泰)에게 사태를 보고했다. 왕경이 먼저 마보군 칠만 명을 이끌고 적군을 맞으러 나갔다.

강유는 장익을 불러 이러저러하게 하라고 지시한 다음 다시 하후패를 불러 이러저러하게 하라고 지시했다. 두 장수가 계책에 따라 물러가자 강유는 스스로 대군을 이끌고 조수를 등진 채 진영을 펼쳤다. 왕경이 아장(牙將) 몇 명을 거느리고 나와 물었다.

"위나라는 오나라와 서촉과 함께 이미 솥발처럼[鼎足之勢] 자리를 잡고 있다. 그런데도 너희는 여러 차례 쳐들어오니 무슨 까닭인가?"

그 말을 들은 강유가 말했다.

"사마사가 아무 까닭도 없이 황제를 폐위시켰으니 이웃 나라로서 그 죄를 묻는 것이 당연한 일이거늘 하물며 원수의 나라야 더 말해 무엇하겠는가?"

왕경이 장명(張明)과 화영(花永)과 유달(劉達)과 주방(朱芳)을 돌아보며 말했다.

"서촉의 병사들이 강을 등지고 진영을 치고 있으니 지는 날이면 모두 물에 빠져 죽을 것이다. 강유는 용맹한 장수이니 그대 네 장수가 나가서 싸우도록 하라. 저들이 만약 물러서면 추격하라."

네 장수가 좌우로 나누어 나가 강유를 공격했다. 강유의 전략은 몇 번 겨루다가 말을 돌려 본영으로 달아나는 것이었다. 그를 보자 왕경이 병마를 휘몰아 한꺼번에 추격했다. 강유는 병력을 이끌고 조수를 바라보며 도주했다. 병력이 곧 조수 가까이 이르자 강유가 크게 소리쳤다.

"사태가 위급하다. 여러 장수는 어찌하여 분투하지 않는가?"

그 말을 들은 장수들이 모두 돌아서서 죽을힘을 다하여 싸우니 위나라 병사들이 크게 무너졌다. 이때 장익과 하후패는 위나라 병사들의 뒤로 돌아가 두 길로 나누어 공격하며 위나라 병사들을 한가운데로 몰아넣었다. 강유는 더욱 무예를 떨치며 위나라 진중으로 쳐들어가 좌우로 공격하니 그들이 큰 혼란에 빠져 서로 밟혀 죽은 병사가 절반을 넘었고 조수에 빠져 죽은 병사가 헤아릴 수 없었으며 목이 베인 병사 몇만 명이 몇 리에 걸쳐 쌓여 있었다.

왕경은 패잔병 몇 기(騎)를 이끌고 죽을힘으로 달아나 적도성(狄道城)으로 들어가 성문을 닫아걸고 지키기만 했다. 대승을 거둔 강유는 병사들을 배불리 먹인 다음 군사를 몰아 적도성을 공격하고자 했다. 이를 본 장익이 말리며 말했다.

"장군께서 이미 대승을 거두시고 명성이 천지를 진동하였는데 여기서 그치심이 옳을까 합니다. 이제 다시 전진하다가 혹시라도 공을 이루지 못하면 뱀을 잘 그리려다가 발을 그려 넣는 것[畫蛇添足]4)과 같이 될 것입니다."

그 말을 들은 강유가 말했다.

"그렇지 않소. 지난날에는 전쟁에 지고서도 중원으로 진격하고자 하였는데 이제는 조수의 전투에서 위나라 병사들의 간담이 찢어졌소. 내가 생각하기에 손바닥에 침을 한번 묻히는 것[唾手]으로 적도성을 빼앗을

---

4) "뱀을 잘 그리려다가 발을 그려 넣는 것"[畫蛇添足] : 흔히 사족(蛇足)으로 알려진 고사로서 『전국책』(戰國策) 「제편(齊篇) : 소양(昭陽)이 초(楚)나라를 위하여 위(魏)나라를 정벌하다」에 나오는 고사이다. 초나라의 어느 사람이 사인(舍人)들에게 술을 내리자 그들은 뱀을 잘 그리는 사람이 혼자 마시기로 결정했다. 그때 한 사람이 먼저 뱀을 그린 다음 더 솜씨 자랑을 하려고 발을 그려 넣었으나 뱀에는 발이 없다는 이유로 가장 먼저 그리고도 술을 차지하지 못했다.

수 있소. 그런즉 그대는 나의 의지를 꺾으려 하지 마오."

장익이 두세 차례 더 말렸으나 강유는 듣지 않고 적도성을 함락하러 진격하였다. 그 무렵 옹주의 정서대장군 진태는 병사를 일으켜 왕경과 더불어 패전의 분노를 풀려 하는데 문득 연주자사 등애가 병력을 이끌고 이르렀다. 진태가 그를 맞이하여 인사를 마치자 등애가 말했다.

"이번에 사마 대장군의 명령을 받들어 특별히 장군을 도와 적군을 쳐부수려고 왔습니다."

그 말을 들은 진태가 계책을 물으니 등애가 대답했다.

"서촉의 병사가 조수에서 승리하였으니 이제 만약 강인(羌人)의 병력을 불러들여 동쪽으로 관롱(關隴)을 치고 네 군으로 격문을 돌린다면 이는 참으로 우리 병사들의 큰 걱정거리입니다. 그러나 지금 적군은 그런 생각을 하지 않고 적도성을 공격하려는데 그곳은 성이 견고하여 서둘러 공격하기가 쉽지 않을 것이요, 헛수고만 할 것입니다. 나는 이제 항령(項嶺)에 병력을 주둔시킨 다음 적군을 공격할 것이니 그리하면 서촉의 병사들은 반드시 무너질 것이오."

그 말을 들은 진태가 말했다.

"그 계책이 참으로 오묘합니다."

계책을 마치자 등애는 이십 대(隊)의 병력을 조직하여 한 대마다 오십 명의 병력을 배치하고 모두 깃발과 북과 나팔과 봉화를 갖추게 한 다음 낮에는 잠복했다가 밤이면 진군하여 적도성 동남쪽의 높은 산 계곡에 매복시켰다. 서촉의 병력이 이르면 한꺼번에 북을 치고 나팔을 불며 대응하되 밤이면 불을 지르고 대포를 쏘아 적군을 놀라게 하려 했다. 병력의 배치를 마치자 오로지 촉군이 오기만을 기다렸다. 이어서 진태와 등애는 각기 이만 병력을 이끌고 서로 이어 떠났다.

그 무렵에 강유는 적도성을 에워싸고 병력을 팔방으로 공격하도록 하였으나 며칠을 이어 공격해도 함락되지 않자 마음만 우울할 뿐 어찌해야 할지 계책이 떠오르지 않았다. 해 질 녘이 되자 문득 척후병이 네댓 차례 유성처럼 말을 달려와 보고했다.

"두 길로 적군이 쳐들어오는데 깃발에는 큰 글자가 쓰여 있습니다. 하나는 '정서대장군 진태'라 하고 다른 하나는 '예주자사 등애'라 합니다."

강유가 크게 놀라 하후패를 불러 상의하니 그가 말했다.

"제가 지난날 장군께 말씀드리기를 등애는 어려서부터 병법을 깊이 이해하고 지리에 밝다고 하지 않았습니까? 이제 그가 병력을 이끌고 왔으니 이번에야말로 강적을 만났습니다."

그 말을 듣자 강유가 말했다.

"저들은 먼 길을 달려왔으니 저들에게 쉴 틈을 주지 않고 공격하는 것이 좋겠소."

강유는 장익에게 남아 적도성을 계속 공격하도록 하고 하후패는 병력을 이끌고 진태를 맞고 자신은 병력을 이끌고 등애를 맞으러 나갔다. 강유가 오 리도 채 가지 않았는데 문득 동남쪽에서 포성이 들리고 북과 나팔소리가 천지를 울리며 불길이 치솟았다. 강유가 말을 몰고 가보니 주위에 보이는 것은 모두 위나라 병사들의 깃발뿐이었다. 강유가 크게 놀라며 말했다.

"우리가 등애의 계책에 빠졌구나."

그는 하후패와 장익에게 전령을 보내어 각기 적도성을 버리고 물러나라 지시했다. 그리하여 서촉의 병사들은 모두가 한중으로 돌아왔다. 강유는 뒤에 남아 적군을 막는데 뒤에서 들리는 것은 오직 북소리와 나팔소리뿐이었다. 강유는 검각(劍閣)에 이르러서야 스물네 곳에서 불길이 치솟고 북소리가 들린 것은 모두가 허세였음을 알았다. 강유는 병력을 뒤로 물려 종제(鍾提)에 주둔했다.

그 무렵에 후주는 강유가 조서에서 크게 이긴 것을 칭송하여 강유에게 대장군의 지위를 내리는 조서를 내려보냈다. 강유는 그 직분을 받고 은혜에 감사하는 글을 올린 다음 다시 위나라를 정벌할 계책을 논의했다.

이를 두고 한 시인이 이렇게 읊었다.

    뱀을 다 그렸으면 발을 그려 넣을 필요가 없거늘
    역적을 토벌하려 오히려 호랑이처럼 위세를 부리네.
    成功不必添蛇足 討賊猶思奮虎威

이번 북벌은 어찌 되려나?

제111회

명장 등애(鄧艾)

> 등애는 지모로써 강유를 이기고
> 제갈탄은 의리를 내세워
> 사마소를 토벌하다.

그 무렵 강유가 종제(鍾提)로 병력을 물려 영채를 차리자 위나라 병사들도 적도성 밖에 영채를 차렸다. 왕경은 진태를 성안으로 맞아들여 성의 에움을 풀어준 것을 사례하면서 잔치를 열어 대접하고 삼군에게 큰 상을 내렸다.

진태는 등애의 공로를 적어 위나라 주군 조모에게 상소를 올리니 조모는 등애를 안서장군(安西將軍)으로 삼아 절(節)을 내려 호동강교위(護東羌校尉)를 맡게 하고 아울러 진태에게는 옹주와 양주에 주둔하도록 했다. 등애가 황제에게 표문을 올려 은혜에 감사하니 진태가 등애에게 잔치를 열어 축하하며 이렇게 말했다.

"강유가 밤중에 도망한 것으로 보아 그 힘이 모두 빠졌으니 다시 쳐들어오지는 못할 것이오."

그 말을 들은 등애가 웃으며 말했다.

"내가 보기에 촉군이 쳐들어올 이유가 다섯 가지나 된다오."

진태가 그 까닭을 물으니 등애가 대답했다.

"첫째로 강유가 비록 지고 돌아갔다고는 하지만 끝내는 승리한 기세가 등등한데 견주어 우리는 병력이 약하여 끝내 진 결과를 빚었기 때문이요, 둘째로 촉군은 제갈량이 훈련한 정예 병력이어서 움직이기 쉬운 것에 견주어 우리는 장수를 자주 바꾸고 군사의 훈련이 아직 부족하기 때문이요, 셋째로 촉군은 배를 타고 움직이는데 우리는 모두 메마른 땅에서 움직여 그 수고로움이 같지 않기 때문이요, 넷째로, 적도(狄道)·농서·남안(南安)·기산의 네 곳은 모두 수비하기에 좋은 요새로서 촉군은 동쪽을 향하여 고함을 지르면서 사실은 서쪽을 공격하고[聲東擊西]1) 남쪽을 가리키며 북쪽을 공격하니[指南攻北]2) 우리는 반드시 병력을 나누어 지켜야 하지만 촉군은 한꺼번에 몰려와 넷으로 갈라진 우리를 공격하기 때문이요, 다섯째로 만약 촉군이 남안과 농서로부터 나와 강인(羌人)들의 양곡을 차지하거나 기산으로 나오면 보리를 쉽게 얻을 수 있기 때문이오."

진태가 탄복하며 말했다.

"장군께서 적군을 다룸이 귀신과 같으니 어찌 촉군을 걱정할 일이 있겠습니까?"

그리하여 진태와 등애는 나이를 뛰어넘는 사이[忘年之交]3)가 되었다.

---

1) 성동격서(聲東擊西) : 한나라와 초나라가 쟁패할 적에 한신이 항우의 부장(部將) 백직(柏直)을 공격하면서 쓴 전략으로『회남자』「병략훈」(兵略訓)에 나오는 고사임. 삼십육계 가운데 여섯 번째에 해당함.
2) 지남공북(指南攻北) : 흔히 한국에서는 도남의재북(圖南意在北)으로 알려져 있음.
3) 나이를 뛰어넘는 사이[忘年之交] : 『후한서』「예형전」(禰衡傳)에 예형은 나이가 어렸으나 그를 아끼던 공융(孔融)은 나이가 마흔 살이 넘었음에도 친구처럼 여겼다는 고사(제1권 제23회 참조)에서 나온 것임.

등애는 옹주와 양주의 병력을 날마다 조련하면서 여러 협곡에 영채를 세워 뜻하지 않은 공격에 대비했다.

그 무렵 강유는 종제에 주둔하고 있으면서 큰 잔치를 열어 여러 장수를 불러 모은 다음 위나라를 정벌하는 문제를 상의했다. 위나라 병사들은 적도성 밖에 주둔했다. 영사(令史) 번건(樊建)이 먼저 나서서 말리며 말했다.

"장군께서 여러 번 출전하였으나 전승을 거두지는 못했지만 이번 조서의 전투에서 위나라 병사들이 이미 장군의 드높은 명성에 감복했는데 어찌 다시 나가려 하십니까? 만에 하나라도 일이 잘못되면 지난날의 공적이 가려질 것입니다."

그 말을 들은 강유가 말했다.

"그대는 위나라의 땅이 넓고 인구가 많아 쉽게 정복할 수 없다는 것만 알 뿐 우리에게는 위나라를 이길 수 있는 장점 다섯 가지가 있는 줄을 모르는구려."

여러 장수가 그 이유를 물으니 강유가 이렇게 대답했다.

"첫째로, 저들은 조서(洮西)에서 진 뒤에 예기가 꺾인 데 견주어 우리는 비록 물러나기는 했지만 큰 손실을 잃은 바가 없으니 지금 진격하면 이길 수 있기 때문이요, 둘째로 우리는 배를 타고 움직이니 피로한 줄 모르지만 저들은 마른 땅에서 나오고 있기 때문이오. 셋째로 우리 병사들은 오랫동안 훈련을 거친 무리들이지만 저들은 모두 까마귀 떼[烏合之徒]와 같아 일찍이 군율이 바로 서지 않았기 때문이요, 넷째로 우리는 기산을 벗어나기만 하면 가을 곡식을 거두어 군량미로 삼을 수 있기 때문이오. 다섯째로 저들은 비록 수비를 하고 있다고는 하지만 병력을 나누어 지켜야 하는 데 견주어 우리는 한곳으로만 쳐들어가니 저들이 어찌 지킬 수 있겠소? 그런즉 이때 위나라를 정벌하지 않고 다시 어느 때가 오기를 기다릴 참이오?"

하후패가 나서서 말했다.

"등애가 비록 나이 어린 장수라 하나 전략이 깊고 멀리 봅니다. 더욱이 요즘에 이르러 안서장군의 직책을 받았으니 반드시 여러 곳을 대비했을 것인즉 지난날과는 같지 않을 것입니다."

그 말을 들은 강유가 소리 높여 말했다.

"내가 어찌 등애를 두려워하겠소? 그대는 적군의 예기를 칭찬하고 자신을 낮추는 말을 하지 마시오. 내가 이미 결심했으니 반드시 먼저 농서를 공격할 것이오."

그 말에 다른 무리들이 감히 더 말하지 못했다. 강유는 스스로 선봉을 이끌고 다른 무리들은 뒤따라오게 했다. 이에 촉병들은 모두 종제를 떠나 기산으로 나아갔다. 그때 척후가 달려와 보고했다.

"위나라 병사들이 이미 기산에 이르러 아홉 개의 영채를 세웠습니다."

강유가 그 말을 믿지 못하여 기병 몇 명을 이끌고 높은 곳에 올라가 바라보니 과연 기산에 아홉 개의 영채가 길게 늘어서 있는데 그 꼬리와 머리가 서로를 돌아보고 있었다. 강유가 좌우를 돌아보며 말했다.

"하후패의 말이 거짓이 아니었도다. 영채의 형세가 몹시 오묘하여 나의 스승 제갈 승상만이 할 수 있는 일이다. 이제 등애의 전략을 보건대 제갈 승상에 못지않구나."

강유는 본채로 돌아와 여러 장수를 불러놓고 말했다.

"위나라 병사들이 이미 저토록 대비한 것으로 보아 내가 온 것을 틀림없이 알았을 것이오. 내가 짐작하건대 등애가 반드시 저 가운데 있을 것이오. 그대들은 나의 깃발인 것처럼 꾸며 이 계곡에 영채를 세운 다음 날마다 오백 명씩 나가 순찰하도록 하시오. 그럴 때마다 갑옷을 바꿔 입고 나가도록 하시오. 깃발의 색깔은 푸른색, 누런색, 붉은색, 흰색, 검은색으로 다섯 방위를 표시하듯이 하여 바꿔 나가도록 하시오. 나는 대군을 이끌고 몰래 동정(董亭)으로 나가 남안을 습격하려 하오."

이어서 강유는 포소(鮑素)에게 기산의 골짜기를 지키도록 하고 자신은 대군을 이끌고 남안으로 진군했다.

그 무렵 촉군들이 기산으로 나오는 것을 안 등애는 진태와 더불어 영채를 준비하는데 촉군들은 매일 싸움은 하지 않고 하루에 다섯 번씩 척후병만이 말을 타고 나타나 어떤 때는 십 리까지 나오고 어떤 때는 십오 리까지 나왔다가 사라졌다. 등애가 높은 곳에 올라 그들을 바라보더니 서둘러 장막으로 돌아와 진태에게 말했다.

"강유는 지금 저곳에 없소. 반드시 동정을 차지하러 안남으로 갔을 것이오. 영채를 나온 척후병들은 말이 겨우 몇 마리에 갑옷을 갈아입고 오고 가며 정탐하고 있다오. 지금 말은 모두 지쳐 있고, 주장은 반드시 무능한 사람일 것이니, 진 장군이 한 부대를 이끌고 공격하면 쉽게 영채를 깨트릴 수 있을 것이오. 영채를 무너트린 다음에는 병사들을 이끌고 동정으로 가는 길을 공격하여 먼저 강유의 후방을 끊으시오. 나는 먼저 한 부대를 이끌고 남안을 구출한 다음 무성산(武城山)을 차지하겠소. 만약 내가 이 산을 먼저 차지하게 되면 강유는 반드시 상규(上邽)를 공격할 것이오. 상규에는 계곡이 하나 있는데 이름을 단곡(段谷)이라 하오. 길이 좁고 험준하여 매복하기에 좋은 곳이오. 저들이 쳐들어와 무성산을 공격할 때 내가 먼저 단곡 양쪽에 매복해 있다가 강유를 반드시 무찌르겠소."

진태가 말했다.

"저는 농서를 지킨 지 이삼십 년인데 아직 그토록 자세히 지리를 모르고 있습니다. 장군의 말씀은 참으로 귀신같은 헤아림입니다. 장군께서 서둘러 떠나시지요. 저는 이곳에 있는 저들의 영채를 공격하겠소."

그 무렵에 등애는 병력을 이끌고 밤이면 더욱 빨리 달려 무성산에 이르러 영채를 세웠는데 아직 촉군이 이르지 않았다. 등애는 아들 등충(鄧忠)과 장전교위(帳前校尉) 사기(師纂)를 불러 각기 오천 명의 병력을 이끌고 먼저 단곡에 매복한 다음 이러저러하게 행동하도록 일렀다. 두 사람이 명령을 받고 물러가자 등애는 깃발을 눕히고 촉병이 오기를 기다리도록 했다.

그 무렵 강유는 동정을 떠나 남안을 바라보며 진군하여 무성산 앞에 이르자 하후패에게 말했다.

"남안 가까이에 무성산이라는 산이 있소. 만약 그 산을 먼저 차지할 수만 있다면 남안의 기세를 꺾을 수 있을 것이오. 다만 등애는 지모가 출중한 인물이라 먼저 차지 하지 않았을까 걱정스럽소."

그런 걱정을 하고 있는데 문득 산 위에서 대포 소리가 들리고 함성이 땅을 울리며 북과 나팔소리와 함께 깃발이 일어서는데 모두가 위나라 병사들이었다. 중앙에는 누런 깃발이 나부끼는데 "등애"라고 크게 쓰여 있었다. 촉군들이 크게 놀라 바라보니 산 위에서 여러 길로 정예 병사들이 쏟아져 내려오고 있었다. 촉군들은 견디지 못하고 전방이 크게 무너졌다. 강유가 중군의 인마를 거느리고 구출하러 갔을 때는 위나라 병사들이 이미 물러가고 없었다.

강유는 곧장 무성산 밑으로 나아가 싸움을 걸었으나 산 위의 병사들은 내려와 싸우려 하지 않았다. 강유가 병사들을 시켜 욕설을 퍼붓다가 날이 저물자 물러서려 하는데 산 위에서 북과 나팔소리가 한꺼번에 울리면서도 정작 위나라 병사들은 내려와 싸우려 하지 않았다. 강유는 병사들을 시켜 날이 저물도록 욕설을 퍼붓다가 막 물러서려 하는데 그때도 산 위에서 북과 나팔소리만 울릴 뿐 이번에도 위나라 병사들은 내려오지 않았다.

강유가 산 위로 쳐들어가고자 하였으나 투석이 심하여 앞으로 나아갈 수가 없었다. 자리를 지키던 강유는 삼경이 되어서야 되돌아가고자 하는데 다시 산 위에서 북과 나팔소리가 들렸다. 강유는 병사들을 산 밑으로 옮겨 주둔하도록 한 다음 나무와 돌을 운반하여 영채를 세우려고 하는 순간에 산 위에서 북과 나팔소리가 울리며 위나라 병사들이 무리를 지어 짓쳐 내려왔다. 촉군들은 크게 혼란에 빠져 서로를 짓밟으며 본채로 돌아왔다.

이튿날 강유가 병사들을 시켜 군량미와 말먹이와 무기를 싣고 무성산에 이르러 배치한 다음 영채를 세워 오래 주둔할 계획을 세웠다. 그런데 그날 이경이 되자 등애가 군사 오백 명을 이끌고 손에 횃불을 든 채 두 길로 내려와 수레와 장비에 불을 붙였다. 양쪽 병사들이 밤새도록 싸우느라고 강유는 영채를 세우지 못했다. 강유는 다시 병력을 뒤로 물려 하후패와 더불어 전략을 상의하면서 말했다.

"남안을 빼앗지 못했으니 차라리 상규를 치느니만 못하겠소. 상규는 남안의 군량미를 쌓아두는 곳이니 상규를 차지하면 남안은 스스로 위태롭게 될 것이오."

강유는 하후패에게 무성산을 지키도록 하고 몸소 정예군과 맹장을 이끌고 상규를 차지하러 떠났다. 하루를 묵은 다음 날이 밝으려 하자 산세를 바라보니 몹시 험준하고 길이 꾸불꾸불하기에 길잡이를 불러 물어보았다.

"이곳의 이름이 무엇인고?"

"단곡(段谷)이라 하옵니다."

그 말을 들은 강유가 몹시 놀라며 말했다.

"그 이름이 불길하구나. 단곡(段谷)이라면 곧 막다른 계곡[斷谷]이라는 뜻인데 만약 누가 그 골짜기를 막고 있다면 어쩌겠는가?"

강유가 어찌할 바를 몰라 머뭇거리고 있는데 문득 척후가 달려와 아뢰었다.

"산 뒤에서 먼지가 크게 일어나고 있는 것으로 보아 복병이 있음이 분명합니다."

강유가 서둘러 병력을 뒤로 물리려 하자 사찬(師纂)과 등충이 두 길로 군사를 몰고 달려왔다. 강유가 한편으로는 싸우고 한편으로는 달아나는데 앞에서 함성이 크게 일어나더니 등애가 병력을 이끌고 나타났다. 세 길로 협공을 받은 촉군은 크게 무너졌다. 그런 가운데 다행히도 하후패가 병사를 이끌고 위나라 병사들을 물리치고 강유를 구출하였다. 강유가 다시 기산으로 가려 하자 하후패가 말했다.

"기산의 영채는 이미 진태의 손에 넘어갔고 포소는 죽었으며 모든 병마는 한중으로 돌아갔습니다."

강유는 감히 동정을 차지하지 못하고 서둘러 좁은 산길을 따라 돌아섰다. 뒤에서 등애가 다급하게 추격하자 강유는 모든 장병에게 앞으로 나아가라고 명령하고 자신이 뒤를 막았다. 그러는 가운데 문득 산중에서 한 부대가 달려 나오는데 바라보니 위나라의 진태였다. 위나라 병사들이 함성을 지르고 달려들어 강유를 에워쌌다.

강유는 말과 사람이 모두 지쳐 좌우로 돌진했으나 벗어날 길이 없었다. 탕구장군(盪寇將軍) 장억은 강유가 위험하다는 말을 듣자 몇백 명의 기병대를 이끌고 에움을 뚫고 들어오자 강유는 그 틈에 탈출할 수 있었다.

장억은 그 자리에서 위나라 병사들의 화살에 맞아 전사했다.

에움을 벗어난 강유는 한중으로 돌아와 장억의 충성과 용맹에 감복하여 나라를 위해 죽은 그의 자손들에게 봉작을 내리기를 바라는 표문을 황제에게 올렸다. 그 전투에서 많은 병사가 죽었는데 그 허물은 모두 강유의 잘못으로 돌아갔다. 그는 지난날 제갈량이 가정(街亭)에서 지고 스스로 승상의 자리에서 물러난 전례에 따라 스스로 후장군으로 벼슬을 낮추어 대장군의 일을 보았다.

촉군이 모두 물러간 것을 안 등애는 진태와 함께 크게 잔치를 열어 삼군에게 무거운 상을 내렸다. 진태가 등애의 전공을 적어 표문을 올리니 사마소는 사신에게 절(節)을 들려 보내어 벼슬을 높여주고 관인(官印)과 도장끈을 내림과 함께 그의 아들 등충을 정후(亭侯)에 봉했다.

그 무렵 위나라 조모는 정원(正元, 서기 256) 3년(서기 256)을 감로(甘露) 원년으로 고쳤다. 사마소는 스스로 천하병마대도독(天下兵馬大都督)에 올라 조정에 들고 날 때면 철갑으로 무장한 맹장 삼천 명의 호위를 받으며, 정사를 처리하면서 천자에게 알리지도 않고 승상부에서 처리하였다. 그는 이때부터 천자의 자리를 찬탈할 역심을 품게 되었다.

사마소에게는 이름이 가충(賈充)이요, 자를 공려(公閭)라 하는 심복이 있었는데 죽은 건위장군(建威將軍) 가규(賈逵)의 아들로서 그 무렵에는 사마소의 승상부 장사(長史)로 일하고 있었다. 어느 날 가충이 사마소에게 아뢰었다.

"이제 주공께서 대권을 잡으셨다고 하나 천하의 인심이 아직 안정되지 않았으니 은밀히 알아보신 뒤에 천천히 대사를 도모하소서."

그 말에 사마소가 대답했다.

"그 말이 바로 나의 뜻과 같소. 그대는 나를 위해 동쪽 지방으로 가서

원정군의 노고를 위로한다는 핑계를 대고 소식을 알아보도록 하오."

명령을 받은 가충은 회남에 이르러 진동대장군 제갈탄(諸葛誕)을 만났다. 그는 자를 공휴(公休)라 하고 낭야(瑯琊)의 남양(南陽) 사람인데 제갈량의 집안 동생이었다. 그는 옛날부터 위나라를 섬겼으나 제갈량이 촉의 승상으로 일하던 터라 벼슬이 높아지지 않았으나 제갈량이 죽자 벼슬이 올라 고평후(高平侯)에 봉해지고 회수 남북의 군마를 지휘하고 있었다.

그날 가충이 병사들을 위로한다는 명목으로 제갈탄을 찾아가니 제갈탄이 잔치를 열어 그를 대접했다. 술기운이 반쯤 오르자 가충이 제갈탄에게 말했다.

"요즘 낙양의 선비들이 하는 말을 들어보면 천자께서 나약하시어 그 자리를 감당할 수 없다고들 합니다. 사마 대장군께서는 삼대에 걸쳐 나라를 지키시고 그 공덕이 하늘에 이르렀으니 위나라의 대통을 이어받을 만한데 장군의 뜻은 어떠신지요?"

그 말을 들은 제갈탄이 대로하며 말했다.

"그대는 예주자사 가규의 아들로서 대대로 위나라의 봉록을 받았는데 어찌 감히 그런 말을 한단 말이오?"

가충이 사과하며 말했다.

"저는 다만 다른 사람들의 말을 장군께 알려드렸을 뿐입니다."

그 말을 들은 제갈탄이 말했다.

"조정에 어려움이 닥치면 나는 마땅히 목숨을 걸고 은혜에 보답할 것이오."

가충이 아무 말도 못 하고 다음 날 돌아와 사마소에게 자세히 사실을 아뢰니 그가 대로하며 말했다.

"쥐새끼 같은 무리가 어찌 나에게 그럴 수 있단 말인가?"

가충이 부추겼다.

"제갈탄은 회남에 머물면서 인심을 얻었으니 뒷날 반드시 근심거리가 될 것입니다. 서둘러 없애시지요."

사마소는 은밀히 양주(揚州)자사 악침(樂綝)에게 밀서를 보내는 한편, 달리 제갈탄에게 사공(司空)의 벼슬을 내릴 터이니 낙양으로 올라오라 하였다. 조서를 받은 제갈탄은 가충이 밀고하여 이런 일이 일어난 줄 알고 사신을 불러 고문하니 그가 대답했다.

"이 일에 대해서는 악침이 잘 알고 있습니다."

"그가 어찌 이 일을 알고 있다는 말이냐?"

"사마 장군께서 이미 사신에게 밀서를 주어 양주로 보내어 악침에게 전달하도록 했습니다."

대로한 제갈탄은 좌우를 꾸짖어 사신의 목을 치게 한 다음 부하 천 명을 거느리고 나는 듯이 양주로 달려갔다. 남문에 이르러 보니 성문은 이미 닫혀 있고 적교(吊橋)도 올라가 있었다. 제갈탄이 성 밑에 이르러 문을 열라 소리쳤으나 성 위에서 아무런 대답이 없었다. 제갈탄이 대로하며 말했다.

"못난 놈 악침이 어찌 감히 이럴 수 있다는 말인가?"

그는 병사들에게 성을 치라 명령했다. 여남은 명의 맹장들이 말에서 내려 해자(垓字)를 건너 나는 듯이 성으로 올라가 적군을 물리치고 성문을 활짝 열어젖혔다. 그때 제갈탄이 병사들을 이끌고 성안으로 들어가 바람을 타고 불을 지르며 악침의 집으로 쳐들어갔다. 악침이 당황하여 성루로 달아나자 제갈탄이 칼을 빼어 들고 크게 소리쳤다.

"네 애비 악진(樂進)은 지난날 위나라로부터 큰 은혜를 입었거늘 너는 어찌하여 그 은혜를 갚을 생각을 하지 않고 오히려 사마소를 따르려 하는가?"

악침은 대꾸할 겨를도 없이 제칼탄의 칼을 맞고 죽었다.

한편 제갈탄은 사마소의 죄를 낱낱이 적은 표문을 지어 사신에게 주어 낙양으로 올라가도록 하고, 이어 회수의 남북에 머물던 둔전(屯田)의 십여만 호와 양주에서 항복한 사만 명을 모으고 양곡과 말먹이를 마련하여 진격을 준비했다. 제갈탄은 또한 장사 오강(吳綱)에게 자신의 아들 제갈정(諸葛靚)을 오나라로 데려가 인질로 삼고 구원병을 요청하도록 하여 함께 사마소를 토벌하려고 했다.

그 무렵 오나라에서는 승상 손준(孫峻)이 병으로 죽고 그의 사촌 동생인 손침(孫綝)이 정권을 장악하고 있었다. 손침의 자는 자통(子通)으로 성격이 난폭하여 대사마 등윤(滕胤)과 장군 여거(呂據)와 왕돈(王惇) 등을 죽이고 모든 권력을 휘두르고 있었다. 오나라의 군주 손량(孫亮)은 비록 총명한 사람이었으나 어찌할 수가 없었다. 그런 상황에서 오강이 제갈정을 데리고 석두성에 이르러 손침을 뵙고 인사를 드렸다. 손침이 그들에게 찾아온 이유를 물으니 오강이 대답했다.

"제갈탄은 촉한의 제갈 무후의 아우입니다. 지난날 그는 위나라를 섬겼으나 이제 사마소가 천자를 속이고 업신여기며 황제를 제쳐두고 권력을 휘두르기에 저희가 군사를 일으켜 그를 토벌하고자 하나 힘이 미치지 못하여 이렇게 찾아와 머리를 숙입니다. 참으로 두렵게도 믿음을 드릴 길이 없어 오로지 그의 아들 제갈정을 볼모로 데려왔으니 엎드려 바라옵건대 병력을 도와주시기 바랍니다."

손침이 그 말을 듣고 대장 전역(全懌)과 전단(全端)을 주장으로 삼고, 우전(于詮)을 후비대장으로 삼고, 주이(朱異)와 당자(唐咨)를 선봉으로 삼고, 문흠(文欽)을 길잡이로 삼아 병력 칠만 명을 셋으로 나누어 진격하도록 했다. 오강이 수춘성으로 돌아와 제갈탄에게 보고하니 그가 몹시 기뻐하며 출전을 준비했다.

그 무렵에 제갈탄이 올린 표문이 낙양에 이르자 사마소가 그를 읽고 대로하여 스스로 병력을 이끌고 제갈탄을 토벌하고자 했다. 이를 본 가충이 말리며 말했다.

"주공께서는 아버지와 형님의 기업을 이어받아 그 은덕이 아직 천하에 퍼지지 않았는데 지금 천자를 두고 낙양을 떠나 만약 변고라도 일어난다면 후회해도 미치지 못할 것입니다. 그러므로 태후와 천자를 함께 모시고 출정하셔서 근심꺼리를 없애느니만 못할 것입니다."

사마소가 웃으며 대답했다.

"그 말이 나의 뜻과 같구려."

그러고서는 대전으로 들어가 태후에게 말했다.

"제갈탄이 모반을 일으켰기에 신이 문무 관료와 더불어 상의를 마쳤습니다. 바라옵건대 태후와 황제께서도 함께 출정하시어 선제의 뜻을 이으시기 바랍니다."

태후는 무서워 떨며 그 뜻에 따랐다.

이튿날 사마소는 주군 조모에게 함께 출정하자고 요청했다. 그 말을 들은 조모가 대답했다.

"대장군께서 이미 천하의 군마를 통솔하고 마음대로 다루는 터에 짐이 몸소 갈 이유가 있겠소?"

사마소가 대답했다.

"그렇지 않습니다. 지난날 무조(武祖, 조조)께서 천하를 종횡하셨고, 문제(文帝, 조비)와 명제(明帝, 조예)께서는 우주를 품을 뜻을 가지시고 여덟 방위의 넓고 먼 땅을 정복하시면서 무릇 큰 도적을 만나더라도 반드시 몸소 납시었습니다. 폐하께서는 마땅히 선대의 뜻에 따라 역적을 무찌르셔야 하거늘 어찌 두려워하십니까?"

조모는 사마소의 위엄에 눌려 그 뜻에 따랐다. 사마소는 조칙을 내려 낙양과 장안의 병력 이십육만 명을 일으켜 진남장군 왕기(王基)를 선봉으로 삼고, 안동장군 진건(陳騫)을 부선봉으로 삼고, 감군(監軍) 석포(石苞)를 좌군으로 삼고, 연주(兗州)자사 주태(州泰)를 우군으로 삼아 어가를 보위하며 기세 좋게 회남으로 진군하였다.

동오에서는 선봉 주이(朱異)가 병력을 이끌고 적군을 맞이했다. 양쪽 병사들이 둘러서자 위나라의 군중에서 왕기가 말을 타고 나오니 주이가 나가서 맞았다. 그러나 세 번을 겨루지도 않았는데 주이가 도망하니 당자(唐咨)가 나와 겨뤘으나 그 또한 세 번을 겨루지 못하고 달아났.

왕기가 병력을 휘몰아 덮치니 오나라 병사들이 크게 무너져 오십 리를 물러나 영채를 세우고 수춘성에 상황을 알렸다. 이에 제갈탄은 본부 정예병을 이끌고 문흠과 그의 두 아들 문앙·문호와 함께 장병 몇만 명을 거느리고 사마소를 대적하러 나왔다.

이를 두고 한 시인이 이런 글을 남겼다.

> 바야흐로 오나라 병사들의 예기가 꺾이더니
> 다시 위나라 장수들이 짓쳐오누나.
> 方見吳兵銳氣墮 又看魏將勁兵來

이 승부는 어찌 되려나?

제112회

그대는 나의 자방(子房)이로다

> 우전(于詮)은 수춘을 구원하려다가
> 절개를 지켜 죽고
> 강유는 장성(長城)을 공격하여
> 크게 이기다.

그 무렵 사마소는 제갈탄이 오나라 병사들과 함께 쳐들어온다는 말을 듣고 산기장사(散騎長史) 비수(裵秀)와 황문사랑(黃門伺郎)[1] 종회(鍾會)를 불러 적군을 깨트릴 계책을 상의하니 종회가 말했다.

"오나라가 제갈탄을 돕는 것은 오로지 잇속이 있기 때문이니 우리가 이해(利害)를 따져 그들을 유인하면 반드시 이길 수 있습니다."

사마소가 그의 말에 따라 석포(石苞)와 주태(州泰)에게 두 부대를 주어 석두성(石頭城)에 매복하도록 하고, 왕기(王基)와 진건(陳騫)에게는 정

---

1) 황문사랑(黃門伺郎) : 황문시랑(黃門侍郎)이라고도 한다. 대궐의 문은 황금색이었기 때문에 황문이라 함은 곧 대궐을 뜻한다. 진한(秦漢)시대에 생긴 이 직책은 대궐에 머물면서 황제의 음식과 기거(起居)를 보살피는데 흔히 내시와 같은 뜻으로 쓰지만 환관과 다소 의미가 달랐다. 환관은 대개가 거세되었지만 내시는 반드시 거세를 거치지는 않았다.

병을 주어 후방을 지키게 하고, 편장 성쉬(成倅)에게는 병력 만 명을 주어 먼저 나가 적군을 유인하도록 하고, 진준(陳俊)에게는 수레와 말과 소와 노새에 가득 귀중한 물건을 싣고 진의 사방에 몰려 있다가 적군이 오면 버리고 달아나도록 했다.

그날 제갈탄은 오나라 장수 주이(朱異)를 왼쪽에 거느리고 문흠(文欽)을 오른쪽에 거느린 채 위나라의 진열을 바라보니 사람과 말이 정연하지 않은 것을 보고 말을 몰아 진격했다. 성쉬가 달아나자 제갈탄은 병사들에게 추격하라 명령했으나 소와 말과 노새가 들판에 가득한지라 병사들은 그것들을 차지하려고 싸울 뜻이 없었다.

그때 문득 대포 소리가 들리더니 양쪽에서 적군이 달려오는데 왼쪽에는 석포요, 오른쪽에는 주태였다. 제갈탄이 크게 놀라 서둘러 물러나려는데 왕기와 진건이 정예군을 이끌고 달려오니 제갈탄은 크게 무너졌다. 사마소마저 병력을 이끌고 쳐들어왔다. 제갈탄은 군사를 이끌고 수춘성으로 달려가 성문을 닫아걸고 지키기만 했다. 사마소는 성을 사방으로 에워싸고 힘을 다하여 공격했다.

그 무렵에 오나라 병력은 안풍(安豊)에 주둔해 있었고, 위나라 황제의 어가는 항성(項城)에 머물고 있었다. 종회가 사마소에게 아뢰었다.

"이번에 제갈탄이 비록 졌다고는 하지만 수춘성에는 양곡과 말먹이가 많을 뿐만 아니라 오나라 병사들이 안풍에서 사슴을 잡는 자세[掎角之勢]를 이루고 있습니다. 이제 오나라 병사들이 사방으로 포위되어 있는데 우리가 천천히 치면 오로지 지킬 것이요, 다급하게 치면 죽음을 무릅쓰고 싸울 것입니다. 만약 오나라 병사가 우리를 협공하면 우리에게 좋을 것이 없습니다. 그러므로 삼면을 포위하여 공격하되 남문만 에움을 풀어 저들이 도망가게 하여 그때 우리가 공격하면 크게 이길 수 있습니다. 오나라 병사들은 먼 길을 와 양곡을 이어 댈 수 없습니다. 우리가 가볍게 무장한 기병(騎兵)을 뽑아 그 뒤를 공격하면 싸우지 않고서도 저들은 무너질 것입니다."

그 말을 들은 사마소는 종회의 등을 어루만지며 이렇게 말했다.

"그대는 나의 자방(子房, 장량)이로다."

그 무렵에 오나라 병력은 안풍에 주둔하고 있었는데 손침이 주이를 불러 꾸짖으며 말했다.

"생각건대 한낱 수춘성도 함락하지 못하면서 어찌 중원을 평정할 수 있다는 말인가? 그대가 다시 이기지 못하면 목을 베리라."

주이가 영채로 돌아와 앞일을 상의하니 우전이 말했다.

"지금 수춘성의 남문만이 막혀 있지 않습니다. 바라건대 제가 한 부대를 이끌고 남문으로 달려 나가 제갈탄이 성을 지킬 수 있도록 돕고자 합니다. 장군께서 위나라 병사들과 싸우는 틈을 타 저는 성을 빠져나가 협공한다면 위나라 병사들을 쉽게 깨트릴 수 있을 것입니다."

주이가 그 뜻을 허락하자 전역과 전단(全端)과 문흠의 무리도 모두 성 안으로 들어가기를 바랐다. 그리하여 우전이 만 명의 병력을 이끌고 남문을 통하여 성 안으로 들어갔다. 위나라 병사들은 위로부터 명령을 받지 못한 터라 감히 쉽게 움직이지 못하고 오나라 병사들이 성안으로 들어가도록 내버려둔 다음 이를 사마소에게 알렸다. 그 말을 들은 사마소가 말했다.

"이는 저들이 주이와 더불어 협공하여 우리를 무찌르려는 계략이다."

그러고서는 왕기와 진건을 불러 지시했다.

"그대들은 오천 명의 병력을 이끌고 가 주이가 온 길을 끊고 그 뒤를 치도록 하라."

왕기와 진건이 명령을 받고 물러갔다. 주이가 바야흐로 병력을 이끌고 오는데 문득 뒤에서 함성이 크게 일어나 바라보니 왼쪽에서는 왕기가 달려오고 오른쪽에서는 진건이 두 갈래로 달려오고 있었다. 오나라 병사들이 대패하고 돌아왔다. 주이가 손침을 찾아갔더니. 손침이 대로하며 말했다.

"번번이 지고 돌아온 너를 어디 쓸 데가 있다더냐?"

손침은 좌우를 꾸짖어 주이의 목을 베게 했다. 이어서 그는 전단의 아들 전의(全禕)를 꾸짖으며 말했다.

"만약 너희 부자가 돌아가 위나라 병사들을 물리치지 못한다면 나를 보러 오지 말거라."

그러고서 손침은 건업으로 돌아갔다. 손침이 돌아가는 것을 본 종회가 사마소에게 아뢰었다.

"이제 손침이 돌아가 밖에서 도울 병력이 없으니 이때 성을 에워쌀 만합니다."

사마소가 그의 말에 따라 병사들에게 성을 공격하도록 재촉했다. 전의가 병력을 이끌고 죽을힘을 다하여 수춘성으로 들어가려 했으나 위나라 병사들의 위세가 대단한 데다가 아무리 생각해보아도 달아날 길이 없음을 알고 사마소에게 항복했다.

사마소는 전의의 벼슬을 높여 편장군으로 삼았다. 전의가 은혜에 감복하며 손침이 어질지 못하니 위나라에 항복함만 같지 못하다는 글을 써 화살에 달아 아버지 전단과 숙부 전역(全懌)이 있는 성안으로 날려 보냈다. 전의의 편지를 본 전역은 전단과 함께 몇천 명의 병사들을 거느리고 성문을 나와 항복했다.

일이 이렇게 되자 제갈탄은 깊은 근심에 빠졌다. 그때 모사인 장반(蔣

班)과 초이(焦彝)가 나와 말했다.

"성안에 양식은 적고 병사는 많아 오래 지킬 수 없으니 오나라와 초(楚)의 병력을 모아 위나라 병사들과 죽기로 싸워봅시다."

그 말을 들은 제갈탄이 대로하여 말했다.

"나는 지키려 하는데 그대들은 싸우고자 하니 이는 그대들이 다른 마음을 품은 것이로다. 다시 그런 말을 하면 목을 베리라."

두 사람이 물러나와 하늘을 바라보며 탄식했다.

"제갈탄이 장차 죽겠구나. 우리는 일찌거니 항복하여 목숨을 건지느니만 못하겠다."

그날 밤 이경에 장반과 초이가 성을 넘어가 항복하니 사마소가 그들을 중용했다. 이로 말미암아 수춘성 안에는 비록 싸우고 싶어 하는 장수들이 있었으나 감히 그 말을 하지 못했다.

제갈탄이 성안에서 위나라의 진영을 바라보니 사방에서 토성을 쌓아 회수의 물길을 막고 있었다. 제갈탄은 오직 장마가 져 회수의 물이 넘쳐 토성을 쓸어 가면 그때 적군을 공격하고자 기대했다.

그러나 생각과는 달리 가을이 지나 겨울이 오도록 장마가 지지 않아 회수가 넘치지 않았다. 성안에서는 날이 갈수록 양곡이 떨어졌다. 문흠은 작은 성에서 두 아들과 함께 성을 지키다가 군사들이 굶어 쓰러지는 것을 보자 제갈탄을 찾아가 호소했다.

"군량미가 모두 떨어지고 병사들이 굶어 죽고 있으니 북방에서 온 병사들을 성 밖으로 내보내어 군량미를 절약하시지요."

그 말을 들은 제갈탄이 대로하여 말했다.

"너는 북방에서 온 군사들을 모두 내보낸 다음 나를 없애려는구나."

그러고서는 문흠을 끌어내어 목을 베도록 했다.

문앙과 문호는 아버지가 처형되는 것을 보자 각기 단검을 빼어 들어 곁에 있던 병사들을 죽이고 성을 뛰어넘어 해자를 건너 위나라의 영채에 항복했다. 사마소는 문앙이 지난날 혼자 몸으로 위나라 병사들을 죽인 원한 때문에 그를 죽이려 하자 종회가 나서서 말리며 말했다.

"죄는 문흠에게 있고 문흠은 이미 죽었습니다. 그 두 아들이 처지가 딱하여 항복해 왔는데 만약 항복한 장수를 죽인다면 이는 오히려 성안의 인심을 굳게 만드는 일이 될 것입니다."

사마소가 그의 말을 따라 문앙과 문호를 장막으로 불러 좋은 말로 위로하고 준마와 비단옷을 내리면서 편장군으로 삼아 관내후(關內侯)에 봉하였다. 두 아들은 사마소에 감사하고 말에 올라 성 밖을 돌면서 크게 외쳤다.

"우리 두 사람은 사마소 대장군의 용서를 받아 벼슬에 올랐는데 그대들은 어찌하여 서둘러 항복하지 않는가?"

성안의 사람들이 그 말을 듣고 함께 상의하며 말했다.

"문앙은 사마 씨와 원수의 사이임에도 높은 벼슬에 올랐는데 하물며 우리임에랴?"

그러고서는 모두 성을 나가 항복했다. 그 말을 들은 제갈탄이 대로하여 밤낮으로 성을 살피면서 병사들을 죽였다. 성안의 인심이 돌아섰음을 안 종회가 장막으로 들어가 사마소에게 아뢰었다.

"이때를 이용하여 공격하심이 옳겠습니다."

사마소가 크게 기뻐하며 삼군을 사방으로 배치하여 한꺼번에 공격하도록 했다. 수문장 증선(曾宣)이 북문을 열어 위나라 병사들을 성안으로 불러들였다. 위나라 병사들이 이미 성안으로 들어온 것을 안 제갈탄은 서둘러 휘하 장병 몇백 명을 거느리고 성안의 샛길로 빠져 적교(吊橋)에 이르렀으나 곧장 호준(胡遵)의 칼을 맞고 목이 달아나 말에서 떨어지고 그를 따르던 몇백 명의 병사들도 모두 사로잡혔다. 왕기가 병사를 이끌고 서문에 이르러 오나라 장수 우전을 만나자 큰 소리로 외쳤다.

"어찌하여 서둘러 항복하지 않는가?"

우전이 대로하여 외쳤다.

"어명을 받아 난리를 평정하러 왔다가 뜻을 이루지 못하고 적군에 항복하는 것은 의인이 할 짓이 아니니라."

그러고서는 투구를 벗어 던지며 크게 외쳤다.

"사람이 한세상 살다가 전쟁터에서 죽는 것은 복된 일이다."

말을 마친 그는 칼을 휘두르며 죽을힘을 다하여 삼십여 번을 겨루다가 사람과 말이 지쳐 어지럽게 싸우다가 죽었다. 뒷날 한 시인이 그의 죽음을 생각하며 이런 시를 남겼다.

> 그해 사마소가 수춘성을 에워쌌을 때
> 수많은 군사가 그의 달리는 수레에 절하였다네.
> 동오에는 영웅도 많다더니만
> 그 누가 우전의 죽음을 따를 수 있으랴
> 司馬當年圍壽春 降兵無數拜車塵
> 東吳雖有英雄士 誰及于詮肯殺身

사마소는 수춘성에 들어가 늙고 젊음을 가리지 않고 제갈탄의 가족과 삼족을 모두 죽였다. 무사들이 몇백 명에 이르는 제갈탄의 부하들을 묶어 들어오자 사마소가 그들에게 물었다.

"너희들은 항복하겠는가?"

그 말을 들은 제갈탄의 부하들이 크게 외쳤다.

"우리는 모두 제갈 공과 함께 죽을지언정 결코 항복하지 않을 것이다."

사마소가 대로하여 무사들에게 그들을 성 밖으로 끌고 나가 일일이 물으며 말했다.

"항복하는 무리는 살려줄 것이다."

그러나 항복하겠다는 병사는 하나도 없었다. 그들은 목숨이 떨어질 때까지 끝내 항복하지 않았다. 사마소는 깊이 탄식하며 그들 모두를 죽여 묻어주도록 했다.

뒷날 한 시인이 그들을 탄식하며 이런 시를 남겼다.

> 충신의 뜻은 화살처럼 곧아 구차히 살지 않으니
> 장하도다! 제갈 공의 휘하 장병들이여.
> 해로(薤露)의 노래[2]는 그치지 않아
> 전횡(田橫)[3]의 뜻을 이어받으려는구나.
> 忠君矢志不偸生 諸葛公休帳下兵
> 薤露歌聲應未斷 遺蹤直欲繼田橫

---

[2] 해로가(薤露歌) : 본디 해로라 함은 부추에 앉은 이슬을 뜻하는데, 해로가는 상여(喪輿)가 나갈 때 부르는 만가(輓歌)였다. 사람의 목숨이 부추 위에 서린 이슬처럼 덧없이 사라져 없어진다는 뜻이다.

[3] 전횡(田橫) : 제(齊)나라의 장수로서 한신의 꾀에 빠져 전쟁에 졌다. 형 전영(田榮)과 조카 전광(田廣)의 뒤를 이어 왕이 되었으나 다시 한신에게 지고 부하 오백 명과 더불어 섬에 들어가 일생을 마치려 했다. 이를 알고 한고조가 사신을 보내어 그를 불렀는데 사신이 말하기를 "천자를 뵈려면 마땅히 몸을 씻고 머리를 감으라."는 말을 듣고 치욕으로 여겨 자살하자 부하 오백 명도 함께 자살했다. 이를 본 사신 두 명도 그의 의기에 탄복하여 전횡의 무덤 곁에 자살했다. 이 사건은 제왕의 기개를 보여주는 고사로 자주 인용된다. 「사기」「전담열전」(田儋列傳)에 나오는 고사임.

그 무렵 오나라 병사들의 절반이 위나라에 항복했다. 이를 본 배수(裴秀)가 사마소에게 아뢰었다.

"오나라 병사들의 부모와 자식들이 모두 동오의 장강과 회수(淮水) 사이에 살고 있는데 이제 저들을 살려주면 반드시 변고를 일으킬 것이니 모두 땅에 묻어 죽이느니만 못합니다."

그 말을 들은 종회가 아뢰었다.

"그 말은 옳지 않습니다. 예로부터 전쟁을 훌륭하게 치른 장수들은 온 나라의 평안을 첫째로 삼아 적군의 우두머리만을 죽였습니다. 이제 저들을 모두 묻어 죽이는 것은 어질지 못한 일입니다. 차라리 그들을 모두 강남으로 돌려보내어 중원의 너그러움을 보여주느니만 못합니다."

그 말을 들은 사마소가 말했다.

"그 말이 참으로 오묘하오."

그러고서는 오나라 병사들을 모두 고향으로 돌려보냈다. 오나라 장수 당자(唐咨)는 손침이 두려워 돌아가지 않고 위나라에 항복했다. 사마소는 그를 중용하여 삼하(三河)의 땅, 곧 하동과 하남과 하내를 다스리게 했다.

회남을 평정한 사마소가 바야흐로 병력을 물리려 하는데 문득 척후가 들어와 서촉의 강유가 병력을 이끌고 장성을 공략하러 와 양곡과 말먹이를 빼앗는다고 보고했다. 사마소가 크게 놀라 여러 관료들을 모아 적군을 물리칠 계책을 논의했다.

그 무렵 촉한은 연희(延熙) 20년(서기 257)을 경요(景耀) 원년으로 바꾸었다. 강유는 서천의 장수 두 명을 뽑아 매일 병마를 조련시키는데 하나는 장서(蔣舒)요 다른 하나는 부첨(傅僉)으로 둘이 모두 용맹스러워 강유가 몹시 사랑했다.

그때 문득 회남의 제갈탄이 사마소를 토벌하고자 거병했는데 동오의 손침이 이에 가세하자 사마소가 회수 남북의 병마를 일으켰으며 태후와 위나라 황제를 함께 데리고 출정했다는 보고가 들어왔다. 그 말을 들은 강유가 몹시 기뻐하며 말했다.

"이번에는 대사를 이루리라."

강유는 곧 표문을 올려 위나라를 정벌할 군사를 일으키겠노라고 아뢰었다. 중산대부(中散大夫) 초주(譙周)가 그 말을 듣고 탄식하며 말했다.

"요즘 황제께서는 주색에 빠져 환관 황호(黃皓)의 말만 믿고 국사를 처리하지 않으며 다만 환락만을 찾고 있는데 강유는 여러 차례 위나라를 정벌하고자 군사들을 불쌍히 여기지 않으니 나라가 장차 위태하겠구나."

그러고서는 『수국론』(讎國論)4) 한 편을 지어 강유에게 보냈다. 강유가 그를 뜯어보니 내용은 이러했다.

어떤 사람이 이렇게 물었습니다.

"옛날에는 약한 나라가 부강한 나라를 이긴 사례가 있었는데 어찌하면 그럴 수 있겠습니까?"

그 말에 다른 사람이 이렇게 대답했습니다.

"큰 나라로서 걱정거리가 없으면 늘 교만해지고 작은 나라에 걱정거리가 생기면 늘 어찌하면 착한 일을 할 수 있을까를 생각하지요. 교만에 빠지면 나라가 어렵고 착한 일을 생각하면 나라가 잘 다스려지는 것은 당연한 이치입니다. 그러므로 주문왕(周文王)은 작은 백성으로 많은 백

---

4) 『수국론』(讎國論) : 이는 큰 나라에 시달림을 받는 나라가 어찌하면 큰 나라에 복수하고 떳떳하게 살아갈 수 있는가를 다룬 글로서 『삼국지』 가운데 명문의 하나로 꼽힌다.

성의 상(商)을 얻었고 구천(句踐)은 백성을 불쌍히 여김으로써 약한 나라로 강한 부차(夫差)를 죽일 수 있었으니 이것이 곧 약한 나라가 강한 나라를 이기는 방법입니다."

그 사람이 다시 물었습니다.

"지난날 초나라는 강성했고 한나라는 허약하여 홍구(鴻溝)를 경계로 나누자 장량(張良)은 생각하기를 백성들의 생각이 이미 굳어지면 다시 바꿀 수 없다고 여겨 병사를 이끌고 가 항우를 죽였는데 어찌 주문왕과 구천의 일만이 옳다 하겠습니까?"

그 사람이 다시 이렇게 대답했습니다.

"상나라와 주나라 시절에는 왕후가 대대로 존경을 받았고 임금과 신하의 관계가 굳건했습니다. 그런 시절에는 비록 한고조가 살았다 하더라도 어찌 칼로써 천하를 얻을 수 있었겠습니까? 이제 진나라가 멸망하고 지방에 수령을 둔 뒤로부터 백성들이 나라의 부역에 지쳐 천하가 흙더미처럼 무너지니 그때로부터 호걸들이 서로 다투기 시작했습니다. 이제 서촉과 위나라는 모두가 선대의 창업을 이어받아 세대가 바뀌었으니 진나라 말기에 쇠솥이 끓던 시대와 다르게 실로 여섯 나라가 함께 들고 일어난 형세입니다. 그러므로 주문왕이 다스릴 수는 있어도 한고조가 다스릴 수는 없는 시절입니다. 시대가 온 뒤에 움직이고 천수(天數)가 맞은 뒤에야 일어나는 것이니 그러므로 탕왕(湯王)과 주무왕은 군사를 일으키되 두 번 싸우지 않고서도 이겼으며, 참으로 백성들의 수고를 무겁게 알고 시국을 잘 살폈던 것입니다. 그와 마찬가지로 오로지 무력으로 정복하려다가 불행히도 때를 만나지 못하면 비록 현자가 나타난다 하더라도 도모할 수가 없을 것입니다."

或問 古往能以弱勝强者 其術何如

曰 處大國無患者 恆多慢 處小國有憂者 恆思善 多慢則生亂 思善則生

治理之常也 故周文養民 以少取多 句踐恤眾 以弱斃強 此其術也

或曰 曩者楚強漢弱 約分鴻溝 張良以爲民志既定 則難動也 率兵追羽 終斃項氏 豈必由文王 句踐之事乎

曰 商周之際 王侯世尊 君臣之固 當此之時 雖有漢祖 安能仗劍取天下乎 今秦罷侯置守之後 民疲秦役 天下土崩 於是豪傑並爭 今我與彼 皆傳國易世矣 既非秦末鼎沸之時 實有六國並據之勢 故可爲文王 難爲漢祖 時可而後動 數合而後舉 故湯武之師 不再戰而克 誠重民勞而度時審也 如遂極武黷征 不幸遇難 雖有智者 不能謀之矣

읽기를 마친 강유가 대로하며 소리쳤다.

"이는 썩은 선비들이나 하는 소리이다."

글을 땅에 던져버린 강유는 서천의 병력을 이끌고 중원으로 나아가면서 부첨에게 물었다.

"공이 생각하기에는 어느 길로 가는 것이 좋겠소?"

그 말을 들은 부첨이 대답했다.

"위나라 병사들은 장성(長城)에 양곡과 말먹이를 저장해두고 있습니다. 이제 우리가 낙곡(駱谷)을 함락한 다음 심령(沈嶺)을 지나 곧바로 장성에 이르러 먼저 양곡과 말먹이를 태우고 곧바로 진천(秦川)을 함락한다면 중원을 차지하는 날은 손가락으로 꼽을 수 있습니다."

강유가 말했다.

"공의 생각은 내가 속으로 생각해둔 바와 같구려."

말을 마친 강유는 병력을 이끌고 낙곡을 차지한 다음 심령을 넘어 장성을 바라보고 진군했다.

그 무렵 장성의 진수장군(鎭守將軍) 사마망(司馬望)은 사마소의 집안 형이었다. 성안에 양곡과 말먹이는 많지만, 병사와 말이 적었다. 사마망은 촉나라 군사들이 쳐들어 왔다는 말을 듣자 왕진(王眞)과 이붕(李鵬) 두 장수와 함께 서둘러 성 밖 이십 리 되는 곳에 영채를 차렸다.

이튿날 촉나라 군사들이 이르자 사마망은 두 장수를 거느리고 영채를 나섰다. 저쪽에서는 강유가 나타나더니 사마망을 가리키며 말했다.

"지금 사마소가 천자를 모시고 와 군중에 머물게 하였다니 이는 이각(李傕)과 곽사(郭汜)가 하던 짓이다. 이에 내가 우리 조정의 명령에 따라 그 죄를 물으러 왔으니 너는 마땅히 서둘러 항복하도록 하라. 어리석은 짓을 하다가는 온 가족이 죽으리라."

사마망이 크게 웃으며 대답했다.

"너는 참으로 무례하구나. 섬기던 나라를 여러 차례 침범했으니 너야말로 어서 물러가지 않으면 갑옷 한 조각도 돌아가지 못하리라."

사마망이 말을 마치자 그 뒤에서 왕진(王眞)이 창을 비껴들고 말을 몰아 나오니 촉나라 병사에서는 부첨이 마주 나아갔다. 그들이 여남은 번을 겨루다가 부첨이 짐짓 못이기는 체하자 왕진이 창을 내질렀다. 부첨이 번개처럼 창을 피하더니 왕진을 산 채로 잡아 본진으로 돌아왔다. 이를 본 이붕이 대로하며 칼을 휘두르며 말을 몰아 달려 나왔다.

부첨은 짐짓 모른 체하며 달아나다가 이붕이 가까이 오자 왕진을 땅바닥에 팽개치고 몰래 사능철간(四楞鐵簡)5)을 손에 잡더니 칼을 휘두르며 쫓아오는 이붕의 얼굴을 향하여 던졌다. 이붕은 눈알이 튀어나오면서 말에서 떨어져 죽었다. 바닥에 떨어진 왕진은 촉나라 군사들의 칼 아래 고깃덩이처럼 난도질을 당하여 죽었다. 그러자 강유가 대군을 이끌고 짓쳐 나가자 사마망은 영채를 버리고 성안으로 들어가 성문을 닫아걸고 나오

---

5) 사능철간(四楞鐵簡) : 네모난 철편(鐵片).

지 않았다. 강유는 병사들에게 지시했다.

"병사들은 오늘 하루 푹 쉬고 예기(銳氣)를 길러 내일 성을 쳐들어가기로 한다."

이튿날 날이 밝자 촉나라 군사들이 먼저 나아가 성 밑까지 다가가 둘러쌌다. 성안으로 불붙인 화살을 쏘고 화포를 쏘자 성 위의 초가집들이 모두 불길에 싸여 위나라 병사들이 커다란 혼란에 빠졌다. 강유는 병사들을 시켜 마른나무를 성 밑에 쌓고 불을 지르게 하니 불길이 하늘로 치솟았다. 성이 곧 함락될 듯하자 성안의 위나라 병사들의 울부짖는 소리가 성문 밖 사방으로 들려왔다.

강유가 바야흐로 공격하고자 하는데 문득 뒤에서 함성이 크게 들려왔다. 강유가 말머리를 돌려 바라보니 위나라 병사들이 북을 치고 깃발을 흔들면서 물밀 듯이 달려오고 있었다. 강유는 후미를 전방으로 이동하도록 한 다음 몸소 깃발 아래 서서 기다렸다. 그때 위나라 진중에서 한 어린 장수가 갑옷을 차려입고 창을 비껴들고 말을 몰아 나왔다. 나이는 스무 남은 살이 되어 보이는데 얼굴은 분을 바른 듯하고 입술은 연지를 찍은 듯이 붉었다. 그가 강유를 바라보며 큰 소리로 외쳤다.

"너는 등 장군을 몰라보는가?"

강유는 저 장수가 등애려니 생각하고 창을 비껴잡고 말을 달려 나갔다. 두 장수가 정신을 가다듬으며 삼사십 번을 겨루었으나 승부가 나지 않았다. 어린 장수의 창법에는 추호의 허점이 보이지 않았다. 강유는 속으로 어떤 계책을 쓰지 않으면 그를 잡을 수 없으리라고 생각하자, 말을 돌려 왼쪽 산모롱이를 따라 달아났다.

어린 장수가 말을 몰아 추격해 오자 강유는 창을 안장 고리에 걸고 몰래 활에 화살을 먹여 쏘았다. 그러나 어린 장수는 눈이 밝은 데다가 시위

소리가 들리자 몸을 숙여 화살을 피하였다. 강유가 뒤돌아보니 소년 장수가 이미 바짝 다가와 창으로 찔렀다. 강유는 번개처럼 창을 옆구리 사이로 피하면서 창을 잡아당기니 어린 장수는 창을 빼앗긴 채 본진을 바라보며 달아났다. 강유가 탄식하며 말했다.

"아깝구나. 참으로 아깝구나."

강유가 이제 그를 추격하여 적진의 문 앞에 이르자 한 장수가 칼을 빼들고 나타나 소리쳤다.

"못난 강유는 내 아들을 추격하지 말라. 등애가 여기 있느니라."

강유가 몹시 놀라 바라보니 본디 어린 장수는 등애의 아들 등충(鄧忠)이었다. 강유가 마음속으로 놀라며 등애와 싸우고자 하였으나 이미 말이 지친 듯하여 손가락으로 등애를 가리키며 말했다.

"내가 오늘 너의 부자를 알아보았도. 이제 각기 본진으로 돌아갔다가 내일 결전을 하자."

등애도 또한 생각해보니 싸움터가 마땅치 않아 말을 몰아 돌아가며 말했다.

"일이 이미 이렇게 되었으니 각자 본진으로 돌아가자. 만약 암수를 쓴다면 그는 대장부가 아니니라."

이렇게 하여 양쪽 군사가 물러나자 등애는 위수를 등지고 영채를 세웠으며 강유는 양쪽 산 사이에 영채를 세웠다. 등애는 촉나라 군사들의 지세를 살펴본 다음 사마망에게 글을 올렸다.

"우리는 결코 싸워서는 안 되며 다만 굳게 지켜야 합니다. 그러다가 관중(關中)의 병력이 오기를 기다리면서 촉나라 군사들의 양곡과 말먹이가 떨어졌을 때 삼면으로 공격하면 이기지 않을 수 없습니다. 이제 제 맏아들 등충을 보내어 장군을 도와 성을 지키도록 하겠습니다."

그리고 이어서 사마소에게 글을 보내어 지원군을 요청했다.

그때 강유가 등애의 영채에 전령을 보내어 이튿날 결전을 벌이자 전하니 등애가 거짓으로 그러리라고 대답했다.

다음 날 강유는 오경에 삼군에게 밥을 먹이고 날이 밝자 진영을 치고 등애를 기다렸다. 그러나 등애의 영채에서는 깃발을 누이고 북소리마저 나지 않아 마치 사람이 없는 듯이 보였다. 강유는 날이 저물어서야 돌아왔다.

사흘 째 되던 날 강유는 다시 전령을 보내어 결전을 요구하면서 어제 약속을 지키지 않았음을 힐책(詰責)했다 그러자 등애는 전령에게 술과 음식을 대접하면서 이렇게 말했다.

"내가 몸이 좋지 않아 약속을 어겼지만 내일은 나가 싸우리라고 말씀드려라."

나흘 째 되던 날 강유가 다시 병력을 몰고 나갔으나 등애는 이번에도 나오지 않았다. 이러기를 대엿새가 지나자 부첨이 강유에게 말했다.

"여기에는 반드시 음모가 있을 것이니 대비하셔야겠습니다."

그 말을 들은 강유가 대답했다.

"이는 반드시 관중의 병사가 오기를 기다렸다가 삼면에서 우리를 공격하고자 함이오. 내가 오늘 동오의 손침에게 사신을 보내어 함께 싸우자는 글을 전달할까 하오."

그때 문득 척후가 달려와 아뢰었다.

"사마소가 수춘성을 공격하여 제갈탄을 죽이고 오나라 병력은 모두 항복했습니다. 사마소는 낙양으로 돌아갔다가 곧 장성을 구원하러 온다고 합니다."

그 말을 들은 강유가 몹시 놀라며 말했다.

"이번에 위나라를 정벌하려던 일이 다시 그림의 떡[畫餠]이 되었구나. 차라리 돌아감만 같지 못하도다."

이를 두고 뒷날 한 시인이 이런 글을 남겼다.

이미 네 번을 공격하고서도 전공을 이루지 못했는데
다섯 번째 공격마저도 실패로 돌아가는구나.
已嘆四番難奏績 又嗟五度未成功

강유는 어떻게 군사를 물리려는가?

제 113 회

비밀은 베갯머리에서 샌다

> 정봉은 계책을 써 손침을 죽이고
> 강유는 진법으로 등애를 깨트리다.

그 무렵 강유는 위나라의 추격병이 쫓아올까 두려워 병기와 수레와 군수품을 먼저 보낸 뒤에 기병에게 뒤를 끊게 하였다. 척후가 이 사실을 등애에게 알리니 그가 웃으면서 말했다.

"강유는 사마 대장군께서 오시는 것을 미리 알고 먼저 물러나는 것이다. 그들을 추격해서는 안 된다. 그러다가는 그들의 계략에 빠질 것이다."

이어서 등애가 척후를 보내어 알아보도록 했더니 예상했던 대로 낙곡의 좁은 길목에 화공(火攻)에 필요한 것들을 쌓아두어 추격에 대비하고 있었다. 모든 사람이 등애를 칭송하며 말했다.

"장군의 헤아리심은 참으로 신과 같습니다."

등애는 표문을 지어 사마소에게 올리니 사마소가 크게 기뻐하며 등애에게 상을 내리도록 황제에게 아뢰었다.

그 무렵 동오의 대장 손침은 전단(全端)과 당자(唐咨)가 위나라에 항복했다는 말을 듣자 발끈 화를 내며 그의 가족들을 모두 목 베어 죽였다.

오나라 황제 손량(孫亮)은 이제 나이 열다섯 살이었는데 손침이 가혹하게 사람을 죽이는 것을 보면서 몹시 언짢게 여겼다. 어느 날 손량은 서원(西苑)에서 금세 딴 매실이 먹고 싶어 수라간 책임자에게 꿀을 가져오라 했다. 그가 서둘러 꿀을 가져왔는데 단지 안에 쥐똥이 들어 있었다. 손량이 담당자를 불러 그 까닭을 물으니 그가 머리를 조아리며 대답했다.

"제가 꿀단지를 단단히 닫아두었는데 어찌 그 안에 쥐똥이 들어갈 수 있겠습니까?"

"그렇다면 내시가 언제인가 너에게 꿀의 맛을 보자고 말한 적이 있더냐?"

"내시가 며칠 전에 꿀단지를 보자고 했지만 신이 감히 내어줄 수가 없었습니다."

손량이 내시에게 물었다.

"이는 반드시 담당자가 꿀단지를 내주지 않자 꿀단지에 쥐똥을 넣어 그를 모함하려 한 짓이로구나?"

내시가 이를 부인하자 손량이 말했다.

"이를 알아내는 것은 쉬운 일이다. 만약 쥐똥을 넣은 지 오래되었다면 그 안에까지 꿀이 배어 있을 것이고, 넣은 지 며칠 되지 않았다면 속에까지 꿀이 배어 있지 않을 것이다."

손량의 명령에 따라 쥐똥을 갈라보니 생각했던 대로 속에는 꿀이 배어 있지 않았다. 이에 내시가 자신의 짓임을 실토했다.

손량의 총명함이 이와 같았으나 손침의 손아귀에 잡혀 아무 일도 할 수 없었다. 손침의 아우 위원장군(威遠將軍) 손거(孫據)는 궁궐의 숙위대장(宿衛大將)이었고, 무위장군(武衛將軍) 손은(孫恩)과 편장군 손간(孫幹)과 장수교위(長水校尉) 손개(孫闓)도 모두 병력을 거느리고 있었다.

어느 날 오왕 손량이 수심에 젖어 앉아 있는데 황문사랑(黃門伺郞) 전기(全紀)가 그를 모시고 있었다. 그는 황제의 처남이었다. 손량이 흐느끼며 말했다.

"손침이 권력을 휘두르며 사람을 마구 죽이고 또한 짐을 속임이 지나치니 지금 제거하지 않으면 반드시 뒷날 근심거리가 될 것이오."

그 말을 듣고 전기가 아뢰었다.

"폐하께서 신을 쓰실 일이 있다면 만 번 죽어도 사양하지 않겠습니다."

"경은 지금 왕궁수비대[禁軍]를 점검하여 장군 유승(劉丞)과 함께 성을 지키도록 하오. 내가 몸소 나아가 손침을 죽이리다. 다만 이 사실을 경의 어머니의 귀에 들어가지 않도록 하시오, 경의 어머니는 손침의 누이이니 만약 일이 새어나간다면 짐을 죽이는 일이 될 것이오."

전기가 아뢰었다.

"바라옵건대 폐하께서는 신에게 조서(詔書)를 내려주시옵소서. 거사할 때 신이 장수들에게 조서를 보여주면 손침의 부하들이 감히 쉽게 움직이지 못할 것입니다."

오왕 손량이 그 말에 따라 조서를 지어 전기에게 주었다. 조서를 받아 집으로 돌아온 전기는 아버지 전상(全尙)에게 일러바쳤다. 사실의 내막을 들은 전상은 아내에게 이렇게 말했다.

"사흘 안에 손침이 죽을 것이오."

그 말을 들은 아내가 말했다.

"죽어 마땅하지요."

전상의 아내는 말로는 그러면서도 몰래 사람에게 편지를 들려 손침에게 보내어 사실을 알렸다. 손침은 대로하여 그날 밤에 사 형제를 불러 정예 병력을 모아 먼저 대궐을 둘러싸고 이어 전상과 유승의 가솔을 잡아들였다.

날이 밝자 오왕 손량은 대궐 밖에서 징소리가 크게 울리는 것을 들었다. 그때 내시가 황급히 들어와 아뢰었다.

"손침이 병력을 이끌고 와 내전을 에워쌌습니다."

손량이 대로하여 황후를 꾸짖으며 말했다.

"그대의 아비와 오라버니가 나의 대사를 그르쳤도다."

이어서 손량이 칼을 빼 들고 나가려 했다. 이를 본 황후와 내시와 근신들이 손량의 옷깃을 잡아당기며 길을 막았다. 손침은 먼저 전상과 유승을 죽이고 문무대신들을 조정에 불러 지시했다.

"주상이 황음(荒淫)하고 병약할 뿐만 아니라 어지럽고 무도하여 종묘사직을 이어 받들 수 없으므로 지금 당장 폐위하겠소. 그대 문무 관료로서 감히 이에 따르지 않는 사람은 모반으로 다스릴 것이오."

여러 중신이 무서워하며 대답했다.

"장군의 명령을 따르오리다."

이를 본 상서 환의(桓懿)가 대로하여 반열에서 튀어나오며 손침을 꾸짖으며 말했다.

"금상께서는 총명하신 분인데 네가 감히 어찌 그 따위 허튼소리를 할 수 있는가? 내가 비록 죽을지라도 역적의 명령을 따를 수 없도다."

손침은 대로하며 환의의 목을 벤 다음 곧 내전으로 들어가 오왕 손량을 가리키며 욕설을 퍼부었다.

"무도하고 어리석은 군주를 당장 죽여 천하에 사죄해야 마땅하나 돌아가신 선제의 얼굴을 생각하여 너를 회계왕(會稽王)으로 폐위하고 내가 덕망 높은 분을 뽑아 황제에 오르게 하리라."

손침은 중서랑(中書郎)[1] 이숭(李崇)을 시켜 옥새와 옥새끈을 뺏도록

---

[1] 중서랑(中書郎)은 조칙(詔勅)의 초안을 잡는 요직이었다.

하여 등정(鄧程)에게 주었다. 손량이 통곡하며 물러갔다.

뒷날 한 시인이 그때의 모습을 이런 시로 남겼다.

> 세상을 어지럽히던 역적은 이윤(伊尹)을 모함하고
> 간신이 곽광(霍光)의 행세를 하더니[2)]
> 가련하도다, 총명한 군주는
> 사직을 지키지 못하는구나!
> 亂賊誣伊尹 奸臣冒霍光
> 可憐聰明主 不得蒞朝堂

손침은 종정(宗正)[3)] 손해(孫楷)와 중서랑 동조(董朝)를 호림(虎林)으로 보내어 낭야왕(瑯琊王) 손휴(孫休)를 왕으로 모셔 오도록 했다. 손휴는 자를 자열(子烈)이라 하는데 손권(孫權)의 여섯째 아들이었다.

손휴가 호림에 있으면서 어느 날 밤 꿈속에서 용을 타고 하늘로 올라가는데 뒤를 돌아보니 꼬리가 보이지 않는지라, 몹시 놀라며 잠에서 깨었다.

이튿날 손해와 동조가 찾아와 엎드려 절하더니 낙양으로 돌아가기를 요청했다. 일행이 곡아(曲阿)에 이르자 한 노인이 스스로 이름을 간휴(干

---

2) 이윤(伊尹)은 하(夏)나라 말기부터 상(商)나라 초기에 걸친 명신이다. 곽광은 하동 평양(河東) 출신으로 무제(武帝)를 섬기다가 무제가 죽고 여덟 살로 즉위한 소제(昭帝)를 보필하여 정사를 집행하였으며, 소제가 죽은 뒤에는 그를 계승한 창읍왕(昌邑王)의 제위를 박탈하고 선제(宣帝)를 즉위시켜 그 공으로 증봉(增封)되었다. 그는 황후 허 씨(許氏)를 독살하고 자신의 딸을 황후로 만둠으로써 일족의 권세를 강화하였다. 선제는 곽광이 죽은 뒤 그의 일족을 반역죄로 몰아 모두 죽였다. 이윤의 이야기는 『서경』 『상서(商書) 태갑편(太甲編)』에 나오고 곽광의 이야기는 『한서』 「열전 곽광전」에 나온다. 제1권 모종강의 「삼국지를 읽는 법」의 각주 5와 제3회 각주 2 참조.

3) 종정(宗正)은 종실을 총괄하는 최고의 어른이다.

休)라 하며 앞으로 나와 고개를 숙이고 말했다.

"일을 오래 끌면 반드시 변고가 있을 것이니 바라옵건대 전하께서는 서둘러 올라가소서."

손휴가 노인에게 사례하고 포새정(布塞亭)에 이르니 손은(孫恩) 장군이 마중 나와 있었다. 손휴가 감히 어가(御駕)를 타지 못하고 작은 수레에 올라 대궐로 들어갔다. 조정의 백관들이 길 옆에 늘어서서 절을 올리니 손휴가 황망하게 수레에서 내려 답례했다. 그때 손침이 나와 손휴를 일으켜 대전으로 들어가 천자의 자리에 앉혔다. 손휴가 두세 차례 거절하였으나 끝내 옥새를 받았다.

문무백관들이 인사를 마치자 천하의 죄수들을 풀어주고 연호를 영안(永安) 원년(서기 258)으로 고쳤다. 손침이 승상에 올라 형주목사를 겸직하고, 백관들에게도 각기 봉직과 상을 내렸다. 손침은 또한 형의 아들인 손호(孫皓)를 오정후(烏程侯)에 봉하고 자기 가문의 다섯 제후들에게 왕궁수비대를 맡기니 그 권한이 천자보다 높았다. 오왕 손휴는 안으로 내란이라도 일어날까 두려워 겉으로는 은혜를 베푸는 듯하면서 속으로 방비했다. 이로부터 손침의 교만함이 더욱 심해졌다.

그해 겨울 섣달에 손침은 고기와 술을 장만하여 황제의 장수를 빌겠다며 대궐로 들어갔으나 손휴가 그를 받지 않았다. 손침이 대로하여 고기와 술을 싸 들고 좌장군 장포(張布)의 부중(府中)을 찾아가 함께 먹고 마셨다. 술기운이 돌자 손침이 장포에게 말했다.

"애당초에 회계왕을 황제에서 폐위할 적에 사람들은 모두 나에게 천자에 오르라고 말했지만 나는 금상(今上)이 몹시 어질다 여겨 그를 황제로 세웠던 것이오. 그러나 이제 와서 내가 축수의 음식을 올려도 받지 않으니 이는 우리를 무시하는 처사요. 그래서 내가 머지않아 그대에게 보여

줄 것이 있소."

그 말을 들은 장포는 그저 "예 예" 하기만 했다.

이튿날 장포가 몰래 대궐로 들어가 그동안의 일을 손휴에게 아뢰었다. 손휴는 두려워 밤이나 낮이나 불안했다. 며칠이 지나자 손침은 중서랑 맹종(孟宗)에게 사람을 보내어 중앙의 영채에 소속되어 있는 정예병 만 오천 명을 이끌고 무창(武昌)에 나아가 진영을 치게 하는 한편, 병기고 안의 무기를 모두 그에게 내주었다. 이를 본 장군 위막(魏邈)과 무위사 (武衛士) 시삭(施朔)이 몰래 대궐로 들어가 손휴에게 아뢰었다.

"손침이 병사들을 밖에 주둔하게 하고 병기고의 무기들을 모두 내준 것으로 보아 머지않아 반드시 변란이 일어날 것입니다."

손휴가 크게 놀라며 장포를 불러 상의하니 그가 이렇게 말했다.

"노장 정봉은 계략이 뛰어나고 대사를 처리할 능력을 가진 인물이니 더불어 상의할 만합니다."

손휴가 은밀히 정봉을 대궐로 불러 그동안에 있었던 일을 들려주니 그가 이렇게 아뢰었다.

"폐하께서는 걱정하지 마옵소서. 신에게 한 계책이 있으니 나라를 위해 역적을 제거할 수 있습니다."

"그 계책이란 어떤 것이오?

"내일은 납일(臘日)4)이오니 모든 신하를 불러 잔치를 열면서 손침을 부르시면 그때 신이 알아서 처리하겠습니다."

손휴는 몹시 기뻐하며 위막과 시삭에게 바깥일을 맡기고 장포는 안에

---

4) 납일(臘日) : 한 해가 바뀔 무렵 하늘에 제사를 지내는 날로서 중국에서는 동지가 지난 뒤 셋째 술일(戌日)이었다.

서 호응하도록 했다.

그날따라 바람이 미친 듯이 불어 모래와 돌멩이가 날아가고 큰 나무가 뿌리 채 뽑힐 정도였다. 날이 밝고 바람이 잦아들자 손침의 하인이 황제의 편지를 들고 들어와 잔치에 참석하라는 뜻을 전달했다. 손침이 잠자리에서 일어나자마자 마치 누군가 밀어붙이듯이 땅에 넘어져 마음이 기쁘지 않았다. 하인들 여남은 명이 부축하여 내당으로 들어와 입궐을 말리며 말했다.

"지난밤에는 바람이 미친 듯이 불더니 오늘 아침에는 까닭도 없이 넘어지셨으니 길조가 아니리라 걱정되오니 입궐하지 마소서."

그 말을 들은 손침이 말했다.

"내 형제들이 모두 대궐을 지키고 있는데 누가 감히 내 곁에 다가오겠느냐? 만약 변고가 있으면 부중에 불길을 올려 신호로 삼도록 하라."

지시를 마치자 손침은 수레에 올라 대궐로 들어갔다. 오왕 손휴가 황망하게 어좌에서 일어나 그를 맞이하여 상석에 앉혔다. 술이 몇 차례 돌자 사람들이 놀라며 소리쳤다.

"대궐 밖에서 불길이 일어나고 있습니다."

손침이 몸을 일으키려 하자 손휴가 말리며 말했다.

"승상께서는 편안히 계시지요. 밖에 병사들이 많은데 무엇을 걱정하십니까?"

말을 마치자 좌장군 장포가 손에 칼을 빼어들고 무사 서른 명을 이끌고 전각으로 올라오면서 큰 소리로 외쳤다.

"조칙을 받들어 역적 손침을 체포하라."

손침이 달아나려다가 무사들에게 잡혔다. 손침이 바닥에 머리를 조아리며 말했다.

"바라옵건대 교주(交州)로 돌아가 농사나 지으며 살도록 해주소서."

손휴가 꾸짖었다.

"그렇다면 너는 어찌하여 등윤(滕胤)과 여거(呂據)와 왕돈(王惇)을 유배 보내지 않고 죽였더냐?"

오왕은 곧 손침의 목을 베라 명령했다. 그 말에 따라 장포가 손침을 끌고 내려가 대전 동쪽에서 목을 베었다. 그를 따르던 무리들이 감히 움직이지 못했다. 황제가 조칙을 발표했다.

"죄는 오직 손침에게만 있는 것이므로 다른 사람 모두에게 죄를 묻지 않노라."

이로써 여러 사람이 안심하였다.

장포가 오왕 손휴를 오봉루(五鳳樓)에 오르게 하고, 정봉과 위막과 시삭이 손침 형제들을 잡아 데리고 들어왔다. 손휴는 그들을 모두 목 베어 죽이게 하니 그 문중에서 죽은 사람이 몇백 명이며, 그 삼족을 모두 죽이게 하고 군사들을 시켜 그 선조들의 무덤을 파헤쳐 다시 목을 베도록 했다. 이어 손침에게 피해를 본 등윤과 여거와 왕돈의 무덤을 다시 중수하여 그 충절을 기리도록 했다. 그 밖에 죄에 얽혀 귀양 갔던 사람들을 모두 돌아오게 하고 정봉에게 무거운 상을 내렸다.

이런 소식들이 나는 듯이 성도에 전달되었다. 후주 유선이 축하 사절을 보내니 오나라에서는 설후(薛珝)를 보내어 답례하였다. 설후가 서촉에서 돌아오자 오왕 손휴가 서촉의 요즘 동향을 물으니 설후가 이렇게 아뢰었다.

"요즘에는 내시[中常侍] 황호가 정사를 모두 처리하며 공경대부들은 그에게 아부하느라고 여념이 없습니다. 그 조정에 들어가 보면 바른말 하는 사람의 목소리가 들리지 않고 들판에는 백성들이 굶주려 얼굴빛이 누렇습니다. 옛말에 이르기를, '장차 대궐이 불타는 줄도 모르고 제비와 참새들이 조잘거린다.'[燕雀處堂 不知大廈之將焚]5) 하였는데 지금 서촉의 형편이 그렇습니다."

그 말을 들은 손휴가 탄식하며 말했다.

"제갈 무후가 살아 있었다면 일이 어찌 그 지경이 되었겠는가?"

이어서 손휴는 국서를 지어 성도로 보내어, 머지않아 사마소가 위나라의 왕위를 찬탈한 다음 장차 오나라와 서촉을 위협할 것이니 서로 대비하자는 뜻을 전달했다.

그 국서의 이야기를 들은 강유는 기쁜 마음으로 후주에게 위나라를 정벌하는 문제를 다시 진언했다. 그때는 서촉 경요(景耀) 원년(서기 258) 겨울로서 대장군 강유와 요화와 장익이 선봉이 되고, 왕함(王숨)과 장빈(蔣斌)을 좌군으로 삼고, 장서와 부첨을 우군으로 삼고, 호제(胡濟)로 후미를 맡게 하고, 강유 자신과 하후패는 중군을 지휘했다. 촉나라 군사들 이십만 명을 일으킨 강유는 후주에게 인사를 드리고 한중에 이르러 하후패와 상의하며 물었다.

"장군의 생각으로는 어느 곳을 먼저 공격하는 것이 옳겠소?"

그 말을 들은 하후패가 대답했다.

"기산은 군사의 요충지로서 먼저 그곳을 쳐야 합니다. 지난날 승상께서

---

5) 전국시대에 진(秦)나라가 위(魏)나라와 이웃한 조(趙)나라를 침공했는데, 위나라 대부들은 조나라가 이기든 지든 유리할 것이라며 대책을 세우지 않았다. 재상 자순(子順)이 따져 물으니 "진이 이기면 화친하고, 지면 그 틈에 침공해 이길 수 있다."는 것이다. 그 부당함을 자순이 일깨우며 말했다. "처마 밑의 새가 안락하면 굴뚝의 불에도 위험을 느끼지 못하오. 조나라가 망하는 날이면 진나라가 틀림없이 위나라도 침공하여 곧 화가 미치게 될 것이니 제비나 참새와 다를 바가 없소." 하고 꾸짖었다. 공재(孔子)의 9세손 공부(孔鮒) 저작인 『공총자』(孔叢子) 「논세」(論世) 편에 나오는 고사임.

여섯 번 기산으로 출병하였으니 다른 곳으로 나가는 것은 옳지 않습니다."

강유가 그의 말에 따라 삼군을 거느리고 기산을 바라보며 진군하여 곡구(谷口)에서 영채를 세웠다.

그 무렵 등애가 기산의 영채에 머물면서 농우(隴右)의 병사들을 점검하고 있는데 문득 척후가 나는 듯이 달려와 촉나라 군사들이 곡구에 영채 세 곳을 세웠다고 보고했다. 그 말을 들은 등애가 높은 곳에 올라 바라보더니 영채로 돌아와 장막에 앉자 기뻐하며 말했다.

"나의 예상이 빗나가지 않았구나."

본디 등애는 먼저 지세를 살펴본 다음 촉나라 군사들이 어디쯤에 영채를 세우리라는 것을 짐작하고 기산의 촉나라 군사들 영채에 곧바로 이를 수 있도록 지하 갱도를 파놓고 그들이 이르기를 기다렸다가 무찌르기로 요량하고 있었다.

그 무렵 강유는 곡구에 이르러 영채를 세웠는데 갱도는 바로 왼쪽 영채 아래에 왕함과 장빈의 영채가 있는 곳이었다. 등애는 아들 등충을 불러 사찬(師纂)과 함께 각기 만 병력을 거느리고 좌우에서 공격하도록 하고, 다시 부장(副將) 정륜(鄭倫)을 불러 오백 명의 땅굴 부대를 이끌고 그날 밤 이경에 지하 갱도를 따라 강유의 왼쪽 영채에 이르러 장막의 뒤쪽으로 뛰어나오도록 했다.

그 무렵 왕함과 장빈은 미처 영채를 완수하지 못한 터라 위나라 병사들이 쳐들어오지 않을까 걱정스러워 갑옷도 벗지 않은 채 잠자리에 들었다. 그때 문득 군중에서 소란스러운 소리가 들리기에 서둘러 창을 들고 말에 올라 바라보니 영채 밖에서 등충이 달려오고 있었다.

안팎으로 공격을 받은 왕함과 장빈은 죽을힘을 다하여 싸웠으나 견디지 못하여 영채를 버리고 달아났다. 장막 안에 있던 강유는 왼쪽 영채에서 함성이 들려오자 적군이 안팎으로 쳐들어오고 있음을 알고 서둘러 말에 올라 중군의 장막 앞에 서서 명령했다.

"경거망동하는 병사는 목을 베리라. 적군이 영채 가까이에 이르면 말을 걸지도 말고 다만 활과 쇠뇌만 쏘도록 하라."

그리고 다시 오른쪽 영채에 전령을 보내어 경거망동하지 못하도록 지시했다. 예상했던 대로 적군이 여남은 차례 공격해 왔으나 활과 쇠뇌를 맞고 돌아갔다. 싸움은 날이 밝도록 계속되었으나 위나라 병사들은 감히 영채 안으로 쳐들어오지 못했다. 등애가 병력을 영채로 되돌리며 탄식했다.

"강유가 제갈공명의 병법을 깊이 알고 있구나. 병사들은 밤에 공격을 받고서도 놀라지 않고 장수들은 변란이 일어났음을 알고서도 흐트러지지 않으니 강유야말로 참으로 장수의 재목이로다."

다음 날 왕함과 장빈이 패잔병을 이끌고 영채에 이르러 죗값을 요청하니 강유가 말했다.

"이번 일은 그대들의 잘못이 아니라 내가 지세를 읽는 일을 소홀하게 여겼기 때문이오."

강유는 다시 병마를 정비하고 두 장수에게 영채를 고치게 한 다음 전사자들의 시신을 갱도에 묻고 흙으로 덮어주도록 했다. 그리고 등애에게 사람을 보내어 단 둘이서 무예를 겨뤄보자는 편지를 전달했다. 등애도 흔쾌히 응낙했다.

다음 날 양쪽 병력이 기산 앞에 마주 진영을 치자 강유가 팔진도에 따라 천·지·풍·운·조·사·용·호(天地風雲鳥蛇龍虎)의 진세를 폈다. 이어서 등애가 말을 타고 나와 강유의 팔진법을 보더니 자기도 같은 진법을 쓰는데 앞뒤 좌우의 문이 똑같았다. 강유가 창을 비껴잡고 말을 타고 나와 큰 소리로 외쳤다.

"그대는 나의 팔진법을 따라 했으니 진영을 이동하는 법도 알겠는가?"

등애가 웃으면서 말했다.

"팔진법을 어찌 그대만 알겠는가? 내가 이미 이 진영을 쳤으니 진영을 이동하는 방법을 어찌 모르겠는가?"

등애가 본진으로 돌아가 집법관(執法官)을 불러 깃발을 좌우로 흔들게 한 다음 진영을 여덟에 여덟을 곱한 예순네 개의 문으로 바꾸게 하고 다시 진 앞으로 나와 물었다.

"내 진법의 변화가 어떠한가?"

"크게 잘못된 것은 없다만 그대는 감히 나의 진으로 들어와 둘러쌀 수 있겠는가?"

"못 할 것이 없네."

양쪽 진영이 대오를 지어 나아갔다. 등애는 자기의 중군에 머물면서 병사를 지휘했다. 양쪽 병사들이 부딪치면서도 진법에 어긋남이 없었다. 그때 강유가 진영의 가운데로 들어서며 깃발을 휘두르니 마치 긴 뱀이 땅을 휘감아 도는 형태[長蛇捲地陣]로 문득 진영이 바뀌면서 등애가 그 핵심에 빠지자 사방에서 함성이 크게 일어났다. 등애는 그 진법을 모르고 있던 터라 마음속으로 크게 놀랐다. 촉나라 군사들이 점점 더 압박해 오자 등애는 장수들을 이끌고 짓쳐나갔으나 에움을 뚫을 수가 없었다. 그때 촉나라 군사들이 외치는 소리가 들렸다.

"등애는 어서 항복하라."

등애가 하늘을 우러러보며 탄식했다.

"내가 한때 재주를 자랑하다가 강유의 계책에 걸렸구나."

그때 서북쪽 한 모퉁이에서 한 부대가 달려오는데 바라보니 위나라 병사들인지라 등애는 승세를 타고 탈출했다. 등애를 구출한 장수는 사마망(司馬望)이었다. 그가 등애를 구출하고 보니 기산의 아홉 영채가 모두 촉나라 군사들의 손에 넘어가 있었다. 등애는 패잔병을 이끌고 위수 남쪽에 영채를 세운 다음 사마망에게 물었다.

"공은 어떻게 이 진법에서 나를 구출할 수 있었소?"

그 말을 들은 사마망이 대답했다.

"제가 젊었을 적에 형남(荊南)에 살면서 최주평(崔州平)과 석광원(石廣元)을 벗으로 삼은 적이 있는데 그때 이 진법에 대한 이야기를 들은 적이 있습니다.[6] 오늘 강유가 변통한 진법은 이른바 장사권지진(長蛇捲地陣)인데 다른 곳을 공격하면 결코 깨트릴 수가 없으나 내가 바라보니 그 뱀의 머리가 서북쪽에 있기에 그곳을 공격하여 깨트릴 수 있었습니다."

등애가 사례하며 말했다.

"내가 비록 이 진법을 공부한 적이 있었지만 그 변통하는 법을 몰랐소. 그러나 공이 이미 그 진법을 알고 있으니 내일 다시 이 진법으로 기산의 영채를 탈환하는 것이 어떻겠소?"

그 말을 들은 사마망이 말했다.

"내가 배운 바로는 강유를 이기지 못할까 두렵습니다."

등애가 다시 말했다.

"내일 그대가 그 진법으로 강유와 싸우는 사이에 나는 한 부대를 몰래 이끌고 기산의 뒤편을 공격하겠소. 양쪽에서 어지러이 몰아치면 옛 영채를 다시 찾을 수 있을 것이오."

---

[6] 최주평(崔州平)과 석광원(石廣元)은 그 시대의 은자(隱者)로서 제갈량의 젊었을 적 친구들이었다. 제2권 제37회 참조

논의를 마친 등애는 정륜을 선봉으로 삼아 자신이 병력을 이끌고 기산 뒤를 습격하는 한편, 전령을 강유에게 보내어 내일 진법으로 겨루자고 편지를 보냈다. 강유는 이에 응답하는 편지를 보낸 다음 여러 장수에게 말했다.

"내가 제갈 무후에게서 받은 밀서에 따르면 이 진법은 삼백예순다섯 가지로 변통하여 하늘의 운행[周天] 숫자를 따른 것이오. 이제 그가 진법으로 나와 겨루자니 이는 공수반(公輸班)7) 앞에서 도끼를 가지고 희롱하는 바[班門弄斧]나 다름이 없소. 그러나 그 뒤에는 반드시 속임수가 있을 것인데 공들은 그것을 아시겠소?"

요화가 나서서 말했다.

"이는 반드시 우리를 진법으로 속여 싸우면서 한 부대를 이끌고 우리의 배후를 공격하려는 것입니다."

강유가 웃으며 말했다.

"공의 생각이 나와 같소."

그러고서는 장익과 요화에게 만 명의 병력을 주어 기산 뒤편에 매복하고 있으라고 지시했다.

다음 날 강유는 아홉 영채의 병력을 모아 기산 앞에 진영을 쳤다. 사마망도 병력을 이끌고 위수 남쪽을 떠나 기산 앞자락에 이르러 말을 타고 앞으로 나오더니 강유에게 말을 걸었다. 강유가 먼저 물었다.

"그대가 나와 진법으로 겨루고자 했다니 그대가 먼저 진영을 펴 나에게 보여주게."

---

7) 공수반(公輸班) : 노나라에서 제일가는 목수였는데 특히 도끼를 잘 써 무기를 만드는 데 큰 공을 세웠다. 『회남자』(淮南子) 19장 수무훈(脩務訓)에 그의 행적이 자세히 등장하는데 이름을 공수(公輸) 또는 공수반(公輸般)이라고 쓴 글이 많다.

사마망이 팔괘진을 폈다. 이를 본 강유가 웃으며 말했다.

"이는 내가 펼쳤던 팔진도와 같은 것이니 그대가 나의 진법을 훔친 것인데 어찌 놀랍다 할 수 있겠는가?"

그 말에 사마망이 대답했다.

"그대의 진법 또한 남의 것을 훔친 것이로다."

강유가 다시 물었다.

"그렇다면 그대는 이 진법이 몇 가지로 바뀌는지를 아는가?"

그 말을 들은 사마망이 웃으며 말했다.

"내가 이미 그 진법을 폈거늘 어찌 그 변화를 모르겠는가? 이 진법은 아홉에 아홉을 곱한 여든한 가지의 변화를 일으키는 것이다."

강유가 웃으며 말했다.

"그렇다면 그대가 그 변화를 내 앞에서 시험해보게나."

사마망이 진 안으로 들어가 몇 가지 변화를 일으키더니 밖으로 나와 물었다.

"그대는 나의 진법이 어떻게 바뀌는지를 알겠는가?"

강유가 웃으며 대답했다.

"나의 진법은 하늘의 운수에 따라 삼백예순다섯 개로 바뀌는데 그대의 진법은 우물 안 개구리[井底之蛙][8]와 같으니 어찌 내 진법의 오묘함을

---

8) "우물 안 개구리"[井底之蛙] : 『장자』(莊子)의 「추수편」(秋水篇)에 나오는 일화. 공손룡(公孫龍)은 전국시대 조(趙)나라 사상가로 자신의 학문과 변론이 당대 최고라고 여기고 있었다. 그러던 차에 장자에 관한 이야기를 듣고는 자신의 변론과 지혜를 장자와 견주어보려고 위(魏)나라의 공자 위모(魏牟)에게 장자의 도(道)를 알고 싶다고 말했다. 장자의 선배인 위모는 공손룡의 의중을 알고 안석(案席)에 기댄 채 한숨을 쉬며 하늘을 우러러 웃으면서 "우물 안의 개구리[埳井之䵷]가 밖의 세상을 볼 수 없고, 가느다란 대롱 구멍으로 하늘을 보고[用管窺天], 송곳을 땅에 꽂아 땅의 깊이를 재는 꼴"[用錐指地]이라며 비웃었다.

알겠는가?"

사마망은 그런 진법이 있다는 것은 알았지만 일찍이 배운 바가 없던 터라 억지를 부리며 말했다.

"나는 그대의 말을 믿을 수 없으니 그대가 직접 한번 그 변화를 보여주도록 하라."

강유가 말했다.

"그대로서는 알 수가 없을 터이니 등애를 나오라 일러라. 내가 그에게 보여주리라."

사마망이 말했다.

"등 장군은 전략에 뛰어난 분이지 진법을 즐기지 않느니라."

강유가 웃으며 말했다.

"그 사람에게 무슨 대단한 전략이 있겠는가? 그대는 나를 속여 여기에서 진법으로 겨루는 체하며 등애는 산 뒤로 돌아가서 우리 병력을 기습하려는 것이겠지."

사마망이 몹시 놀라 병력을 몰아 쳐들어왔다. 강유가 채찍을 들어 가리키니 촉나라 군사들이 양쪽으로 날개처럼 갈라져 달려 나가 위나라 병사들을 죽이니 그들은 갑옷과 무기를 버리고 도망하여 목숨을 건졌다.

그 무렵 등애는 선봉장 정윤을 재촉하여 기산 뒤편을 습격했다. 정윤이 바야흐로 산모퉁이를 돌아서려는데 문득 대포 소리가 들리고 북과 나팔 소리가 하늘을 뒤흔들며 복병이 나타나는데 앞선 장수는 요화였다. 두 사람이 이러니저러니 말도 없이 뒤엉키더니 요화가 휘두른 단칼에 정윤의 목이 달아나며 말에서 떨어졌다.

등애가 몹시 놀라 서둘러 병력을 물리려 하는데 장익이 한 무리의 병사들을 이끌고 달려들었다. 앞뒤로 공격을 받은 위나라 병사들은 크게 무너졌다. 등애는 죽을힘을 다하여 에움을 벗어났으나 몸에는 화살이 네 개나 꽂혀 있었다. 등애가 위수 남쪽의 영채에 이르니 사마망도 곧 이르렀다. 두 사람이 적군을 무찌를 계책을 상의하자 사마망이 먼저 말했다.

"요즘 서촉의 유선은 환관 황호만을 총애하며 밤낮으로 술과 여자에 빠져 있으니 은밀히 사람을 보내어 강유를 모함하면 유선이 그를 불러들일 터이니 그렇게 되면 우리의 에움도 풀릴 수 있을 것입니다."

등애가 여러 책사에게 물었다.

"누가 서촉으로 들어가서 황호를 꾈 수 있겠소?"

말을 마치지도 않았는데 한 사람이 앞으로 나오며 큰 소리로 외쳤다.

"제가 가고자 합니다."

무리들이 바라보니 양양(襄陽) 사람 당균(黨均)이었다. 등애가 몹시 기뻐하며 곧 금은보화를 그에게 주며 말했다.

"그대는 지금 성도로 들어가 황호를 만나 강유가 천자를 원망하며 머지않아 위나라에 항복한다는 소문을 퍼트리도록 하오."

곧 성도에는 모이는 사람마다 강유가 모반한다고 수군거렸다. 황호가 이를 유선에게 알리자 그는 사람을 뽑아 밤낮으로 달려가 강유에게 회군하라는 칙서를 전달했다.

그 무렵 강유는 날마다 싸움을 걸었으나 등애는 성을 굳게 지킬 뿐 나와 싸우지 않았다. 강유가 속으로 이상하다 여기고 있는데 문득 칙사가 이르러 곧 회군하라는 어명을 전달했다. 강유는 영문도 모른 채 회군했다. 등애와 사마망은 강유가 자신들이 꾸민 모략에 빠진 것을 알고 위수 남쪽의 병력을 모아 강유의 배후를 추격했다.

뒷날 한 시인이 그를 두고 이런 시를 남겼다.

악의(樂毅)9)가 제(齊)나라를 정벌할 때도 모략에 걸리더니

악비(岳飛)10)도 적군을 깨치고서 참소를 받았도다.

樂毅伐齊遭間阻 岳飛破敵被讒回

앞으로의 승부는 어찌 되려나?

---

9) 악의(樂毅) : 연나라 소왕(昭王)을 도와 제나라를 정복하고 일흔 개 성을 빼앗은 명장이었다. 『사기』 「악의열전」; 제2권 제36회의 각주 7번 참조.
10) 악비(岳飛) : 자는 붕거(鵬擧)이다. 가난한 농민 출신으로 금(金)나라의 침입으로 북송이 멸망할 무렵 의용군에 참전하여 전공을 쌓았다. 북송이 망하고 남송이 서자 무한(武漢)과 양양(襄陽)을 거점으로 호북 일대를 다스리는 군벌이 되었다. 그의 군대는 악가군(岳家軍)이라는 정병(精兵)으로, 금나라 군대를 회하(淮河)에서 저지하는 전공을 올렸다. 그러나 조정에서 재상인 진회(秦檜)가 화평론을 주장하면서 그의 군대 지휘권을 박탈하였다. 이때 조정의 명령에 복종하지 않은 악비는 서른아홉 살의 나이에 모함을 받아 살해되었다. 진회가 죽은 뒤 혐의가 풀리고 명예가 회복되었으며, 민국 이후인 1914년에 관우와 함께 무묘(武廟)에 합사(合祀)되었다. 중국 역사상 가장 위대한 구국의 장수로 추앙을 받아 악왕(岳王)의 칭호를 들었다. 학자로서도 뛰어났으며, 저서로는 『악충무왕집』(岳忠武王集)이 있다.

제114회

자식은 어미를 닮는다

조모는 수레를 타고 가다 남궐에서 죽고
강유는 식량을 버려 위나라를 무찌르다.

그 무렵 강유는 전령에게 군사를 물리라고 지시했다. 그 말을 들은 요화가 말했다.

"병법에 이르기를, '장수가 밖에 나가 있을 때는 군주의 명령을 받들지 않는다.'[將在外 君命有所不受] 하였습니다. 비록 지금 황제의 조칙이 있었다고는 하지만 병력을 물릴 수는 없습니다."

그 말을 들은 장익이 말했다.

"서촉 사람들은 대장군께서 해마다 전쟁을 일으켜 원망이 많습니다. 그런즉 이번 전쟁에 이긴 틈을 타서 병마를 물려 민심을 어루만지면서 달리 좋은 계책을 세우느니만 못합니다."

그 말에 강유가 대답했다.

"그게 좋은 생각이오."

그러고서는 각 부대에게 법도에 맞게 물러서도록 했다. 요화와 장익이 뒤를 끊으면서 위나라 병사들의 추격을 막았다.

그 무렵 등애는 촉나라 군사들을 추격하며 바라보니 앞서가는 그들의 기치가 정연한 채 천천히 물러가는지라 등애가 탄식하며 말했다.

"강유는 제갈 무후의 병법을 깊이 깨달았구나."

그러고서는 병마를 더 추격하지 못하고 군사를 몰아 기산의 영채로 돌아갔다.

강유가 성도에 이르러 후주를 뵙고 회군을 명령한 까닭을 물으니 그가 말했다.

"짐은 경이 변방에 머물며 돌아오지 않으니 병사들이 피곤하다 여겨 경의 회군을 지시한 것이지 다른 뜻은 없소."

그 말을 듣고 강유가 말했다.

"신은 이미 기산의 영채를 차지하고 대공을 세우려는 때에 예상치 못하게 중도에서 정벌을 멈추게 되었습니다. 이는 반드시 등애의 이간책에 넘어간 것이 분명합니다."

그 말에 후주는 아무 대답도 하지 못했다. 강유가 다시 아뢰었다.

"신은 역적을 토벌하여 나라의 은혜에 보답하기로 맹세하였습니다. 폐하께서는 소인들의 말을 듣지 마시고 신을 의심하지 마소서."

후주가 한참이 지나서야 대답했다.

"짐은 경을 의심한 것이 아니오. 경은 다시 한중으로 돌아가 위나라에 변고가 일어나면 다시 정벌하는 것이 좋겠소."

강유가 탄식하며 조정을 물러나와 다시 한중으로 돌아갔다.

그 무렵에 위나라의 당균(黨均)이 기산의 영채로 돌아와 보고하니 그런 사실을 알게 된 등애가 사마망과 더불어 상의했다.

"왕과 신하가 다투었다면 반드시 안에서 변란이 있을 것이오."

등애는 당균을 낙양으로 보내어 사마소에게 보고했다. 사마소가 크게 기뻐하며 속으로 서촉을 정벌할 뜻을 내비치며 중호군(中護軍) 가충(賈充)에게 물었다.

"내가 이제 서촉을 정벌하고자 하는데 그대의 생각은 어떻소?"

가충이 아뢰었다.

"지금 서촉을 정벌하는 것은 옳지 않습니다. 천자께서 지금 주공을 의심하고 있는데 이럴 때 출정을 하면 반드시 안에서 반란이 있을 것입니다. 지난날 영릉(寧陵)의 샘에서 황룡이 나타나 여러 신하가 상서로운 일이라 하여 천자께 축하를 드렸더니 천자께서 말씀하시기를, '이는 상서로운 일이 아니오. 용은 황제의 상징인데 하늘에도 오르지 못하고 땅에 나타나지도 못한 채 샘 가운데 있다는 것은 갇혀 있음을 뜻하는 일이니 이는 천자가 갇혀 있다는 뜻이라오.'라고 하였답니다. 그러고서는 「잠룡시」(潛龍詩) 한 수를 지었는데 그 시의 뜻인즉 주공을 가리키고 있음이 분명합니다. 그 시는 이렇게 되어 있습니다."

다친 용 한 마리 곤고(困苦)하여
깊은 연못을 벗어나지 못하누나
위로 날아 하늘에 이르지도 못하고
아래로 밭에 나올 수도 없는 채
우물 밑에 몸을 웅크리고 있어
미꾸라지와 뱀장어만 날뛰는데
이빨과 발톱을 감추고 엎드려 있으니
슬프다, 내 팔자와 같구나.
傷哉龍受困 不能躍深淵
上不飛天漢 下不見於田
蟠居於井底 鰍鱔舞其前

藏牙伏爪甲 嗟我亦同然

사마소가 그 시를 듣더니 대로하며 가충에게 말했다.

"이 사람이 지난번에 죽은 황제 조방의 꼴이 되고 싶은 게로구나. 일찌거니 제거하지 않으면 그가 나를 죽일 것이다."

가충이 아뢰었다.

"바라옵건대 제가 늦지 않게 일을 도모하고자 합니다."

그때는 감로(甘露) 5년(서기 260) 여름 4월이었다. 사마소가 칼을 차고 대전에 오르니 위왕 조모가 일어나 맞이했다. 여러 신하가 황제에게 아뢰었다.

"대장군의 공덕이 하늘처럼 드높아 진공(晉公)에 올라 구석(九錫)[1]을 누림이 합당합니다."

조모(曹髦)가 고개를 숙이고 말이 없다. 그러자 사마소가 소리 높여 말했다.

"우리 부자 형제 세 사람이 위나라를 위해 이룩한 공로가 큰데 이제 내가 진공이 되는 것이 옳지 못합니까?"

그제야 조모가 대답했다.

"어찌 감히 그 말씀을 따르지 않을 수 있겠습니까?"

사마소가 말했다.

"황제께서 쓰신 「잠룡시」에 저희를 미꾸라지나 뱀장어로 여기셨는데 어찌 그토록 무례할 수가 있습니까?"

---

[1] 구석(九錫) : 제후가 누릴 수 있는 아홉 가지의 특전. 제1권 모종강의 『『삼국지』를 읽는 법』 각주 3번 참조.

조모가 아무 말도 못 했다. 사마소가 비웃으며 대전을 내려갔다. 여러 관료가 무서워 떨었다. 조모가 후궁으로 들어가니 소사중(召伺中) 왕침(王沉), 상서 왕경(王經), 산기상사(散騎常伺)2) 왕업(王業)이 따라 들어와 앞일을 상의했다.

조모가 울면서 말했다.

"사마소가 장차 황제의 자리를 빼앗으려는 것은 세상이 다 아는 일인데 짐은 앉아서 그 폐위의 모욕을 겪을 수는 없으니 경들은 내가 그를 토벌하는 데 도움을 주시오."

왕경이 아뢰었다.

"그 말씀은 옳지 않습니다. 지난날 노(魯)나라 소공(昭公)이 계씨(季氏)의 모욕을 견디지 못하다가 오히려 싸움에 지고 다른 나라로 도망하여 나라를 잃었습니다.3) 이제 대권이 사마 씨에게 돌아간 지 오래고, 안팎의 대관들이 충성과 반역을 돌아보지 않고 간악한 역적에 아부하고 있는 자가 한두 명이 아닙니다. 더욱이 폐하를 보위하는 호위병이 적고 나약하여 폐하의 명령을 받들 수 없습니다. 이런 상황에서 폐하께서 참지 못하신다면 그 재앙이 몹시 클 것입니다. 그러므로 일을 천천히 도모하시되 서두르시면 안 됩니다."

조모가 대답했다.

"이 일을 참는다면 무엇을 더 못 참겠소? 짐의 뜻은 이미 결정되었으니 죽음인들 어찌 두렵겠소?"

---

2) 로버츠(Moss Roberts)는 소사중(召伺中)을 시종장(Privy Counselor)으로, 상서(尙書)를 장관(Chief of the Secretary)으로, 산기상사(散騎常伺)를 왕궁수비대장(Royal Mounted Guard)으로 번역했다. 제4권 제79회 각주 9번 참조.
3) 『사기』「노주공세가」(魯周公世家)와 『춘추』 소공(昭公)(6)에 나오는 고사임.

말을 마치자 태후를 찾아뵙고 사정을 말씀드렸다. 왕침과 왕업이 왕경에게 말했다.

"일이 다급하게 되었소. 우리가 스스로 멸족의 재앙을 겪을 수는 없소. 마땅히 사마 공의 부중을 찾아가 이를 고변하여 목숨을 건집시다."

그 말을 들은 왕경이 대로하며 말했다.

"옛말에 이르기를, '주군이 근심하면 신하가 굴욕을 겪는 것이고, 주군이 굴욕을 겪으면 신하가 죽는 법'[主憂臣辱 主辱臣死]4)이라 하였는데 어찌 다른 마음을 품을 수 있다는 말이오?"

왕경의 뜻이 완강한 것을 본 왕침과 왕업은 이 일을 고변하러 스스로 사마소를 찾아갔다.

시간이 조금 지나자 위왕 조모가 대궐 안에서 나오며 호위 초백(焦伯)을 시켜 궁중의 숙위(宿衛)와 창두(蒼頭)와 관동(官童)5) 삼백 명 남짓을 이끌고 북소리도 요란하게 짓쳐나갔다. 조모는 칼을 비껴잡고 어가에 올라 좌우를 꾸짖어 남궐(南闕)로 나가려 했다. 왕경이 어가 앞에 엎드려 통곡하며 아뢰었다.

"이제 폐하께서 몇백 명의 호위군을 거느리고 사마소를 토벌하고자 하시니 이는 '양떼를 몰고 호랑이 입으로 들어가는 것'[驅羊而入虎口]6)이나

---

4) "주군이 근심하면 신하가 굴욕을 겪는 것이고, 주군이 굴욕을 겪으면 신하가 죽는 법"[主憂臣辱 主辱臣死] : 월(越)나라 범리(范蠡)는 구천(句踐)을 섬겨 오나라를 멸망시키고 복수를 마쳤으나 구천이 고통은 함께할 수는 있어도 부귀는 함께할 인물이 아님을 알고 작별하면서 편지에 남긴 말.『사기』「월왕구천세가」(越王句踐世家)에 나오는 고사임.
5) 숙위(宿衛)는 호위병이며, 창두(蒼頭)는 푸른 띠를 두른 일꾼들이며, 관동(官童)은 비복을 뜻한다.
6) "양떼를 몰고 호랑이 입으로 들어가는 것"[驅羊而入虎口] : 이 말은 본디 청나라의 소설가 천화장주인(天花藏主人)이 쓴『양무제연의』(梁武帝演義) 제26회에서 유경원(柳慶遠)이 한 말인데 모종강이 시대를 앞당겨 쓴 것이다. 그 댓구(對句)는

같아 이룬 것도 없이 헛되이 죽을 뿐입니다. 신이 이런 말씀을 드리는 것은 목숨이 아까워서가 아니라 참으로 이룰 수 없는 일을 보았기 때문입니다."

그 말을 들은 조모가 말했다.

"나의 군대가 이미 떠났으니 경은 막지 마시오."

그러고서 조모는 용문(龍門)을 바라보며 나아갔다. 조모가 바라보니 가충이 갑옷을 입고 말에 올라 다가오는데 왼쪽에는 성쉬(成倅)가 따르고 오른쪽에는 성제(成濟)가 따르면서 몇천 명의 갑옷 입은 금군을 거느리고 소리치며 달려왔다. 조모가 칼을 빼 들고 크게 소리쳤다.

"내가 천자이다. 너희들이 대궐로 쳐들어오는 것은 천자를 시역(弑逆)하고자 함이더냐?"

금군은 조모를 보자 감히 움직이지 못했다. 그러자 가충이 성제를 불러 말했다.

"사마 공께서 그대를 어디에 쓰려고 키웠겠소? 바로 오늘의 일 때문이 아니겠소?"

성제가 창을 손에 잡으며 가충을 돌아보고 물었다.

"죽일까요? 사로잡을까요?"

가충이 대답했다.

"사마 공의 뜻은 오로지 죽이는 것뿐이라오."

성제가 창을 꼬나잡고 바로 어가 앞으로 나아가니 조모가 큰 소리로 꾸짖었다.

"못난 몸이 감히 무례하게 구는구나."

"개미가 태산을 옮기려 한다."[螻蟻之撼泰山]로 되어 있다.

황제가 말을 마치지도 않았는데 성제가 창으로 황제의 가슴을 찌르니 그가 어가에서 떨어졌다. 성제가 찌른 창이 등 뒤로 솟아나오며 어가 옆으로 누워 죽었다. 이를 본 초백이 창을 비껴잡고 달려 나오다가 성제가 휘두른 단 한 번의 창에 찔려 죽었다. 모든 무리들이 달아나자 왕경이 뒤늦게 따라와 가충에게 욕설을 퍼부으며 말했다.

"역적이 감히 황제를 시역하였구나."

가충이 대로하며 좌우를 꾸짖어 왕경을 묶은 다음 이를 사마소에게 알렸다. 사마소는 궁궐에 돌아오자 조모의 죽음을 보더니 짐짓 크게 놀라는 시늉을 하더니 머리를 어가에 부딪치며 통곡한 다음 사람을 시켜 여러 대신에게 이를 알리도록 했다. 그때 태부(太傅) 사마부(司馬孚)가 대궐로 들어와 조모의 시신을 보더니 자신의 허벅지에 올려놓고 울며 말했다.

"폐하께서 시역을 겪으심은 신의 죄입니다."

사마부는 조모의 시신을 수습하여 관에 모신 다음 편전의 서쪽에 안치하였다.

사마소가 대궐로 들어와 여러 관료를 모아놓고 상의했다. 여러 신하가 모두 모였는데 오직 상서복야(尙書僕射) 진태(陳泰)만이 오지 않았다. 사마소는 진태의 외삼촌인 상서 순의(荀顗)[7]에게 진태를 불러오도록 했다. 외삼촌을 만난 진태가 통곡하며 말했다.

"세상 사람들이 옛날에는 저를 삼촌과 견주어 말하더니 이제는 삼촌을 저에게 견주어 말합니다."

진태는 삼베로 짠 상복을 입고 대궐에 들어가 영전에 엎드려 통곡했다. 사마소도 또한 짐짓 슬픈 표정을 지으며 통곡하더니 진태에게 물었다.

---

7) 이 사람은 조조의 모사였던 순욱(荀彧)의 늦둥이 아들이다.

"오늘의 일을 어찌 처리하면 좋겠소?"

진태가 말했다.

"오로지 가충을 죽이는 일만이 천하에 대한 최소한의 사죄가 될 것입니다."

사마소가 한참 생각하더니 다시 물었다.

"그다음 방법으로는 어떤 것이 좋겠소?"

진태가 다시 대답했다.

"오직 그 방법만이 있을 뿐 그다음 방법에 대해서는 제가 알 수 없습니다."

그 말을 듣자 사마소가 말했다.

"성제가 대역무도한 죄를 지었으니 그를 살을 저며 죽이고 그 삼족을 모두 죽이도록 하라."

성제가 사마소에게 욕설을 퍼부으며 말했다.

"이것은 나의 죄가 아니라 모두 가충이 너의 명령에 따라 저지른 일이다."

사마소는 먼저 성제의 혀를 자르게 하니 그는 죽으면서까지 욕설을 멈추지 않았다. 그의 아우 성쉬도 또한 저자에 끌어내어 죽이고 삼족을 함께 죽였다.

뒷날 한 시인이 이런 탄식의 시를 남겼다.

    그해에 사마소가 가충을 시켜
    남궐에서 황제를 죽인 피가 용포(龍袍)에 흥건했도다.
    그럼에도 오히려 성제의 삼족을 죽이니
    병사와 백성들이 모두 귀머거리인 줄로 아는구나.
    司馬當年命賈充 弑君南闕赭袍紅

卻將成濟誅三族 只道軍民盡耳聾

  사마소는 또한 사람을 보내어 왕경의 가족을 모두 감옥에 집어넣었다. 왕경이 정위(廷尉)의 정청에 앉아 있는데 문득 어머니가 포승에 묶여 끌려 나오고 있었다. 왕경이 머리를 조아리고 통곡하며 아뢰었다.
  "불효자식이 여러 차례 어머니에게 괴로움을 끼칩니다."
  그 말을 들은 어머니가 크게 웃으며 말했다.
  "누구인들 죽지 않겠는가만 진실로 두려운 것은 죽어야 할 자리에서도 죽지 않는 것이다. 나는 이렇게 죽으니 어찌 여한이 있겠느냐?"
  다음 날 왕경의 가족들은 동시(東市)로 압송되었다. 왕경의 모자는 웃으면서 죽음을 맞이했다. 성안의 배우고 배우지 못한 무리가 모두 눈물을 흘렸다.
  뒷날 한 시인이 이런 시를 남겼다.

    한나라 초엽에도 칼에 엎어져 죽은 사람이 있더니[8]
    한나라 말엽에는 왕경이 그 모습을 보이누나.
    진심어린 충의에는 변함이 없고
    굳센 뜻도 또한 해맑구나.
    절개는 태산과 화산처럼 무거우며
    목숨을 기러기 깃털처럼 가볍게 여겼도다.
    어머니와 아들의 명성이 여기에 남아

---

[8] 한나라 유방의 부하에 왕릉(王陵)이라는 인물이 있었다. 항우가 그를 부하로 삼고자 그의 어머니를 붙잡아 협박했으나 그의 어머니는 아들이 변심할까 걱정하여 먼저 칼을 물고 죽었다. 『사기』「진승상세가」(陳丞相世家)에 나오는 고사임.

마땅히 천지가 머리를 숙이도다.
漢初誇伏劍 漢末見王經
真烈心無異 堅剛志更淸
節如泰華重 命似鴻毛輕
母子聲名在 應同天地傾

태부 사마부가 황제의 예의를 갖추어 조모의 장례를 치를 것을 요청하니 사마소가 허락했다.

가충의 무리들이 사마소에게 위나라의 천자에 오를 것을 권고하자 사마소가 대답했다.

"지난날 주문왕(周文王)께서는 천하의 삼분의 이를 다스리면서도 은(殷)나라를 섬겼기에 성인들께서도 그의 덕망을 칭송하셨다오. 위나라 무제(武帝, 조조)는 한나라 천자의 자리를 물려받지 않았으니 나도 또한 위나라 천자의 자리를 물려받고 싶지 않소."

가충의 무리들은 그 말을 듣자 사마소가 아들 사마염(司馬炎)에게 천자의 자리를 물려주고 싶어 하는 것을 알고 더 이상 권고하지 않았다.

그해(감로 5년, 서기 260) 6월, 사마소는 상도향공(常道鄕公) 조황(曹璜)을 황제의 자리에 앉히고, 연호를 경원(景元) 원년으로 바꾸었다. 조황은 이름을 조환(曹奐)으로 바꾸었는데[9] 그의 자는 경소(景召)로서 조조의 손자인 연왕(燕王) 조우(曹宇)의 아들이었다. 조환은 사마소의 벼슬을 승상 진공(晉公)으로 올리고 돈 십만 전(錢)과 비단 만 필을 내렸다.

---

9) 황(璜)은 여염에서 흔히 쓰는 글자로서 구슬이라는 뜻이었는데, 천자의 이름을 백성들이 피휘(避諱 : 임금의 함자를 여염에서는 쓰지 못하던 당시의 관례)의 풍습에 따라 흔한 글자를 쓸 수 없도록 하고자 환(奐)으로 바꾸었다.

그 밖의 문무 관료들에게도 각기 상과 봉작을 내렸다.

첩자가 때를 늦추지 않고 이를 서촉에 알렸다. 사마소가 황제 조모를 죽이고 조환을 보위에 올렸다는 소식을 들은 강유는 기뻐하며 말했다.

"오늘 내가 위나라를 정벌할 명분을 얻었구나."

강유는 곧 글을 오나라에 보내어 함께 군사를 일으켜 사마소가 저지른 시역의 죄를 묻자고 제의했다. 강유는 또한 후주에게 상소하여 병력 십오만 명을 일으키고 몇천 대의 수레를 장만하여 그 위에 나무 상자를 쌓아두었다. 이어서 강유는 요화와 장익을 선봉으로 삼아 요화는 자오곡을 공격하도록 하고 장익은 낙곡을 공격하도록 하고, 자신은 야곡으로 나아가 기산 앞에서 모이기로 약속했다. 서촉의 군사들이 세 길로 나누어 기산을 바라보며 진격했다.

그 무렵 등애는 영채에 머물면서 군사를 훈련하다가 서촉의 병사들이 세 길로 나누어 쳐들어온다는 소식을 듣자 여러 장수를 모아 대책을 상의했다. 그때 참군(參軍) 왕관(王瓘)이 나서서 말했다.

"저에게 한 계책이 있는데 말씀을 드리기는 어렵고, 글로 써 장군께 보여드리고자 합니다."

등애가 그의 글을 받아 읽더니 웃으면서 말했다.

"이 계책이 비록 오묘하기는 하지만 강유를 속이지 못할까 걱정스럽소."

왕관이 다시 아뢰었다.

"바라옵건대 제가 목숨을 걸고 가보겠습니다."

그 말을 들은 등애가 말했다.

"공의 뜻이 그토록 굳다면 반드시 성공할 것이오."

등애는 왕관에게 오천 명의 병력을 내주었다. 왕관은 밤낮으로 달려 야곡에 이르자 서촉의 척후병에게 말했다.

"나는 위나라에서 항복하러 온 장수요. 그대의 대장에게 알려주시오."

척후가 이를 강유에게 보고하자 강유는 왕관의 병력을 밖에서 기다리게 하고 왕관만을 불러들였다. 왕관이 땅에 엎드려 절하고 아뢰었다.

"저는 왕경의 조카 왕관입니다. 요즘 사마소가 천자를 죽이고 숙부의 온 가족을 죽여 그 원통함이 뼛속에 사무쳤습니다. 이제 다행히 장군께서 군사를 일으켜 사마소의 죄를 묻는다 하시기에 제가 특별히 본부 병력 오천 명을 이끌고 항복하러 왔습니다. 바라옵건대 저도 장군의 지시에 따라 역적을 소탕하고 숙부의 원한을 갚게 해주소서."

강유가 몹시 기뻐하며 왕관에게 말했다.

"그대가 이미 성심으로 항복했으니 내가 어찌 그대를 성심으로 맞이하지 않을 수 있겠소? 지금 우리 군중에는 환자가 많고 식량이 부족하다오. 그러니 지금 서천의 어구에 있는 군량미와 말먹이를 그대가 기산으로 옮겨주기 바라오. 나는 지금 곧 기산의 영채를 공격하러 가겠소."

왕관은 몹시 기뻐하여 강유가 자신의 계책에 빠졌다 여기고 흔쾌히 강유의 명령을 응낙했다. 그러자 강유가 말했다.

"그대가 군량미를 운송하는 데 오천 명의 병력이 필요하지는 않을 것이니 삼천 명만 데리고 가고 나머지 이천 명은 길잡이로 삼아 내가 기산을 공격하겠소."

왕관은 강유가 의심하지나 않을까 걱정스러워 그의 말대로 삼천 명의 병력을 거느리고 떠났다. 강유는 부첨에게 이천 명의 위나라 항복 군사를 이끌고 가 공격에 가담하도록 했다. 그때 문득 하후패가 이르러 강유에게 물었다.

"도독께서는 어찌하여 왕관의 말을 그리 믿으십니까? 제가 위나라에 있을 적에 자세히는 알지 못하지만 왕관이 왕경의 조카라는 말을 들은 적이 없습니다. 거기에는 거짓이 많이 섞여 있을 것이니 장군께서는 깊이 살피시기 바랍니다."

그 말에 강유가 웃으며 대답했다.

"나는 이미 왕관의 속임수를 알았기 때문에 그의 병력을 갈라놓아 오히려 저들을 속이려 하는 것이라오."

하후패가 물었다.

"공의 말씀을 들어보고자 합니다."

강유가 대답했다.

"사마소의 간교함이 조조보다 심한데 왕경과 함께 그 삼족마저 죽이면서 어찌 조카를 성 밖에 두어 병력을 지휘하도록 내버려두었겠소? 그래서 그의 말이 거짓이었음을 알았다오. 서로 말을 나누지는 않았지만 중권(仲權 : 하후패의 자)의 생각이 내 생각과 같소이다."

그 무렵 강유는 야곡으로 나가지 않고 병사들을 길가에 매복시켜 왕관의 간교한 계책에 대비하도록 했다. 예상했던 바와 같이, 열흘이 지나지 않아 왕관이 등애에게 보내는 밀서를 전달하는 병사를 매복한 병사가 잡아왔다. 강유가 사정을 물어본 다음 그의 몸을 수색하니 밀서가 나왔는데, 내용은 이러했다.

"팔월 스무날에 양곡을 싣고 샛길을 지나 위나라의 영채로 갈 것이니 장군께서는 담산곡(壜山谷)10)에 병력을 보내어 서로 돕게 하십시오."

강유는 밀서를 가지고 가던 병사를 죽인 다음 밀서 가운데 약속한 날짜를 8월 보름으로 고치고 등애가 몸소 병력을 이끌고 담산곡으로 나와 만

---

10) 담산곡(壜山谷)은 글자가 어렵다 보니 판본마다 글자가 다르다. 壜山谷, 罈山谷, 壇山谷, 疊山谷 등 판본마다 글씨가 다르다. 여기에서는 商務印書局 판본을 따랐다.

나자고 적어 보냈다. 이어서 강유는 촉나라 군사들을 위나라 병사로 꾸며 위나라 영채에 밀서를 전달하게 하고 다른 한편으로 장수들에게 양곡과 말먹이를 나르는 수레에서 양곡을 모두 내리고 마른나무와 풀로 불쏘시개를 만들어 싣게 하고 푸른 천으로 덮게 했다.

강유는 다시 부첨을 불러 이천 명의 위나라 항복 병사들을 이끌고 식량 수레에 위나라 깃발을 꽂도록 했다. 강유는 하후패에게 병력을 주어 산곡에 매복하도록 하였으며 장서(蔣舒)를 야곡에서 나오도록 하고 요화와 장익도 각기 병력을 이끌고 기산에 모이도록 했다.

그 무렵 등애는 왕관의 편지를 받고 몹시 기뻐하며 서둘러 답장을 써 밀사에게 주어 되돌아가도록 했다. 팔월 보름이 되자 등애는 정예 병력 오만 명을 이끌고 담산곡으로 나아갔다. 멀리 사람을 보내어 높은 곳에서 바라보게 하니 양곡을 실은 수레가 꼬리를 이어 물고 산모롱이를 돌아가고 있다고 했다. 등애가 말에 올라 바라보니 생각했던 대로 위나라 병사들이었다. 좌우의 무리들이 말했다.

"날이 이미 저물었으니 서둘러 왕관이 계곡의 입구를 벗어나도록 도와주시지요."

그 말을 들은 등애가 말했다.

"앞의 산세를 보니 가리는 부분이 있소. 매복이라도 있다면 서둘러 물러나기가 어려울 것이니 여기서 기다리는 것이 좋겠소."

그런 말을 나누고 있는데 문득 두 기병이 달려와 보고했다.

"왕 장군이 양곡과 말먹이를 싣고 경계를 넘었는데 뒤에서 적군이 추격하니 서둘러 도와주시기 바랍니다."

등애가 몹시 놀라 병력을 이끌고 앞으로 나아갔다. 그때가 초경 무렵이었는데 달빛이 대낮처럼 밝았다. 산 뒤에서 함성이 들리자 등애는 그곳에서 왕관이 싸우고 있다고 여기고 서둘러 산을 지나 뒤쪽으로 달려갔다. 그때 문득 수풀 속에서 한 부대가 나타나는데 대장은 서촉의 부첨이었다. 그는 말을 몰고 나오며 소리쳤다.

"못난 놈, 등애야, 너는 이미 우리 장군의 계략에 빠졌으니 어서 말에서 내려 죽음을 받아라."

등애가 몹시 놀라 말을 돌려 달아났다. 그때 수레에서 불길이 일어나는 것을 신호로 하여 산 양쪽에서 촉나라 군사들이 쏟아져 나오며 위나라 병사들을 끊임없이 죽였다. 산의 위아래에서는 촉나라 군사들의 외치는 소리만 들려왔다.

"등애를 잡는 무리는 상으로 천금을 줄 것이요, 만호후(萬戶侯)에 봉하리라."

겁에 질린 등애는 갑옷과 투구를 버리고 말을 채찍으로 치다가 움직이지 않으니 말에서 내려 부하들 틈에 끼어 산과 재를 기어 넘어 달아났다. 강유와 하후패는 말 위에 앉아 등애를 잡아오기만을 기다렸지 그가 걸어서 달아나리라고는 생각하지도 못했다. 강유는 승리한 부하들을 거느리고 왕관의 수레를 맞이하러 갔다.

그 무렵에 왕관은 등애와 은밀히 약속한 대로 먼저 군량미와 말먹이를 수레에 실어 정비를 마친 다음 작전이 시작되기만을 기다리고 있었다. 그때 문득 한 심복이 찾아와 보고했다.

"일이 이미 발각되어 등 장군께서는 크게 무너지고 생명조차 어찌 되었는지 알 수 없습니다."

왕관이 몹시 놀라 척후를 보내어 알아보게 하였더니 돌아와 보고했다.

"세 길로 촉나라 군사들이 쳐들어오는데 배후에는 또한 먼지가 크게 일어나는 것으로 보아 달아날 길이 없습니다."

왕관은 좌우의 병사들을 꾸짖어 불을 질러 양곡과 말먹이를 실은 수레를 모두 태우게 하니 곧 불길이 일어나 하늘로 치솟았다. 이를 본 왕관이 소리쳤다.

"사태가 위급하게 되었으니 너희들은 모름지기 목숨을 다하여 싸우라."

그러고서는 병력을 이끌고 서쪽으로 달아났다. 뒤에서는 강유가 세 길로 추격해 오고 있었다. 강유는 왕관이 위나라로 돌아가지 않고 곧바로 한중으로 쳐들어가리라는 것을 예측하지 못했다. 병력이 부족했던 왕관은 강유의 추격이 두려워 잔도(棧道)와 각 관문을 불태웠다.

강유는 한중을 잃지나 않을까 걱정스러워 등애를 추격하던 일을 멈추고 밤낮으로 병력을 몰아 왕관을 죽이러 추격했다. 왕관은 네 방향에서 공격을 받자 흑룡강(黑龍江)에 몸을 던져 자살했다. 그 나머지 병력은 모두 강유에게 항복했다.

강유는 비록 등애에게 이겼다 하나 많은 양곡과 말먹이를 잃고 잔도마저 불탄 터라 병력을 이끌고 한중으로 돌아왔다. 등애는 패잔병을 이끌고 기산의 영채로 돌아와 황제에게 글을 올려 죄를 자청하고 스스로 도독의 직분에서 물러났.

사마소는 그동안 등애가 많은 공로를 세운 것을 생각하여 그를 내치지 못하고 오히려 많은 상을 내렸다. 등애는 자신이 받은 재물들을 다친 병사들의 집에 나누어 주었다. 사마소는 촉나라 군사들이 다시 쳐들어올까 걱정스러워 오만 명의 병력을 등애에게 더 주어 기산을 지키도록 했다. 강유는 밤낮으로 잔도를 수리한 다음 다시 출병을 논의했다.

이를 두고 뒷날 어느 시인이 이런 시를 남겼다.

    연거푸 잔도를 수리하여 출병하니

중원을 정벌하지 못하고서는 죽어서도 쉴 수 없도다.
連修棧道兵連出 不伐中原死不休

이번의 승부는 어찌 되려나?

제 115 회

아비를 욕되게 하는 유선

>유선은 모함을 믿고 회군을 명령하니
>강유는 둔전(屯田)을 핑계 삼아
>위기를 모면하다.

때는 촉한 경요(景耀) 5년(서기 262) 겨울 10월, 대장군 강유는 사람을 시켜 밤낮으로 잔도(棧道)를 수리하고 군량미와 병기를 정돈하는 한편, 한중의 물길을 따라 전선을 모아들였다. 전쟁 준비를 마친 강유는 유선에게 주문(奏文)을 올렸다.

"신(臣)이 여러 차례 전쟁을 치르면서 비록 성공하지는 못했지만 이미 위나라 사람들의 간담이 서늘해져 있을 것이고 이제 우리도 병력을 기른 지 오래인지라, 싸우지 않으면 게을러지고 게으르면 병이 날 것입니다. 하물며 지금 병사들은 죽음을 무릅쓰고 싸우려 하고 있고, 장수들은 명령이 내려오기만을 기다리고 있습니다. 신이 이번 전쟁에서 이기지 못한다면 마땅히 죽음으로써 죄를 받겠나이다."

유선이 표문을 읽고 결심을 내리지 못하고 있는데 초주(譙周)가 반열에서 나와 아뢰었다.

"신이 지난밤에 천문을 보았는데 서촉 일대 장군의 별이 어둡고 밝지 않았습니다. 이제 대장군께서 다시 군사를 일으킨다 하는데 이번 거사는 매우 이롭지 못합니다. 그러므로 폐하께서 조서를 내리시어 말리심이 마땅합니다."

유선이 대답했다.

"어쨌거나 이번 출정이 어떻게 되는지 봅시다. 공의 예상대로 전투에 지면 마땅히 말리겠소."

두세 차례 더 간언했으나 유선이 듣지 않자 초주는 집으로 돌아가 탄식하며 아프다는 핑계로 밖을 나오지 않았다.

그 무렵에 강유가 군사를 일으키면서 요화에게 물었다.

"내가 이번에 출정하여 중원을 회복하고자 하는데 어느 곳을 먼저 차지하는 것이 좋겠소?"

그 말에 요화가 대답했다.

"해마다 전쟁을 치러 병사와 백성들이 평안하지 못하고 더욱이 위나라에는 등애라는 장수가 있는데 그 지모가 뛰어나 얕잡아볼 수 없습니다. 이제 장군께서 억지로 이 어려운 일을 치르려 하시니 제가 감히 이러니저러니 말씀드릴 일이 아닌 듯합니다."

그의 말에 강유가 발끈 화를 내며 말했다.

"지난날 승상께서 여섯 번 기산으로 출병한 것이 모두 나라를 위함이었소. 내가 이번에 여덟 번째로 위나라를 정벌하러 가는 것이 어찌 나 한 사람만을 위한 것이라 할 수 있겠소? 나는 이번에 반드시 조양(洮陽)을 차지할 것이니 내 뜻에 거스르는 사람은 반드시 목을 벨 것이오."

강유는 요화를 한중에 남겨 지키도록 하고 자신은 몸소 삼십만 대군을 이끌고 조양으로 진격했다.

서천의 어구에 사는 사람들이 일찌거니 이를 기산의 영채에 보고했다. 그때 등애는 사마망과 병법을 이야기하다가 그러한 보고를 받자 사람을 보내어 알아보게 했더니 촉군이 조양으로 나온다는 보고가 올라왔다. 그 말을 들은 사마망이 말했다.

"강유는 지모가 뛰어난 사람입니다. 이번에 그는 조양을 치는 체하면서 사실인즉 기산으로 나오려는 것이 아니겠습니까?"

등애가 말했다.

"강유는 반드시 조양으로 나올 것이오."

사마망이 물었다.

"공은 그것을 어찌 아십니까?"

등애가 대답했다.

"지난날 강유는 여러 차례 우리의 군량미 창고를 공격했습니다. 그런데 지금 조양에는 군량미가 없어 우리가 반드시 기산을 지키면서 조양을 비워두었으리라고 판단하고 먼저 그곳을 공격할 것입니다. 그는 조양을 차지한 다음 군량미와 말먹이를 마련하여 강인(羌人)들과 손을 잡고 길게 보고 도모할 것이오."

"그렇다면 우리는 어찌해야 합니까?"

"우리는 이곳의 병력을 모두 거두어 두 길로 나누어 조양을 구원하러 가야 합니다. 조양에서 이십오 리 떨어진 곳에 후하(侯河)라는 작은 성이 있는데 조양의 목줄에 해당되는 곳이라오. 공은 한 부대를 이끌고 조양에 매복해 있다가 깃발을 눕히고 북소리를 내지 않으며 사대문을 열어놓은 다음 이러저러하게 처리하시오. 나는 한 부대를 이끌고 후하에 매복해 있다가 저들을 공격하면 반드시 대승을 거둘 수 있을 것이오."

계책이 세워지자 그들은 각기 맡은 임무를 띠고 떠났다. 다만 편장 사찬(師簒)만을 기산에 남겨 영채를 지키도록 했다.

그 무렵 강유는 하후패를 선봉으로 삼아 한 부대를 이끌고 조양을 공격하도록 했다. 하후패가 진군하여 조양에 가까이 이르러 바라보니 성 위에는 깃발이 하나도 없고 사대문이 활짝 열려 있었다. 하후패는 미심쩍어 감히 성안으로 들어가지 못하고 여러 장수를 돌아보며 물었다.

"속임수가 아닐까?"

여러 장수가 대답했다.

"보아하니 성은 비어 있고 백성들이 적은 것으로 보아 장군께서 쳐들어오신다는 말을 듣고 모두 성을 버리고 도망간 듯합니다."

하후패가 그 말을 믿지 못하고 스스로 말을 몰아 성의 남쪽을 바라보니 많은 늙은이와 아이들이 모두 서북쪽을 바라보며 달아나고 있었다. 하후패가 몹시 기뻐하며 말했다.

"우리가 예상한 대로 성이 비어 있구나."

그가 앞장서 달려 들어가니 남은 장수들도 그를 따라 뒤쫓아 들어갔다. 그들이 막 옹성(甕城)에 이르자 문득 대포 소리가 들리고 성 위에서 북과 나팔소리가 들리고 깃발이 모두 일어서면서 적교(吊橋)가 올라갔다. 하후패가 크게 놀라며 소리쳤다.

"우리가 적군의 계략에 빠졌구나."

하후패가 당황하여 병력을 물리려 하자 성 위에서 화살과 돌멩이가 비 오듯이 쏟아졌다. 가엾게도 하후패와 오백 명의 병졸들이 성 밑에서 죽었다. 뒷날 한 시인이 그를 탄식하며 한 시를 남겼다.

　　대담한 강유의 계략은 멀리 보았지만
　　등애가 대비하고 있는 것을 누가 알았으랴.

가엾은 하후패는 한나라에 몸을 바쳤으나
한순간 성 밑에서 화살 맞아 죽었도다.
大膽姜維妙算長 誰知鄧艾暗隄防
可憐投漢夏侯霸 頃刻城邊箭下亡

사마망이 달려 나오며 공격하자 촉군들이 크게 무너지며 도주했다. 그때 강유가 뒤를 이어 달려와 사마망을 물리치고 성 밑에 영채를 세웠다. 강유는 하후패가 전사했다는 말을 듣자 슬픔을 견디지 못했다. 이경이 되자 등애는 후하성 안에서 몰래 한 부대를 이끌고 나와 촉의 영채를 습격했다. 촉군이 크게 어지러워지자 강유가 그들을 진정시키려 했으나 불가능했다. 성 위에서는 북과 나팔소리가 하늘을 찌를 듯하더니 사마망이 병력을 이끌고 성에서 돌격해 나왔다.

위나라 병사들이 양쪽에서 협공하자 촉군이 크게 무너졌다. 강유가 좌우로 돌진하며 죽을힘을 다하여 전선을 벗어나 이십 리 밖에 영채를 세웠다. 촉군은 두 번씩이나 무너지자 전의를 잃었다. 이를 본 강유가 여러 장수에게 말했다.

"병법에 이르기를, '승패는 전쟁에서 늘 있는 일이라.'[勝敗乃兵家之常] 하였소. 이제 우리가 비록 병사를 잃고 장수들이 꺾였다고는 하지만 걱정할 일은 아니오. 이번 정벌이 성공할지 실패할지는 이 전투에 달렸소. 그대들은 처음부터 끝까지 마음을 바꾸지 마시오. 물러서자고 말하는 장수는 선 채로 목을 벨 것이오."

장익이 나서서 말했다.

"위나라 병사들이 모두 여기에 몰려 있으니 기산은 반드시 비어 있을 것입니다. 장군께서는 병력을 정비하시어 등애와 겨루면서 조양과 후하를 공격하시면 저는 한 부대를 이끌고 기산을 공격하겠습니다. 기산의 아홉 영채를 차지한 다음 장안으로 진격하는 것이 가장 좋은 계책입니다."

강유가 장익의 말에 따라 곧 그에게 후비군을 이끌고 기산을 공격하도록 했다. 강유는 몸소 병력을 이끌고 후하에 이르러 등애에게 싸움을 거니 그가 병력을 이끌고 마주 나왔다. 양쪽 병사들이 둘러서자 두 장수가 여남은 번을 겨루었으나 승부가 나지 않아 각기 군사를 거두어 영채로 돌아갔다.

다음 날 강유가 다시 병력을 이끌고 나가 싸움을 걸었으나 등애가 나오지 않았다. 강유가 병사들을 시켜 온갖 욕설을 퍼붓게 하자 등애가 속으로 깊이 생각했다.

"촉군이 우리에게 크게 무너지고서도 전혀 물러나지 않고 날마다 나와 싸움을 거는 것으로 보아 반드시 병력을 나누어 기산의 영채를 습격하러 갔을 것이다. 영채를 지키고 있는 사찬은 병력이 부족하고 지략도 뛰어나지 못하여 반드시 질 것이니 내가 마땅히 가서 구원해야 한다."

이어서 등애는 아들 등충을 불러 지시했다.

"너는 조심스럽게 이곳을 지키되 저들이 싸움을 걸어와도 경솔히 나가 싸워서는 안 된다. 나는 오늘 밤 기산으로 가서 저들을 구원해야겠다."

그날 밤 이경에 강유는 영채 안에서 앞으로의 전략을 구상하고 있는데 문득 영채 밖에서 함성이 하늘을 찌를 듯하고 북과 나팔소리가 들렸다. 병사가 들어와 보고했다.

"등애가 삼천 명의 정예 병력을 이끌고 와 야간 전투를 걸고 있는데 장수들이 나가 싸우고자 합니다."

그 말을 들은 강유가 여러 장수를 불러 말리며 말했다.

"경솔하게 움직이지 마시오."

등애는 병력을 이끌고 촉군 영채의 전방을 한번 돌아본 뒤 그 기세를 타 기산으로 달려가고 등충은 성안으로 들어갔다. 강유가 여러 장수를 불러 말했다.

"등애가 야간 전투를 벌이려 한 것은 속임수일 것이오. 그는 반드시 기산의 영채를 구원하러 갔을 것이오"

그리고 강유는 부첨을 불러 지시했다.

"그대는 여기에 남아 영채를 지키되 경솔히 나가 싸우지 않도록 하오."

지시를 마치자 강유는 삼천 명의 병력을 이끌고 장익을 구원하러 떠났다.

그 무렵 장익은 바로 기산에 이르러 공격을 시작하자 영채를 지키고 있던 사찬은 병력이 부족하여 견디지 못하고 번번이 지고 있는데 문득 등애의 병력이 이르러 촉군을 공격했다. 촉군이 크게 무너져 장익이 도망하려 하였으나 뒤에 산이 막혀 돌아갈 길이 끊어졌다. 바로 그 순간에 문득 함성이 크게 일어나며 북과 나팔소리가 들리는데 바라보니 위나라 병사들이 뿔뿔이 흩어지며 물러나고 있었다. 곁에 있던 부하가 말했다.

"대장군 강백약이 달려오고 있습니다."

장익은 승세를 타 양쪽에서 공격하니 등애는 한 부대를 잃고 기산의 영채로 들어가 나오지 않았다. 강유는 병사들에게 사방을 둘러싸게 했다.

여기에서 이야기는 둘로 나뉜다. 그 무렵 유선은 성도에 머물면서 환관 황호의 말만 믿고 여자와 술에 빠져 정사를 돌보지 않았다. 대신 유염(劉琰)에게는 호(胡) 씨라는 미모의 아내가 있었다. 그가 어느 날 궁중에 들어갔다가 황후의 눈에 띄어 한 달을 머문 다음 돌아왔다. 유염은 아내가 유선과 간통한 것이리라 짐작하고 장막에 군사 오백 명을 늘어세운 다음 아내를 묶어 끌어내 신발을 벗어 그의 얼굴을 여남은 번씩 때리게 하니 그가 거의 죽었다가 살아났다. 유선이 그 말을 듣고 대로하여 유사(有司)를 시켜 그의 죄를 따지게 했다. 유사가 아뢰었다.

"병사는 남의 얼굴을 때리는 직분이 아니고 얼굴은 형벌을 가할 곳이 아니오니 유염을 저자거리에서 죽임이 마땅합니다."

유선은 그의 말에 따라 유염을 죽이고 사대부의 아내들이 궁중에 드나들지 못하게 했다. 이런 일이 있은 뒤에 유선의 황음무도함이 더욱 심해지자 관료들은 의심과 원한을 품게 되어 어진 인물들은 벼슬을 물러나고 소인배들만이 날로 늘어났다.

그 무렵에 서쪽에 염우(廉宇)라는 장수가 있었다. 그는 한 치의 공로도 없이 오로지 황호에게 아부하여 높은 자리에 올랐다. 어느 날 그는 강유가 기산에 있다는 말을 듣고 황호를 시켜 유선에게 이렇게 말하도록 꼬드겼다.

"강유가 여러 차례 전쟁을 치렀으나 아무런 공로가 없으니 염우를 그 자리에 보내심이 옳을까 합니다."

유선이 그의 말에 따라 강유에게 조칙을 보내어 회군하도록 지시했다. 기산에서 위나라의 영채를 공격하고 있던 강유에게 하루에 세 번씩이나 회군하라는 조칙이 내려왔다. 강유는 황제의 지시에 따라 먼저 조양의 병력을 물리고 그 뒤로 장익이 천천히 따라오도록 했다.

등애가 영채에 머물고 있는데 문득 어느 날 밤에 북과 나팔소리가 하늘을 찌르는 듯한데 그 까닭을 알 수 없었다. 날이 밝자 척후가 들어와 촉군이 밤사이에 모두 물러가고 영채가 비었다고 보고했다. 등애는 무슨 계략이 숨어 있지나 않을까 의심스러워 감히 추격하지 못했다.

강유가 한중으로 돌아와 말과 병사들을 쉬게 하고 자신은 사신과 함께 성도로 들어가 유선을 찾아가 뵈었다. 그러나 유선은 열흘이나 조회에 참석하지 않았다. 강유가 마음속으로 의심되는 바가 있던 터에 그날 동화문(東華門)에서 우연히 비서랑(秘書郞) 극정(郤正)을 만났다. 강유가 그에게 물었다.

"천자께서 저에게 회군하라 하셨는데 공은 그 까닭을 알고 있습니까?"

극정이 웃으며 말했다.

"대장군께서는 어찌 아직도 그 까닭을 모르십니까? 황호가 염우에게 공로를 세울 기회를 주려고 장군을 불러들인 것인데 이제 등애가 명장이라는 말을 듣고 겁에 질려 그 일은 없었던 일이 되었습니다."

강유가 대로하며 말했다.

"내가 반드시 그 내시 놈을 죽일 것이오."

그 말을 들은 극정이 말리며 말했다.

"대장군께서는 제갈 무후의 대업을 맡으시어 그 임무가 무거운데 어찌 그리 서두르십니까? 만약 천자께서 장군의 뜻을 받아들이지 않는다면 일이 오히려 어렵게 됩니다."

강유가 사례하며 말했다.

"선생의 말이 옳습니다."

다음 날 유선이 황호와 함께 후원에서 술을 마시고 있는데 강유가 병사 몇 명을 이끌고 들어왔다. 천자의 곁에 있던 사람이 이를 황호에게 알리니 그는 서둘러 호숫가의 언덕으로 몸을 숨겼다. 강유가 정자 밑에 이르러 천자에게 인사를 드린 다음 울며 아뢰었다.

"신이 기산에서 등애를 궁지에 몰아넣었는데 폐하께서 연거푸 신을 돌아오라 하셨으니 폐하의 뜻을 알 수 없습니다."

유선이 아무 말도 하지 못하자 강유가 다시 아뢰었다.

"황호가 간교하게 권력을 휘두름이 영제(靈帝) 시대의 십상시(十常侍)에 못지않습니다. 폐하께서는 가까이로는 장양(張讓)[1]을 거울로 삼으시고, 멀리는 조고(趙高)[2]를 거울로 삼으시어 그를 일찍이 죽이시어 조정을 스스로 맑게 해야 바야흐로 중원을 회복할 수 있을 것입니다."

유선이 웃으며 말했다.

"황호는 종종걸음이나 치는 말직인데 정권을 준다 한들 그를 휘두를 만한 인물이 아닙니다. 지난날 동윤(董允)이 늘 이를 갈며 황호를 원망하더니 이제는 어찌 경이 그런 일에 마음을 쓰십니까?"

강유가 머리를 조아리며 다시 아뢰었다.

"폐하께서 이제 황호를 죽이지 않으시면 곧 화근이 닥쳐올 것입니다."

유선이 다시 말했다.

"옛말에, '어떤 사람을 사랑하면 그를 살릴 것이요, 그를 미워하면 죽일 것'[愛之欲其生 惡之欲其死][3]이라 하였는데 경은 어찌 한낱 환관을 용납하지 못한다는 말이오?"

말을 마치자 유선은 호숫가 언덕에 숨어 있던 황호를 불러오라 하여 정자 밑에 꿇어앉아 강유에게 죄를 빌라고 명령했다. 황호가 울며 말했다.

"저는 아침저녁으로 성상을 모실 뿐 국정에 참여한 바가 없습니다. 장군께서는 바깥사람들의 말을 들으시고 저를 죽이려 하지 마십시오. 저의 목숨이 오직 장군의 손에 달려 있으니 바라옵건대 저를 가련하게 여기옵

---

1) 장양(張讓) : 영제(靈帝) 무렵의 간신으로 십상시 가운데에도 가장 간악했다. 대장군 하진(何進)과 공모와 배신을 거듭한 끝에 비참하게 죽었다. 제1권 제1회와 제3회 참조.
2) 제2권 제22회 각주 8번 참조.
3) 자장(子張)이 덕을 높이고 미혹함을 변별하는 방법에 대하여 여쭙자 공자(孔子)께서 그렇게 말씀하셨다. 『논어』「안연」(顔淵) 편에 나오는 고사임.

소서."

말을 마치자 황호는 머리를 조아리며 눈물을 흘렸다.

분노에 찬 강유는 극정을 찾아가 그동안 겪었던 일을 들려주니 그가 말했다.

"머지않아 장군께 재앙이 닥칠 것입니다. 장군이 위험에 빠지면 장차 이 나라도 함께 멸망할 것입니다."

강유가 말했다.

"제가 나라와 이 몸을 지킬 수 있는 길을 선생께서 가르쳐주시면 다행이겠습니다."

"농서에 가시면 머물 곳이 한 군데 있는데 이름은 답중(沓中)이라 합니다. 땅도 몹시 비옥합니다. 장군께서는 어찌하여 제갈 무후께서 둔전(屯田)하시던 일을 본받아 천자께 아뢰어 답중으로 가려 하지 않으십니까? 그리로 가면, 첫째로 양곡이 넉넉하여 병력을 유지할 수 있고, 둘째로 농우(隴右)의 여러 고을을 도모할 수 있고, 셋째로 위나라 사람들이 감히 한중을 넘보지 못할 것이며, 넷째로 장군이 밖에서 병권을 잡고 있으니 남들이 장군을 도모할 수 없어 재앙을 겪지 않을 수 있습니다. 이것이 바로 나라를 지키고 장군의 목숨을 지키는 방법이니 서둘러 실행하시지요."

강유가 크게 기뻐하며 사례의 말을 했다.

"선생의 말씀이 참으로 금옥처럼 소중합니다.[金玉之言]"4)

다음 날 강유는 유선에게 표문을 올려 답중에서 둔전을 경영하여 제갈량이 하던 일을 본받겠노라고 아뢰었다. 유선이 이를 허락하자 강유는

---

4) 본디 이 말은 원(元)나라 왕실보(王實甫)의 『서상기』(西廂記)에 나오는 대사(臺詞)인데 모종강이 시대를 앞당겨 썼다.

한중으로 돌아와 여러 장수를 모아놓고 말했다.

"내가 여러 차례 출전하였으나 군량미가 부족하여 성공하지 못했소. 이번에 나는 병사 팔만 명을 거느리고 답중으로 가 둔전에 밀을 심어 천천히 서쪽을 도모할까 하오. 우리가 오랜 전투를 치르면서 고생이 많았으니 이제 무기를 거두고 양곡을 모아 한중으로 물러가 지킵시다. 위나라 병사들은 양곡을 나르면서 천리를 달려오는 동안 산과 고개를 넘느라고 자연히 지칠 것이요, 지치면 물러가게 되어 있소. 그때 그들의 허술한 틈을 타 추격하면 승리하지 못할 이유가 없소."

말을 마치자 강유는 호제에게 한수성(漢壽城)을 지키게 하고, 왕함(王舍)에게 낙성(樂城)을 지키게 하고, 장빈(蔣斌)에게 한성을 지키게 하고, 장서와 부첨에게는 서로 도와 관문을 지키게 했다. 각기 분담을 마치자 강유는 스스로 군사 팔만 명을 거느리고 답중으로 가 밀 농사를 지으면서 멀리 계책을 세웠다.

그 무렵에 척후가 등애에게 보고했다.

"강유가 답중에 둔전을 치고 길가에 마흔 개가 넘는 영채를 세웠는데 그 이어짐이 마치 긴 뱀의 모습과 같습니다."

그 말을 들은 등애는 척후를 보내어 강유가 주둔한 지형을 도본으로 만들어 조정에 알렸다. 진공 사마소가 그를 보더니 대로하며 말했다.

"강유가 여러 차례 중원을 침범하였으나 그를 제거하지 못한 것이 내 마음속의 근심거리였소."

그 말을 들은 가충이 나서서 말했다.

"강유가 제갈공명의 병법을 깊이 깨달았으니 그를 서둘러 물리치기는 어렵습니다. 모름지기 한 용장을 자객으로 보내어 없애버리면 병력을 동원하는 고생을 하지 않아도 좋을 것입니다."

그러자 종사중랑(從事中郎) 순욱(荀勖)이 나서서 말했다.

"그 말은 옳지 않습니다. 이제 서촉의 유선이 술과 여자에 빠져 오직 황호만을 믿고 있는지라, 대신들이 모두 어찌하면 재앙을 겪지 않을까 생각하고 있습니다. 이런 때 강유가 답중에서 둔전을 경영하는 것은 그와 같은 재앙을 피하고자 하는 일입니다. 그러므로 대장을 보내어 서촉을 정벌한다면 이기지 못할 이유가 없는데 어찌 자객을 보내야겠습니까?"

그 말을 듣자 사마소가 크게 웃으며 말했다.

"그대의 생각이 참으로 좋소. 내가 이제 서촉을 정벌하고자 하는데 누가 장수의 임무를 맡겠소?"

순욱이 대답했다.

"등애는 한 시대를 이끌 큰 인물인 데다가 종회를 부장(副將)으로 얻었으니 대사는 이미 이루어진 것이나 다름이 없습니다."

사마소가 몹시 기뻐하며 말했다.

"그 말이 나의 뜻에 맞소."

이어서 사마소는 종회를 불러들여 물었다.

"내가 그대를 대장으로 삼아 동오를 정벌하려는데 그대의 생각은 어떻소?"

그 말을 듣고 종회가 대답했다.

"주공의 뜻은 동오를 정벌하는 데 있지 않고 사실인즉 서촉을 정벌하는 데 있습니다."

사마소가 크게 웃으며 말했다.

"그대는 나의 뜻을 아는구려. 그대가 서촉을 정벌하러 간다면 마땅히 어떤 계책을 써야겠소?"

종회가 아뢰었다.

"주공께서 서촉을 정벌하고자 하시는 뜻을 알고 제가 이미 그곳의 지도를 그려놓았습니다."

사마소가 지도를 받아 살펴보니 길과 영채를 세우고 군량미와 말먹이를 저장할 곳을 자세히 그려두었을 뿐만 아니라 어디로 진격하고 어디로 후퇴해야 하는가를 일일이 법도에 맞게 그려놓고 있었다. 사마소가 지도를 보고 몹시 기뻐하며 말했다.

"그대는 참으로 훌륭한 장수로다. 경이 등애와 힘을 합쳐 서촉을 정벌하는 것이 어떻겠소?"

"서촉으로 들어가는 길이 많고 한 길로만 갈 수 없사오니 마땅히 등애와 병력을 나누어 진격하는 것이 옳습니다."

사마소는 종회를 진서장군(鎭西將軍)으로 삼아 절(節)과 월(鉞)5)을 주어 병사와 말을 감독하게 하고, 청주·서주·연주·예주·형주·양주 등의 여러 곳에 사람을 보내어 병력을 모으도록 하는 한편, 달리 사람을 시켜 절(節)을 등애에게 보내어 정서장군(征西將軍)으로 삼아 관외(關外)와 농상 일대를 감독하도록 한 다음, 날짜를 정하여 서촉을 정벌하기로 했다.

다음 날 사마소가 조정에서 서촉의 정벌을 논의하니 전장군(前將軍) 등돈(鄧敦)이 나서서 말했다.

"강유가 여러 차례 중원을 침범하여 우리 병사들이 큰 피해를 겪었습니다. 지금은 오직 지킬 때인데 스스로 자신을 보호하려 하지 않고 어찌하여 산천이 험한 곳으로 들어가 스스로 재앙을 재촉하려 하십니까?"

---

5) 절(節)과 월(鉞) : 절(節)은 지휘권을 뜻하는 깃발이고 월(鉞)은 형(刑)의 집행을 뜻하는 도끼이다.

그 말을 들은 사마소가 대로하며 말했다.

"내가 인의(仁義)로 군사를 일으켜 무도한 왕을 무찌르려 하는데 그대는 어찌하여 나의 뜻을 거스르는가?"

호령과 함께 무사들을 시켜 등돈을 끌어내어 목을 베게 했다. 조금 시간이 지나 병사가 등돈의 목을 베어 계하에 바치니 모든 무리들이 낯빛을 잃었다. 이를 본 사마소가 말했다.

"내가 동오를 깨트린 이래 육년 동안을 쉬면서 군사를 조련하고 병기를 다듬어 준비를 마치고 동오와 서촉을 정벌하려 마음먹은 지 오래되었소. 이제 먼저 서촉을 치고 그 승세를 몰아 육지와 강으로 쳐내려가 동오를 정벌하려 하니 이는 괵(虢)을 치면서 우(虞)도 함께 정벌하는 방법[滅虢取虞之道]이오.6) 내가 헤아려보니 서촉의 병사로서 성도를 지키는 무리가 팔구만 명이요, 변경을 지키는 무리는 사오만 명에 지나지 않고 강유의 둔전 병력도 육칠만 명에 지나지 않을 것이오. 나는 이제 등애에게 관외의 농우에 있는 병력 십만 명을 이끌고 강유가 머무는 답중으로 쳐들어가 그를 공격함으로써 말을 묶어두어 동쪽을 돌아볼 겨를이 없게 하고 종회에게 이삼십만 정예 병력을 이끌고 곧바로 낙곡으로 나아가 세 길로 한중을 공격하도록 할 것이오. 촉의 왕 유선은 어리석은 사람인지라 변경이 무너지면 성도의 백성들이 크게 놀라 그 나라는 반드시 멸망할 것이오."

모든 문무 관료들이 그의 뜻에 절하며 감탄했다.

그 무렵 종회는 진서장군의 직함을 받고 서촉을 정벌하려 군사를 일으

---

6) 『춘추좌전』 희공(僖公) 5년 봄에 : 진후(晉侯)가 우(虞)나라의 길을 빌려 괵(虢)을 치려 하니 궁지기(宮之奇)가 말리며 말했다. "괵은 우나라의 방패입니다. 괵이 망하면 우나라도 반드시 망할 것이니 이는 수레의 덧방나무와 바퀴가 서로 의지하고 입술이 없어지면 이가 시린 것과 같은 이치입니다."[輔車相依 脣亡齒寒]

컸다. 그는 자신의 전략이 노출될까 걱정스러워 동오를 공격하는 체하면서 청주·연주·예주·형주·양주의 배를 모아들이도록 하고 당자(唐咨)를 등주(登州)와 내주(萊州)로 보내어 배를 모으도록 했다. 사마소는 그 뜻을 알지 못하고 종회를 불러 물었다.

"그대는 육로로 수천(收川)을 공격하러 가면서 어찌하여 전함을 모으는고?"

종회가 대답했다.

"제가 서촉을 공격한다는 소문을 들으면 서촉은 반드시 동오에 구원을 요청할 것입니다. 그러므로 먼저 소문을 퍼트려 우리가 오나라를 공격한다 하면 오나라는 반드시 움직이지 않을 것입니다. 일 년 안에 서촉을 무찌르고 전함이 완성되면 그때 오나라를 정벌하는 것이 순리가 아니겠습니까?"

사마소가 몹시 기뻐하며 출전할 날짜를 잡았다. 위나라 경원(景元) 4년(서기 263) 가을 7월 초사흘, 종회의 병력이 출발했다. 사마소는 성 밖 십 리까지 나와 배웅했다. 그때 서조연(西曹掾)[7] 소제(邵悌)가 가만히 사마소에게 아뢰었다.

"이제 주공께서 종회에게 십만 대군의 지휘권을 주셨는데, 어리석은 제가 생각하기에 종회는 야망이 큰 사람인지라 홀로 대권을 맡게 하심은 옳지 않으리라 합니다."

그 말을 들은 사마소가 웃으며 말했다.

"내가 어찌 그것을 모르겠소?"

---

[7] 서조연(西曹掾) : 삼국시대에 위·오·촉의 승상부 아래에 있던 직책으로서 인사(人事) 문제를 다루었다. 동조연(東曹掾)이 있었던 것으로 보아 서조연은 무관부이고 동조연은 문관부였던 것으로 보인다.

소제가 다시 아뢰었다.

"주공께서 그 일을 이미 아셨다면 어찌하여 다른 사람을 그에 붙여 보내지 않으십니까?"

사마소가 긴말하지 않고 소제의 의심을 풀어주었다.

이를 두고 옛 시인이 이런 시를 남겼다.

이제 장수들이 전장으로 떠나는데
사마소는 이미 그들의 속마음을 알아차렸도다.
方當士馬驅馳日 早識將軍跋扈心

사마소는 소제에게 무슨 말을 했을까?

제116회

망국의 대부는 삶을 바라지 않는다

종회는 한중에서 병력을 나누고
제갈량의 혼백이 정군산에 나타나다.

그 무렵 사마소는 서조연(西曹掾) 소제(邵悌)와 더불어 이야기를 나누고 있었다.

"조정의 신하들은 모두 서촉을 쳐서는 안 된다고 말하니 이는 조신들이 두려워하고 있기 때문이오. 만약 그런 사람들을 시켜 억지로 싸우게 하는 것은 반드시 지는 길이오. 그러나 지금 종회가 홀로 서촉을 치려는 계책에는 두려움이 없소. 마음속에 겁이 없으면 서촉을 반드시 무찌를 수 있소. 일단 서촉이 무너지면 그들의 간담이 찢어질 것이니 옛말에 이르기를, '장수가 전쟁에 지면 용맹을 말하지 않고, 나라가 멸망하면 대부는 살기를 바라지 않는다.'[敗軍之將 不可以言勇 亡國之大夫 不可以圖存][1]

---

[1] 『사기』「회음후열전」(淮陰侯列傳)에 나오는 고사임. 한신(韓信)이 광무군(廣武君)에게 "나는 북쪽으로 연(燕)나라를 치고 동쪽으로 제(齊)나라를 치려 하는데 어떻게 하면 성공할 수 있겠습니까?"하고 전략을 물으니 광무군은 대답을 사양하며 그렇게 말했다.

고 했소. 종회가 설령 다른 마음을 품는다 할지라도 서촉의 백성들이 어찌 그를 돕겠소? 만약 위나라가 이긴다면 병사들은 고향으로 돌아가고 싶어 반드시 종회를 배반할 것이니 다시 걱정할 일이 없다오. 이는 내가 그대에게만 한 말이니 절대로 다른 사람에게 흘려서는 안 되오."

소제가 절하며 탄복했다.

그 무렵 종회는 영채의 건설을 마치자 장막에 올라 여러 장수를 불러 모으니 감군(監軍) 위관(衛瓘), 호군(護軍) 호열(胡烈), 대장 전속(田續)·방회(龐會)·전장(田章)·원정(爰青)·구건(丘建)·하후함(夏侯咸)·왕매(王買)·황보개(皇甫闓)·구안(句安) 등 팔십 명 남짓한 장수들이 모였다. 종회가 입을 열었다.

"모름지기 한 장수가 앞장서 산을 만나면 길을 내고, 강을 만나면 다리를 놓아야 하는데[逢山開路 遇水疊橋] 누가 이 일을 감당하겠소?"

그때 한 장수가 나서며 큰소리로 말했다.

"제가 가오리다."

무리들이 바라보니 호장(虎將) 허저(許褚)의 아들 허의(許儀)였다. 여러 사람이 말했다.

"이 사람이 아니면 선봉을 맡을 사람이 없습니다."

종회가 허의를 불러 말했다.

"그대는 호랑이 같은 몸매에 원숭이 같은 어깨를 가진 장수로서 아버지와 아들이 모두 맹장이었소. 이제 여러 장수가 그대를 추천하기에 내가 그대를 선봉으로 삼으니 오천 명의 기병과 일천 명의 보병을 이끌고 한중을 차지하도록 하오. 가는 길을 셋으로 나누어 중군은 그대가 맡아 야곡(斜谷)으로 진격하고, 좌군은 낙곡으로 진격하고, 우군은 자오곡으로 나가도록 하오. 이곳은 모두 산세가 험악하니 마땅히 병사들은 길을 다듬고 교량을 수리하며 산을 뚫고 바위를 부숴 장애물이 없도록 하오. 이를 어기면 반드시 군법으로 다스릴 것이오."

명령을 받은 허의는 병력을 이끌고 떠났다. 종회는 그 뒤를 이어 십만여 명의 병력을 거느리고 밤길을 떠났다.

그 무렵 농서에 머물던 등애는 이미 서촉을 정벌하라는 조서를 받자 한편으로 사마망을 보내어 강인(羌人)들을 막게 했다. 그뿐만 아니라 옹주자사 제갈서(諸葛緖)와 천수(天水)태수 왕기(王頎)와 농서태수 견홍(牽弘)과 금성(金城)태수 양흔(楊欣)에게 병력을 이끌고 와 군령을 받도록 했다. 모든 병마가 구름처럼 모여들었다.

등애는 지난밤에 꿈을 꾸었는데 높은 산으로 올라가 한중을 바라보니 문득 발아래의 샘에서 물길이 솟아올랐다. 곧 깨어나보니 온몸에 땀이 흘러 앉아서 새벽이 오기를 기다리다가 호위병 완소(緩邵)를 불러 꿈 이야기를 했다. 완소는 본디 『주역』(周易)에 밝은 사람이어서 등애가 지난밤의 이야기를 하자 완소가 대답했다.

"『주역』에 보면 산 위에 있는 샘을 건(蹇)이라 했습니다. 건에 따르면 서남쪽이 이롭고 동북쪽이 불리합니다. 그러기에 공자(孔子)께서도 말씀하시기를, '건은 서남쪽에 있으니 그리로 가면 전공을 이룰 수 있고, 동북쪽은 불리하니 그 길이 곤궁하다.'2)라고 말씀하셨습니다. 이번 장군의 출전에는 반드시 서촉의 멸망을 이룰 것입니다. 다만 아쉬운 것은 건에 따르면 다시 돌아오지 못한다는 점입니다."

완소의 말을 들은 등애는 마음이 언짢았다. 그때 문득 종회의 격문이 이르렀는데, 내용인즉 등애와 함께 군사를 일으켜 한중을 함락하자는 약

---

2) 『주역』(周易) 「건괘」(蹇卦)(39)에 나오는 글임.

속이었다. 등애는 옹주 자사 제갈서에게 만오천 명의 병력을 이끌고 가 강유의 도망가는 길을 끊게 하고, 천수태수 왕기에게 만오천 명의 병력을 이끌고 가 왼쪽으로 돌아 답중을 공격하도록 하고, 농서태수 견홍에게 만오천 명의 병력을 이끌고 가 오른쪽으로 답중을 공격하게 하고, 금성태수 양흔에게 만오천 명의 병력을 이끌고 가 감송(甘松)에서 강유의 배후를 공격하도록 했다. 등애 자신은 삼만 명의 병력을 이끌고 이쪽저쪽을 오가며 돕기로 했다.

그 무렵 종회가 출병하니 백관들이 성 밖까지 나와서 배웅하는데 깃발은 하늘을 가리고 갑옷은 서릿발 같았다. 병사들은 튼튼했고 말은 살쪄 그 모습이 늠름하니 모든 사람들이 부러워했다. 그런데 오직 상국참군(相國參軍) 유식(劉寔)만이 얼굴에 미소를 띠며 말이 없었다. 태위 왕상(王祥)이 그의 얼굴에 미소가 지나가는 것을 보자 말 위에 앉아 유실의 손을 잡으며 물었다.

"종회와 등애가 이번 출정에서 서촉을 무너트릴 수 있을까요?"

그 말을 들은 유실이 대답했다.

"서촉을 무너트리기야 하겠지만 고향에 돌아오지 못할까 두렵소이다."

왕상이 그 까닭을 묻자 왕상은 웃기만 할 뿐 대답이 없었다. 왕상도 거듭 묻지 않았다.

그 무렵 위나라 병사들이 이미 출진하자 서촉의 척후가 서둘러 답중으로 들어가 강유에게 알렸다. 강유는 곧 표문을 갖추어 유선에게 올려 조칙을 기다렸는데 그 글은 이러했다.

"좌거기장군(左車騎將軍) 장익에게 병사를 이끌고 가 양안관(陽安關)을 지키게 하시고, 우거기장군(右車騎將軍) 요화에게 병력을 이끌고 가 음평교를 지키게 하소서. 이 두 곳은 매우 중요한 곳이요, 이곳을 잃으면 한중을 지킬 수 없나이다. 그리고 달리 오나라에 사신을 보내어 구원을 요청하소서. 신은 답중의 병사들을 일으켜 적군을 막고자 하나이다."

이때 서촉의 후주는 연호를 경요(景耀) 6년에서 염흥(炎興) 원년(서기 263)으로 고치고, 날마다 환관 황호와 함께 궁중에서 환락에 빠져 있었다. 그때 문득 강유의 표문이 올라왔다는 말을 들은 유선은 곧 황호를 불러 물었다.

"이제 위나라가 종회와 등애에게 대군을 주어 두 길로 쳐들어온다는데 어찌해야 할꼬?"

황호가 아뢰었다.

"이번 일은 강유가 전공을 세우고자 올린 것이오니 폐하께서는 마음 놓으시고 걱정하지 마시옵소서. 신이 들은 바에 따르면 성안에 한 무당이 신을 모시고 있는데 길흉을 잘 맞힌다 하오니 불러 물어보심이 좋을 듯합니다."

유선이 그의 말에 따라 후당에 향내 나는 꽃과 종이와 촛불 등의 제물을 차려놓고 황호에게 작은 수레를 보내어 무당을 불러오게 하여 용상에 앉혔다. 유선이 향을 피우고 축원하자 무당은 문득 머리를 풀고 신발을 벗은 채 용상에서 몇 번을 뛰더니 그 위에서 빙글빙글 돌았다. 이를 본 황호가 아뢰었다.

"지금 신이 내리고 있습니다. 폐하께서는 좌우를 물리치시고 그에게 몸소 빌어보시지요."

좌우가 물러나자 유선이 절을 올리고 빌었다. 무당이 큰 소리로 외쳤다.

"나는 서천의 토지신이오. 폐하께서는 세상의 즐거움을 누리고 계신데 어찌 따로 물을 일이 있겠습니까? 몇 년이 지나면 위나라의 땅이 모두 폐하에게로 돌아올 것이오니 아무런 걱정도 하지 마시옵소서."

말을 마치자 무당은 정신을 잃고 바닥에 쓰러지더니 반나절이 지나서야 깨어났다. 유선이 기뻐하며 무거운 상을 내렸다. 이때로부터 그는 더욱 무당의 말만 믿고 강유의 말을 듣지 않은 채 날마다 궁중에서 잔치를 열어 즐겼다. 강유가 여러 차례 표문을 올렸으나 모두 황호가 가로채어 숨겨 나랏일을 그르쳤다.

그 무렵 종회는 대군을 이끌고 한중을 바라보며 비스듬히 진군했다. 선봉장 허의는 앞장서 먼저 전공을 이루고 싶은 마음에 병력을 이끌고 남정관(南鄭關)에 이르러 여러 장수에게 말했다.

"이 관문을 지나면 곧 한중이오. 관문 위에 병마가 많지 않으니 우리가 힘써 공격하여 빼앗는 것이 좋겠소."

명령에 따라 여러 장수가 한꺼번에 앞으로 진격했다. 그런데 본디 이 관문을 지키던 노손(盧遜)은 위나라 병사들이 쳐들어오고 있다는 사실을 미리 알고 있던 터라 먼저 관문 앞의 다리 좌우에 병사들을 매복시킨 다음 제갈량이 만들어두었던 열 발짜리 쇠뇌를 장치해두었다. 그리하여 허의의 병력이 이르자 딱따기 소리가 들리더니 화살과 돌멩이가 비 오듯이 쏟아졌다. 허의가 서둘러 물러서려 했지만 벌써 화살이 날아와 여남은 명의 기병대가 쓰러졌다. 이날 위나라 병사들은 크게 무너졌다.

허의가 종회에게 사실을 보고하자 종회가 휘하의 기병 백 명 남짓을 거느리고 달려와보니 예상했던 대로 화살과 쇠뇌가 비 오듯이 쏟아졌다. 종회가 말을 돌리려 하자 관문 위에 있던 노손이 오백 명의 병사를 이끌고 짓쳐나왔다. 종회가 말을 박차 다리를 건너려는데 다리 위의 빈틈을 메운 흙덩이가 꺼지면서 말굽이 빠졌다.

종회가 말에서 떨어질 듯했으나 말이 일어서지 못했다. 종회가 말을 버리고 걸어서 다리를 달려가는데 노손이 달려들며 창으로 찔렀다. 그때 위나라 병사 순개(荀愷)가 몸을 돌려 노손을 쏘아 말에서 떨어트렸다. 종회는 승세를 몰아 부하들을 거느리고 관문을 다시 공격했다. 성 위의 촉군들은 자기들의 병사들이 관문 앞에 섞여 있어 감히 활을 쏘지 못했다. 종회의 공격을 받은 촉군들은 관문을 버리고 달아났다. 종회는 순개를 호군으로 삼고 안장을 갖춘 말과 갑옷 한 벌을 상으로 주었다.

종회가 허의를 불러 꾸짖으며 말했다.

"내가 그대를 선봉으로 삼은 것은 산을 만나면 길을 트고, 강을 만나면 다리를 놓고, 오로지 다리와 길을 닦아 행군을 돕도록 하려던 것이었다. 그러나 나는 바야흐로 다리를 건너려다가 말굽이 틈새에 빠져 다리에서 몇 번이나 떨어질 뻔했다. 만약 순개가 없었더라면 나는 이미 죽었을 것이다. 그대는 이미 군법을 어겼으니 마땅히 그 벌을 받으라."

그러고서는 좌우의 무사들에게 허의의 목을 베도록 했다. 그러자 여러 장수가 아뢰었다.

"그의 아버지 허저가 조정에 공로가 많으니 도독께서는 용서해주시기를 바랍니다."

그 말을 들은 종회가 대로하며 말했다.

"군법을 바르게 시행하지 않으면 어찌 병사들을 거느릴 수 있겠소?"

그러고서는 끝내 허의의 목을 베어 무리에게 보여 주었다. 여러 장수 가운데 놀라지 않는 사람이 없었다.

그 무렵 서촉의 장수 왕함(王含)은 낙성(樂城)을 지키고 있었고, 장빈(蔣斌)은 한성(漢城)을 지키고 있었는데 위나라 병사들의 위세가 너무 대단하여 감히 나가서 싸우지 못하고 성문을 닫은 채 지키기만 했다. 이를 본 종회가 병사들에게 지시했다.

"『[손자]병법』에 따르면, 전쟁에는 귀신처럼 신속함이 으뜸이니[兵貴神速] 머뭇거릴 수가 없다."

말을 마치자 종회는 전군(前軍) 이보(李輔)에게 낙성을 에워싸게 하고 호군 순개에게 한성을 에워싸게 한 다음 자신은 대군을 이끌고 양평관으로 쳐들어갔다. 양평관을 지키던 서촉의 장수 부첨(傅僉)은 부장(副將) 장서(蔣舒)와 함께 어찌 싸울 것인가를 상의하니 장서가 대답했다.

"위나라 병사들의 숫자가 너무 많아 우리로서는 감당할 수 없으니 굳게 지키는 것이 상책일 듯합니다."

그 말을 듣자 부첨이 말했다.

"그렇지 않소. 위나라 병사들은 멀리 달려왔으니 반드시 피곤할 터인즉 숫자가 많은 것은 두려워할 바가 아니오. 만약 우리가 성을 나가 싸우지 않는다면 한성과 낙성은 함락될 것이오."

그 말을 들은 장서는 아무 말도 하지 않았다. 위나라 병사들이 성문 앞에 이르렀다는 소식을 들은 장서와 부첨이 문루에 올라가 바라보자 종회가 채찍을 들어 가리키며 크게 외쳤다.

"내가 이제 십만 대군을 이끌고 여기에 왔노라. 어서 항복하는 무리는 그 직위에 따라 내가 쓸 것이요, 미련스럽게 항복하지 않는 무리는 성이 깨지는 날 옥과 돌을 가리지 않고 모두 불태우리라[玉石俱焚]."[3]

부첨이 대로하여 장서에 성을 맡기고 스스로는 삼천 명의 병력을 이끌고 관문 밖으로 짓쳐나갔다. 이를 본 종회가 달아나고 위나라 병사들도

---

3) 옥석구분(玉石俱焚) : 하(夏)나라 네 번째 군주인 중강(中康)이 세상[四海]에 처음 납시니 윤후(胤侯)가 명령을 받아 육군[六師]를 맡게 되었다. 그때 희씨(羲氏)와 화씨(和氏)가 자신의 직무를 폐기한 채 정사를 그르치자 윤후가 정벌에 나서며 여러 장병에게 이렇게 말했다. "이제 나는 그대들로써 장차 하늘이 내릴 벌을 수행할 것이니 많은 병사는 왕실의 뜻에 함께 힘을 모아, 천자의 위엄 있는 명령을 받들어 나를 도와 보필해주기를 바란다. 불꽃이 곤강(昆岡)에 타오를 것이니 옥이나 돌이나 모두 타고 없어질 것이다." 『서경』 「하서(夏書) 윤정(胤征)」 편에 나오는 고사임. 한국에서는 이를 "옥석을 가린다."[玉石 區分]라는 뜻으로 잘못 쓰고 있다.

모두 달아났다. 부첨이 승세를 타고 추격하자 위나라 병사들이 힘을 합쳐 반격했다. 부첨이 물러나 관문으로 들어오려 하니 문루에는 이미 위나라 깃발이 나부끼고 있었다. 그때 장서가 나타나 크게 소리쳤다.

"나는 이미 위나라에 항복했느니라."

부첨이 대로하여 욕설을 퍼부으며 말했다.

"배은망덕한 역적이로다. 그러고도 어떻게 천자의 얼굴을 뵈려 하느냐?"

부첨은 말머리를 돌려 다시 위나라 병력과 싸웠다. 사방에서 적군이 몰려와 부첨을 가운데 두고 둘러쌌다. 그는 좌우로 치고 앞뒤로 달리며 죽을힘을 다하여 싸웠으나 에움을 벗어날 수가 없었다. 촉군은 열 명 가운데 아홉 명이 상처를 입었다. 부첨은 하늘을 우러러 탄식하며 말했다.

"나는 서촉의 신하로 태어났으니 죽어서도 서촉의 귀신이 되는 것이 마땅하다."

부첨은 다시 말을 몰아 적진으로 뛰어들었다. 몸은 여러 곳에 창을 맞고 갑옷과 전포에 피가 홍건했다. 말마저 쓰러지자 부첨은 스스로 목을 찔러 죽었다.

뒷날 한 시인이 그의 죽음을 이렇게 한탄했다.

  하루 동안 보여준 충성과 분노가
  천년에 이름을 드날리니
  부첨처럼 죽을지언정
  장서처럼 살 수야 없겠구나.
  一日抒忠憤 千秋仰義名
  寧爲傅僉死 不作蔣舒生

종회가 양평관을 점령하고 보니 양곡과 말먹이와 무기가 엄청나게 많은지라 몹시 기뻐하며 삼군을 배불리 먹였다. 그날 밤 위나라 병사들이 양평관에서 숙영하는데 문득 서남쪽에서 땅을 뒤흔들 듯한 함성이 들려왔다. 종회가 놀라 서둘러 나가 보니 아무것도 보이지 않았다. 위나라 병사들은 그날 밤 잠을 이룰 수 없었다.

다음 날 밤 이경이 되자 서남방에서 다시 함성이 일어났다. 종회가 놀랍고 의심스러워 새벽녘에 사람을 시켜 까닭을 알아보도록 했더니 그가 돌아와 아뢰었다.

"멀리 십 리 밖까지 살펴보았으나 사람 하나도 보이지 않았습니다."

종회가 놀랍고 미심쩍어 완전히 무장을 갖춘 기병 몇백 명을 거느리고 서남쪽으로 순찰을 떠났다. 어느 한 산 앞에 이르니 사방에서 살기가 일어나며 음습한 구름이 모이더니 산마루로 올라갔다. 종회가 말고삐를 잡고 길잡이에게 물었다.

"이 산의 이름이 무엇이더냐?"

"이곳은 정군산(定軍山)이라 하는데 지난날 하후연(夏侯淵)이 전사한 곳입니다."

종회는 서글픈 마음이 들어 말고삐를 돌렸다. 그가 어느 산모롱이를 도는데 문득 강풍이 몰아치고 그 뒤에는 몇천 명의 기병이 바람을 따라 쫓아오고 있었다. 종회가 몹시 놀라 병사들과 함께 말을 몰아 달아나니 말에서 떨어지는 장수들의 숫자를 헤아릴 수 없었다. 그런데 양안관에 이르러 보니 말 한 마리, 병사 한 명도 잃은 것이 없고, 다만 얼굴을 조금 다치거나 투구를 잃었을 뿐이었다. 병사들이 한입으로 말했다.

"음습한 구름 가운데 말 탄 병사가 달려오는데 가까이 다가와서도 사람을 해치지 않고 다만 회오리바람만 몰아쳤습니다."

종회가 항복한 장수 장서를 돌아보며 물었다.

"정군산에 어느 분의 사당이 있는고?"

그 말을 들은 장서가 대답했다.

"신령한 사당은 없고 다만 제갈 무후[諸葛亮]의 무덤이 있을 뿐입니다."

종회가 놀라며 말했다.

"이는 분명히 무후께서 사람의 몸으로 나타나신 것이다. 내가 제사를 올리는 것이 마땅하리라."

이튿날 종회는 태뢰(太牢)4)를 올리려고 제수(祭需)를 마련하여 제갈무후의 무덤 앞에 엎드려 절을 올렸다. 제사를 마치자 강풍이 멎고 음습한 기운이 사방으로 흩어졌다. 그러더니 문득 서늘한 바람이 불며 가는 비가 조금씩 내렸다. 구름마저 지나가자 하늘이 맑게 드러났다. 위나라 병사들이 몹시 기뻐하며 거듭 절을 올리고 영채로 돌아왔다.

그날 밤 종회가 장막 안에서 책상에 엎드려 잠이 들었는데 문득 서늘한 바람이 일더니 한 사람이 나타났다. 그는 수건을 머리에 두르고 학처럼 흰 천에 검은 깃을 단 옷을 입었으며 흰 비단으로 만든 신발을 신었는데, 얼굴은 옥처럼 곱고 입술은 연지를 바른 듯하며, 눈썹은 산뜻하고 키는 여덟 자여서 그 자태가 마치 날아오르는 신선처럼 보였다. 그가 장막 안으로 들어오자 종회가 일어나 맞이하며 물었다.

"공은 누구신지요?"

그 사람이 대답했다.

"오늘 아침에 거듭 나를 보살펴주었기에 내가 몇 마디 할 말이 있어 왔

---

4) 태뢰(太牢) : 대뢰(大牢)라고도 함. 나라의 제사(祭祀)에 소를 통째 제물(祭物)로 바치던 일. 처음에는 소·양·돼지를 아울러 바치는 것을 대뢰라 하였으나, 뒤에는 소만 바쳤다.

소. 비록 한나라의 운세가 다하였고 하늘이 정해준 운명을 비켜갈 수는 없다 하지만, 동천과 서천의 백성들이 이번 전쟁으로 억울하게 죽을 것을 생각하니 참으로 마음이 슬프구려. 그대가 서촉에 들어가면 백성들을 함부로 죽이는 일이 없기 바라오."

말을 마치자 그 사람은 소매를 떨치고 떠나갔다. 종회가 그를 붙잡으려 하다가 문득 잠에서 깨어나보니 한바탕 꿈이었다. 종회는 그가 제갈 무후임을 알고 더욱 놀라움을 이기지 못했다. 종회는 선봉에 알려 흰 깃발을 들되 그 위에 "나라를 지키고 백성을 평안하게 한다[保國安民]"라는 네 글자를 크게 써넣도록 했다.

종회는 또한 병사들이 이르는 곳마다 무고한 백성을 죽이는 병사는 목숨을 잃으리라고 선언했다. 그렇게 하자 한중의 백성들이 모두 성 밖으로 나와 절하며 맞아들였다. 종회는 일일이 백성들을 위로하고 병사들이 털끝만큼도 위법한 일을 저지르지 못하도록 했다.

뒷날 한 시인이 이를 칭송하며 남긴 시가 있다.

> 몇만 명의 죽은 병사들이 정군산을 에워싸더니
> 종회를 이끌어 신령한 분에게 절하도록 하네.
> 살아서는 유 씨 왕실을 지탱하였고
> 죽어서는 서촉 백성을 지켜달라고 부탁하누나.
> 數萬陰兵遶定軍 致令鍾會拜靈神
> 生能決策扶劉氏 死尙遺言保蜀民

그 무렵 강유는 답중에 머물다가 위나라의 대군이 쳐들어온다는 소식을 듣자 요화와 장익(張翼)과 동궐(董厥)에게 격문을 보내어 응전하도록 하고 다른 한편으로는 병사들을 정렬하여 적군을 기다리도록 했다. 위나라 병사들이 이르렀다는 말을 듣자 강유는 병력을 이끌고 적군을 맞으러 나갔다. 위나라의 우두머리 대장은 천수태수 왕기였다. 그가 말을 몰고 나오며 크게 소리쳤다.

"내가 지금 백만 대군과 장수 천 명을 거느리고 스무 길로 나누어 이미 성도에 이르렀다. 너는 일찌거니 항복할 생각은 하지 않고 항거하니 어찌 그토록 하늘의 뜻을 모른다는 말이냐?"

강유가 대로하여 창을 비껴잡고 말을 몰고 나가 바로 왕기와 겨루었다. 그런데 단 세 번도 겨루지 않았는데 왕기가 크게 무너지며 달아났다. 강유가 병력을 몰아 추격하며 이십 리를 쫓아가니 징소리가 한꺼번에 울리며 한 부대가 늘어서 있는데 깃발에는 농서태수 견홍(牽弘)이라고 적혀 있었다. 강유가 웃으며 말했다.

"이 같은 쥐새끼들은 나의 적수가 아니니라."

그는 병사들을 재촉하여 다시 추격했다. 다시 십 리를 추격하니 등애가 거느리고 달려오는 병력과 마주쳤다. 양쪽 병사들이 어지러이 싸웠다. 강유는 정신을 가다듬으며 등애와 여남은 번을 겨루었으나 승부를 낼 수 없는데 뒤에서 바라 소리가 들려왔다. 강유가 서둘러 병력을 뒤로 물리니 후군에서 보고가 올라왔다.

"감송(甘松)의 여러 영채들이 금성태수 양흔의 화공을 받아 불타고 있습니다."

강유는 몹시 놀라 부장(副將)에게 거짓으로 대장의 깃발을 들고 등애와 맞서게 하고 자신은 후군을 이끌고 감송을 구원하러 밤길을 달려갔다. 양흔은 감히 대적하지 못하고 산으로 도망쳐 들어갔다. 강유가 그를 추격하여 바위산 밑에 이르니 위에서 나무와 돌멩이가 비 오듯 쏟아져 앞으로 더 나아갈 수가 없었다. 강유가 반쯤 거리에 이르렀을 때 촉군들은 이미 등애에게 무참하게 지고 있었다.

위나라 병사들이 큰 무리를 지어 강유를 에워쌌다. 강유는 기병들을 이끌고 겹겹이 둘러싼 위나라 병사들을 벗어나 영채를 지키면서 구원병이 오기를 기다렸다. 그때 문득 척후가 유성처럼 달려와 아뢰었다.

"종회가 양안관을 함락하자 그곳을 지키던 장서는 항복했고 부첨은 전사하여 한중은 이미 위나라의 땅이 되었습니다. 낙성을 지키던 왕함과 한성을 지키던 장빈은 이미 한중이 함락된 것을 알고 그들도 또한 성문을 열고 항복했습니다. 호제는 적군의 공격을 견디지 못하고 구원병을 요청하러 성도로 돌아갔습니다."

강유는 몹시 놀라 영채를 허물도록 지시했다. 그날 밤 강유가 강천(疆川)의 어구에 이르니 앞에 한 부대가 가로막고 서 있는데 위나라의 장수는 금성태수 양흔이었다. 강유가 대로하여 말을 몰고 나가 겨루니 단 한 번 만에 양흔이 달아났다. 강유는 화살을 먹여 거푸 세 발을 쏘았으나 맞추지 못하자 울화가 치밀어 활을 부러트리고 창을 비껴잡은 채 추격했다. 그때 말이 발을 헛디뎌 강유가 말에서 떨어졌다.

이를 본 양흔이 말을 되돌려 강유를 죽이러 달려들었다. 그때 강유가 몸을 일으켜 창으로 양흔이 탄 말의 정수리를 찔렀다. 그러자 뒤따르던 위나라 병사들이 양흔을 구출하여 달아났다. 강유가 다시 말에 올라 양흔을 추격하려는데 문득 뒤편에 등애의 병사들이 이르렀다는 보고가 들어왔다. 강유의 부대는 머리와 꼬리가 서로를 돌아볼 수 없게 되자 병사들을 거두어 한중을 되찾으러 갔다. 그때 척후가 달려와 보고했다.

"옹주자사 제갈서가 이미 우리의 퇴로를 끊었습니다."

강유가 험준한 산에 의지하여 영채를 세우자 위나라 병사들은 음평교의 입구에 병력을 배치했다. 퇴로가 막힌 강유는 길게 탄식하며 말했다.

"하늘이 여기에서 나를 죽이는구나!"

그 말을 들은 부장 영수(寗隨)가 말했다.

"위나라 병사들이 음평교를 막고 있는 것으로 보아 옹주에는 반드시 병력이 적을 것입니다. 장군께서 공함곡(孔函谷)을 거쳐 옹주를 공격하면 제갈서는 반드시 음평교를 지키고 있는 병사들을 돌려 옹주를 구원하러 갈 것입니다. 그때 장군께서 병력을 이끌고 검각으로 들어가 지키시면 한중을 되찾을 수 있을 것입니다."

강유는 영수의 말에 따라 곧 병력을 이끌고 공함곡으로 들어가면서 옹주를 공략하는 체했다. 척후가 이 사실을 제갈서에게 알리자 그는 몹시 놀라며 말했다.

"옹주는 내가 지켜야 할 곳인데 그곳을 잃는다면 조정이 반드시 나에게 죄를 물을 것이다."

그는 많은 병력을 빼내어 남쪽 길을 거쳐 옹주를 구출하러 가면서 다만 적은 병력만을 남겨 양평교를 지키도록 했다. 강유는 북쪽으로 가는 길로 들어서 삼십 리쯤 가다가 지금쯤은 위나라 병력이 속아 움직이리라고 생각하고 병력을 되돌려 후비 부대를 전방 부대로 삼아 양평교에 이르렀다.

강유가 예상했던 대로 위나라 병사들의 대부분은 이미 떠나고 다만 적은 병력만이 다리를 지키고 있었다. 그들은 강유의 공격을 받아 모두 흩어지고 영채는 불타 없어졌다. 양평교에서 불길이 일어나고 있다는 보고를 받은 제갈서는 병력을 되돌려 왔으나 강유의 부대는 이미 반나절 앞서 지나간지라, 감히 추격하지 못했다.

그 무렵 강유는 병력을 이끌고 양평교를 지나 진군하고 있는데 앞에 한 부대가 나타나기에 바라보니 좌장군 장익과 우장군 요화였다. 강유가 그동안에 있었던 일을 물으니 장익이 대답했다.

"환관 황호는 무당의 말만 믿고 출병을 허락하지 않았습니다. 제가 듣자니 한중이 위태롭다기에 병사를 일으켜 달려와보니 양안관은 이미 종회의 손에 함락되어 있었습니다. 이제 장군께서 어려움에 빠지셨다는 말을 듣고 이렇게 도우러 달려오는 길입니다."

그들은 병력을 하나로 합쳐 백수관(白水關)으로 진군했다. 그때 요화가 말했다.

"이제 사방이 적군으로 에워싸여 있고 양곡의 수송도 어려우니 차라리 검각으로 물러갔다가 다시 도모하는 것이 좋겠습니다."

강유가 결심을 하지 못하고 있는데 문득 종회와 등애가 여남은 길로 나누어 쳐들어온다는 보고가 올라왔다. 강유는 장익과 요화와 병력을 나누어 적군을 막고자 했다. 그러자 요화가 말했다.

"백수는 땅이 좁고 길이 많아 전투를 할 만한 곳이 아닙니다. 그런즉 차라리 병력을 물리어 검각을 되찾는 것이 옳을 듯합니다. 만약 검각마저 잃으면 정말로 돌아갈 길이 끊어집니다."

강유가 그의 말에 따라 병력을 이끌고 검각으로 진군했다. 그들이 바야흐로 관문 앞에 이르자 문득 북과 나팔소리가 울리며 함성이 크게 일어나더니 깃발이 여기저기에서 일어나면서 한 무리의 병력이 관문을 막아섰다.

뒷날 한 시인이 그 모습을 이렇게 시로 남겼다.

  험준한 한중을 이미 잃었는데
  검각에서마저도 풍파를 겪는구나.

漢中險峻已無有 劍閣風波又忽生

도대체 이 병력은 어느 나라 군사들인가?

제117회

가는 길은 있어도 돌아올 수 없는 촉도(蜀道)

등애는 남몰래 음평을 지나가고
제갈첨은 면죽(綿竹)에서 전사하다.

그 무렵 보국대장군(輔國大將軍) 동궐(董厥)은 위나라 병사들이 여남은 길로 나누어 서촉으로 들어왔다는 소문을 듣자 군사 이만 명을 이끌고 검각을 지키고 있었다. 그날 그가 멀리 바라보니 흙먼지가 크게 일어나는지라 위나라 병력이 아닌가 걱정하여 서둘러 병력을 이끌고 관문을 막았다.

동궐이 몸소 나가 바라보니 달려오는 병사들은 강유와 요화와 장익이었다. 동궐은 몹시 기뻐하며 세 장수를 관문으로 맞아들여 인사를 마친 뒤에 유선과 황호의 무도함을 울며 호소했다. 그 말을 들은 강유가 말했다.

"그대는 걱정하지 마시구려. 내가 살아 있는 한 위나라가 서촉을 삼키는 일은 결코 없을 것이오. 검각을 지키면서 적군을 물리칠 계책을 천천히 도모해봅시다."

동궐이 말했다.

"설령 이곳을 지킬 수 있다 할지라도 성도에는 병력이 없으니 어찌 지킬 수 있겠습니까? 만약 적군이 성도를 습격한다면 대세는 무너지고 말 것입니다."

"성도는 산과 땅이 험준하여 쉽게 빼앗기지 않을 것이니 걱정할 필요가 없소."

그런 이야기를 나누고 있는데 제갈서가 병력을 이끌고 성 밑에 이르렀다는 보고가 들어왔다. 강유는 대로하여 서둘러 오천 명의 병력을 이끌고 성을 나가 곧바로 위나라 진중으로 쳐들어가 좌우로 무찌르니 제갈서는 크게 무너져 십 리를 달아나 영채를 세웠다. 죽은 병사가 헤아릴 수 없을 만큼 많았다. 촉나라 군사들은 수많은 말과 병기를 노획하여 성으로 돌아왔다.

그 무렵 종회는 검각에서 이십 리 떨어진 곳에 영채를 세우고 있었는데 제갈서가 찾아와 죄를 빌었다. 종회가 대로하여 그들을 꾸짖었다.

"내가 너희들에게 음평교 입구를 지켜 강유가 돌아가는 길을 끊으라고 지시했거늘 어찌하다가 그곳을 잃었더냐?"

제갈서가 대답했다.

"강유가 본디 속임수가 많은 사람이어서 마치 옹주를 공격하는 듯하기에 저로서는 옹주를 잃을까 걱정스러워 병력을 이끌고 구원하러 갔더니 강유는 이미 그 틈을 타 탈출해버렸습니다. 제가 관문 아래까지 추격했으나 뜻밖에도 이렇게 지고 말았습니다."

종회가 대로하여 그의 목을 베라고 명령했다. 이를 본 감군 위관(衛瓘)이 아뢰었다.

"제갈서가 비록 죄를 지었다고는 하지만 그는 본디 등애 장군의 부하인데 그와 다툼이 없던 장군께서 그를 죽이시면 두 분 사이의 화목함이 깨질까 두렵습니다."

종회가 다시 말했다.

"나는 천자의 칙령과 진공(晉公, 사마소)의 무거운 명령을 받들어 특별히 서촉을 정벌하러 왔소. 설령 등애가 죄를 짓더라도 나는 그의 목을 벨 것이오."

여러 장수가 거듭 말리자 종회는 제갈서를 함거(檻車)1)에 실어 낙양으로 보내어 진공의 처분을 받도록 하고 제갈서가 거느리던 병력을 자기의 부대로 흡수했다. 어떤 사람이 이 사실을 등애에게 알리자 그가 대로하며 말했다.

"내가 비록 저와 같은 품계라 하나 나는 이미 오래전부터 변방에서 복무하며 국가를 위해 노력했는데 그가 어찌 감히 나에게 그토록 오만할 수 있다는 말인가?"2)

그 말을 들은 아들 등충이 말리며 아뢰었다.

"옛말에 이르기를, '작은 일을 참지 못하면 큰일을 그르칠 수 있다.'[小不忍則亂大謀]3)고 하였습니다. 아버님께서 만약 그와 화목하지 못하면 반드시 나라의 큰일을 그르치게 될 것입니다. 바라옵건대 거듭 참으시지요."

등애가 아들의 말을 따랐다. 그러나 그는 마음속의 분노를 누를 길이 없어 기병 여남 명을 데리고 종회를 찾아갔다. 등애가 왔다는 소식을 들은 종회가 좌우의 사람들에게 물었다.

---

1) 함거(檻車) : 죄인을 실어 나르고자 특별히 만든 수레. 죄수가 탈주하지 못하도록 우리[籬]를 만들어 씌웠다.
2) 종회는 서기 225년생이고 등애는 서기 197년생이니 등애가 28세나 연상이었다.
3) "작은 일을 참지 못하면 큰일을 그르칠 수 있다."[小不忍則亂大謀] : 공자의 말씀으로, 『논어』「위령공」(衛靈公) 편에 나옴.

"등애가 병사들을 얼마나 거느리고 왔더냐?"

부하들이 대답했다.

"여남은 명의 기병만을 데리고 왔습니다."

종회는 장막의 위아래로 무사 몇백 명을 늘어서게 했다. 등애가 말에서 내려 바라보자 종회가 맞이하여 장막 안으로 들어가 인사를 나누었다. 등애가 둘러보니 군기(軍紀)가 매우 엄숙하여 마음 한편으로는 불안히 여기면서도 속을 떠보는 말을 했다.

"장군께서 한중을 차지하셨으니 조정으로서는 다행한 일입니다. 바라건대 서둘러 계책을 세우시어 늦지 않게 검각마저 함락하시지요."

그 말을 들은 종회가 말했다.

"장군의 명철하신 눈으로 보시기에는 어찌 될 것 같습니까?"

등애는 거듭 자신은 무능하여 아는 바가 없다고 대답했다. 그럼에도 종회가 굽히지 않고 묻자 등애가 대답했다.

"나의 어리석은 생각을 말씀드리자면, 한 병력을 이끌고 음평의 샛길을 따라 한중의 덕양정(德陽亭)으로 나가 성도를 기습하면 강유가 반드시 구원하러 올 것인데 그 허점을 타 검각을 함락하면 대공을 이룰 수 있을 것입니다."

종회가 몹시 기뻐하며 말했다.

"장군의 계책이 참으로 오묘합니다. 곧 병력을 이끌고 떠나시지요. 저는 여기서 장군의 승전보를 기다리고 있겠습니다.

두 사람이 술을 마시고 헤어졌다. 종회가 장막으로 돌아와 여러 장수에게 말했다.

"세상 사람들 모두가 말하기를 등애는 유능한 장수라 하더니만 오늘 내가 만나보니 대단치 않은 인물이구려."

여러 장수가 그 까닭을 물으니 종회가 이렇게 대답했다.

"음평의 샛길은 산이 높고 험준하여 만약 촉나라 군사들 백 명 남짓이 요로를 지키다가 돌아갈 길을 끊는다면 등애의 병사들은 모두 굶어 죽을 것이오. 나는 오로지 정도를 따라갈 것이니 어찌 서촉을 무찌르지 못할까 걱정할 것이 있겠소?"

종회는 곧 구름다리와 대포를 만들어 검각을 공격하도록 했다.

그 무렵 등애는 원문(轅門)을 나와 말에 오르자 부하를 돌아보며 물었다.

"네가 보기에는 종회가 나를 맞이함이 어떻더냐?"

부하가 대답했다.

"그의 말투로 미루어보면 장군께서 하시는 말씀을 건성으로 들으면서 다만 입으로만 억지로 따르는 듯했습니다."

그 말을 들은 등애가 웃으며 말했다.

"그는 내가 성도를 함락하지 못하리라고 여기더라만 내가 반드시 성공할 것이다."

등애가 영채로 돌아오자 사찬(師纂)과 등충을 비롯한 여러 장수가 그를 맞이하며 물었다.

"오늘 진서장군께서 무슨 묘책을 말씀하시던가요?"

등애가 대답했다.

"나는 진심으로 말하는데 그 사람은 나를 용렬한 사람으로 봅디다. 그가 이번에 한중을 함락한 것이 큰 공로이기는 하지만 내가 만약 둔답(屯沓)에서 강유를 묶어두지 않았더라면 자기가 어찌 성공할 수 있었겠소? 이번에 내가 성도를 함락하면 그 공로는 한중을 함락한 공로보다 높을 것이오."

그날 밤 등애는 모든 영채를 헐도록 한 다음 음평을 바라보며 샛길로 들어서서 진군하여 검각에서 칠백 리 떨어진 곳에 영채를 세웠다. 등애가 성도를 함락하고자 출발했다는 사실을 들은 종회는 등애를 어리석은 사람이라 비웃었다.

그 무렵에 등애는 한편으로는 밀서를 써 사마소에게 형세를 알리고 다른 한편으로는 여러 장수를 장막 아래 모아놓고 물었다.

"나는 지금 성도가 허술한 틈을 타 공격하여 그대들과 더불어 역사에 길이 남을 공로를 세우고자 하는데 내 뜻을 따르겠소?"

여러 장수가 대답했다.

"바라건대 군령에 따라 만 번 죽더라도 사양하지 않겠습니다."

등애는 먼저 아들 등충을 불러 정예 병력 오천 명을 주면서 갑옷을 입지 말고 모두 도끼와 정(釘)을 비롯한 도구를 들고 가면서 험준하고 위험한 곳을 만나면 산을 깎아 길을 만들고 물을 만나면 다리를 놓아[鑿山開路 搭造橋閣]4) 병사들이 건널 수 있도록 하라고 지시했다. 등애는 정예 병력 삼만 명에게 마른 비상식량과 밧줄을 들고 따르도록 했다. 그는 백 리 남짓 가다가 삼천 명의 병력을 뽑아 영채를 세우게 하고 다시 백여 리를 가다가 삼천 명의 병력을 뽑아 다시 영채를 세웠다.

이해 염흥(炎興) 원년(서기 263) 10월에 등애가 음평을 떠나 벼랑과 협곡을 지나 이십 일 남짓을 보내며 칠백 리 남짓 행군하는 동안 사람이 사는 곳이라고는 하나도 없었다. 위나라 병사들이 길가에 몇 채의 영채를 세우는 동안 남아 있는 병력은 이제 이천 명을 넘지 않았다. 그들이 행군

---

4) 『사기』 「서(書) 평회서(平淮書)」에 "전한시대의 사마상여(司馬相如)가 남쪽의 오랑캐로 가는 길을 열 때 천 개 남짓한 산을 파헤쳐 서촉의 영토를 넓혔다."[開路西南夷 鑿山通道千餘裏 以廣巴蜀]는 대목이 나온다.

하는데 마천령(摩天嶺)이라는 고개가 나타났다. 길은 험준하여 말과 사람이 지나갈 수가 없었다. 등애가 걸어서 고개 위에 올라가보니 등충이 길 닦는 장사들과 함께 통곡하며 눈물을 흘렸다. 등애가 그 까닭을 묻자 등충이 대답했다.

"이 고개의 서쪽은 모두 험준한 절벽이어서 깎아내어 길을 낼 수가 없습니다. 이제까지 한 일이 모두 헛수고가 되는 것이 안타까워 울고 있습니다."

그 말을 들은 등애가 말했다.

"우리의 병력이 여기까지 오는 데에는 칠백 리 넘게 걸었고 이곳만 지나면 곧 강유성(江油城)인데 어찌 되돌아갈 수 있겠느냐?"

그는 다시 병사들을 불러 말했다.

"호랑이굴에 들어가지 않고서 어찌 호랑이 새끼를 잡을 수 있겠느냐?[不入虎穴 焉得虎子]5) 내가 너희와 함께 이곳을 지나 전공을 이룬다면 너희들과 함께 부귀영화를 누릴 것이니라."

그 말을 들은 병사들이 대답했다.

"장군의 뜻에 따르고자 하나이다."

등애는 먼저 장수들에게 무기를 산 밑으로 던지라고 명령한 다음 자신은 모포로 몸을 감싸고 밑으로 굴러떨어졌다. 부장들 가운데 모포를 가진 사람은 등애처럼 몸을 감싼 채 뛰어내리고, 모포가 없는 사람들은 밧줄을 허리에 묶고 나뭇가지를 잡으며 마치 굴비를 꿰듯이 내려갔다. 그렇게 하여 등애와 등충과 삼천 명의 병사와 길 닦는 장사들이 모두 마천

---

5) "호랑이굴에 들어가지 않고서 어찌 호랑이 새끼를 잡을 수 있겠느냐?"[入虎穴 焉得虎子] : 『후한서』「반초(班超)」전에 나오는 말임.

령을 넘었다.

그들이 바야흐로 갑옷과 무기를 정돈하여 앞으로 나아가는데 문득 길가에 비석이 하나 서 있는데 위쪽에는 "승상 제갈 무후 씀"[丞相諸葛武侯題]이라고 적혀 있었다. 그 글의 내용은 이러했다.

두 불길이 처음 일어날 때
어떤 사람이 이 고개를 넘겠으나
두 선비가 서로 다투더니
오래지 않아 스스로 죽으리라.
二火初興 有人越此
二士爭衡 不久自死[6]

등애가 몹시 놀라 황망하게 비석에 두 번 절을 올리고서 말했다.
"제갈 무후께서는 참으로 신인(神人)이시다. 내가 그분을 스승으로 모시지 못한 것이 애석하구나."

뒷날 어느 시인이 그를 두고 이런 시를 남겼다.

음평의 준령은 하늘에 닿아 있는데
검은 두루미도 날아오르기를 무서워하누나.
등애가 모포를 쓰고 굴러 넘어갔으나
제갈량이 먼저 헤아렸음을 누가 알았으랴.

---

6) 이화초흥(二火初興)이라 함은 그때가 염흥(炎興) 초년(初年)이라는 뜻이며, 이사쟁형(二士爭衡)이라 함은 종회의 호가 사계(士季)요 등애의 호가 사재(士載)임을 뜻한다.

418 삼국지 5

陰平峻嶺與天齊 玄鶴徘徊尚怯飛
鄧艾裹氈從此下 誰知諸葛有先機

그 무렵 등애가 몰래 음평을 지나 병력을 이끌고 가는데 앞에 영채 하나가 빈 채로 남아 있었다. 좌우의 부하들에게 물어보니 그들이 이렇게 대답했다.

"저희들이 들은 바에 따르면 제갈 무후께서 살아 계실 적에 일찍이 이곳에 천 명의 병력을 배치하여 요로를 지키도록 했는데 이번에 촉의 왕 유선이 없애버렸다고 합니다."

등애가 탄식하며 무리들에게 말했다.

"우리가 여기까지 왔으나 돌아갈 길이 없다. 앞에 있는 강유성에는 양식이 넉넉하여 너희들이 전진하면 살 수 있지만 물러서다가는 곧 죽을 것이니 모름지기 힘써 공격하라"

병사들이 대답했다.

"죽음을 무릅쓰고 싸우겠습니다."

등애는 이천 명의 병력을 이끌고 밤길에 걸음을 재촉하여 강유성에 이르렀다.

그 무렵에 강유성을 지키던 장수 마막(馬邈)은 이미 동천을 잃었다는 소식을 듣자 대비를 하였으나 큰길만을 막았을 뿐이며, 강유가 거느린 부대가 검각을 지키고 있다는 것만 믿고 병력의 사정이 어떤지를 자상하게 살피지 않았다.

그날 마막은 훈련하던 말과 병사들이 각기 돌아가자 아내 이 씨와 더불어 화롯가에 앉아 술을 마시고 있었다. 그때 아내가 물었다.

"여러 차례 듣자니 사정이 위급하다던데 당신은 전혀 걱정하는 기색이 없으니 어찌 된 일이오?"

그 말을 들은 마막이 대답했다.

"중요한 일은 강백약이 스스로 알아서 처리하는데 나와 무슨 상관이 있겠소?"

그의 아내가 말했다.

"그렇다 하더라도 당신이 지켜야 할 성을 그렇게 소홀히 할 수야 없지요."

"황제는 황호의 말만 믿고 술과 여자에 빠져 있으니 이 나라에 머지않아 재앙이 닥쳐오리라는 것을 우리도 생각해두어야 하오. 설령 위나라 병사들이 쳐들어온다 하더라도 항복하면 그만인데 무엇을 걱정하겠소?"

그 말을 들은 아내가 대로하여 남편의 얼굴에 침을 뱉으며 꾸짖었다.

"당신도 남자인데 마음속에는 불충하고 불의한 생각만 품고 있으면서 나라에서 벼슬과 봉록을 받고 있으니 내가 무슨 면목으로 당신의 얼굴을 쳐다볼 수 있겠소?"

마막은 부끄러워 아무 말도 하지 못했다. 그때 하인이 허둥대며 들어와 보고했다.

"위나라 장수 등애가 어디로부터 왔는지는 알 수 없으나 병사 이천 명을 이끌고 한꺼번에 성안으로 들어왔습니다."

마막은 몹시 놀라 허둥지둥 달려 나가 항복한 다음 대청 아래에서 절하고 엎드려 울며 말했다.

"제가 장군께 항복하기로 마음먹은 지 오래입니다. 이제 성안의 백성들과 본부의 병사와 말을 모두 끌고 와 항복하고자 합니다."

등애는 마막의 항복을 받아들이고 강유성의 병력과 말을 모두 자기 밑으로 합친 다음 마막을 길잡이[嚮導官]로 삼았다.

그때 문득 마막의 아내가 자결했다는 소식이 들려왔다. 등애가 그 까닭을 물으니 마막이 사실대로 말했다. 등애는 그 여인의 지혜로움에 감복하여 정중하게 장례를 치르고 몸소 찾아가 제사를 지냈다. 위나라 병사들은 그 소식을 듣고 감탄하지 않는 사람이 없었다.

뒷날 어느 시인이 그 아내를 기리고자 이런 시를 남겼다.

> 유선이 어리석어 한나라가 기울자
> 하늘은 등애를 시켜 서천을 얻게 했네.
> 슬프다, 서촉에는 명장도 많았다지만
> 강유성 이 씨 부인의 슬기로움에 미치지 못하는구나.
> 後主昏迷漢祚顚 天差鄧艾取西川
> 可憐巴蜀多名將 不及江油李氏賢

강유성을 장악한 등애는 음평의 샛길에 흩어져 있던 여러 병사를 강유성으로 오라 하여 부성(涪城)을 공격하려 했다. 이를 본 부장(部將) 전속(田續)이 아뢰었다.

"우리 병사들이 험한 길을 달려와 몹시 피로하니 며칠 쉰 다음 진격함이 마땅합니다."

그 말을 들은 등애가 대로하며 말했다.

"전투는 귀신처럼 빠름을 중요하게 여기거늘[兵貴神速] 그대는 어찌하여 우리 병사들의 사기를 어지럽히는가?"

그러고서는 좌우의 무사들을 시켜 전속의 목을 베라고 호령했다. 곁에 있던 여러 장수가 간청하여 전속은 겨우 풀려났다. 등애는 몸소 병력을 이끌고 부성에 이르렀다. 성안의 관리나 병사들과 백성들은 하늘에서 군사들이 내려온 줄로 알고 모두 항복했다.

서촉 사람들이 이 소식을 성도에 알렸다. 그 말을 들은 유선은 허둥대며 황호를 불러 까닭을 물으니 그가 대답했다.

"하늘이 폐하를 해코지할 이유가 결코 없습니다."

유선은 다시 무당을 찾았으나 어디로 갔는지 알 수가 없었다.

이때 멀고 가까운 곳에서 올라오는 표문이 눈발처럼 쏟아졌고 오고 가는 파발이 끊어지지 않았다. 유선이 조회를 열어 계책을 물었으나 모든 벼슬아치가 서로 얼굴만 쳐다볼 뿐 아무 말도 없었다. 그때 극정(郤正)이 반열에서 나와 아뢰었다.

"사태가 이미 위급하게 되었습니다. 폐하께서는 제갈 무후의 아들을 불러 적군을 물리칠 계책을 상의하심이 옳습니다."

본디 제갈량의 아들 제갈첨(諸葛瞻)은 자(字)를 사원(思遠)이라 했는데 그 어머니 황(黃) 씨는 곧 황승언(黃承彦)의 딸이었다. 그의 어머니는 얼굴이 매우 못생겼으나 온갖 재주를 타고나 위로는 천문을 보고 아래로는 지리를 살피며, 『육도삼략』(六韜三略)과 둔갑(遁甲)에 관한 책에서 모르는 바가 없었다. 제갈량이 남양(南陽)에 살 적에 그가 지혜롭다는 말을 듣고 아내로 삼았으니 제갈량의 학문은 그의 아내로부터 도움을 받은 바가 많았다. 제갈량이 죽자 그의 아내도 곧이어 죽었다. 그는 죽음을 앞두고 아들 제갈첨에게 오로지 충효를 귀중하게 여기라는 유언을 남겼다.

제갈첨은 어려서부터 총명하였는데 장성하자 유선의 딸을 아내로 맞아 부마도위(駙馬都尉)가 되어 아버지 무향후의 봉작을 이어받았다. 그는 경요(景耀) 4년(서기 261)에 행군호위장군(行軍護衛將軍)으로 자리를 옮겼는데 그 무렵은 황호가 발호하던 때여서 병을 핑계로 조정에 나가지 않았다.

유선은 극정의 말을 듣고 곧 세 번이나 조칙을 내려 제갈첨을 불렀다.

그가 조정에 나오자 유선이 울면서 호소했다.

"등애의 병력이 이미 부성에까지 쳐들어와 성도가 위험하오. 경은 돌아가신 아버님의 얼굴을 보아서라도 짐을 살려주기 바라오."

제갈첨이 울며 아뢰었다.

"신(臣)의 부자는 돌아가신 황제의 두터운 은혜를 입었으며, 폐하께서도 각별한 은혜를 베풀어주셨기에 저의 간과 뇌가 흙구덩이에 뒹굴지라도[肝腦塗地] 그 은혜를 다 갚을 길이 없습니다. 바라옵건대 폐하께서는 성도의 병사들을 모두 동원하시어 저와 함께 목숨을 걸고 싸울 수 있도록 해주소서."

유선은 곧 성도에 있는 병력 칠만 명을 제갈첨에게 넘겨주었다. 그는 유선에게 감사의 인사를 드린 다음 군마를 정돈하여 장수들을 모아놓고 물었다.

"누가 감히 이 전투의 선봉이 되겠소?"

말을 마치지도 않았는데 한 소년 장수가 앞으로 나오며 소리쳤다.

"아버님께서 이미 대권을 잡으셨으니 제가 선봉이 되고자 하나이다."

여러 사람이 돌아보니 제갈첨의 맏아들 제갈상(諸葛尚)이었다. 그는 그 무렵 나이가 열아홉 살로서 병서를 깊이 공부했을 뿐만 아니라 많은 무예를 익혔다. 제갈첨이 몹시 기뻐하며 제갈상을 선봉으로 삼았다. 이 날 서촉의 대군은 성도를 떠나 위나라 병사를 맞으러 나갔다.

그 무렵 등애는 마막으로부터 지도 한 장을 얻었는데, 살펴보니 부성에서 성도에 이르는 삼백육십 리의 거리에 산천과 도로와 넓고 좁은 요로가 낱낱이 그려 있었다. 지도를 살핀 등애는 몹시 놀라며 말했다.

"만약 우리가 부성만 지키고 있다가 서촉 사람들이 앞산을 가로막는다면 어찌 전쟁에 이길 수 있겠는가? 날짜를 미루다가 강유의 병력이 이르는 날이면 우리가 위험하다."

말을 마친 등애는 서둘러 사찬과 아들 등충을 불러 지시했다.

"너희들은 한 부대를 이끌고 밤낮으로 면죽(綿竹)으로 달려가 촉나라 군사들을 막도록 하라. 절대로 늦춰서는 안 된다. 만약 적군이 험준한 요로를 먼저 차지하는 일이 벌어진다면 반드시 너희의 목을 벨 것이다."

사찬과 등충이 병사를 이끌고 면죽으로 진격하여 일찌거니 촉나라 군사들과 마주쳤다. 양쪽 군사가 각기 진영을 펴자 사찬과 등충이 깃발 아래 말을 세우고 바라보니 촉나라 군사들이 팔진(八陣)을 폈다. 북소리가 세 번 울리고 멈추자7) 성문의 깃발이 두 갈래로 나뉘더니 여남은 명의 장수들이 둘레[籬]를 친 사륜거를 몰고 나오는데 그 안에는 한 사람이 단정히 앉아 있었다.

그는 머리에 윤건(輪巾)을 두르고 깃으로 만든 부채를 들었으며 흰 바탕에 검은 깃을 댄 도포[鶴氅衣]를 입었는데 옷자락이 반듯했다. 수레 곁에는 누런 깃발이 서 있는데 그 위에는 "한승상제갈무후"(漢丞相諸葛武侯)라고 쓰여 있었다. 기겁을 한 사찬과 등충은 등에 식은땀을 흘리며 군사를 물린 다음 병사들을 돌아보며 말했다.

"본디 제갈공명이 아직 살아 있다면 우리의 목숨은 끝났다."

사찬과 등충이 말머리를 돌리려는데 촉나라 군사들이 공격해 오자 위

---

7) 이 문장의 뜻이 어렵고 판본마다 글자가 다르다. 모종강 판본과 利大出版社(대만) 판본에는 삼동고파(三鼕鼓罷)라고 되어 있고, 商務印書館(홍콩) 판본에는 이동고파(二鼕鼓罷)로 되어 있고, 인터넷 http ://blog.naver.com/sohoja/50044940731에는 삼황고파(三黃鼓罷)로 되어 있어 오자로 보이며, 로버츠(Moss Roberts)는 'war drums ceased'라고만 되어 있다. 여기에서는 모종강 본을 따르기는 했으나 삼동(三鼕)이라는 것이 정확히 어떤 북인지는 알 수 없다. 『당서』(唐書) 「마주전」(馬周傳)에 "육가에 북을 설치하여 치니 이를 동동고라 하였다."[請置六街鼓 號爲鼕鼕鼓]는 대목이 나오는 것으로 파루의 성격을 갖는 북이었던 것으로 보인다.

나라 병사들이 크게 무너져 달아났다. 촉나라 군사들이 이십 리 남짓 추격하자 등애의 구원병이 나타났다. 양쪽에서 각기 군사를 거두었다. 등애가 장막 위로 올라가 앉더니 사찬과 등충을 불러 꾸짖으며 말했다.

"너희들은 싸우지도 않고 물러섰으니 무슨 까닭이냐?"

등충이 아뢰었다.

"촉나라 군사들의 진영을 바라보니 제갈공명이 병사들을 지휘하고 있기에 이렇게 서둘러 돌아왔습니다."

등애가 대로하여 말했다.

"설령 제갈공명이 살아 있다 한들 내가 어찌 그를 두려워하겠느냐? 너희들은 경솔하게 물러나 전투에 졌으니 군법에 따라 너희들의 목을 벨 것이다."

여러 장수가 간곡히 말리자 등애는 겨우 분노를 삭였다. 등애가 척후를 보내어 알아보았더니 그가 돌아와 보고했다.

"적군의 장수는 공명의 아들인 제갈첨이며 그의 아들 제갈상이 선봉을 섰다고 합니다. 수레에 타고 있던 사람은 제갈량이 아니라 그가 살아 있을 적에 만들어놓은 목각이라 합니다."

보고를 들은 등애가 사찬과 등충에게 말했다.

"이번의 정벌이 성공할지 실패할지는 이 전투의 결과에 달려 있다. 너희 두 사람이 이번에도 이기지 못한다면 마땅히 목을 벨 것이다."

사찬과 등충은 만 명의 병력을 이끌고 싸움터로 나갔다. 제갈상이 오로지 말 한 필에 창 한 자루만 들고 정신을 집중하여 두 장수와 겨루어 물리쳤다. 이를 본 제갈첨이 양쪽으로 병력을 나누어 위나라 영채로 곧바로 쳐들어가 좌우로 공격하며 오고 가기를 여남은 번 하니 위나라 병사들이 크게 무너져 죽은 숫자를 헤아릴 수 없었다.

사찬과 등충은 상처를 입고 달아났다. 제갈첨은 말을 몰아 적군을 추격하기를 이십 여 리 남짓한 곳에 이르러 영채를 세우고 적군과 마주했다. 사찬과 등충이 돌아와 등애를 뵈니 두 장수가 많이 다친지라 차마 처벌하지 못하고 여러 장수와 상의하며 말했다.

"촉나라 군사들의 제갈첨이 그의 아버지의 뜻을 훌륭히 이어받아 두 번에 걸쳐 우리 군사 만 명 남짓을 죽였소. 이제 우리가 저를 서둘러 깨트리지 않는다면 반드시 앞날에 화근이 될 것이오."

그때 감군(監軍) 구본(丘本)이 나서서 아뢰었다.

"어찌하여 장군께서는 그에게 한 통의 편지를 보내어 회유(懷柔)하려 하지 않으십니까?"

등애가 그의 말에 따라 편지 한 통을 써서 사자에게 들려 촉나라 군사들의 영채로 보냈다. 수문장이 그를 데리고 제갈첨의 장막 아래에 이르러 글을 올렸다. 제갈첨이 편지를 펴보니 그 내용은 이러했다.

"정서장군(征西將軍) 등애가 행군호위장군(行軍護衛將軍) 제갈사원(諸葛思遠) 휘하에 글을 보냅니다. 그윽이 이 시대의 지혜로운 무리를 살펴보건대 그대의 선친만 한 분이 없었습니다. 지난날 초려에서 나오실 때 단 한마디로 천하를 셋으로 나누시고 형주와 익주를 평정하여 패업을 이루셨으니 이런 위업은 일찍이 없던 일입니다. 그 뒤로 여섯 번 기산으로 출병하신 것[六出祁山]은 재주가 부족해서가 아니라 하늘의 뜻이 거기까지였기 때문이었습니다. 이제 후주가 어리석고 나약하며 왕의 기운이 끝났기에 제가 천자의 명령을 받들어 많은 병력을 이끌고 서촉을 정벌하여 이미 대부분의 땅을 차지하였습니다. 성도의 운명은 아침저녁에 어찌 될지 모르는데 공은 어찌하여 하늘의 뜻에 따라 의리를 좇아 귀순하지 않으십니까? 제가 마땅히 황제에게 표문을 올려 공을 낭야의 왕으로 책봉하여 조상을 빛내드리고자 하는데 이는 결코 헛된 말이 아닙니다. 깊이 살피시기 바랍니다."

편지를 읽은 제갈첨은 발끈 화를 내면서 편지를 찢어버리고 편지를 가져온 사자의 목을 베어 사람을 시켜 위나라 영채로 들고 가 등애에게 보여주라 하였다.

등애가 대로하여 곧 싸우러 나가려 하자 구본이 말리며 말했다.

"장군께서는 가볍게 움직이지 마시고 기습병으로써 저들을 깨트리시지요."

등애가 그의 말에 따라 곧 천수태수 왕기(王頎)와 농서태수 견홍(牽弘)을 시켜 뒤에 매복하고 있으라 이르고 몸소 병력을 이끌고 나갔다. 마침 그 무렵 제갈첨도 싸움을 돋우고 있었다. 그때 문득 등애가 몸소 병력을 이끌고 왔다는 보고가 올라왔다. 제갈첨이 대로하여 곧 병력을 이끌고 위나라 진중으로 쳐들어갔다.

등애가 달아나자 제갈첨은 그 뒤를 따라가며 공격했다. 그때 문득 양쪽에서 복병이 나타나 촉나라 군사들이 크게 무너지고 면죽으로 후퇴했다. 등애가 성을 에워싸라고 명령했다. 위나라 병사들이 함성을 지르며 면죽을 철통처럼 에워쌌다. 그때 성 안에 있던 제갈첨은 사태가 위급함을 알고 팽화(彭和)에게 편지를 주어 성을 탈출하여 오나라로 달려가 구원병을 요청하도록 했다.

오나라에 도착한 팽화는 오나라 왕 손휴(孫休)를 뵙고 다급한 소식을 아뢰었다. 편지를 읽은 손휴가 여러 신하와 상의하며 말했다.

"이미 서촉이 위험하다니 내[孤]가 어찌 가만히 앉아서 구원하지 않을 수 있겠소?"

그는 곧 노장 정봉(丁奉)을 대장으로 삼고 그의 동생 정봉(丁封)과 손이(孫異)를 부장(副將)으로 삼아 오만 명의 병력을 이끌고 가 서촉을 구원하도록 했다. 출진 명령을 받은 정봉은 동생과 손이에게 이만 명의 병력을 주어 면중(沔中)으로 진격하도록 하고 자신은 삼만 명의 병력을 이끌고 수춘성으로 진격하니 병력이 세 길로 나뉘어 나아갔다.

그 무렵 제갈첨은 구원병이 오지 않자 여러 장수에게 말했다.

"오래 지키고 있는 길만이 좋은 것은 아니오."

말을 마친 제갈첨은 아들 제갈상과 상서 장준(張遵)[8]에게 성을 지키라 하고, 자신은 갑옷 입고 말에 올라 삼군을 이끌고 세 개의 성문을 열고 달려 나갔다. 등애는 촉나라 군사들이 달려 나오는 것을 보자 병력을 뒤로 물렸다. 제갈첨이 있는 힘을 다하여 추격하는데 문득 대포 소리가 들리더니 사방에서 적군이 나타나 둘러쌌다.

적군의 중심에 갇힌 제갈첨은 병사들을 이끌고 좌우로 적군을 공격하여 몇백 명을 죽였다. 그때 등애가 활을 쏘도록 하자 촉나라 군사들이 사방으로 흩어졌다. 화살을 맞은 제갈첨은 말에서 떨어지며 큰 소리로 외쳤다.

"내 힘이 다했구나. 마땅히 한번 죽음으로써 나라의 은혜에 보답하리라."

말을 마치자 제갈첨은 칼을 빼어 스스로 목을 찔러 죽었다. 그 무렵 성 위에서 아버지가 적군 가운데에서 죽는 모습을 본 제갈상은 대로하며 갑옷을 입고 말에 올라탔다. 이를 본 장준이 말리며 말했다.

"장군께서는 경솔히 나가지 마십시오."

그 말을 들은 제갈상이 탄식하며 말했다.

"우리 집안 할아버지와 아버지와 나 삼대가 나라의 두터운 은혜를 입었

---

[8] 장준(張遵) : 장비의 손자이자 장포의 아들이다.

고, 이제 아버지마저 적군의 손에 죽었는데 나 혼자 살아 무엇 하리오?"

말을 마친 제갈상은 말을 몰고 달려나가 적진 속에서 죽었다.

뒷날 한 시인이 제갈첨과 제갈상을 칭송하며 이런 시를 남겼다.

충신의 지모가 모자라서가 아니라
하늘의 뜻이 있어 유 씨 왕조를 끊었도다.
그 시절 제갈량은 훌륭한 자손을 두어
그 절의는 참으로 무후를 이을 만하였구나.
不是忠臣獨少謀 蒼天有意絶炎劉
當年諸葛留嘉胤 節義眞堪繼武侯

등애는 그들의 충성심을 갸륵하게 여겨 아버지와 아들을 함께 묻어주었다. 승세를 이어 등애는 면죽을 공격했다. 장준과 황숭(黃崇)과 이구(李球) 세 장수는 각기 군사를 거느리고 성을 나가 위나라 병사들과 싸웠으나 아군은 적고 적군은 많아 그들 세 장수도 모두 죽었다. 이로써 등애는 면죽을 함락했다. 등애는 병사들의 노고를 위로한 다음 성도를 함락하러 나아갔다.

이를 두고 뒷날 시인이 이런 글을 남겼다.

유선이 망하는 모습을 보니
유장(劉璋)이 망하던 모습과 다름이 없도다.
試觀後主臨危日 無異劉璋受逼時

서촉이 성도를 어찌 지켜낼지 알 수 없도다.

제118회

촉한의 사직은 하루아침에 잿더미가 되고

유선의 아들은 선영에 엎드려
울다가 자살하고
서천으로 들어간 두 장수는
전공을 다투도다.

그 무렵 성도에 있던 유선은 등애가 이미 면죽을 함락하고 제갈첨의 부자도 전사했다는 말을 듣자 몹시 놀라 문무관들을 불러 대책을 상의했다. 가까이 모시던 신하가 아뢰었다.

"성 밖의 백성들은 노인을 부축하고 아이들을 품에 안은 채 땅이 울리도록 통곡하며 살길을 찾아 도망하고 있습니다."

유선은 너무 놀라 어찌할 바를 몰랐다. 그때 척후가 들어와 위나라 병사들이 곧 성 밑에 이르렀다고 아뢰었다. 여러 신하가 상의하며 말했다.

"병사는 힘이 없고 장수의 숫자는 적어 적군에 대항하기가 어렵습니다. 차라리 성도를 버리고 남쪽에 있는 일곱 군(郡)으로 달아나느니만 못합니다. 그곳은 지리가 험준하여 스스로 지킬 수 있고, 남만(南蠻)의 병사들을 빌려 다시 수복한다 해도 늦지 않을 것입니다."

그 말을 들은 광록대부 초주가 나서서 말했다.

"그 길은 옳지 않습니다. 남만은 오래전부터 반역의 땅이었고 평소에도 우리가 은혜를 베풀지 않았음을 섭섭하게 여기는 터인데 이제 우리가 그들에게 몸을 의지한다면 반드시 재앙을 만날 것입니다."

여러 신하가 다시 아뢰었다.

"서촉과 동오가 이미 동맹을 맺었고 이제 우리의 형세가 다급하니 그리로 가서 몸을 의지하는 것이 옳습니다."

그 말을 들은 초주가 다시 아뢰었다.

"예로부터 천자가 다른 나라에 몸을 의탁한 사례가 없습니다. 신(臣)이 생각건대, 위나라는 쉽게 동오를 삼킬 수 있으나 동오는 위나라를 삼킬 수 없습니다. 우리가 만약 동오로 건너가 스스로 신하가 된다면 이는 한 번 치욕을 겪는 것이요, 만약 동오가 위나라에 먹힌다면 폐하는 다시 위나라의 신하가 되어야 하니 이는 두 번 치욕을 겪는 것입니다. 그러므로 우리로서는 동오에 투항하는 것이 위나라에 투항하느니만 못합니다. 위나라는 반드시 땅을 나누어 폐하에게 내릴 터인데 그렇게만 된다면 위로는 스스로 종묘사직을 지킬 수 있고 아래로는 어린 백성들을 지킬 수 있을 것입니다. 바라옵건대 폐하께서는 그 길을 깊이 생각하소서."

유선이 어떻게 결심을 하지 못하고 안채로 들어갔다. 다음 날에도 여러 관료가 이러니저러니 의견이 갈라지자 사태의 위급함을 깨달은 초주가 다시 글을 올려 항복하라고 아뢰었다. 유선이 초주의 말에 따라 바야흐로 항복하러 나가려는데 문득 병풍 뒤에서 한 사람이 튀어나오더니 큰 소리로 초주를 꾸짖으며 말했다.

"이 교활하고 썩은 선비야, 어찌 종묘사직의 대사를 그리도 망령되게 말하는가? 예로부터 어찌 천자가 항복한 일이 있었더냐?"

유선(劉禪)이 바라보니 북지왕(北地王) 유심(劉諶)이었다. 유선에게는 아들 일곱 명이 있었는데 맏아들은 유선(劉璿)이요, 둘째 아들은 유요(劉瑤)요, 셋째 아들은 유종(劉琮)이요, 넷째 아들은 유찬(劉瓚)이요, 다섯째 아들은 북지왕 유심이요, 여섯째 아들은 유순(劉恂)이요, 일곱째 아들은 유거(劉璩)였다.[1] 아들 일곱 명 가운데 오직 유심만이 총명하고 영민하였으며, 나머지들은 모두가 나약하고 착하기만 했다. 유선이 유심에게 말했다.

"지금 대신들은 모두가 항복하는 것이 마땅하다고 의견을 모았는데 너는 홀로 혈기에 넘쳐 도성을 온통 피바다로 만들려 하느냐?"

그 말에 유심이 대답했다.

"돌아가신 황제께서 살아 계실 적에 초주는 국정에 참여도 못 하던 사람이었는데 이제 나라의 큰일을 망령되게 논의하고 오로지 허튼소리만 하니 이는 참으로 옳지 않은 일입니다. 신이 그윽이 생각해보건대 아직도 성도에 몇만 명의 병력이 있고, 강유가 거느린 병사들이 검각에 머물고 있어 위나라 병사들이 우리의 대궐을 침범했다는 소식을 들으면 반드시 도우러 올 터인즉, 그때 안팎으로 적군을 공격하면 쉽게 대승할 수 있습니다. 그런데도 어찌 썩은 선비의 말을 들으시고 돌아가신 황제께서 세우신 나라를 이토록 쉽게 버리려 하십니까?"

유선이 유심을 꾸짖으며 말했다.

"너 같은 어린아이가 어찌 하늘의 뜻[天時]을 알겠느냐?"

유심이 머리를 조아리고 통곡하며 아뢰었다.

---

[1] 아들들의 이름 돌림자가 모두 임금 왕(王) 변인데 유심(劉諶)과 유순(劉恂)만은 그렇지 않다. 이럴 경우에는 서출을 의미할 수 있다.

"만약 형세가 어렵고 힘이 부쳐 재앙을 만나 나라가 멸망한다면 마땅히 부자와 군신이 성을 등지고 한바탕 싸우다가 사직과 함께 죽어 돌아가신 황제를 뵐 것이지 어찌 항복할 수 있겠습니까?"

유선이 그의 말을 듣지 않자 유심이 통곡하며 아뢰었다.

"돌아가신 황제께서 어렵사리 세우신 나라를 하루아침에 버리신다면 저는 차라리 죽을지언정 그런 치욕을 겪지 않을 것입니다."

유선은 좌우의 신하들을 시켜 유심을 성 밖으로 쫓아내버리도록 하고 초주에게 항복 문서를 쓰게 하여 그가 사사롭게 부리던 시중[私署侍中]2) 장소(張紹)와 부마도위 등량(鄧良)3)과 초주에게 옥새를 들고 낙성(雒城)으로 가 항복하도록 했다.

그 무렵 등애는 날마다 몇백 명의 철기병을 보내어 성도를 살피도록 했다. 그러던 어느 날 항복을 알리는 깃발이 성 위에 내걸리자 등애는 몹시 기뻐했다. 곧이어 장소의 무리가 도착하자 등애는 사람을 내보내어 그들을 맞이하도록 했다. 세 사람이 계단 아래 엎드려 항복 문서와 옥새를 올렸다. 항복 문서를 읽은 등애는 몹시 기뻐하며 옥새를 받은 다음 장소와 초주와 등량을 정중하게 대접했다.

등애는 답장을 써 세 사람을 성도로 돌려보내어 그곳 민심을 달랬다. 세 사람은 등애에게 사례하고 성도로 돌아와 유선을 뵙고 답서를 올린 다음 등애가 자신들을 어찌 대접했는지 자세히 아뢰었다. 답서를 읽은 유선은 몹시 기뻐하며 태복(太僕) 장현(蔣顯)에게 칙서를 가지고 강유에게

---

2) 사사롭게 부리던 시중[私署侍中] : 사서시중이라는 직함은 잘 알려져 있지 않다. 로버츠(Moss Roberts)는 이를 'personally appointed privy counselor'라고 번역하여, 여기에서도 그의 글을 따랐다.
3) 등량(鄧良) : 이 사람은 등지의 아들이다.

가 서둘러 항복하도록 하고, 상서랑(尙書郞) 이호(李虎)에게 서촉의 문서들을 가지고 가 등애에게 바치도록 했다.

그 문서에 따르면, 서촉의 호구는 28만 호이며, 남녀의 인구가 94만 명이며, 무장한 병사가 10만2천 명이며, 관리가 4만 명이며, 식량이 40만 섬이며, 금과 은이 각각 2천 근이며, 채색한 비단이 20만 필이었고, 그 밖에 창고에 쌓인 물건은 헤아릴 수 없이 많았다. 유선은 섣달 초하루에 항복하러 성을 나가기로 했다.

항복한다는 소식을 들은 북지왕 유심은 하늘을 찌를 듯이 분개하여 칼을 차고 대궐로 들어갔다. 그때 그의 아내 최 씨가 그를 보고 물었다.

"오늘따라 대왕의 안색이 달라 보이는데 무슨 일이 있는지요?"

유심이 대답했다.

"위나라 병사들이 가까이 다가오고 있는데 아버님께서는 이미 항복 문서를 적군에게 바치고 내일이면 황제와 신하들이 성을 나가 항복한다니 사직이 이렇게 무너지게 되었다오. 나는 먼저 죽어 지하에 계신 할아버님을 뵈올지언정 적군 앞에서 무릎을 굽힐 수는 없소."

그 말을 들은 아내가 말했다.

"잘 생각하셨습니다. 잘 생각하셨습니다. 지금은 죽어야 할 때입니다. 제가 먼저 죽고자 하오니 그 뒤에 대왕께서 죽으셔도 늦지 않을 것입니다."

유심이 물었다.

"어찌하여 당신도 죽으려 하오?"

"왕은 아버지를 위해 죽고 아내는 남편을 위해 죽으니 그 의리는 같은 것입니다. 남편이 죽기에 아내가 따라 죽는 까닭을 물으실 것이 있습니까?"

말을 마치자 최 씨는 기둥에 머리를 부딪쳐 죽었다. 유심은 세 아들을 죽이고 아내의 목을 베어 머리를 들고 소열황제(昭烈皇帝)의 사당을 찾아가 엎드려 울며 아뢰었다.

"신은 이 나라가 남의 손에 넘어가는 것을 보기에 부끄러워 먼저 아내와 아들을 죽여 걱정을 없이하고 이 한 목숨을 바쳐 할아버지의 은혜에 보답하고자 하오니 할아버지의 영혼이 계시다면 이 손자의 마음을 헤아리소서."

한바탕 통곡하고 눈에서 피를 흘리며 유심은 칼로 목을 찔러 자살했다. 그 소식을 들은 서촉 사람들 가운데 울지 않는 이가 없었다.

뒷날 어느 시인이 그를 기리며 이런 시를 남겼다.

> 왕과 신하들은 기꺼이 무릎을 꿇는데
> 한 아들만이 홀로 슬퍼하누나.
> 서천은 멸망했지만
> 장하도다, 북지왕이여
> 몸을 던져 선조의 은혜에 보답하고
> 머리채를 휘어잡고 하늘을 향해 우는구나.
> 그의 늠름함이 아직 살아 있으니
> 그 누가 말하랴, 한나라는 멸망했다고.
> 君臣甘屈膝 一子獨悲傷
> 去矣西川事 雄哉北地王
> 捐身酬烈祖 搔首泣穹蒼
> 凜凜人如在 誰云漢已亡

북지왕이 자살했다는 소식을 들은 유선은 사람들을 시켜 그를 묻어주게 했다.

다음 날 위나라의 대군이 이르자 유선은 태자와 왕자와 예순 명이 넘는 신하들을 이끌고 스스로 손을 뒤로 결박한 채 수레 위에 관을 싣고[面縛輿櫬] 북문으로 십 리를 나가 항복했다. 등애는 유선을 부축하여 일으켜 몸소 결박을 풀어주고 관을 실은 수레를 불에 태운 다음 함께 수레에 올라 성안으로 들어갔다.

뒷날 어느 시인이 그 장면을 이렇게 탄식하며 시를 남겼다.

> 위나라 병사 몇만 명이 서천으로 들어오니
> 유선은 구차히 살고자 자살하지도 못했구나.
> 황호는 끝까지 나라를 속이려 하고
> 강유만이 시대를 건질 재주를 지녔으나 덧없는 일이로다.
> 충의로운 신하의 마음은 얼마나 뜨거웠으며
> 절개를 지킨 왕손의 뜻은 얼마나 애달픈가?
> 유비가 어렵사리 세운 사직인데
> 하루아침에 공업이 문득 잿더미가 되었도다.
> 魏兵數萬入川來 後主偸生失自裁
> 黃皓終存欺國意 姜維空負濟時才
> 全忠義士心何烈 守節王孫志可哀
> 昭烈經營良不易 一朝功業頓成灰

등애가 성안으로 들어오자 성도의 백성들은 모두 향을 피우고 꽃을 바치며 그를 맞이했다. 등애는 유선에게 표기장군(驃騎將軍)의 직함을 내리고 그 밖의 문무 관원들에게도 높고 낮음에 따라 벼슬을 내렸다. 등애는 유선을 대궐로 돌려보낸 다음 방문을 써 붙여 백성들을 안심시키고, 무기와 곡물과 보물을 담고 있는 창고를 인수했다.

등애는 또한 태상(太常) 장준(張峻)과 익주별가(益州別駕) 장소(張紹)

를 각 고을에 보내어 병사와 백성들을 안심시키는 한편 강유에게 사람을 보내어 항복하라 일렀다. 그뿐만 아니라 등애는 파발을 낙양에 보내어 승리를 알렸다. 등애는 황호가 그토록 간교하다는 말을 듣고 그를 죽이고자 했으나 황호가 금은보화를 등애의 측근들에게 보내어 겨우 죽음을 모면했다.

한나라는 이렇게 멸망했다. 뒷날 어느 시인이 한나라의 멸망과 제갈량을 추모하며 이런 시를 남겼다.

> 물고기와 새마저도 그의 군령을 두려워했고
> 바람과 구름은 오래 영채를 지켰도다.
> 빼어난 장수의 신필(神筆)도 부질없어
> 왕은 끝내 항복하여 수레에 실려 가네.
> 관중(管仲)과 악의(樂毅)의 재주를 욕되게 하지 않았으나
> 관우와 장비의 수명이 짧음을 어쩔거나.
> 지난해 금리(錦裡)에서 그[亮]의 사당을 지나려니
> 양보음(梁父吟)4)의 서린 한만 길이 남았더라.5)
>
> 魚鳥猶疑畏簡書 風雲長爲護儲胥
> 徒令上將揮神筆 終見降王走傳車
> 管樂有才眞不忝 關張無命欲何如
> 他年錦裡經祠廟 梁父吟成恨有餘

---

4) 제갈량(諸葛亮)이 남양(南陽) 융중(隆中)에 은거할 때 부르던 노래. 제2권 제36회의 각주 9에 그 사연이 나오며, 제37회에 그 가사가 나옴.
5) 이 시는 당나라의 시인 이상은(李商隱)이 지은 「주필역」(籌筆驛)이다. 그는 서기 851년에 이곳을 지나다가 이 시를 지었다. 주필역은 서촉 유선의 건흥(建興) 6년(서기 228)에 가정(街亭) 전투에서 패배한 제갈량이 군사회의를 소집하고 「후출사표」를 지은 곳이다. 이탁오 판본에는 첫 소절 어조(魚鳥)가 원조(猿鳥)로 되어 있다.

그 무렵에 태복(太僕) 장현(蔣顯)이 검각을 찾아가 강유를 만나본 다음 위나라에 항복하라는 유선의 칙령을 전달했다. 강유는 너무 놀라 할 말을 잊었다. 장막 아래에서 항복 소식을 들은 여러 장수는 모두가 원통히 여겼다. 그들은 이를 갈고 눈을 부릅뜬 채 수염과 머리칼이 모두 곤두섰다. 그들은 칼을 뽑아 섬돌을 내리치며 소리쳤다.

"우리가 죽음을 무릅쓰고 싸우는데 무슨 까닭으로 먼저 항복했다는 말이오?"

그들의 통곡 소리가 십 리 밖에까지 들렸다. 강유는 그들이 아직도 한나라에 충성하고 있다는 사실을 알자 좋은 말로 그들을 위로하며 말했다.

"여러 장수는 너무 걱정하지 마시구려. 나에게 한 가지 계책이 있어 쉽게 한실을 부흥할 수 있소."

여러 장수가 그 계책을 묻자 강유는 그들에게 귓속말로 그 계책을 설명해주었다. 강유는 곧 검각에 항복하겠다는 뜻의 깃발을 올리고 먼저 종회의 영채에 전령을 보내어 자신이 장익과 요화와 동궐을 이끌고 가 항복하겠노라는 말을 전달하도록 했다. 종회가 몹시 기뻐하며 사람을 보내어 강유를 장막 안으로 맞이했다. 강유를 본 종회가 말했다.

"백약(伯約)은 무슨 까닭으로 이리 늦게 오십니까?"

강유가 얼굴빛을 바로 하고 눈물을 흘리며 말했다.

"나라의 모든 병력이 내 손에 있으니 오늘에서야 이렇게 온 것도 오히려 빠른 셈이지요."

종회는 그의 말에 놀라며 자리에서 내려와 서로 맞절을 한 다음 귀한 손님으로 대접했다. 인사를 마치자 강유가 종회에게 말했다.

"듣자니 장군께서는 회남(淮南)에서 군사를 일으키신 이래 이제까지 헤아림에 틀림이 없었다 하니 사마 씨의 흥성함이 모두 장군의 힘으로 이루어진 것이라 여겨 저는 기쁜 마음으로 머리를 숙입니다. 상대가 등사재(鄧士載)였다면 마땅히 죽음을 무릅쓰고 싸웠지 어찌 항복했겠습니까?"

종회가 화살을 꺾어 맹세하며 형제의 의리를 맺으니 두 사람은 더욱 가까운 사이가 되었다. 종회는 강유에게 그의 병력을 계속 지휘하도록 했다. 강유가 속으로 기뻐하며 장현을 성도로 돌려보냈다.

그 무렵 등애는 사찬(師纂)을 익주자사로 삼고, 견홍(牽弘)과 왕기(王頎)의 무리에게도 각기 한 군을 맡아 다스리게 했으며, 면죽에 누대(樓臺)를 지어 자신의 전공을 기리게 하고 서촉의 여러 관리를 모두 불러 크게 잔치를 열어 대접했다. 관료들이 일어서서 절하며 사례했다. 술기운이 돌자 등애는 서촉의 관리들을 가리키며 말했다.

"그대들은 다행하게도 나를 만나 오늘까지 살아 있는 것이오. 그렇지 않고 다른 장수를 만났더라면 모두 죽었을 것이오."

모든 관료가 자리에서 일어나 절하며 사례했다. 그때 문득 장현이 들어와 강유가 종회에게 항복했다고 보고했다. 이로 말미암아 등애는 종회에게 깊은 원한을 품었다. 그는 곧 글을 써 파발에게 들려 낙양으로 가 사마소에게 올리도록 했다. 사마소가 글을 펴보니 그 내용은 이러했다.

"신(臣) 등애가 간절히 아뢰옵건대, 전쟁이란 먼저 소문을 낸 다음 실행에 옮기는 것이온데, 이제 서촉을 평정한 기세를 몰아 오나라를 멍석 말 듯[席捲] 쳐부수는 것은 바로 지금 할 일입니다. 그러나 큰 전쟁을 갓 치른 뒤라 장수와 병사들이 모두 지쳐 있어 바로 움직일 수가 없습니다. 그러므로 농우에 병력 이만 명을 주둔시키고 서촉의 병사 이만 명을 동원하여 소금을 굽고 아울러 전함을 만들어 물 흐르듯이 무리 없게 준비를 마친 다음 사신을 보내어 이해(利害)를 따져 오나라에 알리면 전쟁을 하지 않고서도 오나라를 평정할 수 있습니다.

이제 유선을 융숭하게 대접함으로써 오나라의 손휴(孫休)를 안심시켜야 합니다. 만약 지금 유선을 낙양으로 데려간다면 오나라 사람들이 반드시 의심하게 되어 우리에게 오고자 하는 마음을 불러일으킬 수가 없습니다. 따라서 지금은 그를 서촉에 머물게 하였다가 모름지기 내년 겨울에 낙양으로 데려가셔야 합니다. 지금 바로 유선을 부풍왕(扶風王)으로 책봉하시어 재물을 주시고 좌우에 있는 사람들에게도 녹봉을 주시며, 그 아들들에게 제후의 작위를 내리시어 귀순한 자에게는 은총을 내리심을 보여주심으로써 오나라 사람들이 두려움을 느끼며 덕망을 사모하여 우리를 우러러보며 따라오게 하소서."

등애의 글을 읽은 사마소는 등애가 자기의 뜻대로 일을 처리하려는가 깊이 의심하여 먼저 위관(衛瓘)에게 글을 주어 보내고 이어 그에게 봉작을 내리면서 다음과 같은 조서(詔書)를 내렸다.

"정서장군 등애는 위엄을 뽐내고 무공을 떨쳐 적진 깊숙이 들어가, 스스로를 황제라 참칭(僭稱)한 왕이 스스로를 묶어 항복하게 하였도다. 그대는 또한 병력을 움직이며 시각을 어기지 않았고 전쟁을 하면서 하루를 넘기지 않았고 구름이 흩어지고 멍석을 말듯이 파촉을 평정하였으니 비록 백기(白起)6)가 강성한 초(楚)를 깨트리고 한신(韓信)이 굳센 조(趙)나라를 물리쳤다 하나 그대의 공로에 미치지 못하리라. 이에 그대를 태위로 봉하여 식읍(食邑) 이만 호를 더하며, 두 아들을 정후(亭侯)7)에 봉하

---

6) 백기(白起) : 전국 시절 미(郿) 땅 사람으로 군사를 다루는 데 뛰어나 진(秦)나라 소왕(昭王)에게 등용되었다. 그는 한(韓)·위(衛)·조(趙)의 땅을 빼앗고 무안군(武安君)의 봉작을 받았으나 범저(范雎)의 모함을 받아 죽었다. 공손기(公孫起)라고도 부른다. 『사기』 「백기·왕전열전」(白起王翦列傳)이 있다.
7) 정후(亭侯) : 본디 정(亭)이라 함은 작은 마을을 뜻하는 것이었다. 따라서 정후라 함은 봉작 가운데에서 현후(縣侯)와 향후(鄕侯)에 이어 삼등에 해당하는 낮은 녹

여 각기 식읍 천 호를 내리노라."

등애가 조서를 읽고 나자, 사마소가 등애에게 손수 써 보낸 편지를 감군 위관이 주었다. 편지의 내용은 이러했다.

"장군이 말한 일들은 모름지기 천자께 보고할 일이니 가볍게 처리하지 마시라."

편지를 읽은 등애가 말했다.

"병법에 이르기를, '장수가 밖에 있을 적에는 주군의 명령을 듣지 않는다.'[將在外 君命有所不受] 했는데 내가 이미 서촉을 정벌하라는 조서를 받았거늘 어찌 나의 길을 막는가?"

등애는 곧 답장을 써 사자를 시켜 낙양으로 보냈다. 그 무렵 조정의 대신들은 모두가 말하기를, 등애가 반역의 뜻을 품고 있다 했다. 사마소도 더욱 등애를 의심하기 시작했다. 그런 상황에서 문득 사자가 돌아와 등애의 편지를 올렸다. 사마소가 편지를 열어보니 그 내용은 이러했다.

"등애는 서촉을 정벌하라는 어명에 따라 이미 역적의 항복을 받았으니 마땅히 그 권한을 행사함으로써 처음으로 우리에게 귀순한 무리들을 안정시키고자 합니다. 만약 조정의 명령을 기다리다가는 오고 가는 길에서 시간만 보내게 될 것입니다. '대부가 국경을 넘어서면 종묘사직을 안정시키고 나라에 이로운 일을 스스로 결정할 수 있다.'[大夫出疆 有可以安社稷 利國家 專之可也][8]는 것이 『춘추』의 의리에 맞습니다. 아직 오나라가 복속하지 않고 서촉과 힘을 함께 쓰고 있는 터에 상식에 얽매여 일의 기회를 잃는 것은 옳지 않습니다. 병법에 이르기를, '진격할 때는 명예를

읍(祿邑)이었다. 유비의 조상 유정(劉貞)이 정후였다. 등애의 아들에게 이와 같은 말직을 내렸다는 것이 예사롭지 않다. 제1권 제1회 각주 4번 참조.
8) 『춘추공양전』(春秋公羊傳) 장공(莊公) 19년 가을 편에 나오는 말임.

얻으려 하지 않고 물러나면서 죄를 회피하지 않는다.'[進不求名 退不避罪])[9] 하였습니다. 제가 비록 옛 성현들의 절개를 갖추지는 못했지만 나라에 손해를 끼치는 일은 끝내 하지 않을 것입니다. 이에 먼저 글을 올리고 형편을 살피며 시행하겠습니다."

등애의 편지를 읽은 사마소는 몹시 놀라 서둘러 가충과 이 문제를 어찌할 것인가를 상의하며 말했다.

"등애가 자신의 공로로 교만에 빠져 제멋대로 일을 처리하는 것으로 보아 이제 반역의 뜻을 드러내는데 어찌하면 좋겠소?"

가충이 대답했다.

"주공께서는 어찌하여 종회를 시켜 그를 막도록 하지 않으십니까?"

사마소가 가충의 뜻에 따라 조서를 든 사자를 종회에게 보내어 그에게 사도(司徒)의 직품을 내리고 위관에게 양쪽의 병마를 살피도록 하는 한편, 손수 위관에게 편지를 보내어 종회와 함께 등애의 거동을 살펴 변고를 막도록 하라고 지시했다. 종회가 조서를 받아보니 그 내용은 이러했다.

"진서장군 종회는 가는 곳마다 이기지 못하는 적군이 없었으며, 앞을 막는 강적이 없었으며, 여러 성을 다스리고 도망하는 무리를 붙잡았으며, 서촉의 우두머리가 스스로 결박한 채 항복했으며, 계책을 세우면 이루지 못함이 없고, 움직이면 공로를 세우지 않음이 없었노라. 이에 종회에게 사도의 직분을 내리고 현후(縣侯)로 봉하여 식읍 만 호를 더하고 두 아들을 정후로 봉하여 각기 식읍 천 호를 주노라."

식읍을 받은 종회는 곧 강유를 불러 상의하면서 말했다.

---

[9] 『손자병법』 「지형」(地形) 편에 나오는 말임.

"등애의 전공은 나보다 높아 태위의 봉작을 받았소이다. 그러나 사마공은 지금 그가 반란을 도모하고 있다고 의심하여 위관을 감군으로 임명하고, 나에게도 조칙을 내려 그를 견제하라 하니 백약의 고견은 어떠신지요?"

그 말을 들은 강유가 대답했다.

"제가 듣기로 등애는 미천한 집안에서 태어나 어려서는 농사짓고 소를 키웠는데 이번에 요행히도 음평의 샛길로 빠져나가면서 나무 등걸을 잡고 벼랑에 매달려가며 큰 공로를 이루었으니 지모가 뛰어난 덕분이라기보다는 사실 이 나라가 하늘의 축복을 받았기 때문이었습니다. 만약 장군과 제가 검각에서 서로 다투지만 않았더라도 어찌 그가 이번 공로를 이룰 수 있었겠습니까? 이번에 그가 서촉의 유선을 부풍왕으로 삼은 것은 그곳 백성들의 마음을 모아 반역을 도모하고 있음은 말하지 않아도 눈으로 보는 듯합니다. 진공(晉公)은 바로 그 점을 의심하고 있는 것이지요."

종회가 그 말을 듣고 몹시 기뻐하자 강유가 말을 이었다.

"좌우의 사람들을 물리쳐주시면 제가 은밀하게 드릴 말씀이 있습니다."

종회가 좌우의 무리들을 물리치자 강유가 소매에서 한 장의 지도를 꺼내 보이며 말했다.

"지난날 제갈 무후께서 초막에서 나오실 때 돌아가신 황제께 이 지도를 드리며, '익주는 기름진 땅이 천리에 이르고, 백성이 많고 나라가 부유하니 쉽게 패업을 이룰 수 있는 곳이라'[益州之地 沃野千里 民殷國富 可爲霸業]고 말씀드린 바 있습니다. 돌아가신 황제께서 그의 말대로 성도에서 나라를 세우셨습니다. 이제 등애가 그 땅을 차지했으니 어찌 미친 듯이 기뻐하지 않을 수 있겠습니까?"

종회가 몹시 기뻐했다. 그는 산천을 가리키며 그 형세를 물으니 강유가 일일이 대답했다. 종회가 다시 물었다.

"그렇다면 어떤 계책으로 등애를 제거할 수 있겠습니까?"

강유가 대답했다.

"진공께서 그를 의심하고 있는 터에 서둘러 표문(表文)을 올려 등애가 반역할 뜻이 있음을 알리면 진공은 반드시 장군께 그를 토벌하라 이를 것이니 그때 한 번 움직여 그를 사로잡을 수 있습니다."

종회는 강유의 말에 따라 곧 사람을 시켜 표문을 들고 낙양으로 달려가 등애가 권력을 함부로 흔들고 있으니 서촉 사람들과 손을 잡고 반란을 일으킬 날이 멀지 않았다고 아뢰었다.

종회의 표문을 받아본 조정의 문무 대신들은 모두 크게 놀랐다. 종회는 다시 사람을 시켜 중간에서 등애가 올리는 표문을 가로채어 등애의 필적으로 내용을 오만하게 바꿔 써 보냄으로써 자신의 말이 사실임을 보여주었다.

등애의 조작된 표문을 받아본 사마소는 대로하여 곧 종회의 장막으로 사람을 보내어 등애를 토벌하라 이르고 가충에게 삼만 명의 병력을 이끌고 야곡(斜谷)으로 진격하도록 한 다음 자신은 위의 황제 조환(曹奐)과 함께 어가를 타고 몸소 정벌의 길에 올랐다. 서조연(西曹掾) 소제(邵悌)가 사마소의 친정을 말리며 말했다.

"종회의 병력은 등애의 여섯 배가 되는데 마땅히 종회를 시켜 등애를 토벌하실 일이지 어찌 명공께서 몸소 정벌에 나서십니까?"

사마소가 웃으며 말했다.

"그대는 지난날 나에게 한 말을 잊었소? 그대가 말하기를 종회가 반드시 뒷날 반역할 것이라 말했는데, 내가 이번에 몸소 정벌에 나서는 것은 등애를 제거하려 함이 아니라 사실은 종회를 제거함이라오."

소제가 웃으며 말했다.

"저는 명공께서 행여 잊지나 않으셨는지 걱정되어 여쭈어보았습니다. 이제 이미 그런 생각을 하셨다니 마땅히 비밀에 부쳐 소문이 새어나가지 않도록 하십시오."

사마소가 그 말에 웃음으로 대답하며 대군을 이끌고 정벌의 길에 올랐다. 그때 가충도 또한 종회가 반역을 꿈꾸는 것이나 아닌지 사마소에게 은밀히 아뢰었다. 그 말을 들은 사마소가 대답했다.

"내가 그대를 정벌군으로 보냈었더라도 또한 나는 그대를 의심했겠소? 장안에 이르러 보면 자연히 밝혀질 것이오."

첩보가 일찌거니 종회를 찾아가 사마소가 이미 장안에 이르렀다고 보고했다. 종회는 당황하여 강유를 불러 등애를 제거할 계책을 상의했다.

뒷날 한 시인이 이를 두고 다음과 같이 읊었다.

서촉의 장수가 항복한 지 어제인데
장안에서 다시 많은 군사가 움직이다니.
纔見西蜀收降將 又見長安動大兵

강유는 어떤 계책으로 등애를 제거하려나?

제119회

의심받는 신하는 반드시 죽는다

거짓 항복한 계교는 허사로 돌아가고
제위를 빼앗는 모습은 여전하구나.[1]

그 무렵 종회가 강유를 만나 등애를 제거할 계책을 묻자 그가 이렇게 대답했다.

"먼저 감군(監軍) 위관(衛瓘)을 보내어 등애를 체포하도록 하시지요. 그렇게 되면 등애가 위관을 죽이려 할 터이니 그것이 바로 반역의 실체입니다. 그때 장군께서 병력을 거느리고 가 그를 토벌하면 됩니다."

종회가 몹시 기뻐하며 위관에게 스무남은 명의 병사를 딸려 성도로 보내어 등애와 그 아들 등충을 체포하도록 했다. 이를 본 위관의 부하들이 가는 길을 말리며 말했다.

"이는 등애가 장군을 죽이도록 하여 그의 반역을 입증하려 사도 종회

---

1) 본문에는 재수선의양화호로(再受禪依樣畫葫蘆)로 되어 있다. 문장 그대로 직역하면 "황제를 바꾸는 모습이 마치 이미 그려놓았던 호로병을 본떠 그리는 것 같구나."라는 뜻으로 흉내 낸다는 뜻임. 송(宋)나라의 위태(魏泰)가 쓴 『동헌필록』(東軒筆錄) 1권에 나오는 말임.

가 꾸민 일이니 절대로 가서는 안 됩니다."

그 말을 들은 위관이 말했다.

"나에게도 헤아리는 바가 있다."

위관은 먼저 격문 이삼십 통을 지어 성도로 보냈는데 그 내용은 이러했다.

"황제의 조서(詔書)를 받들어 등애를 체포하며 나머지 사람들에게는 죄를 묻지 않으리라. 일찌거니 귀순하는 무리는 벼슬과 상을 더할 것이요, 감히 나오지 않는 무리는 삼족을 죽이리라."

종회는 함거(檻車) 두 대를 마련하여 밤을 가리지 않고 성도를 바라보며 진군했다. 새벽닭이 울 무렵 격문을 읽은 등애의 부장(部將)들은 달려 나와 위관의 말 앞에 엎드려 절을 올렸다. 그 무렵에 등애는 부중(府中)에서 아직 잠을 자고 있었는데 위관이 여남은 명의 무사들을 데리고 들어와 크게 소리쳤다.

"황제의 조서를 받들어 등애 부자를 체포하노라."

등애는 너무 놀라 침상에서 굴러떨어졌다. 위관이 무사들을 호령하여 등애를 묶어 함거에 실었다. 그 아들 등충이 무슨 일인가 싶어 나왔다가 그 또한 체포되어 함거에 결박되어 실려 갔다. 부중의 장수와 관리들이 크게 놀라 그들 부자를 빼앗으려 하는데 바라보니 흙먼지가 크게 일어나며 척후가 소리쳤다.

"종 사도의 대군이 이르렀도다."

그 말을 들은 무리들은 뿔뿔이 흩어져 달아났다.

종회와 강유가 말에서 내려 부중으로 들어가보니 이미 등애 부자가 밧줄에 묶여 있었다. 종회가 채찍으로 등애의 머리를 내리치며 욕설을 퍼부었다.

"소 치던 미천한 놈2)이 어찌 감히 이럴 수 있다는 말인가?"

강유도 또한 욕설을 퍼부었다.

"못난 놈이 요행으로 위험한 길을 빠져나오더니 오늘 이 꼴이 되었구나."

등애도 지지 않고 욕설을 퍼부었다. 종회는 등애 부자를 낙양으로 압송하기로 했다.

종회는 성도로 들어가 등애의 모든 병마를 차지하니 그 위세가 땅을 뒤흔드는 듯했다. 그는 강유를 돌아보면서 말했다.

"내가 오늘에서야 평생 바라던 바를 이루었소이다."

그 말을 들은 강유가 말했다.

"지난날 한신(韓信)이 괴통(蒯通)3)의 말을 듣지 않다가 미앙궁(未央宮)에서 재앙을 겪었고, 대부 문종(文種)4)은 범리(范蠡)5)의 말을 따르지

---

2) "소 치던 미천한 놈": 원문에는 소 치던 어린 놈[養犢小兒]이라고 되어 있다. 이 표현에는 문제가 있다. 세 장수 가운데 등애가 서기 197년생이고, 강유가 서기 202년생이고, 종회가 서기 225년생이다. 지금의 상황이 벌어지고 있는 서기 264년(위나라 咸熙 원년)에 등애는 이미 예순일곱 살이었고, 강유가 예순두 살이었고, 종회가 서른아홉 살이었으니 서로가 원수였다고는 하지만 종회가 28세나 연상으로 부모 같은 등애를 가리켜 "어린놈"[小兒]이라고 표현한 것은 적절하지 않아 여기에서는 "소 치던 미천한 놈"이라고 번역했다. 로버츠(Moss Roberts)는 이를 "소 치던 부랑자"(calf-tending urchin)라고 번역했다.

3) 괴통(蒯通): 전한시대에 탁군(涿郡) 범양(范陽) 사람. 본명은 철(徹)이다. 그는 뒷날 한신에게 모반하고 자립할 것을 권고했으나 듣지 않자 미친 사람처럼 행세하며 숨어 지냈다. 한신이 죽임을 당한 뒤 반란을 사주했다고 해서 체포당했지만 풀려났다. 『준영』(雋永) 81편을 지었는데, 전국시대 세객(說客)들의 권변(權變)에 대해 쓴 것으로 지금은 전해지지 않는다.

4) 문종(文種): 자는 자금(子禽)으로 초나라 영(郢)의 사람이다. 춘추 말기의 저명한 모략가로 범리(范蠡)와 함께 구천이 오왕 부차를 멸망시키는 데 큰 공을 세웠다. 오나라가 멸망한 뒤에 범리가 그에게 공이 너무 높으면 도리어 위험하게 될 것이니 함께 은거를 권유했지만 듣지 않았다. 결국 그는 범리의 말대로 구천에게 죽임을 당했다.

않다가 끝내 오호(五湖)에서 칼에 엎어져 죽었습니다. 등애 부자의 공명이 어찌 그 두 사람에 따르지 못했겠습니까만 헛되이 이해(利害)에 밝지 못하고 세상의 기미(機微)를 일찍이 살피지 못했기 때문이었습니다. 이제 장군께서 대공을 이미 세우시고 그 위엄이 주군 위에 떨치니 어찌 오호에 배를 띄워 자취를 감추고 아미산[峨嵋之嶺]6)에 올라 적송자(赤松子)7)를 따라 노닐려 하지 않으십니까?"

종회가 웃으며 말했다.

"그대의 말이 옳지 않소이다. 내 나이가 아직 마흔 살도 못 되었으니 더 나아갈 생각을 해야지 어찌 이렇게 물러서 한가한 일이나 하고 있겠소?"

강유가 말했다.

"만약 물러나지 않으시려면 마땅히 서둘러 좋은 방도를 찾아야 할 것이오. 밝으신 장군께서는 그 일을 쉽게 처리할 지혜를 갖추었으니 이 늙은이의 말에 마음 쓸 것이 없습니다."

종회는 손바닥을 쓰다듬으며 큰 소리로 웃은 다음 이렇게 말했다.

"백약은 나의 마음을 아시는구려."

그 뒤로 종회와 강유는 날마다 만나 대사를 상의했다. 강유는 은밀히 유선에게 글을 보내어 아뢰었다.

---

5) 범리(范蠡) : 월나라의 경세가. 제2권 제33회 각주 10번 참조.
6) 아미산[峨嵋之嶺] : 중국 사천성(四川省)에 있는 산으로, 절강성(浙江省)의 보타산(普陀山), 안휘성(安徽省)의 구화산(九華山), 산서성의 오대산과 함께 중국 불교 4대 명산의 하나이다.
7) 적송자(赤松子) : 신화시대의 신선 이름. 적송자(赤誦子)라고도 부른다. 그는 신농씨(神農氏) 시대의 우사(雨師)였으며, 수정(水晶)을 복용하는 법을 신농씨에게 가르쳐주고, 불길에 들어가 스스로를 태울 수도 있었다고 한다. 때로 곤륜산 위에 내려와 서왕모(西王母)의 석실 안에 머물렀는데, 바람과 비를 따라 오르내릴 수도 있었다. 염제(炎帝)의 어린 딸이 그것을 보고 그를 따라가 신선이 되었다. 한나라의 개국공신 장량(張良)은 천하통일의 과업을 이룩한 뒤 적송자를 찾아 낙향하였다.

"바라옵건대 폐하께서 며칠만 굴욕을 참으시면 제가 장차 사직을 다시 일으켜 해와 달의 어둠을 다시 밝게 하고 한나라 왕실이 멸망하는 일이 절대로 없도록 하겠습니다."

그 무렵 종회가 강유와 더불어 모반을 꾸미고 있는데 문득 사마소의 편지가 이르렀다는 보고가 올라왔다. 종회가 편지를 열어보니 그 내용은 이러했다.

"나는 종 사도가 등애를 잡지 못할까 걱정스러워 스스로 군사를 거느리고 와 장안에 머물고 있소. 서로 만날 날이 멀지 않았기에 이에 먼저 알리는 바이오."

편지를 받아본 종회가 몹시 놀라 말했다.

"나의 병력이 등애의 몇 배요. 다만 내가 등애를 잡기만을 바란다면 내가 혼자서도 쉽게 할 수 있는 일임을 잘 알 터인데 오늘 이렇게 스스로 병력을 이끌고 오는 것은 나를 의심하고 있다는 게로군."

종회가 강유를 불러 상의하자 그가 대답했다.

"주군이 신하를 의심하면 그 신하는 반드시 죽는다[君疑臣則臣必死]는 것을 등애의 일에서도 보지 않았습니까?"

그 말을 들은 종회가 말했다.

"나의 뜻은 이미 결정되었소. 일이 성공하면 천하가 나의 것이 될 것이요, 설령 이루지 못한다 하더라도 서촉으로 물러나 유비가 이룬 기업을 잃지는 않을 것이오."

강유가 말했다.

"요즘 듣자니 곽(郭) 태후가 세상을 떠났다 하던데 태후께서 남기신 조서라고 속여 사마소를 토벌하여 시역(弑逆)의 죄를 묻도록 하시지요. 장군의 재주라면 쉽게 중원을 멍석 말 듯 평정할 수 있을 것입니다."

"마땅히 백약이 선봉에 서시오. 일이 성공한 다음에는 내가 그대와 부귀를 함께 누릴 것이오."

"제가 개와 말의 적은 수고[犬馬微勞]로 보답하오리다. 다만 여러 장수가 따르지 않을까 걱정스럽습니다."

"내일이 정월 대보름 명절이니 대궐에 불을 밝히고 여러 장수를 불러 잔치를 연 다음 따르지 않는 무리는 목을 벨 것이오."

강유가 속으로 기뻐했다.

이튿날 종회와 강유는 여러 장수를 불러 잔치를 열었다. 술이 몇 차례 돌자 종회가 술잔을 잡고 목 놓아 울었다. 여러 장수가 그 까닭을 물으니 종회가 대답했다.

"곽 태후께서 세상을 떠나시면서 내리신 조서가 여기에 있소. 사마소는 남궐(南闕)에서 황제를 죽인 대역 죄인으로 머지않아 위나라의 황제 자리를 찬탈할 것인즉 나에게 그를 토벌하라 이르셨소. 여러 장수는 여기에 각자 서명하여 함께 이번 토벌에 성공하기 바라오."

장수들이 몹시 놀라 서로 얼굴만 쳐다보자 종회가 칼을 빼어들고 소리쳤다.

"나의 명령에 따르지 않는 무리는 목을 치리라."

장수들이 두려워하며 어쩔 수 없이 그의 말에 따라 서명하자 종회는 그들을 궁중에 가두어놓고 엄중하게 감시하도록 했다. 이를 본 강유가 말했다.

"제가 보기에는 여러 장수가 마음속으로 따르지 않으니 모두 땅에 묻어 버리시지요."

종회가 말했다.

"내가 이미 궁궐 안에 구덩이를 파놓고 몽둥이 몇천 개를 마련해두었으니 우리에게 따르지 않는 무리를 때려죽여 묻어버립시다."

그런 이야기를 나누고 있을 때 그 곁에서 심복 장수인 구건(丘建)이 듣고 있었다. 구건은 호군(護軍) 호열(胡烈)의 부하로서 오랫동안 그를 모신 바 있었다. 그 무렵에 호열도 또한 궁궐에 갇혀 있었다. 구건이 은밀히 호열을 찾아가 종회가 한 말을 알려 주었다. 호열이 몹시 놀라 울며 말했다.

"내 아들 호연(胡淵)이 병력을 거느리고 성 밖에 있으니 어찌 종회의 그런 계략을 알겠는가? 그대는 나와 지난날의 정리를 생각해서라도 이 소식을 내 아들에게 전달해 줄 수 있다면 내가 죽어도 한이 없겠네."

그 말을 들은 구건이 말했다.

"장군께서는 저에게 은혜를 베풀어주셨는데, 걱정하지 마십시오. 제가 방법을 찾아보겠습니다."

말을 마친 구건은 종회를 찾아가 아뢰었다.

"주공께서는 여러 장수를 궁궐에 가두어두셨는데 그들이 물을 마시기 불편하니 한 사람을 보내시어 물을 먹도록 해주시지요."

종회는 평소에 구건의 말을 잘 듣는 사이인지라 구건을 시켜 장수들을 감독하도록 하면서 지시했다.

"내가 중요한 일을 너에게 맡기는 것이니 절대로 말이 새어나가지 못하도록 하라."

구건이 아뢰었다.

"장군께서는 걱정하지 마십시오. 제가 사람을 엄중하게 다루는 법을 알고 있습니다."

구건은 호열과 가까이 지내는 한 사람을 찾아 궁궐 안으로 몰래 들여보냈다. 호열은 편지 한 통을 써서 아들에게 전달해달라고 그 사람에게 부탁했다. 그 사람은 편지를 들고 나는 듯이 호연의 영채를 찾아가 사태를 자세히 전달하고 밀서를 바쳤다. 호연은 몹시 놀라 여러 영채에 편지를 돌려 사실을 알렸다. 여러 장수가 대로하며 서둘러 호연의 영채로 몰려와 상의하며 말했다.

"우리가 비록 죽을지라도 어찌 반역한 신하의 말을 따를 수 있겠소?"

그 말을 들은 호연이 말했다.

"우리가 정월 열여드렛날에 함께 모여 대궐로 들어가 이러저러하게 행동합시다."

감군 위관은 호연의 말을 듣자 몹시 기뻐하며 병마를 정돈하고 구건을 시켜 호열에게 이쪽의 작전을 알리도록 하니 호열이 함께 있던 장수들에게 다시 사실을 알렸다.

그 무렵 종회가 강유를 불러 물었다.

"내가 지난밤에 꿈을 꾸었는데 몇천 마리의 구렁이가 나를 물었는데 그게 좋은 꿈인지 나쁜 꿈인지 모르겠소."

강유가 대답했다.

"꿈에 구렁이를 본 것은 상서로운 징조입니다."

종회가 기뻐하며 그의 말을 믿으며 강유에게 말했다.

"장비가 모두 마련되었으니 이제 장수들을 불러 물어보는 것이 어떻겠소?"

강유가 대답했다.

"그들은 모두가 마음속으로 따르지 않고 있어 머지않아 재앙이 될 것이니 일찌거니 죽이느니만 못합니다."

종회가 강유의 말에 따라 곧 무사들을 데리고 가 갇혀 있는 위나라의 여러 장수를 죽이라고 그에게 지시했다. 명령을 받은 강유가 바야흐로 움직이려는데 갑자기 가슴에 극심한 통증을 느끼며 바닥에 쓰러졌다. 좌우에 있던 부하들이 부추겨 세우니 반나절이 지나서야 깨어났다. 그때 문득 대궐 밖에서 사람들의 목소리가 물 끓듯이 들려왔다. 종회가 사람을 시켜 알아보려는데 벌써 함성이 땅을 울릴 듯이 진동하며 사면팔방에서 수많은 병사가 달려오고 있었다. 이를 본 강유가 말했다.

"이는 틀림없이 장수들이 반란을 일으킨 것이니 이들을 먼저 죽여야 한다."

그때 문득 이미 병사들이 대궐 안에 들어왔다는 보고가 올라왔다. 종회는 본전(本殿)의 문을 닫아걸게 하고 지붕으로 올라가 기왓장을 던져 위나라 병사들을 물리치라고 명령했다. 이때 서로 여남은 명이 죽었다. 대궐 밖에서는 사방에서 불길이 일어나고 밖에 있던 병사들은 문을 부수고 몰려들어왔다. 종회는 몸소 칼을 뽑아 들고 몇 사람을 죽였으나 날아오는 화살을 맞고 바닥에 쓰러지자 여러 장수가 몰려들어 그의 목을 잘랐다.

강유는 칼을 빼어 들고 본전 위에서 좌우로 부딪치며 싸우는데 불행하게도 다시 가슴이 아파오기 시작했다. 강유는 하늘을 우러러 부르짖었다.

"나의 계책이 이뤄지지 않음은 하늘의 뜻이로다."

그러고서는 스스로 목을 찔러 죽으니 그때 나이가 쉰아홉 살[8]이었다. 대궐에서 죽은 병사들이 몇백 명이었다. 위관이 나서서 말했다.

"모든 장수를 각기 영채로 돌아가 왕명을 기다리시오."

위나라 군사들이 복수심에 불타 강유의 배를 가르니 쓸개가 달걀만큼 컸다.[9] 장수들은 다시 강유의 가솔들을 모두 죽였다. 등애의 부하들은

---

8) 그때 강유의 나이는 예순두 살이었다. 본 회의 각주 2회 참조.
9) 중국인들은 쓸개가 큰 사람이 용기가 넘친다고 믿었다. 여기에서 대담(大膽)하다는 말이 생겼다.

종회와 강유가 죽는 것을 보자 등애를 구출하러 밤낮으로 달려갔다.

병사들이 늦지 않게 모든 사실을 위관에게 보고하니 그가 말했다.

"등애를 사로잡은 사람이 나인데 그가 살아 있다면 나는 죽어 묻힐 땅도 없을 것이다."

그 말을 들은 호군(護軍) 전속(田續)이 말했다.

"지난날 등애가 강유성을 점령했을 때 저를 죽이려 하였으나 여러 관리가 사정하여 목숨을 건진 일이 있습니다. 오늘 내가 그 원한을 갚겠습니다."

위관이 몹시 기뻐하며 전속에게 오백 명의 군사를 주어 면죽으로 달려가도록 했다. 마침 그때 등애 부자가 함거에서 내려 성도로 돌아가고자 하던 터였다. 등애는 달려오는 무리들이 지난날 자신이 거느렸던 병사들임을 알자 마음 놓고 그들을 기다리고 있는데 전속이 단칼에 그의 목을 베었다. 등충도 또한 어지러운 싸움판에서 죽었다. 뒷날 어느 시인이 등애의 죽음을 탄식하며 이런 시를 지었다.

　　어릴 적부터 계책이 빼어나
　　많은 꾀를 내어 군사를 잘 부렸더라.
　　굽어보면 지리를 알고
　　우러러보면 천문을 알았으며
　　그의 말이 이르면 산이 끊어지고
　　그의 병사가 이르면 돌길도 나뉘어졌더라.
　　전공을 세웠으나 몸은 죽음을 겪으니
　　그의 넋은 한강의 구름을 맴도누나.
　　自幼能籌畫 多謀善用兵
　　凝眸知地理 仰面識天文

馬到山根斷 兵來石徑分
　　功成身被害 魂繞漢江雲

종회를 한탄하는 시도 남아 있다.

　　어려서부터 수재의 소리를 들어
　　일찍이 비서랑에 올랐더라.
　　그의 지모에 사마소도 귀를 기울여
　　그 시대에 장자방의 칭호를 들었다네.
　　수춘성의 공로를 찬양하는 그림이 많고
　　검각에서는 매가 날듯 이름을 드높였다네.
　　도주은(陶朱隱)10)처럼 숨는 법을 배우지 못하여
　　넋이 고향을 슬피 떠도누나.
　　髫年稱早慧 曾作祕書郎
　　妙計傾司馬 當時號子房
　　壽春多贊畫 劍閣顯鷹揚
　　不學陶朱隱 遊魂悲故鄕

강유를 탄식하며 지은 시도 있다.

　　천수 땅은 영걸을 자랑하고
　　양주 땅에서는 기이한 인재가 태어났도다.
　　핏줄은 강태공으로 이어지고

---

10) 범리(范蠡)를 가리킴.

전술은 제갈량을 받들었다네.
그의 대담함은 무서움을 모르고
영웅의 뜻을 굽히지 않으니
성도에서 몸이 죽던 날
한나라 장수의 여한(餘恨)이 깊더라.
天水誇英俊 涼州産異才
系從尚父出 術奉武侯來
大膽應無懼 雄心誓不回
成都身死日 漢將有餘哀

  종회와 강유와 등애가 모두 죽고 장익마저 어지러운 전투 속에 죽었다. 태자 유선(劉璿)과 한수정후(漢壽亭侯) 관이(關彝)[11]도 위나라 병사들의 손에 죽었다. 백성과 병사들이 난리를 치며 서로 밟아 죽인 사람이 헤아릴 수 없이 많았다. 열흘 남짓 지나자 가충이 먼저 성도로 들어와 방문을 붙여 백성을 안심시키니 그제야 안정을 되찾았다.
  가충은 위관을 성도에 남기고 유선(劉禪)을 낙양으로 데려갔다. 겨우 상서령 번건(樊建)과 시중 장소(張紹)와 광록대부 초주(譙周)와 비서랑 극정(卻正)을 비롯한 몇 명의 신하만이 유선을 따라갔다. 요화(廖化)와 동궐(董厥)은 아프다는 핑계로 자리에 눕더니 모두 홧병으로 죽었다.
  이때 위나라는 경원(景元) 5년을 함희(咸熙) 원년으로 고쳤다.
  이해[서기 264] 3월에 오나라 장수 정봉(丁奉)은 병력을 물려 자기 나라로 돌아갔다. 중서승(中書承) 화핵(華覈)이 오나라 왕 손휴(孫休)에게

---

11) 관이(關彝) : 관우의 손자임.

글을 올려 아뢰었다.

"오나라와 서촉은 입술과 이의 관계입니다. 옛말에, '입술이 없어지면 이가 시리다.'[脣亡則齒寒]고 했습니다. 신이 생각건대 사마소가 오나라를 침략할 날이 가까워졌으니 폐하께서는 더욱 방어에 힘쓰소서."

손휴가 그의 말에 따라 육손의 아들 육항(陸抗)을 진동대장군(鎭東大將軍)으로 삼아 형주목(牧)을 겸임하게 하여 장강의 어구를 지키게 하고, 좌장군 손이(孫異)에게 남서(南徐)의 여러 요충을 지키게 하는 한편, 장강 강변 일대에 영채 몇백 개를 세워 노장 정봉을 사령관으로 삼아 위나라 병사들을 막게 했다.

그 무렵에 건영(建寧)태수 곽익(霍弋)12)은 성도가 함락되었다는 말을 듣자 상복[素服]으로 갈아입고 서쪽을 바라보며 사흘 동안 통곡했다. 그를 본 여러 장수가 물었다.

"한나라가 이미 멸망했는데 어찌 항복하지 않으십니까?"

곽익이 울며 대답했다.

"길이 끊어져 폐하께서 어찌 되셨는지 알 수 없소. 만약 위나라 왕이 우리의 황제를 예의를 갖추어 맞이해 주었다면 나도 성을 내어주고 항복하더라도 늦지 않을 것이오. 만일 우리의 황제가 치욕을 겪고 있다면 옛말에, '주군이 치욕을 겪으면 신하가 죽어야 한다.'[主辱臣死]13) 했으니 어찌 지금 항복할 수 있겠소?"

무리들이 그 말을 옳게 여겨 사람을 낙양으로 보내어 유선의 소식을 알

---

12) 곽익(霍弋) : 이탁오 판본과 모종강 판본에 이 사람의 이름이 곽과(霍戈)로 잘못 기록되어 있어 한국에서의 대부분의 판본도 함께 틀리고 있다. 이 사람은 유표의 중랑장을 지내다가 유비를 섬긴 곽준(霍峻, 제3권 제62회와 제4권 제70회)의 아들이다.
13) 『사기』 「월왕(越王) 구천세가」(句踐世家)에 나오는 말임.

아보도록 했다. 그 무렵 유선이 낙양에 이르렀을 때 사마소도 조정에 돌아와 있었다. 사마소는 유선을 보자 꾸짖어 말했다.

"그대는 황음무도하며 어진 사람을 물리치고 정치를 잘 하지 못했으니 죽어 마땅하도다."

유선은 낯빛이 흙색으로 바뀌더니 어찌할 바를 몰랐다. 이를 본 문무 관료들이 아뢰었다.

"서촉의 왕은 이미 나라의 법도를 잃었으나 다행히 일찌거니 항복하였으니 죄를 사면해주심이 옳은 줄로 아룁니다."

사마소는 유선을 안락공(安樂公)으로 봉하고 집과 다달이 생활비를 주었으며, 비단 만 필과 노비 백 명을 주었으며, 아들 유요(劉瑤)와 번건, 초주, 극정 등의 신하들에게도 봉작을 주었다. 유선은 은혜에 감사하며 물러갔다. 황호는 좀[蠹]처럼 나라를 갉아먹고 백성을 괴롭힌 죄로 저자에 끌어내어 찢어 죽였다. 곽익은 유선이 봉작을 받았다는 소식을 듣자 부하들을 거느리고 와 항복했다.

이튿날 유선은 사마소의 부중을 찾아가 절하며 감사의 인사를 올렸다. 사마소가 잔치를 마련하여 그를 대접하면서 그들 앞에서 먼저 위나라의 음악을 들려주고 춤을 보여주니 서촉의 관리들은 슬픔에 젖었으나 유선만은 얼굴에 기쁨이 가득했다. 사마소는 이어서 서촉 사람을 시켜 그들 앞에서 서촉의 음악을 들려주었다. 유선은 태연히 웃으며 즐거워했다. 술이 반쯤 취하자 사마소가 가충을 돌아보며 말했다.

"사람이 어찌 저리도 속이 없을까? 저러니 제갈량이 살아 있었을지라도 온전하게 보필하지 못했을 것이거늘, 하물며 어찌 강유가 감당할 수 있었겠소?"

그러고서는 유선을 바라보며 물었다.

"서촉이 많이 그립지 않소?"

그 말에 유선이 대답했다.

"이렇게 즐거운데 어찌 서촉을 그리워하겠습니까?"

조금 시간이 지나자 유선이 옷을 갈아입으려고 일어서자 극정이 낭하로 따라 나오며 말했다.

"폐하께서는 어찌하여 서촉이 그립지 않다고 말씀하셨습니까? 다음에 다시 그가 묻거든 눈물을 흘리며, '조상의 무덤이 멀리 서촉에 있어 마음속으로 서쪽을 바라보며 슬퍼하며 생각하지 않는 날이 없습니다.'라고 대답하십시오. 그러면 진공이 반드시 폐하를 서촉으로 돌려보내줄 것입니다."

유선이 단단히 머릿속에 담고 들어가 자리에 앉았다. 술이 조금 취하자 사마소가 다시 물었다.

"서촉이 몹시 그립지 않으시오?"

유선은 극정이 가르쳐준 대로 억지로 울려 하였으나 눈물이 나오지 않아 눈을 감아버렸다. 이를 본 사마소가 말했다.

"어찌 그리 극정의 말과 같소?"

유선이 눈을 뜨고 놀라 사마소를 바라보며 말했다.

"참으로 진공께서 말씀하신 대로 그러합니다."

사마소와 곁에 있던 사람들이 모두 웃었다. 사마소는 유선이 그토록 솔직한 것을 기뻐하며 더 이상 의심하지 않았다. 뒷날 어느 시인이 그때를 탄식하며 이런 시를 남겼다.

    환락을 좇아 얼굴에 웃음이 가득하니
    나라 잃은 슬픔은 티끌만큼도 없도다.

이국땅에서 쾌락에 빠져 고국마저 잊었으니
유선이 얼마나 못났는지 이제야 알겠구나.
追歡作樂笑顔開 不念危亡半點哀
快樂異鄕忘故國 方知後主是庸才

그 무렵 조정 대신들은 사마소가 서천을 거두어들인 공로를 내세워 그를 왕위에 올려야 한다고 위나라의 황제 조환(曹奐)에게 표문을 올렸다. 조환은 이름만 천자일 뿐 아무런 주장을 할 수 없고 모든 정사는 사마 씨에게 넘어가 감히 따르지 않을 수 없었다. 이에 조환은 진공(晉公) 사마소를 진왕(晉王)으로 올리고, 그의 아버지 사마의를 선왕(宣王)으로 추증하고, 형 사마사를 경왕(景王)으로 추증했다.

사마소의 아내는 왕숙(王肅)14)의 딸로서 두 아들을 낳았다. 맏아들 사마염은 인물이 출중하였는데, 일어서면 머리카락이 땅에 닿고 두 손이 무릎까지 내려갔으며, 총명하고 영특하며 담대함이 여느 사람을 뛰어넘었다. 둘째 아들 사마유(司馬攸)는 성격이 온화하고 공손하고 검소하며 부모에 효성스럽고 형제간에도 우애가 깊어 사마소가 지극히 사랑했다. 사마소는 형 사마사에게는 아들이 없어 사마유를 그의 양자로 보냈다. 사마소는 늘 이렇게 말했다.

"천하는 본디 내 형님의 것이었다."

그 무렵 사마소는 진왕에 오르자 사마유를 세자로 책봉하고자 했다. 이를 본 산도(山濤)가 말리며 아뢰었다.

"장자를 제치고 작은아들을 세자로 책봉하는 일[廢長立幼]은 예법에

---

14) 왕숙(王肅) : 이 사람은 제갈량의 꾸지람을 듣고 울화가 치밀어 말에서 떨어져 죽은 왕랑(王朗, 제4권 제93회)의 아들이다.

어긋나는 일이어서 상서롭지 않습니다."

이어서 가충과 하중(何曾)과 배수(裴秀)도 같은 말로 아뢰었다.

"맏아드님이 총명하고 무용이 뛰어남이 한 시대를 뛰어넘으며, 인망이 두터워 하늘의 뜻을 보이니 남의 신하가 될 인물이 아닙니다."

사마소가 결심하지 못하자 태위 왕상(王祥)과 사공 순의(荀顗)15)가 아뢰었다.

"지난날 작은 아들을 후사로 세워 나라가 어지러운 적이 많았는데 전하께서는 깊이 생각하소서."

그리하여 사마소는 맏아들 사마염을 세자로 책봉했다. 그때 어느 대신이 사마소에게 주청(奏請)했다.

"금년에 양무현(襄武縣)에서 하늘로부터 어떤 사람이 내려왔는데 키는 두 길[丈]이요 발은 석 자 두 치였으며, 머리는 희고 수염은 푸르렀는데 누런 홑겹 옷을 입고 누런 두건을 쓰고 명아주 지팡이를 짚고 있었다고 합니다. 그가 스스로 말하기를, '이제 내가 너희들에게 알리노니 천하가 왕을 바꾸면 세상이 태평해지리라.'고 하였답니다. 그 이인(異人)은 그렇게 사흘 동안 저자를 거닐다가 문득 사라졌습니다. 이는 전하에게 매우 상서로운 일이니 전하께서는 열두 줄 면류관(冕旒冠)을 쓰시고, 들고 나실 적에 잡인의 통행을 막으시고[出警入蹕], 금근거(金根車)16)에 오르시어 여섯 필의 말이 끌도록 하시고, 왕비를 왕후로 높이시고, 세자를 태자로 높이소서."

---

15) 로버츠(Moss Roberts)는 이 사람의 이름을 순개(荀凱)로 읽었다.
16) 금근거(金根車) : 진시황이 은(殷)나라의 큰 수레[大輅]를 본받아 금으로 장식하여 만든 수레. 본디는 천자의 수레였으나 한당(漢唐) 이후로는 태황태후, 황태후, 황후도 이를 탈 수 있었음.

사마소가 마음속으로 몹시 기뻐하며 대궐로 들어와 막 술을 마시려 하는데 문득 중풍을 맞아 말을 하지 못하더니 이튿날이 되자 병세가 더욱 위중했다. 태위 왕상과 사도 하증과 사마 순의와 여러 대신들이 대궐로 들어가 문안을 드리니 사마소는 말을 하지 못하고 태자 사마염을 손으로 가리키더니 숨을 거두었다. 그때가 [함희(咸熙) 2년(서기 265)] 8월 신묘일이었다. 하증이 말했다.

"천하의 큰일이 모두 진왕의 결정 사항이었는데 먼저 태자를 진왕으로 모시고 그 다음에 장례를 치름이 옳습니다."

그리하여 그날로 사마염이 진왕으로 등극하여 하증을 승상으로 삼고, 사마망을 사도로 삼고, 석포(石苞)를 표기장군(驃騎將軍)으로 삼고, 진건(陳騫)을 거기장군(車騎將軍)으로 삼고, 사마소에게는 문왕(文王)이라는 시호를 올렸다.

장례를 마치자 사마염은 가충과 배수를 대궐로 불러 물었다.

"지난날 조조가 말하기를, '만약 나에게 천명(天命)이 주어진다면 나는 주문왕처럼 할 수 있다.'고 말했다던데, 그게 사실이오?"

가충이 대답했다.

"조조가 한나라의 봉록을 받을 적에 세상 사람들이 왕위를 빼앗았다고 말하지나 않을까 두려워 그런 말을 했는데, 이는 그 아들 조비를 천자로 삼고자 하는 뜻이 담겨 있었습니다."

그 말을 들은 사마염이 물었다.

"그렇다면 나[孤]의 아버지는 조조와 견주어 어떤 인물인가요?"

가충이 대답했다.

"조조의 공덕이 천하를 덮어 아래로는 백성들이 그의 위세를 두려워한 것은 사실이지만 마음속으로 그의 덕망을 존경한 것은 아니었습니다[下

民畏其威 而不懷其德]. 그 아들 조비가 왕업을 계승하였으나 부역이 너무 무거웠고 동서로 전쟁을 일으켜 평화로운 시절이 없었습니다. 그 뒤로 우리의 선왕(宣王, 사마의)과 경왕(景王, 사마사)은 여러 대에 걸쳐 큰 전공을 이루고 은혜와 덕망을 펴 천하의 인심이 돌아온 지 오래입니다. 더욱이 문왕(文王, 사마소)께서는 서촉을 차지하시어 그 공덕이 온 세상을 덮었으니 어찌 조조에 견줄 수 있겠습니까?"

사마염이 말했다.

"조비와 같은 인물도 한나라의 법통을 이어받았거늘 내가 어찌 위나라의 법통을 이어받지 않을 수 있겠소?"

가충과 배수가 두 번 절하며 아뢰었다.

"전하께서는 마땅히 조비가 한나라의 법통을 이어받은 옛일을 본받아 수선대(受禪臺)를 다시 지으시고 천하에 알리시어 황제에 오르소서."

사마염이 몹시 기뻐하며 이튿날 칼을 차고 대궐로 들어갔다. 그날 위나라 왕 조환은 며칠 동안 조회가 열리지 않아 마음이 어수선하여 어찌할 바를 모르고 있었다. 사마염이 곧바로 후원으로 들어가니 조환이 당황하며 탑상에서 내려 그를 맞이했다. 사마염이 자리에 앉더니 조환에게 물었다.

"위나라가 천하를 지배하고 있는 것은 누구의 공로라고 생각하십니까?"

조환이 대답했다.

"그 모두가 진왕 부자에게서 이루어주신 것이지요."

그 말을 듣자 사마염이 웃으며 말했다.

"내가 보기에 폐하께서는 공부가 부족하여 세상 도리를 논의할 수 없고 무예를 익히지 않아 나라를 지킬 수 없습니다. 그러니 어찌하여 덕망이 높은 사람에게 황제의 자리를 물려주려 하지 않으십니까?"

조환은 너무 놀라 입을 다물고 아무 말도 하지 못했다. 그를 본 황문시랑(黃門侍郎) 장절(張節)이 소리쳤다.

"진왕의 말이 틀렸소. 지난날 위나라의 무조(武祖, 조조) 황제께서는 동서로 역적을 소탕하고 남북으로 오랑캐를 정벌하였으니 이 천하를 얻은 것이 쉽지 않은 일이었습니다. 지금의 천자께서는 덕망이 높으시고 또한 잘못한 것이 없는데 어찌하여 천자의 자리에서 물러나야 한다는 말입니까?"

사마염이 대로하여 말했다.

"이 나라의 사직은 대한(大漢)의 것이오. 조조는 천자를 곁에 끼고 제후를 호령하여 스스로 위나라 왕에 올라 한나라 황실을 찬탈한 것이오. 그런데 나의 조상 삼대[17])께서 위나라를 보필하셨으니 조 씨가 천하를 얻은 것은 조 씨 집안의 능력이 뛰어나서 이루어진 것이 아니라 사실은 사마 씨 가문의 힘 때문이었소. 세상 사람들이 이를 다 잘 알고 있는데 어찌하여 내가 위나라의 천하를 계승하지 못하겠소?"

장절이 다시 말했다.

"만약 진왕께서 그리하신다면 이는 찬탈의 역적이 되는 것이오."

사마염이 대로하여 말했다.

"내가 한나라의 원수를 갚으려 하는데 어찌 옳지 않다는 말인가?"

사마염은 무사들을 꾸짖어 장절을 섬돌 밑에서 몽둥이로 때려죽이도록 했다. 조환이 무릎을 꿇고 눈물을 흘리며 뭐라고 말했으나 사마염은 몸을 일으켜 밖으로 나갔다. 조환은 가충과 배수를 불러 물었다.

"일이 다급하게 되었는데 어찌하면 좋겠소?"

---

17) 정확히 말하면 "조상 이대 세 분께서"라고 쓰는 것이 맞다.

가충이 아뢰었다.

"이미 한나라의 운명은 다했으니 폐하께서는 하늘의 뜻을 거스르지 마시고 한나라의 헌제(獻帝)가 조비에게 천자의 자리를 물려준 옛일을 본받아 수선대를 다시 고쳐 대례를 갖추어 진왕께 황제의 자리를 물려주심이 위로는 하늘의 뜻에 따르고 아래로는 백성의 뜻에 맞는 것이니 그대로 하시면 폐하의 옥체를 지키는 데 걱정이 없을 것입니다."

조환이 그의 말에 따라 가충에게 수선대를 다시 쌓도록 했다. 섣달 갑자일에 조환이 몸소 옥새를 들고 수선대에 올라 문무 대신들을 불러 모았다.

뒷날 어느 시인이 그날을 한탄하며 시를 남겼다.

위나라는 한나라를 삼키고 사마염은 조 씨 왕조를 삼키니
하늘의 운수가 돌아가는 것을 막을 길이 없구나.
가련한 장절이 나라를 위해 충성하다 죽었으나
주먹 하나로 어찌 태산의 무너짐을 막을쏘냐?
魏吞漢室晉吞曹 天運循環不可逃
張節可憐忠國死 一拳怎障泰山高

조환은 사마염을 수선대에 오르게 하여 대례를 치른 다음 내려와 관복을 입고 신하들의 반열 맨 앞자리에 섰다. 사마염이 수선대 위에 단정히 앉자 가충과 배수가 좌우로 갈라서 칼을 잡고 조환에게 두 번 절을 올리고 땅에 엎드려 새 황제의 명령을 듣도록 했다. 가충이 말했다.

"한나라 건안(建安) 25년(서기 220)에 위나라가 한나라의 왕통을 이어받은 지 이미 사십오 년이 지났도다. 이제 하늘이 위나라에 내리던 봉록

은 끝나고 천명이 진나라에 이어졌도다. 사마 씨의 공덕은 더욱 드높아 위로는 하늘을 찌르고 아래로는 땅을 덮기에 이제 황제의 자리에 올라 위나라의 법통을 이어받도다. 그대를 진류왕(陳留王)에 봉하노니 금용성(金墉城)으로 가서 살도록 하라. 이제 곧 일어나 그리로 가되 천자의 부름이 없이는 다시 낙양에 들어오지 말라."

조환이 울며 인사를 드리고 떠나갔다. 태부(太傅) 사마부(司馬孚)[18]가 통곡하며 조환 앞에서 아뢰었다.

"신은 위나라의 신하이오니 평생토록 위나라를 버리지 않겠나이다."

사마염은 그 모습을 보고 사마부를 안평왕(安平王)에 봉했으나 그는 받지 않고 물러갔다.

이날 문무백관들은 수선대 아래에서 두 번 절하고 만세를 세 번 불렀다. 이로써 사마염은 위나라의 대통을 이어받아 국호를 대진(大晉)이라 하고 연호를 태시(太始) 원년(서기 265)으로 바꾼 다음 크게 사면령을 내렸다.

이렇게 위나라가 멸망하자 뒷날 어느 시인이 이런 시를 남겼다.

    진나라의 되어감이 위나라 왕과 똑같으니
    조환의 가는 길도 산양공(山陽公)[19]과 똑같구나.
    수선대에서 지난 일을 거듭하니
    머리 돌려 그때를 보매 슬픔뿐이로다.

---

18) 사마부(司馬孚) : 이 사람은 사마의의 동생이니 사마염에게는 종조부가 된다. 제4권 제78회에 등장함. 모종강은 이 사람을 가장 충의로운 인물로 칭송했다. 제1권 모종강의 「『삼국지』를 읽는 법」 참조.
19) 산양공(山陽公) : 한나라의 마지막 황제 헌제(獻帝)가 퇴위한 다음에 받은 봉작.

晉國規模如魏王 陳留蹤跡似山陽
重行受禪臺前事 回首當年止自傷

　진나라 황제에 오른 사마염은 사마의를 선제(宣帝)로 추증하고, 백부 사마사를 경제(景帝)로 추증하고, 아버지 사마소를 문제(文帝)로 추증하고, 칠묘(七廟)를 세워 조상의 이름을 빛나게 했으니, 칠묘라 함은 한나라 정서장군(征西將軍) 사마균(司馬鈞)과 그의 아들 예장태수(豫章太守) 사마량(司馬亮)과 그의 아들 영천태수(潁川太守) 사마준(司馬雋)과 그의 아들 경조윤(京兆尹) 사마방(司馬防)과 그의 아들 선제 사마의와 그의 아들 경제 사마사와 그의 동생 문제 사마소를 일컬음이다.
　천하의 대사가 이뤄지자 사마염은 날마다 조회를 열어 오나라를 정벌할 계책을 논의했다.
　이를 두고 한 시인이 이런 시를 남겼다.

　　한나라의 성곽이 이미 옛 모습이 아닌데
　　오나라의 강산은 장차 어찌 바뀌려나.
　　漢家城郭已非舊 吳國江山將復更

오나라의 정벌은 어찌 될 것인가?

제
120
회

하늘의 운수는 아득하여 피할 길이 없어

노장 양호(羊祜)는 두예(杜預)를 천거하여
새로운 계책을 세우고
손호(孫皓)가 항복하니
천하가 통일되었도다.

그 무렵 오나라 왕 손휴(孫休)는 사마염이 이미 위나라를 찬탈했다는 소식을 듣자 장차 그가 오나라를 침략할 것을 알고 걱정하다가 병이 나 자리에 누워 일어나지 못했다. 그는 승상 복양흥(濮陽興)을 궁중으로 불러들인 다음 태자 손완(孫䨳)1)을 오라 하여 복양흥에게 절을 올리라고 말했다. 손휴는 복양흥의 어깨를 잡고 손으로 아들을 가리키더니 곧 죽었다. 복양흥이 여러 신하와 상의하여 손완을 황제로 세우려 하자 좌전군(左典軍) 만욱(萬彧)이 말했다.

---

1) 손완(孫䨳) : 이 글자에 대해서는 설명이 필요하다. 한자 문화권에서는 전제 군주들이 오로지 자기의 이름에만 쓰는 한자를 만들어 기록했다. 예컨대 고종황제의 경우 이름이 이희(李熙)였는데 희(熙)자를 쓸 때 밑에 ㅯㅯㅯㅯ를 쓰지 않고 火로 썼다. 이 글자는 고종에게만 쓰도록 되어 있다. 손완의 경우에도 완(䨳)을 자기의 이름에만 썼는데 본디 발음은 "만"이나 "완"으로 읽도록 했다.

"손완은 나이가 어려 나라를 다스릴 수 없으니 차라리 오정후(烏程侯) 손호(孫皓)를 세우느니만 못합니다."

그 말을 들은 좌장군 장포(張布)가 또한 말했다.

"손호는 재주와 학식이 높고 영명한 판단력을 가지고 있어 제왕의 직분을 감당할 수 있을 것입니다."

승상 복양홍이 결심을 하지 못하고 주태후(朱太后)에게 의견을 물으니 그가 이렇게 대답했다.

"나는 과부에 지나지 않는데 사직의 일을 알겠소? 대신들이 논의하여 황제를 세우는 것이 옳을 것이오."

복양홍은 손호를 황제로 모셨다. 손호는 자를 원종(元宗)이라 하는데 첫 황제 손권(孫權)의 태자인 손화(孫和)의 아들이었다. 그해(서기 264) 7월에 손호는 제위에 올라 연호를 원흥(元興) 원년으로 고치고, 손완을 예장왕(豫章王)으로 봉했으며, 황제의 아버지 손화를 문황제(文皇帝)로 추증하고, 어머니 하(何) 씨를 태후로 높이고, 정봉(丁奉)을 좌우대사마로 삼았다. 이듬해에는 연호를 다시 감로(甘露) 원년으로 바꾸었다.

제위에 오른 손호는 날로 정사가 흉포해지며, 여자와 술에 빠져 중상시(中常侍, 환관) 잠혼(岑昏)만을 총애하였다. 복양홍과 장포가 손호의 행실을 말렸으나 손호는 대로하여 그 두 사람의 목을 베고 삼족을 몰살하였다. 이로부터 대신들은 입을 닫고 감히 손호에게 간언을 올리지 못했다.

손호는 다시 연호를 보정(寶鼎) 원년(서기 266)으로 고치고 육개(陸凱)와 만욱을 좌·우승상으로 삼았다. 그 무렵 손호는 무창(武昌)에 살았기 때문에 양주(揚州)의 백성들이 장강을 거슬러 왕실의 물품을 보급하느라 몹시 고생스러웠다. 손호의 사치는 더욱 심해지고 나라와 백성의 삶이 곤궁해지자 육개가 상소문을 올려 아뢰었다.

지금 나라에 재난이 없음에도 백성들은 지쳐 있고, 국가의 재정은 고갈되었으니 신은 이를 참으로 가슴 아프게 생각하나이다. 지난날 한나라 왕실이 쇠잔해지고 위·오·촉이 솥발처럼 버티고 있었으나 이제는 조조의 가문과 유비의 가문이 도리에 어긋나게 정치를 하다가 세상이 모두 진나라에 돌아갔음을 우리의 눈앞에서 생생히 보면서 어리석은 신(臣)은 폐하를 위하여 나라의 모습을 안타까워하고 있습니다. 무창의 성벽은 허물어져 왕국의 도성이라 할 수 없으며, 더욱이 지금 여염에는 이런 동요가 나돌고 있습니다.

차라리 건업의 물을 먹을지언정
무창의 생선을 먹지 않을 것이며
차라리 건업에 돌아가 죽을지언정
무창에 살지 않으리로다.[2]
寧飮建業水 不食武昌魚
寧還建業死 不止武昌居

이 동요는 백성의 마음과 하늘의 뜻을 잘 보여주고 있습니다. 이제 나라에는 일 년 치의 양곡이 없어 그 바닥이 점차 드러나고 있으며, 관리들은 백성을 가혹하게 수탈할 뿐 그들을 불쌍히 여기지 않고 있습니다. 대제(大帝, 손권)께서 살아 계실 적에도 후궁이 백 명을 넘지 않았는데 경제(景帝, 손휴) 이래로 천 명에 이르렀으니 이들이 소모하는 재정이 적지 않습니다.

또한 폐하를 좌우에서 모시고 있는 사람들이 사람 구실을 못 하고 서

---

[2] 건업은 지금의 강소성(江蘇省) 남경(南京)으로서 동오의 도성이었고, 무창(武昌)은 지금의 호북성(湖北省) 무한시(武漢市)이다.

로 무리를 지어 끼고 돌면서 충성스러운 사람을 해코지하고 어진 사람을 가리니 이는 정치를 좀먹게 하고 백성을 병들게 하는 무리입니다. 바라옵건대 폐하께서는 아래로 백성들의 부역을 돌아보시고 가렴(苛斂)을 막으시며, 궁녀의 숫자를 줄이시고 백관을 맑게 뽑아 하늘이 기뻐하고 백성이 따름으로써 나라를 평안하게 하소서.

今無災而民命盡 無爲而國財空 臣竊痛之 昔漢室既衰 三家鼎立 今曹劉失道 皆爲晉有 此目前之明驗也 臣愚但爲陛下惜國家耳 武昌土城險瘠 非王者之都 且童謠云

寧飮建業水 不食武昌魚

寧還建業死 不止武昌居

此足明民心與天意也 今國無一年之蓄 有露根之漸 官吏爲苛擾 莫之或恤 大帝時 後宮女不滿百 景帝以來 乃有千數 此耗財之甚者也 又左右皆非其人 群黨相挾 害忠隱賢 此皆蠹政病民者也 願陛下省百役 罷苛擾 簡出宮女 清選百官 則天悅民附而國安矣

상소를 받아본 손호는 마음이 기쁘지 않아 오히려 크게 토목공사를 일으켜 소명궁(昭明宮)을 지으면서 문무백관에게 산으로 올라가 벌목하도록 하였으며, 무당 상광(尙廣)을 궁중으로 불러들여 천하의 정사를 물어 처리하였다. 상광이 손호에게 아뢰었다.

"폐하의 점괘가 상서로워 경자년[庚子, 천기(天紀) 4년, 서기 280]이 되면 푸른 덮개의 어가[靑蓋]를 타고 반드시 낙양으로 들어갈 것입니다."

손호가 몹시 기뻐하며 중서승(中書丞) 화핵(華覈)에게 말했다.

"돌아가신 황제께서 경에게 말씀하시어 장수들을 나누어 장강 일대 연안에 몇백 채의 영채를 짓게 하시고 노장 정봉을 시켜 지휘하게 한 바 있소. 짐은 이제 한나라의 영토를 차지하여 서촉이 멸망한 원수를 갚고자 하는데 어느 곳을 먼저 차지하는 것이 좋겠소?"

화핵이 말리며 말했다.

"이제 서촉은 성도를 지키지 못하고 사직이 무너졌으니 사마염은 반드시 동오를 삼키려 할 것입니다. 이럴 때 폐하께서는 마땅히 덕을 베푸시어 오나라 백성들의 마음을 안정시키는 것이 가장 좋은 계책입니다. 만약 억지로 병력을 동원하신다면 이는 삼베옷을 입고 불을 끄러 들어가는 것[披麻救火]과 같아 스스로 불에 델 것이오니 폐하께서는 깊이 생각하소서."

손호가 발끈하며 말했다.

"짐이 이 기회를 이용하여 지난날의 업적을 회복하려 하는데 그대는 이토록 불리한 말을 하니, 그대가 이 나라의 원로 신하가 아니었더라면 당장 목을 베었을 것이오."

손호는 무사들을 꾸짖어 화핵을 대궐 문 밖으로 쫓아냈다. 화핵이 탄식하며 말했다.

"애석하게도 이 금수강산이 머지않아 남의 땅이 되겠구나."

그 뒤로 화핵은 숨어 살며 밖으로 나오지 않았다. 손호는 곧 육손(陸遜)의 아들 진동장군(鎮東將軍) 육항(陸抗)에게 본부 병력을 장강에 주둔시켜 양양을 공략하라고 명령했다.

진나라의 척후가 서둘러 그 소식을 낙양에 보고했다. 곁에 있던 신하들이 사마염에게 그 사실을 알리자 그는 여러 신하를 불러 대책을 상의했다. 가충이 반열에서 나와 아뢰었다.

"신이 들은 바에 따르면, 오나라의 손호는 덕망 있는 정치를 펴지 못하고 무도하게 권력을 휘두르고 있다 합니다. 그러하오니 폐하께서는 도독 양호(羊祜)를 시켜 병력을 거느리고 오나라의 공격을 막다가 거기에서 변란이 생길 때 그 기회를 타 공격하시면 손바닥 뒤집듯이 쉽게 동오를 차지할 수 있을 것입니다."

사마염은 몹시 기뻐하며 양양에 조서를 보내어 양호에게 자신의 뜻을 전달하도록 했다. 조칙을 받은 양호는 병마를 점검하여 적군을 상대할 준비를 했다. 이때로부터 양호는 양양을 지키면서 깊이 군사와 백성의 마음을 사로잡았다. 오나라 사람으로 항복하러 왔다가 고향으로 돌아가고 싶어 하는 이는 모두 돌려보내주고 변방에서 고생하는 병사들의 숫자를 줄여 땅을 개간하게 하여 8백여 경(頃)[3]의 농지를 마련했다.

이듬해가 되자 양호의 병영에는 십 년 치의 군량미가 쌓였다. 양호는 병사들에게 가벼운 갖옷[裘]을 입히고 넓은 띠를 두르게 하였으며 갑옷과 투구를 쓰지 않게 하고 장막 앞의 위병(衛兵)도 여남은 명이 넘지 않도록 했다. 어느 날 부장(部將)이 들어와 양호에게 아뢰었다.

"척후가 돌아와 보고한 바에 따르면 오나라 병사들이 게으름을 피우고 있으니 이처럼 준비가 되어 있지 않은 때를 틈타 습격하면 반드시 크게 이길 수 있다 합니다."

그 말을 들은 양호가 웃으며 말했다.

"그대들은 육항을 하찮게 보는가? 이 사람은 지모가 빼어나 며칠 전에 오나라 왕이 서릉(西陵)을 빼앗으라고 명령하자 우리의 경계를 쳐들어와 보천(步闡)을 비롯한 장수 몇십 명을 죽였다네. 내가 구출하러 갔을 때는 이미 때가 늦었더군. 이 사람이 지휘관으로 있는 한 우리는 다만 지키기만 하면서 그 안에서 변란이 일어나기를 기다리다가 때가 왔을 때 공격해야 함락할 수 있다네. 만약 때를 기다리지 않고 경솔하게 진공하다가는

---

[3] 제104회의 각주 7번 참조. 1경은 3천 평임.

곧 패전만을 겪을 것일세."

여러 장수가 그의 말에 감복하여 오직 국경을 지키기만 했다.

어느 날 양호가 사냥을 나갔다가 또한 사냥을 나온 육항과 정면으로 마주쳤다. 양호가 명령을 내렸다.

"우리 병사들은 국경을 넘지 말라."

장수들이 그 명령에 따라, 병사들은 진나라 땅에서만 사냥을 하고 오나라의 국경을 넘어가지 않았다. 이 광경을 본 육항이 탄식하며 말했다.

"양 장군이 병사들을 다루는 기율이 저토록 엄중하니 우리가 쳐들어가서는 안 되겠구나."

그러고서는 날이 저물자 각기 자기 영채로 돌아갔다. 영채로 돌아온 양호가 사냥한 동물들을 살펴보아 오나라 병사들이 쏜 화살을 맞고 죽은 것들을 모두 돌려보내니 오나라 사람들이 모두 기뻐하며 육항에게 알렸다. 육항이 사냥감을 들고 온 진나라 병사들을 불러 물어보았다.

"양 장군께서 술을 드시는고?"

진나라 병사들이 대답했다.

"좋은 술이라면 드십니다."

육항이 웃으며 말했다.

"나에게 술 한 말이 있는데 담근 지 오래된 것이라네. 이제 내가 그대에게 줄 것이니 도독에게 올리게. 이 술은 내가 손수 담가 각별히 한 병 보내드려 어제 사냥에서 받은 우정에 고마움을 표시하려는 것이라네."

오나라 병사들이 술을 들고 돌아갔다. 곁에 있던 사람들이 육항에게 물었다.

"장군께서 양호에게 술을 보낸 것은 무슨 뜻인지요?"

육항이 대답했다.

제120회 하늘의 운수는 아득하여 피할 길이 없어 477

"저쪽에서 나에게 덕을 베푸니 내가 어찌 보답하지 않을 수 있겠소?"

그 말에 여러 사람이 몹시 놀랐다.

오나라에 갔던 병사들이 돌아와 양호에게 육항의 안부를 전하며 술을 선물로 받은 얘기며 이런저런 일을 일일이 아뢰었다. 그 말을 들은 양호가 웃으며 말했다.

"그 사람이 내가 술을 좋아하는 것을 알고 있었군."

그러고서는 병마개를 열고 술을 마시려 했다. 곁에 있던 장수 진원(陳元)이 아뢰었다.

"그 술에 나쁜 뜻이 있지나 않을까 두렵습니다. 도독께서는 나중에 마시는 것이 좋겠습니다."

양호가 웃으며 말했다.

"육항은 남을 독살할 사람이 아니라오. 염려하지 말구려."

그러고서는 잔을 기울여 술을 마셨다. 이때로부터 두 장수 사이에 안부를 물으며 사람들이 오고 갔다.

어느 날 육항이 양호에게 사람을 보내어 안부를 물었다. 그 말을 들은 양호가 되물었다.

"육 장군은 어떻게 지내시는고?"

사신이 대답했다.

"도독께서 몸이 편찮으시어 며칠째 업무를 보지 못하고 계십니다."

그 말을 들은 양호가 말했다.

"육 장군이 앓고 있는 병은 나와 같은 것일세. 나에게 이미 지어놓은 약이 있으니 가져가서 드시도록 하게."

오나라 병사들이 양호에게서 약을 받아다가 육항에게 올렸더니 그의 막료들이 말했다.

"양호는 우리의 적군이니 이 약은 반드시 좋은 뜻으로 보낸 것이 아닐 것입니다."

그 말을 들은 육항이 말했다.

"양숙자(羊叔子)가 어찌 남을 독살하겠는가?"

말을 마치자 육항은 그 약을 먹고 다음 날 병이 깨끗이 나았다. 막료 장수들이 절을 올리며 축하하자 육항이 말했다.

"저 사람이 덕망으로써 우리를 대하는데 내가 폭력으로써 그를 대한다면 이는 저쪽에서 싸우지 않고서도 나를 이기는 것이오. 지금으로서는 마땅히 지킬 뿐이며 작은 이익을 얻으려 해서는 안 되오."

모든 장수가 그의 말에 따랐다.

그때 문득 손휴가 보낸 사자가 도착했다는 보고가 들어왔다. 육항이 그를 불러들여 연고를 물으니 그가 대답했다.

"천자께서 장군께 조칙을 내리시기를, 서둘러 진격하시어 진나라 병사들이 먼저 쳐들어오는 일이 없도록 하라 하셨습니다."

그 말을 들은 육항이 말했다.

"그대는 먼저 돌아가도록 하라. 내가 표문을 올려 폐하께 아뢸 것이니라."

사자가 돌아가자 육항은 상소문을 지어 사람을 시켜 건업으로 가져가도록 했다. 곁의 신하가 육항의 상소문을 손호에게 올리니 그 글의 내용은 이러했다.

"여러 가지 정황으로 볼 때 지금은 진나라를 쳐들어갈 상황이 아닙니다. 다만 폐하께 아뢰옵건대 오로지 덕행을 쌓으시고 처벌하는 일을 신중히 하시어 안으로 백성들을 평안하게 할 것이며 경솔하게 무력을 쓰는 것은 온당치 않습니다."

상소문을 읽은 손휴가 대로하며 말했다.

"내가 듣건대 육항이 국경에서 적군과 내통하고 있다더니 이제야 그것이 사실이었음을 알겠구나."

손호는 곧 사람을 보내어 육항의 지휘권을 파직하여 사마(司馬)로 벼슬을 내리고 좌장군 손기(孫冀)를 그 자리에 보냈으나 신하들 가운데 누구도 감히 말리지 못했다. 손호는 연호를 고친 건형(建衡) 원년(서기 269)으로부터 봉황(鳳凰) 원년(서기 272)에 이르기까지 자기 멋대로 정치를 하고 모든 병사를 변경으로 보냈으나 상하의 누구도 원망하지 못했다.

승상 만욱과 장군 유평(留平)과 대사농(大司農) 누현(樓玄) 세 대신이 손호에게 바른말을 하다가 모두 죽음을 겪었다. 그 앞뒤로 십여 년 동안 충신 마흔 명이 목숨을 잃었다. 손호는 나들이할 때면 철기군 오만 명을 데리고 다녔기 때문에 여러 신하는 두려워 어찌할 바를 몰랐다.

그 무렵 진나라 양호는 육항이 벼슬에서 물러나고 손호가 덕망을 잃었다는 소식을 듣자 이제야 오나라를 공격할 때가 되었다고 여기고 표문을 지어 사람을 시켜 낙양으로 올라가 사마염에게 올리도록 했는데 그 내용은 이러했다.

"무릇 나라의 운수라는 것은 하늘이 주는 것이라고는 하지만 그 공업을 이루는 것은 사람이 하는 일입니다.[夫期運雖由天所授 而功業必因人而成] 이제 장강과 회수의 험난함이 검각만 못하며 손호의 포악함이 유선보다 지나쳐 오나라 사람들의 곤궁함이 서촉 사람들보다 극심합니다. 그와는 달리 지금 진나라의 병력은 강성하고 시운이 일어나는 때를 맞이하여 사해를 평정하지 않는다면 다시 병력이 마주 지키고 천하가 정복 전쟁에 시달리게 되어 성쇠를 다스림이 오래가지 못할 것입니다."

양호의 표문을 읽은 사마염이 기뻐하며 정벌에 나서려 하자 가충과 순욱(荀勗)과 풍담(馮紞)이 그 옳지 못함을 힘써 아뢰니 사마염이 정벌을 포기했다. 그 소식을 들은 양호는 깊이 탄식하며 말했다.

"세상살이에 뜻대로 되지 않는 것이 열에 여덟아홉 가지로구나.[天下不如意者 十常八九] 지금 하늘이 그 기회를 주는데도 받지 않으니 어찌 안타깝지 않겠는가!"

함녕(咸寧) 4년(서기 278)이 되자 양호는 조정에 들어가 사마염에게 아뢰었다.

"고향에 돌아가 병이나 다스리고자 합니다."

사마염이 물었다.

"경은 어이하여 나라를 평안하게 만들 방책을 과인에게 가르쳐주지 않소?"

양호가 대답했다.

"지금 오나라의 손호가 포악하기 이를 데 없어 싸우지 않고서도 이길 수 있습니다. 만약 불행하게도 지금 손호가 죽어 어진 군주가 왕위에 오른다면 그때는 오나라가 폐하의 땅이 되지 않을 것입니다."

사마염이 크게 깨달으며 말했다.

"지금 경이 군사를 이끌고 가 정벌하면 어떻겠소?"

그 말을 들은 양호가 대답했다.

"신은 이미 늙고 병들어 그 업무를 감당할 수 없습니다. 폐하께서는 따로 지혜롭고 용맹한 장수를 뽑아 그 일을 맡기심이 옳을 것입니다."

말을 마치자 양호는 사마염에게 인사를 드리고 떠나갔다.

그 해(서기 278) 동짓달에 양호의 병이 깊어졌다. 사마염이 몸소 어가를 타고 병문안을 갔다. 그가 침상에 이르자 양호는 눈물을 흘리며 말했다.

"신은 만 번 죽어도 폐하의 은혜를 갚을 수 없습니다."

사마염도 또한 흐느끼며 말했다.

"짐은 경의 오나라 정벌 계획을 듣지 않은 것이 후회스럽다오. 이제 누가 그 뜻을 이어받을 수 있겠소?"

양호가 눈물을 삼키며 말했다.

"신은 이제 죽지만 감히 어리석은 정성이나마 감히 다하지 않을 수 없습니다. 우장군 두예(杜預)가 그 일을 맡을 만합니다. 오나라를 정벌하시려면 마땅히 그 사람을 쓰시지요."

사마염이 말했다.

"훌륭한 인재를 천거하는 일은 아름다운 일이거늘 경은 어찌하여 사람을 조정에 추천하고서도 그 문서를 스스로 불태워버려 세상 사람들이 알지 못하게 하오?"

양호가 아뢰었다.

"제가 벼슬을 받들어 조정에 헌신한 것인데 사사로운 저의 추천으로 벼슬에 오른 사람이 그것을 은혜라 생각하여 우리 집 대문을 찾아와 인사를 하는 것은 신이 바라는 바가 아닙니다."

말을 마치자 양호가 숨을 거두었다. 사마염이 통곡하며 대궐로 돌아와 그에게 태부 거평후(鉅平侯)를 추증했다. 남주(南州) 백성들은 양호가 죽었다는 말을 듣자 저자를 닫고 통곡했다. 강남에서 변방을 지키던 병사들도 통곡했다.

양양 사람들은 양호가 살아 있을 적에 현산(峴山)에 가서 노닐던 일을 회상하며 그의 사당을 지어 철마다 제사를 올렸다. 그곳을 오가는 사람들은 비문을 보고 눈물을 흘리지 않는 이가 없으니 이로 말미암아 그 비석을 "눈물짓는 비석[墮淚碑]"이라고 불렀다.

뒷날 한 시인이 탄식하며 이런 시를 남겼다.

새벽에 올라 진나라의 신하를 그리워하노라니
옛 비석만 쓸쓸한데 현산(峴山)의 봄이 왔도다.
소나무 사이의 이슬이 방울져 흘러내리는 것은
그때의 사람들이 흘리던 눈물이런가?
曉日登臨感晉臣 古碑零落峴山春
松間殘露頻頻滴 疑是當年墮淚人4)

사마염은 양호의 말에 따라 두예를 진남대장군(鎭南大將軍)으로 삼아 형주를 다스리도록 했다. 두예는 사람됨이 노련하고 학문을 좋아하여 책읽기에 싫증을 내지 않았는데[好學不倦]5) 좌구명(左丘明)의 『춘추』6)를 좋아하여 드러누워서도 손에 들고 있었고 말을 타고 갈 때면 부하에게 들려 앞서 가도록 하니[坐臥常自攜 每出入必使人持左傳於馬前] 그 시절 사람들이 그를 "『좌전』에 미친 사람"[左傳癖]이라고 불렀다. 사마염의 명령을 받은 두예는 양양에 머물면서 백성을 어루만지고 병력을 기르면서 오

---

4) 이 시의 작자는 호증(胡曾)으로 알려져 있다. 그는 당나라 소주(邵州) 소양(邵陽) 사람으로 호는 추전(秋田)이며 서천절도사를 지냈다. 『당시대사전』(唐詩大辭典) 수정본에 따르면, 마지막 구절이 酷似當時墮淚人 또는 酷似當初墮淚人으로 되어 있다. 여기에서는 商務印書局의 판본을 따랐다.
5) 자공(子貢)이 공자(孔子)에게 여쭙기를, 선생님께서는 "성인이신가요?" 하였더니 공자께서 대답하시기를 "나는 성인은 아니지만 공부할 때 싫증 내지 않았고 가르칠 때 게으름피우지 않았다."[我學不厭 而敎不倦也]고 대답하셨다. 『맹자』「공손추」(公孫丑) 상(上)
6) 『맹자』의 「등문공」(滕文公) 하(下)와 「이루」(離婁) 하(下)에 따르면, 군부(君父)를 시해하는 난신적자(亂臣賊子)가 배출되던 혼란기에 공자가 명분을 바로잡고 인륜을 밝혀 세태를 바로잡고자 지은 『춘추』는 노(魯)나라 애공(哀公)으로부터 은공(隱公)에 이르기까지의 242(기원전 722-481)년의 역사서이다. 본디는 노나라 사관이 지었으나 너무 간략하여 공자가 다시 썼고, 이를 다시 노나라 곡량자(穀梁子)와 좌구명(左丘明), 그리고 후한(後漢) 시대의 공양자(公羊子)가 다시 첨가하였는데 이를 각기 『춘추곡량전』, 『춘추좌전』, 『춘추공양전』이라 부르며, 합쳐서 『춘추삼전』(春秋三傳)이라고 부른다. 이 밖에도 『여씨춘추』(呂氏春秋)가 있다.

나라 정벌을 준비했다.

　그 무렵에 오나라에서는 정봉과 육항이 모두 죽었다. 손호는 날마다 신하들에게 술자리를 열어 취하게 하고, 황문랑(黃門郎)[7] 열 사람을 뽑아 관료들을 규탄하게 하여 잔치가 끝난 뒤에 각기 그 과실을 아뢰어 죄를 지었다는 사람의 얼굴 살갗을 벗기거나 눈알을 빼니 온 나라 사람들이 두려워했다.

　그 무렵 진나라의 익주(益州)자사 왕준(王濬)이 오나라를 정벌하자는 상소를 올렸는데 그 내용은 이러했다.

　"오나라 손호의 황음무도함이 흉악하오니 마땅히 서둘러 정벌하시기 바랍니다. 만약 그가 죽어 지혜로운 사람이 왕위에 오른다면 우리에게 강력한 적국이 될 것입니다. 신이 전함을 만들어놓은 지도 이미 칠 년이 지나 모두 낡았고 또한 제 나이가 칠순을 넘어 언제 죽을지 모릅니다. 위의 세 가지 일 가운데 하나만이라도 일어난다면 그때는 오나라를 정벌하기 어렵사오니 폐하께서는 이번 기회를 놓침이 없도록 하시기 바랍니다."

　왕준의 상소문을 읽은 사마염이 여러 신하와 상의하며 말했다.

　"왕 공의 주장이 양호 도독의 주장과 알게 모르게 같으니 짐의 뜻은 결정되었소."

　그 말을 들은 시중 왕혼(王渾)이 아뢰었다.

　"신이 듣건대, 손호가 북진하기로 마음먹고 이미 대오를 정비하였는데 그 기세가 드높다 하오니 지금으로서는 싸우기가 어렵습니다. 그러하온즉 다시 1년을 기다려 저들이 피로할 때 공격하면 바야흐로 이길 수 있을 것입니다."

---

[7] 궁내에서 황제의 조칙(詔勅)을 전달하던 근신(近臣). 제1권 제10회 각주 5번 참조.

사마염이 그 말에 따라 병력을 움직이지 못하도록 조칙을 내리고 후궁으로 들어가 비서승상 장화(張華)와 더불어 바둑을 두며 소일하고 있었다. 그때 곁에 있던 신하가 변경으로부터 표문이 올라왔다고 보고했다. 사마염이 그 글을 펴보니 두예가 올린 것인데 그 내용은 대략 이러했다.

"지난날 양호는 조정의 여러 신하와 더불어 널리 상의하지 않고 은밀하게 폐하와만 더불어 계책을 세웠기에 조정 대신들의 의견이 서로 달랐습니다. 모든 일에는 마땅히 이해(利害)가 서로 다를 수 있습니다. 이번 일의 이해를 따져본다면 이로움이 열에 여덟아홉 가지이며 해로움이란 전공(戰功)이 없더라도 그만이라는 점입니다. 가을이 지난 뒤로부터 역적을 토벌할 형세가 날로 들어나고 있는데 만약 지금 손호가 겁을 먹고 도성을 무창으로 옮기고 장강 남쪽의 성들을 완전히 수리하여 주민을 옮긴다면 성을 공격할 수도 없으려니와 들판에는 빼앗을 물건도 없어 내년에 공격하려는 계책은 성공할 수가 없을 것입니다."

사마염이 표문을 다 읽자마자 장화가 갑자기 일어나 바둑판을 밀어버리고서 손을 모으고 아뢰었다.

"폐하께서는 덕성이 높으시고 또한 무예를 깊이 아시어 나라는 강성하고 백성의 삶은 넉넉합니다. 그러나 오나라의 손호는 황음무도하고 백성을 학대하여 백성에게는 근심이 많고 나라는 피폐하였습니다. 그러므로 지금 저들을 토벌하면 큰 힘 들이지 않고서도 평정할 수 있습니다. 바라옵건대 결과를 의심하지 마시옵소서."

그 말을 듣고 사마염이 말했다.

"경의 말은 이해를 통찰하고 있으니 짐이 어찌 다시 의심하겠소."

사마염은 곧 대전에 올라 진남대장군 두예를 도독으로 삼아 병력 십만 명을 이끌고 강릉으로 진격하도록 하고, 진동대장군 낭야왕 사마주(司馬

伷)에게 도중(涂中)으로 진격하도록 하고, 정동대장군 왕혼(王渾)에게 횡강(橫江)으로 진격하도록 하고, 건위장군(建威將軍) 왕융(王戎)에게 무창으로 진격하도록 하고, 평남장군 호분(胡奮)에게 하구(夏口)로 진격하도록 하면서 각기 오만 명을 이끌고 가 모두 두예의 명령에 따르도록 했다.

그뿐만 아니라 사마염은 용양장군(龍驤將軍) 왕준과 광무장군(廣武將軍) 당빈(唐彬)에게 강의 동쪽으로 전함을 띄워 내려가도록 하니, 수군과 보군의 병력이 이십만 명 남짓하며, 전함이 만 척이 넘었다. 그는 또한 관군장군(冠軍將軍) 양제(楊濟)를 양양에 보내어 영채를 세우고 여러 진격로의 병마를 통제하도록 했다.

첩보가 일찌거니 이 소식을 오나라에 들어가 알렸다. 오나라 왕 손호가 몹시 놀라 서둘러 승상 장제(張悌)와 사도 하식(何植)과 사공 등수(滕修)를 불러 적군을 물리칠 계책을 물으니 장제가 대답했다.

"거기장군(車騎將軍) 오연(伍延)을 도독으로 삼아 강릉으로 진격하여 두예를 막게 하시고, 표기장군(驃騎將軍) 손흠(孫歆)을 하구로 나가 적의 병마를 막게 하십시오. 신은 감히 장수가 되어 좌장군 심형(沈瑩)과 우장군 제갈정(諸葛靚)과 함께 십만 병력을 이끌고 우저(牛渚)에 주둔하여 여러 갈래의 병마들을 돕겠습니다."

손호가 그의 말을 좇아 장제에게 병력을 주어 떠나게 했다. 손호가 후궁으로 돌아와 얼굴에 근심스러운 빛을 보였다. 총애하던 환관 잠혼이 그 까닭을 묻자 손호가 대답했다.

"진나라의 대군이 쳐들어와 여러 길로 막으라 했으나 적장 왕준이 몇만 명의 병력을 이끌고 전함을 정비하여 강을 따라 거침없이 내려오는데 그 기세가 날카로워 어찌 막아야 할지 짐으로서는 몹시 걱정스러워 그렇다네."

그 말을 들은 잠혼이 아뢰었다.

"저에게 한 가지 계책이 있사온데 그로써 왕준의 배를 모두 부수어 가루로 만들 수 있습니다."

손호가 몹시 기뻐하며 그 계책을 물으니 잠혼이 아뢰었다.

"강남에는 쇠가 많습니다. 그것으로 몇백 길[丈]의 사슬을 만들되 모든 고리는 이삼십 근의 무게가 나가도록 하여 강을 따라 긴요한 곳에 가로질러 막으시고, 다시 한 길이 넘는 쇠꼬챙이 몇만 개를 만들어 물 밑에 깔아 두십시오. 그러면 진나라의 전선이 바람을 타고 내려오다가 쇠꼬챙이에 걸려 부서질 것이니 어찌 강을 건널 수 있겠습니까?"

손호가 몹시 기뻐하며 대장장이들을 강변에 불러 모아 밤을 새워가며 쇠사슬과 쇠꼬챙이를 만들어 강에 설치하여 적군을 막도록 했다.

그 무렵 두예는 아장(牙將) 주지(周旨)에게 수군 팔백 명을 이끌고 작은 배를 타고 몰래 장강을 건너가 밤에 낙향(樂鄉)을 습격하도록 한 다음 숲속에 많은 깃발을 세우고 날이 밝으면 대포 소리를 크게 울리고 밤이 되면 횃불을 올리라고 지시했다. 명령에 따라 주지가 무리를 이끌고 강을 건너 파산(巴山)에 매복했다.

다음 날 두예가 물과 육지로 대군을 휘몰아 쳐들어가는데 척후가 달려와 보고했다.

"손호가 오연을 보내어 육로를 막고, 육경(陸景)8)을 보내어 장강을 막고, 손흠이 선봉이 되어 세 길로 우리를 맞으러 나오고 있습니다."

두예가 병력을 이끌고 앞으로 나아가니 이미 손흠의 전함이 도착해 있었다. 두 병력이 처음 마주치자 두예가 짐짓 물러났다. 손흠이 병력을 이

---

8) 이 사람은 육손의 손자이자 육항의 아들이다.

끌고 강변에 올라 비스듬히 줄지어 추격하는데 이십 리를 채 못가 대포 소리가 들리며 사방에서 진나라의 대군이 나타나자 오나라 병사들은 서둘러 돌아왔다. 그 여세를 몰아 두예가 추격하니 오나라 병사들로 죽은 이가 얼마인지 헤아릴 수가 없었다. 손흠이 허둥대며 성 가까이 이르자 주지의 병사 팔백 명이 그들과 함께 섞여 들어가 성 위에서 횃불을 올렸다. 손흠이 몹시 놀라며 말했다.

"북쪽의 적군이 아마도 날아서 강을 건넜나 보다."

그가 도망하려 하자 주지가 벼락 치듯 소리를 지르며 단칼에 목을 베어 말에서 떨어트렸다.

육경이 배 위에서 바라보니 강남의 강변에서 한 가닥 불길이 일어나자 파산 위에 한 깃발이 바람에 나부끼는데 "진나라 진남장군 두예"(晉鎮南將軍杜預)라 쓰여 있다. 육경이 몹시 놀라 강변으로 올라가 도망하려다가 진나라 장수 장상(張尙)의 칼에 맞아 죽었다. 자기의 군사들이 모두 져 도망하는 것을 본 오연은 성을 버리고 달아나다가 복병들에 잡혀 묶인 채 두예 앞에 끌려왔다. 그를 본 두예가 말했다.

"살려둬도 소용없는 인물이다."

그러고서는 병사들을 호령하여 그의 목을 치게 했다. 이렇게 하여 두예는 강릉을 빼앗았다. 원강(沅江)과 상강(湘江) 일대와 황주(黃州) 여러 고을의 수령들은 소문에 따라 관인을 들고 와 항복했다. 두예는 지휘관의 깃발[節]을 지닌 사람을 보내어 백성들을 안심시키면서 털끝만큼도 법을 어기는 일이 없이 무창까지 진격하여 함락시켰다. 두예는 크게 위세를 떨치며 여러 장수를 모아놓고 건업을 함락시킬 계책에 관하여 논의했다. 그때 호분(胡奮)이 나서서 말했다.

"백 년을 버텨오던 역적의 나라를 완전히 굴복시키기는 어렵습니다.

금년에는 봄철 장마가 심하여 오래 머물 수도 없으니 내년 봄에 다시 군사를 일으킴이 옳을 듯합니다."

그 말을 받아 두예가 말했다.

"옛날에 악의(樂毅)는 제수(濟水) 서쪽의 싸움에서 강력한 제(齊)나라를 삼켰소. 이제 우리 병사들의 기세가 드높아 마치 대나무를 쪼개는 것과 같아[破竹之勢] 몇 마디만 가르면 그 다음에는 다시 칼을 대지 않아도 갈라지게 되어 있소."

두예는 여러 곳에 격문을 보내어 여러 장수가 모여 한꺼번에 진격해서 건업을 함락시키기로 약속했다. 그 무렵 용양장군 왕준도 수병을 거느리고 강물을 따라 거침없이 내려오고 있었다. 그때 척후가 보고했다.

"오나라 병사들이 쇠사슬을 만들어 강을 가로질러 깔아놓았을 뿐만 아니라 쇠꼬챙이를 물 밑에 감춰두었다고 합니다."

왕준이 웃으면서, 통나무 몇십만 개를 엮어 뗏목을 만들고 그 위에 풀로 허수아비를 만들어 갑옷을 입히고 무기를 들린 다음 주위에 세워 하류로 떠내려 보냈다. 오나라 병사들은 그것을 보자 산 사람이 내려오는 줄로만 알고 바람처럼 달아났다. 그러자 숨겨두었던 쇠꼬챙이들이 뗏목에 걸려 함께 모두 떠내려갔다. 더욱이 뗏목 위에 불쏘시개를 쌓아두었는데 그 높이가 열 길이 넘었고 크기가 열 아름이 넘었다. 수병들이 거기에 기름을 붓고 불을 질러 떠내려 보내자 걸리는 쇠사슬을 모두 녹여 끊어버렸다. 진나라 병력이 두 길로 나누어 장강을 내려오니 이르는 곳마다 이기지 못하는 곳이 없었다.

그 무렵 동오의 승상 장제는 좌장군 심영과 우장군 제갈정에게 나가 진나라 병사를 막으라고 명령했다. 그 말을 들은 심영이 제갈정에게 말했다.

"장강의 상류를 지키고 있는 여러 병력들이 방비하지 않았으니, 내가 생각하기에 진나라 병사들이 반드시 여기까지 내려올 터인데 우리가 마땅히 힘써 적군을 막아야 할 것이오. 다행하게도 우리가 이긴다면 강남이 안정될 것이나 이번에 저들이 강을 건너와 우리와 싸워 불행하게도 진다면 이 나라의 운명은 끝날 것이오."

제갈정이 말했다.

"장군의 말이 옳습니다."

그들의 이야기가 끝나지도 않았는데 척후가 들어와 보고를 올렸다.

"진나라 병사들이 강을 따라 내려오고 있는데 그 기세를 감당할 수가 없습니다."

심영과 제갈정이 몹시 놀라 황망하게 장제를 찾아가 상의했다. 제갈정이 먼저 장제에게 말했다.

"동오가 위험한데 어찌하여 승상께서는 숨지 않으십니까?"

장제가 흐느끼며 말했다.

"오나라가 장차 멸망한다는 것은 지혜로운 사람이나 어리석은 사람이 모두 알고 있는데 지금 만약 황제와 신하가 모두 항복하고 나라를 위해 죽는 사람이 하나도 없다면 그 또한 부끄러운 일이 아니겠소?"[今若君臣 皆降 無一人死於國難 不亦辱乎]

제갈정도 또한 흐느끼며 떠났다. 장제와 심영이 병사들을 이끌고 적군을 맞이하니 진나라 병사들이 모두 그들을 둘러쌌다. 주지가 먼저 오나라 영채로 쳐들어갔다. 장제는 혼자 있는 힘을 다하여 싸우다가 어지러운 무리 사이에서 죽었다. 심영도 주지의 칼에 죽자 오나라 병사들은 사방으로 달아났다.

뒷날 어느 시인이 장제를 찬탄하며 이런 시를 남겼다.

두예가 파산에서 장수의 깃발을 세우니
강동의 장제는 죽음으로써 충성을 바쳤도다.
남방에서 이미 왕기가 사라졌지만
어찌 구차하게 살아 배운 바를 저버릴쏘냐?
杜預巴山建大旗 江東張悌死忠時
已拼王氣南中盡 不忍偸生負所知

그 무렵 진나라 병사들은 우저를 차지하고 오나라 국경 안으로 깊숙이 쳐들어갔다. 왕준이 파발을 보내어 승전을 알리니 진나라 황제 사마염은 그 소식을 듣고 몹시 기뻐했다. 이를 본 가충이 사마염에게 아뢰었다.

"우리 병사들이 외지에 나가 오랫동안 고생하면서 물과 풍토를 견디지 못하여 반드시 병을 앓을 것이니 마땅히 그들을 불러들여 뒷날 다시 도모함이 옳은 줄 아룁니다."

그 말을 들은 장화가 말했다.

"지금 대군이 이미 적군의 둥지까지 쳐들어가자 오나라 사람들의 간담이 떨어졌으니 한 달이 지나지 않아 반드시 손호를 사로잡을 수 있을 것입니다. 만약 지금 경솔하게 병력을 불러들인다면 이제까지의 공업이 모두 사라질 터인데 이는 참으로 안타까운 일입니다."

사마염이 미처 대답을 하기에 앞서 가충이 장화를 꾸짖으며 말했다.

"그대는 천시와 지리를 살피지 않고 망령되게 공훈을 탐내어 병졸들을 피곤하게 만들려 하니 비록 그대의 목을 친다 해도 세상에 사죄하기에 부족할 것이오."

사마염이 나서서 말했다.

"이것은 짐의 뜻이오. 장화는 다만 짐과 뜻이 같았을 뿐인데 어찌 그를 두고 다투는고?"

그때 문득 두예의 표문이 올라왔다는 보고가 들어왔다. 사마염이 표문을 펴보니 그도 또한 서둘러 진격해야 한다는 뜻을 담고 있었다. 이에 사마염은 더 의심하지 않고 진격 명령을 내렸다. 왕준과 여러 장수가 어명에 따라 강과 육지로 진격하니 북소리가 천둥 치듯 했다. 오나라 병사들은 진나라 깃발을 바라보며 항복해 왔다. 손호가 그 말을 듣고 몹시 놀라자 여러 신하가 아뢰었다.

"북쪽의 병사들이 날로 가까이 다가오는데 강남의 병사와 백성들은 싸우지 않고 항복한다니 앞으로 어찌해야 되겠습니까?"

그 말을 들은 손호가 물었다.

"어찌하여 싸우지 않는다는 말이오?"

신하들이 아뢰었다.

"오늘의 이 재앙은 모두가 잠혼이 저지른 죄이오니 폐하께서는 그를 죽이소서. 신들은 성을 나가 목숨을 걸고 싸우고자 하나이다."

손호가 물었다.

"어찌 환관 하나가 나라를 그르칠 수 있다는 말이오?"9)

그 말을 들은 대신들이 소리쳤다.

"폐하께서는 서촉의 황호(黃皓)가 나라를 그르치는 것을 보지 못하셨습니까?"

대신들은 손호의 명령을 기다리지도 않고 한꺼번에 대궐 안으로 들어

---

9) 본문에는 "量一中貴 何能誤國"이라고 되어 있다. 『한어자전』(漢語字典)에 따르면 중귀(中貴)라 함은 궁중 안에서 권세를 휘두르는 환관(powerful eunuch, 有權勢的太監)을 뜻한다. 여기에서 중(中)이라 함은 금중(禁中) 곧 황궁을 가리키는 것이다. 이백(李白)의 시 "고풍"(古風)에 "환관의 집에는 황금이 쌓이고 날마다 저택의 문이 열려 있구나[中貴多黃金 連雲開甲宅]."라는 구절이 있다.

가 잠혼의 몸을 칼로 저며 죽인 다음 그 살을 씹었다. 그때 도준(陶濬)이 아뢰었다.

"신의 전선은 모두 작은 것들이오니 저에게 이만 명의 병력을 주시면 큰 전함에 태워 나아가 적군을 충분히 무찌를 수 있습니다."

손호가 그의 말에 따라 어림군(御林軍)을 모아 도준에게 주어 강을 거슬러 올라가 적군을 맞도록 했다. 아울러 전장군(前將軍) 장상에게는 수병을 이끌고 강을 따라 내려가면서 적군을 맞으라 했다.

두 장수가 바야흐로 출진하려고 하는데 뜻밖에 서북풍이 크게 불어 오나라 병사들의 깃발이 모두 배 안에 쓰러졌다. 병사들은 배에서 내릴 생각도 못 하고 뿔뿔이 배를 몰아 흩어지자 장상만이 몇십 명의 병사들을 거느리고 적군이 오기를 기다렸다.

그 무렵에 진나라 장수 왕준은 돛을 올리고 나아가 삼산(三山)을 지나자 선장이 말했다.

"지금 풍랑이 너무 거세어 배가 나아갈 수 없습니다. 잠시 풍랑이 멈추기를 기다렸다가 나아감이 좋겠습니다."

그 말을 들은 왕준이 대로하여 칼을 뽑아 들고 꾸짖어 말했다.

"내가 바야흐로 석두성(石頭城) 함락을 눈앞에 두고 있는데 어찌 배를 멈춘다는 말이냐?"

그는 북을 치며 앞으로 나아갔다. 오나라 장수 장상(張象)이 병력을 이끌고 와 항복했다. 왕준이 그를 보자 말했다.

"네가 진정으로 항복하고자 한다면 앞장을 서 전공을 이루도록 하라."

장상은 뱃머리를 돌려 석두성 아래 이르러 성문을 열라 소리쳐 진나라 병사들을 들여보냈다.

진나라 병사들이 성안으로 들어왔다는 소식을 들은 손호가 스스로 목을 베어 죽으려 하자 중서령(中書令) 호충(胡沖)과 광록훈(光祿勳) 설형(薛瑩)이 아뢰었다.

"폐하께서는 어찌하여 안락공(安樂公) 유선(劉禪)의 처사를 본받으려 하지 않으십니까?"

손호가 그들의 말에 따라 스스로를 결박한 채 상여에 올라 문무백관을 거느리고 왕준의 앞으로 나아가 항복했다. 왕준이 그의 포승을 풀어주고 상여를 불태운 다음 왕에 대한 예의를 갖추어 맞이했다.

당나라의 한 시인이 이를 두고 다음과 같은 시를 남겼다.

> 서진의 전함이 익주로 내려오니
> 금릉의 왕기가 서글프게 사라지누나.
> 천 길 쇠사슬은 강 밑에 가라앉고
> 한 조각 항복 깃발이 석두성에 걸렸도다.
> 세상살이 아픈 일이 몇 번이나 지났을까만
> 산(山) 모습은 옛스러이 찬 물결을 베고 있네.
> 이제 천하가 하나로 되었으나
> 가을 억새의 성채만이 쓸쓸하구나.
> 西晉樓船下益州 金陵王氣黯然收
> 千尋鐵鎖沉江底 一片降旛出石頭
> 人世幾回傷往事 山形依舊枕寒流
> 今逢四海爲家日 故壘蕭蕭蘆荻秋[10]

---

10) 『초당신어』(草堂新語)에 따르면 이 시는 당나라 중엽의 시인 유우석(劉禹錫)이 지은 「서새산회고」(西塞山懷古)라고 한다. 첫 소절이 "왕준이 전함을 몰고 익주로 내려오니"[王濬樓船下益州]라고 되어 있는 판본도 있다.

이렇게 하여 오나라의 4주(州), 83군(郡), 313현(縣) 52만3천 호구, 3만2천 명의 관리, 병사 23만 명, 남녀노소 230만 명, 양곡 280만 말[斛], 5천 척이 넘는 전함, 5천 명이 넘는 후궁이 진나라로 들어갔다. 정벌을 마친 진나라는 방문을 붙여 백성들을 안심시키고 창고의 문을 모두 걸어 잠갔다.

이튿날, 도준의 병력은 싸우지도 않고 무너졌다. 낭야왕 사마준과 왕융(王戎)의 대군이 모두 이르러 왕준이 큰 공로를 이룬 것을 보고 마음속으로 깊이 기뻐했다.

그다음 날 두예도 또한 이르러 삼군을 배불리 먹이고 창고를 열어 오나라 백성들에게 나누어 주니 그들이 모두 안도했다. 다만 건평(建平)태수 오언(吳彦)만이 항전을 계속하여 성을 함락시키지 못했는데, 그도 오나라가 멸망했다는 말을 듣고 항복했다.

왕준이 표문을 올려 승전을 알리자 조정에서는 오나라를 정벌했다는 소식을 듣고 왕과 신하가 모두 기뻐하며 축하했다. 그 자리에서 사마염은 잔을 들고 눈물을 흘리며 말했다.

"이는 모두가 양[羊祜] 태부(太傅)의 공로라오. 그가 살아서 이 기쁨을 함께 누리지 못하는 것이 안타깝구려."

표기장군(驃騎將軍) 손수(孫秀)[11])는 조정을 물러나와 오나라가 있는 남쪽을 바라보며 통곡한 다음 이렇게 말했다.

"지난날 토역장군(討逆將軍, 孫策)께서는 한창 나이에 일개 교위(校尉)의 몸으로 기업(基業)을 이룩했는데 이제 손호는 강남을 들어 사마염에

---

11) 손수(孫秀) : 손책의 아우인 손광(孫匡)의 손자이다. 손광은 조조의 사촌 동생인 조인(曹仁)의 사위이다.(제2권 제29회)

게 바치니, 아득한 창천(蒼天)이여, 이는 누구 때문인가?"[悠悠蒼天 此何人哉]12)

그 무렵 왕준은 군사를 되돌리면서 손호를 데리고 낙양으로 가 사마염을 뵙게 했다. 손호가 궁전에 올라 사마염에게 머리를 조아리며 인사를 드리니 사마염이 자리를 내주며 말했다.

"짐이 이 자리를 마련하고 그대를 기다린 지 오래요."

그 말을 들은 손호가 대답했다.

"신도 또한 남방에서 이런 자리를 마련하고 폐하를 기다리고 있었습니다."

사마염이 크게 웃었다. 가충이 나서서 손호에게 물었다.

"듣건대 그대는 남방에 살 적에 사람의 눈알을 빼고 얼굴의 가죽을 벗겼다던데 그것은 어떤 형벌이오?"

손호가 그 말에 대답했다.

"신하 된 사람으로서 주군을 죽이고 간교하며 충성스럽지 않은 사람들이 그러한 형벌을 받습니다."

가충은 아무런 말도 못 하고 부끄러워했다.13)

사마염은 손호를 귀명후(歸命侯)에 봉하고, 손호의 자손들을 중랑(中郎)에 봉했으며, 함께 항복한 재상과 대신들도 모두 열후(列侯)에 봉했다. 승상 장제는 전쟁터에서 죽었으므로 그 자손들에게도 봉작을 내렸다. 왕준은 보국대장군(輔國大將軍)이 되었으며 그 밖의 여러 신하도 봉작과 상금을 받았다.

---

12) 이 글은 『시경』의 「국풍(國風) 왕풍(王風)」 편 서리(黍離)에 나오는 구절임.
13) 가충은 위나라의 네 번째 왕인 조모(曹髦)를 그런 식으로 시역한 장본인인데 손호가 그 사실을 빈정거리자 가책을 느낀 것이다.(제114회 참조)

이렇게 하여 위·오·촉 세 나라가 모두 진나라 황제 사마염에게로 돌아가고 천하통일이 이뤄졌다. 이를 가리켜, "천하의 대세란 나뉜 다음에는 반드시 모이고, 모인 다음에는 반드시 나뉜다."[天下大勢 分久必合 合久必分] 하였다.

그 뒤로 후한 황제 유선은 진나라 태시(太始) 7년(서기 271)에 죽고, 위나라 왕 조환은 태안(泰安) 원년(서기 302)에 죽고, 오나라 왕 손호는 태강(太康) 4년(서기 283)에 죽었는데 모두가 큰 변고를 겪지 않았다.

뒷날 어느 시인이 고풍(古風)의 시 한 편을 지어 그때의 일들을 이렇게 기록했다.

유방이 칼을 뽑아 들고 함양에 들어가니
이글거리는 태양이 부상(扶桑)14)에 떠오르고
광무제가 용처럼 일어나 대통을 이으니
금까마귀가 하늘 가운데로 날아오르도다.
슬프다, 헌제가 대통을 이어받으니
붉은 해는 서쪽 함지(咸池)15) 곁에 떨어지누나.
하진이 무모하여 환관들이 난리를 피우자
양주의 동탁이 조정에 들어서도다.
왕윤이 계책을 세워 역적들을 죽였으나
이각과 곽사가 무기를 들었도다.
사방의 도적들이 개미처럼 일어나니
육합(六合)16)의 간웅들이 매처럼 날아오르네.

---

14) 부상(扶桑) : 해 뜨는 곳.
15) 함지(咸池) : 해 지는 곳

손견과 손책이 강동에서 일어나고
원소와 원술이 하량에서 일어나자
유언 부자는 파촉에 터를 잡고
유표의 군사는 형주·양양에 주둔했도다.
장연과 장로는 남정을 지배하고
마등과 한수는 서량을 지켰다네.
도겸과 장소와 공손찬도
서로 웅지를 펴 한 모퉁이를 차지하자
조조가 권세를 잡아 승상부를 차지하여
빼어난 무리들을 모아 문무 관료로 쓰면서
천자를 끼고 제후를 호령하며
맹장들을 몰아 중원을 차지했네.
누상촌의 유비는 본디 황손으로
관우·장비와 결의하여 황제를 돕고자 하였으나
동서로 뛰어다녀도 집 없음이 한스럽고
장수도 없고 병사도 없어 떠돌이가 되었더라.
남양을 세 번 찾아간 정리가 얼마나 깊었던지
제갈량은 첫 만남에 천하를 나누었더라.
먼저 형주를 차지하고 뒤에 서천을 차지하여
비옥한 땅에서 패업을 이루려 했으나
슬프다, 등극한 지 삼년 만에 세상을 떠나니
백제성에서 어린 아들을 부탁함이 참으로 슬프구나.
제갈량은 여섯 번 기산으로 나아가

---

16) 육합(六合) : 천지와 사방.

한 손으로 하늘을 떠받치려 했건만
하늘의 운수가 여기서 그칠 줄을 어찌 알았으랴.
한밤중에 긴 별이 산마루에 떨어졌도다.
강유는 홀로 자기의 센 힘만 믿고
아홉 번 중원으로 나갔으나 부질없는 일이었네.
종회와 등애가 병력을 나누어 진격하니
한나라의 강산이 모두 조 씨에게 돌아갔도다.
조비·조예·조방·조모의 재주가 조환에 이르러
사마 씨가 또한 천하를 넘겨받았도다.
수선대 앞에 구름과 안개가 피어오르니
석두성 아래 파도마저 일지 않는구나.
진류왕과 귀명후와 안락공은
왕후장상의 핏줄이었으나
어지러운 세상은 끝이 없고
하늘의 운수는 망망하여 피할 길이 없어
솥발처럼 나뉜 세 나라는 이제 지나간 꿈인데
뒷사람들은 슬프다는 핑계로 부질없이 소란하네.

高祖提劍入咸陽 炎炎紅日升扶桑
光武龍興成大統 金烏飛上天中央
哀哉獻帝紹海宇 紅輪西墜咸池旁
何進無謀中潰亂 涼州董卓居朝堂
王允定計誅逆黨 李傕郭汜興刀槍
四方盜賊如蟻聚 六合奸雄皆鷹揚
孫堅孫策起江東 袁紹袁術興河梁
劉焉父子據巴蜀 劉表軍旅屯荊襄

張燕張魯覇南鄭 馬騰韓遂守西凉
陶謙張繡公孫瓚 各逞雄才占一方
曹操專權居相府 牢籠英俊用文武
威震天子令諸侯 總領貔貅鎮中土
樓桑劉備本皇孫 義結關張願扶主
東西奔走恨無家 將寡兵微作羈旅
南陽三顧情何深 臥龍一見分寰宇
先取荊州後取川 覇業圖王在天府
嗚呼三載逝升遐 白帝托孤堪痛楚
孔明六出祁山前 願以隻手將天補
何期歷數到此終 長星半夜落山塢
姜維獨憑氣力高 九伐中原空劬勞
鐘會鄧艾分兵進 漢室江山盡屬曹
丕睿芳髦纔及奐 司馬又將天下交
受禪台前雲霧起 石頭城下無波濤
陳留歸命與安樂 王侯公爵從根苗
紛紛世事無窮盡 天數茫茫不可逃
鼎足三分已成夢 後人憑吊空牢騷

참고문헌

판본

羅貫中(元撰), 『三國志通俗演義』: 『續修四庫全書』 1789-1791卷(上海 : 上海古籍出版社, 1980)

羅貫中(元撰), 『三國演義』(昆明 : 雲南出版集團, 2016)

李卓吾(原評), 『三國志』 吳郡 綠陰堂藏版本

金聖嘆(板), 茂苑毛宗崗序始氏評, 『三國志』 四大奇書 第一種書目 聖嘆外書 聲山別集

毛宗崗(板), 『三國演義』(配圖珍藏版)(香港 : 商務印書館, 2009), 2卷

毛宗崗(板), 『三國演義』(臺灣 台南市 : 利大出版社, 1983)

Roberts, Moss(羅慕士), *Three Kingdoms : A Historical Novel*(Beijing : Foreign Language Press & Berkeley, Los Angeles and Oxford : University of California Press, 2011), 3 vols.

http://cls.hs.yzu.edu.tw/san/bin/body.asp?CHNO(『三國演義』)

http://blog.naver.com/sohoja?Redirect=Log&logNo=50045055061(『三國演義』)

김구용(옮김), 『삼국지』(서울 : 솔, 2000)

최영해(옮김), 『삼국지』(서울 : 정음사, 1984, 초판 1952)

원저자 참고문헌과 역주/해제에 참고한 문헌

『강희자전』(康熙字典)

『고문진보』(古文眞寶)

『고사성어사전』(故事成語辭典)(서울 : 한국교육출판사, 1986), 전3권

『공자가어』(孔子家語)

『공총자』(孔叢子)

『관자』(管子)

『구당서』(舊唐書)

『구주춘추』(九州春秋)

『국어』(國語)

권용성, "요시카와 에이지『삼국지』의 수용과 사적 의미,"『삼국지연의 한국어 번역과 변용』(인천 : 인하대학교 출판부, 2007)

『금고기관』(今古奇觀)

김만중(지음), 홍인표(옮김),『서포만필』(西浦漫筆)(서울 : 일지사, 1990)

김석희, "『삼국지』수용 시도를 통해 본『가곡원류』와『남훈태평가』,"『삼국지연의 한국어 번역과 변용』(인천 : 인하대학교 출판부, 2007)

김원중(옮김),『사기』(史記)「본기」(本紀);「세가」(世家);「열전」(列傳)(서울 : 민음사, 2011)

김진공·홍상훈,「『삼국연의』한국어 번역본 비교 자료」,『인하대학교한국학연구총서』(14)(인천 : 인하대학교, 2005)

『남사』(南史)

『남제서』(南齊書)

노신(魯迅)(지음), 조관희(옮김),『중국소설사』(서울 : 소명출판사, 2004)

『논어』(論語)

『당시대사전』(唐詩大辭典)

『대전비동』(大戰邳彤)

『동문선』(東文選)

『동주열국지』(東周列國志)

『동한비사』(東漢秘史)

『동헌필록』(東軒筆錄)

리동혁(완역),『본삼국지』제11권 :『관직·인명사전』, (서울 : 금토, 2005)

『맹자』(孟子)

『명심보감』(明心寶鑑)

모로하시 데쓰지(諸橋轍次)(편),『중국고전명언사전』(서울 : 솦, 2004)

『묵자』(墨子)

복단대학(復旦大學) 역사지리연구소(편),『중국역사지명사전』(中國歷史地名辭典)
　　(南昌：江西敎育出版社, 1988)

『북사』(北史)

사마광(司馬光)(지음), 신동준(옮김),『자치통감』:「삼국지」(資治通鑑 : 三國志)
　　(서울 : 살림, 2004)

『사해』(辭海)(上海：上海辭書出版社, 1979)

『산해경』(山海經)

『삼국사기』(三國史記)

『삼략』(三略)

『서경』(書經)

『서도부』(西都賦)

『선문염송설화』(禪門拈頌說話)

『선조실록』

『설원』(說苑)

『손자병법』(孫子兵法)

『송사』(宋史)

『순자』(荀子)

습착치(習鑿齒), 『양양기』(襄陽記)

『시경』(詩經)

『신오대사』(新五代史)

심백준(沈伯俊)·담량소(譚良嘯)(지음), 정원기·박명진·이현서(편역), 『삼국지 사전』(서울 : 현암사, 2010)

『승정원일기』

『신오대사』(新五代史)

『신자』(愼子)

『십팔사략』(十八史略)

안사고(顏師古), 『급취편주』(急就篇注)

『양무제연의』(梁武帝演義)

언열산(鄢烈山)·주건국(朱建國), 『李贄傳 : 中國第一思想犯』(北京 : 中國工人出版社, 1993)

『여씨춘추』(呂氏春秋)

『열사전』(烈士傳)

『예기』(禮記)

『오자병법』(吳子兵法)

왕월여(王越與), "『三國志演義』成書年代考,"『光明日報』, 2014年 02月 18日字

『왕조망로』(王朝網路)

『육도』(六韜)

윤진현, "박태원 삼국지 연구,"『삼국지연의 한국어 번역과 변용』(인천 : 인하대학교 출판부, 2007)

이명재,『북한문학사전』(서울 : 국학자료원, 1995)

『이문집』(異聞集)

임종욱(편저),『중국역대인명사전』(서울 : 이회문화사, 2010)

장건흥(張建興),『李贄評傳』(福建 : 人民出版社, 1992)

장려화(臧勵龢)(편),『中國人名辭典』(臺北 : 商務印書局, 1985)

장삼식,『大漢韓辭典』(서울 : 진현서관, 1981)

『장자』(莊子)

정신문화연구원(편),『삼국지연의의 학술적 분석』(성남 : 정신문화연구원, 1998)

정초(鄭樵),『월파동중기』(月波洞中記)

조덕린(趙德麟),『후청록』(侯鯖錄)

조성면, "대중문학과 문화콘텐츠로서의『삼국지』,"『삼국지연의 한국어 번역과 변용』(인천 : 인하대학교 출판부, 2007)

조성면, "한용운『삼국지』의 판본상의 특징과 의미,"『삼국지연의 한국어 번역과 변용』(인천 : 인하대학교 출판부, 2007)

『주서』(周書)(49)「열전(列傳)(41) 이역(異域)(上) 고리(高麗)」

『중론』(中論)

『중용』(中庸)

『증광현문』(增廣賢文)

참고문헌 505

『증자전서』(曾子全書)

『진서』(晉書)「진수열전」(陳壽列傳)

진수(陳壽)(撰), 배송지(裴松之)(注),『三國志』(臺北 : 世界書局, 2010)

『진양추』(晉陽秋)

『초당신어』(草堂新語)

최태원(외 옮김),『중국역대소설서발역주』(中國歷代小說序跋譯註)(서울 : 을유문화사, 1998)

『춘추좌전』(春秋左傳)

『태종실록』

『플루타크영웅전』

『한궁추』(漢宮秋)

『한비자』(韓非子)

『한서』(漢書)

『한시외전』(韓詩外傳)

『한진춘추』(漢晉春秋)

홍상훈, "『삼국연의』의 정통성에 관한 고찰,"『삼국지연의 한국어 번역과 변용』(인천 : 인하대학교 출판부, 2007)

―――, "양건식의『삼국연의』번역에 대하여,"『삼국지연의 한국어 번역과 변용』(인천 : 인하대학교 출판부, 2007)

『회남자』(淮南子)

『후한서』(後漢書)

Legge, James, *The Chinese Classics*(臺北 : 文史哲出版社, 1970), 5 Vols.

인터넷 자료

Daum

Google

http://db.juntong.or.kr(한국전통문화연구원)

http://www.baidu.com(百度一下)

Naver

옮긴이 신복룡(申福龍)

충청북도 괴산 출생
건국대학교 정치외교학과 동 대학원 수료(정치학 박사)
고등고시위원 역임
건국대학교 정치외교학과 교수 역임
미국 Georgetown 대학교 객원교수 역임
건국대학교 중앙도서관장 · 대학원장 역임
한국정치외교사학회 회장(1999-2000)
건국대학교 정치외교학과 석좌교수 역임

저서
『한국분단사 연구 : 1943-1953』(한울, 2001, 한국정치학회 저술상 수상)
『한국정치사』(박영사, 2003)
『서재 채워드릴까요?』(철학과 현실사, 2006)
The Politics of Separation of the Korean Peninsula, 1943-1953(Edison, NJ : Jimoondang
    International & Seoul : Jimoondang, 2008)
『한국정치사상사』(지식산업사, 2011, 한국정치학회 인재상(仁齋賞) 수상)
『개정증보판 대동단실기』(지식산업사, 2016)
『해방정국의 풍경』(지식산업사, 2016), 『전봉준평전』(들녘, 2019) 외 다수

역서
『외교론』(H. Nicolson, *Diplomacy*, 평민사, 1979)
『군주론』(N. Machiavelli, *The Prince*, 을유문화사, 2020)
『모택동자전』(E. Snow, *Red Star over China* : 부분 : 평민사, 1985)
『한국분단보고서』(풀빛, 1992 : 共)
『현대정치사상』(L. P. Baradat, *Political Ideologies*, 평민사, 1995 : 共)
『정치권력론』(C. E. Merriam, *Political Power*, 선인, 2006)
『入唐求法巡禮行記』(선인, 2007)
『林董秘密回顧錄』(건국대학교, 2007 : 共)
『개정판 한말외국인기록』 전 11책/23권(집문당, 2021) 외